FEUER
WERKE
VERLAG

SAMT ROT

Das Buch

Sara lebt ein Leben voller Geheimnisse. Niemand weiß von ihren mysteriösen Heilkräften und ihrer Verbindung zu einer Welt, in der übernatürliche Wesen eine große Rolle spielen. Seit in ihrer Kindheit ihr Vater auf rätselhafte Weise ermordet wurde, versucht sie herauszufinden, was damals wirklich geschah. Der Wahrheit auf der Spur, trifft sie nicht nur auf einen sadistischen Vampir, der es auf sie abgesehen hat, sondern auch auf den Krieger Nikolas. Entschlossen, Sara zu beschützen, riskiert Nikolas sein Leben für sie. Auch wenn es das letzte ist, was sie will.

Saras verzweifelte Suche nach der Wahrheit reißt schlussendlich nicht nur sie selbst in einen gefährlichen Strudel. Um zu überleben, muss sie ihre inneren Mauern einreißen und lernen, Nikolas zu vertrauen.

Wird sie die Wahrheit über die Vergangenheit herausfinden? Und welche Zukunft gibt es für sie und Nikolas?

Die Autorin

Karen Lynchs Romane stehen auf der Bestsellerliste der *New York Times* und *USA Today*.

Die Autorin ist in Neufundland, Kanada, aufgewachsen, in einem Ort voller Folklore und einem bunten Volk, dem sie ihre Liebe für das Übernatürliche und ihre lebhafte Fantasie zu verdanken hat. Vor ein paar Jahren ist sie nach Charlotte, North Carolina, USA, gezogen und war sofort von den Menschen im Süden angetan, sagt aber, dass sie immer ein „Newfie“ bleiben wird.

Karen Lynch liebt Bücher über Übernatürliches, hat aber eine Schwäche für Charlotte Brontë und Jane Austen. Sie hört gern Classic Rock, Country und Klassik, aber ihre Lieblingsmusik ist ein heftiger Gewittersturm oder ein heulender Schneesturm. In ihrer Freizeit backt sie gern Brot für Freunde oder verbringt Zeit mit ihren zwei Deutschen Schäferhunden.

Das Geheimnis

(Dark Creatures 1)

Karen Lynch

Aus dem Amerikanischen von Kristina Moninger

Mehr zur Autorin finden Sie auf
www.karenlynchnl.com, www.facebook.com/KarenLynch.Author

Mehr Infos zur Reihe unter:
www.feuerwerkeverlag.de/book/das-geheimnis-dark-creatures-1/

Originalausgabe August 2019

Maracuja GmbH, Laerheider Weg 13, 47669 Wachtendonk
Herstellung: Books on Demand GmbH, Printed in Europe
Bildmaterial (Shutterstock): Unholy Vault Designs, LightField Studios, Chaikom, Winston Design Co, Typo: Big Calson
Umschlaggestaltung: NK Design (Nadine Kapp)
Übersetzung: Kristina Moninger
Lektorat: Ulrike Rückert, Leipzig
ISBN: 978-3-945362-57-0

Für meinen Freund Tom Jackson

Ich hoffe, meine Geschichte schenkt den Menschen so viel Magie,
wie du jedem Einzelnen, der dich kannte.

Inhaltsverzeichnis

Prolog

SEIN Mund näherte sich meinem Ohr und mit seinen Worten brachen Wellen frischer Todesangst über mich herein. »Ich werde dich schmecken, kleine Sara. Ich hatte geplant, dich sofort zu haben, doch warum etwas übereilen, wenn wir uns später so viel Zeit nehmen können, wie wir wollen.«

»Nein …«

»Aber ich denke, ein kleiner Appetithappen kann nicht schaden.« Er senkte sein Gesicht und zwang meinen Kopf zur Seite, entblößte meine Kehle. Seine Lippen berührten meine Haut und seine Zunge leckte über die Stelle, an der mein Puls schlug. Vor meinen Augen verschwamm die Welt zu schwarzer Dunkelheit.

»Was ist das?«, murmelte er und schnupperte, als kostete er einen neuen Wein. Seine Zunge berührte abermals meine Haut. »Du schmeckst wie …« Er riss den Kopf hoch und seine Augen glänzten, als hätte man ihm eben sein Lieblingsdessert serviert. »Du bist eine …«

Kapitel 1

»DU BIST ZU SPÄT.«

Malloy schnaubte und ließ sich auf die Bank gegenüber fallen. »Mach dir nicht ins Hemd, ich habe auch noch andere Geschäfte, um die ich mich kümmern muss.«

Ich blickte ihn finster an und tippte auf meine Uhr, woraufhin er die Hände hochriss.

»Es tut mir leid, okay? Herrgott, du bist vielleicht ungeduldig.«

»Du bist nicht der Einzige, der Termine einhalten muss.«

Er machte ein abfälliges Geräusch, so als könnte er sich nur schwer vorstellen, dass jemand in meinem Alter etwas Wichtigeres zu tun hatte. Wenn er wüsste! Ich versuchte, mein Gesicht ausdruckslos wirken zu lassen, um die Angst, die an mir nagte, zu verbergen.

»Also, wo ist es?«, fragte er.

Ich tätschelte meine Brust, dort, wo sich der kleine Klumpen in meinem Mantel befand und senkte die Stimme, sodass niemand außerhalb unserer Sitzecke uns hören konnte. Es half, dass Lynyrd Skynyrd aus der Jukebox plärrte. »Eine halbe Unze, wie versprochen.«

Malloys braune Augen weiteten sich, als er sich nach vorn lehnte und sich mit den Unterarmen auf dem Tisch abstützte. Mit seiner gedrungenen Gestalt, dem schmalen, spitzen Gesicht und dem dumpfen Braunton seiner Haare erinnerte er mich ein wenig an eine kleine Feldmaus. Allerdings war ich nicht so dumm, ihn aufgrund seiner harmlosen Erscheinung zu unterschätzen. Man überlebte in diesem Geschäft nicht, indem man nett war.

»Also, dann her damit.« Seine Augen schweiften durch die spärlich beleuchtete Bar, bevor er den Blick wieder auf mich richtete. Ich hätte ihm sagen können, dass er sich keine Sorgen machen musste, die Besitzer des Jed's kümmerten sich stets nur um ihren eigenen Kram, weshalb ich die Bikerkneipe überhaupt erst als Treffpunkt vorgeschlagen hatte. Das und die Tatsache, dass Jed für den Fall der Fälle einen hölzernen Schlagstock und eine 44er hinter der Bar versteckte. Niemand war so dämlich, bei Jed's einen Streit vom Zaun zu brechen.

Ich fasste in meinen Mantel und zog eine zusammengerollte Papiertüte heraus. Malloy griff danach, aber ich hielt sie außerhalb seiner Reichweite und setzte ein geschäftsmäßiges Gesicht auf. »Zuerst die Bezahlung.«

»Ah, ja.« Mit säuerlicher Miene steckte er eine Hand in seine eigene Jacke und hielt dann inne. »Es war nicht einfach, da ranzukommen, weißt du. Vielleicht …«

»Wir hatten einen Deal, Malloy.« Verdammt, ich hätte wissen sollen, dass er es wieder versuchen würde, und das ausgerechnet an einem Tag, an dem ich keine Zeit für seine Spielchen hatte. Mein Handy lag mit dem Display nach unten auf dem Tisch. Ich nahm es in die Hand.

»Was machst du?«

»Was glaubst du wohl?« Ich sah ihn nicht an, während ich durch mein kurzes Adressbuch scrollte. »Eine halbe Unze ist das Zehnfache von dem wert, was du dafür bezahlst, und du weißt das. Aber wenn du das Geschäft nicht mit mir machen willst, dann muss ich mich eben an jemand anderen wenden.« Ich biss mir auf die Lippe. Ich wollte nicht woanders hingehen, und die Zeit lief mir davon. Wenn ich auch nur einen Tag länger warten musste, um an das heranzukommen, wofür ich hier war, dann wäre alles umsonst gewesen. Ein Tag? Es waren eher Stunden.

»Entschuldige mich, ich muss telefonieren.« Ich rutschte zum Rand der Bank und hoffte, er würde meinen Bluff nicht durchschauen.

»Warte.« Er seufzte und zog ein kleines rechteckiges Päckchen heraus, das in schmutzigen, grauen Stoff gewickelt war. Er legte das Paket auf den Tisch und bedeckte es mit seinen Händen, während er es mir zuschob. Ich tat dasselbe mit der Papiertüte und so tauschten wir unsere Ware auf halbem Weg. Ich unterdrückte einen erleichterten Seufzer und schloss die Finger um das Päckchen. Dann hob ich es an mein Ohr und schüttelte es, bevor ich daran schnupperte, um über den Inhalt Gewissheit zu erlangen. Zufrieden steckte ich es in meine Innentasche, nahm mein Wasserglas und leerte es in einem langen Zug, um zu verbergen, wie sehr ich mich danach sehnte, zu verschwinden. Es war nie klug, verzweifelt oder eilig zu wirken, wenn man mit Leuten wie Malloy zu tun hatte. Da konnte man sich gleich ein rotes Fadenkreuz auf den Rücken malen.

Malloy drehte die Papiertüte und schüttete eine kleine Glasphiole in die Handfläche. Seine Augen glänzten, während er das Fläschchen mit der gelbbraunen Flüssigkeit zwischen den Fingern rollte.

»Kindchen, ich würde mein linkes Ei geben, um zu erfahren, wie du an den Stoff gekommen bist – und das auch noch lebendig.«

Ich lachte laut, bemüht, meine Nervosität zu verstecken. »Wer sagt denn, dass ich es dir verraten würde.« Ich stellte das Glas zurück auf den Tisch und neigte meinen Kopf in Richtung der Phiole. »Du solltest das hier nicht so öffentlich zeigen.« Was ich wirklich sagen wollte, war: *Steck das verdammte Fläschchen weg, bevor du uns beide umbringst*, aber ich hielt mich zurück, schließlich wollte ich nicht die Beherrschung verlieren.

»Du hast mir nicht zu sagen, wie ich meine Geschäfte zu führen habe«, erwiderte er, ließ die Phiole jedoch gleichzeitig so geschickt verschwinden, dass ein Zauberkünstler neidisch geworden wäre.

»Es gibt keine Möglichkeit, dass irgendjemand das zu mir zurückverfolgen kann, richtig?«

Malloy hatte ein weit verzweigtes Netzwerk und einen guten Ruf, was Diskretion betraf. Der Inhalt dieses Fläschchens jedoch konnte einem eine Menge unerwünschter Aufmerksamkeit einbringen.

Er setzte sich etwas aufrechter. »Wie ich dir bereits das letzte Mal gesagt habe, wäre ich nicht schon so lange im Geschäft, wenn ich meine Lieferanten ans Messer liefern würde. Außerdem liegt mir etwas an meinem Kopf. Ich handele mit Mittelsmännern, die die Namen ihrer Geschäftspartner mit ins Grab nehmen. Es bringt einem keinen Gewinn, zu reden. Und die Kerle haben keine Ahnung, wo ich die Sachen herbekomme. Du kannst dir sicher sein, dass ich dich nicht verrate.«

»Gut, das zu hören.« Ich schlüpfte aus der Bank. Ich war schon viel zu lange hier.

»Warte! Ich habe noch ein paar andere Sachen, an denen du interessiert sein könntest – wenn du mir mehr hiervon besorgen kannst.«

Ich stand auf und legte meine Hand über die kleine Beule im Innern meines Mantels. »Ich habe, wofür ich gekommen bin. Wenn ich etwas anderes brauchen sollte, melde ich mich.«

Er schüttelte den Kopf. »Weißt du, dass du viel zu ernst bist für ein Mädchen deines Alters? Du musst dich mal ein bisschen locker machen, ab und zu ein wenig Spaß haben.«

Ich wandte mich der Tür zu. »Ja, das bekomme ich oft zu hören.«

Draußen blendeten mich die Sonnenstrahlen, die nach dem düsteren Innern der Bar viel zu grell erschienen, und ich musste ein paarmal blinzeln, während ich gegen die schwere Holztür sackte. Gott, wie ich das hasste. Meine Hände zitterten, als ich meinen Ärmel zurückschlug, um einen Blick auf die Uhr zu werfen. »Verdammt!« Ich drückte mich von der Tür weg und verfluchte Malloy für seine Verspätung. Mein Deal mit ihm wäre beinahe umsonst gewesen, wenn ich noch länger geblieben wäre.

Ich zog meinen kurzen Mantel enger um mich und machte mich auf den Weg, Remy zu treffen. Es gelang mir gerade noch, den nächsten Bus zwei Straßen weiter zu erwischen. Dankbar ließ ich mich auf einen der Sitze im hinteren Teil fallen. Ich lehnte mich ans Fenster und sah zu, wie die Straßen und Gebäude an mir vorbeizogen. Wir passierten ein Footballfeld, auf dem ein Übungsspiel stattfand, und ich sah, wie eine Gruppe Cheerleader rote und weiße Pompons schwenkte. Meine Hand schloss sich um den Klumpen in meiner Tasche und das Gewicht meiner Verantwortung sorgte dafür, dass ich mich Jahre älter fühlte als die Mädchen auf dem Feld.

Die Endstation der Buslinie lag nahe einer alten Brauerei, die bereits vor zwei Jahren den Betrieb eingestellt hatte, und ich sprang an einem der mit Vorhängeschlössern verriegelten Tore heraus. Am Stacheldrahtzaun hingen ›Betreten verboten‹-Schilder, und die ganze Gegend machte einen traurigen, verlassenen Eindruck. Wie immer brachte der Geruch nach saurer Gerste meine Nase zum Jucken, als ich eilig vorbeihuschte.

Hinter der Brauerei befand sich eine ältere Ansiedlung von Zweifamilienhäusern und doppelgeschossigen Gebäuden, die alle einen neuen Anstrich nötig gehabt hätten. Noch fünf Jahre zuvor war das hier eine aufstrebende Gegend gewesen, bevor die Brauerei und zeitgleich die Fahrzeugteilefabrik geschlossen worden waren, welche die Hälfte der Bewohner dieser Gegend beschäftigt hatten. Nun wuchs der Rasen ungehindert, und ein Großteil der Autos in den Einfahrten war in schlechtem Zustand. Aus irgendeinem Radio dröhnte ein Countrysong, und in einem der Häuser stritt ein junges Paar so lange, bis ein Baby laut zu weinen begann. Ich kam an einer Gruppe kleiner Kinder vorbei, die Straßenhockey spielten, mich aber größtenteils ignorierten. Ein vertrauter Labrador-Schäferhund-Mischling trottete heran, um mich zu begrüßen. Ich blieb kurz stehen, um ihm den Kopf zu tätscheln, scheuchte ihn aber weg, als er mir folgen wollte. Er sah mir verloren nach, aber ich war heute zu beschäftigt, um mit ihm zu spielen.

Am letzten Stoppschild wandte ich mich nach rechts und joggte eine einsame Straße hinunter, die von müde wirkenden, zugenagelten alten Häusern flankiert wurde, deren verlassene Gärten an den Wald angrenzten. Ich schlich zwischen zwei Häusern hindurch und duckte mich durch ein entzwei gebrochenes Brett im Zaun des letzten Hauses. Gras und Unkraut hatten den Garten fest im Griff; über die antik anmutende Schaukel rankte sich derselbe Efeu, der auch die Rückseite des Hauses bedeckte. Ich folgte einem schmalen Pfad durch das Gras bis zur Hintertür, an der ich mich schnell umsah und dann hineinschlüpfte.

»Remy, bist du da?«, rief ich vorsichtig.

Es war dunkel im Haus, nur ein staubiges Lichtband fiel zwischen den Brettern über den Fenstern ins Innere. Glücklicherweise kannte ich das Haus gut und brauchte nicht viel Licht, um mich zurechtzufinden. Ich verließ die Küche und ging einen kurzen Flur entlang. Zu meiner Rechten befand sich der leere Raum, der einmal das Wohnzimmer gewesen war, und zu meiner Linken lag die geschlossene Tür zum Familienzimmer. Ich drückte sie auf und das Türblatt schwang mit quietschenden Scharnieren nach innen auf.

»Remy?« Ich flüsterte laut und versuchte, in den dichten Schatten des Zimmers etwas zu erkennen. Stille umgab mich. *Wo zur Hölle ist er?* Ich wirbelte herum, um denselben Weg, den ich gekommen war, wieder zurückzugehen.

»Argh!« Plötzlich stand ich direkt vor einem dünnen, blassgrauen Gesicht mit riesigen runden veilchenblauen Augen und einem Mopp aus struppig-graubraunem Haar. Ich stolperte zurück, da griff er nach mir und packte meine Schultern mit einem festen Druck, der seine schmale Gestalt Lügen strafte.

»Herrgott, Remy!« Ich riss die Hand an die Brust, während er mich festhielt. »Willst du, dass ich einen Herzinfarkt bekomme?«

Der Troll schenkte mir ein schiefes Grinsen und enthüllte dabei eine Reihe kurzer scharfer Zähne. »Du zu jung für einen Herzinfarkt«, sagte er mit einem scharfen kleinen Lächeln, das jeden, der ihn nicht kannte, hätte erschaudern lassen.

»Du spät«, schalt er mich.

»Tut mir leid. Malloy war zwanzig Minuten zu spät und ich bin so schnell gekommen, wie ich konnte. Wie geht es ihnen?«

»Es geht. Fren sich Sorgen gemacht, aber ich sagen, wenn Sara versprechen, sie bekommt Medizin – Sara kriegt Medizin.« Er sah mich erwartungsvoll an.

Ich lächelte und zog das Päckchen aus meinem Mantel, um es ihm zu übergeben. »Habe ich dich jemals enttäuscht?«

Sofort drehte sich Remy um und ging eilig, dicht gefolgt von mir, in die Küche. Neugierig darauf, was sich in dem Päckchen befand, das einen so hohen Preis rechtfertigte, beobachtete ich, wie er den Stoff beiseite schlug und eine rechteckige Holzbox zu erkennen gab. Er hob den Deckel und schüttete den Inhalt in eine große, flache Steinschüssel. Dann nahm er einen rundgeschliffenen Stein und begann, was immer in der Schüssel war, zu zermahlen. Ich trat näher heran und sah die blassgoldenen Kristalle von der Beschaffenheit und Farbe groben Rohrzuckers. Während Remy die Kristalle zu Puder verarbeitete, nahm ich wahr, wie der Gestank von faulen Eiern und Ammoniak, den ich bereits zuvor bemerkt hatte, stärker wurde. Ich wedelte mit der Hand vor meiner Nase herum. Ganz sicher war das kein Zucker. Remy hatte es ›Baktu‹ genannt, als er mich gebeten hatte, es für ihn zu besorgen. Aber er hatte mir nicht erklärt, was es genau war, nur dass es irgendwo aus Afrika kam.

Schnell zerkleinerte er den Rest der Kristalle, spuckte dann mehrere Male in die Schüssel und verrührte die Mixtur mit einem glatten Holzstock zu einer dicken Paste. »Komm«, sagt er endlich, nahm die schwere Schüssel und machte sich auf den Weg zur Treppe. Ich folgte ihm leise. Ich hatte meinen Teil erledigt, der Rest lag nun bei meinem Freund.

Im ersten Zimmer, das sich am Treppenabsatz befand, lagen ein paar alte Teppiche auf dem blanken Holzfußboden und darauf krümmte sich eine dunkle, kleine Gestalt und wimmerte. Die oberen Fenster waren nicht mit Brettern vernagelt und so konnte ich den runden Körper des kleinen Wesens und die langen spindeldürren Glieder gut erkennen. Neben ihr kniete eine zweite Kreatur, deren hässliches, zerknautschtes Gesicht uns beim Eintreten hoffnungsvoll ansah. Ich lächelte ihm zu und deutete auf die Schale in Remys Händen, woraufhin er sich zu seiner Gefährtin neigte und leise grunzte. Sie antwortete im gleichen Ton. Ich verstand nicht, was sie sagten, schließlich sprach ich kein Boggie, aber es brauchte nicht viel Vorstellungskraft, um zu erahnen, dass er sie zu beruhigen versuchte.

Remy kniete sich ebenfalls nieder, und ich blieb hinter ihm stehen, um zu beobachten, aber dabei nicht im Wege zu sein. Er stellte die Steinschüssel auf den Boden und grunzte den Boggies in ihrer eigenen Sprache etwas zu. Dann verlagerte er vorsichtig den Körper des weiblichen Boggies, sodass sie auf dem Rücken lag und uns ihren geschwollenen Bauch zuwandte. Boggies lebten im Moor und für gewöhnlich waren sie von Schlamm und Morast bedeckt. Das Weibchen war ungewöhnlich sauber und ich fragte mich, ob Remy sie in Vorbereitung auf die Prozedur gewaschen hatte.

Fren, der männliche Boggie, kam näher und nahm die Hände seiner Partnerin in die seinen. Seine großen Augen brannten vor Liebe zu ihr, aber er konnte die Angst in seinem Blick nicht verbergen. Ich wollte ihm sagen, dass alles gutgehen würde, aber er würde mich nicht verstehen, und ich selbst war mir auch nicht sicher, dass wirklich alles gut werden würde. Remy sagte zwar, Boggies gebaren leicht, aber Mols Schwangerschaft war schwierig gewesen. Nachdem sie monatelang krank gewesen war, war sie nun sehr schwach und der Geburtsvorgang wollte einfach nicht beginnen. Boggieschwangerschaften waren nicht wie die der Menschen, bei denen das Baby unweigerlich nach neun Monaten das Licht der Welt erblickte. Wenn aber eine Boggie-Mutter krank oder schwach war, dann weigerte sich der Körper, die Wehen zuzulassen. Als Folge starben Mutter und Kind.

Ich sah zu, wie Remy anfing, die Paste vorsichtig über Mols geschwollenen Leib zu streichen. Sie versteifte sich und ließ einen schwachen jammernden Ton hören. Ihr Bauch war so prall und empfindlich, dass selbst die leichteste Berührung ihr wehtat. Jetzt, da ich so nah bei ihr stand, konnte ich ihre Pein und ihre Angst nur allzu deutlich spüren und in mir regte sich ein vertrautes Drängen. Die Sehnsucht, zu ihr zu gehen und ihr den Schmerz zu nehmen. Aber ich vertraute Remy, und in seinen Händen lag Mols beste Chance, das Ganze zu überstehen. Also ballte ich die Hände zu Fäusten und sah untätig zu.

Remy verteilte den Rest der Paste auf Mols Körper und stellte die Schüssel beiseite. Dann legte er seine langen Hände über ihren Bauch und drückte so sanft wie möglich auf die Beule, die ihr ungeborenes Kind barg. Er begann, in Trollsprache zu singen. Ich erkannte nur eine Handvoll Worte, aber konnte daraus schließen, dass er betete. Trolle hingen in treuem Glauben an ihren Göttern, und bei allem, was sie taten, spielten sowohl ihre Gebete als auch ihre Magie eine wichtige Rolle.

Die Paste trocknete schnell zu einer festen Schicht und ich bemerkte, dass Mols Schmerzen offenbar nachließen, denn nun war sie in der Lage, das Gewicht von Remys Händen zu ertragen. Funktionierte es?

Mols Schrei ließ mir die Haare im Nacken zu Berge stehen. Ich fiel neben Remy auf die Knie und da fing plötzlich ihr Bauch so heftig an zu kontrahieren, dass ihr gesamter Körper sich schüttelte. »Was ist passiert?«

»Das normal«, erwiderte Remy und löste seine Hand von der Boggiefrau. »Baby kommen.«

»Es kommt?«, fragte ich dumm. Mol sah aus, als würde sie von innen heraus zerrissen, nicht, als bekäme sie ein Baby. Aber ich hatte schließlich auch keine Ahnung, was normal war für eine Boggiegeburt. Wie die meisten ihrer Art waren Boggies zurückhaltend und schüchtern im Umgang mit Menschen. Es war ein Zeichen ihrer Wertschätzung und ihres Respekts mir gegenüber, dass es mir erlaubt war, hier zu sein und die Geburt zu bezeugen. Tränen schossen mir in die Augen, während ich zusah, wie die Natur übernahm und Mols Körper die Kraft fand, ihr Baby zur Welt zu bringen.

Fren stand bereit, um das Kind zu nehmen, als es kam. Der braune Körper war unglaublich klein, puppenähnlich und er gab kein Geräusch von sich, als sein Vater ihn in seinen Armen wiegte. Fren starrte auf das Neugeborene und fuhr mit seinen Fingern über das kleine Gesicht, so als könnte er nicht glauben, was er sah.

»Sollte das Baby nicht schreien?«, flüsterte ich Remy zu. Leise genug, um die Boggies nicht zu beunruhigen. Fren gurrte dem Baby zu, und Mol lag mit geschlossenen Augen auf dem Boden, zu erschöpft, um auch nur einen Blick auf ihr Kind zu werfen.

Remy nickte, sein Gesicht war düster.

Da fühlte ich es, dieses vertraute Ziehen in meinem Innern, das mich unweigerlich zu dem Baby zog, wie Stahl an einen Magneten. Ich schnappte nach Luft. »Er ist krank, so krank …« Die ersten eisigen Spuren des Todes liefen über meine Haut und ich wusste, wir waren schon zu spät gekommen. Wenn ich nur früher hier gewesen wäre.

Ich riss mir den Mantel vom Leib. »Gib ihn mir! Schnell, es ist nicht mehr viel Zeit.« Ich konnte bereits fühlen, wie das neue Leben durch Frens Finger glitt.

Remy griff nach dem Baby, aber Fren schüttelte den Kopf und hielt den kleinen Körper weiter an seine Brust gepresst. Remy lehnte sich nach vorn und grunzte energisch. Was immer er zu dem Boggie sagte, es schien zu wirken, denn Fren überreichte ihm den Säugling. Ich streckte meine Hände aus und Remy legte das nackte, knitterige Wesen hinein. Er war kaum größer als ein frisch geborenes Kätzchen, und sobald ich ihn berührte, fühlte ich den schwachen, flatterigen Herzschlag und die Kälte, die sich bereits in seine winzigen Glieder gestohlen hatte. »Halt durch, Kleiner«, murmelte ich und zog ihn an meine Brust, bedeckte ihn mit meinen Händen. Dann suchte ich tief in meinem Innern nach der Macht und riss meine Mauern ein.

Es war, als öffnete man die Tür zu einem Ofen. Die Hitze flammte in meiner Brust auf und rauschte durch meine Adern wie ein Funken an einer Zündschnur entlang. Ich musste meiner Kraft nicht sagen, wohin sie zu gehen hatte, das passierte stets von selbst. Mein Körper vibrierte wie ein lebendiger Draht, ein Strom elektrischer Energie raste meine Nervenenden entlang, in meine Hände und in meine Brust hinein und in jeden Teil von mir, der die sterbende Kreatur berührte.

Für gewöhnlich setzte ich die Kraft kontrollierter ein, in einem Strahl, der sanft von mir aus zur Quelle der Verletzung oder Krankheit floss. Die Energie war so stark, dass ich Angst hatte, meine Patienten in einen Schockzustand zu versetzen oder sie auf der Stelle zu töten. Aber wenn ein Körper aufgab und sich auf den Tod vorbereitete, dann war ein Blitzschlag manchmal das Einzige, das helfen konnte. Es war ein wenig wie mit einem Defibrillator, der in der Notaufnahme benutzt wurde. Nur dass meine Elektrizität auf den ganzen Körper wirkte, nicht nur auf das Herz. Nur so konnte ich es beschreiben, denn meine Macht war mir nicht mit einer Bedienungsanleitung übergeben worden.

Die Hitze sammelte sich in meinen Händen, bis sich an ihnen ein schwaches weißes Glänzen zeigte. Heißer und heißer brannte das Feuer in mir, solange, bis es sich anfühlte, als hätte ich ein glühendes Metallrohr in den Händen. Aber ich hörte nicht auf. Ich biss mir auf die Lippe, um zu verhindern, dass ich laut aufschrie und machte weiter. Wartete darauf, dass die Kraft genau die richtige Intensität bekam, um sie dann loszulassen.

Die Energie explodierte ausgehend von meinen Fingern und übertrug sich in den kleinen Körper. Ich fühlte, wie sie durch meine Venen und meine Knochen schoss, das Gewebe durchdrang und jede einzelne meiner Zellen sättigte wie ein Sommergewitter, das die Erde tränkte. Meine Kraft war wie eine Verlängerung meines Selbst, sodass ich spüren konnte, wie sie sich um das versagende Herz wand, pulsierte und es antrieb. Mit jedem Schlag wurde ein Energiestoß durch das Herz gesandt, was dafür sorgte, dass das Wesen sich aufbäumte, bevor es wieder in sich zusammensackte. Welle für Welle schickte ich meine Kraft in den kleinen Körper und betete, dass jede einzelne davon die sein konnte, die das geschädigte Herz reparierte.

Ich hatte jedes Gefühl für Zeit verloren, aber es mussten mindestens zehn Minuten vergangen sein, bevor ich gezwungen war, zu akzeptieren, dass ich den Boggie nicht retten konnte. Meine Kraft war das Einzige, was sein Herz noch zum Schlagen brachte und ich konnte sie nicht länger aufrechterhalten. Eine der ersten und schmerzhaftesten Lektionen, die mir meine Fähigkeit gelehrt hatte, war, dass ich manchmal nichts ausrichten konnte, so sehr ich mich auch selbst verausgabte. Ich hielt das Baby von mir gestreckt und fühlte, wie es schmerzhaft an meinem Herzen zog, als ich in sein lebloses Gesichtlein blickte. *Es tut mir so leid, Kleiner.*

Ein gebrochener Seufzer durchdrang die Luft. Ich öffnete die Augen und sah Mols versteinerten Blick. Sie trauerte um das Baby, das sie selbst nie in den Armen gehalten hatte, und mein Herz litt mit ihr. Niemand sollte dabei zusehen müssen, wie jemand starb, den man liebte.

Es ist nicht fair! Wir hatten alles richtig gemacht. Mols Baby verdiente es, zu leben.

Ich ließ die Kraft wieder in mich zurückfließen, bis meine Hände erneut heiß wurden. Auch der Schmerz zog sich in mein Inneres zurück, aber ich konnte es kaum fühlen, so stark war der Ärger, der in mir aufbrandete. Ich schickte nun die Kraft zurück in das Baby, mit der Wucht eines Blitzschlags. So viel ungezügelte Energie konnte ein Herz zum Stillstand bringen, aber wir hatten nichts mehr zu verlieren.

Die Kraft wurde schwächer und schwächer. Ich war ausgezehrt und nahm nur noch halb wahr, wie Remy und Fren atmeten und Mol schluchzte, als das kleine Herz, das gegen meines gepresst war, plötzlich einen langen unregelmäßigen Flatterlaut von sich gab und dann stehenblieb.

Danach gab es nur noch Stille.

Und dann … lub-lub, lub-lub, lub-lub.

Schließlich eine winzige Bewegung, als die kleinen Lungenflügel sich zum ersten Mal mit Luft füllten. Dann bewegte sich ein winziger Fuß gegen meine Brust, mehr ein Kitzeln als eine Bewegung.

Ich hob den Säugling hoch, schloss meine Hände um ihn und betrachtete verwundert, wie sich das knitterige kleine Gesicht verzog und sich der winzige Mund öffnete. Es begann wie ein hauchzarter Wimmerton, der schnell anschwoll und sich zu einem quäkenden Schrei steigerte. Mit einem Mal hielt ich ein strampelndes, schreiendes, gesundes Boogiebaby in Händen.

Ich lachte und weinte zur gleichen Zeit und dann füllten laute Rufe den Raum. Mol grunzte ängstlich und streckte die Arme aus und ich legte ihr den kleinen Jungen an die Brust. Ich beobachtete, wie Mutter und Vater voll Ehrfurcht das Baby betrachteten, das sie verloren geglaubt hatten.

Schwerfällig setzte ich mich zurück und legte mich dann auf den staubigen Boden. Heilungen zehrten an mir, laugten mich aus. Manche mehr als andere, aber üblicherweise benötigte ich nur ein paar Minuten, um mich auszuruhen. Ein Leben zurückzubringen, das dem Tod so nahe gewesen war, war allerdings unglaublich schwierig und so fühlte sich mein Körper an, als wäre ich einen Halbmarathon gelaufen. Egal wie häufig ich meine Kräfte benutzte, es wurde nicht leichter.

Ich war sechs Jahre alt gewesen, als ich erkannte, wozu ich fähig war. Zu Beginn hatte ich es häufig übertrieben, bis ich lernte, wie ich mich selbst nicht zu sehr auslaugte. Es war einfach, das eigene Wohlbefinden zu unterschätzen, wenn man damit ein Leben retten konnte. Ich musste lernen, die Kraft in mir zu versiegeln, bis ich sie wiedererweckte. Andernfalls würde jedes Mal, wenn ich in die Nähe einer kranken oder verletzten Kreatur kam, die Energie geradezu aus mir herausgesaugt. Inzwischen ließ ich nicht mehr als die benötigte Menge an Energie aus mir fließen, wenn ich heilte. Eine Sturzflut an Kraft zu entfesseln, wie ich es eben für den Boggie getan hatte, war beinahe so, als hätte ich den Schaltkreis gesprengt, nur dass es keine Sicherung gab, die mich in

Grenzen hielt. Meine Kraft lud sich immer wieder von selbst auf, es dauerte nur eine Weile.

Eine kühle Hand berührte meinen Arm. »Du okay, Sara?« Ich hörte die Sorge in Remys Stimme und schenkte ihm ein müdes Lächeln.

»Ich werd' schon wieder. Du weißt doch, wie es ist. Muss mich nur ein wenig ausruhen.«

»Ja, du ausruhen.« Er hob sanft meinen Kopf an und stopfte meine zusammengefaltete Jacke darunter. Ich hörte, wie er mit Fren und Mol sprach und dass sich um mich herum etwas bewegte, doch dann wirkte alles nur noch gedämpft und ich döste ein.

Irgendwo zwischen Wachsein und Schlaf fühlte ich diesen vertrauten Ruck, der durch mein Unterbewusstsein ging. Nachdem ich so viel Energie aufgewendet hatte, wunderte mich das nicht. Es geschah immer nach einer Heilung, wenn meine Akkus leer waren. Doch es kam ja nicht weit. Denn selbst erschöpft hatte ich genug Kraft in mir, um es zu verdrängen.

Ich nannte es *das Biest*. Es gab Zeiten, da hatte es mir Angst gemacht, dass es dieses dunkle Wesen in meinem Kopf gab, obwohl ich wusste, dass es eine Begleiterscheinung meiner Kräfte war. Ich hatte einmal gelesen, dass ›wenn man eine Kerze anzündet, man auch immer einen Schatten wirft‹. Und ich fragte mich, ob das auch auf mich zutraf. Meine Kraft war die Kerze – hell und warm – und das Biest war ihr Schatten – düster und kalt. Remy hatte einmal gesagt, dass Kraft immer eine Balance aus Gut und Böse wäre und dass ich mich nicht vor etwas fürchten sollte, das ein Teil von mir war. Ich begrüßte das Biest nicht mit offenen Armen, aber ich hatte keine Wahl, ich musste mit ihm leben.

Als ich erwachte, war es still und die langen Schatten im Zimmer zeigten mir, dass es später Nachmittag sein musste. Ich neigte den Kopf zur Seite und bemerkte, dass ich allein war. Die Boggies waren wahrscheinlich nach Hause gegangen, aber ich wusste, dass Remy noch hier war. Er würde mich niemals allein lassen, während ich mich erholte.

Ich stöhnte und rappelte mich auf. Mein ganzer Körper schmerzte, teilweise von der intensiven Heilung und zum Teil auch, weil ich auf dem harten Boden gelegen hatte. Ich streckte mich und dehnte meine Muskeln. Dann hob ich meinen Mantel auf und ging die Treppe nach unten, wo Remy durch die Schlitze der Bretter an einem der Wohnzimmerfenster hinausschaute. Ich ging zu ihm und lehnte mich gegen die Wand, ignorierte dabei die sich lösende Tapete, die gegen meine Haare stieß.

Er lächelte mich an. »Du tief geschlafen dieses Mal. Fühlst besser?«

»Es war schwierig«, gab ich zu. »Aber das war es wert.« Ich hörte Gelächter von draußen und sah durch die Schlitze hindurch eine Gruppe Teenager, die auf der Straße herumlungerten. Remy hatte sie beobachtet, für den Fall, dass sie hereinkämen, während ich schlief. Ich fragte mich, was sie wohl getan hätten, wenn sie eingetreten wären und einen Troll vorgefunden hätten. Wahrscheinlich in ihre Hosen gepinkelt. Würde ich meinen kämpferischen Freund nicht kennen, würde es mir wohl ähnlich ergehen.

»Geht es Mol und dem Baby gut?«, fragte ich.

»Ja. Fren und Mol nehmen Baby mit nach Hause, um Familie zu zeigen. Sie sagen, du große Magie. Fragen, ob du Zauberin.«

»Wohl kaum.« Wenn hier heute Magie am Werk gewesen war, dann kam sie von Remy. Die Art, wie er Mol geholfen hatte, das Baby auf die Welt zu bringen, war unglaublich gewesen. Obwohl er nicht meine Kräfte hatte, war er genau so ein Heiler, wie ich es war, und seine medizinischen Kenntnisse hatten mich schon manches Mal erstaunt. In Trolljahren war er noch immer ein Teenager wie ich, aber er wusste bereits mehr, als ich hoffen konnte, in einem ganzen Leben zu erlernen.

Er sah wieder auf die Straße hinaus. »Es bald dunkel wird.«

»Erst in etwa einer Stunde. Und ich habe keine Angst vor der Dunkelheit.«

»Onkel nicht glücklich sein, wenn du bleiben so lange weg.«

»Nate ist über die meisten Dinge, die ich tue, nicht glücklich«, spöttelte ich. Remy warf mir einen missbilligenden Blick zu und ich sagte: »Du weißt, dass es stimmt. Ich liebe Nate, aber wir sind so … verschieden. Er will etwas aus mir machen, das ich nicht bin. Er will eine normale Nichte, die Freundinnen hat und sich einer Band anschließt oder den Cheerleadern beitritt oder was auch immer. Das bin ich nicht und das werde ich auch nie sein.«

»Das nicht wahr. Er nur wollen, dass du glücklich.«

Ich hob eine Augenbraue. »Seit wann bist du ein Experte für menschliche Beziehungen?«

»Alle guten Eltern wollen, dass Kinder glücklich.« Er drückte sich vom Fenster ab. »Komm. Jungen gehen.«

Ich pikste ihm in den Rücken und folgte ihm zur Hintertür. »Du wirst ganz schön rechthaberisch in letzter Zeit.«

Er ließ ein kehliges Lachen hören. »Nicht mal Trolls dich herumkommandieren.«

»Das stimmt wohl. Ich bin eine starke, unabhängige Frau, und das solltest du besser nicht vergessen.«

Wir durchquerten den Garten und schlüpften durch den Zaun. Remy wandte sich zu mir. »Du gut gemacht heute.«

»*Wir* haben das gut gemacht«, sagte ich. »Und übrigens, du hast mir noch gar nicht gesagt, was Baktu ist.«

»Baktu sein geflügelte Schlange aus Wüstenland.«

Ich zog die Augenbrauen hoch. »Hä? Wie macht man denn Kristalle aus einer Schlange?«

»Kristall nicht Schlange ist. Ist getrocknete Schlangenmist.«

»Mist? Du meinst Kacke?« Ich runzelte die Nase. »Iiih, das ist ekelhaft, Remy!«

Remy lachte und machte sich auf in den Wald. »Baktu ist giftige Schlange. Mist ist starke Medizin.«

Bevor ich etwas erwidern konnte, verschwand er. Ich beneidete die Trolle um die Art, wie sie mit ihrer Umgebung verschmelzen konnten, als lösten sie sich in Luft auf. Was für eine praktische Fähigkeit.

Die Straßen waren leer, als ich zur Haltestelle zurückging. Obwohl es Samstagabend war, waren nur wenige Leute in Richtung Stadt unterwegs, und so hatte ich dann auch freie Platzwahl im Bus. Der gleiche Fahrer, der diese Route stets an den Wochenenden fuhr, nickte mir zu, als ich mein Kleingeld in die Münzschale warf.

Wenigstens konnte ich mich auf dem Rückweg erholen, in dem Wissen, dass Remy und ich das getan hatten, was wir geplant hatten. Wir hatten heute zwei Leben gerettet – wie viele Mädchen meines Alters konnten das von sich behaupten? Es war nicht so, dass ich es genoss, in verrauchten Kneipen abzuhängen und zwielichtige Geschäfte mit Leuten aus der Unterwelt zu machen, die sich nicht wirklich von Drogendealern unterschieden. Nur weil ich heute einen kühlen Kopf bewahrt und so getan hatte, als wüsste ich, was ich tue, bedeutete das nicht, dass ich mich nicht zu Tode gefürchtet hatte. Aber ich konnte nicht damit aufhören – nicht, wenn Leben davon abhingen.

Als Remy mich vor zwei Jahren gebeten hatte, ihm dabei zu helfen, pulverisiertes Chimärenhorn zu finden, um einem sterbenden Kelpie zu helfen, hatte ich keine Ahnung, dass es tatsächlich einen Schwarzmarkt für solche Dinge gab – und eigentlich für praktisch alles, für das man zahlen konnte. Seitdem hatte ich ein halbes Dutzend anderer Dinge für ihn aufgetrieben, und ich war inzwischen recht gut im Verhandeln, denn nichts davon war einfach zu bekommen. Man konnte Wasserschlangenschuppen oder Hanslingzähne schließlich nicht auf Amazon oder Ebay kaufen. Zumindest bisher nicht.

Wir hatten Glück, dass Remy es sich leisten konnte, fast alles zu kaufen. Natürlich gab es Dinge, die so wertvoll waren, dass man sie nicht mit Geld erwerben konnte. Wie der Inhalt der Phiole, die ich Malloy gegeben hatte – selten und beinahe unmöglich zu bekommen. Er hätte seine eigene Mutter verkauft, um zu erfahren, woher ich das Zeug hatte. Aber ich würde es weder ihm noch sonst irgendwem jemals erzählen. Es war gefährlich genug, jemanden wie Malloy wissen zu lassen, dass ich damit handelte. Menschen wurden schon für weit weniger umgebracht. Und wenn Remys Leute jemals herausfinden würden, was wir vorhatten … allein der Gedanke ließ mich schaudern.

Trollgalle war eine mächtige Droge und unbezahlbar, nicht nur wegen ihrer Wirkung, sondern auch, weil nur wenige mutig genug waren, diese in ihren Besitz zu bringen. Trolle waren nicht nur verschlossen und schwer zu fassen, ihr boshafter Ruf hielt sowohl Menschen als auch nichtmenschliche Wesen davon ab, sie aufzusuchen, geschweige denn ihnen etwas abzunehmen.

Zunächst hatte ich es ekelerregend gefunden, als Remy mir davon erzählte.

Sah man allerdings über den unfassbar üblen Geruch hinweg und dachte nicht darüber nach, woher das Zeug kam, so hatte es unglaubliche regenerative Eigenschaften. Es verlangsamte den Alterungsprozess und degenerative Erkrankungen wie Alzheimer oder Parkinson, und es konnte dafür sorgen, dass Glatzköpfigen wieder Haare wuchsen. Ich hatte gehört, dass es sogar bestimmte Krebsarten besiegen konnte. Und aus Erfahrung wusste ich, dass es nicht nur jede Verletzung heilen konnte, sondern schon eine halbe Unze, wie ich sie Malloy gegeben hatte, den Alterungsprozess bei richtiger Handhabung für fünf Jahre stoppte. Im Grunde war es ein Jungbrunnen, und manche Menschen würden alles dafür tun, etwas davon zu ergattern.

Je jünger der Troll, desto wirksamer war die Galle. Aber Trolle hatten einen großen Beschützerinstinkt, was ihren Nachwuchs betrifft, und so war es beinahe unmöglich, an sie heranzukommen ohne dass es ein böses Ende nahm. Remy hatte mir seinen eigenen Gallensaft gegeben, damit ich das Tauschgeschäft für ihn erledigen konnte, aber seine Leute wären furchtbar wütend, wenn sie davon erführen. Trolle mochten Menschen nicht, wenngleich einige der Älteren aus unerfindlichen Gründen Remys Freundschaft mit mir tolerierten. Und doch machte ich mir keine Illusionen darüber, was ich für sie war. Ich war schließlich nur ein Mensch.

Der Bus hielt Downtown vor dem Postamt, ich winkte dem Fahrer zu, als ich ausstieg. Die Market Street, unter der Woche der Mittelpunkt des öffentlichen Lebens in New Hastings, war nun still und leer, bis auf die Menschen, die sich zur U-Bahn oder zu Antonio's aufmachten. Ich überquerte die Straße an der Ampel und ging über den kleinen Parkplatz zwischen zwei Gebäuden, um am Ende des Hafengebietes nahe der Landungsbrücken herauszukommen. Südlich lag der Pier und die Läden und Restaurants des Hafens. Ich war beinahe zu Hause. Nach diesem Tag wünschte ich mir nichts mehr, als mich mit einem Buch im Bett zu verkriechen.

Als zwei Jungen aus dem Gebäude vor mir heraustraten und auf den Hafen zu rannten, um dort bei einer der Fischeranlegeplätze zu verschwinden, erkannte ich einen von ihnen auf Anhieb. Ich wusste, sie hatten sicherlich nichts Gutes im Sinn, aber ich war zu müde und zu hungrig, um mich darum zu scheren.

Soll sich doch irgendjemand anderes um sie kümmern.

Sie waren bereits außerhalb meines Sichtfeldes, als einer der Jungen ein vertrautes Lachen hören ließ und schrie: »Lass es nicht davonkommen.«

Ich blieb stehen.

»Schau es dir an, Scott, es ist halbtot.«

»Ach, verdammt«, fluchte ich und kehrte Richtung Kai um.

Kapitel 2

ICH sah auf Scott Foley und Ryan Walsh unten am Strand hinab. Scott, groß und gutaussehend mit glattem dunklen Haar, stand mit dem Rücken zu mir gewandt. Ryan, der ein paar Zentimeter kleiner war als Scott, befand sich ein paar Schritte hinter ihm und wirkte dabei, als wäre er gern überall, nur nicht hier.

»Lass es in Ruhe!« Ryan fuhr sich mit den Fingern durch seine blonden Locken. »Das ist nicht cool, Mann!«

»Alter, seit wann bist du so eine Pussi?«, spottete Scott. »Ich will einfach nur ein bisschen Spaß haben und wie du selbst gesagt hast, es ist ja schon halbtot.«

Meine Hände ballten sich zu Fäusten und ich suchte mit den Augen nach dem Tier, von dem sie offenbar sprachen. Da ich nichts erkennen konnte, ging ich näher an den Rand des Dammes, um einen besseren Blick darauf zu erhaschen.

Ich schrie laut auf, als mein Fuß wegrutschte und ich mehr als einen Meter tief den Damm hinabstürzte und auf einem undefinierbaren Haufen direkt zu Füßen der beiden überraschten Jungs landete. Nicht gerade die Art von Auftritt, die ich mir gewünscht hatte.

Einen Moment lang bewegte sich keiner von beiden. Dann beugte sich Ryan herunter und starrte mich an. Ich blickte zurück durch einen Vorhang dunklen Haares, das sich aus meinem Zopf gelöst hatte. »Hui, alles klar bei dir?«

»Alles in Ordnung.« Ich strich mir die Strähnen aus dem Gesicht und rappelte mich auf, zuckte aber kurz zusammen, als sich der Schmerz in meinem linken Knöchel bemerkbar machte. Um zu testen, ob ich auftreten konnte, verlagerte ich mein Gewicht vorsichtig. Eine leichte Verstauchung wahrscheinlich. Toll.

Ich sah die Jungs an und stellte fest, dass Scott mich mit weit aufgerissenen Augen musterte. Er verengte seinen Blick, als er begriff, wen er da anstarrte. »Was willst du?«

Ich schaute weg und nahm den Strand unter die Lupe. Was zur Hölle verfolgten die beiden? »Ihr zwei seht aus, als würdet ihr irgendetwas suchen. Kann ich euch dabei helfen?«

»Nein«, erwiderte Scott. Sein Blick fixierte einen Punkt hinter mir, doch ich konnte dort außer einem Haufen alter Fischernetze nichts erkennen.

»Seid ihr sicher, weil …« Ich brach ab, als aus den Netzen ein klagender, quäkender Ton drang. Im dämmrigen Licht sah ich, wie sich das Geflecht bewegte und eine dürre, graugescheckte Katze hervorkroch. Das Tier bot einen jämmerlichen Anblick. Die Rippen stachen spitz aus dem mageren Körper hervor und es ging unsicher ein paar Schritte weit, bevor seine Beine nachgaben und es in sich zusammensank.

Mit funkelnden Augen wirbelte ich zu Scott und Ryan herum. »Ihr wolltet der Katze wehtun!«

»Nein«, Ryan konnte mir nicht in die Augen sehen. »Ich würde nicht …«

Scott trat von einem Fuß auf den anderen. »Ja, sicher. Als ob wir unsere Zeit mit so einem verlausten Viech verschwenden würden.«

Ich trat zwischen sie und die Katze. Scott und ich kannten einander seit der Grundschule, und wenn ich etwas über ihn wusste, dann, wie er aussah, wenn er log. »Das ist echt unterste Schublade, selbst für dich, Scott.«

Eine leichte Röte kroch über seine Wangen. »Ich hab dir doch gerade gesagt, dass mir die blöde Katze total egal ist. Außerdem, was geht dich das an?«

»Glaubst du, ich lasse zu, dass du ein wehrloses Tier quälst?« Ich wurde lauter. Scott brachte mich immer auf die Palme, aber aus irgendeinem Grund hatte ich diesmal Mühe, meine Wut im Zaum zu halten. »Das ist für dich also der Kick am Samstagabend? Fühlst du dich jetzt groß und männlich?«

»Halt die Klappe!« Scott funkelte mich an und eine Sekunde lang sah ich etwas anderes in seinen Augen. Etwas, das wie Reue wirkte. Aber es war so schnell verschwunden, wie es aufgetaucht war.

Scott und ich waren einst Freunde gewesen. Er war der Erste, der nach meinem Umzug hierher auf mich zugegangen war. Und obwohl seine Freunde ihn damit aufzogen, dass er Freundschaft mit einem Mädchen schloss, hatte er zu mir gehalten. Unsere Freundschaft war nur von kurzer

Dauer gewesen und endete an dem Tag, an dem ich ihn und ein paar andere Jungs dabei erwischte, wie sie außerhalb der Schule Steine auf eine verletzte Krähe warfen. Ich hatte ihn angeschrien und zu Boden geworfen und ihm erklärt, dass ich mit jemandem wie ihm nicht befreundet sein wollte. Jegliches freundschaftliche Gefühl, das er für mich gehegt hatte, war verschwunden, nachdem ich ihn vor der ganzen Schule lächerlich gemacht hatte.

»Dann sorg doch dafür, dass ich die Klappe halte.« Noch während ich die Worte laut aussprach, fragte ich mich, was zur Hölle ich da tat. Warum stachelte ich jemanden an, der mich um fünfzehn Zentimeter überragte und mindestens zwanzig Kilo mehr wog als ich – und der mich auch so schon nicht ausstehen konnte?

Scotts Miene verdunkelte sich. »Wenn dir etwas an dir selbst liegt, Grey, sieh zu, dass du mir aus den Augen gehst.«

»Oder was?« Ich ging einen Schritt auf ihn zu. »Sonst schlägst du mich auch zusammen, oder wie?«

»Hey Niemand schlägt irgendjemanden zusammen.« Ryan legte seine Hand auf Scotts Arm. »Komm schon, Scott, lass uns gehen. Das ist es doch nicht wert.«

Scott schüttelte Ryans Hand ab. »So redet niemand mit mir.«

Versuch es doch und halt mich auf. Der Gedanke flatterte heimtückisch durch meinen Kopf. Eine andere Stimme dagegen sagte mir, ich sollte mich beruhigen und einen Schritt zurücktreten. Aber diese Stimme ignorierte ich. Stattdessen gab ich ein hämisches Lachen von mir. »Komm her und sorg dafür, dass ich die Klappe halte, wenn du es kannst. Das heißt, wenn du Manns genug dafür bist.«

Scotts Augen glänzten gefährlich, als er auf mich zutrat.

»Mann, du kannst doch kein Mädchen schlagen«, Ryan klang verängstigt.

»Sei still, Ryan«, sagten Scott und ich gleichzeitig. Ich grinste Scott frech an und sah, wie seine Nasenflügel sich weiteten.

Ich schielte zu meinem Mantel hinunter und seufzte laut. »Aber versuch bitte nicht zu sehr zu bluten, okay? Es ist verdammt schwer, Blut aus dem Stoff herauszubekommen.«

Scott gab ein brummelndes Geräusch von sich, und Ryan schrie irgendetwas, während Scott seinen rechten Arm hob. Ich wusste nicht, ob er wirklich vorhatte, mich zu schlagen. Ich war mir nicht einmal sicher, ob Scott zu dem Zeitpunkt klar war, was er tat.

Ein tosendes Rauschen füllte meine Ohren und ein seltsames Prickeln lief heiß durch meinen Körper. Es fühlte sich ganz anders an, als die fiebrige Energie, die ich ein paar Stunden zuvor verspürt hatte. Dieses Feuer hatte keine heilenden Kräfte, in ihm brannten nur Wut und unbändige Energie. Ich war ein Löwe, der gerade aus seinem Käfig befreit worden war. In meinem Unterbewusstsein streckte sich das Biest, entzückt bereitete es sich vor, zuzuschlagen. Ich blinzelte und auf einmal war es, als lüftete jemand einen Schleier, hinter dem die Welt verblüffend scharf und klar wurde.

Meine rechte Faust traf auf Scotts Wange, bevor er überhaupt realisierte, dass ich sie in seine Richtung geschwungen hatte. Den Schmerz in meinen Fingerknöcheln nahm ich kaum wahr, ich sah nur zu, wie mein Schlag ihn um mehrere Schritte nach hinten warf. *Noch einmal*, schrie das Biest in mir und schon ballte ich die linke Hand zur Faust.

Scott erholte sich schneller, als ich erwartet hatte, und ich duckte mich gerade noch rechtzeitig, um der Wucht seiner kräftigen Faust zu entgehen, die mich mit Sicherheit bewusstlos geschlagen hätte. In meiner Unterlippe fühlte ich einen scharfen Schmerz, als seine Faust sie streifte. Der Geschmack von Kupfer füllte meinen Mund.

»Scott!«, schrie Ryan, doch seine Stimme klang dumpf in meinen Ohren. »Was zur Hölle machst du da?«

Ich bewegte mich schneller, als ich es für möglich gehalten hätte, meine linke Faust donnerte gegen Scotts Kinn und brachte ihn aus dem Gleichgewicht. Schwankend stand ich auf dem Fuß, von dem ich mir Minuten zuvor noch sicher war, ihn verstaucht zu haben, und landete mit dem anderen einen gezielten Tritt in seine Körpermitte. Etwas, das ich nie zuvor getan hatte. Er taumelte und gab dabei einen so gequälten Ton von sich, dass sich meine Lippen wie von selbst zu einem breiten, schadenfrohen Grinsen verzogen. Das Biest in mir jauchzte frohlockend.

Scott brüllte und kam wie ein erzürnter Stier auf mich zu, ich aber wich seinem Angriff aus, sodass er an mir vorbei stolperte. Ryan unterdrückte ein Lachen, und das schien Scott nur weiter anzustacheln. Er drehte sich um und kam mit erhobenen Armen auf mich zu.

Die Bewegung meiner Hand war kaum wahrnehmbar, so schnell traf sie auf Scotts Nase und verursachte ein ekelhaftes Knirschen.

Mit beiden Händen über seinem Gesicht fiel er zu Boden. »Du Miststück!«, heulte er. »Du hast mir die Nase gebrochen.«

Die Hände in die Hüften gestützt stellte ich mich über ihn und genoss den Triumph, meinen Gegner mir zu Füßen liegen zu sehen. Erstaunt rekapitulierte ich, wie einfach es gewesen war, einen Jungen, der so viel größer und stärker war als ich, niedergeschlagen zu haben. Übermütig rief ich: »Du hast Glück, dass das alles ist, was ich dir gebrochen habe, Arschloch.«

»Um Himmels willen, Sara!«

Ich fühlte Ryans Blick auf mir und bemerkte, wie er geschockt von mir zu seinem jammernden Freund schaute. Das war wie ein Eimer kaltes Wasser mitten in mein Gesicht. Die Wut wich so schnell aus mir, wie diese bizarre Hitze nur Minuten zuvor aufgeflammt war. Was tat ich da? Dieser Gedanke kam mir, als die Welt um mich herum wieder normal wurde und ich erstaunt auf Scotts blutiges Gesicht sah. Seine Nase war grotesk angeschwollen und um seine Augen herum zeigten sich bereits die Spuren eines Blutergusses. Ich war kein Engel, aber nie zuvor hatte ich so auf einen anderen Menschen eingeschlagen. Die Gewissheit dessen, was ich getan hatte, drehte mir den Magen herum.

»Scott, ich …«

»Halt dich von mir fern, du verdammte Irre!«, knurrte er und streckte eine Hand vor, um mich abzuwehren. Während er sprach, spritzten einzelne Tropfen Blut auf den Stein vor ihm.

Ich wich zurück, mir war übel vor Reue, als ich ihm zusah, wie er sich aufrappelte. Was war nur über mich gekommen? Was hatte mich so ausrasten lassen? Ich war sauer gewesen wegen der Katze, sicher, aber Scott wäre seiner Wege gegangen, wenn ich früh genug abgehauen wäre. Ich hatte ihn herausgefordert und ihn absichtlich wütend gemacht und ich war diejenige gewesen, die zuerst zugeschlagen hatte. Die Erinnerung daran, wie ich meine Fäuste in sein Gesicht gerammt hatte, füllte mich mit Abscheu. Es war, als wäre ich besessen gewesen, und wenn Ryan nichts gesagt und mich damit aufgeschreckt hätte, hätte ich wer weiß was mit Scott getan.

»Wir haben nur rumgealbert. Du weißt doch, dass er der Katze nichts getan hätte, oder?«, fragte Ryan und zwang mich aufzusehen, seinen Blick zu erwidern und die Wahrheit von seinem Gesicht zu lesen.

Er drehte sich um und half Scott, den Wall hochzuklettern.

Sobald ich alleine war, sank ich auf den Boden, zog die Knie an die Brust und legte meine Arme darum. Es war das Biest. Ich hatte es immer gut im Griff gehabt, aber nun, da ich so viel Kraft auf das Heilen verwendet hatte, fühlte ich, wie es sich in mir bewegte und sich gegen die Mauern warf, die es gefangen hielten. Heute hatte ich meine Kräfte so sehr in Anspruch genommen, dass ich die Kontrolle aus der Hand gegeben hatte. Das Ergebnis war erschreckend.

Ich hatte nicht mehr gekämpft, seit ich zehn Jahre alt gewesen war, und auch damals nie mit der Absicht, jemanden so zu verletzen. Verdammt, ich hatte mich nie zuvor so bewegt. Kein Wunder, dass Ryan mich angesehen hatte wie einen Zirkusfreak.

Ein schwaches Maunzen durchdrang meine unglücklichen Gedanken. Ich hob den Kopf und sah, wie sich die dünne kleine Katze neben mich setzte. Von Nahem sah das Tier sogar noch bemitleidenswerter aus. Sein Schwanz war nur noch zur Hälfte vorhanden, ein Ohr bereits in Mitleidenschaft gezogen und der ganze Körper zitterte wie Espenlaub.

»Hey, Kätzchen.« Ich streckte die Hand aus, um es am Hinterkopf zu streicheln. Es fauchte, versuchte aber nicht, davonzulaufen. Ein klares Anzeichen dafür, dass es sehr krank war. Tiere fühlten sich zu mir hingezogen, besonders die Kranken. Möglicherweise konnten sie meine Kräfte spüren, sogar wenn ich sie tief in mir verbarg. Und doch brauchten die wilden unter ihnen ein wenig mehr Ermutigung, um ihre natürliche Furcht vor dem Menschen zu überwinden.

Ich öffnete mich und ließ eine Welle wärmender, lindernder Ruhe über das Tier fließen. Binnen weniger Sekunden hörte es auf zu fauchen und lehnte sich gegen mein Bein. Sobald meine Finger Kontakt hatten, ließ ich einen Strahl heilender Energie in seinen schwachen Körper gleiten – das Tier legte sich sofort nieder. Ich bewegte meine Hand seinen Rücken hinab, fühlte die Knochen, die beinahe durch die Haut stachen, und suchte nach seinen Verletzungen. Es hatte die Krätze und sein Fell war voller Flöhe, aber zumindest war keiner seiner Knochen gebrochen. Ich befreite es von den Flöhen und der Krätze, kümmerte mich um ein paar Kratzer und Schnitte und sog eine Atemwegserkrankung aus seinen Lungen, bevor ich meine Hand zurückzog – zufrieden darüber, dass es ihm nun gutgehen würde.

»So, jetzt bist du zwar immer noch eines der bemitleidenswertesten Geschöpfe, die ich je gesehen habe, aber ich glaube, du wirst es schaffen.« Ich stand langsam auf, ein wenig erschöpft von der zweiten Heilung des Tages. »Halt dich von nun an von den bösen Jungs fern, hörst du?«

Die bernsteinfarbenen Augen der Katze blickten in meine, dann ließ sie ein trauriges Jaulen hören.

»Nein, nein«, wehrte ich ab, an meinem Herzen zog es ein wenig. »Ich kann dich nicht mitnehmen. Ich darf nicht noch einen Streuner mit nach Hause bringen.«

Sie stand auf und lief unsicher ein paar Schritte, rieb dann ihren Körper an meinen Waden. Selbst durch meine Jeans konnte ich ihre Knochen spüren.

»Das ist nicht fair«, seufzte ich und beugte mich hinab, um sie aufzuheben. Sie begann sofort zu schnurren, als ich sie in meinen Armen wiegte. »Okay, du kannst jetzt erst mal mitkommen, aber ich garantiere für nichts. Mein Onkel ist nicht unbedingt ein Katzenliebhaber und er hat mir den letzten Hausgast noch nicht verziehen.«

* * *

Das stählerne Tor öffnete sich dank der geölten Scharniere geräuschlos; ich schlüpfte schnell hindurch und schloss es hinter mir. Stille umgab mich. Ich versuchte, zu lächeln, aber es wurde ein klägliches Wimmern daraus, als der Riss in meiner Lippe zu stechen begann. Mit wässerigen Augen durchquerte ich den Lagerraum und ging zu der gegenüberliegenden Wand, an der ich die Katze auf den Boden setzte. Ich kletterte auf eine der robusten Stapelregale, die sich bis zu der Decke erstreckten, fasste mit der Hand unter eine der Dachziegeln und zog eine kleine schwarze Metallbox heraus. In dem Behälter befanden sich ein paar Hundert Dollar und eine kleine Phiole mit Trollgalle, halb so groß wie jene, die ich Malloy gegeben hatte. Die Galle war mein persönlicher Vorrat, den Remy mir für Notfälle aufgedrängt hatte. Für gewöhnlich heilten meine Wunden sehr schnell und ich wurde kaum jemals krank –

wohl eine der Vorzüge, wenn man heilende Kräfte hatte –, aber ich wollte nicht, dass Nate mich mit einer dicken Lippe sah.

Ich entkorkte das Fläschchen, tippte es an und befeuchtete meinen Finger; dann verteilte ich die stechendscharfe Flüssigkeit auf meiner geschwollenen Lippe und meinem blauen Knöchel. Zunächst brannte es, doch dann wurden die Stellen wohltuend taub und die Schmerzen schwanden. Ich brauchte keinen Spiegel, der mir sagte, dass meine Lippe sich bereits erholte und die Heilung in kürzester Zeit vollendet sein würde. Die Galle konnte zwar gebrochene Knochen nicht flicken, aber sie sorgte dafür, dass Schnitte und Blutergüsse in wenigen Minuten verschwanden. Ich betupfte meine Fingerknöchel damit und sah zu, wie sich die Rötung darauf in Luft auflöste. Dabei versuchte ich, nicht an Scott zu denken, der sich jetzt wahrscheinlich gerade die Nase richten ließ. Ich verschloss die Phiole wieder mit dem Korken, und musste dann doch daran denken, dass Scott die Galle im Moment wohl nötiger gehabt hätte.

»Komm schon, Kätzchen«, ich hob es auf und ging in Richtung Treppe.

Nate und ich hatten das gesamte Gebäude nur für uns, was ziemlich cool war. Vor Jahren hatte das Erdgeschoss eine Buchhandlung beherbergt, aber als die großen Ketten in die Stadt kamen, musste der Besitzer das Geschäft aufgeben. Danach entschied Nate, dass ihm das Vermieten zu viel Aufwand war. Er brauchte die Mieteinnahmen nicht wirklich, und so hatte er beschlossen, die Räume nicht wieder an Fremde zu vergeben. Wir lebten in dem zweigeschossigen Apartment darüber, das Erdgeschoss diente seither hauptsächlich als Lagerfläche und als Nates eigenes kleines Fitnessstudio.

Mühsam schleppte ich meinen müden Körper nach oben und betrat die Wohnung so leise wie möglich. Die Geräusche aus dem Familienzimmer verrieten mir, dass Nate an seinem Computer arbeitete, und so schlich ich mich eilig durch die offene Tür – in der Hoffnung, dass er zu vertieft in seine Arbeit war, um mich zu bemerken.

»Du hast schon wieder das Abendessen verpasst.«

Ich tippelte zurück und stellte mich mit einem entschuldigenden Lächeln in den Türrahmen. »Sorry, ich hab irgendwie die Zeit vergessen.«

Nate schaute über den Monitor und ich begegnete dem Blick aus seinen grünen Augen, die meinen so sehr ähnelten. Mit dem gleichen kastanienbraunen Haar und dem goldenen Teint sahen wir uns so ähnlich, dass viele uns für Vater und Tochter hielten. Die grauen Strähnen in Nates braunem Haar ließen ihn ein wenig älter wirken als neununddreißig, aber ich fand, dass das Grau ihm gut stand. Vielleicht wollte ich mir das aber auch nur einreden, um mein schlechtes Gewissen zu beruhigen. Denn für einige der grauen Strähnen war sicherlich ich verantwortlich.

Seine Frisur war durcheinander und die Schatten unter seinen Augen sagten mir, dass er wieder nicht genug Schlaf bekommen hatte. Er hatte Tag und Nacht an seinem neuen Buch gearbeitet, war kaum dazugekommen, zu essen und zu schlafen, aber so war er eben, wenn er sich dem Ende der ersten Rohfassung näherte. Nate schrieb spannende Kriegsromane und er arbeitete am vierten Band einer Serie. Seine Bücher waren wirklich gut. Er wusste es nicht, aber ich hatte sie alle gelesen.

»Was zur Hölle ist denn mit dir passiert? Du siehst aus, als hättest du dich geprügelt.« Aus seinen Worten klang kein Wort der Anklage, nur Enttäuschung. Ich öffnete meinen Mund und wollte protestieren, aber er sagte nur: »Das ist Blut auf deinem Mantel.«

»Oh.« Stirnrunzelnd sah ich zu den Flecken getrockneten Blutes auf der Vorderseite meines braunen Mantels. »Das ist meine Lieblingsjacke, ich mache besser schnell kaltes Wasser drauf.«

»Sara«, sagte er warnend. Ich blieb stehen und seufzte schwer. »Was ist passiert?«

Ich zog eine Grimasse. »Du sagst das so, als wäre ich jeden Tag in Schlägereien verwickelt.«

»Also, hast du dich geschlagen?«

Erwischt. »Ich hatte einen sehr guten Grund dafür.« Ich hob die Katze hoch, sodass er sie über seinen Monitor hinweg sehen konnte.

Nate starrte auf das dürre Fellbündel in meinen Armen. »Lebt das Ding?«

»Natürlich lebt es!« Ich strich über den Kopf der Katze und sie schnurrte laut. »Glaubst du, ich laufe mit einer toten Katze durch die Gegend?«

»Willst du darauf eine Antwort?«

Ich zog noch eine Grimasse. »Hab ich dir das gar nicht gesagt? Ich mache jetzt Voodoo und ich dachte, ich fange mit Zombiekatzen an.« Ich fragte mich, was er wohl sagen würde, wenn er wüsste, dass es da draußen tatsächlich Leute gab, die Tote wiedererwecken konnten.

Er starrte mich an und schien offenbar zu überlegen, ob das wirklich ein Scherz war. Ich nutzte die Gelegenheit und versuchte, mich davonzuschleichen.

»Nicht so schnell. Du hast mir nicht erzählt, was passiert ist. Setz dich.«

Ich nahm den Stuhl auf der anderen Seite des Schreibtisches und legte die Katze in meinen Schoß, während Nate seinen elektrischen Rollstuhl um den Tisch herummanövrierte. Er parkte einen halben Meter vor mir und sagte. »Spuck es schon aus.«

Ich erzählte ihm, dass ich Scott und Ryan dabei beobachtet hatte, wie sie die Katze jagten und wie ich ihnen dann zum Strand gefolgt war. Mit so wenig Details wie möglich berichtete ich von dem Zusammentreffen zwischen mir und Scott und ließ es dabei so erscheinen, als wäre der Kampf mehr eine Schubserei als eine Schlägerei gewesen. Ich fühlte mich noch immer beschämt und verängstigt beim Gedanken an meine Tat und wollte sie nicht wirklich durch meine Erzählungen noch einmal durchleben.

»Und woher kommt das Blut?«

»Ähm ... dieser kleine Kerl hier ist total zerkratzt, muss wohl von ihm kommen.«

Er warf einen skeptischen Blick auf die Katze. »Wenn wir schon von deinem neuen Freund sprechen: Was hast du mit ihm vor?«

»Ich weiß nicht«, sagte ich ehrlich. »Ich könnte ihn sauber machen und ihm fürs Erste etwas zu essen geben.«

Nate hielt einen Moment lang inne. Ich wartete auf die doppelte Standpauke – eine für die Schlägerei und eine dafür, dass ich schon wieder einen Streuner nach Hause gebracht hatte. Mein Onkel war kein Tierhasser. Er mochte es nur ordentlich in seinem Zuhause, und Tiere waren nun mal nicht die saubersten Mitbewohner.

Genau zum richtigen Zeitpunkt humpelte Daisy, unsere dreibeinige Beaglehündin, ins Zimmer. Ich wusste nicht, wie sie ihr Bein verloren hatte. Sie war mir am Hafen aufgefallen und es hatte mich erstaunt, wie gut sie sich auf ihren drei Beinen fortbewegen konnte. Eines Tages, vor etwa sechs Monaten, hatte sie sich allerdings nicht schnell genug bewegt und war von einem Auto angefahren worden. Sie zu heilen, war unglaublich anstrengend gewesen, aber ich hatte sie gerettet. Nate war nicht gerade glücklich darüber gewesen, dass ich einen Hund anschleppte, aber wer hätte schon einen dreibeinigen Hund auf die Straße setzen können? Inzwischen war Daisy eine treue Begleiterin geworden, und auch wenn Nate es nie zugeben würde, so wusste ich doch, dass er ihre Gesellschaft genoss.

Daisy kam zu mir und schnupperte, die Katze dagegen fauchte warnend. Zurechtgewiesen setzte sich der Hund auf seine Hinterbeine und beobachtete den Neuankömmling aus sicherer Entfernung.

»Sara, du bist siebzehn, zu alt, um dich mit Jungs am Kai zu schlagen – egal aus welchem Grund.« Ich versuchte, zu protestieren, aber er erhob abwehrend eine Hand. »Du verbringst zu viel Zeit allein. Du solltest öfter ausgehen, dich mit Leuten treffen, Spaß haben. Wie wäre es, wenn du dich mal mit einem Jungen verabredest, statt ihn zu verhauen?«

Ich wand mich peinlich berührt auf meinem Stuhl. Ziemlich sicher war ich der einzige Teenager weltweit, der sich von seinen Eltern sagen lassen musste, dass er auf Partys gehen und sich verabreden sollte. »Ich habe Freunde«, wehrte ich mich schwach. Okay, vielleicht hatte ich noch nie ein Date gehabt und ich war bestimmt keine Partymaus, aber ich hatte Freunde. Na ja, was Mädchen betraf, so machte es den Eindruck, als hätten sie nicht viel für mich übrig. Sie hassten mich nicht, aber sie schienen sich in meiner Gegenwart auch nicht sehr wohlzufühlen.

Nate schnaubte. »Freunde wie Greg, meinst du? Er ist sicher ein tolles Vorbild, was gutes Benehmen betrifft. Hat er dir beigebracht, wie man sich prügelt?«

»Greg ist kein schlechter Kerl, und nein, er hat mir nicht beigebracht, wie man sich schlägt. Und nur weil er Biker ist, ist er noch lange kein Krimineller.« Gut, da gab es diese eine Sache, aber das war was Einmaliges gewesen, und ich glaubte nicht, dass Jugendstraftaten noch irgendwas bedeuteten, wenn man erst einmal achtzehn war. Und ich würde es Nate sicher nicht auf die Nase binden.

»Vielleicht ist er kein Krimineller, ein Engel aber auch nicht.«

Ich musste ein Lächeln unterdrücken – Nate hatte recht, Greg war definitiv kein Engel. Er war ein Jahr älter als ich und bei unserem ersten Zusammentreffen auf der High School längst das schwarze Schaf der Schule gewesen. Er war mehr oder weniger im Bikerladen seines Onkels aufgewachsen und den meisten Jungs der oberen Klassen kräftemäßig überlegen – was er auch nicht scheute, immer wieder unter Beweis zu stellen. Da war etwas in der Art, wie er seinen Kopf spitzbübisch neigte, wie seine grünen Augen strahlten, wenn er lächelte oder einen finster ansah, etwas, das einen magisch anzog oder einem eine Heidenangst einjagte. Ich war mir nicht sicher, ob es daran lag, dass er sein eigenes Ding machte, ohne sich um die Meinung der anderen zu scheren, oder daran, dass er jeden auf der Schule hätte drangsalieren können, es aber nicht tat. Auf jeden Fall mochte ich ihn sofort. Er interessierte sich nicht groß für die anderen Schüler, also wusste ich nicht, warum er sich ausgerechnet mit mir anfreundete. Eines Tages hatte er sich in der Schulcafeteria einfach zu mir gesetzt, und als er dann sein erstes eigenes Motorrad bekam, nahm er mich mit ins Jed's und stellte mir seine Freunde vor. Eine Zeit lang war ich sogar ein klein wenig in ihn verliebt gewesen, so lange, bis sein Freund Mike meinte, ich erinnere ihn an Gregs jüngere Cousine. Damit war es vorbei mit den romantischen Gefühlen für ihn.

Ich vermisste Greg. Er und Mike waren nach dem Abschluss nach Philadelphia gezogen, um für Mikes Onkel zu arbeiten, der dort eine Fabrik für Autoteile besaß. Es war sicher nicht der beste Job der Welt, aber solange er dadurch die Miete bezahlen und sich das Benzin für sein Motorrad leisten konnte, war Greg zufrieden. Wir hielten über E-Mail Kontakt, zuletzt hatte ich vor über einer Woche von ihm gehört.

»Greg wohnt jetzt in Philly, schon vergessen? Ich hab ihn seit Juni nicht mehr gesehen.«

»Tja, ich könnte ja jetzt so tun, als ob ich traurig darüber wäre.« Nate tippte auf die Armlehne seines Rollstuhls. »Was ist mit Roland? Ich kann mich an Zeiten erinnern, in denen ihr unzertrennlich wart. Genau wie mit Peter.«

»Wir hängen immer noch zusammen ab. Wir machen nur inzwischen gern unterschiedliche Sachen, das ist alles.«

Es war nicht etwa so, dass Roland mich nicht mit einbeziehen wollte, und ab und an ging ich auch wirklich auf eine Party mit ihm. Ich war nur nicht so wild aufs Feiern wie mein bester Freund. Roland verstand das, auch wenn es sonst keiner tat.

»Es kommt mir nur so vor, als würdest du dich in letzter Zeit immer mehr zurückziehen. Es ist nicht gesund, sich so abzuschotten.« Er fuhr sich mit der Hand durchs Haar. »Es ist meine Schuld. Ich hab dich viel zu oft allein gelassen, als du noch jünger warst. Ich weiß, ich bin nicht dein

Vater … ich wünschte nur, ich wüsste, wie ich zu dir durchdringen kann.« Er sah mich flehend an. »Du bist viel zu viel allein oder machst wer weiß was. Ich habe keine Ahnung, wo du bist oder was du so tust.«

»Nate, ich …« Ich stockte, weil unsere Gespräche irgendwie immer an diesem Punkt zu enden schienen. Was hätte ich auch sagen sollen? *»Hey, Nate, weißt du was? Ich habe heute ein Leben gerettet. Ich habe da diese Superkräfte, mit denen ich heilen kann. Aber deine Wirbelsäule bekomme ich nicht hin, es funktioniert nämlich nicht bei Menschen. Ach, und übrigens, kann ich vielleicht demnächst mal meinen Freund, den Troll, zum Abendessen einladen?«*

Nate drückte einen Knopf an seinem Rollstuhl und fuhr rückwärts zu seinem Schreibtisch. »Komm, nimm dir etwas zu essen. Ich habe noch Lasagne im Ofen für dich.«

Ich trug die Katze in die Küche, fand eine Dose Thunfisch für sie und machte mir dabei eine gedankliche Notiz, morgen etwas einzukaufen. Daisy folgte uns und ich schüttete etwas Futter in ihren Napf, bevor ich mein eigenes Essen in die Mikrowelle schob.

Nates Lasagne gehörte zu meinen absoluten Lieblingsgerichten, aber heute hätte ich genauso gut Pappe essen können, denn in dem ganzen Durcheinander meiner Gefühle verlor sich selbst der Geschmack italienischer Pasta.

Was war dort am Strand mit mir passiert? In der kurzen Zeitspanne von wenigen Stunden hatte ich jemanden gerettet und jemandem wehgetan. Festzustellen, zu was ich fähig war, machte mich mehr als nur ein wenig panisch. Und um noch einen draufzusetzen, hatte ich Nate schon wieder angelogen.

Ich setzte mich leise an den kleinen Esstisch und stocherte mit der Gabel im Essen herum. Ich hasste es, Nate zu belügen, aber es gab so viele Dinge in meinem Leben, über die ich nicht mit ihm reden konnte. Es war leichter, ihn zu enttäuschen, als ihm die Wahrheit zu sagen.

Ich wünschte, es würde einen Weg geben, die Distanz zwischen uns zu überbrücken. Er war alles, was ich noch an Familie hatte und ich wusste, dass mein Dad sich gewünscht hätte, dass wir uns nahe wären. Es war nicht Nates Schuld, er war ein guter Vaterersatz gewesen nach Dads Tod. Ich war ziemlich durch den Wind gewesen, als ich hierherkam, und ich hatte mich ihm nie so geöffnet, wie ich es hätte tun sollen. Und dann hatte ich Remy kennengelernt und die reale Welt hinter der, die ich glaubte, zu kennen, und plötzlich waren da all diese Geheimnisse, die ich mit niemandem teilen konnte.

Es war mir alles andere als gleichgültig, denn ich liebte Nate mehr als alles andere auf der Welt. Wir hatten nur so wenig gemeinsam. Nate war einer dieser Menschen, die nicht an das Paranormale oder Übersinnliche oder überhaupt an irgendetwas, das sich nicht wissenschaftlich beweisen ließ, glaubte. Er las keine Fantasyromane oder sah sich Science Fiction im Fernsehen oder im Kino an. Es machte ihn wahnsinnig, wenn ich mir alte Buffy-Wiederholungen anschaute, also tat ich das bevorzugt allein in meinem Zimmer. In gewisser Hinsicht lebte er zurückgezogener als ich, und ich war mir nicht sicher, ob er mit dem Wissen über meine Kräfte oder die Wahrheit über unsere Welt würde umgehen können.

Ich spülte meinen Teller ab und ging mit der Katze auf dem Arm die Treppe hinauf. Das Obergeschoss teilte sich in einen Speicher und einen offenen Raum, der als mein Schlafzimmer diente. Eine Art Loft – nur ohne Küche. Auf der einen Seite standen mein Bett, eine Kommode und der Schreibtisch. Gegenüber, unter dem großen Fenster, befand sich eine verschlissene grüne Couch, deren Bezug unter all den Kleidern und Büchern kaum mehr zu sehen war. Neben dem Sofa standen zwei riesige, völlig überladene Bücherregale. Mein Vater war Englischlehrer gewesen und er hatte Bücher geliebt, besonders die Klassiker. Er zitierte gerne Elisabeth Browning: »Kein Mensch kann einsam genannt werden, der Gott und die Gesellschaft guter Bücher bei sich hat.« Mit Gott war ich mir nicht so sicher, aber ich stimmte Dad und Browning zu, was gute Bücher betraf. Ich glaubte, er wäre froh zu sehen, dass ich seine Leidenschaft fürs Lesen geerbt hatte.

Die Wände meines Zimmers waren leer, außer ein paar Fotos von meinem Dad und ein paar wenigen von Roland, Peter und mir. Roland fand mein Zimmer immer deprimierend, zu leer, und beschwerte sich darüber, dass ich mich weigerte, die alte Stereoanlage meines Dads durch eine neue zu ersetzen. Aber ich mochte meine Bude. Sie war mein Rückzugsort. Und ich hatte sogar ein eigenes Bad, auch wenn es nur die Größe eines Kleiderschrankes hatte. Aber das Beste an meinem Zimmer waren die vielen Fenster, von denen aus ich weit hinaus auf die Bucht sehen konnte. Was konnte ein Mädchen sich Schöneres wünschen?

»Also, Katze, dann machen wir dich mal sauber, bevor du dich meinen Möbeln näherst.« Ich schnappte mir Daisys Shampoo und ein Handtuch und dann begann ich, das dreckige kleine Tierchen von oben bis unten abzuschrubben. Es war viel zu schläfrig vom Fressen und erschöpft vom Heilungsprozess, um sich ernsthaft zu wehren. Und als ich es abtrocknete, schnurrte es wie ein kleiner Motor. Ich setzte es auf eine alte Decke auf der Couch, wo es sich glücklich streckte, sich zu einem Ball zusammenrollte und sich offenbar ganz und gar zu Hause fühlte.

Nachdem ich das Katzenklo, das noch von unserem letzten vierbeinigen Gast übrig war, aufgestellt hatte, überließ ich das schlafende Kätzchen sich selbst und sprang unter die Dusche – in der Hoffnung, dass das heiße Wasser mehr als den Dreck des heutigen Tages davonspülen würde. Dabei wusste ich, dass nichts mich von den Erinnerungen an die Ereignisse mit Scott reinigen konnte. Ich hatte mich immer für einen guten Menschen gehalten, aber nur ein Monster würde sich so daran ergötzen, einer anderen Person Schmerzen zuzufügen. Ich zitterte trotz des heißen Wassers, das über meinen Körper floss.

Meine Gedanken schweiften zu der kleinen Boggiefamilie, während ich mich abtrocknete, und ich fragte mich, wie es ihnen wohl gerade erging. Statt den Tod ihres Kindes zu bedauern, würden Fren und Mol nun zu Hause sein mit ihrem Neugeborenen. Ich hatte heute ein Leben gerettet – das musste doch auch zählen. Aber war das genug, um die furchtbare Tat, die ich danach begangen hatte, wiedergutzumachen?

Mit einem Tanktop und meinen Lieblingspyjamahosen bekleidet legte ich eine Fleetwood-Mac-CD ein und trug meinen Zeichenblock zum Bett hinüber. Ich hatte die CD-Sammlung meines Vaters ebenso geerbt wie die Liebe für Rocksongs aus den Siebzigern. Unser Musikgeschmack war eine unserer wenigen Gemeinsamkeiten – und manchmal lieh Nate sich sogar Musik von mir aus. Ich schüttelte das Bedauern von mir und blätterte eine leere Seite im Zeichenblock auf. Hätte ich nicht dieses geheimnisvolle Leben, so wären mein Onkel und ich uns sicherlich viel näher.

Ich dachte an die Boggies, versuchte, mir den Anblick des winzigen Säuglings, den ich in meinen Armen gehalten hatte, in Erinnerung zu rufen. Der Bleistift flog über das Papier, während ich mich mühte, ihm gerecht zu werden. Ich zeichnete, wie ich ihn in den Händen hielt, denn das war das klarste Bild, das ich vor Augen hatte. Der Moment, in dem er seinen Mund geöffnet und zum ersten Mal geschrien hatte. Ich lächelte, als ich mit der Zeichnung der kleinen Kreatur fertig war. Sein zerknautschtes Gesicht verzog sich unglücklich und sein winziger Mund war in einem stummen Schrei geöffnet. Ich war sicher kein Da Vinci, aber meine Zeichnungen waren auch nicht schlecht. Dennoch zeigte ich sie niemandem.

Ein Klopfen am Fenster zog meine Aufmerksamkeit auf sich, und so ging ich hinüber und öffnete es, um eine riesige schwarze Krähe hereinzulassen. Sie krächzte und flatterte ein paar Runden im Raum umher, bevor sie auf meiner ausgestreckten Hand landete.

»Harper, wird aber auch Zeit, dass du nach Hause kommst«, schimpfte ich und strich über die schwarzen Federn an seinem Nacken. Er war seit zwei Tagen nicht mehr hier gewesen und ich hatte mir schon Sorgen gemacht. Genau genommen lebte Harper nicht bei uns, aber er verbrachte seine Zeit gerne hier – bevorzugt auf dem Dach. Er hatte mich wohl irgendwie adoptiert, nachdem ich ihn vor Scott gerettet hatte, aber er flog dennoch gern seiner Wege und machte sein eigenes Ding.

»Wenn du Hunger hast, es ist etwas zu fressen in deiner Schale«, erklärte ich, als er unruhig hin und her schwankte, ein Zeichen, dass er nach Leckereien verlangte. Ich war nicht überrascht, dass er sogleich meine Hand verließ und aus dem Fenster in Richtung Dach flog. Mehr als einmal hatte ich bereits vermutet, dass er mich verstehen konnte. Ich hatte gelesen, dass Krähen sehr intelligent waren, und Harper hatte zudem eine ordentliche Dosis meiner Kräfte abbekommen, als ich ihn heilte. Wer wusste schon, ob das nicht noch weiteren Einfluss auf die Tiere hatte?

Ich ließ das Fenster für ihn offenstehen und setzte mich an meinen Laptop, um die Onlineaktivitäten zu checken. Heute hatte ich zum zweiten Mal Trollgalle als Zahlungsmittel für Medizin für Remy verwendet und ich hatte ziemliche Panik, dass jemand die Spur zu mir oder Remy zurückverfolgen könnte. Das war der Hauptgrund, weshalb ich mich auf Malloy eingelassen hatte. Denn wenn man ihm etwas zugutehalten konnte, dann, dass er äußerst diskret war. In seinem Business musste er das auch, wenn er nicht tot in einer Gosse enden wollte.

Es gab unzählige Meldungen. Aber nirgends wurde Trollgalle erwähnt. Dennoch fiel mir etwas ins Auge. Ein Bericht über Vampiraktivitäten in Portland. Vampire waren das Lieblingsthema im Forum und es gab stets eine Flut an Postings über Vampirsichtungen – es war aber leicht, die realistischen von den Übertreibungen zu unterscheiden. Ich selbst hatte noch nie einen Vampir gesehen, aber ich wusste von Remy eine Menge über sie. Und mir war klar, dass Hollywood und die Fantasyautoren keine Ahnung hatten. Vampire hielten sich üblicherweise in großen Städten auf, wo sie in der Anonymität und in Anbetracht einer hohen Kriminalstatistik unauffälliger waren. Sie lebten in Gruppen, jagten bevorzugt in kleinen Rotten, und obwohl sie überwiegend nachtaktiv waren, konnten ausgereifte Vampire Tageslicht durchaus ertragen – sofern sie sich nicht direkter Sonneneinstrahlung aussetzten und sich nicht allzu lang darin aufhielten. Jüngere Vampire, jene, die weniger als einhundert Jahre alt waren, konnten dem Sonnenlicht nicht einmal eine Minute lang standhalten. Die meisten Vampire, jung oder alt, mieden es ohnehin und versteckten sich während des Tages.

Und es gab keine mitfühlenden Vampire, die über die Erde streiften und darauf warteten, dass ihre gequälten Seelen von der wahren Liebe gerettet wurden. Vampire waren durch und durch böse und ihr einziger Vorzug lag darin, dass man sie mit der richtigen Waffe töten konnte. Unglücklicherweise waren die Chancen eines Menschen, von einer Vampirbegegnung berichten zu können, dagegen überschaubar.

Der Post über Portland weckte mein Interesse, da die Stadt nur etwa eine Stunde entfernt von New Hastings lag und ich mit meinem Vater dort gelebt hatte. Üblicherweise äußerte sich im Forum kaum jemand über Portland. Die Einwohnerzahl war zu gering und so ließen sich ungewöhnliche Vorkommnisse kaum verschleiern. Als ich über die vier Mädchen im Teenageralter las, die in den letzten beiden Wochen verschwunden waren, überkam mich ein kalter Schauer. Von allen Mädchen berichtete man, sie wären Ausreißer gewesen, obwohl sie nichts mitgenommen hatten und keiner ihrer Freunde daran glaubte, sie könnten weggelaufen sein. Es gab keine Verbindung zwischen den Vermissten, und auch die Polizei hatte keine Spur. Der Verfasser des Posts spekulierte, ein Vampir könnte in der Gegend auf Jagd gegangen sein.

Der Gedanke stieß mir sauer auf. Vampire hatten große Freude daran, ihre Opfer zu foltern, bevor sie sie aussaugten. Und was sie dann zurückließen … Ich zitterte bei den Bildern, die unweigerlich meinen

Kopf überschwemmten. Ich schloss die Augen, aber die Szene hatte sich in meinen Verstand gebrannt.

Mit zusammengebissenen Zähnen wartete ich darauf, dass die altbekannte Angst und der vertraute Schmerz schwanden. In solchen Momenten wollte ich nichts mehr, als mich in meinem Bett unter der Decke zu verstecken. Aber das tat ich nicht. Wenn es im Bundesstaat Maine Vampire gab, dann musste ich das wissen.

Der Rest des Postings bot keine weiteren Informationen, außer der Mitteilung, dass die Mädchen bei Nacht verschwunden waren. Der User, der den Beitrag gestartet hatte, war regelmäßig auf der Seite und wir chatteten häufig. Er wusste, wovon er sprach, also schrieb ich ihn direkt an und bat um einen privaten Chat. Nur wenige Minuten später ploppte ein separates Fenster auf.

Wulfman: Was geht? Ist lange her.

PixieGirl: Ja, war beschäftigt. Habe deinen Post gelesen. Vampire in Portland?

Wulfman: Sagen meine Quellen. Schon seltsam. Nicht gerade ihre Gegend.

PixieGirl: Frage mich, was sie zurück nach Portland treibt.

Wulfman: Zurück? Was weißt du?

Pause.

PixieGirl: Kenne jemanden, der vor zehn Jahren von einem Vampir getötet wurde.

Wulfman: Wow. Das wusste ich nicht. Sorry.

PixieGirl: Kannst du dich an irgendwelche Aktivitäten damals erinnern?

Wulfman: Da war ich noch nicht in der Szene. Checke meine Quellen und melde mich bei dir.

PixieGirl: Danke.

Wulfman: Wäre gut, den Namen deines Freundes zu kennen.

Lange Pause.

Wulfman: Bist du noch da?

PixieGirl: Ja … sein Name war Daniel Grey.

Kapitel 3

DER Spatz zuckte unbarmherzig in meinen Händen, also löste ich meine Finger und sah zu, wie er davonflog. Sein frisch verheilter Flügel bewegte sich dabei, als wäre er nie gebrochen gewesen. Ich kicherte, als er meinen Kopf glücklich ein paar Mal umrundete und hochflog, um auf dem kleinen Ast über mir zu landen.

»Ich hoffe, du bist das nächste Mal ein wenig vorsichtiger, wenn du diesen alten Kater siehst«, erklärte ich, stand auf und klopfte den Dreck von meinen Jeans. Ich zog meine Handschuhe an und lief durch den kleinen Park am Ende unserer Straße. Der Himmel war schwer behangen mit dicken, grauen Wolken – ich konnte den Schnee bereits in der Luft riechen. Wenn wir dieses Mal genug Schnee bekämen, würde Daddy mit mir Schlitten fahren gehen. Ich beschleunigte meine Schritte und eilte nach Hause.

Ich war erst auf halbem Weg die Straße hinunter, da hörte ich Charlie, den Jagdhund unseres Nachbarn, schon bellen. Ich fragte mich, was ihn so aufregte. Charlie war alt und sogar zu träge, um Katzen oder Eichhörnchen anzubellen. Als ich das Haus unseres Nachbarn erreicht hatte, ging ich in den Garten, um den Grund für das laute Gebelle zu erfahren. Überrascht stellte ich fest, dass Charlie an seinem Drahthalsband zog und in Richtung unseres Gartens bellte und jaulte. Irgendetwas an der Art und Weise, wie er die Zähne fletschte, stellte mir die Nackenhaare auf.

Ich rannte wieder zurück auf die Straße, unsere Auffahrt entlang zur Haustür. »Daddy, ich glaube irgendwas stimmt nicht mit Charlie«, rief ich, noch während ich die Tür öffnete. Meine Handschuhe und meine Mütze warf ich auf die Bank im Flur. »Daddy?«, rief ich erneut.

Keine Antwort ...

Wo ist er? *Das Haus war erfüllt von dem Duft frischen Rostbratens, also musste er da sein. Er würde niemals den Ofen anlassen und verschwinden.*

Etwas fühlte sich nicht richtig an. Dann konnte ich den kalten Luftzug aus dem Flur spüren. Er musste selbst nach draußen gegangen sein, um zu sehen, warum Charlie bellte, und dabei die Tür offen gelassen haben. Ich schüttelte meinen Kopf. Mit mir schimpfte er immer, wenn ich das tat.

Ich konnte es riechen, bevor ich die Küche erreichte – diesen warmen, kupferartigen Duft, der dafür sorgte, dass sich mein Magen zusammenkrampfte. Mein Puls beschleunigte sich. Ein gellender Schrei entwich meiner Kehle, als ich eintrat und die roten Spritzer sah, die sich auf den weißen Küchenschränken verteilten, und die Blutspur, die hinaus zur offenen Terrassentür führte.

Die Angst explodierte in meiner Brust. »Daddy?« Ich schrie und rannte zur Tür. Meine Stiefel rutschten auf dem glitschigen Blut und so fiel ich in den Türrahmen. Ich schlug hart auf meinen Händen und Knien auf. Dann hob ich den Kopf und sah die blutigen Fußspuren, das kaputte Geländer und ...

»Nein!« Ich krabbelte verzweifelt auf den Körper zu, der am Fuße der Stufen, die hinunter in den Garten führten, lag, sein blaues Lieblingsshirt war zerrissen und blutig. Da spürte ich es, dieses furchtbare, erschreckende Gefühl eines endenden Lebens.

»Nein, Daddy, nein!« Ich warf mich auf ihn, bettelte ihn an, bei mir zu bleiben und ließ all meine Energie in ihn fließen, bis nichts mehr davon übrig war. Seine grünen Augen starrten blind in den grauen Himmel, während die ersten Schneeflocken sein zerstörtes Gesicht berührten.

»Nein!« Ich erwachte von meinem eigenen Schrei und schaute blind in die Dunkelheit. Mein Herz pochte schmerzhaft gegen meine Rippen. Mit zitternden Händen wischte ich mir die Tränen von den Wagen und strich mir die klammen Haarsträhnen aus dem Gesicht. Einige Minuten lang lag ich nur da und wartete darauf, dass sich mein Herzschlag wieder normalisierte und sich die letzten Spuren des Traumes verflüchtigten.

Der Vorhang flatterte, was meinen Blick auf das blasse Licht lenkte, das durch das Fenster schien. Weit draußen in der Bucht dröhnte ein Alarm, und näher am Ufer schnarrte ein Seeotter. Die vertrauten Geräusche beruhigten mich, ich strampelte die Decke von mir und stand auf, um das Fenster weiter zu öffnen. Die kalte Morgenluft füllte das Zimmer. Ich atmete die Meeresbrise tief ein, lauschte den gedämpften Geräuschen der See und dachte über den Traum nach.

Anfangs waren die Albträume jede Nacht zurückgekehrt – immer derselbe lähmende Traum, der mich aus dem Schlaf riss und mich vor Grauen aufschreien ließ. Stück für Stück hatte Nate versucht, mir die Einzelheiten des Traumes zu entlocken, versucht, mit mir über das Erlebte zu reden, aber ich hatte es einfach nicht ertragen, den Schrecken laut auszusprechen und damit diese furchtbaren Momente erneut zu durchleben.

Ich hatte den Polizeibericht gelesen. Einer unserer Nachbarn hatte während des Tumults angerufen, und als die Beamten eingetroffen waren, hatte ich noch immer auf den sterblichen Überresten meines Vaters gelegen – wir beide bedeckt von Schnee. Zuerst hielten sie auch mich für tot, bis einer der Polizisten meinen Puls fühlte. Ich wurde im Schockzustand ins Krankenhaus eingeliefert. Die Kinderpsychologin, die sich später um mich kümmerte, sagte, ich hätte ein »schweres psychologisches Trauma« erlitten, weil ich die brutale Ermordung meines Vaters hatte bezeugen müssen. Sie hatte empfohlen, mich für ein paar Wochen in der Kinderpsychiatrie unterzubringen.

Nates Antwort darauf war eindeutig ausgefallen: »Auf keinen Fall!« Mein Onkel kannte sich aus mit posttraumatischen Belastungsstörungen. Er war im Alter von dreiundzwanzig Jahren in Bosnien von einem Granatsplitter getroffen worden und saß seither im Rollstuhl. Er hatte gewusst, dass ich nichts anderes brauchte als meine Familie, und da meine Großmutter zu krank gewesen war, um sich um ein Kind zu kümmern, hatte er mich zu sich genommen. Ich wusste, dass das nicht leicht für ihn gewesen war. Ein alleinstehender Mann im Rollstuhl, der sich plötzlich um ein traumatisiertes Kind kümmern musste.

Aber er hatte mich allen Widrigkeiten zum Trotz großgezogen, und ich liebte ihn dafür – auch wenn ich nie die richtigen Worte fand, um ihm zu sagen, was es mir bedeutete. Es war ein wenig, als wären wir beide wie die zwei zerknautschten Deckel eines Buches. Wir hatten unsere Fehler, aber wir gehörten zusammen, wenngleich es immer etwas zwischen uns zu geben schien, das uns trennte.

Dem Wecker zufolge war es sechs Uhr – es war also sinnlos, noch einmal einzuschlafen. Stattdessen machte ich das Bett und schlurfte ins Badezimmer, um mich für die Schule fertig zu machen. Ich spritzte mir kaltes Wasser ins Gesicht und betrachtete meinen blassen Teint. In meinen

Augen spiegelte sich noch immer der Schrecken des Albtraums. Zitterig atmete ich aus und stellte die Dusche an. *Was für ein Wochenstart.*

* * *

»Ich hab gehört, ihre Bikergang war das. Er hat Glück, dass er noch lebt.«

»Echt jetzt?«

»Ja, ich glaube Greg McCoy ist gerade aus dem Knast entlassen worden oder so.«

»Ich wusste gar nicht, dass sie mit so harten Typen unterwegs ist.«

»Ihr seid voll auf der falschen Spur. Ich würde sagen, das war sie selbst, und so wie man ihn kennt, hat er das auch verdient.«

Ich sah von meinem Buch auf und das Geflüster erstarb. Auf einmal fanden die Schüler an den Tischen um mich herum ihre Lunchtabletts interessanter. Mit Mühe widerstand ich dem Impuls, mit den Augen zu rollen, tauchte stattdessen eine Pommes in Ketchup und steckte sie mir in den Mund. Eigentlich sollte ich mich längst daran gewöhnt haben. Wenn man ein Außenseiter war, dann blieb den Leuten eben nichts anderes übrig, als sich das fehlende Wissen über einen einfach selbst auszudenken. Aber eine Bikergang? Also ehrlich …

Ich sah zum Ende meines Tisches, wo Jeffrey Crum saß und Hamburger und Fritten verdrückte. Jeffrey schenkte mir ein schiefes Lächeln und teilte meine Belustigung über den Klatsch und Tratsch, während er sich wieder über sein Buch beugte. Er war blond, viel zu dünn und zwei Jahre jünger als ich. Er lebte bei seinen Großeltern, eine Straße von meinem Zuhause entfernt. Ich hatte gehört, seine Mutter wäre eine Drogensüchtige gewesen, die mit achtzehn schwanger geworden war. Jeffrey soll mit zahlreichen gesundheitlichen Problemen zur Welt gekommen sein. Er war ziemlich klug für sein Alter, aber auch sehr klein, und es fiel ihm schwer, sich mit den anderen Kids zu unterhalten. Schon vor ein paar Jahren hatten wir damit angefangen, uns einen Tisch zu teilen. Wir lasen beide gerne beim Essen, selbst dann, wenn Greg sich zu uns gesetzt hatte. Danach hatte keiner mehr gewagt, sich mit Jeffrey anzulegen, vermutlich weil sie sich in die Hose machten aus Angst vor Greg. Als er dann weggezogen war, schien es, als hätte ein wenig seines Rufes auf mich abgefärbt. Es machte mir nichts aus, solange es die Leute davon abhielt, uns zu belästigen.

Ich fragte mich, wie das mit der Schlägerei sich herumgesprochen hatte, schließlich wusste ich ja, dass Scott und Ryan sicher niemandem davon erzählt hatten. Ich hatte Scott in der zweiten Stunde in Chemie gesehen und beim Anblick seiner schwarzen Augenränder und der geschwollenen Nase beinahe laut nach Luft geschnappt.

Offensichtlich kaufte ihm niemand die Story von einem Wildunfall ab, aber wie zur Hölle hatten sie seine Blutergüsse mit mir in Verbindung gebracht?

Innerlich zuckte ich mit den Achseln und widmete mich wieder meiner bereits sehr gebrauchten Ausgabe von Jane Eyre. Solange sie mich in Ruhe ließen, sollten sie doch glauben, was sie wollten.

Der Stuhl mir gegenüber knirschte laut über den Boden, als jemand ihn herauszog und sich setzte. Ich machte mir nicht die Mühe, aufzusehen. »Hau ab, ich bin beschäftigt.«

Eine Hand streckte sich nach meinen Pommes aus. Als ich nicht widersprach, griff sie nach der nächsten. Ich schob meine Platte in seine Richtung. »Bedien dich.«

»Hm, deine Handknöchel sind nicht blau. Was hast du gemacht? Bist du mit einem Baseballschläger auf ihn los?«

Ich hob meinen Blick und sah in Roland Greenes lachende blaue Augen. Er lehnte sich zu mir und sein dunkler Pony fiel ihm in die Augen. »Also?«, fragte er und strich sich die Strähnen aus dem Gesicht. Ein vergebliches Unterfangen. Unzählige Male hatte ich ihm schon gesagt, dass er sich die Haare schneiden lassen sollte, aber er behauptete, die Mädels würden drauf stehen. Gemessen an der Anzahl weiblicher Wesen, die ihm schöne Augen machten, hatte er vermutlich sogar recht.

»Also was?«

Roland schnaubte: »Versuch es gar nicht erst. Was ist passiert?«

Ich nahm meine Coladose und trank einen großen Schluck, während ich abwägte, was besser war: Roland die Wahrheit zu sagen oder nicht. Er würde es nicht weitererzählen, wenn ich ihn darum bat, aber ganz sicher würde er seine Schadenfreude nicht verbergen können und damit die Gerüchteküche nur anheizen. Scott war auch nicht gerade einer von Rolands besten Freunden.

»Hey, Leute, habt ihr Scott Foleys Gesicht gesehen? Ich habe gehört, irgendeine Gang hat ihn zusammengeschlagen.« Peter Kelly setzte sich auf den Stuhl neben Roland, die Wangen gerötet, das rostrote Haar wie üblich in alle Richtungen abstehend. Seine grünen Augen blitzten aufgeregt, als er sich zu uns lehnte und seine Stimme senkte. »Aber das ist natürlich nur halb so interessant, wie die andere Geschichte, die ich gehört habe.« Er warf mir einen bedeutungsvollen Blick zu.

Ich schüttelte den Kopf. »Tut mir leid, euch enttäuschen zu müssen …«

»Sara hätte ihn beinahe zum Weinen gebracht.«

Die Kinnlade klappte mir herunter, als ich mich umdrehte und Jeffrey anstarrte.

»Ha! Du hast es also doch getan«, jauchzte Roland.

Peters Augen weiteten sich. »Du hast tatsächlich Scott Foley verhauen? Wie ist das möglich?«

»Hey.«

»Nimm's nicht persönlich, Sara, aber Scott ist um einiges größer als du … und, na ja, du bist ein Mädchen.«

»Ah, schön, dass du das noch mal betonst.«

»Sie ist die beste Kämpferin, die ich je gesehen habe«, erklärte Jeffrey. »Ich war auch am Kai, ich hab alles gesehen. Sie war außerdem wahnsinnig schnell.«

Roland grinste verschmitzt und lehnte sich in seinen Stuhl zurück. »Also, erzählst du uns jetzt, was passiert ist, oder was?«

»Ich hab ihn geschlagen, er hat mich geschlagen. Dann sind wir unserer Wege gegangen.«

»Netter Versuch. Wir wollen Details«, sagte Peter.

Ich nahm einen weiteren Schluck Cola und fragte mich, wie viel ich ihnen erzählen sollte. »Scott hat eine Katze gequält«, sprach ich mit gedämpfter Stimme, um die Story nicht mit der gesamten Schulcafeteria zu teilen. »Ich hab ein bisschen überreagiert und ihn geschlagen. Viel mehr gibt es nicht zu erzählen.«

»Sie hat ihm außerdem in die Eier getreten«, schnatterte Jeffrey laut, woraufhin Roland und Peter zusammenzuckten. Ich hörte leises Gekicher von den Tischen neben uns.

Peter besah sich meine Hände. »Wie konntest du ihn hart genug schlagen, um ihm die Nase zu brechen, und deine Fingerknöchel sind noch nicht einmal rot? Außerdem sieht dein Gesicht auch aus wie immer.«

»Du weißt doch, ich bekomme nicht so schnell blaue Flecken. Scott hat mich auch kaum angefasst.« *Und ich habe das weltbeste Erste-Hilfe-Set zu Hause.*

Roland schüttelte den Kopf. »Ich hab keine Ahnung, was mit dir und Scott abgeht. Immer wenn du in der Nähe bist, wird er total seltsam.« Er kaute an einer weiteren Pommes rum. »Das wird er nie verkraften – verdroschen von einem Mädchen. Sorry, Sara, aber es ist doch wahr. Ich hätte ja Mitleid mit ihm, wenn er nicht so ein Arsch wäre.«

Ich konnte nur mit den Achseln zucken, ich war nicht stolz auf das, was ich getan hatte. Es stimmte zwar, ich konnte Scott nicht leiden, aber ich hatte ihn angegriffen und nicht umgekehrt. Und ich wusste, selbst wenn Scott zuerst zugeschlagen hätte, es wäre kein fairer Kampf gewesen.

Ich schielte auf meine Uhr – noch immer zwanzig Minuten bis zur Englischstunde, aber ich hatte kein Verlangen danach, weiter hier zu sitzen und die Scott-Geschichte endlos durchzukauen. »Also, Jungs, es war schön mit euch, aber ich muss los.«

»Warte.« Roland legte eine Hand auf mein Buch, bevor ich es nehmen konnte. »Peter und ich wollen Freitagabend ins Attic, Dylans neue Band spielt. Willst du mitkommen?«

Ich zog eine Grimasse. »Macht er immer noch dieses Rapzeug?«

»Nein, seine neue Band ist mehr so auf Rock – so Pearl-Jam-mäßig. Sie sind ziemlich gut.«

»Ich weiß nicht.«

Roland neigte den Kopf zur Seite und schenkte mir ein Lächeln, inklusive Grübchen. »Komm schon, wir haben schon ewig nicht mehr zusammen abgehangen.«

Ich rollte mit den Augen. »Du weißt doch, dass das nichts für mich ist, oder? Außerdem, wolltet ihr dieses Wochenende nicht campen?« In den letzten Jahren hatten Roland und Peter einmal im Monat mit ihren Cousins einen Outdoortrip unternommen. Ihre Familien waren gut befreundet und unternahmen vieles zusammen. Roland beschwerte sich zwar darüber, dass seine Verwandtschaft sich ständig in seine Angelegenheiten einmischte, aber ich beneidete ihn. Mein Dad und ich waren uns auch so nah gewesen, bevor er gestorben war.

»Wir sind doch gerade erst zurückgekommen.« Roland schüttelte zu Peter gewandt den Kopf. »Ich kann nicht glauben, dass wir ein ganzes Wochenende weg waren und sie es noch nicht einmal gemerkt hat.« Roland setzte eine beleidigte Miene auf. »Das tut weh.«

Ich musste grinsen. Schlechte Schauspieler. »Nach einem ganzen Wochenende in den Wäldern, wundert es mich, dass du für Freitagabend noch kein Date hast, Roland.«

»Sara, du weißt, du bist die Einzige für mich.« Er legte eine Hand aufs Herz. »Ich schlage nur die Zeit tot, bis du das endlich auch verstanden hast.«

Aus dem Augenwinkel sah ich, wie zwei Mädchen an einem Tisch in unserer Nähe Rolands Vorstellung mit offensichtlichem Missfallen und Eifersucht beobachteten.

»Ja, schon gut, Romeo. Beruhige dich!«, sagte ich lachend. »Bevor du noch die Herzen aller Mädchen hier brichst und sich ein wütender Mob auf mich stürzt.«

»Was?«, fragte er scheinbar unschuldig.

Ich schüttelte den Kopf, weil ich wusste, dass Roland nicht so ahnungslos war, was seine Wirkung auf das andere Geschlecht betraf, wie er es uns glauben lassen wollte. Die Mädchen waren schon hinter ihm her gewesen, lange bevor er sie beachtet hatte. Seine lässige Abneigung allen möglichen Regeln gegenüber verlieh ihm eine Bad-Boy-Aura, der die gesamte weibliche Schülerschaft nicht widerstehen konnte. Man konnte ihm seine guten Gene nicht vorwerfen, dennoch fand ich, dass Roland den Mädchen gegenüber ein wenig unsensibel war. Er traf sich mit einem Mädchen ein paar Mal, und sobald sie ernstere Absichten hatte, beendete er es. Er tat es auf eine nette Art und Weise, was es für die Betroffenen wahrscheinlich noch schlimmer machte. Wann immer ich etwas dazu sagte, argumentierte er, nach zwei Dates könne er niemandem das Herz brechen. Aber ich hatte ihre verletzten Gesichter mehr als einmal gesehen. Ich mochte Roland sehr gern, aber in Herzensangelegenheiten war er ein Idiot.

»Ich beruhige mich erst, wenn du versprichst, dass du mit ins Attic kommst. Das wird der Knaller!«

»Ich denk drüber nach«, sagte ich, nahm mein Buch und stopfte es in meine Tasche. Meine Pommes überließ ich den beiden.

Niemand sonst sprach mich an, als ich mich auf den Weg zur Tür machte, aber ich hörte ihr Geflüster. Bereits jetzt hatten sich Jeffreys Kommentare wie ein Lauffeuer in der Cafeteria verbreitet.

Die Tür schwang auf, als ich gerade danach griff und ich musste einen Schritt zurücktreten, um zu vermeiden, dass sie mir ins Gesicht schlug. Das boshafte Grinsen auf dem Gesicht der hübschen Blonden, die mir gegenübertrat, sagte mir, dass sie genau das geplant hatte. Ich war nicht überrascht. Faith Perry und ich waren schon an normalen Tagen keine Freunde und ich hatte auch nicht erwartet, dass sie glücklich darüber sein würde, was ihrem Liebsten widerfahren war.

»Entschuldige bitte.« Ich versuchte, an Faith vorbeizugehen, aber sie blockierte den Weg. Ich seufzte innerlich, während es in der Cafeteria hinter mir still wurde. Das hier war erst die zweite Woche in meinem Abschlussjahr und ich sehnte mich jetzt schon nach der Zeugnisausgabe.

»Und bist du jetzt zufrieden?«, zischte sie. Ihre giftigen grünen Augen glänzten.

Ich setzte ein möglichst unschuldiges Gesicht auf. »Wieso?«

Faith schleuderte ihr langes glattes Haar über die Schulter. »Ich rede von Scott.«

In diesem Augenblick sah ich Scott und Ryan über den Flur auf uns zu laufen. Sie hielten inne, als sie mich und Faith erkannten. Scotts Augen blitzten verärgert, dann schaute er weg, als könnte er meinen Anblick nicht ertragen.

Ich zuckte mit den Schultern. »Ernsthaft, Faith? Glaubst du wirklich, dass ich das getan habe?« Ich sprach so laut, dass mich auch die Leute hinter mir hören konnten. »Sehe ich so aus, als wäre ich in eine Schlägerei verwickelt gewesen?«

Das brachte sie zum Nachdenken, sie starrte mich an und es wirkte, als fiele ihr das Fehlen von Blutergüssen an mir erst jetzt auf. Ich spürte, dass auch Scotts Augen auf mir ruhten und er sich fragte, was aus meiner dicken Lippe geworden war.

»Woher soll ich das wissen?«, fauchte Faith. »Soviel ich weiß, hast du deine Loserfreunde von der Bikergang auf ihn gehetzt. Und das traue ich dir absolut zu.«

Ich schnaubte vor Zorn. Wenn es hier jemanden gab, der anderen gern wehtat, dann Faith. Schon als wir noch kleine Kinder gewesen waren, hatte sie andere schikaniert, und mit zunehmendem Alter war es nur noch schlimmer geworden. Als ich auf diese Schule gekommen war, war Faith nicht sehr glücklich darüber gewesen, dass Scott mit mir befreundet sein wollte, und sie hatte alles getan, um mir das Leben schwer zu machen. Ich war durch den Tod meines Vaters schon am Boden zerstört, und Faith hätte mich beinahe endgültig gebrochen – wenn Roland nicht gewesen wäre. Seine Freundschaft hatte die schmerzende Leere in meinem Innern ein wenig gefüllt und mir die Stärke gegeben, gegen Faith aufzubegehren. Ich war mir nicht sicher, weshalb sie mich nicht mochte – weil es ihr nicht gelang, mich zu verletzen, oder weil Scott zuerst mich gemocht hatte –, aber seither hasste sie mich zutiefst. Üblicherweise ging ich ihr einfach aus dem Weg, es war den Ärger nicht wert.

»Weißt du was, Faith?« Ich ging einen Schritt auf sie zu, sie taumelte zurück. Ich lehnte mich nach vorn und konnte spüren, wie die Leute in der Cafeteria lange Hälse machten. »Wenn ich du wäre«, flüsterte ich ihr ins Ohr, »würde ich mir weniger Sorgen darüber machen, ob ein Mädchen meinen Freund zusammengeschlagen hat oder nicht, sondern würde darüber nachdenken, warum mein Freund zu der Zeit nicht bei mir war.«

Faith riss den Mund auf. Es war wahrscheinlich nicht besonders klug, sie auch noch anzustacheln. Nachdem sie ihn jahrelang angegraben hatte, hatte sie sich Scott letztlich doch gekrallt, aber sie war verdammt eifersüchtig, wenn es um ihn ging. Wäre sie nicht so ein übles Miststück, dann hätte ich ihr gesagt, dass sie sich keine Sorgen machen brauchte – sie und Scott waren geradezu füreinander gemacht.

Ich drängte mich an ihr vorbei und ließ einen ganzen Raum voll mit neugierigen Gaffern hinter mir. Ein paar weitere Schüler hatten sich im Flur versammelt und unserem Gespräch zugehört, aber ich ignorierte ihre Blicke und ging an ihnen vorbei. Scott trat beiseite, als ich auf seiner Höhe war; nur Ryans und meine Blicke trafen sich kurz. Ich konnte die Verwirrung in seinen Augen gut wahrnehmen und ich wusste, er fragte sich, warum ich geleugnet hatte, Scott geschlagen zu haben, wenn das doch die perfekte Gelegenheit gewesen wäre, ihn vor der halben Schule zu demütigen. Ich ließ Ryan stehen, ich hatte definitiv keine Lust, ihm oder irgendjemandem etwas zu erklären. Sollte er doch denken, was er wollte.

Der Rest des Nachmittags verlief ruhig. Es gab kein Zusammentreffen mehr mit Faith, und Scott hielt sich auch auf Abstand. Keiner von ihnen würde so schnell vergeben oder vergessen, was geschehen war, aber ich hatte das Gefühl, dass zumindest Scott sich eine ganze Weile von mir fernhalten würde. Ich hoffte, sie beide würden das tun, denn mir gefiel so gar nicht, zu was für einem Menschen ich in ihrer Gegenwart wurde.

Ich befand mich auf der Market Street auf dem Weg nach Hause, als ich mich plötzlich beobachtet fühlte. Es war ein gruseliges Gefühl, aber ich schüttelte es ab und zwängte mich durch den kleinen Parkplatz zwischen dem Pub und dem Antiquitätenladen und kam im Hafenviertel heraus. Unser Haus war das siebte in der Reihe.

Gerade als ich den Pub passierte, überkam mich das Gefühl erneut, diesmal stärker. Folgte mir jemand? Ich blieb stehen und lauschte nach Fußtritten, aber so nahe am Strand überlagerten das Geschrei der Möwen und die Brandung alle anderen Geräusche. Es war noch heller Nachmittag, also bekam ich keine Angst, war aber zunehmend genervt.

»Scott oder Faith, wenn ihr das seid, dann dreht ihr besser jetzt um und geht nach Hause – in eurem eigenen Interesse«, rief ich, ohne eine Antwort zu erwarten.

Ein paar Sekunden später ging ich weiter. Es war warm heute und die leichte Brise, die mir um die Knöchel wehte, konnte man kaum als Wind bezeichnen. Gedankenverloren sah ich, wie sich die Blätter von dem einsamen Ahornbaum vor dem Coffeeshop von den Zweigen lösten und den ganzen Weg bis nach Hause um meine Füße wirbelten wie verspielte Welpen.

»Was zum …« Ich stoppte abrupt, als ich unsere Hausecke umrundet hatte und sich plötzlich eine Art Miniwirbelwind aus Laub und Dreck vor mir aufbaute. Ich blieb stehen und beobachtete, wie sich die Blätter immer schneller und schneller drehten. Die kleine Windhose bauschte sich immer mehr auf und formte eine verschwommene Gestalt, etwa einen Meter hoch. Ich riss den Mund auf und schloss ihn dann schnell wieder, als eine Kreatur, von der ich bisher nur vage gehört hatte, vor mir Form annahm. Ich hätte nie zu träumen gewagt, jemals einen Elementaren von Nahem zu sehen und ich wusste nicht, ob die seltene Erscheinung mir Angst einjagen oder mich freuen sollte.

»Ähm, hallo«, sagte ich zögerlich.

Der Luftgeist machte eine Bewegung, die wie eine Verbeugung anmutete, und da ich mich in Elementaretikette nicht auskannte, verbeugte auch ich mich. Das schien ihr zu gefallen, denn sie kam näher, bis ich einen sanften wispernden Laut hören konnte, der an das Geräusch von Wind im Kamin während eines Sturms erinnerte. Ich lauschte angestrengt und konnte ein paar Worte verstehen. »Hallo, Sara Grey«, sagte sie mit luftiger Stimme. »Ich bin Aine.«

Ich schluckte und ließ mich schwerfällig auf die Treppen vor unserem Haus fallen. Sie kannte meinen Namen. Warum sollte ein Luftelementar meinen Namen kennen? Einige der Wesen aus der anderen Welt kannten mich meiner Heilkräfte wegen, aber ich bezweifelte, dass ich einem Luftgeist mit diesen behilflich sein konnte. Ich wüsste nicht einmal, wo ich anfangen sollte.

»Brauchst du meine Hilfe, Aine?«, fragte ich und hörte ein gehauchtes Lachen.

»Ich habe dich beobachtet und deine Kräfte gesehen und wie gut du zu anderen bist. Du bist ein liebes Kind.«

»Ich bin fast achtzehn.«

Der Luftgeist lachte wieder und ich kam nicht umhin zu lächeln. Sie hatte zahllose Zeitalter erlebt, verglichen mit ihr war ich ein Säugling.

Ich wusste nicht viel über die Elementare, außer dass sie sehr stark waren und ihre Kraft aus der Erde zogen. Sie wurden besonders verehrt, auch von den Trollen. Remy sprach manchmal von den Elementaren, aber er hatte nie einen von ihnen getroffen.

»Aine, weißt du, woher meine Kräfte kommen?« Wenn jemand diese Frage beantworten konnte, dann war es ein Elementar. Vielleicht war sie hier, um mir die Antworten zu geben, nach denen ich mich so verzweifelt sehnte.

Aine kam näher, so nah, dass ich ihren Lufthauch an meinen Beinen spüren konnte. Ich wollte mich so gerne herabbeugen und ihre verzerrte Gestalt berühren, aber ich hatte Angst, sie könne dann verschwinden.

»Alle Kraft kommt aus der Erde«, antwortete sie kryptisch. Dann entfernte sie sich wieder ein Stück. »Warum heilst du, kleine Schwester?«

Die Frage erwischte mich eiskalt, niemand hatte mich das je zuvor gefragt. »Ich verstehe nicht. Warum sollte ich es nicht tun?«

»Die Menschen scheuen die Wesen der anderen Welt. Du nicht.«

»Nein, einige von ihnen sind meine Freunde.«

»Und was ist mit denen, die nicht mit dir befreundet sein wollen? Hilfst du ihnen auch?«

Ich wünschte, das Gesicht des Luftgeistes sehen zu können, um den wahren Grund ihrer Frage zu verstehen. »Diese Entscheidung musste ich noch nicht treffen, also kann ich nicht sagen, was ich tun würde. Ich schätze, ich würde den meisten Kreaturen helfen.«

Aine schien vor meinen Augen in der Luft zu schweben. »Den meisten – aber nicht allen?«

»Na ja, ich würde nicht jemanden heilen, der dann bei nächster Gelegenheit einen Menschen tötet, wenn es das ist, was du meinst. Ich weiß, es gibt einige, die nicht besonders nett sind, aber trotzdem nicht boshaft. Ihnen würde ich helfen, wenn sie mich darum bitten würden.«

»Und du entscheidest, wer böse ist und wer nicht?«

Ich ließ ein kurzes Lachen hören. »Ich glaube, die Bösen sind sehr einfach zu identifizieren.«

Ein langer Augenblick verging, bevor der Luftgeist nickte. »Du bist klug für dein Alter. Ich bin froh, dass ich dich getroffen habe.«

»Ich bin auch froh.« Das war das seltsamste Gespräch, das ich je geführt hatte, und einen Moment lang erwartete ich, in meinem Bett zu erwachen und festzustellen, dass ich das alles nur geträumt hatte.

»Ich denke, wir werden uns wiedersehen, kleine Schwester.« Die wirbelnde Luftmasse bewegte sich von mir weg, bis sie sich schließlich vollständig in einem losen Haufen Dreck und Blättern auf dem Boden auflöste.

Ein Elementar! Ich habe gerade einen Elementar getroffen!

Ich saß noch geschlagene zehn Minuten auf der Treppe, nachdem sie gegangen war, denn so lange dauerte es, bis ich mich von dem Schock dieses Zusammentreffens erholt hatte. Elementare waren extrem zurückhaltende Lebewesen und ich konnte einfach nicht fassen, dass Aine hierhergekommen war, um mit mir zu reden. Und hatte sie nicht gesagt, sie hätte mich beobachtet? Wie lange schon, und warum?

Als ich schließlich mein Gesicht halbwegs unter Kontrolle hatte, ging ich ins Haus. Nate war in seinem Büro. In der Küche nahm ich mir einen

Blaubeermuffin, um die Zeit bis zum Abendessen zu überstehen, ging nach oben und rief Nate einen flüchtigen Gruß zu, als ich an seiner Tür vorbeikam. In meinem Zimmer warf ich den Rucksack aufs Bett, wechselte meine Klamotten, legte Carly Simon auf und setzte mich an meinen Laptop. Ich starb vor Neugier darauf, ob Wulfman irgendetwas für mich herausgefunden hatte. Wahrscheinlich war es zu früh, um sich Hoffnungen zu machen, aber nach meinem Zusammentreffen mit Aine schien plötzlich alles möglich.

Zu meiner Überraschung hatte ich eine E-Mail von Wulfman in dem Posteingang, das ich für das Forum nutzte. Ich öffnete die Nachricht, neugierig darauf, was er bereits wusste.

Sieht so aus, als hättest du recht gehabt. Es gab mehrere verdächtige Todesfälle in Portland vor zehn Jahren. Dein Freund war einer von ihnen. Ich warte noch auf Antworten von meinen anderen Quellen. Hoffe, ich kann dir in ein paar Stunden mehr sagen.

Ich starrte wie betäubt auf den Bildschirm. In ein paar Stunden könnte ich näher an der Wahrheit über den Mord an meinem Vater sein als je zuvor. Eine Frage hatte mich in all den Jahren stets am meisten gequält: Warum er? Er war ein guter Mensch gewesen und wir hatten ein ruhiges Leben gelebt. Was hatte sie in diese Wohngegend gezogen, zu unserem kleinen Haus, das doch auch nicht anders aussah, als die anderen Häuser in der Straße? Diese Fragen wüteten wie ein Feuer in meinem Innern, das nicht eher erlöschen würde, bis ich Antworten erhalten hatte. Die Wahrheit würde mir nicht dabei helfen, seinen Tod zu bewältigen, aber vielleicht könnte ich dann eher damit abschließen.

Ich griff nach dem Muffin und knabberte daran herum, während ich unruhig im Raum umherging und immer wieder zum Laptop schaute. Die Katze lag auf der Sofalehne und beobachtete mich. Ihr Kopf folgte jeder meiner Bewegungen. Ich warf dem Kater ein kleines Stück Muffin zu, doch er schaute nur, wie es vor der Couch landete, machte aber keine Anstalten es zu fangen.

»Noch vor zwei Tagen wärst du froh gewesen, wenn du so etwas bekommen hättest«, tadelte ich sanft und hob den Krümel auf.

Ein winziges, kratzendes Geräusch hinter der Dachschräge drang zu mir durch und ich lächelte hinter meiner Hand. Ich brach ein größeres Stück vom Muffin ab, öffnete die kleine Dachluke und legte das Essen davor. Dann zog ich mich aufs Sofa zurück, um zuzuschauen. Es dauerte ein paar Minuten, aber dann wurde ich belohnt. Die Luke quietschte und ein kleiner blasser Arm streckte sich aus den Schatten herein und schnappte sich das Muffinstück. Ich hörte ein freudiges Kichern, als der kleine Unhold sich seine Belohnung holte.

»Gern geschehen, du undankbarer kleiner Schuft«, rief ich ihm nach.

Die einzige Antwort, die ich erhielt, war ein dumpfes Blubbern aus der Wand. Die verdammten Lümmel bedankten sich nie.

Ich schüttele den Kopf und aß meinen Muffin auf. Manche Häuser hatten Mäuse – in meinem lebten Kobolde. Sie waren die Ungeziefer dieser Parallelwelt – notorische Diebe und teuflisch schwer zu fassen. Eine ganze Weile konnte ich nichts von Wert liegen lassen, es verschwand ganz einfach. Bis sich letzten Herbst einer der kleinen Biester in einer Mausefalle auf dem Dachboden verfangen hatte. Ich hatte ihn befreit und geheilt, obwohl er mich währenddessen mehrfach versucht hatte, zu beißen. Remy sagte, ich wäre verrückt, aber ich konnte es einfach nicht ertragen, wenn eine Kreatur litt. Ich schätze, die gute Tat hatte sich ausgezahlt, denn seither war nichts mehr verschwunden. Natürlich waren die Kobolde kein bisschen freundlicher geworden, aber was sollte man auch von fünfzehn Zentimeter kleinen, kleptomanischen Dämonen mit scharfen Zähnen erwarten.

Ich zwang mich, eine Stunde lang Hausaufgaben zu machen, bevor ich aufgab und die Nachrichten auf meinem Laptop checkte. Ein Gefühl nervöser Aufregung kribbelte in meinem Bauch, als ich sah, dass ich eine Nachricht hatte, in der Wulfman um einen privaten Chat bat. Ich klickte auf okay und er antwortete sofort.

Wulfman: Ich hab da was, nicht sicher, ob es das ist, was du willst.

PixieGirl: Was ist es?

Wulfman: Einer meiner Quellen hat einen Freund verloren, als du auch deinen verloren hast. Selbe Vorgehensweise.

PixieGirl: Und er glaubt, es waren Vampire?

Wulfman: Da ist er sich sicher. Er kennt sich aus.

PixieGirl: Und was jetzt?

Wulfman: Er will mit dir reden. Aber nur persönlich. Okay für dich?

PixieGirl: Vertraust du ihm?

Wulfman: 100 %.

PixieGirl: Ok, aber nur an einem öffentlichen Ort.

Mein Handy auf dem Schreibtisch vibrierte. Ich lächelte schief, als ich sah, dass die Nachricht von Roland war. ›Freitagnacht?‹

PixieGirl: Ich glaube, ich weiß einen Ort. Er soll mich anschreiben, dann können wir reden.

Wulfman: Mach ich. Halte mich auf dem Laufenden.

PixieGirl: Geht klar, danke.

Ich lehnte mich im Stuhl zurück. War ich verrückt geworden, mich mit einem völlig Fremden zu verabreden, selbst wenn er etwas über meinen Dad wissen könnte? Ich hatte genug Geschichten von Mädchen gehört, die nach einem Treffen mit einer Internetbekanntschaft spurlos verschwunden waren. Andererseits war das nicht das erste Mal, dass ich auf die Art jemanden kennenlernte. Genau so war es mit Malloy und diversen anderen, mit denen ich Geschäfte machte, auch gewesen. Ich war immer vorsichtig, und ich würde ja nicht allein sein mit dem Kerl.

Darüber hinaus war das die einzige Chance, die Wahrheit über den Tod meines Vaters herauszufinden. Nach all den Jahren konnte ich mir die Gelegenheit nicht entgehen lassen. Ich war bereit, ein paar Risiken einzugehen, wenn ich dafür Antworten bekam.

Ich hatte mich entschieden und nahm mein Handy. ›Ich bin dabei.‹

Kapitel 4

ZU dem Zeitpunkt, als Delilah's Crush die letzte Runde anstimmte, pochten meine Schläfen schmerzhaft und ich wünschte mir, mich selbst heilen zu können. Roland hatte recht gehabt: Dylans neue Band war fantastisch, auch wenn ich eher auf Rock und weniger auf Metal stand. Ich glaubte nicht, dass Delilah's Crush wirklich wussten, welche Art von Musik sie spielen wollten, also machten sie irgendetwas dazwischen. Roland und Peter hatten viel Spaß, sie grölten und sprangen mit dem Rest der Menge. Mein Seufzer ging in der Musik unter. Vielleicht lag es ganz einfach an mir; ich wusste offenbar nicht, wie man sich als normaler Teenager amüsierte.

Um ehrlich zu sein, war ich enttäuscht und mehr als nur ein wenig genervt von der Tatsache, dass der eigentliche Grund meines Erscheinens heute Abend nicht aufgetaucht war. NightWatcher, der Typ, mit dem ich diese Woche gechattet hatte, hätte eigentlich um zehn Uhr hier sein sollen, nun war es bereits elf und noch immer keine Spur von ihm. Wir hatten vereinbart, dass ich ein silbernes Kreuz als Erkennungszeichen tragen würde – ich schätzte, weil Vampire Silber nicht berühren konnten. Meine Finger strichen über das Kreuz, um sicherzugehen, dass es noch immer über meinem Shirt hing. Doch wie es aussah, war das alles nicht von Bedeutung, denn NightWatcher hatte sich nicht einmal die Mühe gemacht, aufzukreuzen, oder falls er doch da war, hielt er sich aus irgendeinem Grund von mir fern.

Ich suchte den Raum erneut mit den Augen ab, und dieses Mal fiel mein Blick auf einen dunkelhaarigen Mann, der so aussah, als gehörte er nicht hierher – genauso wie ich mich fühlte. Er lehnte sich gegen eine Holzsäule am Rande der Tanzfläche, trug dunkle Jeans und ein enganliegendes graues Strickoberteil. Er hätte besser in einen Calvin-Klein-Werbespot gepasst als hier ins Attic. Es waren nicht nur seine Klamotten oder die Art, wie er sich behäbig umsah, was meine Aufmerksamkeit auf sich zog; er war einfach zu … schön. Wie eines dieser androgynen Männermodels. In einem Raum voller Teenager und Collegestudenten in lässigen T-Shirts und Bluejeans wirkte er wie von einem anderen Stern.

Es dauerte ein paar Sekunden, bis ich begriff, dass Mr CKs Augen sich direkt in meine bohrten. Dieser unverhohlene Blick trieb mir die Röte in die Wangen und ich sah schnell zur Seite, mied dieses verführerische Lächeln und die offensichtliche Einladung, die ich in seinen Augen lesen konnte. Ich hatte wenig – okay, gar keine – Erfahrung mit dem anderen Geschlecht, aber ich hätte unter Narkose stehen müssen, um die Signale, die er ausstrahlte, nicht zu erkennen. Was ich jedoch nicht verstand, war, warum er sich auf mich konzentrierte, wobei der Raum doch voll war mit attraktiven Mädchen, die ihn auf sich aufmerksam machen wollten. Ich hielt mich selbst nicht für hässlich, war aber auch nicht jemand, der anziehend auf andere wirkte, und ganz sicher war ich es nicht gewohnt, dass mir heiße Typen eindeutige Blicke zuwarfen.

Ein wenig atemlos wandte ich meine Aufmerksamkeit wieder der Bühne zu, wo der Schlagzeuger die Menge gerade mit einem wahnsinnig guten Solo zum Ausflippen brachte. Ich schlängelte mich nach vorn und quetschte mich zwischen meine Freunde, tanzte ein wenig neben ihnen. Fünf Minuten später stahl ich mir einen Blick zu Mr CK und grinste süffisant, als ich sah, dass er tief in ein Gespräch mit zwei gutgebauten Blondinen verwickelt war. Die beiden wirkten unfreiwillig komisch bei dem Versuch, die jeweils andere in ihren Flirtversuchen zu übertrumpfen.

Die Band beendete den Song und startete den nächsten, alle tanzten, nur ich nicht. Nach zwei großen Flaschen Wasser in zwei Stunden musste ich mich dringend erleichtern. Ich tippte Roland an und formte mit den Lippen das Wort »Toilette«, um ihn wissen zu lassen, wohin ich ging. Er nickte und ich ging zu den Damen-WCs, wo ich mich fünf Minuten lang anstellen musste, bevor ich an der Reihe war.

Ich wusch mir gerade die Hände, als die beiden Blondinen, die ich mit Mr CK gesehen hatte, hereinkamen.

»Mir ist er zuerst aufgefallen, Shelley«, sagte eine von ihnen und zog einen dicken dunkelroten Lippenstift aus der Handtasche.

»Das sagst du jedes Mal, Trish«, erwiderte das andere Mädchen schmollend. Sie frischte ihr eigenes Make-up auf und verkündete: »Der gehört mir.«

Trish prüfte den Sitz ihres perfekten Haares im Spiegel. »Wenn du glaubst, dass ich dir den einfach so überlasse, bist du auf dem Holzweg.«

»Überlasse?« Shelleys Stimme wurde schrill.

Ich schüttelte den Kopf und verließ die Toilette, bevor die beiden sich noch mit ihren Handtaschen um den Kerl prügelten. Keine Frage, Mr CK war verdammt heiß, aber kein Typ war es wert, dass man sich wegen ihm in die Haare bekam, schon gar nicht, wenn man ihn gerade erst in einer Bar kennengelernt hatte. Trish und Shelley waren da offenbar anderer Meinung.

Ich war noch keinen halben Meter vom WC entfernt, da hörte ich sie hinter mir – heftig streitend, was ihnen den ein oder anderen amüsierten Blick von den Umstehenden einbrachte. Ich verlangsamte meine Schritte und trat beiseite, um die Streithennen vorbeizulassen. *Kein Wunder, dass ich so selten weggehe.*

Ich hörte, wie Shelley »Du Schlampe« rief und keine Sekunde später Trish einen so harten Stoß versetzte, dass sie rückwärts auf mich stolperte. »Autsch!«, grunzte ich, während sich die Ellbogen des Mädchens in meinen Bauch bohrten und wir in einem Gewirr aus Armen und Beinen zu Boden stürzten. Ich sah Sternchen, als mein Kopf das harte Holz berührte. Das hatte ich nun davon, dass ich den Sturz des größeren Mädchens abgefangen hatte.

Jemand zog Trish von mir und ein Mädchen fragte: »Geht es ihr gut?« Ich nahm an, dass sie mich meinte, denn ich war die Einzige, die regungslos auf dem Boden lag, sich benommen fühlte und sich nicht sicher war, ob sie sich schämen oder stinksauer sein sollte.

Eine Hand wedelte vor meinem Gesicht hin und her und ich begriff, dass sich jemand über mich beugte. »Bist du okay?«, fragte ein Mann mit tiefer Stimme, in welcher der Hauch eines Akzents mitschwang, den ich nicht zuordnen konnte. Die Deckenbeleuchtung machte es unmöglich, sein Gesicht zu erkennen, aber seiner Stimme nach ging ich davon aus, dass er einige Jahre älter war als ich.

»Ähm … ja, glaube schon«, sagte ich und versuchte, mich aufzusetzen. Der Mann reichte mir seine Hand, nahm meine und ich erschrak über die Wärme, die sofort in meinen Fingerspitzen kribbelte. Ich starrte auf unsere Hände, die ineinander verschlungen waren. Als er mir aufhalf, stand ich einen Moment lang da, bis ich realisierte, dass ich noch immer seine Hand hielt. Ich ließ los und sah ihn mit einem dümmlichen Lächeln an. »Danke …«

Er stand so nahe, dass ich nach ihm greifen und ihn berühren konnte. Sein Gesicht war nicht länger in den Schatten verborgen und so schaute ich staunend in ein Paar stahlgraue Augen, die mich mit einer solchen Intensität musterten, dass ich beinahe vergaß, zu atmen. Unfähig, etwas zu sagen, starrte ich ihn an, und etwas in meiner Bauchgegend rührte sich heftig und fremd, etwas, das ich nicht in Worte fassen konnte. Es war, als würden die Flügel eines Schmetterlings ganz zart einen Punkt in meinem Unterbewusstsein berühren und etwas Neues in Gang setzen. Obwohl ich mir sicher war, dass ich ihn nie zuvor gesehen hatte, erlebte ich einen seltsamen Moment des Wiedererkennens und tief in mir bewegte sich etwas – wie eine Katze, die nach langem Schlaf die Pfoten streckte.

Der Mann blinzelte und trat einen Schritt zurück, brach den Zauber, der mich gefangen hielt. Ich erinnerte mich wieder daran, zu atmen, sah zu Boden, um die Kontrolle zurückzuerlangen, und schaute dann nach oben, nur um festzustellen, dass er mich noch immer leicht verwirrt ansah – so wie ich ihn vermutlich auch. Mein Blick wanderte über sein attraktives Gesicht; ich nahm seinen rechteckigen Kiefer wahr, seine fest aufeinandergepressten Lippen, die Adlernase und die schwarzen Haare, die in lässigen Wellen über seine Brauen fielen und sich in einzelnen Strähnen um die Ohren kräuselten. Seine Haut war leicht gebräunt, der Schatten eines Bartes spielte um die Kurven seines Kiefers.

Plötzlich begriff ich, dass wir einander anstarrten und lächelte, um meine Verlegenheit zu überspielen. »Tut mir leid, ich muss mir den Kopf härter gestoßen haben, als ich dachte.«

Meine Worte lösten nicht die erwartete Reaktion aus. Sein gesamter Körper versteifte sich zusehends und seine Augen blitzten auf, als hätte ich ihn geschlagen. Erschrocken über die Feindseligkeit in seinem Blick – gerade hatte er mir doch noch so freundlich geholfen –, wich ich einen Schritt zurück. »Okay … äh, danke für deine Hilfe«, murmelte ich und flüchtete.

Ich schlängelte mich durch die Menge, bis ich eine geöffnete Tür hinaus auf die Terrasse fand. Frische Luft hatte ich jetzt dringend nötig. *Was zur Hölle ist sein Problem?* Ich grübelte, während ich mich gegen das Geländer lehnte und hinaus auf das dunkle Gebäude auf der gegenüberliegenden Straßenseite schaute. Der Abend versprach ein totaler Reinfall zu werden. Erst tauchte meine Kontaktperson nicht auf, dann landete ich vor versammelter Menge auf dem Hosenboden und zur Krönung des Ganzen verhielt ich mich wie eine Vollidiotin.

Beim Gedanken daran, wie ich dumm dagestanden und ihn angestarrt hatte, schüttelte es mich vor Scham. Was war nur in mich gefahren, dass ich mich von einem gutaussehenden Typen so hatte verunsichern lassen? *Gott, ich bin schon genauso bescheuert wie Trish und Shelley*, brummte ich innerlich, schloss die Augen und ließ die kalte Nachtluft meine brennenden Wangen kühlen.

»Ich schätze, das gehört dir.«

Die Stimme war so nah, dass ich erschrocken zusammenzuckte. Ich hatte ihn nicht einmal näherkommen hören. Ich drehte mich um und erkannte die Silberkette, die von seinen Fingern baumelte. Automatisch hob ich die Hand an meinen nackten Hals. Unsicher streckte ich meine Hand aus, darauf bedacht, ihm nicht ins Gesicht zu sehen, während er die Kette in meine Hand legte. »Danke.« Ich fuhr mit den Fingern über das Kreuz und steckte es dann in die vordere Tasche meiner Jeans. Die Kette war gerissen, aber ich war sehr froh, sie wiederzuhaben. Sie hatte einmal meiner Großmutter gehört und Nate hatte sie mir zu meinem letzten Geburtstag geschenkt.

Ich erwartete, dass der Mann nun wieder reingehen würde, aber er starrte mich noch einen Moment länger an, studierte mich regelrecht. Er musterte mich, als wäre ich eine Art seltenes Kunstwerk, das er nicht verstand. Sein Blick war alles andere als anbiedernd – wenn ich etwas daraus lesen konnte, dann eine gewisse Form von Missfallen.

»War's das?«, fragte ich schließlich. Ich hatte genug von diesem unfreundlichen Gestarre. Seine Augen weiteten sich etwas und verrieten mir, dass er es nicht gewohnt war, zurückgewiesen zu werden. Schon gar nicht von Frauen.

»Du bist ein bisschen zu jung für den Laden hier«, sagte er brüsk und ignorierte meine Bemerkung.

Sein Ton ließ mich zusammenzucken. »Ich wüsste nicht, was dich das angeht.«

»Du kannst kaum älter als siebzehn sein, vielleicht achtzehn. Du solltest hier nicht alleine sein.«

»Ich wette, du bist nicht viel älter als ich«, schoss ich zurück. »Und ich bin nicht alleine hier.«

»Ich bin älter, als ich aussehe.« Seine Stimme klang kühl, aber seine Augen brannten sich in meine, und das Biest in meinem Kopf begann, sich wieder zu rühren. Nach der Sache mit Scott hatte ich einige Zeit gebraucht, um es zur Ruhe zu bringen. Es war so einfach, es wieder zu wecken. Doch der Kerl sah zwar einschüchternd aus, aber ich spürte, dass keine wirkliche Gefahr von ihm ausging.

Er fuhr sich mit der Hand durch sein dunkles Haar und sah dabei aus, als käme er aus einer anderen Welt. Ich konnte mir nicht helfen, ich fand ihn wirklich umwerfend. Nicht so wie Mr. CK, der viel zu schön war für meinen Geschmack. Den Kerl vor mir würde dagegen wohl kaum jemand als schön bezeichnen, dafür war sein Gesicht zu kantig. Außerdem hatte er etwas Ernstes, beinahe schon Wachsames an sich.

»Nikolas«, sagte eine Stimme aus Richtung der Tür. Wir drehten uns beide zu dem blonden Mann um, der meinem Begleiter einen Blick mit hochgezogener Augenbraue zuwarf, als wäre er nicht überrascht, dass er seinen Freund allein mit einem Mädchen antraf.

»Können wir gehen?«

Ich war mir nicht sicher, ob Nikolas' Stirnrunzeln mir oder seinem Freund galt. Er musterte mich noch einmal eingehend, dann nickte er. »Ich komme gleich, Chris.«

Ich erwartete, dass er noch irgendetwas zu mir sagen würde, aber er verharrte nur kurz, bevor er schließlich zur Tür ging. Kurz bevor er wieder ins Innere des Hauses verschwand, wirbelte er noch einmal zu mir herum. »Bleib bei deinen Freunden. Dieser Stadtteil ist nachts nicht sicher für ein Mädchen.«

»Ich werd's mir merken, danke.«

Wenn das nicht mal seltsam war. Offenbar meine Woche, was wunderliche Bekanntschaften betraf.

Ich wartete eine weitere Minute und machte mich dann auf den Weg zurück zu Roland und Peter. Sie tanzten noch immer an der gleichen Stelle, und Roland hatte eine neue Freundin. Eine zarte Brünette hatte meinen Platz an seiner Seite eingenommen und rieb sich an ihm wie eine rollige Katze. Ich begann, mich zu fragen, ob die Mädchen in diesem Laden vor heute Abend noch nie einen gutaussehenden Typen gesehen hatten.

Als Roland bemerkte, dass ich zurück war, gab er mir zu verstehen, dass ich näher kommen sollte, was der Brünetten gar nicht gefiel. Die Band hatte ihre letzte Runde fast beendet, und ich war bereit zu gehen. Mein Kopf pochte nach dem Sturz noch schlimmer als zuvor und das Zusammentreffen mit diesem Nikolas-Typen hatte mich ein wenig aus der Bahn geworfen. Ich war mir nicht sicher, was mir mehr Kopfzerbrechen bereitete: sein Verhalten oder meine Reaktion darauf. Er war weg, also spielte es keine Rolle, aber ich bekam ihn dennoch nicht aus dem Kopf.

Die Band beendete unter donnerndem Applaus und lauten Rufen nach einer Zugabe ihren letzten Song. Peter pfiff anerkennend, dann drehte er sich zu mir und Roland. »Das war krass! Hast du Samsons Solo gehört?«

»War ja nicht zu überhören«, sagte ich lachend. Meine Ohren rauschten.

»Ich hab dir doch gesagt, dass sie gut sind«, erklärte Roland und stupste mich mit seinem Arm an. »Dylan hat sich wahnsinnig verbessert, seit ich ihn das letzte Mal spielen gehört habe.«

»Ja, hat er«, stimmte ich zu.

Peter schubste Roland an. »Sie fangen an zusammenzupacken. Lasst uns hochgehen.« Beide sahen mich erwartungsvoll an und ich winkte ab.

»Geht schon. Ich möchte mich hier noch ein bisschen hinsetzen. Ich warte dort auf euch.« Ich zeigte auf ein paar Lederstühle, die gerade freigeworden waren. Roland nickte und er und Peter machten sich mit der Brünetten im Schlepptau zur Bühne auf. Ich ließ mich auf einen der Stühle fallen, legte den Kopf zurück, schloss die Augen und befahl meinen Kopfschmerzen, endlich zu verschwinden. Es war ein wenig besser geworden, seit die Musik nicht mehr dröhnte. Ich hörte den Leuten um mich herum zu, entschlossen, ruhig sitzen zu bleiben, bis Roland und Peter zurückkamen.

Jemand setzte sich auf den Stuhl mir gegenüber. Ich öffnete die Augen in Erwartung einer meiner Freunde und war mehr als nur ein wenig überrascht, dass Mr CK dort saß und mich betrachtete. Er war allein, und ich fragte mich, wie es ihm gelungen war, Trish und Shelley abzuschütteln.

Er war vielleicht neunzehn oder zwanzig und aus der Nähe betrachtet noch um einiges attraktiver, wenn das überhaupt möglich war. Seine Wimpern waren unfassbar dicht und lang und seine vollen Lippen öffneten sich zu einem entwaffnenden Lächeln. Ich konnte nicht anders, ich musste es erwidern.

»Hat dir die Band gefallen?«, fragte er mit einer Stimme, die so seidig klang, dass sie mich wie eine Umarmung umgab. Einen Augenblick lang vergaß ich zu antworten.

»Sie waren nicht schlecht. Was meinst du?«

Er zuckte kaum merklich mit den Achseln. »Ich fand sie ganz okay, aber die nächste Band ist um Welten besser. The Furies. Schon von ihnen gehört?«

»Nein.« Es war schwer, ihm abzunehmen, dass er auf Hard Rock stand. Das Attic und diese Art von Musik schienen irgendwie nicht zu ihm zu passen. Aber was wusste ich schon. Der Lederstuhl knarrte, als er sich nach vorne beugte und seine Ellbogen auf die Lehne stützte. Seine unendlich tiefen blauen Augen bohrten sich in meine. »Du solltest dableiben und sie dir anhören. Du wirst es nicht bereuen.«

Ich verspürte den unwiderstehlichen Drang, mich ebenfalls nach vorn zu lehnen, näher an seine faszinierenden Augen, aber ich stoppte mich gerade noch rechtzeitig selbst. Wow, der Typ war wirklich gut. Ich fragte mich, ob er wusste, was für einen Effekt er auf das andere Geschlecht hatte. Beinahe hätte ich laut gelacht. Er wusste es definitiv.

Ich schüttelte mich innerlich, versuchte, meine Gedanken zu sortieren. »Wir sind nur gekommen, um unsere Freunde spielen zu sehen«, erklärte ich und zeigte auf Roland, Peter und Dylan. »Wir gehen, sobald sie mit Packen fertig sind.«

Einen Augenblick lang schien er erstaunt, dann aber schenkte er mir ein resigniertes Lächeln. »Schade.« Er lehnte sich noch näher zu mir und sprach mit sanfter Stimme. »Du bist anders als die anderen Mädchen hier. Das ist ziemlich erfrischend.«

Mir war nicht klar, wie ich das verstehen sollte, also spöttelte ich: »Wenn die Mädchen hier nicht nach deinem Geschmack sind, vielleicht suchst du dann am falschen Ort.«

Er blinzelte amüsiert und setzte sich wieder im Stuhl zurück. »Da könntest du recht haben.«

Ich sah, wie Roland mir zuwinkte.

»Sieht so aus, als wären deine Freunde bereit zu gehen.«

Ich stand auf, und er erhob sich mit mir. »Nett, mit dir gequatscht zu haben.«

Seine Mundwinkel zeigten leicht nach unten. »Wirst du jetzt abhauen ohne mir einen Namen zu deinem reizenden Gesicht zu verraten?«

Charmant. »Ich verrate fremden Männern nie meinen Namen.«

Er hob eine Augenbraue und warf mir ein betörendes Lächeln zu. »Nicht einmal deinen Vornamen?«

»Sara«, sagte ich ohne nachzudenken. Am liebsten hätte ich mir sofort selbst in den Hintern getreten.

»Sara«, er betonte meinen Namen, als wäre er eine exotische Frucht. »Ich bin Eli und es war mir eine Freude – die ich gerne wiederholen würde.«

Ich zweifelte daran, dass das jemals geschehen würde, lächelte ihm aber ebenfalls zu. »Na dann, viel Spaß mit der Band.«

Ich wandte mich der Bühne zu und blinzelte mehrmals, um die Müdigkeit von mir abzuschütteln, die mich ergriffen hatte, seit ich mich gesetzt hatte. Ich war wohl doch erschöpfter als gedacht.

»Bist du so weit? Können wir gehen?«, fragte Roland, als ich zu ihnen stieß. Belustigt stellte ich fest, dass sich die Brünette nun an Samson gehängt hatte und der blonde Drummer sich hilflos nach jemandem umsah, der ihm zur Rettung kommen konnte.

Auf dem Weg zum Ausgang stahl ich mir einen Blick auf Eli und sah, dass die Stühle um ihn herum bereits wieder von ein paar neuen Mädchen in Beschlag genommen worden waren, die um seine Aufmerksamkeit buhlten. Er nickte mir im Vorbeigehen zu und ich erwiderte seinen Gruß mit einem höflichen Lächeln.

Das Attic befand sich im ersten Obergeschoss eines umgebauten Lagerhauses und wir mussten ein paar Stufen hinabsteigen, um wieder zur Straße zu gelangen. Im Gebäude hatte erneut Musik eingesetzt und klang noch zu uns hinunter.

Ich gähnte. »War ein schöner Abend, aber ich bin jetzt echt total kaputt.«

»Bleibt ihr hier, ich hole den Wagen.« Roland lief in Richtung des Parkhauses am hinteren Ende der Straße. Ich setzte mich auf den Treppenabsatz, während Peter mit seinem Handy telefonierte und von der Band schwärmte.

Ich nahm mein Handy heraus, um Nate anzurufen und ihm zu sagen, dass wir den Club verlassen und ich in etwa einer Stunde zu Hause sein würde. Nate war ziemlich cool, was meine Ausgehzeiten betraf, so lange ich ihm Bescheid gab, wo ich war. Bevor ich jedoch wählen konnte, knarrten die Stufen über mir und Eli tauchte neben mir auf. Ich versuchte, meine Überraschung und mein Unbehagen zu verbergen. Ich hoffte, er würde nicht denken, dass ich oben mit ihm geflirtet hatte, denn das hatte ich nicht. Zumindest glaubte ich das. Das war nun wirklich nicht mein Fachgebiet.

»Haben deine Freunde dich im Stich gelassen?«, fragte er.

Seine Nähe ließ mich kurz schaudern. Mal ehrlich, was hatte der Kerl für ein Geheimnis?

»Nein, Peter ist hier …« Ich brach ab, als ich bemerkte, dass Peter nicht mehr neben mir stand. Allerdings konnte ich ihn noch immer am Handy reden hören, also konnte er nicht weit sein.

»Ich dachte, du wolltest gehen«, sagte Eli, sein warmer Atem streifte meine Wange. Zu nah, um angenehm zu sein.

Ich rappelte mich hastig auf, es war mir egal, was er von mir dachte. Genug davon. »Wir sind gerade am Gehen. Mein Freund holt das Auto, wir warten nur auf ihn.« Ich wusste, dass ich wild drauflosredete, aber ich wollte ein wenig Abstand zwischen mir und Eli schaffen. Irgendetwas an ihm fühlte sich nicht richtig an und er begann, mich nervös zu machen. Ich wollte gerade auf Peter zugehen, da spürte ich eine Hand am Arm. Er hielt mich nicht besonders fest, aber dennoch schrillten alle Alarmglocken in meinem Kopf. Nikolas‘ Worte klangen in meinen Ohren. *»Bleib bei deinen Freunden. Dieser Stadtteil ist nachts nicht sicher für ein Mädchen.«*

»Du scheinst es ja auf einmal sehr eilig zu haben. Doch nicht etwa wegen mir?«

»Nein, das hat nichts mit dir zu tun. Ich glaube nur, dass mein Freund mit dem Auto kommt.« Ich versuchte zu schlucken, aber mein Mund war zu trocken. Wo blieb Roland?

»Du bist eine schlechte Lügnerin«, sagte Eli sanft. Er bewegte sich so schnell, dass er bereits vor mir stand, bevor ich begriff, was vor sich ging. »Aber da du so ein faszinierendes Wesen bist, will ich es dir verzeihen.«

Meine Gedanken hatten Schwierigkeiten, mit meinen Augen Schritt zu halten. *Wie konnte er so schnell …?*

Die Wahrheit traf mich mit der Wucht eines Faustschlages, presste mir die Luft aus den Lungen und sandte heiße Blitze der Angst durch meinen Kopf. Ich öffnete den Mund, um nach Hilfe zu rufen, doch da hatte sich bereits eine harte Hand auf meine Lippen gelegt. Die Straße verschwand vor meinen Augen und ich fand mich in einer schmalen Gasse wieder, das Gesicht unbarmherzig gegen eine Wand gedrückt und unfähig, mich zu bewegen oder einen Laut von mir zu geben.

»Sara«, zischte er in mein Haar. Der Schrecken drohte, mich zu ersticken, als das Bild des misshandelten Körpers meines Vaters vor meinem inneren Auge erschien. *Oh Gott, nein, nicht so.*

Ich schrie in Elis Hand und wehrte mich heftig, um mich aus seinem Griff zu befreien, aber er hielt mich gefangen wie Eisenstäbe. Leise lachte er in mein Ohr und presste seinen Körper gegen mich.

»Du bist eine kleine Kämpferin, das gefällt mir.« Die Erregung in seiner Stimme war nicht zu überhören und ich spürte, wie sein Körper auf meine Angst reagierte. Mein Herz schien in der Brust zu explodieren.

»Von dem Moment an, in dem ich in deine hübschen grünen Augen geschaut habe, wusste ich, dass ich dich haben muss. Diese anderen Mädchen, mit ihrem affektierten Lächeln und ihrem peinlichen Gebaggere – sie würden alles tun, worum ich sie bitte. Aber du … du bist anders. Du bist eine Orchidee in einem Feld von gewöhnlichen Narzissen.« Er strich mit seiner freien Hand über meine Kehle und ich wimmerte. »Nun bist du mein kleines Blümchen und ich kann es nicht erwarten, deinen süßen Nektar zu schmecken.«

Seine Worte ließen kalte Schauder des Ekels durch meine Venen laufen. Eingekeilt zwischen ihm und der Wand kroch sein Geruch in meine Nasenflügel und der widerliche Gestank seiner Haut ließ mich würgen. Zunächst war es nur ein leichter Hauch gewesen, überdeckt von teurem Parfum, aber je länger er mich hielt, desto intensiver wurde es. Ich hatte einmal einen Fuchs mit einer stark infizierten Wunde gefunden; Eli roch nach derselben Mischung aus Verwesung und Tod.

»Aber zunächst muss ich etwas wissen«, flüsterte Eli und wirbelte mich herum, sodass ich ihn ansehen musste, während er mich weiter mit seiner Hand zum Schweigen brachte. Im schwachen Licht der Gasse konnte ich sehen, dass er mich beinahe zärtlich anlächelte. »Wie hast du das gemacht? Wie hast du dich meinem Willen widersetzt? Niemand hat sich mir je verweigert.«

Er nahm langsam seine Finger von meinem Mund. Ich holte tief Luft, wollte mir die Seele aus dem Leib schreien. Doch er hob meinen Kopf und zwang mich, ihm in die Augen zu sehen. »Eins noch, Blümchen, wenn du jetzt schreist, reiße ich deine kleinen Freunde in Stücke. Das willst du doch nicht, oder?«

Ich riss die Augen noch weiter auf und schüttelte heftig den Kopf.

Seine Lippen verzogen sich zu einem Lächeln und ich sah entsetzt, wie in seinem Mund zwei schlangenähnliche Fangzähne sprossen, die in dem gedimmten Licht glänzten. Das war der Moment, in dem ich begriff, wie sich eine Maus fühlen musste, wenn sie in die Augen einer Klapperschlange sah. Die Maus weiß, dass sie sterben muss, aber die Angst lähmt sie zu sehr, um sich zu bewegen.

Als Eli seine Hand zu meinem Gesicht hob, wand ich mich, um den langen schwarzen Krallen zu entgehen, die seine Fingernägel ersetzt hatten. Er berührte meine Wange leicht und ich schauderte ob dem Gefühl der kalten harten Klauen auf meiner Haut.

»Also, sag mir, wie du mir widerstehen konntest und ich verspreche dir, deinen Freunden nicht wehzutun.«

»Ich … ich weiß es nicht.«

Er seufzte ungeduldig und seine Klauenhand bewegte sich weiter nach unten zu meiner Kehle. Ich schluckte krampfhaft. »Das ist die Wahrheit. Bitte … ich weiß nicht, was du von mir hören willst.«

Elis Augen verdunkelten sich und er starrte mich an. »Ich denke, ich glaube dir. Hm, könnte es sein, dass du nicht einmal weißt, wozu du fähig bist? Das bringt mich zu der Frage, welche netten kleinen Geheimnisse du sonst noch vor mir verbirgst.« Er leckte sich die Lippen, und mir kam erneut die Galle hoch. »Was für eine Freude du doch bist. Wenn ich mir überlege, dass ich mich beinahe mit einer dieser faden Blondinen abgegeben hätte.«

Sein Mund näherte sich meinem Ohr und mit seinen Worten brachen Wellen frischer Todesangst über mich herein. »Ich werde dich schmecken, kleine Sara. Ich hatte geplant, dich sofort zu haben, doch warum etwas übereilen, wenn wir uns später so viel Zeit nehmen können, wie wir wollen.«

»Nein ...«

»Aber ich denke, ein kleiner Appetithappen kann nicht schaden.« Er senkte sein Gesicht und zwang meinen Kopf zur Seite, entblößte meine Kehle. Seine Lippen berührten meine Haut und seine Zunge leckte über die Stelle, an der mein Puls schlug. Vor meinen Augen verschwamm die Welt zu schwarzer Dunkelheit.

»Was ist das?«, murmelte er und schnupperte, als kostete er einen neuen Wein. Seine Zunge berührte abermals meine Haut. »Du schmeckst wie ...« Er riss den Kopf hoch und seine Augen glänzten, als hätte man ihm eben sein Lieblingsdessert serviert. »Du bist eine ...«

»Na, na, na, so behandelt man doch eine junge Dame nicht«, sagte eine tiefe, männliche Stimme vom anderen Ende der Gasse. Die Stimme war kalt und bedrohlich und damit der süßeste Klang, den ich je gehört hatte.

Eli bewegte sich, sodass er sich mit dem Rücken zur Wand befand und ich wie eine Stoffpuppe vor ihm baumelte. »Du bist sehr mutig, mein Freund, aber wenn dir dein Leben etwas wert ist, kommst du keinen Schritt näher.«

»Man sagt über mich, ich hätte ein Autoritätsproblem.« Die Schatten verschoben sich und eine große Gestalt schritt ins düstere Licht. Er trug die Jeans und den marineblauen Sweater, in dem ich ihn auch zuvor schon gesehen hatte, aber darüber hatte er nun eine Art Lederharnisch an, der sich auf seiner muskulösen Brust überkreuzte und in dem ein Messerset steckte. Hinter seiner rechten Schulter konnte ich etwas erkennen, das wie ein Schwert aussah und anscheinend am Rücken festgebunden war. Ich war so glücklich, ihn zu sehen, dass ich beinahe seinen Namen laut geschluchzt hätte.

Eli versteifte sich und fauchte. »Mohiri!« Die Angst in seiner Stimme war spürbar und mein benebelter Verstand fragte sich, was, um Himmels willen, einem Vampir Angst einjagen konnte.

Nikolas gluckste, und ein Schaudern ging durch meinen Kidnapper. »Wie ich sehe, ist wohl keine Zeit für Formalitäten. Gut. Ich hasse es, Zeit zu verschwenden.«

»Tritt zurück oder ich reiße sie in Stücke.« Elis Hand umfasste nun meinen Hals und die eisigen Klauen krallten sich in meine Haut. Ich hatte

Angst, zu atmen und zu riskieren, dass er mich aufschlitzte. Wie erstarrt konzentrierte ich mich auf Nikolas' Gesicht, betete, dass er mich aus diesem Albtraum retten würde. Eine Sekunde lang trafen sich unsere Blicke und ich sah, wie er die Wut in sich nur mühsam in Schach hielt. Ich erkannte etwas in seinen Augen, etwas Tödliches, Wildes, das unter der Oberfläche brodelte.

»Ein bisschen melodramatisch, findest du nicht?«, spottete Nikolas, aber seine Stimme verlor dabei nichts von ihrer stählernen Härte. Er ging einen Schritt auf Eli zu, der als Reaktion darauf zusammenzuckte.

»Ihr Tod wird auf dein Konto gehen, Mohiri.« Elis Krallen drückten sich noch fester an meine Kehle und ich spürte, wie etwas Warmes meinen Hals hinabrann. Er schüttelte sich beim Geruch des frischen Blutes direkt vor seiner Nase und ich konnte fühlen, dass er kurz davor war, die Kontrolle zu verlieren. Elis Fangzähne würden meine Kehle entzweireißen, bevor Nikolas uns überhaupt erreichte.

Der Ausdruck in Nikolas' Gesicht blieb unverändert. Seine Stimme wurde tiefer, kälter und die Energie, die von ihm ausging, ließ mich erzittern. »Es wird das Letzte sein, was du tust, Vampir.«

Elis Mut sank, aber er lockerte seinen Griff nicht. Ich konnte seinen inneren Kampf fühlen. Er hatte Angst, aber es verlangte ihn auch nach meinem Blut. Würde er bleiben und um seine Beute kämpfen oder um sein Leben rennen?

»Bruder, wie typisch für dich, sich davonzustehlen und Süßigkeiten zu hamstern«, sagte eine männliche Stimme über uns gedehnt. »Und schau an, in welche Schwierigkeiten es dich gebracht hat.«

Meine Angst steigerte sich ins Unermessliche, als ich die Gestalt wahrnahm, die auf der Feuerleiter über unseren Köpfen stand. Ich spürte, wie Eli seinen Griff um meinen Hals lockerte und wie er erleichtert ausatmete.

»Komm schon, Joel, du weißt doch, ich hebe immer etwas für dich auf.« Eli klang triumphierend und die Hoffnung, die ich noch einen Augenblick zuvor gehegt hatte, verflog. Was für eine Chance hatten wir schon gegen zwei Vampire?

Joel lachte und lehnte sich an das Metallgeländer. »Ich glaube, dieses Mal habe ich ein bisschen mehr verdient als einen Anstandshappen. Mmh … sie sieht köstlich aus.«

Eli streichelte meine Wange. »Die hier gehört mir.«

»Nein!«, schrie ich und wand mich aus seinem Griff. Eine Sekunde lang war ich frei und meine Augen suchten automatisch Kontakt zu Nikolas. Ich sah, wie sich sein Körper zum Sprung bereit machte.

Eli griff nach mir und bekam mich just in dem Moment zu fassen, in dem Joel leise neben mir landete. Nun war ich flankiert von zwei zähnefletschenden Monstern und mein neugewonnener Mut verpuffte.

Nikolas zog ein langes tödliches Schwert hervor und stellte sich den beiden entgegen, ohne dass sich auch nur der leiseste Anflug von Angst auf seinem Gesicht zeigte. In diesem Moment wusste ich, dass er mich, egal was auch geschah, nicht alleine lassen würde. Aus irgendeinem Grund riskierte er sein Leben für mich und wir beide waren auf Gedeih und Verderb gemeinsam dieser Situation ausgeliefert.

»Du kannst uns nicht beide bekämpfen und sie retten«, stichelte Eli. »Sie wird sterben, und deine Mühe wird vergebens sein.«

Der Hauch eines Lächelns spiegelte sich auf Nikolas' Zügen. »Dann töte ich eben nur dich.«

Wenn Eli auf diese Ankündigung reagierte, dann sah ich es nicht. Aber ich glaubte, ein Zittern in seiner Stimme wahrzunehmen, als er sagte: »Mutige Worte für jemanden, der sich in der Unterzahl befindet.«

Bevor Nikolas etwas erwidern konnte, durchbrach eine weitere Stimme die Anspannung in der Gasse. »Sara?«, rief Roland, gefolgt von Peters Schrei. »Sara, wo bist du?« Mein Herz zog sich zusammen und ich musste mir auf die Lippe beißen, um zu verhindern, dass ich ihnen etwas zurief. In diese Sache konnte ich sie nicht hineinziehen, ich durfte nicht zulassen, dass sie mit mir starben.

Elis Kopf zuckte leicht, und Joels Blick schweifte von Nikolas zum Eingang der Gasse. Nikolas lachte barsch. »Riecht ihr das, Freunde? Ich glaube, meine Chancen haben sich gerade verdoppelt.«

Ich warf ihm einen entsetzten Blick zu. Hatte er vor, Roland und Peter als Köder zu benutzen, um die Vampire abzulenken? Ich wollte lieber selbst sterben, als zusehen zu müssen, wie meine Freunde wegen mir zu Schaden kamen.

»Komm, Bruder. Es gibt süßere Mahlzeiten«, sagte Joel, der Nikolas nicht aus den Augen ließ.

»Nein«, spuckte Eli widerspenstig. »Ich will die hier.«

Nikolas bewegte sich und seine Worte hatten einen boshaften Widerhall. »Lass sie los oder stirb, du hast die Wahl. Und du entscheidest dich besser bald.«

»Sara, verdammt, wo bist du?« Roland klang verzweifelt. Sie kamen näher, es hörte sich an, als wären sie schon am Eingang zur Gasse.

Elis Hand krampfte sich um meinen Hals. Unwillkürlich schrie ich auf.

Einer meiner Freunde rief nach mir, ich konnte nicht ausmachen, wer es war. Dann hörte ich einem Tumult, gefolgt von einem so scheußlichen Knurren, dass sich mir die Nackenhaare sträubten.. *Oh Gott, was war das?* Ich wollte gar nicht darüber nachdenken, welchem Schrecken nun auch Roland und Peter ausgesetzt waren.

Ich konnte nicht auf die Straße sehen, aber ich hörte, wie etwas Großes in die Gasse rannte. Eli stieß einen unmenschlichen Schrei aus und stürzte auf die Feuertreppe zu, zog mich dabei mit sich, als wöge ich nichts. Als er nach der Metallleiter griff, krampfte mein Magen schmerzhaft, denn ich wusste, wenn ich dort hinauf geriet, wäre das mein Tod. Sobald er das Dach erreicht hatte, konnte er ganz einfach auf das nächste Gebäude springen und dann gab es keine Möglichkeit mehr für Nikolas, ihn zu erwischen. Ich wollte lieber hier in der Gasse sterben, als von einem Vampir gefoltert zu werden.

Hinter uns hörte ich wütendes Knurren und die Geräusche eines Kampfes – offenbar Nikolas, der sich mit dem anderen Vampir anlegte. Es gab keine Zeit, sich zu fragen, wer gewann, denn ich kämpfte um mein eigenes Leben. Ich kratzte, trat und versuchte vergeblich, mich von dem Arm zu befreien, der meine Taille wie einen Schraubstock festhielt. Elis andere Hand packte die Leiter und zog sie zu uns herunter.

Er schaffte es fast bis zum ersten Absatz, bevor er von Schmerz gepeinigt aufschrie und gewaltsam nach hinten gerissen wurde. Mit einer Hand hing er an der Leiter und trat mit seinem Fuß nach was auch immer sich unter ihm befand. Er hätte mich auf seinen Angreifer werfen können, um ihn abzuwehren, aber er hielt mich fest, entschlossen, mich zu behalten, während ich schrie und kratzte wie eine wildgewordene Katze. Die Leiter knarrte, als das Ding unter uns versuchte, den Vampir zu Boden zu ziehen. Eli kickte mit einer Wucht, die einen Menschen hätte töten können, aber das Ding hielt stand. Was auch immer es war, es war stärker als ein Vampir. Der Gedanke an etwas, das so viel Kraft hatte, erschreckte und beruhigte mich gleichermaßen. Ich drehte mich um, so weit es ging, um zu sehen, was es war.

Die Kreatur musste über zwei Meter groß sein, selbst in seiner leicht gebückten Haltung. Es stand auf zwei Beinen, war aber bedeckt von dunklem, gekräuselten Haar mit breiten Schultern und klauenartigen Händen und Füßen. Mein Blick schweifte zu seinem Gesicht und ich zog scharf die Luft ein, als ich die gelben Augen, die spitzen kurzen Ohren und die lange Schnauze sah, unter der sich die größten Zähne befanden, die ich je gesehen hatte.

Ein Werwolf! Mein Verstand versuchte zu fassen, was meine Augen ihm sagten. Ich stand von Angesicht zu Angesicht mit einem realen, lebendigen Werwolf. Ich wusste, dass Vampire und Werwölfe Erzfeinde waren, aber wie groß waren schon die Chancen, dass man mitten hinein in ein Gerangel der beiden Spezies geriet? In einer Gasse in Downtown Portland.

Der furchteinflößende Blick des Werwolfs traf auf meinen und ich sah die wilde Intelligenz in seinen bernsteinfarbenen Augen, während er seine kräftigen Kiefer in Elis Wade rammte. Als die tödlichen Fangzähne durch Fleisch und Knochen drangen, schrie Eli auf und seine Arme packten mich so fest, dass ich nach Luft schnappen musste. Mit einem markerschütternden Brüllen trommelte er mit dem freien Fuß auf den Werwolf ein. Die Wucht der Tritte ließ diesen zurücktaumeln. Das genügte Eli, um uns beide auf die Metallplattform zu ziehen.

Er lag einige Sekunden dort und schnaufte schwer, bevor er sich aufrappelte und sich auf sein zerschmettertes Bein stellte. Durch das Gitter beobachtete ich, wie sich der Werwolf erholte und erneut Anlauf auf die Leiter nahm. Eli bemerkte es ebenfalls und zog mich auf die Treppenstufen. Der Abstand zwischen uns und dem Werwolf wurde größer und der Mut verließ mich. Ich wusste, der Wolf würde uns nicht rechtzeitig erreichen. Werwölfe waren kraftvolle Geschöpfe, aber ihre Körper waren nicht zum Klettern geeignet. Und sobald wir auf dem Dach waren, würde Eli sich genug erholt haben, um uns beide von hier fortzubringen.

Eli eilte die Stufen hinauf; ich klammerte mich ans Geländer, um unseren Aufstieg zu verlangsamen, aber er war zu stark. Am letzten Treppenabsatz blieb er kurz stehen, um seinen Griff um mich zu verlagern. »Jetzt sind nur noch wir beide übrig.« Mit triumphierend anzüglichem Grinsen sprang er auf die schmale Leiter, die hinauf aufs Dach führte.

Wir waren beinahe oben angekommen, als Eli einen gequälten Schrei ausstieß und im Klettern innehielt. Ich sah hinab, hoffte, der Werwolf hätte sich wieder in Elis Bein verbissen, aber die Kreatur befand sich zwei Stockwerke unter uns. Eli schnappte nach Luft und hatte Mühe, mich und gleichzeitig die Leiter festzuhalten, während er mit der anderen Hand versuchte, nach etwas hinter ihm zu schlagen. Meine Blicke folgten seinen Bewegungen, bis ich den silbernen Griff sah, der aus einem rauchenden Loch in seiner Seite herausragte. Ich beobachtete, wie er nach dem Messer packte und dann eilig die Hand wegzog. Er schrie, als das pure Silber seine Haut versengte.

Die Feuertreppe unter uns schwankte, der Werwolf kam näher. *Bitte, beeile dich*, bat ich im Stillen und hätte schwören können, dass er mir direkt in die Augen sah und seine Geschwindigkeit beschleunigte.

Eli sah ihn kommen, beendete den Versuch, das Messer herauszuziehen und hangelte dann nach dem Absatz des Daches in etwas mehr als einem halben Meter Entfernung. Ich tat das Einzige, von dem ich dachte, dass es ihn aufhalten könnte: Ich streckte meine Hand aus und fasste nach dem Messergriff. Dann zog ich es heraus, drehte es und schwang es in Richtung des Vampirs. Ich zielte nicht, ich versuchte lediglich, ihn zu berühren, irgendetwas zu tun, um Zeit zu gewinnen. Als das Messer sich tief ins weiche Fleisch seiner Schulter bohrte, spürte ich tiefste Befriedigung.

Sein Schrei aus Wut und Schmerz war so schrill wie das Kratzen von tausend Nägeln über eine Kreidetafel. Er schüttelte mich gewaltsam und ich schwankte auf dem Absatz, drei Stockwerke über dem Abgrund. Weit unten sah ich Nikolas' wütendes Gesicht, während er nach einem weiteren Messer griff. Zu seinen Füßen lag der abgetrennte Kopf des anderen Vampirs.

Nikolas drehte seine Hand, um das Messer zu werfen, aber er hielt inne, als er sah, dass ich über dem Abgrund taumelte. Er hatte offensichtlich Angst, Eli könnte mich fallen lassen, wenn er ihn erneut verwundete.

»Tu es«, schrie ich. Ich wollte nicht sterben, aber lieber wollte ich zu Tode stürzen, als mich von diesem Monster wegschleppen, vergewaltigen und quälen zu lassen. Meine Stimme klang flehend. »Nikolas … bitte.«

Sein Arm bewegte sich so schnell, dass ich kaum realisierte, wie das Messer Nikolas' Hand verließ und an mir vorbei zischte und direkt in Elis Schulter stach. Der Vampir ächzte vor Schmerz und mühte sich, die Leiter nicht loszulassen. Er sah hinauf aufs Dach, dann angstvoll hinab auf den Werwolf, der sich nun am Grunde der Leiter direkt unter uns befand. Die Zeit lief ihm davon.

Von dem Zorn und dem Hunger, mit dem er mich ansah, stockte mir der Atem. »Ich werde dich haben«, sagte er mit rauer Stimme, bevor er mich losließ.

Die Zeit schien still zu stehen. In einem atemlosen Moment war ich mir des Brüllens des Werwolfs ebenso dämmerig bewusst wie des rauchenden Messers in meiner Hand. Dann drehten sich die Zeiger der Uhren wieder.

Kapitel 5

»SARA! Sara, kannst du mich hören?«

»Ist sie …?«

»Sie atmet.«

»Gott, hast du gesehen, was er getan hat?«

»Vergiss das jetzt, lass uns von hier verschwinden.«

Starke Arme hoben mich auf und ich wurde gegen eine warme Brust gedrückt. Ich öffnete die Augen und sah ein vertrautes Gesicht über mir.

»Roland?«

»Sie ist bei Bewusstsein«, sagte Roland heiser. Peter flüsterte. »Gott sei Dank.«

Roland setzte mich auf einer Bank an der Bushaltestelle ab und kniete sich vor mich. Peter nahm neben mir Platz und ich sank an seine Schulter. Die Welt rückte wieder in den Fokus und mit ihr meine Erinnerungen. Ich zog die Beine an die Brust, als mein ganzer Körper zu zittern anfing und ich unkontrolliert zu schluchzen begann. Seit Jahren hatte ich nicht mehr vor einem anderen Menschen geweint und jetzt fühlte es sich an, als wäre ein lang versiegelter Damm gebrochen.

Roland erhob sich und setzte sich auf die andere Seite. Er legte einen Arm um meine Schulter und zog mich in seine warme Umarmung. »Du bist in Sicherheit.«

Für eine kurze Minute ließ ich mich von ihm trösten, dann entzog ich mich ihm. Mein Dad hatte mich ständig umarmt, aber seit seinem Tod mied ich jeden körperlichen Kontakt. Eine Umarmung bot Trost, aber sie gab einem ein falsches Gefühl von Sicherheit. Ich hatte mich geborgen gefühlt, wenn mein Vater mich in den Arm nahm, als ob nichts und niemand uns beiden etwas anhaben könnte. Jemanden so nahe an sich heranzulassen, sorgte nur dafür, dass der Schmerz umso größer wurde, wenn man diese Person dann wieder verlor.

»Niemand ist in Sicherheit«, krächzte ich unter Schluckauf. Ich war so eine Idiotin. Ich wusste, was sich da draußen befand. Ich wusste, dass es Berichte von Vampiren in Portland gab und dennoch war ich hierhergekommen und hätte uns beinahe alle umgebracht. Ich schüttete mich und verbarg mein Gesicht in den Händen, fragte mich, ob ich mich jemals wieder sicher fühlen würde.

»Scheiße, Sara, es tut mir so leid«, stöhnte Roland. »Wenn ich eine Ahnung gehabt hätte, was passieren würde, hätte ich dich nie hierhergebracht.«

»Es ist alles meine Schuld.« Peters Stimme klang reumütig. »Wenn ich nur bei dir geblieben wäre …«

Roland starrte Peter finster an. »Ich war nur fünf Minuten weg. Was zur Hölle ist passiert?«

»Es … es ist nicht seine Schuld.« Was konnte ein Teenager schon gegen einen Vampir ausrichten? Dann erinnerte ich mich daran, wie Nikolas sich furchtlos den beiden Vampiren gestellt hatte, mit nichts als einem Schwert und einer Handvoll Messer bewaffnet.

»Wo ist Nikolas?«

Roland warf mir einen verwirrten Blick zu.

»In … in der Gasse. Er hat mir das Leben gerettet.«

»Das würde ich auch sagen. Er ist zu dir gerannt und hat dich aufgefangen!«, rief Peter aus. »Du bist neun Meter tief gefallen und der Typ hat dich einfach aufgefangen.«

»Ich erinnere mich an den Sturz, aber das ist auch schon alles.« Wie war es möglich, jemanden aufzufangen, der aus dieser Höhe stürzte? Wie konnte ich noch immer am Leben sein?

»Ist vielleicht auch besser, wenn du dich nicht erinnerst.« Roland schaute gequält. »Dich so fallen zu sehen … ich möchte so etwas nie mehr erleben.«

»Also hat er mich aufgefangen und dann ist er gegangen?« Das Zittern in meiner Stimme ließ sich nicht verbergen. Er hatte mich vor etwas Schlimmerem als dem Tod bewahrt und war dann einfach … verschwunden?

»Ja, er ist hinter dem … ähm …«

»Vampir. Du kannst es aussprechen, Peter.«

Roland und Peter tauschten einen vielsagenden Blick und Rolands Ton wurde sanfter, als spräche er zu einem Kind. »Du hast eine Menge durchgemacht und stehst unter Schock. Wir sollten später darüber reden.«

»Ich weiß, dass es Vampire gibt«, sagte ich vorsichtig. Peter zog scharf die Luft ein, während Roland den Mund aufriss. Zu einem anderen Zeitpunkt hätte ich ihre Reaktionen urkomisch gefunden. »Und jetzt weiß ich mehr von ihnen, als ich jemals wissen wollte.«

»Woher …?« Roland brach ab, als eine Gruppe Leute den Club verließ und die Treppe herabkam. Es fühlte sich surreal an, zu sehen, wie Menschen lachten und sich normal verhielten, nach all dem, was ich gerade erlebt hatte. Ich musste mich zwingen, die nächste Flut an Tränen zurückzuhalten.

Roland sprang auf. »Wir sollten abhauen. Wir können im Auto weiterreden.«

»Okay.« Ich stand auf, hielt dann aber mitten in der Bewegung inne, als ich mich daran erinnerte, dass nicht nur Vampire in dieser Gasse gewesen waren. »Wartet! Was ist mit den Werwölfen passiert?«

Er wurde blass und sah sich nervös um. »Werwölfe?«

»Sag mir nicht, dass du sie nicht gesehen hast. Oder gehört hast.« Mein Verstand spielte immer noch ein wenig verrückt, aber ich hatte weder die gelben Augen noch diesen riesenhaften Kiefer vergessen. »Ich habe nur einen gesehen, aber ich glaube, da waren noch mehr. Eine Minute lang war ich mir sicher, dass sie dich erwischt hatten. Kann doch nicht sein, dass du sie nicht bemerkt hast!«

»Das war alles verdammt verrückt, ich bin mir nicht sicher, was ich gesehen habe«, erwiderte Peter langsam, und mit einem Mal wusste ich, dass er etwas vor mir verbarg. Sein Gesicht wurde rot. Er war schon immer ein verdammt schlechter Lügner gewesen.

»Komm schon, du warst …«

»Ich glaube, wir sollten wirklich verschwinden«, unterbrach mich Roland und das Drängen in seiner Stimme war nicht zu überhören. »Vampire sind in Gruppen unterwegs. Es könnten noch mehr von ihnen da draußen sein.«

Ich zuckte zurück. »Warte, woher weißt du das? Und woher weißt du überhaupt, dass es Vampire gibt?«

»Das erklären wir dir später, aber jetzt müssen wir abhauen, bevor noch mehr von ihnen auftauchen.« Roland zog mich am Arm.

Der Gedanke, einem weiteren Eli zu begegnen, ließ mich schaudern. Ich rannte geradewegs auf den Toyota Camry von Rolands Mutter zu, der auf der gegenüberliegenden Seite parkte. Roland wartete, bis ich mich auf dem Beifahrersitz angeschnallt hatte, dann ging er um den Wagen herum und setzte sich hinters Lenkrad. Durch die Windschutzscheibe sah ich, wie Peter sein Handy herauszog und jemanden anrief. Ich bemerkte seinen besorgten Blick und fragte mich, mit wem er wohl um diese Uhrzeit sprach.

Peter legte auf, stieg ein und setzte sich auf die Rücksitzbank.

Er wirkte beunruhigt, als er sich nach vorne beugte und seine Ellbogen auf die Rückenlehne unserer Sitze legte. »Dad sagt, wir sollen Sara zuerst dort hinbringen, bevor wir sie nach Hause fahren. Er ist ziemlich sauer auf uns.«

»Mich wohin bringen?«, fragte ich angespannt. »Warum will dein Vater mich sehen?«

Peter und Roland wechselten einen Blick, bevor Peter antwortete. »Zur Farm. Dad wird dir alles erklären, wenn wir dort sind.«

»Warum erklärt ihr es mir nicht einfach – jetzt?« Ich schnallte mich ab und drehte mich herum, um beide anschauen zu können. Doch keiner von ihnen sah mir in die Augen, und das machte mich nervös. »Roland, was ist los?«, verlangte ich zu wissen.

Roland sah mich flehend an. »Bitte, Sara, lass uns einfach verschwinden und ich verspreche dir, du wirst es erfahren.«

»Ich verstehe das nicht. Was meinst du …?« Die Frage erstarb auf meinen Lippen, als sich etwas in meinem Verstand regte, genau in dem Moment, in dem sich eine dunkle Gestalt von der einsamen Gasse aus auf uns zubewegte. Das Licht spiegelte sich in den Messern, die an seine Brust gebunden waren. Ich erinnerte mich daran, wie er aus der Dunkelheit hervorgetreten war und sich dem Vampir ohne den leisesten Anschein von Furcht gestellt hatte. Ein Schauer lief mir über den Rücken. Ich war mir nicht sicher, ob ich Freude oder Angst davor empfand, meinen Retter zu sehen. Vielleicht ein wenig von beidem.

»Bleib hier«, befahl Roland, bevor er und Peter aus dem Auto sprangen, um Nikolas aufzuhalten.

»Ja, sicher«, murmelte ich und tastete bereits nach dem Türgriff. Nach allem, was ich erlebt hatte, hatte ich sicher nicht vor, mich ruhig zu verhalten. Irgendetwas sagte mir, dass Nikolas nicht zurückgekommen war, um meine Freunde zu sehen.

»… Jäger in dieser Gegend?«, sagte Roland gerade zu Nikolas, als ich auf die beiden zuging. »Das ist nicht Mohiriterritorium.«

Jäger? Mohiri? Eli hatte das Wort *Mohiri* ebenfalls benutzt. Offensichtlich ging hier weit mehr vor sich, als ich wusste.

Nikolas sah an meinen Freunden vorbei zu mir. »Hallo noch mal. Du scheinst dich recht schnell von deinem Abenteuer erholt zu haben.« Er lächelte schief, aber ich glaubte, Bewunderung aus seiner Stimme zu hören.

Er winkte in Roland und Peters Richtung. »Das sind also die Freunde, von denen du erzählt hast«, sagte er ein wenig kühler. »Kein Wunder, dass du angegriffen wurdest, wenn du dich von ein paar Welpen beschützen lässt.«

Peter starrte ihn finster an. »Hey!«

Ich zwängte mich zwischen meine Freunde, um Nikolas ins Gesicht zu sehen. Mein Leben gerettet zu haben, gab ihm nicht das Recht, so mit meinen Freunden zu sprechen. »Es ist nicht ihre Schuld. Wie hätten sie ahnen können, dass so etwas passiert?«

Nikolas zog die Augenbrauen hoch. »Ja, wie denn nur?«

»Was meinst du? Was geht hier vor sich?« Man musste schon blind und taub sein, um die nur schlecht verhohlene Feindseligkeit zwischen meinen Freunden und Nikolas nicht zu bemerken. Als keiner von ihnen antwortete, wandte ich mich an Roland. »Kennst du den Kerl?«

Hinter mir machte Nikolas ein Geräusch, das mir wohl klar machen sollte, dass er nicht gerne als »der Kerl« bezeichnet wurde. Ich ignorierte ihn und sah Roland scharf an, bis dieser den Kopf schüttelte. »Ich hab ihn noch nie zuvor gesehen.«

»Aber du weißt etwas über ihn? Was bedeutet Mohiri?«

»Ich bin Mohiri«, sagte Nikolas. Jegliche Spur von Sarkasmus war aus seinem Gesicht verschwunden.

Ich musterte ihn erneut. »Und du jagst Vampire?« Das war mehr als offensichtlich, angesichts seines Aufzugs und des kopflosen Vampirs in der Gasse. Dennoch wollte ich es von ihm selbst hören.

»Unter anderem.« Der Ausdruck auf seinem Gesicht war der gleiche wie auf der Terrasse. Gott, war das wirklich erst eine Stunde her?

»Was ist mit deinem Freund aus dem Club? Ist der auch ein Jäger? Warum hat er dir nicht geholfen?«

»Chris hat die Umgebung nach weiteren Feinden abgesucht, während ich mich um die Situation hier gekümmert habe.«

Die Situation. So nannte er das also, wenn er zwei blutrünstige Vampire in einer dunklen Gasse bekämpfte? Ich schüttelte den Kopf. »Also, was ist passiert? Hast du den Kürzeren gezogen, oder was?«

»So ähnlich«, sagte er gedehnt, während seine Augen sich in meine bohrten. In meinem Innern wurde es warm und ich sah verwirrt zu Boden.

»Was ist mit dem anderen Vampir? Hast du ihn erwischt?«, wollte Peter wissen.

»Chris verfolgt ihn.«

»Er ist entkommen?« Rolands Stimme war wie ein Echo meines eigenen Schreckens. Eli hatte geschworen, mich zu haben. Würde er wiederkommen?

»Er ist verwundet, also kommt er nicht weit. Mach dir keine Sorgen. Er wird sich nicht weiter in der Gegend aufhalten, jetzt, da er gejagt wird.«

»Wir sollten auch ein wenig Abstand zu diesem Ort hier halten«, sagte Roland und ich stimmte ihm insgeheim zu.

»Wohnst du in Portland?«, fragte Nikolas, woraufhin wir die Köpfe schüttelten. »Gut. Je weiter du dich von der Stadt fernhältst, desto besser. Es ist im Augenblick zu unsicher hier.«

»Keine Frage«, Roland nahm meinen Arm. »Wir müssen hier weg.«

Wir kamen keine zwei Schritte weit, als mich die Erkenntnis wie ein Blitz traf. *Ich habe mich noch nicht einmal bei ihm bedankt.* Ich wirbelte herum, um Nikolas anzusehen und bemerkte, dass er mich noch immer mit derselben teilnahmslosen Miene musterte.

»Ich danke dir … für alles, was du getan hast. Wenn du nicht gewesen wärst, dann …« Meine Stimme wurde brüchig. Nach dieser Nacht war das Letzte, was ich wollte, vor einem Fremden dumm herumzustottern.

Nikolas' Züge wurden für einen Augenblick ein wenig weicher und ich sah das Glimmen von etwas Rohem, Ungezügeltem in seinen Augen. Es zog mich an wie ein unsichtbares Band in meiner Brust und beinahe wäre ich auf ihn zu gerannt. Doch bereits im nächsten Moment war das Gefühl verschwunden und ich fragte mich, ob ich es mir nur eingebildet hatte.

»Ich habe nur meinen Job gemacht.«

»Oh … okay, trotzdem danke.« Seine barschen Worte trafen mich mehr, als sie es hätten sollen. Es war das zweite Mal an diesem Abend, dass er sich mir gegenüber plötzlich und grundlos so kalt verhielt. Es sollte mir gleichgültig sein, denn ich würde ihn ohnehin nicht wiedersehen. Aber aus irgendeinem Grund war es mir alles andere als egal.

Dieses Mal drehte ich mich auf dem Weg zum Auto nicht noch einmal um. Ich stieg wieder auf der Beifahrerseite ein, legte meinen Kopf gegen die Nackenstütze und wartete darauf, dass Roland sich setzte und den Motor startete. Erst als sich der Wagen in Bewegung setzte, sah ich hoch, doch da lag die Straße bereits leer und verlassen vor mir.

»Oh Gott, ich muss Nate anrufen.« Eli war aufgetaucht, bevor ich meinen Onkel erreichen konnte. »Was soll ich ihm nur sagen?«

»Na ja, ich schätze, die Wahrheit wirst du ihm nicht sagen wollen«, stellte Roland fest. Ich schüttelte den Kopf. Er dachte kurz nach. »Sag ihm einfach, wir hängen noch ein wenig bei mir ab. Das hätten wir doch sowieso getan.«

Es überraschte mich nicht, dass Nate noch wach war und an seinem Buch arbeitete. Ich erzählte ihm, dass ich mit zu Roland gehen würde und er meinte nur, dass ich nicht zu spät nach Hause kommen sollte. Es belastete mich, wie einfach mir die Lüge von den Lippen gegangen war. Nate war gut zu mir und ich hinterging ihn. Aber wie ich es auch drehte und wendete, die Wahrheit war keine Option.

Auf der Fahrt durch Downtown Portland sagte niemand ein Wort. Wir kamen an einigen Bars vorbei, vor denen die Leute Schlange standen, sahen Taxis, die weitere Nachtschwärmer herbeikarrten. Es war Freitagnacht und die Party war in vollem Gange. An einer Ampel beobachtete ich eine Gruppe lachender junger Frauen, die vor uns die Straße überquerten und kam nicht umhin, mir zu sagen, dass ich selbst noch vor wenigen Stunden eine von ihnen gewesen war. Und nun? Lag ein weiterer Eli auf der Lauer, suchte unter den Frauen eine, deren Schicksal auch meines hätte sein können?

Nun bin nichts weiter als eine Zahl in einer Statistik. Ich hatte online so viele Geschichten über Vampirsichtungen gelesen, darüber, wie Menschen einfach verschwanden. Ich hatte stets Mitleid mit den ahnungslosen Opfern gehabt, die nicht wussten, was da draußen lauerte. Bis heute hatte ich mich für schlauer gehalten, besser vorbereitet aufgrund meines Wissens. Es war beängstigend und beschämend, sich einzugestehen, dass ich genauso verletzlich war wie alle anderen.

Wir fuhren auf die Interstate und in diesem Moment atmete Roland erleichtert aus. Keiner von uns bedauerte es, Portland zu verlassen. Roland fummelte am Radio herum, bis er einen Rocksender gefunden hatte und ein Eagles-Song die Stille im Wagen ausfüllte. Wir alle entspannten uns zusehends, aber niemand von uns schien in der Lage zu sprechen. Ich wusste, sie hielten etwas vor mir geheim, aber mein Verstand war zu erschöpft, um die richtigen Schlüsse daraus zu ziehen.

Etwas mehr als eine Stunde später nahm Roland die Ausfahrt nach New Hastings, aber statt in die Stadt zu fahren, bog er auf den Weg zu den hügeligen Ackerflächen ab, die wir die Kuppen nannten. Er und Peter lebten dort, und als wir noch Kinder waren, war ich häufig zu ihnen raus aufs Land gefahren. Unzählige Stunden hatte ich auf Onkel Brendans Farm verbracht. Als wir das Ortsschild der Kuppen passierten, fiel mir auf, dass ich schon länger als ein Jahr nicht mehr hier gewesen war. War das wirklich schon so lange her? Vor zwei Jahren noch hatte es kaum ein Wochenende gegeben, das ich nicht mit Roland und Peter verbracht hatte. Etwa um diese Zeit herum hatten sie mit ihren Männeraktivitäten begonnen, Unternehmungen mit ihren Cousins, zahlreiche Outdoorexkursionen. Zunächst war es verletzend gewesen, dass sie mich bei dem Spaß nicht dabei haben wollten, dann hatte ich angefangen, mehr Zeit mit Remy zu verbringen. Und irgendwann ganz aufgehört, hierherzukommen.

Jetzt, da ich darüber nachdachte, war es seltsam, dass Roland so viel Zeit mit seinen Cousins verbrachte. Besonders mit Francis, der vier Jahre älter war als wir, war Roland nie besonders gut ausgekommen, und soviel ich wusste, hatte sich daran nichts geändert. Francis mochte mich nicht und machte auch keinen Hehl daraus, was Roland ärgerte. Sie hatten sich sogar einmal heftig deswegen gestritten – eine üble Schlägerei –, kurz bevor sie anfingen, miteinander abzuhängen. Wir waren auf der Farm gewesen, als Francis erschienen war und mich gefragt hatte, ob ich nicht ein eigenes Zuhause hätte, statt ihnen ständig im Wege zu stehen. Ich hätte ihm selbst die Meinung gegeigt, wenn Roland ihm nicht zuerst eine auf die Mütze gegeben hätte. Das Nächste, woran ich mich erinnerte, war, dass die beiden sich durch Brandons Getreidefeld verfolgten und aufeinander losgingen wie zwei tollwütige Hunde, die sich die Kehle durchbeißen wollten. Dann war Peters Vater Maxwell erschienen und hatte sie solange angeschrien, bis sie wie zwei geprügelte Welpen aus dem zertrampelten Feld herauskrochen.

Unwillkürlich riss ich den Mund auf. *Nein!*

Riecht ihr das, Freunde?

Kein Wunder, dass du angegriffen wurdest, wenn du dich von ein paar Welpen beschützen lässt.

Ein riesiger, behaarter Körper, der sich auf den Vampir stürzte, um mich zu retten.

»Das kann nicht sein.« Meine Hand umklammerte den Gurt, der mich auf einmal zu ersticken drohte.

Roland sah zu mir. »Sara?«

Ich würde es wissen, oder nicht? All die Tage, hunderte, nein tausende gemeinsam verbrachte Stunden. Ich hätte irgendetwas bemerkt. Ich schloss die Augen nicht vor der realen Welt. Sicher, bis zum heutigen Abend hatte ich nie zuvor persönlich einen Werwolf gesehen, aber es war doch nicht möglich, dass jemand die offensichtlichen Einschränkungen eines Lebens als Gestaltwandler vor Menschen verbarg, die ihm nahestanden. Darum lebten die meisten Werwölfe so zurückgezogen. Wie Vampire konnten sie Silber nicht berühren und es wäre sicher schwer, Verbrennungen zweiten Grades zu erklären, wenn man lediglich einen Silberlöffel gehalten hatte. Außerdem waren Werwölfe Raubtiere, sie mussten jagen. Sie konnten nicht unter Menschen leben, wenn sie sich nicht hin und wieder verwandelten und mindestens einmal im Monat Jagd auf Tiere machten …

Ich riss die Hand vor den Mund. »Halt an.«

»Was ist los?«, fragte Roland alarmiert.

»Halt an!«

Peter lehnte sich nach vorn. »Shit, ich glaube, sie muss kotzen. Fahr rechts ran.«

Roland nahm den Fuß vom Gaspedal und hielt den Wagen am Seitenstreifen neben einem dunklen Acker. Sobald das Auto zum Stillstand kam, öffnete ich die Tür und rannte zu dem Zaun, über den ich mich lehnte und versuchte, meine Lunge mit Sauerstoff zu füllen. Ich konnte hören, wie sich die Türen hinter mir öffneten und unter den Schritten meiner Freunde das Laub raschelte.

Meine besten Freunde, die Werwölfe.

Roland sprach zögerlich. »Ist alles in Ordnung?«

Der sorgenvolle Ton in seiner Stimme durchdrang den Schmerz in meiner Brust. Ich atmete tief ein, konnte die beiden jedoch nicht ansehen. »Warum habt ihr es mir nicht gesagt?«

»Dir was gesagt?«

»Vorhin stand ich noch unter Schock, aber jetzt bin ich völlig klar.« Ich umschloss die oberste Reihe des Zaunes und ließ zu, dass das splitterige Holz sich in meine Handflächen bohrte. Der Schmerz war wenigstens beständig, realer als irgendetwas anderes in dieser Nacht und ich klammerte mich daran. Die verzweifelten Worte, die zu mir durchgedrungen waren, als ich aufgewacht war, kamen mir wieder in den Sinn: *Ich konnte sie nicht erreichen.* »Das da auf der Feuertreppe, das warst du, Roland, nicht wahr?«

Stille.

»Sara, ich …«, begann Roland schwach.

»Scheiße«, murmelte Peter.

Eine Brise strich durch die Baumreihen und zerzauste mein Haar, in der Nähe schlich ein Tier durchs Geäst. Es war so dunkel und ruhig hier, so still verglichen mit der Stadt. Ich holte tief Luft, sog den Duft der ländlichen Gegend ein, während ich nach Worten suchte.

»Bitte, hab keine Angst«, sagte Roland eilig. »Wir würden dir nie wehtun.«

Ich wandte mich zu ihnen um. »Das weiß ich, und ich habe auch keine Angst vor euch. Ich bin nur sauer, weil ich mich erst von einem Vampir angreifen lassen muss, um die Wahrheit herauszufinden. Und selbst jetzt versucht ihr es noch, vor mir zu verheimlichen.«

Noch während ich ihnen meine Vorwürfe an den Kopf warf, fühlte ich mich wie eine Heuchlerin. Ich schrie meine Freunde an, weil sie ein Geheimnis bewahrten, obwohl das doch genau das war, was auch ich tat seit ich sie kannte. Meine so plötzliche Wut verrauchte und ich sackte gegen den Zaun, fröstelnd und müde.

Roland kam langsam auf mich zu. »Es tut mir leid«, sagte er sanft mit belegter Stimme. »Wir mussten es vor dir verbergen. Wir sind an unsere Gesetze gebunden.«

»Und wenn mein Vater ein Gesetz verabschiedet, dann verweigert keiner den Gehorsam«, fügte Peter ernst hinzu.

»Wir wollten es dir sagen, aber Menschen dürfen nicht von uns erfahren.«

»Dein Vater?«

Peter zog eine Grimasse. »Er ist der Leitwolf.«

Natürlich. Wer sollte sonst das Alphatier sein, wenn nicht Peters einschüchternder Vater Maxwell.

»Also sind alle aus eurer Familie, all eure Cousins, Werwölfe?«

»Ja«, erwiderte Peter.

Ich atmete geräuschvoll aus.

»Ich weiß, du bist sauer, aber bitte hör dir an, was wir zu sagen haben, bevor du uns hasst«, flehte Roland.

»Ich könnte euch Jungs niemals hassen.« Meine Stimme zitterte. »Es ist nur so viel auf einmal, nachdem …«

Roland wollte mich umarmen, aber ich hob abwehrend die Hand, legte sie aber in seine und ließ ihn wissen, dass sich meine Gefühle nicht verändert hatten. Er war noch immer derselbe Roland wie vor einer Stunde, nichts würde daran etwas ändern.

»Leute, mein Dad wartet auf uns und ich wette, er ist nicht allein. Wir sollten besser gehen.«

»Pete hat recht.« Roland drückte meine Hand. »Bist du bereit?«

Ich nickte und wir gingen zurück zum Wagen. Den Rest der Fahrt verbrachten wir in gedrückter Stimmung. Roland und Peter rutschten unablässig auf ihren Sitzen herum, es war, als wollten sie über etwas sprechen, konnten es aber nicht. Ich hatte eine Menge Fragen, aber es sah nicht so aus, als würden sie beantwortet werden, bevor wir Maxwell trafen.

Zum ersten Mal in meinem Leben machte mich ein Besuch auf der Farm nervös. Als wir die enge Zufahrt entlangfuhren und ich das riesige weiße Haupthaus vor uns aufragen sah, stach die Anspannung mir schmerzhaft in die Seite. In allen Fenstern brannte Licht und ich erkannte Maxwells Jeep neben Brendans großem Chevy Pick-up.

Ich rieb mir die Stirn, während Roland hinter dem Pick-up parkte und den Motor abstellte.

Er legte mir über die Mittelkonsole hinweg seine Hand auf den Arm. »Alles okay?«

»Ja, es war nur eine lange Nacht. Ich schätze, wir sollten das hinter uns bringen.«

Peter lehnte sich nach vorn. »So schlimm wird es nicht werden … je nachdem, wie man es betrachtet. Ich meine, so schlimm wie dein Rendezvous mit den Vampiren kann es nicht werden, oder?«

»Pete, das ist jetzt nicht gerade hilfreich«, sagte Roland scharf.

Ein Schatten tauchte in einem der Fenster auf und ich wusste, dass sie darauf warteten, dass wir eintraten. Ich atmete tief ein und griff nach dem Türknauf. Peter hatte recht. Ich hatte gerade erst eine Vampirattacke überlebt. Dagegen war eine Begegnung mit einem Rudel Werwölfe ein Spaziergang.

Ich folgte Peter durch die Haustür. Der Erste, den ich sah, war Maxwell. Er stand im Türbogen zum Wohnzimmer – groß, sehnig, mit einem kantigen, bärtigen Gesicht und bereits zum Teil ergrautem rotbraunem Haar. So blickte er uns mit verschlossener Miene an. In all den Jahren, die ich Maxwell nun schon kannte, hatte ich mich nie an seine strenge Ernsthaftigkeit gewöhnen können. Dabei war er nie unfreundlich zu mir gewesen. Aber er war die einzige Person, die mir jemals begegnet war, die mich wirklich einschüchterte. Zu wissen, dass er der Leitwolf eines ganzen Rudels Werwölfe war, bestätigte meinen Eindruck von ihm. Es brauchte eine starke Persönlichkeit für eine solche Rolle.

Neben Maxwell stand sein jüngerer Bruder Brendan. Die beiden Männer waren etwa gleich groß und hatten ähnliche Gesichtszüge, aber Brendan war untersetzter, sein Haaransatz zog sich bereits auf seinen Hinterkopf zurück und sein rundes Gesicht ließ ihn weniger streng erscheinen als seinen Bruder. Der ernste, nachdenkliche Blick, den er mir zuwarf, machte mich nervös, und beinahe hätte ich die Beine in die Hand genommen und wäre geflüchtet. Ich war mir nicht sicher, ob ich eine weitere Konfrontation an diesem Abend ertragen konnte.

Maxwell öffnete den Mund, um etwas zu sagen, aber eine Frauenstimme schnitt ihm das Wort ab. Rolands Mutter Judith war groß und schlank, aber dennoch um einige Zentimeter kleiner als ihr Sohn. Sie hatten beide blaue Augen und dasselbe dunkelbraune Haar, das bei der fünfundvierzigjährigen Judith mit grauen Strähnen durchzogen war. Rolands Vater hatte ich nie kennengelernt, denn er war gestorben, als Roland noch ein Baby war. Aber ich hatte mir immer vorgestellt, dass er seine Körpergröße von seinem Dad geerbt hatte.

»Nicht jetzt, Max«, sagte Judith in einem Ton, der keine Widerrede zuließ. »Gib dem Mädchen ein paar Minuten.« Sie nahm meinen Arm und führte mich zur Treppe, rief dabei über ihre Schulter: »Setz Wasser auf, Roland.«

Ich war es nicht gewohnt, dass jemand mich bemutterte, aber es fühlte sich gut an, Judith das Kommando zu überlassen. Sie schob mich die Stufen hinauf zum Badezimmer. Nachdem Judith die Tür hinter mir geschlossen hatte, sah ich in den Spiegel und riss erschrocken die Augen auf beim Anblick des zerzausten Mädchens, das mich mit tränenverschmierten Wangen und einem dreckigen, zerrissenen Shirt anstarrte. Von den getrockneten Blutspritzern gar nicht zu sprechen. Es war, als sähe ich eine Fremde.

Ich neigte den Kopf zur Seite und sah die vier kleinen Kratzer der Vampirklauen an der linken Seite meines Halses. Meine Finger berührten die Wunden und ein Schaudern kam über mich, als die Erinnerung an Elis' Berührung mich überrollte. Sofort drehte sich mein Magen und ich übergab mich heftig in die Toilette, während heiße Tränen über mein Gesicht strömten.

Hätte Judith nicht sanft an der Tür geklopft und mich aus meinen Gedanken gerissen, so hätte ich mich einfach auf dem Boden zusammengekauert und wäre nicht mehr aufgestanden.

»Geht es dir gut, Süße?«

»Ja«, antwortete ich schwach. Ich betätigte die Spülung und griff nach einem Taschentuch, um mir die Nase zu schnäuzen. »Ich gehe jetzt duschen.«

Ich riss mir die dreckigen Kleider herunter und ließ sie zu einem Haufen geworfen auf dem Boden liegen, dann schlüpfte ich unter den angenehm heißen Wasserstrahl. Gute fünf Minuten lang ließ ich das Wasser über mich prasseln, die gepeinigten Stellen meines Körpers sich beruhigen. Es half nicht gegen den Schmerz in meinem Innern, aber das würde auch Zeit brauchen. Das Wasser wusch auch meine Tränen fort, und so stellte ich es schließlich ab und trat heraus.

Ein sauberes Paar Jeans und ein weiches rotes Sweatshirt warteten zusammen mit einer dampfenden Tasse Tee, der nach Kamille und Pfefferminze duftete, auf dem Waschtisch auf mich. Judith musste die Sachen dort für mich abgelegt haben. Ich nippte dankbar an dem Tee, während ich mich abtrocknete und mich anzog. Brendans Tochter Lydia war auf dem College in einer anderen Stadt und ich wusste, dass das ihre Sachen sein mussten, denn ich musste die Ärmel und Hosenbeine umschlagen.

Ich trocknete mein Haar mit einem Handtuch und kämmte die Knoten heraus, bevor ich nach unten eilte, die leere Tasse in der Hand. Am Treppenabsatz hörte ich Maxwells erhobene Stimme aus der Küche. »… kann nicht glauben, dass du sie mit in einen Club nach Portland genommen hast, bei allem, was dort derzeit passiert«, sagte er harsch. »Wie konntest du nur so leichtsinnig sein? Was habe ich dir beigebracht?«

»Aber du hast doch selbst gesagt, dass sie diese Woche weitergezogen sind«, protestierte Roland.

»Und wir waren schon oft im Attic. Es hat sich nie jemand mit uns angelegt«, mischte sich Peter ein. »Wir dachten …«

»Natürlich hat sich niemand mit euch angelegt!« Maxwell klang nun noch verärgerter, wenn das überhaupt möglich war. »Ihr zwei Idioten habt nicht nur Sara in Gefahr gebracht, sondern euch auch einem Menschen gezeigt.«

»Aber Dad, sie …«

»Ich werde niemandem von euch erzählen.«

Die Unterhaltung brach abrupt ab, als ich die Küche betrat. Judith saß mit Maxwell und Brendan am Tisch, Roland lehnte am Kühlschrank. Peter stand an der Hintertür und sah so aus, als würde er sich gerne mit einer übereilten Flucht vor dem Zorn seines Vaters retten. Ich ging hinüber zum Spülbecken, spülte die Tasse aus und stellte sie auf die Ablage. Dann wappnete ich mich und drehte mich in dem Bewusstsein um, dass alle Augen im Raum auf mich gerichtet waren. Judith zog den Stuhl neben sich hervor. »Sara, setz dich doch und lass uns reden. Das muss alles sehr verwirrend für dich sein.«

»Ich bleibe lieber stehen, wenn das okay ist.« Ich war selbst erstaunt, wie fest meine Stimme klang.

Maxwell räusperte sich, aber Judith legte ihm eine Hand auf den Arm. Sie nickte mir zu und schenkte mir ein verständnisvolles Lächeln. »Wir wissen, was du heute Nacht durchgemacht hast, also nimm dir alle Zeit, die du brauchst.«

Ich brauchte keine Zeit, ich wollte Antworten. Erstaunlicherweise war die erste Frage, die mir über die Lippen kam, nicht diejenige, die ich eigentlich hatte stellen wollen. »Warum habt ihr zugelassen, dass wir uns anfreunden? Hattet ihr keine Angst, dass ich es herausfinden könnte, wo ich so viel Zeit hier verbracht habe?«

Maxwell antwortete. »Es gab einige im Rudel, die es für keine gute Idee hielten, aber wenn wir unter Menschen leben wollen, können wir uns nicht abschotten. Und es gibt Mittel und Wege zu verbergen, wer wir sind.«

Offensichtlich. Bis heute Nacht hatte ich nicht den leisesten Verdacht gehegt. Ich grübelte darüber nach, wer gegen unsere Freundschaft gewesen sein könnte und zumindest einer kam mir sofort in den Sinn. Francis hatte nie einen Hehl aus seiner Abneigung mir gegenüber gemacht. Nun wusste ich auch, warum.

»Ich weiß, dass ihr einmal im Monat jagen geht, aber Roland und Peter machen das erst seit ein paar Jahren. Warum nicht, als sie noch jünger waren?«

Maxwell riss die Augenbrauen hoch und blitzte Roland und Peter böse an. Peter hob die Hände zur Verteidigung. »Wir haben ihr nichts verraten, ich schwöre es.«

»Ich weiß es nicht von ihnen. Ich weiß, dass Werwölfe jagen müssen oder … schlimme Dinge passieren.« Ich sah mich vorsichtig um, in Gesichter, die auf verschiedene Art und Weise erstaunt waren.

»Siehst du, ich hab es dir gesagt, sie *weiß* Dinge«, meldete sich Peter zu Wort.

»Woher weißt du das?«, wollte Maxwell wissen.

»Ich …« Wie viel konnte ich ihnen sagen, ohne Geheimnisse preiszugeben, die ich nicht bereit war zu teilen? Ich suchte nach einer passenden Antwort, bevor ich fortfuhr: »Ich habe Dinge gesehen und mit

Leuten online darüber gesprochen.« Als Reaktion auf Maxwells missbilligenden Blick sagte ich: »Meistens über irgendwelche Foren, aber ich chatte auch mit manchen. Schon eine ganze Weile. Ich bin mir nicht sicher, ob ihr das wisst, aber es gibt eine ganze Menge Leute, Menschen, die über die Wahrheit Bescheid wissen. Wir rennen nur nicht herum und erzählen jedem davon. Wer würde uns auch glauben, nicht wahr?«

Maxwells Züge glätteten sich ein wenig. »Du hast gesagt, du hast Dinge gesehen. Was für Dinge?«

Oh, du weißt schon. Vampire, Trolle, Elementare. »Ähm, Kobolde.«

»Kobolde?«, wiederholte Judith.

Ihre überraschte Grimasse war so lustig, dass ich beinahe das erste Mal seit dem Angriff laut gelacht hätte.

»Sie haben unser Haus besetzt.«

Roland verzog die Nase. »Igitt! Es gibt ein Mittel gegen sie. Pete und ich können uns darum kümmern.«

Ich schüttelte den Kopf. »Ich weiß, sie sind ein wenig lästig und niemand kann sie leiden, aber sie sind nicht so schlimm, wenn man sich an sie gewöhnt hat. Sie lieben Blaubeermuffins, und wenn ich ihnen hin und wieder einen Krümel abgebe, dann lassen sie meine Sachen in Ruhe. Und sie sind gute Rattenfänger.«

Brendan hustete in seine Hand.

Peter zog die Augenbrauen zusammen. »Ich habe noch nie davon gehört, dass sich Kobolde in menschlichen Behausungen niederlassen. Ist das normal, Onkel Brendan?«

Brendan schüttelte den Kopf. »Nein, aber man sucht ja auch nicht gerade nach ihnen. Ich schätze, es musste irgendwann so weit kommen. Die Städte wachsen.«

Maxwell wirkte in sich gekehrt. »Du hast gesagt, du weißt schon lange von unserer Welt. Wie lange genau?«

Unwillkürlich krampften meine Finger sich um die Arbeitsplatte in meinem Rücken. Der Einzige, dem ich je davon erzählt hatte, war Remy. Aber mein kleiner, starker Freund hatte auch etwas an sich, das es einfach machte, ihm meine Sorgen anzuvertrauen. Menschen, die wie eine zweite Familie für mich waren, davon zu berichten, war etwas völlig anderes.

»Ich weiß es, seit mein Dad getötet wurde und ich gesehen habe … was sie mit ihm gemacht haben.« Ich schluckte schwer. »Kein Mensch hätte so etwas tun können, egal was die Polizei sagt. Es hat ein paar Jahre gedauert, bis ich es herausgefunden habe.«

»Vampire«, sagte Peter und das Wort hing wie eine Drohung zwischen uns.

Roland richtete sich auf. »Verdammt, Sara, ich hatte ja keine Ahnung.«

»Keiner hatte das.« Ich spielte mit dem Saum meines geborgten Sweatshirts. »Was hätte ich tun sollen? Es Nate oder der Polizei sagen? Wer hätte mir geglaubt?«

Maxwell rieb sich den Bart. »Wir haben es vermutet. Wir haben Freunde bei der Polizei in Portland, also wissen wir, dass es zu der Zeit mehrere verdächtige Morde gegeben hat. Du warst so jung, wir wussten nicht, dass du es gesehen hast oder gar die Wahrheit kennst.«

Ein Stuhl kratzte über den Boden und ich fand mich in Judiths herzlicher Umarmung wieder. »Du tapferes Mädchen. Ich kann nicht glauben, dass du all die Jahre allein damit klarkommen musstest.«

So häufig war ich nicht mehr umarmt worden, seit mein Vater gestorben war. Ich wollte mich ihr entziehen, aber das erschien mir zu unhöflich, also ließ ich es geschehen.

Sie trat zurück und räusperte sich. »Ich glaube, ich brauche einen Tee. Sonst noch jemand?«

Ich trat beiseite, sodass sie das Wasser aufsetzen konnte. »Stimmt es, dass Werwölfe Vampire jagen?«, fragte ich Maxwell, der sofort nickte.

Roland entgleisten die Gesichtszüge und ich musste beinahe lachen. Der Ausdruck in seinem Gesicht war mehr als bemitleidenswert. Um ihn vor Maxwells stechendem Blick zu bewahren, sagte ich: »Kennst du daher diesen Typ, Nikolas? Was steckt hinter dem Kerl?«

»Die Mohiri sind ein Kriegerbund, der Vampire jagt und die es vermutlich schon so lange gibt wie Vampire selbst. Sie sind überaus verschlossen und kommunizieren nur selten mit anderen, aber ihre Wege kreuzen sich hin und wieder mit denen unserer Leute. Wir scheren uns nicht um sie, und sie mögen uns nicht, aber wir kämpfen auf derselben Seite, also lassen sie uns in Frieden.«

»Warum mögt ihr einander nicht?«

Brendan hatte nicht gesprochen, seit ich aus dem Badezimmer nach unten gekommen war, aber nun hob er die Stimme. »Die Mohiri jagen nicht nur Vampire. Sie jagen alles, was eine Bedrohung für die Menschheit ist. Es gab eine Zeit, in der unsere Art nicht so … zivilisiert war wie jetzt. Damals haben sie auch uns gejagt. Wir haben uns seither verändert, aber hin und wieder gibt es einen Zwischenfall. Die Mohiri vertrauen uns nicht, und auch einige Werwölfe haben Vorbehalte gegen die Mohiri.«

Der Teekessel pfiff und Judith hob ihn vom Herd, goss das heiße Wasser über die Teebeutel in den zwei Tassen. Der Duft von Jasmin waberte über den Tisch zu mir herüber, während sie mir eine Tasse zuschob und ihre eigene zum Tisch trug. Ich ließ ihn noch eine Weile ziehen, bevor ich nippte. Ich liebte Judiths Tees, sie zog die Pflanzen selbst, trocknete die Kräuter und füllte sie in kleine Beutelchen, die sie auf dem Asiamarkt in Portland kaufte. Sie schien immer zu wissen, welcher Tee zu welcher Situation passte.

»Du hast meine Frage nicht beantwortet. Warum haben Roland und Peter nicht schon früher zu jagen begonnen?«, erinnerte ich Maxwell.

»Der Jagdinstinkt setzt erst mit der Pubertät ein«, erklärte er. »Der Zeitpunkt ist für jeden ein anderer.«

»Ja, und außerdem müssen wir üben … viel üben«, ergänzte Peter.

Ich sah meine Freunde an, es war noch immer schwer zu glauben, dass aus ihnen jene furchteinflößenden Kreaturen geworden waren, die ich heute Nacht gesehen hatte. »Habt ihr jemals zuvor Jagd auf Vampire gemacht?«

Roland schüttelte den Kopf. »Das dürfen wir erst, wenn wir achtzehn sind.« Ein zufriedenes Strahlen glomm in seinen Augen. »Nicht jeder von uns hat das Glück, vor der ersten Jagd schon einen Vampir zu bekämpfen.«

Maxwell warf ihm einen warnenden Blick zu. »Das ist nichts, womit du prahlen solltest. Wenn der Mohiri nicht gewesen wäre, würden wir jetzt eine andere Unterhaltung führen.«

Es wurde still in der Küche, Maxwells Worte trafen uns alle hart. Wenn Nikolas nicht genau zum richtigen Zeitpunkt aufgetaucht wäre, hätte Eli mich verschleppt, bevor Roland und Peter überhaupt gewusst hätten, dass ich in Gefahr bin. Niemand hätte je erfahren, was mit mir geschehen war.

Ich wäre nur ein weiteres vermisstes Mädchen gewesen. Und Eli hatte keine Zweifel daran gelassen, welche Gräuel er sich für die letzten Stunden meines Lebens ausgemalt hatte.

Schmerz und Schuld spiegelten sich in den Gesichtern meiner Freunde. Ich konnte ihnen nichts von den Dingen erzählen, die Eli gedroht hatte, mir anzutun und auch nicht, wie knapp ich dem Tod entgangen war. Sie machten sich ohnehin genug Vorwürfe. Und wenn ich eine Sache gut konnte, dann Geheimnisse bewahren.

»Sara, du scheinst sehr gut klarzukommen, wenn man bedenkt, was dir widerfahren ist«, stellte Judith fest.

Ich pustete in meinen Tee. »Du hättest mich vor zwei Stunden sehen sollen.«

Maxwell drehte sich zu Brendan um. »Wir müssen morgen früh eine Zusammenkunft einberufen. Es sieht so aus, als wären wir in Portland noch nicht fertig.«

Brendan nickte grimmig. »Wünschte, wir hätten die Blutsauger hier. Die verfluchten Bastarde greifen jetzt schon Mädchen an, wenn sie mit zwei Rudelmitgliedern unterwegs sind und eine Horde Jäger in der Nähe ist.«

Ich dachte an Elis Entschlossenheit, mich zu besitzen, selbst wenn das bedeutete, sein eigenes Leben zu riskieren. War er wirklich so besessen von mir, nur weil ich seine Annäherungsversuche abgewiesen hatte und nicht in seinem Bann stand? Hatte das irgendetwas mit meinen Kräften zu tun? Vielleicht gab es in meinem Kopf einfach nicht genug Platz für einen Vampir, wenn schon ein Biest darin lauerte.

»Was auch immer der Grund ist, ich dulde sie nicht länger in meinem Territorium. Wir werden weitere Patrouillen aussenden und ein Team, das die Stadt Zentimeter für Zentimeter durchkämmt. Sie verschwinden oder sterben.«

Maxwells Stimme vibrierte vor Autorität, es klang wie nichts, was ich bisher von ihm gehört hatte – und ich zitterte, trotz der Tasse heißen Tees in meinen Händen. Ich warf ihm einen verstohlenen Blick zu, erwartete, glühende Bernsteinaugen zu sehen, aber sein Gesicht war unverändert.

»Ich denke, diese Diskussion hat Zeit bis morgen«, bestimmte Judith, offensichtlich nicht im Geringsten eingeschüchtert von ihrem Alphabruder. »Sara, warum schläfst du nicht bei uns heute Nacht? Du scheinst mir ein wenig zu durcheinander, um Nate vor die Augen zu treten.«

Beinahe hätte ich abgelehnt, denn alles, was ich wollte, war mein eigenes Zimmer und mein eigenes Bett. Aber sie hatte recht, ich war nicht bereit, Nate zu sehen. Ein Blick auf ihn und ich würde mich in Tränen auflösen, und dann war es das mit der Geheimnistuerei.

Ich sah hinüber zu Roland, der mit hoffnungsvollem Blick nickte. Ich konnte spüren, dass er Angst hatte, die heutige Nacht hätte etwas zwischen uns verändert und ich wollte ihm versichern, dass sich nichts und niemand je zwischen uns stellen würde.

»Ja, das würde ich gerne. Danke«, sagte ich an Judith gewandt. Roland lächelte.

Judith stand auf und spülte ihre Tasse aus. Dann nahm sie meine und wusch sie ebenfalls ab. »In Ordnung, ich denke, es ist Zeit, nach Hause zu gehen und etwas Schlaf abzubekommen. Du musst völlig erschöpft sein.«

»Ich weiß nicht, ob ich heute überhaupt schlafen werde.« Sobald ich die Augen schloss, würde ich Elis Gesicht sehen, davon war ich überzeugt.

»Dann leisten wir uns eben gegenseitig Gesellschaft«, sagte Roland und folgte uns.

Peter schloss auf. »Ich auch.«

Judith drehte sich um und tadelte sie: »Das ist keine Pyjamaparty. Sara hat eine Menge durchgemacht und sie kann es sicher nicht gebrauchen, dass ihr beiden sie die ganze Nacht wach haltet. Egal was sie jetzt sagen wird.«

»Ihr beiden könnt hierbleiben, wenn ihr wollt«, bot Brendan an und Rolands Lächeln schwand. Es war nicht schwer, seine Gefühle nachzuempfinden, denn ich war mir sicher, dass wir drei das Gleiche spürten. Nachdem wir diesen Albtraum gemeinsam erlebt hatten, wollten wir uns jetzt nicht voneinander trennen.

»Ich würde mich besser fühlen, wenn sie mit uns kämen«, sagte ich, unfähig, das leichte Zittern in meiner Stimme zu verbergen. Judith schaute mich besorgt an und ich hoffte, sie würde nicht wieder versuchen, mich zu umarmen. Denn die Chancen standen gut, dass ich dieses Mal in Tränen ausbrechen würde. Ich hatte schon genug geweint heute.

Judith lächelte verständnisvoll und ich dachte zum hundertsten Mal, was für ein Glück Roland hatte, dass sie seine Mutter war. »Okay, Roland, du kannst fahren.«

Roland streckte seinen Arm aus und drückte meine Hand, während wir uns zur Tür begaben. »Später«, wisperte er und neigte seinen Kopf in Judiths Richtung. Ich nickte kaum merklich. Wenn wir früher gemeinsam übernachtet hatten, hatte er stets gewartet, bis seine Mutter ins Bett ging, und war dann zu mir gekommen. Wir waren nur zusammen in seinem Zimmer abgehangen, hatten Filme geschaut oder so lange geredet, bis einer von uns eingeschlafen war, aber das war stets der beste Teil meiner Besuche gewesen.

Plötzlich sehnte ich mich nach dieser Zeit, nach den Tagen, an denen die Monster noch gesichtslose Gestalten gewesen waren, von denen ich nur vage gehört hatte. Dank Eli würde ich mich nun nie wieder völlig sicher fühlen und ich hoffte inständig, dass Nikolas und seine Freunde den Vampir aufgespürt und ihn direkt in die Hölle geschickt hatten, in die er gehörte.

Kapitel 6

»REMY, bitte hör auf, mich so anzusehen. Du machst mir mit diesem Gesicht mehr Angst als die Vampire.«

»Das nicht witzig«, schimpfte er und raste in der kleinen Höhle, die wir vor Jahren zu unserer erklärt hatten, unruhig auf und ab. Seine Stimme mochte verärgert klingen, aber ich konnte die Sorge in seinen Augen sehen. »Du fast gestorben. Warum mir nicht sagen, dass du gehen in Stadt?«

Ich wandte mich von ihm ab und starrte auf die Wellen, die unter uns tosend gegen das Gestein schlugen. Wir beide wussten, warum ich es ihm nicht gesagt hatte. Er hätte einen Riesenwirbel um die Sache gemacht, mich versprechen lassen, nicht zu gehen, und es war ziemlich schwer, einem Troll etwas abzuschlagen, das er sich in den Kopf gesetzt hatte.

Trolle fürchteten Vampire und ihresgleichen nicht, aber Remy machte sich große Sorgen um mich. Ich hatte ein paar fantastische Freunde mit Superkräften und selbst die Fähigkeit zu heilen, aber ich war dennoch menschlich. Und nie zuvor hatte ich mich so sterblich gefühlt, wie in dieser Gasse, die ich geglaubt hatte, nicht lebend zu verlassen.

Eben weil ich genau wusste, wie Remy reagieren würde, hatte ich ihm nichts erzählen wollen. Ich hatte dabei nur nicht bedacht, dass mein Trollfreund die Nase eines Bluthundes hatte und den Vampir an mir bereits aus mehr als einem Meter Entfernung riechen konnte. Das Wissen, nach über drei Tagen noch immer den Gestank dieses Monsters an meinem Körper kleben zu haben, ekelte mich so sehr an, dass ich am liebsten in den Ozean gesprungen und mich von oben bis unten geschrubbt hätte.

Aber auch die See konnte die Bilder in meinem Kopf und die Erinnerungen an die kalten Krallen, die sich an meine Kehle gepresst hatten, nicht abwaschen. Sie waren da, wann immer ich die Augen schloss, und mindestens einmal in der Nacht wachte ich schweißüberströmt auf und sah Elis verzerrtes Gesicht vor mir, hörte seine drohenden Worte. *Ich werde dich haben.*

In manchen Nächten träumte ich davon, zu fallen und von einem dunkelhaarigen Mann mit granitgrauen Augen aufgefangen zu werden. Er lächelte nie und sein Blick blieb kalt, aber ich fühlte mich sicher in seinen Armen. Aus diesen Träumen erwachte ich mit einem seltsamen Gefühl der Leere, aber sie waren dennoch um Welten besser als die Albträume.

Am schwierigsten war es, das alles vor Nate zu verbergen. Den Großteil des Wochenendes hatte ich in meinem Zimmer verbracht und war nur zum Essen und zur Erledigung meiner Haushaltspflichten nach unten gekommen. Nates fragende Blicke spürte ich zwar, aber glücklicherweise hakte er nicht nach. Roland schrieb mir ein paar Nachrichten, um zu sehen, ob ich irgendetwas brauchte oder mich einfach nur zu Hause verkriechen und meine Wunden lecken wollte. Selbst die Tiere schienen meine Anspannung zu bemerken und machten es sich zur Aufgabe, mir Gesellschaft zu leisten. Die Katze, die ich Oscar genannt hatte, nahm jede Gelegenheit wahr, sich an mich zu kuscheln und wie ein Motorboot zu schnurren. Daisy verließ ihren gewohnten Platz an Nates Seite und schlief auf dem Boden neben meinem Bett. Sogar die Kobolde verhielten sich ungewohnt ruhig. Für gewöhnlich konnte ich sie hinter den Wänden rascheln hören, aber in den letzten zwei Tagen war es bis auf ein gelegentliches Kratzen still gewesen.

Nach so langer Zeit allein mit meinen Gedanken, hatte ich mich auf die Schule gefreut, aber mich heute einfach nicht konzentrieren können. Der Unterricht erschien zu unbedeutend verglichen mit dem, was geschehen war und ich war nicht mehr dieselbe Person, die am Freitag das Schulgebäude verlassen hatte. Wie kehrte man nach einer so einschneidenden Erfahrung in den Alltag zurück?

»Du weißt, Stadt nicht sicher. Besser hierbleiben mit Onkel.«

Remy hasste die Vorstellung, ich könnte New Hastings verlassen, aber eines Tages würde es so weit sein, wenn ich aufs College gehen oder etwas von der Welt sehen wollte. Oder um die Wahrheit über den Tod meines Vaters herauszufinden.

»Ich musste gehen. Wenn es eine Möglichkeit gibt, etwas über Dad in Erfahrung zu bringen, ergreife ich sie.« Ich wusste noch immer nicht, warum NightWatcher nicht im Attic erschienen war und er war seither auch nicht mehr online gewesen. Wulfman meinte, es sähe seinem Freund gar nicht ähnlich und er hatte versprochen, sich zu erkundigen. Ich hatte

Wulfman von den beiden Vampiren erzählt, denen wir im Attic begegnet waren, sodass er die anderen warnen konnte, aber ich hatte ihn gebeten, mich nicht als seine Quelle zu nennen. Sein Post war letzte Nacht erschienen und hatte für ziemliche Unruhe gesorgt. PixieGirl hatte er nicht erwähnt.

»Wissen bringt Vater nicht zurück. Es nicht machen weniger traurig.«

Ich hob einen Kieselstein auf und warf ihn in die Wellen. »Ich muss es wissen, Remy. Er hat mir alles bedeutet.« Ich sah zu ihm auf. »Was würdest du tun, wenn es um deine Mutter oder deinen Vater ginge?«

Remy kam zu mir und setzte sich neben mich, seine langen Beine baumelten neben meinen. »Ich nicht jemanden verloren, also nicht wissen, wie du fühlen«, gab er zu. »Es anders ist mit uns. Menschen allein sind, Trolle immer zusammenbleiben. Wenn jemand getötet, alle Trolle aufstehen und Killer suchen. Unsere Familie beschützen.«

Der Gedanke an eine Horde wütender Trolle ließ mich innerlich zusammenzucken. Es gab einen guten Grund dafür, warum jedermann Trolle fürchtete. Es hatte alles vor über fünfhundert Jahren begonnen. Trolle und Vampire hassten einander, denn Trolle bauten Silber ab und Silber war tödlich für Vampire. Eines Tages waren jagende Vampire in einem Wald auf vier Trollkinder gestoßen, die dort unbeaufsichtigt gespielt hatten. Sie hatten alle bis auf einen, der fliehen konnte, abgeschlachtet. Die Trolle waren daraufhin Amok gelaufen und hatten jeden Vampir im Umkreis von zweihundert Meilen getötet. Seither legte sich kein Vampir mehr mit einem Troll an.

»Du versprechen, nicht mehr in Stadt gehen«, flehte Remy.

Ich beobachtete, wie eine Möwe sich aufs Wasser hinabsenkte und mit einem zappelnden Fisch wieder emporkam. »Du weißt, dass ich nicht versprechen kann, für immer hier zu bleiben. Aber ich verspreche dir, dass ich mich eine Weile von Portland fernhalten werde. Die Werwölfe jagen jetzt die Vampire und sagen, die Stadt wird bald wieder sicher sein.«

Remy nickte. »Werwölfe nicht so stark wie Trolle, aber gute Jäger. Gut, du Werwolffreunde haben.«

»Oh ja, was das betrifft«, ich wandte mich ihm zu. »Warum hast du es mir nie gesagt? Und sag jetzt nicht, dass du es nicht wusstest. Du musst sie doch an mir gerochen haben.«

»Nicht meine Aufgabe zu erzählen«, sagte er entschuldigend. »Trolle respektieren andere Leute. Andere Leute respektieren Trolle.«

»Heißt das, meine Freunde wissen von dir?«

»Nein. Werwölfe wissen, dass Trolle hier leben, aber halten Abstand.« Er schenkte mir ein schlitzohriges Lächeln. »Du mutiger als Rudel.«

Ich lachte und er stimmte ein. Ich fragte mich, wie Roland und Peter reagieren würden, wenn sie jemals einem Troll gegenüberstehen würden. Was würden sie sagen, wenn sie von Remy und mir wüssten? Vielleicht konnte ich sie eines Tages zusammenbringen und es herausfinden. Sehenswert wäre es allemal.

Ich schielte auf meine Uhr und stand auf. »Ich gehe jetzt besser nach Hause. Ich bin heute mit dem Abendessen dran.« Was wiederrum bedeutete, dass wir Tacos essen würden. Ich konnte genau drei Dinge gut zubereiten: Tacos, Spaghetti und Hamburger. Zum Glück kochte Nate gerne, denn sonst wäre unsere Menüauswahl doch recht eintönig gewesen.

Remy stand auf und klopfte auf seine Schulter. Ich kletterte auf seinen Rücken und schlang meine Arme um seinen Nacken. Die Höhle lag etwa auf halber Höhe einer dreißig Meter hohen Klippe und war zum Teil hinter einer Handvoll krummer, kleiner Bäume verborgen, die aus den Felsspalten herauswuchsen. War man mutig genug, konnte man hinunter klettern, vorausgesetzt man kannte genau jene Stellen, an denen man sich festhalten musste. Der schnellste Weg hinunter war der auf dem Rücken eines sehr starken Trolls. Remy brachte mich schon seit unserem ersten Treffen hierher und es war einer unserer Lieblingsorte, denn hier konnte uns niemand sehen. Außerdem war es der ideale Platz, um Trollgalle zu verstecken, denn es war zu gefährlich, das Zeug bei mir zu Hause aufzubewahren. Im Augenblick hatten wir drei kleine Phiolen in einer Spalte im hinteren Teil der Höhle versteckt. Selbst wenn jemand auf diese aufmerksam würde, so würde er die Galle nicht finden.

Es kribbelte kurz in meinem Bauch, als Remy nach einem hervorstehenden Stein griff und uns über die brodelnden Wellen schwang. Es fühlte sich immer wieder aufs Neue so an, als würde er das Gleichgewicht verlieren und wir zu Tode stürzen. Aber er erklomm die Klippe behände und stolperte niemals.

Oben angekommen glitt ich von seinem Rücken und hob meinen Fahrradhelm auf, den ich unter einem verkrüppelten Pinienbaum abgelegt hatte. Wir überquerten eine kleine Wiese und gingen in den Wald, um nach kurzer Wanderung zu dem Platz zu gelangen, an dem ich mein Fahrrad versteckt hatte.

Keiner von uns beiden brauchte einen Pfad, um den Weg zur Straße zu finden. Remy und ich hatten jeden Zentimeter dieser Wälder und der Klippen südlich der Stadt erkundet und kannten die Gegend vermutlich besser als jeder andere.

»Sara! Sara!«, eine hohe Stimme schrillte durch den Wald. Ich hielt inne und sah durch die Bäume hindurch, denn ich kannte die Stimme. Plötzlich landete ein kleiner Körper auf meinem Rücken und ein paar dünne Arme schlangen sich um meinen Hals.

Ich griff nach oben und wirbelte den kleinen Troll herum, um ihn zu umarmen. »Hey, Minka, was machst du denn hier ganz allein?« Trolle lebten in einem Netz von unterirdischen Gängen, irgendwo südlich von hier, und sie erlaubten es ihren Jungen nicht, sich so weit vom Clan zu entfernen. Allerdings schien diese Regel für einige der abenteuerlustigen Kleinen wie Minka nicht zu gelten. Remy war in ihrem Alter ganz genauso gewesen.

Remys kleine Cousine schenkte mir dieses süße Lächeln, das eines Tages erwachsene Männer vor Angst erzittern lassen würde. »Ich nicht allein. Du hier.«

»Minka, du nicht erlaubt hier draußen allein«, schimpfte Remy. »Du heimgehen jetzt.«

Ihre Lippe zitterte und Tränen sammelten sich in ihren runden Augen. »Noch nicht, Remy, bitte. Sara zuerst Nog heilen.«

Ich sah Remy fragend an. »Was ist ein Nog?«

Er zog eine Grimasse, die mir verriet, wie viel er davon hielt – was auch immer es war. »Nog sein Name ist. Er ist einer von anderen Wesen.«

Ein anderes Wesen? Ich wurde neugierig. »Wenn er verletzt ist, sollten wir ihm helfen, oder nicht?«

Remy seufzte schwer und nickte. »Zeig uns«, sagte er zu seiner Cousine.

Minka schlüpfte aus meinen Armen und rannte uns voraus. »Hier lang!«, rief sie. »Nicht weit.«

Wenige Minuten später hörten wir Stimmen. Wir kamen zu einer kleinen Lichtung, wo wir auf Minkas Bruder Haba und ihre Cousins Creah und Sinah trafen. Die drei kleinen Trolle versammelten sich um etwas, das am Boden kauerte.

»Ich haben Sara!«, schrie Minka glücklich und die anderen jubelten und rannten zu mir, um mich zu begrüßen. Ich war mir ziemlich sicher, dass ihre Eltern nicht besonders erfreut darüber wären, dass ihre Jüngsten so vertraut mit mir waren.

Starke kleine Hände griffen nach mir und zogen mich nach vorn. »Du helfen Nog?«, wollte Sinah wissen.

Ich lächelte zu ihm hinab. »Ich werde es versuchen … Oh.« Ich starrte ihren Freund Nog an. Die Kreatur am Boden war etwa sechzig Zentimeter groß und hatte walnussfarbene Haut mit wildem, gelbem Haar, das ihm bis zu den Schultern reichte. Sein Gesicht war lang, eulenartige Augen und eine lange Nase zeichneten seine Züge. Der Mund war entweder missmutig oder schmerzerfüllt verzogen, ich war mir nicht sicher, was davon zutraf. Zu beiden Seiten seines Kopfes ragte ein spitzes Ohr heraus. Er trug eine grobe Weste und kurze Hosen, die aus einem Tierfell gefertigt waren.

Er war nicht gerade glücklich, mich zu sehen. Sobald ich mich ihm näherte, begann er um sich zu treten und machte ein kreischendes Geräusch, das mir in den Ohren wehtat. Ich trat ein paar Schritte zurück.

»Remy ist es das, was ich denke, dass es ist?«, wandte ich mich an meinen Freund. »Ist das ein Gobel?«

Remy nickte und ich unterdrückte mit Mühe einen lauten Aufschrei. Gobel oder Wichte, wie man sie im Allgemeinen nannte, galten als längst ausgestorben. Sie waren furchtbare Kreaturen, sie stahlen, quälten gerne Kinder und hatten den Ruf, jedes kleinere Tier zu fressen, das sie in die Finger bekamen. Bevorzugt Katzen.

»Ich dachte, es gibt sie schon lange nicht mehr«, sagte ich über das Kreischen hinweg.

Remy zuckte mit den Achseln. »Nicht alle tot. Nog leben hier viele Jahre. Er wegbleiben von Menschen. Sie ihn nicht mögen.«

Ich rieb meine Ohren. »Verdammt, ich frage mich, warum. Ist Nog sein richtiger Name?« Das hörte sich eher nach einer Disneyfigur an als nach einem lebendigen Wichtel.

»Sein richtiger Name zu lang in Menschensprache.«

»Gut, dann also Nog.«

Remy trat an mir vorbei und sprach zu dem Wichtel in einer mir fremden Sprache. Er gestikulierte in Richtung des Wichtelbeins und dann zeigte er auf mich, was jedoch nur dazu führte, dass die Kreatur erneut ausflippte. Dann hob Remy seine Stimme, etwas, das selten geschah und sprach mit Nachdruck. Während ich zusah, wie sich der Wichtel allmählich beruhigte und verdrießlich zu mir schaute, erinnerte ich mich daran, wie Remy an dem Tag im alten Haus mit Fren gesprochen hatte. Es gab nur wenige, die sich einem entschlossenen Troll widersetzten.

»Komm«, sagte Remy und ich folgte ihm vorsichtig, darauf bedacht, Nog nicht wieder aufzuregen. Remy deutete auf das Bein des Wichtels und ich sah Blut an seiner Wade. »Er in Falle getreten. Kinder ihn befreien, aber Bein tut weh.«

Ich lächelte Nog zu und hoffte, es wirkte beruhigend, dann kniete ich mich neben sein Bein. »Ich muss dein Bein berühren.«

Remy sprach mit dem Wicht und sagte dann. »Jetzt reparieren.«

Ich streckte sanft meine Hand aus und zog die Hose über die Wunde. Der Schnitt war nicht so schlimm wie erwartet, aber das Bein war stark geschwollen und ich vermutete, dass der Knochen gebrochen war. Als ich eine Hand vorsichtig auf die Schwellung legte, knurrte Nog und fletschte die Zähne. *Natürlich hat er einen Mund voll nadelspitzer Zähne.*

»Wird er mich beißen?«

»Nein«, erwiderte Remy. Ich vertraute ihm, also heilte ich das Bein. Die Hitze strömte in meine Hände und fand schnell ihren Weg zu der Fraktur. Ich hörte, wie die Kreatur nach Luft schnappte, als meine Kräfte ihre Arbeit verrichteten und den Knochen an der richtigen Stelle zusammenschmolzen. Bereits kurze Zeit später war die Schwellung zurückgegangen und der letzte Rest an Hitze quoll aus meinen Händen.

Ich sank auf meine Füße zurück. »Alles wieder heil«, sagte ich und die jüngeren Trolle jubelten.

»Ich wissen, du ihn reparieren«, sagte Minka, rannte zu mir und drückte mich so fest, dass meine Rippen in ernster Gefahr waren.

Remy sprach mit Nog und der Gobel rappelte sich langsam auf und testete vorsichtig sein Bein. Er starrte mich einen Augenblick lang an, dann sagte er etwas, das ich nicht verstand. Hilfesuchend schaute ich Remy an.

»Er sagt, du riechen schlecht und er nun auch tagelang schlecht riechen.«

»Hat es wohl nicht so mit Dankbarkeit, was?«, erwiderte ich und Remy grinste. Ich drehte mich wieder zu dem Wichtel um, der bereits davon lief. »Das nächste Mal, wenn du in eine Falle tappst, frisst dich hoffentlich ein Bär«, rief ich ihm nach.

»Gobels nicht wissen, wie Danke sagen«, erklärte Remy. »Das ihre Art ist.«

Ich ließ ihn mir hochhelfen. »Kein Wunder, dass sie vom Aussterben bedroht sind.«

Remy gluckste. Er befahl seinen Cousinen und Cousins nach Hause zu gehen und dann machten wir uns wieder auf den Weg zu meinem Fahrrad. Wir nahmen uns Zeit, sodass ich mich ein wenig erholen konnte. Seltsamerweise fühlte ich mich nicht so ausgelaugt wie sonst, wenn ich einen gebrochenen Knochen geheilt hatte.

»Also, was ist Nogs Geschichte? Hat er Familie hier?«

»Keine Familie. Er leben allein. Gobel nicht mögen andere sehr.«

»Er schien zumindest freundlich zu deinen Cousins zu sein«, sagte ich, als wir an meinem Fahrrad ankamen, das ich hinter einem Gebüsch versteckt hatte.

Remy schnaubte verächtlich. »Kleine denken, er lustig. Wenn sie älter, sie ihn nicht mögen.«

»Ja, alles sieht anders aus, wenn man erwachsen ist.« Ich zog meinen Helm auf und zerrte das Fahrrad am Lenker nach oben. »Übrigens, ich habe mich umgehört, und niemand hat die Galle erwähnt. Ich denke, wir sind in Sicherheit. Aber wir sollten uns wohl trotzdem eine Weile ruhig verhalten.«

»Okay, wir warten eine Weile, bis wieder machen Handel.«

»Wir sollten besser ein paar Monate warten, vielleicht sogar länger«, erinnerte ich ihn. Für jemanden, der in vielerlei Hinsicht so weise war wie Remy, wusste er erstaunlich wenig über die Technologien und Ressourcen der Menschen. Er verstand nicht, dass jemand, der entschlossen genug war, die Handelsmuster in der Umgebung durchschauen konnte. Ich hatte die Galle bereits zweimal als Zahlungsmittel eingesetzt und ich war dabei stets so umsichtig wie möglich gewesen, hatte nur mit Malloy Geschäfte gemacht. Aber man konnte nicht wissen, wer da draußen seine Ohren und Augen offen hielt.

»Du stark genug zu fahren?«

Ich schob mein Rad zur Straße. »Mir geht es gut. Es sind ja nur ein paar Meilen.«

Die Straße war nicht viel mehr als ein Schotterweg, auf dem in der Mitte das Gras ungehindert wuchs. Am Ende der Straße hatte es bis in die vierziger Jahre hinein eine Silbermine gegeben. Jetzt waren die einzigen Fahrzeuge, die hier entlang kamen ein paar Jeeps oder hin und wieder Motocrossmaschinen. Aber es gab weitaus bessere Trails draußen bei den Kuppen oder in der Nähe des alten Leuchtturms.

Es war eine anstrengende Fahrt, bis ich die Hauptstraße erreicht hatte. Zum hundertsten Mal sagte ich mir, dass ich dringend den Führerschein machen musste. Nate hatte einen Honda, in den sein Rollstuhl passte und er würde ihn mir sicherlich ab und an borgen, wenn ich fahren konnte. Roland bot immer wieder an, es mir beizubringen, vielleicht war es Zeit, das Angebot anzunehmen.

Auf der Hauptstraße fuhr ich am Seitenstreifen, um den Abendverkehr nicht zu behindern. Auf halber Strecke nach Hause röhrte eine schwarze Ducati an mir vorbei und der Wind hätte mich beinahe vom Rad geworfen. »Pass doch auf!« Ich schrie den Fahrer an, als ob er mich hören könnte. Einen Moment lang schien es, als bremste er ab und alles, was ich denken konnte war: *Oh scheiße!* Aber offensichtlich änderte er seine Meinung und fuhr weiter. Da ich häufig im Jed's rumhing, hatte ich schon einige Biker gesehen und die meisten waren anständige Typen, aber es gab immer ein paar Unruhestifter. Angesichts der Umstände wollte ich mein Glück nicht überstrapazieren.

Kaum verwunderlich, dass ich völlig überrumpelt war, als ich die Küste erreichte und die schwarze Ducati vor dem Coffeeshop neben unserem Haus wiedersah. Das musste nichts heißen, es gab viele schwarze Motorräder – aber irgendetwas sagte mir, dass das kein Zufall war. Ich überlegte, zwischen den Gebäuden auf der Market Street hindurchzugehen und einen Umweg zu unserem Haus zu nehmen, aber ich verwarf die Idee schnell wieder. Eli hatte dafür gesorgt, dass ich Fremden gegenüber misstrauisch geworden war, aber ich war kein Feigling und ich würde nicht anfangen, mich wie einer zu benehmen.

Ich änderte meine Haltung, als ich die große Gestalt sah, die sich lässig an die Wand des Coffeeshops lehnte. Er trug Jeans und eine schwarze Lederjacke über einem grauen T-Shirt. Nikolas schien auf jemanden zu warten – und ich brauchte keine drei Versuche, um zu erraten, auf wen.

Als ich mich ihm näherte, fühlte ich wieder, wie etwas in meinem Unterbewusstsein sich regte, dasselbe leichte Kribbeln des Wiedererkennens, das ich bereits bei unserem ersten Zusammentreffen gespürt hatte. Mein Bauch zog sich zusammen bei der Erinnerung daran, wie wir uns in dem Club begegnet waren und wie er zwei Vampire außer Gefecht gesetzt hatte, um mich zu retten. Dann aber kam mir auch sein seltsames Benehmen wieder in den Sinn. Eine Minute sah er mich noch feindselig an, in der nächsten rettete er mir das Leben. Dann war er wieder eiskalt und distanziert. Welcher Nikolas wartete jetzt auf mich? Und was noch viel wichtiger war: Was wollte er?

Ich war versucht, an ihm vorbeizufahren, aber die Neugier siegte. »Wie hast du mich gefunden?«, fragte ich geradeheraus. Nach der Art und Weise, wie wir gestern voneinander gegangen waren, gab es wohl keinen Anlass für Nettigkeiten.

Seine Mundwinkel zogen sich nach oben und es flackerte amüsiert in seinen grauen Augen. »Wie? Kein Hallo nach allem, was wir gemeinsam durchgestanden haben?«

Seinen Charme konnte er sich für jemand anderen aufheben, an mir war er verschwendet. »Hallo. Wie hast du mich gefunden?«

Wenn mein wenig freundliches Verhalten ihn störte, so ließ er es sich nicht anmerken. »Ich habe das Autokennzeichen deines Freundes zurückverfolgt.«

Ich war mir nicht sicher, ob ich jetzt beeindruckt oder beunruhigt sein sollte. Vielleicht ein wenig von beidem. »Warum?« Er hatte sich letzte Nacht nicht auf besonders nette Art verabschiedet und ich konnte mir keinen Grund vorstellen, aus welchem er hierherkommen und nach mir sehen sollte. Er sah nicht so aus, als wäre er der Typ für Hausbesuche.

Meine Frage schien ihn eine Weile zu beschäftigen, dann drückte er sich von der Wand ab. »Wir müssen reden.«

Der neckende Unterton in seiner Stimme war verschwunden und sofort fühlte ich mich unwohl. Ich versteifte meinen Griff um den Lenker. »Worüber?«

Nikolas hob eine Augenbraue. »Du siehst so aus, als wärst du auf der Flucht. Ich beiße nicht, weißt du.«

»Ja, das dachte ich von dem anderen auch«, erwiderte ich trocken. Sein Glucksen überraschte mich. Der harte Ausdruck in seinem Gesicht wich und sein sinnliches Lächeln ließ meinen Magen flattern, ehe ich mich selbst zur Besinnung rief.

»Zumindest hörst du dich an, als hättest du dich gut erholt«, er hielt meinem Blick stand. »Ich bin nicht hier, um dir wehzutun, und wir müssen wirklich reden.«

»Worüber sollten wir sprechen? Ich kenne nicht einmal deinen Nachnamen.«

»Danshov und dein Nachname ist Grey. Da wir das jetzt geklärt haben, können wir reden?«

Er klang ernst und wir waren draußen, also wähnte ich mich nicht in direkter Gefahr. Außerdem hatte er mir das Leben gerettet. Ich sollte mir anhören, was er zu sagen hatte, so viel schuldete ich ihm. »Okay.«

»Können wir irgendwo in Ruhe miteinander sprechen?«

Ich dachte einen Moment lang nach. »Wir können runter zu den Anlegestellen gehen. Um die Zeit ist es dort meistens recht leer.«

»Das könnte gehen.«

Ich erklärte ihm, dass ich in einer Minute zurück sein würde, schob mein Fahrrad um die Ecke und versteckte es hinter Nates Wagen. Als ich zurückkam, stand er vor seinem Motorrad und wartete auf mich. Keiner von uns sprach, während wir zum Kai gingen. Ich fragte mich, ob er sich ähnlich seltsam fühlte wie ich. Aber nein, Typen wie er fühlten sich wohl niemals unwohl. Jede seiner Bewegungen strahlte Selbstbewusstsein aus und seine Größe trug ihren Teil dazu bei. Ich war einen Meter und fünfundsechzig groß und kam mir an seiner Seite wie ein Zwerg vor.

Er blieb stumm, bis wir an einem Stapel mit Hummerfallen vorbeikamen und eine der verlassenen Anlegestellen entlangliefen. »Wie lange bist du schon mit den Werwölfen befreundet?«, fragte er.

Die Frage verwirrte mich einen Moment lang, dann erinnerte ich mich daran, was Maxwell über die Unstimmigkeiten zwischen Mohiri und den Werwölfen berichtet hatte. Wenn Nikolas ein Problem mit meiner Freundschaft zu Roland und Peter hatte, dann musste er das wohl überwinden. »Schon lange.«

»Und deine Eltern haben nichts dagegen?«

»Es gibt nur mich und meinen Onkel und er mag meine Freunde, aber er weiß nicht, was sie sind. Er weiß nichts von all dem«, sagte ich bestimmt.

Er nickte. »Möchtest du über deine Eltern sprechen? Wie kommt es, dass du bei deinem Onkel lebst?«

»Ich habe keine Eltern mehr. Meine Mutter hat uns verlassen, als ich zwei war oder so, ich erinnere mich nicht an sie. Mein Vater starb, als ich acht war.« Ich schluckte schwer an der vertrauten Säure meiner Trauer und starrte geradeaus. »Onkel Nate ist der Bruder meines Vaters.«

»Kennst du den Mädchennamen deiner Mutter?«

Ich blieb stehen und sah ihn an. »Warum fragst du mich über meine Eltern aus? Was haben sie mit all dem zu tun?«

Keine Regung in seinem Gesicht, die etwas verriet. »Beantworte meine Frage, dann beantworte ich deine.«

Ich wandte mich abrupt ab und ging weiter. »Ihr Name war Madeline. Ich glaube, ihr Mädchenname war Cross oder irgendetwas in der Richtung. Sie hat uns im Stich gelassen. Es interessiert mich nicht wirklich, wer sie ist.«

Es dauerte ein paar Sekunden, bis ich kapierte, dass Nikolas nicht mehr neben mir herging. Ich drehte mich um und sah sofort den merkwürdigen Ausdruck in seinen Augen. »Was ist los?«

»Madeline Croix? Das war ihr Name?«

»Könnte sein. Ich bin mir nicht sicher. Was schaust du mich denn so an?«

Er starrte aufs Wasser hinaus. »Ich habe den Namen nur schon eine ganze Weile nicht mehr gehört. Wenn Madeline deine Mutter ist, dann erklärt das einiges.«

»Ja, also mir erklärt sich da gar nichts, wärst du also so nett, mich einzuweihen? Du hast gesagt, du gibst mir eine Antwort, wenn ich dir deine Frage beantworte.«

Er lächelte leicht und ging dann auf mich zu. »Das werde ich.«

Wir waren nun fast am Ende des Kais angelangt, dort wo zwei große Hummerfangboote befestigt waren. Nikolas zeigte auf ein paar umgedrehte Kisten dort. »Wir sollten uns setzen. Das ist ein guter Ort zum Reden.«

Ich setzte mich auf eine der Kisten. Nikolas nahm auf einer anderen Platz, sodass er mir gegenübersaß. Von so nah waren seine Augen wie flüssiges Quecksilber und ich versuchte, dieses seltsame Ziehen in meiner Magengegend zu ignorieren.

»Du wusstest bis zu jener Nacht nicht, wer die Mohiri sind, richtig? Wie viel weißt du von uns?«

Ich zuckte mit der Schulter. »Ich weiß, dass ihr Typen Vampirjäger seid und dass ihr und die Werwölfe euch nicht besonders gut leiden könnt. Das ist eigentlich alles.«

»Ich kann mir vorstellen, dass deine Freunde genauso wenig über uns sprechen, wie wir über sie. Möchtest du mehr über die Mohiri wissen?«

»Ja.« Ich hatte zwar keine Ahnung, warum er mir all das erzählte, aber ich war neugierig auf ihn und seine Art.

Meine Antwort schien ihm zu gefallen, denn jetzt lächelte er. »Du scheinst vertraut mit unserer Welt, aber was weißt du von Dämonen?«

»Nichts, außer dass man sich besser von ihnen fernhält.«

»Was, wenn ich dir sage, dass es tausende Arten von Dämonen gibt und Vampire nur eine Unterart von ihnen sind?«

Ich verengte die Augen. »Ich hätte gefragt, wenn ich gewollt hätte, dass du mir eine Heidenangst einjagst.«

Er lehnte sich nach vorn und stützte seine Ellbogen auf den Oberschenkeln ab. Seine Augen fixierten mich mit der gleichen Intensität wie bei unserem ersten Zusammentreffen.

»Ich bin nicht hier, um dir Angst zu machen.«

Ich riss meinen Blick von ihm los und sah auf meine Hände. *Zu spät.*

»Willst du immer noch etwas über die Mohiri erfahren?«

Ich schaute wieder hoch zu ihm, froh darüber, dass das, was auch immer da in seinen Augen gewesen war, nun verschwunden war. »Schieß schon los.«

»Sicher?«

Ich lächelte ermutigend. »Ja, ich will es hören.«

Er sah hinaus in die Bucht. »Es hat alles vor zweitausend Jahren begonnen, als die Dämonen lernten, ihre eigene Dimension zu verlassen und auf der Erde in körperlicher Form zu wandeln. Die meisten von ihnen waren schwache Dämonen, gefährlich zwar, aber keine große Bedrohung für die Menschheit. Dann jedoch tauchte ein mittelstarker Dämon namens Vamhir auf. Er nahm sich einen Menschen als Wirt und gab ihm Unsterblichkeit – und den Durst auf menschliches Blut.«

»Der erste Vampir«, flüsterte ich, gegen meinen Willen fasziniert.

Nikolas nickte. »Der Dämon lernte bald, wie er andere seiner Art schaffen konnte und in kurzer Zeit gab es Tausende von Vampiren. Damals war die Weltbevölkerung noch vergleichsweise gering, und uralte Zivilisationen waren plötzlich machtlos der Stärke und dem Blutdurst der Vampire ausgeliefert. Hätte man ihnen nicht Einhalt geboten, so hätten die Vampire letztlich die Erde überrannt und die Menschheit ausgelöscht. Also kam der Erzengel Michael auf die Erde und schuf eine Kriegerrasse, die in der Lage war, die Vampire zu töten. Er nahm sich dazu einen mittelstarken Dämon namens Mori und verpflanzte ihn in einen männlichen Menschenkörper. Er sorgte dafür, dass der Mann fünfzig menschliche Frauen schwängerte. Ihre Nachkommen waren halb Mensch, halb Dämon und sie hatten die Schnelligkeit, Stärke und Agilität, um Vampire zu jagen und zu töten. Sie waren die ersten Mohiri.«

Er hielt inne und sah mich abwartend an. Allerdings war ich noch dabei, jene Stelle mit dem Dämon, der Frauen schwängerte, zu verarbeiten, ohne vor Entsetzen aufzuspringen. Langsam begriff ich, was er mir sagte und schaute sicherlich ziemlich dumm aus der Wäsche.

»Die Mohiri sind Dämonen?«

»Halbdämonen«, korrigierte er mich. »Jeder von uns wurde mit einem Moridämonen im Innern geboren.«

Ich fühlte, wie mir die Farbe aus dem Gesicht wich. »Du meinst, du lebst mit einem Dämonen in dir … mit einem Parasiten?«

»Ganz genau«, sagte er, als wäre es keine große Sache. »Wir geben dem Mori Leben, und im Gegenzug gibt er uns die Fähigkeit, jene Aufgabe zu erledigen, für die wir geschaffen wurden. Es ist eine symbiotische Beziehung, von der beide profitieren.«

Das war zu viel. Ich stand auf und ging zum Ende des Kais, kämpfte mit dem, was er mir gesagt hatte. Dämonische Parasiten? Ich sah hinab aufs Wasser, direkt unter der Oberfläche schwammen ein paar Dorsche und ein Seeskorpion. Das Wasser wirkte hier trügerisch flach, aber ich wusste, dass es an diesem Teil der Anlegestellen viereinhalb Meter tief war. Nichts in dieser Welt war so, wie es aussah.

»Du hast nicht vor, dich da reinzustürzen?« Es lag ein amüsierter Klang in seiner Stimme, aber auch ein Hauch von Besorgnis.

Ich holte tief Luft und sah ihn an. Er saß noch immer auf der Kiste und beobachtete mich erwartungsvoll. Was sollte ich sagen? Alles, was ich bisher gehört oder gelesen hatte, hatte mir eingeschärft, Dämonen zu fürchten und sie zu meiden. Und jetzt erklärte mir Nikolas, dass er ein kriegerischer Halbdämon war, der die Menschen schützte, indem er andere Dämonen tötete. Ich wusste nicht, wie viele Absurditäten ich noch ertragen konnte.

»Warum erzählst du mir das alles?« Irgendwie glaubte ich nicht daran, dass er mich ausfindig gemacht hatte, nur um mir eine Lehrstunde über Dämonen zu erteilen.

Er stand auf und ging auf mich zu, hielt nur wenige Zentimeter vor mir an. »Weil du es hören musst.«

»Warum? Was hat das mit mir oder meinen Eltern zu tun?«

Nikolas' Blick wurde ernster. »Darauf komme ich gleich. Aber zuerst, sag mir bitte, hast du dich nie gefragt, warum du anders bist als alle anderen, die du kennst?«

»A… anders?« Wie konnte er das von mir wissen? »Keine Ahnung, was du meinst.«

»Doch, ich denke, das hast du.«

»Hör mal, ich …«

Sein Blick hielt mich wieder gefangen, seine Augen schimmerten jetzt grau wie Holzkohle. Bevor ich darüber nachdenken konnte, wie die Augen einer einzigen Person so viele Schattierungen zeigen konnten, fühlte ich, wie sich federzart etwas in meinem Verstand regte. Eine unbekannte Macht drückte gegen die Mauern, die sie umgaben, testeten sie, und in den hintersten Winkeln meines Kopfes regte sich als Antwort darauf das Biest. Panik brandete in mir auf und ich streckte die Fühler nach meiner Kraft aus, fühlte mich mit einem Mal, als wäre ich gefangen im Kampf meiner inneren Mächte. Die beruhigende Kraft meiner Fähigkeiten pulsierte durch mich hindurch und hämmerte gegen den fremden Eindringling, schob ihn von mir. Nach Luft schnappend wirbelte ich herum. *Was war das?* Ich hatte mich nie zuvor in meinem Leben so verletzbar und ausgesetzt gefühlt, und das jagte mir furchtbare Angst ein.

»Sara?«

Ich kann das nicht. Ich war mir nicht sicher, was *das* war, aber ich wusste auf einmal, dass ich nichts von dem, was er noch zu sagen hatte, hören wollte. »Ich muss gehen«, murmelte ich mühsam und wollte um ihn herumlaufen.

»Weglaufen ändert nichts, Sara.«

Ich gab keine Antwort, beschleunigte stattdessen meine Schritte.

»Ich habe dich eigentlich nicht für einen Feigling gehalten.«

Sein Spott ließ mich innehalten, aber ich drehte mich nicht zu ihm. »Du weißt überhaupt nichts von mir.«

»Ich denke, wir wissen beide, dass das nicht wahr ist.«

Ich wirbelte zu ihm herum, denn da war noch etwas, was ich wissen wollte. »Was ist mit meinen Eltern?«, verlangte ich zu wissen. »Kanntest du sie?«

»Deinen Vater nicht. Aber ich kannte Madeline Croix.«

Ich schüttelte den Kopf. »Du bist nur ein paar Jahre älter als ich.« Ich konnte seinen Gesichtsausdruck nicht deuten.

»Ich bin älter, als ich aussehe.«

»Also, was versuchst du mir zu sagen?«, fragte ich schwach. »Woher kennst du Madeline?«

In seiner Stimme lag nichts Sanftes, nur die Wahrheit. »Ich habe sie aufwachsen sehen.«

Ich starrte ihn stumm an, seine Worte hingen zwischen uns im luftleeren Raum. Nein, das war nicht möglich. Madeline Croix war eine grauenvolle Ehefrau und Mutter gewesen … aber sie war keine von ihnen. Denn das würde bedeuten, dass ich …

Kapitel 7

»NEIN!« Ich machte einen Satz von ihm weg und dieses Mal blieb ich nicht stehen, als er meinen Namen rief. Ich raste zur Wasserkante – in panischer Angst vor dem, was er als Nächstes sagen würde. Es war nicht die Wahrheit – es konnte einfach nicht wahr sein. Es musste mehr als nur eine Frau mit dem Namen Madeline Croix geben. Dass Nikolas nach einer einzigen Begegnung solche Schlüsse zog, war einfach nur verrückt.

Er tauchte vor mir auf, stellte sich breitbeinig vor mich und versperrte den einzigen Ausgang, und so kam ich nur wenige Zentimeter vor ihm zum Stehen. Ich riss die Hände hoch, um zu verhindern, dass ich direkt gegen seine Brust prallte.

»Wie …?«, keuchte ich.

»Dämonengeschwindigkeit, du weiß schon.«

Ich zuckte zusammen und wich zurück. »Jemand hätte dich sehen können.«

Er hob leicht die Schultern. »Du und ich, wir wissen beide, dass die Menschen nur das sehen, was sie sehen wollen und das glauben, was sie glauben wollen.« Er ging einen Schritt auf mich zu, zwang mich, einen zurückzutreten. »Aber nur weil jemand sich dazu entschließt, etwas nicht zu glauben, bedeutet das noch lange nicht, dass es nicht wahr ist.«

Ich schlang meine Arme um die Brust. »Wie kannst du dir so sicher sein?«, fragte ich, hörte selbst, wie verzweifelt ich klang. »Es muss mehr als nur eine Madeline Croix geben.«

Nikolas' Seufzer klang beinahe bedauernd. »Ich war mir dessen, was du bist, bereits sicher, als ich ihren Namen noch nicht gehört hatte. Als ich dich neulich Nacht gesehen habe, da wusste ich es.« Er wandte den Blick ab, als wüsste er, dass seine nächsten Worte mir nicht gefallen würden. »Mein Dämon erkennt deinen.«

Mein Herz setzte einen Schlag aus. »Was?«

»Mori können einander erkennen, wenn sie sich nahe sind. Auf diese Weise erkennt ein Mohiri stets einen anderen seiner Art.« Er stahl sich einen Blick auf mich und schien zu ahnen, dass ich widersprechen wollte, denn er fügte schnell hinzu: »Sie irren sich nie.«

»Ich …« Ich hatte keine Ahnung, was ich darauf erwidern sollte.

Nikolas' dunkle Augen glitten über mein Gesicht, als suchte er nach etwas. »Du hast es gefühlt, nicht wahr?«

Ich dachte an jene Nacht zurück, an das seltsame Gefühl eines Déjà-vu, das mich beim ersten Blick in seine Augen wie ein Blitz getroffen hatte. Es hatte diesen einen Moment gegeben, in dem ich geglaubt hatte, ihn zu kennen, auch wenn ich mir sicher gewesen war, ihn nie zuvor gesehen zu haben. Dasselbe hatte ich empfunden, als er am Coffeeshop auf mich gewartet hatte.

Mein Nicken war kaum wahrnehmbar. »Das kann alles unmöglich geschehen.«

Er hob einen Mundwinkel. »Es gibt schlimmere Schicksale, weißt du.«

»Du erzählst mir, ich habe einen dämonischen Parasiten in mir und ich soll mich damit abfinden?«

»Es ist nicht so schlimm, wie es sich anhört.«

»Nein, schlimmer.« All die Jahre hatte ich mit dem Biest in meinem Kopf gekämpft, um nun herauszufinden, dass es etwas weitaus Furchtbareres war, als ich mir vorgestellt hatte. Mir wurde übel.

Nikolas kam nicht weiter auf mich zu, aber seine Stimme wurde weicher. »Ich weiß, das ist seltsam und beängstigend, aber du bist nicht die erste Waise, die wir gefunden haben. Du wirst dich wie die anderen daran gewöhnen.«

»Waise?«

»Das ist nur eine Bezeichnung, die wir für junge Mohiri benutzen, die nicht in unsere Art zu leben hineingeboren wurden. Sie haben keine Ahnung, wer sie sind, bis wir sie finden.«

»Also gibt es andere wie mich?« Der Gedanke, dass auch andere dasselbe durchgemacht hatten, tröstete mich ein wenig.

»Nicht genau wie du.« Er runzelte die Stirn. »Die anderen waren viel jünger.«

»Was macht das für einen Unterschied?«

Er sah kurz beiseite und seine Gesichtszüge wurden ernst, als er mich wieder anschaute. »Unser Mori braucht uns, um zu überleben. So wie wir ihn brauchen, aber er bleibt dennoch ein Dämon und er hat gewisse Impulse und einen eigenen Willen. Wir lernen von klein auf, wie wir seine

Macht kontrollieren können und unsere menschliche und dämonische Seite im Gleichgewicht halten. Ansonsten wird der Mori zu dominant. Waisen, die wir früh genug finden, können wir trainieren und ihnen bei den tiefen mentalen und emotionalen Problemen mit ihrer dämonischen Seite helfen. Die schlimmsten Fälle werden schizophren und landen in einer Einrichtung … oder sie begehen Selbstmord.«

Ich zog scharf die Luft ein, während ich über das Ding in meinem Kopf und seine stärker werdende dunkle Macht nachdachte, die mich seit dem Zwischenfall mit Scott fest im Griff zu haben schien. Es hatte sich immer so angefühlt, als lebte ein zweites Bewusstsein in meinem Kopf, eines, das meinen Verstand übernehmen würde, wenn es könnte. Ein Schaudern lief mir über den Rücken, als mir klar wurde, wo ich wäre, hätte ich nicht selbst gelernt, es zu beherrschen. Es wäre mir nicht anders ergangen als den Kindern, von denen Nikolas sprach. Und es konnte mir noch immer so ergehen.

»Wie alt war die älteste Waise, die ihr je gefunden habt?«

»Die älteste war zehn, aber sie war eine Ausnahme. Die anderen waren nicht älter als sieben.«

»Zehn?«, kreischte ich. Wenn das, was er sagte, stimmte, dann müsste ich längst verrückt sein. Oder tot. Vielleicht lag er doch falsch. Vielleicht war ich gar nicht eine dieser Waisen.

»Ich weiß, was du denkst. Ich kann es von deinem Gesicht ablesen. Du bist eine Mohiri. Ich weiß das mit einhundertprozentiger Sicherheit.« Er ging einen weiteren Schritt auf mich zu, seine Augen suchten etwas in meinen. »Was ich allerdings nicht weiß, ist, wie du gelernt hast, ohne spezielles Training deinen Dämon zu unterdrücken. Ich habe nie jemanden gesehen, der sich so gut unter Kontrolle hatte. Dein Mori befindet sich nahezu im Ruhezustand.«

Seine Nähe sorgte dafür, dass sich Wärme in meinem Bauch ausbreitete und dass etwas in meinem Verstand Feuer fing. Ich trat zurück, um mehr Abstand zwischen uns zu schaffen. Ich wusste, es war nur dieser Dämon in mir, der sich nach seinesgleichen sehnte, aber das machte es auch nicht gerade besser.

»Bin ich deshalb nicht so schnell und stark wie du?«, wollte ich wissen, bemüht, mein Unbehagen zu verschleiern.

»Das, und die Tatsache, dass wir unsere Erwachsenenreife erst mit achtzehn oder neunzehn erreichen. Das ist der Zeitpunkt, zu dem ein Mori seine volle Stärke entwickelt. Du solltest bereits bemerkt haben, dass sich deine Fähigkeiten langsam zeigen, aber du wirst lernen müssen, deine Dämonenseite zu nutzen, um deine physischen Kräfte zu verstärken.«

»Meine Dämonenseite?«, es schauderte mich. Ich wollte das nicht.

»Alles in Ordnung?«

»Nein«, erwiderte ich wahrheitsgemäß. »Das ist mir alles zu viel.«

Er nickte verständnisvoll. »Es wird seine Zeit brauchen.«

Meine Kehle fühlte sich zu trocken an, um zu schlucken. »Also, was kannst du noch, außer dich sehr schnell bewegen und Leute auffangen, die von Gebäuden stürzen? Welche anderen Superkräfte hast du?«

»Superkräfte?«

»Du weißt schon, besonders anziehend auf andere wirken wie Vampire, Gedanken lesen oder Leute heilen. Solche Sachen eben.«

Er gluckste. »Keine Superkräfte oder dergleichen. Wir haben die Geschwindigkeit und Stärke, um Vampire zu bekämpfen. Mehr brauchen wir nicht.«

»Oh.« Nicht die Antwort, die ich erwartet hatte. Wenn meine Heilkräfte nicht von den Mohiri kamen, woher dann?

»Du klingst enttäuscht.«

»Nein, ich versuche nur, das alles zu verstehen.« Die Sonne stand nun tief am Himmel und sie tauchte sein perfektes Gesicht in goldene Schatten. »Wie alt bist du? Und ich meine damit nicht, wie alt du aussiehst.«

Ich dachte schon, er würde gar nicht mehr antworten, als er schließlich sagte: »Ich wurde im Jahr 1820 geboren.«

Ich riss den Mund auf. Keine schwere Rechnung, er war beinahe zweihundert Jahre alt. Und er sah aus wie zwanzig, einundzwanzig vielleicht. Da begriff ich das volle Ausmaß seiner Antwort.

»Bin ich …?«

»Ja, sobald du erwachsen bist, hörst du auf zu altern.«

»Oh«, sagte ich schwach. Die Menschen waren ständig auf der Suche nach dem Jungbrunnen des Lebens. Selbst ich hatte mich gefragt, wie es sein würde, mehrere Zeitalter auf der Erde zu weilen und zu sehen, wie sich die Welt veränderte. Aber plötzlich damit konfrontiert zu werden, dass man nie alterte, während Nate und alle anderen, die ich liebte, alt werden und sterben würden, erfüllte mich mit heftigen Verlustängsten.

»Das macht dir zu schaffen?« In seiner Stimme schwang eine überraschte Note mit und ich vermutete, dass die meisten Waisen wohl glücklich darüber waren, für immer leben zu dürfen.

Ich nickte stumm. Eine kalte Brise kam auf und ich rieb mir die Arme. Es schien, als stünde der Herbst bereits vor der Tür. Beinahe hätte ich laut hysterisch gelacht. Wie lächerlich es doch war, dass ich gerade herausgefunden hatte, unsterblich zu sein und mir nun Gedanken ums Wetter machte.

»Du frierst.« Er zog seine Jacke aus, aber ich winkte ab. Es war schwierig, mit seiner Freundlichkeit umzugehen.

»Es geht mir gut, danke.« Ich sah hinunter auf die abgenutzten Bretter des Kais und dann wieder zu Nikolas. »Was, wenn ich mich den Mohiri nicht anschließen möchte?«

Er hob die Augenbrauen. »Du schließt dich nicht an. Du *bist* eine Mohiri.«

»Was, wenn ich nicht mit ihnen leben will, sondern hierbleiben möchte? Du hast selbst gesagt, dass ich dieses Dämonending in mir besser kontrollieren kann, als die anderen, also brauche ich dein Training nicht.«

Ich wollte weder Nate noch Remy oder Roland und Peter verlassen. Ich war dankbar dafür, dass Nikolas mich gerettet hatte und ich konnte auch nicht leugnen, dass er eine seltsame Anziehungskraft auf mich ausübte, aber das war nicht genug, um mein Leben völlig umzukrempeln.

»Du gehörst hier nicht mehr her. Was willst du den Leuten erzählen, warum du nicht älter wirst? Was wirst du tun, wenn jeder, den du kennst, alt wird und stirbt? Du musst bei deinen eigenen Leuten sein.«

Nikolas Worte verletzten mich, obwohl ich noch vor wenigen Augenblicken die gleichen Gedanken gehegt hatte. »Hier sind meine Leute.«

»Nur, weil du nichts anderes kennst. Wenn du erst einmal bei den Mohiri …«

»Nein! Ich kannte einmal ein Mohirimitglied, wenn du dich erinnerst, und sie hat mich und meinen Vater im Stich gelassen.« Er öffnete seinen Mund, aber ich ließ ihn nicht zu Wort kommen. »Meine liebevolle

Mohirimutter hat uns verlassen, und mein Vater wurde von Vampiren ermordet. Wo waren meine Leute da?«

In seinem Gesicht war der Schock deutlich zu erkennen. »Vampire haben deinen Vater getötet?«

Ich lachte bitter. »Armselig, nicht wahr? Angesichts meiner Vergangenheit, meiner Gene. Eine Kriegerin, deren Familie von Vampiren angegriffen wird.«

Ich drückte mich an ihm vorbei, und dieses Mal versuchte er nicht, mich aufzuhalten. Stattdessen eilte er neben mich. »Dieser Vampir, Eli, weiß jetzt, was du bist. Er wird nach dir suchen. Vampire lieben nichts mehr als das Blut von Mohiriwaisen. Wir haben ihn dieser Freude beraubt und das wird er nicht vergessen.«

Meine Schritte wurden unsicherer, aber ich ging weiter. »Du hast doch gesagt, er käme nicht weit.«

»Er war einfallsreicher als die meisten anderen.«

»Na ja, aber wenn er zurückkommt, wird er in Portland nach mir suchen, oder? Wie sollte er wissen, dass ich hier bin. Außerdem ist das hier Werwolfterritorium und die Werwölfe durchkämmen ganz Portland, um die Vampire zu finden.«

»Es könnte sein, dass auch die Werwölfe ihn nicht zu fassen bekommen.«

Ich warf ihm einen verärgerten Blick zu. »Versuchst du jetzt, mir Angst zu machen?«

»Nein, aber ich werde dich auch nicht belügen.« Nikolas klang ernst und aus irgendeinem Grund verärgerte mich das noch mehr. Ich wollte nach Hause gehen und ihn und die Mohiri hinter mir lassen. Ich wollte zurück in ein Leben, das ich kannte und verstand.

Wir erreichten sein Motorrad und ich hielt inne, um ihn anzusehen. »Ich möchte nicht, dass du denkst, ich wäre nicht dankbar dafür, dass du mein Leben gerettet hast. Das bin ich, mehr als ich ausdrücken kann. Aber deine Art zu leben, deine Leute … ich gehöre nicht dazu.«

Er sah nicht gerade glücklich aus. Offenbar waren die meisten Waisen leichter zu überzeugen, alles für die Mohiri aufzugeben. Ich war nicht eine von ihnen.

Er griff in seine Jacke und zog eine weiße Karte heraus, auf der nicht mehr als eine Telefonnummer stand. »Das ist meine Nummer. Ruf mich an, wenn du etwas brauchst oder deine Möglichkeiten noch mal überdacht hast.«

Ich nahm die Karte und steckte sie in meine Gesäßtasche. Sie würde in irgendeiner Schublade enden und ich würde sie nie nutzen. »Ich werde meine Meinung nicht ändern.«

»Eines noch.« Nikolas griff noch einmal in seine Jacke und zog ein Messer in einer Scheide heraus. Er drehte die Waffe in seiner Hand und reichte sie mir dann mit dem Griff zuerst. »Mag sein, dass du dich hier sicher fühlst, aber wie du Freitagnacht gemerkt hast, findet einen die Gefahr meist dort, wo man sie am wenigsten erwartet.«

Ich weigerte mich, das Messer anzunehmen, aber er presste es mir in die Hand und meine Finger schlossen sich eigenmächtig um den Griff. Als ich es aus der Scheide zog, glänzte die silberne Schneide geisterhaft im schwindenden Licht. Es sah wie jenes aus, mit dem ich Eli getroffen hatte, nur kleiner und mit einem aufwendig geschnitzten Heft aus dunklem, polierten Holz. Es passte in meine Hand, als wäre es für mich gemacht worden.

Nikolas zog seinen Helm auf und schwang sein Bein über das Motorrad. »Wir sehen uns, Sara«, sagte er gedehnt, bevor die Ducati schnurrend zum Leben erwachte.

»Nein, das werden wir nicht«, erwiderte ich, aber meine Worte wurden vom Röhren der Maschine übertönt.

Ich bewegte mich wie ein Schlafwandler, als ich an diesem Abend das Essen zubereitete. Glücklicherweise war Nate zu beschäftigt mit einer wichtigen Szene seines Buches, als dass er mit mir essen konnte. Ich wäre nicht imstande gewesen, eine normale Unterhaltung mit ihm zu führen. Nachdem ich das fade Gericht gegessen hatte, flüchtete ich in mein Zimmer, sah fern, las in einem Buch und machte sogar meine Hausaufgaben. Alles, um zu vermeiden, dass ich über die Waffe nachdachte, die ich im hintersten Eck meines Kleiderschranks versteckt hatte. Alles, um zu vermeiden, dass ich über den verdammten Scherbenhaufen, der mal mein Leben gewesen war, nachdachte.

Doch was auch immer ich tat, die Wahrheit schwebte wie ein Damoklesschwert über mir, bereit, auf mich herabzufallen und mir schmerzhaft in die Seite zu stechen. Es gab keinen Ort, an dem ich mich verstecken, keinen Weg, auf dem ich davonlaufen konnte.

Ich rannte in meinem Zimmer hin und her wie ein Löwe im Käfig. Mit dem Unterschied, dass ich meinen Unmut nicht laut herausbrüllen konnte. Wie sollte ich Nate nur sagen, was vor sich ging und wer oder was ich wirklich war? Ich konnte den Abscheu, den er empfinden würde, wenn er erfuhr, dass ich zur Hälfte ein Dämon war, förmlich vor mir sehen. Meine Haut brannte und mein Magen rebellierte, wann immer ich darüber nachdachte, dass sich in meinem Innern ein Dämon verbarg. Ich wollte schreien und diesen Horror aus mir herausreißen, damit ich mich einfach wieder menschlich fühlen konnte. Aber ich war niemals ein Mensch gewesen, nicht wahr? Mein Leben war eine einzige Lüge. Hatte mein Vater gewusst, was Madeline gewesen war? War er in dem Bewusstsein gestorben, dass in seiner Tochter ein Monster lebte?

Ich starrte auf mein Gesicht im Spiegel, suchte nach Anzeichen dafür, dass sich mein furchtbares Geheimnis auch der Welt offenbaren würde. Aber ich sah nur ein ganz normales siebzehnjähriges Mädchen. Ich hatte mich immer ein wenig lustig gemacht über die Kids an der Schule, die nicht sie selbst waren, die versuchten, jemand anderes zu sein, um dazuzugehören. Klassenclown, Cheerleader, Angeber, sie alle trugen Masken, die ihr wahres Ich verbargen. Aber jetzt wusste ich, dass ich die undurchsichtigste Maske von allen trug. Ich war ein Dämon mit einem menschlichen Gesicht.

Wie sollte ich damit leben? Wie dieses Wissen für den Rest meines Lebens … meines unsterblichen Lebens ertragen? Ich riss eine Hand an meinen Mund, um das Schluchzen, das sich in meiner Kehle breitmachte, zu unterdrücken. Nate, Roland, Peter, sogar Remy – all jene, die ich liebte, würden eines Tages sterben und ich würde weiterleben. Niemals würde ich eine normale Beziehung führen können, denn jeder um mich herum würde irgendwann alt werden und sterben. Der Gedanke an solch eine unglückliche Existenz schwappte wie eine Welle aus purer Einsamkeit über mich, mit einer Wucht, so stark, dass ich beinahe ohnmächtig geworden wäre vor Schmerz.

An Schlaf war nicht zu denken, und am nächsten Morgen waren meine Augen leer und blutunterlaufen. In der Schule gelang es mir, den ganzen Morgen über jedes Gespräch zu vermeiden, und statt mittags in die Cafeteria zu gehen, versteckte ich mich in der Bibliothek. Ich hatte keinen Appetit und ich konnte es noch nicht ertragen, Roland und Peter unter die

Augen zu treten. Die Werwölfe hatten klar gemacht, dass sie die Mohiri nicht ausstehen konnten. Was würden meine Freunde tun, wenn sie herausfanden, dass ich einer von ihnen war? Etwas so Großes konnte ich nicht vor ihnen geheim halten, aber ich brauchte mehr Zeit, um mich darauf vorzubereiten.

Die Woche raste nur so an mir vorbei, ich schwänzte die Mittagessen und quälte mich in den Nächten. Am Donnerstag nach der Schule schnitt mir Roland den Weg ab, bevor ich ein weiteres Mal entwischen konnte. Er fragte mich, ob ich krank sei, weil ich so blass aussähe und mich noch mehr in mich zurückzog als sonst. Ich murmelte entschuldigend etwas von einer Erkältung und verschwand, bevor er meine Lüge durchschauen konnte.

Zuhause war es einfacher, meinen inneren Tumult zu verbergen. Nate arbeitete täglich viele Stunden an seinem Buch und versuchte, die Deadline zu halten. Wenn er nicht schrieb, hing er am Telefon oder traf sich mit einer Gruppe Umweltschützer, die sich wegen der Gerüchte, ein Ölfabrikant zeigte Interesse an der Gegend, sorgten. Fischerei und der Tourismus waren die Haupteinnahmequellen in New Hastings und jegliche Art von Rohstoffabbau könnte beides zerstören. Ich mochte meine Heimatstadt so, wie sie war und hoffte, die Ölriesen würden uns in Ruhe lassen. Es war einfach, meine eigenen Sorgen kurz zu vergessen, wenn ich an die Tiere und die anderen Kreaturen dachte, die durch einen solchen Wandel zu Schaden kommen oder ihre Lebensräume verlieren könnten.

Bis auf einen kleinen Spaziergang an den Anlegestellen entlang blieb ich am Samstag und Sonntag zu Hause. Am Sonntagnachmittag verbrachte ich ein paar Stunden auf dem Dach mit Harper, der herumstreunte, verärgert darüber, dass ich ihn in letzter Zeit vernachlässigt hatte. Für gewöhnlich war es entspannend, sich mit ihm zu beschäftigen, aber nun brachte nichts und niemand Ruhe in meinen rastlosen Geist.

Roland schrieb mir am Freitagabend eine Nachricht und eine weitere am Samstag, um sich zu erkundigen, ob ich überhaupt noch etwas mit ihm und Peter zu tun haben wollte. Beide Male antwortete ich, dass es mir nicht gut ginge. Ich wusste, ich war ein Feigling und nicht fair meinen besten Freunden gegenüber, aber ich hatte noch immer keine Ahnung, wie ich es ihnen sagen sollte und Angst, dass es das Ende unserer Freundschaft bedeuten würde.

Am Montag fingen mich Roland und Peter am Parkplatz vor der Schule ab. »So, Sara, raus mit der Sprache, was ist los mit dir?«, verlangte Roland zu wissen, nachdem er mich außer Hörweite der anderen Schüler gezogen hatte. »Und erzähl mir nicht wieder irgendeinen Mist von wegen du wärst krank. Das warst du bisher auch so gut wie nie.«

»Ich ...«

»Ist es unseretwegen?«, fragte Peter zögerlich. »Hast du Angst, weil wir … du weißt schon … weil wir sind, wer wir sind? Wir sind aber immer noch Freunde, oder?«

»Natürlich sind wir immer noch Freunde.« Ich sah den Zweifel in ihren Gesichtern und begriff, dass ich mich so sehr in meinen eigenen Nöten vergraben hatte, dass ich gar nicht mitbekam, wie sehr meine Zurückgezogenheit meine Freunde beeinträchtigte. Während ich versucht hatte, den Mut aufzubringen, ihnen die Wahrheit zu sagen, waren sie besorgt gewesen, dass ich wegen ihres Werwolfdaseins nichts mehr mit ihnen zu tun haben wollte. »Das macht mir gar nichts aus. Es ist …«, ich biss mir auf die Lippe und sah zu Boden, um die Angst in meinen Augen zu verbergen. *Wie soll ich es ihnen sagen?*

Peter kam näher. »Geht es dir gut?«

Ich wollte zunächst nicken, schüttelte dann aber den Kopf. Unzählige Male war ich seit letztem Freitag gefragt worden, ob es mir gut ging und ich hatte immer Ja gesagt, dabei war die Wahrheit das genaue Gegenteil. Meine Welt hatte sich in der vergangenen Woche so sehr verändert, dass es sich für mich so anfühlte, als wäre ich direkt in das Leben eines anderen gestolpert – ohne Drehbuch. Ich wusste nicht mehr, was ich denken oder wie ich mich verhalten sollte.

»Komm schon«, Roland berührte meinen Arm und zeigte auf seinen alten roten Pick-up. »Lass uns von hier verschwinden.«

Keiner von uns sagte ein Wort, während wir uns in die Kabine des kleinen Chevy-Trucks quetschten. Roland parkte aus und fuhr nordwärts. Ich achtete nicht groß darauf, wohin wir fuhren. Die meiste Zeit starrte ich auf meine Hände und suchte nach Worten, mit denen ich ihnen mein furchtbares Geheimnis beibringen konnte. Dann erreichten wir unser Ziel. Der Truck wurde langsamer, und als ich aufsah, bemerkte ich, dass wir uns am alten Signal-Point-Leuchtturm befanden. Der Turm selbst war bereits seit einiger Zeit außer Betrieb und war bis vor ein paar Jahren ein beliebter Teenagertreffpunkt gewesen. Immer noch gab es die eine oder andere Party hier, weil die Polizei sich meistens nicht darum scherte. Der Anblick des glänzend weißen Turms, der von einem verblichenen hellen Lattenzaun umgeben war, ließ viele schöne Erinnerungen aufkommen, aber er erleichterte mich nicht um das schwere Gewicht auf meiner Brust.

Roland öffnete die Tür. »Möchtest du reingehen?«

Der Wind war heute erstaunlich mild hier oben, also sagte ich: »Kommt, wir setzen uns auf die Klippe.«

Wir spazierten durchs Gras, bis wir uns dem Steilhang näherten. Wir drei setzten uns in einen Kreis, vom Rest der Welt durch hohes Gras getrennt. Über uns war der blaue Himmel mit kleinen weißen Wolken gepunktet und unter uns donnerten die Wellen in vertrautem Rhythmus gegen die Felsen. In dieser friedlichen Umgebung war es schwer, zu glauben, dass irgendetwas Böses geschehen konnte.

»Nikolas war letzten Montag bei mir.«

»Was zum Teufel wollte er von dir?« Der gereizte Unterton in Peters Stimme war deutlich zu vernehmen und ich zuckte innerlich zusammen. Würde er bald auch so von mir denken?

»Er hat mir einige Dinge gesagt, bei denen ich echt ausgeflippt bin. Ich weiß nicht, wie ich es euch sagen soll.« Ich sah von Peter zu Roland und bemerkte eine Mischung aus Neugier und Sorge in ihren Gesichtern. »Das ist wirklich hart, also lasst mich bitte ausreden, bevor ihr irgendetwas sagt. Okay?«

Sie nickten beide.

Ich holte tief Luft und begann meine Geschichte. Ich erzählte, wie ich nach Hause gekommen war, wo Nikolas vor dem Coffeeshop auf mich wartete. Ich berichtete, wie er Rolands Kennzeichen zurückverfolgt, mich so gefunden und zuerst nach meinen Eltern gefragt hatte, um mir dann zu erzählen, er kenne meine Mutter. Als ich ihnen dann erklärte, dass Mohiri einander spüren können und Nikolas mich bereits bei unserem ersten Zusammentreffen erkannt hatte, machte Roland ein leises Geräusch, sagte aber nichts. Er sprach nicht, bis ich gestand, dass Nikolas mir nahegelegt hatte, bei den Mohiri zu leben.

»Was hast du ihm geantwortet?«, erwiderte er angespannt.

Ich rang die Hände. »Ich habe ihm gesagt, dass ich hierher gehöre. Zu euch und Nate.«

»Gut.«

»Ich dachte … weil ihr die Mohiri hasst, wollt ihr nichts mehr mit mir zu tun haben, wenn ihr erfahrt, dass ich eine von ihnen bin.«

»Warst du deswegen die ganze Woche so komisch?« Der Schmerz in Rolands Augen schien sich direkt auf mich zu übertragen. »Du glaubst ernsthaft, dass wir das tun würden?«

»Nein … ich weiß nicht. Aber nach dem, was Brendan und Maxwell über sie gesagt haben, und da ihr beiden auch keinen Hehl daraus gemacht habt, dass ihr Nikolas nicht mögt … was sollte ich da denken?«

Roland atmete hörbar aus. »Wir mögen die Mohiri nicht, aber wir betrachten sie auch nicht als Feinde. Und dass du eine von ihnen bist, ändert nichts daran, wer du bist.«

»Ich schätze, ich war so durcheinander, dass ich gar nicht drauf kommen konnte, es so zu sehen.«

»Deine Mutter war also eine von ihnen?« Peter schüttelte den Kopf. »Die ganze Zeit waren wir mit einer Mohiri befreundet und wussten es nicht einmal.«

Roland konnte sich ein Grinsen nicht verkneifen. »Ich wette, er war nicht besonders erfreut darüber, dass du lieber bei einer Horde Werwölfen bleibst.«

Ich rief mir Nikolas' Reaktion ins Gedächtnis. »Nein, war er nicht.«

»Was passiert jetzt? Werden sie dich in Ruhe lassen?«, wollte Peter wissen.

»Ich weiß es nicht. Offensichtlich ist es eine große Sache für sie, Waisen aufzuspüren, und ich bin um einiges älter, als die anderen, die sie zu sich genommen haben. Sie wollen, dass ich mich ihnen anschließe, aber ich werde mich zu nichts zwingen lassen.«

Roland schlug nach einem Insekt an seinem Ohr. »Wieso bist du älter als die anderen Waisen?«

Ich biss mir auf die Lippe. Bestimmte Details über die Mohiri hatte ich bis jetzt absichtlich verschwiegen, denn ich hatte erst sehen wollen, wie meine Freunde reagierten, bis ich sie mit der ganzen Geschichte konfrontierte. »Was wisst ihr über die Mohiri – außer, dass sie Vampirjäger sind?«

Peter hob die Schultern. »Nicht viel. Wie Dad neulich sagte, sie sind eine Art Geheimbund. Sie sind superschnell und stark und …«, er griff nach meinem Arm. »Hey, bedeutet das, dass du dich wie sie bewegen kannst?«

Ich schüttelte den Kopf. »Nikolas meinte, ich unterdrücke diese Seite in mir. Um so schnell zu sein wie er, müsste ich aufhören, es zu kontrollieren.«

»Lass es raus. Was hindert dich daran?«, fragte Roland.

Ich zog an einem Büschel Gras, nicht in der Lage, sie anzusehen. »Das kann ich nicht.«

»Warum nicht?«

Es würde nie einen einfachen Weg geben, es ihnen zu sagen, also platzte ich heraus: »Ich bin ein Dämon.«

Roland lachte erstickt auf. »Was?«

»Die Mohiri sind Halbdämonen.« Ich sah hoch, wartete darauf, dass die Erkenntnis sich setzte, wartete auf dieselbe Art von Abscheu, mit der ich seit einer Woche lebte. Doch das einzige Geräusch, was ich vernahm, war das Tosen der Wellen gegen den Fels. Ich wandte den Blick von dem ungläubigen Entsetzen in ihren Gesichtern ab und wartete auf die unvermeidliche Reaktion.

»Halbdämonen? Wie ist das möglich?« Rolands Stimme klang nicht abweisend, sondern skeptisch, aber ich konnte ihn noch immer nicht ansehen.

»Er nennt sich Mori-Dämon. Die Mohiri wurden erschaffen, um Vampire zu töten, und jeder von ihnen wird mit einem Mori im Innern geboren. Sie müssen lernen, mit ihrer dämonischen Seite zu leben und sie zu kontrollieren. Im Gegenzug ermöglicht ihnen der Dämon so zu kämpfen, wie sie es tun. Waisen müssen sehr jung aufgefunden werden, damit sie lernen, ihren Mori zu kontrollieren. Gelingt das nicht, werden sie verrückt. Nikolas sagt, mein Mori wäre praktisch unterwürfig und er wisse nicht, wie ich das schaffe. Andererseits – könnte ich es nicht, wäre ich schon längst in einer Anstalt untergebracht.«

Peter ließ einen langen, tiefen Pfiff hören. »Das ist das Verrückteste, was ich jemals gehört habe.« Instinktiv duckte er sich. »Sorry, das habe ich nicht böse gemeint. Es ist nur, ich habe noch nie davon gehört, dass ein Dämon innerhalb eines menschlichen Körpers leben kann.«

»Na ja, genau genommen hast du das schon. Wusstest du, dass Vampire dämonische Parasiten in sich tragen?«

Sie starrten mich beide mit dem gleichen entsetzten Gesichtsausdruck an. Roland war es, der zuerst seine Stimme wiederfand. »Nikolas hat dir all das erzählt?«

»Ja.«

»Na, das muss ja ein Gespräch gewesen sein!«

»Das kannst du laut sagen.«

Er fuhr sich mit der Hand durchs Haar, sodass es zu allen Seiten abstand. »Ich kann nicht glauben, dass du das seit letzter Woche mit dir rumträgst. Kein Wunder, dass du so seltsam warst.«

»Ich hatte Angst, ihr Jungs könntet mich für einen Freak halten. Ihr müsst zugeben, dass macht einen doch fertig.«

Roland lachte bellend. »Wir verwandeln uns in mutierte Wölfe. Glaubst du nicht, dass das auch ein wenig komisch ist?«

»Ihr könnt euch nicht mit Dämonen vergleichen.« Ich hob die Stimme. »Dämonen sind böse. Sie kommen aus der Hölle.«

Seine Augen weiteten sich und sein Lächeln schwand. »Du glaubst, du bist böse?«

»Ich weiß es nicht«, erwiderte ich wahrheitsgemäß. In meinem Herzen glaubte ich nicht, ein schlechter Mensch zu sein, aber ich hatte bereits Bekanntschaft mit meiner dunklen Seite gemacht. Ich wusste nicht, wozu ich noch fähig war. Was, wenn ich die Kontrolle über meinen Dämon verlor? Was, wenn ich jemanden noch schlimmer verletzte, als ich es mit Scott getan hatte?

»Du bist auf keinen Fall böse«, stellte Peter unmissverständlich fest.

Ich wollte ihm so gerne glauben. »Wie kannst du dir da so sicher sein?«

»Ich bin mir sicher, weil ich dich kenne. Du bist ein guter Mensch, du tust niemandem weh … gut, bis auf Scott. Aber ein paar Ausnahmen sind schon okay. Du hasst Leute, die andere tyrannisieren, und du kümmerst dich um Jeffrey in der Schule. Ich bezweifle doch stark, dass eine böse Person sich um ihn scheren würde. Ich weiß, dass du Nate liebst und es ist nicht schwer zu sehen, wie sehr du deinen Vater geliebt hast. Kein böser

Mensch liebt so wie du. Und du bist gut zu Tieren. Onkel Brendan sagt immer, ein Tier kann spüren, wenn ein Mensch schlecht ist und sie würden dich gar nicht an sich heranlassen, wenn du bösartig wärst.«

Roland reichte hinüber und griff nach meiner Hand. »Du kannst gar nicht bösartig sein, egal was du bist. Ich denke, Boshaftigkeit ist eine Entscheidung, und du hast dich für die gute Seite entschieden. Vielleicht ist dein Dämon so unterwürfig, weil du zu gut für ihn bist.«

Ich schniefte. »Meinst du das ernst?«

»Ja«, erwiderte Roland überzeugt. »Glaubst du, Nikolas ist böse?«

»Nein.« Das wäre das letzte Wort, mit dem ich Nikolas beschreiben würde. Hart und direkt, ja, vielleicht auch ein bisschen überheblich. Außerdem stark und mutig. Er hatte sein eigenes Leben riskiert, um meines zu retten, und er hatte dort am Kai echte Güte gezeigt.

»Ich auch nicht«, sagte er zu meinem Erstaunen. »Die Mohiri sind arrogante Bastarde und ich mag sie nicht, aber sie töten Vampire. Dieser Mori-Dämon bedeutet vielleicht nicht unbedingt etwas Gutes, aber sie halten ihn unter Kontrolle und nutzen ihn, um bessere Jäger zu sein.« Er deutete auf sich und dann auf Peter. »Wir mussten auch erst lernen, unsere Wolfseite zu kontrollieren, damit sie nicht zu stark wird. Es gibt einen Grund für all die Gruselgeschichten über Werwölfe. Nicht alle von uns sind und waren gut und manchmal verlieren selbst die Guten die Beherrschung.«

Es fühlte sich an, als wäre mir ein Stein vom Herzen genommen worden. So, als wäre ich zum ersten Mal seit einer Woche in der Lage, tief durchzuatmen. Ich lachte zitterig. »Seit wann bist du so weise?«

Roland schenkte mir ein schiefes Grinsen. »Hey, weißt du, ich sehe eben nicht nur gut aus.«

Ich ließ mich ins Gras zurückfallen, schwindelig vor Erleichterung. »Ich kann nicht glauben, dass ich die Sache so sehr an mich herangelassen habe.«

»Vielleicht kommst du das nächste Mal lieber gleich zu uns, anstatt dich verrückt zu machen«, tadelte Roland. »Du solltest niemals Angst davor haben, dich uns anzuvertrauen. Keine Geheimnisse mehr, in Ordnung?«

Ich antwortete nicht darauf. Meine Mohiriverwandtschaft war nur eines von vielen Geheimnissen. Was würden meine Freunde von mir denken, wenn sie wüssten, dass ich auf dem Schwarzmarkt mit Trollgalle handelte? Wie würden sie reagieren, wenn sie von meinen Heilkräften oder meiner Freundschaft mit Remy wüssten? Und was, wenn ich ihnen sagen würde, warum ich in dieser Nacht wirklich ins Attic gegangen war?

Wir wurden von einem Klingeln unterbrochen. »Oh, Scheiße!«, murmelte Roland und griff nach seinem Handy. »Ich habe vergessen, dass ich Mom abholen soll. Ihr Auto ist wegen neuer Bremsen in der Werkstatt.«

Wir eilten zurück zu seinem Wagen und fuhren in die Stadt. Die Stimmung war nun viel gelöster als auf der Hinfahrt. Roland und Peter verglichen Werwölfe mit den Mohiri und fragten sich, ob ich stärker oder schneller sein würde als sie, wenn ich meiner Dämonenseite freien Lauf lassen würde. Ich sagte ihnen, sie sollten nur weiter raten, denn auf keinen Fall würde ich das Ding von der Leine lassen.

Nate hatte Rindfleischeintopf zum Abendessen gemacht. Ich deckte den Tisch und machte eine Stunde lang Hausaufgaben, bevor er schließlich aus dem Büro kam.

»Riecht fantastisch«, sagte ich, während er ein paar Aufbackbrötchen in den Ofen schob.

Er warf mir einen Seitenblick zu. »Du scheinst heute bessere Laune zu haben.«

Ich grinste. »Habe ich, und ich bin am Verhungern.«

Nach dem Abendessen räumte ich die Küche auf und machte meine Hausaufgaben zu Ende. Ich fühlte mich so leicht und glücklich, dass ich mich zum ersten Mal seit zwei Wochen hinsetzte und zeichnete. Ich war beinahe fertig, als ich bemerkte, dass ich Nikolas gezeichnet hatte. Nikolas, der mit einem gezogenen Schwert aus dem Schatten eines Hauses trat – mit einem Gesicht so unerbittlich und verärgert, dass er einem Racheengel glich. Ein paar Sekunden lang starrte ich auf das Papier und fragte mich, warum ich ausgerechnet ihn gezeichnet hatte. Er hatte mich gerettet, aber er war auch eine stetige Erinnerung daran, was in letzter Zeit in meinem Leben schiefgelaufen war. Ich schloss den Zeichenblock und warf ihn auf den Schreibtisch. Ich wollte mir meine gute Laune nicht mit Grübeleien über Nikolas verderben lassen.

Bevor ich zu Bett ging, öffnete ich den Laptop, um meine Mails zu checken. Da war eine von Roland mit einem witzigen Cartoon über einen

Werwolf beim Zahnarzt, der mich zum Lachen brachte. Ich lächelte noch immer, während ich mich in das Chatforum einloggte.

Fünf Minuten später waren sowohl mein Lächeln als auch meine gute Laune schlagartig verschwunden. Ein neuer Thread war wenige Stunden zuvor eröffnet worden. ›SUCHE NACH FOY?‹ Ein kalter Knoten ballte sich in meinem Bauch zusammen, als ich die Nachrichten in dem Beitrag las. Die meisten waren Witze und schnippische Kommentare, die dem Verfasser mitteilten, dass er bessere Chancen hatte, im Lotto zu gewinnen, als FOY zu finden. Einige Forumsmitglieder hielten es für eine Legende ohne Hintergrund. Niemand schien den Post ernst zu nehmen.

Niemand außer mir.

FOY war die wenig bekannte Abkürzung für Trollgalle. Es stand für ›Fountain of Youth‹ – den Jungbrunnen. Niemand erwähnte New Hastings, mich oder Malloy, aber der Post bescherte mir trotzdem eine Gänsehaut. Irgendjemand schnüffelte herum.

Keine Panik. Selbst wenn etwas daran war, es gab keine Spuren zu mir. Und ich konnte heute Nacht ohnehin nichts mehr tun. Ich öffnete eine neue E-Mail und sandte eine kurze Nachricht an Malloy. Für ihn stand genauso viel auf dem Spiel wie für mich, wenn jemand seine Nase zu tief in die Angelegenheit steckte. Und er hatte mehr Kontakte als ich. Er würde der Sache auf den Grund gehen. So hoffte ich zumindest.

Ich schloss den Laptop und massierte mir die Schläfen. Wie war mein Leben nur so schnell so verdammt kompliziert geworden?

»Ist es das nicht, ist es etwas anderes«, murmelte ich und löschte das Licht.

Kapitel 8

GINO'S war eine kleine Pizzeria in Familienbesitz, zwei Straßen von der Schule entfernt. Einst war es ein beliebter Schülertreffpunkt gewesen, bis die Stadt den Gastrobereich im Einkaufszentrum renoviert und ein Kino dazu gebaut hatte. Nun waren die meisten Gäste im Gino's junge Paare oder Familien. Papa Gino, wie jeder den Besitzer nannte, bereitete seine Soße und den Teig selbst zu und das Restaurant war so etwas wie eine feste Institution in der Stadt. Für kein Geld der Welt würde ich Gino's gegen eine der großen Pizzaketten tauschen.

Ich aß ein Stück Peperonipizza und beobachtete von meinem Platz aus die Tür. Nach weiteren fünf Minuten schaute ich auf die Uhr. Konnte der Mann denn nicht einmal pünktlich sein?

Eine Minute später öffnete sich die Tür und Malloy schlüpfte herein. Er ging zum Tresen, kaufte sich ein Stück Pizza und ein Bier und ließ sich auf den Sitz mir gegenüber fallen.

»Hallo, Kleine.«

»Malloy.«

Er nahm einen Schluck Bier. »Ah, das tut gut nach einem anstrengenden Tag.« Dann biss er ein Stück von seiner Pizza ab.

Ich tippte mit dem Finger auf den Tisch. »Anstrengend, weil du gewissen Dingen auf den Grund gegangen bist, hoffe ich.«

Er seufzte und legte seine Pizza ab. »Du gönnst einem Mann nicht einmal sein Essen, oder?«, beschwerte er sich und wischte sich den Mund mit einer Papierserviette ab. »Zu deiner Information: Seit ich deine Mail bekommen habe, bin ich auf Spurensuche. Du bist nicht die Einzige hier, die etwas zu verlieren hat.«

Es war gut zu wissen, dass er die Sache ernst nahm. »Also müssen wir uns keine Sorgen machen?«

Malloy schüttelte den Kopf. »Glaube nicht. Ich habe einen Bekannten – so ein Computertyp –, der hat den Account, der die Nachricht gepostet hat, getrackt oder gehackt oder wie auch immer man das nennt. Er sagt, sie kam von einer High School in New Jersey und er glaubt, es ist nur ein Kind, dass sich einen Scherz erlaubt.«

Ich atmete erleichtert aus. »Bist du dir sicher?«

»Bin ich. Hör zu, Kleine, ich nehme mein Business sehr ernst. Selbst wenn jemand seine Nase in Dinge steckt, die ihn nichts angehen, so gibt es keine Spur, die zu mir führt. Ich mache sowieso kaum Geschäfte in diesem Kuhkaff hier. Und ich habe gewisse Sicherheitsvorkehrungen getroffen. Das ist alles, was du wissen musst.«

Ich trank einen Schluck Soda und ignorierte die Beleidigung gegen meine Stadt. »Du machst Geschäfte mit mir hier.«

»Es gibt Ausnahmen«, erwiderte er mit einem spitzen, kleinen Lächeln. »Ich kann meine besten Lieferanten nicht in der Stadt empfangen, wo die Konkurrenz sie sehen kann.«

Das war ich also für ihn – sein bester Lieferant? Ich schätzte, das ergab Sinn, in Anbetracht dessen, was ich ihm ein paar Wochen zuvor verkauft hatte. Und es erklärte, warum Malloy zugestimmt hatte, mich heute persönlich zu treffen. Er hatte gesagt, er würde es mich per Telefon wissen lassen, wenn er etwas herausgefunden hatte, aber ich wollte kein Risiko eingehen. Es war mir wichtig gewesen, sein Gesicht zu sehen, um feststellen zu können, ob er ehrlich zu mir war.

»Das ist gut zu wissen«, sagte ich mit ruhiger Stimme, die den Strudel von Emotionen in meinem Innern verbarg. Seit ich gestern Abend diesen Post gesehen hatte, war ich ein einziges Nervenbündel.

Malloy biss noch einmal in seine Pizza und spülte sie mit einem Schluck Bier hinunter. Er lehnte sich nach vorn. »Wenn ich schon einmal hier bin, wollte ich dich fragen, ob du in naher Zukunft wieder meine Dienste benötigst. Mit deiner Währung kriegst du alles, was du willst.«

Ich zerknüllte meine Serviette und warf sie auf die Pizzareste. »Wahrscheinlich erst einmal nicht. Meine Vorräte sind mir ausgegangen.«

»Ah«, er winkte ab. »Also, wenn du wieder flüssig bist, lass es mich wissen.«

»Du bist der Erste, der es erfährt.« Die Wahrheit war, diese ganze Sache hatte mich völlig fertig gemacht und mich daran erinnert, dass das hier kein Spiel war. Vielleicht war es dieses Mal nur falscher Alarm, das nächste Mal könnten wir weniger Glück haben. Ich musste Remy sagen, dass wir die Trollgalle nicht mehr als Zahlungsmittel einsetzen würden. Es war einfach zu gefährlich.

Malloy aß seine Pizza auf. »Weißt du, der Treffpunkt hier ist gar nicht so schlecht. Muss ich dran denken, wenn ich das nächste Mal in der Stadt bin.« Er schüttete sein restliches Bier hinunter und stand auf. »Wir sehen uns, Kleine.«

»Sara?«

Beinahe wäre ich vom Stuhl gefallen, als ich Rolands Stimme hinter mir erkannte. Ich zuckte innerlich zusammen, wandte mich zu ihm um und bemerkte, wie er den Blick argwöhnisch über Malloy schweifen ließ. Das Letzte, was ich jetzt gebrauchen konnte, war, dass meine Freunde Wind von meinen illegalen Geschäften bekamen.

»Hey«, sagte ich und suchte verzweifelt nach einer Erklärung, warum ich mit einem fremden Mann, der alt genug war, um mein Vater zu sein, beim Essen saß.

Roland kam näher. »Belästigt der Typ dich?«

Ich lachte, in der Hoffnung, dass es sich nicht so schuldbewusst anhörte, wie ich mich fühlte. »Roland, das ist Tom Malloy. Er ist … Gregs Onkel.«

»Gregs Onkel? Der Bikeronkel?« Roland war zu Recht skeptisch. Selbst ich sah mehr nach Biker aus als Malloy.

Malloy lachte und wedelte mit den Händen seinen schmalen kleinen Körper hoch und runter. »Das einzige Motorrad, auf das ich passe, ist ein Scooter, und das ist nicht sehr männlich, wenn du verstehst, was ich meine.« Er rückte seinen Mantel zurecht und steckte die Hände in die vorderen Taschen. »Ich verschwinde dann besser mal. Meine Alte fragt sich sicher schon, wo ich bleibe.«

Roland runzelte die Stirn, als ich aufstand. »Ich mag nicht, wie er aussieht. Der wirkt wie ein Drogendealer oder so. Was wollte er?«

»Er wollte gar nichts. Wir haben uns nur kurz unterhalten.«

»Was machst du überhaupt hier, ganz allein?«

Ich zuckte mit den Achseln. »Ich hatte Lust auf Ginos Pizza.« Das stimmte zumindest. »Du auch?«

Roland grinste und hob eine große Pizzaschachtel hoch. »Abendessen. Mom hat Nachtschicht.« Judith war Krankenschwester am St. Annes Pflegeheim und ihre Schichten rotierten alle zwei Tage. Nicht, dass Roland eine Entschuldigung gebraucht hätte, um Pizza zu essen.

»Komm, ich fahr dich nach Hause.«

Auf dem Weg zu seinem Truck fiel mir ein blonder Mann auf, der alleine an einem Tisch vor dem Coffeeshop auf der anderen Straßenseite saß. Unsere Blicke trafen sich kurz, bevor er wegsah und ich hatte das seltsame Gefühl, ihn von irgendwoher zu kennen. Unmöglich. Selbst von hier aus konnte ich sehen, dass er sehr attraktiv war, und ich würde jemand so Gutaussehenden wohl kaum vergessen …

»Ich glaube es nicht!«

»Was ist los?«, fragte Roland, aber ich überquerte bereits die Straße und ging auf den blonden Mann zu, der mich mit mildem Interesse betrachtete.

»Ich dachte, ich hätte klar gemacht, dass ich nichts mit euch zu tun haben will.«

Er schielte hoch und offenbarte die strahlendsten flaschengrünen Augen, die ich je gesehen hatte. »Entschuldige bitte?«

»Bitte beleidige nicht meine Intelligenz«, schnaubte ich als Antwort auf sein unschuldiges Lächeln. »Chris, oder?« Sein Gesichtsausdruck verriet ihn. Ich hatte ihn in der Nacht im Attic nur für etwa eine Minute gesehen, aber ich hatte ein gutes Erinnerungsvermögen. Und wer sollte solch ein Gesicht auch vergessen können?

»Wo ist er?«, ich nahm die Straße unter die Lupe. »Offensichtlich habe ich mich nicht deutlich genug ausgedrückt und wir müssen hier ein paar Dinge klarstellen.«

»Sara, wer ist das?«, fragte Roland hinter mir.

»Wahrscheinlich einer meiner lange vermissten Cousins oder so«, sagte ich wutschnaubend, ohne den Blick von dem blonden Mohiri zu nehmen. Ich sah, wie sich seine Lippe leicht verzog und hörte, wie Roland scharf die Luft einzog, aber für den Augenblick hatte ich Wichtigeres zu tun, als mich mit der jahrhundertealten Fehde zwischen Werwölfen und Mohiri zu befassen.

»Miss Grey, es gibt keinen Grund …«

»Sag ja nicht Miss Grey zu mir. Ist er überhaupt hier oder hat er dich zum Spionieren geschickt?« Ich verschränkte die Arme und sah ihn finster an. Wahrscheinlich war mein Zorn an ihm vergeudet, denn die einzige Person, auf die ich wirklich sauer war, war nicht hier. Ich hatte gerade die schlimmste Woche meines Lebens hinter mir, und endlich sah alles wieder ein bisschen besser aus. Auf keinen Fall würde ich zulassen, dass diese Leute zurückkamen und alles erneut ruinierten.

Chris lächelte mich an, zeigte dabei zwei unverschämt süße Grübchen, und nur einen Meter weiter ließ die Kellnerin einen leeren Becher fallen, während sie den Tisch abräumte. Mit rotem Kopf murmelte sie eine Entschuldigung und eilte nach drinnen.

Ich starrte Chris düster an und weigerte mich, auf seinen Charme hereinzufallen.

»Ich verstehe«, murmelte er und nickte leicht, als hätte er soeben ein Rätsel gelöst.

»Was verstehst du?«

Er ignorierte meine Frage und zog ein Handy heraus, tippte eine Nummer ein und reichte mir das Telefon. Ich zögerte einige Sekunden, dann nahm ich es und drückte es an mein Ohr.

»Was ist los, Chris?«, sagte eine vertraute Stimme am anderen Ende.

»Gute Frage«, entgegnete ich knapp.

»Ich habe Chris gleich gesagt, du würdest ihn erkennen.«

Amüsierte ihn das etwa? »Toll, du hast die Wette gewonnen. Spendier ihm ein Bier oder was auch immer.« Ich sah zu Chris, bemerkte, dass auch er jetzt belustigt wirkte, was meinen Ärger nur noch weiter anstachelte. »Ich dachte, wir hätten eine Übereinkunft getroffen letzte Woche.«

»Und was für eine Übereinkunft sollte das sein?«

Ich knirschte mit den Zähnen. »Die, in der wir vereinbart haben, dass du deinen Weg gehst und ich meinen und wir alle glücklich werden bis an unser Ende.«

»An diese spezielle Vereinbarung kann ich mich nicht erinnern«, erwiderte er mit einer Lässigkeit, die mich zum Verzweifeln brachte. »Ich glaube, dir gesagt zu haben, dass wir uns wiedersehen.«

Ich öffnete meinen Mund, aber die Worte wollten nicht herauskommen. Menschen sagten ständig »Wir sehen uns«, wenn sie sich verabschiedeten. Es bedeutete nichts. Zumindest bedeutete es ganz sicher nicht, dass man seine Freunde zum Stalken vorbeischickte.

»Sara?«

»Was willst du von mir, Nikolas? Ich habe dir doch gesagt, dass ich einfach nur meine Ruhe haben möchte.«

Zunächst herrschte kurz Stille am anderen Ende der Leitung, dann seufzte er leise. »Wir haben von zunehmenden Aktivitäten in Portland gehört und es gibt Grund zu der Annahme, dass der Vampir nach dir sucht.«

Ein eisiger Hauch schien meinen Nacken zu berühren. Elis Gesicht blitzte in meiner Erinnerung auf und meine Knie wurden weich.

Roland trat näher. »Was ist los, Sara? Was hat er gesagt?«

Ich lächelte Roland schwach zu und hob eine Hand, um ihm zu verstehen zu geben, dass ich ihm nach dem Gespräch alles berichten würde. »Ich kenne niemanden in Portland, also gibt es keine Möglichkeit, meine Spur hierher zu verfolgen, oder?«

»Es gibt mehr als nur einen Weg, jemanden aufzuspüren.« Nikolas' Ton wurde härter. »Mach dir keine Sorgen, wir kümmern uns um deine Sicherheit. Chris wird in deiner Nähe bleiben, bis wir die Situation im Griff haben.«

Super, ich war also wieder »die Situation«. »Ich brauche keinen Babysitter. Ich bin kein Kind mehr.«

»Nein, das bist du nicht«, erwiderte er brummig und wohlige Wärme breitete sich in mir aus. »Aber du bist auch keine Kriegerin. Es ist unsere Pflicht, dich zu beschützen, selbst wenn du es nicht willst.«

Ich hätte am liebsten mit dem Fuß aufgestampft wie eine Zweijährige. Hatte ich überhaupt eine Wahl? Meine Augen richteten sich auf Chris, während ich sprach. »Wie nahe will er denn bleiben? Er sieht irgendwie verdächtig aus und ich kann nicht zulassen, dass mein Onkel oder sonst jemand Fragen stellt.«

Verwirrt sah Chris auf seine enganliegende Bluejeans und den schwarzen Pullover, während Nikolas sagte: »Verdächtig?«

Ich sah hoch in den Himmel. »Wenn ihr Typen euch unauffällig unters Volk mischen wollt, dann hättet ihr nicht Mister Grübchen schicken sollen. So wie manche Frauen ihn anstarren, muss ich eher ihn beschützen.«

Vom anderen Ende der Leitung hörte ich ein Husten, Nikolas klang, als würde er grinsen, als er sagte: »Äh, ich bin mir sicher, Chris kann gut auf sich selbst aufpassen. Er wird in der Stadt bleiben, für den Fall, dass es Probleme gibt.«

»Na gut«, gab ich unglücklich nach. »Aber sobald das geklärt ist, müsst ihr verschwinden, damit ich wieder halbwegs normal leben kann.«

Ich wartete seine Antwort nicht ab, sondern streckte Chris das Handy wieder hin. Dann wandte ich mich an Roland. »Lass uns gehen. Ich erklär es dir auf dem Weg.«

Sobald wir im Truck saßen, erzählte ich, was Nikolas mir gesagt hatte. Roland machte ein grimmiges Gesicht, als ich sagte, dass Nikolas befürchtete, Eli würde versuchen, mich aufzuspüren.

»Er wäre der dümmste Vampir auf Erden, wenn er hierher käme«, stellte Roland zuversichtlich fest. »Das ist Werwolfterritorium und Vampire legen sich nicht mit uns an, wenn sie es vermeiden können. Ganz besonders in unserem Heimatgebiet. Es überrascht mich, dass sie überhaupt noch in Portland sind, mit all den Patrouillen, die wir dort jetzt aufgefahren haben.«

»Du glaubst also, Nikolas übertreibt?«

»Maxwell meint, die Mohiri sind sehr gründlich und sie kümmern sich um Dinge gern selbst. Sie lehnen sich nicht zurück und verlassen sich auf uns, wenn wir sagen, die Gegend sei sicher.«

»Gut, ich will nicht, dass sie hier abhängen«, grummelte ich in einem Anfall von Selbstmitleid. »Ich versuche, das alles hinter mir zu lassen.«

Roland parkte seinen Truck hinter Nates Wagen. »Ignorier sie einfach«, sagte er und öffnete die Tür. »Außerdem, was kann es schon schaden, wenn wir sie ein paar Tage lang herumschnüffeln lassen?«

»Du hast gut reden. Du bist ja nicht derjenige, den sie an die Leine nehmen wollen.«

»Ja, das ist kein Spaß, glaub mir.« Er heulte laut auf und wir beide brachen in Gelächter aus. Ich wischte mir noch immer die Lachtränen aus den Augen, als ich ausstieg und mich zu ihm an die Fahrerseite stellte.

»Hey, lass uns am Samstag irgendwas unternehmen«, sagte er. »Lass uns rausgehen und ein bisschen Spaß haben. Den ganzen Mist vergessen.«

»Okay, aber keine Vampire diesmal.«

»Wir werden die Stadt gar nicht erst verlassen.« Er legte den Rückwärtsgang ein. »Ich schau mal, was am Samstag so los ist und dann melde ich mich. Lächle mal wieder. Das wird ein Fest.«

* * *

Ich kletterte in Rolands Truck und quetschte mich zwischen ihn und Peter. »Also, wo fahren wir hin?«

»Wir haben zwei Vorschläge und du darfst entscheiden«, sagte Roland, während wir an den Anlegestellen entlang fuhren. »Party in Dell Maddens Haus oder Party oben am Leuchtturm mit Dylans Band.«

»Also eine Party oder … eine Party«, ich legte den Finger auf die Lippen. »Wie soll ich mich da nur entscheiden?«

»Komm schon, du hast doch gesagt, du willst ein bisschen Spaß haben.«

»Okay, also dann die Leuchtturmparty.« Ich kannte Dylan besser als Dell Madden. Und eine Party im Freien würde nicht so überfüllt sein.

Der von Gras überwucherte Parkplatz vor dem Leuchtturm war bereits zur Hälfte mit Autos gefüllt, als wir ankamen. Dell Madden hatte den falschen Abend für seine Party gewählt, denn es sah so aus, als wären alle zu Dylans Fete gekommen.

Vor dem Leuchtturm stand ein weißer Van, der einem von Dylans Bandkollegen gehörte. Zwei große Lautsprecher waren aufgestellt worden und die Musik dröhnte bereits ohrenbetäubend.

Irgendjemand hatte ein paar Solarlichter mitgebracht und batteriebetriebene Laternen, die überall um das Leuchtturmgelände und am Strand des flacheren Endes der Küste angebracht worden waren. Eine Gruppe von Jungs machte ein Lagerfeuer. Überall, wo ich hinsah, entdeckte ich Kühlboxen mit Eis.

Roland griff hinter sich auf den Sitz und zog ein Sixpack heraus. Ich hob eine Augenbraue, er lächelte und warf Peter seine Schlüssel zu. »Pete ist heute Fahrer.«

Peter steckte die Schlüssel in die Hosentasche. »Ich war an der Reihe«, erklärte er brummig.

»Also, wenn Roland mir das Fahren beibringen würde, könnte ich den Führerschein machen und wäre das nächste Mal euer Fahrer.« Ich trank ohnehin so gut wie nie Alkohol.

»Tolle Idee!«, freute sich Peter, während er und Roland sich abklatschten. Ich schüttelte nur den Kopf und folgte ihnen hinüber zu der kleinen Gruppe von Leuten, die bei dem Van standen.

Dylan schenkte mir ein albernes Lächeln und seine haselnussbraunen Augen zwinkerten vergnügt. »Sara, das ist das zweite Mal in zwei

Wochen, dass ich dich sehe. So langsam glaube ich, du bist verknallt in mich.«

Ich sah den rothaarigen Jungen seufzend an. »Du kennst mich, von tiefer Sehnsucht erfüllt und so.«

Alle lachten und Dylan stellte mich dem Rest der Band und zwei Freundinnen der Musiker vor. Alle schienen Roland und Peter schon gut zu kennen. Der Drummer, mit seinem langen gelockten blonden Haar – Surferlook –, lächelte mich an, während er meine Hand schüttelte, dann bot er mir ein Bier an. Ich schüttelte den Kopf und meinte, vielleicht später.

»Hab ich dich nicht auch schon im Attic gesehen, als wir dort das letzte Mal gespielt haben?«, fragte Samson und öffnete für sich selbst ein Bier.

»Ja«, ich lachte, obwohl sich mein Magen beim Gedanken an diesen Abend schmerzhaft zusammenzog. Samsons Solo anzuhören, war eines der letzten normalen Dinge, die ich getan hatte, bevor sich meine Welt in einen Albtraum verwandelt hatte. Entschlossen, diese Nacht hinter mir zu lassen, sagte ich: »Ihr Jungs wart fantastisch. Um einiges besser als diese Rapsache, die Dylan früher gemacht hat.«

»Hey, sei doch nicht so negativ!«, rief Dylan in gespielter Entrüstung.

Samson lachte und ich bemerkte, dass er ein sehr hübsches Lächeln hatte. »Stehst nicht so auf Rap, was?«

»Sara mag die alten Sachen, klassischen Rock«, erklärte Roland ihm. »Ich wette, sie kann dir die Namen jedes einzelnen Carly Simons Albums runterrattern.«

»Wer ist Carly Simon?«, wollte ein großes Mädchen mit rabenschwarzen Haaren namens Beth wissen. Die Jungs glucksten und ich musste mich anstrengen, ein neutrales Gesicht zu bewahren, während ich Beth darüber aufklärte, wer Carly Simon war.

Roland stellte seine mitgebrachten Bierflaschen bis auf eine in Dylans Kühlbox. »Kommt schon, lasst uns schauen, wer alles da ist.«

Viele der Jugendlichen, die Roland und Peter kannten, waren Fremde für mich. Dylans Bandkollegen waren alle auf eine andere Schule gegangen und die meisten Kids kamen von dort. Ein paar bekannte Gesichter aus St. Patrick's waren jedoch darunter und viele von ihnen schienen überrascht, mich auf einer Party zu sehen. Ich war zwar keine totale Einsiedlerin, also ich ging schon hin und wieder weg und hatte Spaß, aber lange nicht so häufig wie alle anderen.

Gemessen an der Zahl von Mädchen, die sich zu uns stellten, war Rolands Beliebtheit auch außerhalb der Schule ungebrochen. Ein paar Mädchen flirteten hemmungslos mit ihm und ein paar andere – mit denen er bereits ausgegangen war – versuchten, lässig zu wirken, in der Hoffnung, dass er sie wieder bemerken würde. Manches Mal erschienen mir ihre Versuche, seine Aufmerksamkeit zu erhaschen, ein wenig lächerlich und ich hätte ihnen gerne gesagt, dass sie sich in meinen Augen wie Idiotinnen verhielten. Wenn ich mich einem Kerl gegenüber jemals so dumm benehmen würde, würde mir das hoffentlich irgendjemand sagen.

Ich hatte Mitleid mit ein paar der Mädchen, die Roland ein gezwungenes Lächeln zuwarfen, wenn er sie grüßte. Cassidy Downs war das letzte Mädchen, das Roland gedated hatte, und sie trug noch immer diesen »Was hab ich nur falsch gemacht?«-Ausdruck im Gesicht, für den ich meinen besten Freund am liebsten erwürgt hätte. Die große Brünette warf ihr Haar nach hinten und versuchte, möglichst unbeteiligt zu wirken, während sie zuschaute, wie Roland spielerisch mit den anderen Mädchen flirtete. Dabei war der Schmerz in ihren Augen deutlich zu sehen. Cassidy und ich waren keine Freundinnen, aber ich konnte es einfach nicht ertragen, wenn es jemandem schlecht ging. Deshalb zog ich Roland beiseite.

»Hör auf, so ein Arsch zu sein«, schimpfte ich ihn, nachdem wir außer Hörweite waren.

Er war ernsthaft überrascht. »Ich bin ein Arsch?«

Ich schüttelte den Kopf und brummte. »Roland, ich weiß, du denkst, dass es für die Mädchen in Ordnung ist, wenn du nur ein- oder zweimal mit ihnen ausgehst. Aber es sind nicht alle Frauen gleich. Merkst du nicht, dass Cassidy immer noch auf dich steht?«

»Tut sie?« Er sah über meine Schulter hinweg zu der Gruppe Mädchen, von der wir uns gerade entfernt hatten. »Aber wir haben uns nur zweimal getroffen, und das ist Wochen her.«

»Dann hast du wohl einen größeren Eindruck bei ihr hinterlassen, als du dachtest.«

»Was soll ich jetzt machen? Kann ich doch nichts dafür.«

Am liebsten hätte ich ihn geschüttelt. Jungs konnten manchmal so begriffsstutzig sein. »Ich weiß das, und ich sage ja auch nicht, dass du dich jetzt von allen Mädchen fernhalten sollst. Versuch nur, vielleicht nicht direkt vor ihren Augen mit einer anderen rumzumachen.«

Von da an hielt Roland höflichen Abstand zwischen sich und Cassidy. Er flirtete zwar weiter, aber zu seiner Ehrenrettung musste ich zugeben, dass er sich ein wenig zurückhielt. Eine Stunde später sah ich Cassidy mit einer ihrer Freundinnen lachen und war froh darüber, Roland beiseitegenommen zu haben.

Gegen zweiundzwanzig Uhr waren bereits fast doppelt so viele Leute da und ich kannte nun auch einige mehr. Irgendwann trennte ich mich von Roland und Peter und ging zum Strand hinunter, wo ein paar Leute um ein Feuer saßen und tranken. Ich fand einen flachen Stein, auf den ich mich setzte und genoss die Wärme des Feuers auf meinem Gesicht und das Geräusch der Brandung in der Dunkelheit.

Erst als ich das dringende Gefühl hatte, beobachtet zu werden, sah ich mich um und versuchte herauszufinden, wer mich ansah. Ein Junge, den ich nicht kannte, lächelte mich an, aber er schien es nicht zu sein. Ich ließ den Blick über den Steilhang schweifen.

Es war mehr als …

Verdammter Mistkerl. Mein Blick war bei Jessie Clark und Marie White gelandet, die praktisch an den Lippen des großen Blonden hingen, der mich beobachtete. Wenn das Chris' Vorstellung von »sich im Hintergrund halten« war, dann wollte ich gar nicht wissen, wie die Alternative dazu ausgesehen hätte.

Bis ich es zu der Böschung geschafft hatte, hatte sich Chris bereits von den beiden Mädchen getrennt und wartete auf mich. Der enttäuschte Ausdruck in den Gesichtern der beiden verwandelte sich in offenes Erstaunen, als sie sahen, weswegen das Objekt ihrer Begierde sich von ihnen abgewandt hatte. Jessie und Marie waren zwei von Faiths Busenfreundinnen, und so war es mir völlig egal, was sie dachten.

»Was machst du hier?«, zischte ich Chris zu. »Wie war das mit dem Abstand halten?«

Unbeeindruckt von meinem Ärger stellte Chris sicher, dass niemand uns hören konnte. »Es gab einige Entwicklungen. Wir haben mehr Leute nach

Portland gebracht, um das Ganze zu untersuchen und wir glauben, es wäre das Beste, hier draußen ein Auge auf dich zu haben.«

Ein Schauder lief mir über den Rücken. »Was für Entwicklungen?«

»Nichts, worüber man bis jetzt viel sagen kann.«

»Also, nachdem es ja offensichtlich etwas mit mir zu tun hat, solltest du mir schon ein wenig mehr verraten«, flüsterte ich scharf. Erwarteten die Mohiri tatsächlich, dass ich mich mit solch fadenscheinigen Erklärungen zufriedengeben würde?

Chris lächelte mir geduldig zu, und ich hatte das Gefühl, dass er sein Temperament besser im Griff hatte als Nikolas. Was wahrscheinlich auch der Grund dafür war, dass er hier war und nicht Nikolas.

»Alles, was ich bis jetzt sagen kann, ist: Wir glauben, dass die Vampire, die dich angegriffen haben, sich verstärkt bemühen, dich zu finden.« Er scannte die Partybesucher mit den Augen, als suchte er sie nach einer potenziellen Bedrohung ab. »Es wäre ratsam für dich, nach Hause zu gehen und die nächsten paar Tage dort zu bleiben.«

Ich blinzelte ihn an. »Ist das dein Ernst? Ich befinde mich mitten in Werwolfterritorium mit zwei meiner Werwolffreunde. Wir haben – außer dir – nichts Ungewöhnliches gesehen oder gehört in den letzten zwei Wochen. Ich denke, ich bin sicher genug hier.«

Ich musste ihm ja nicht sagen, dass ich seit dem Gespräch mit Nikolas am Dienstag das Messer überall mit hin nahm. Auch jetzt trug ich es in der Innentasche meiner Jacke bei mir.

»Nikolas hat gesagt …«

»Das ist auch so eine Sache. Seit wann hat er hier die Hosen an? Ich bin also eine Waise. Gut. Das gibt ihm aber nicht das Recht, mein Leben zu ruinieren.« Ich drehte mich weg. »Und wenn ich Party machen will, dann mache ich Party.«

Ich stürmte davon und sah mich nach Roland und Peter um. Da ich keinen von ihnen entdecken konnte, ging ich auf die Gruppe am Van zu.

Samson trat mir in den Weg, kaum, dass ich nähergekommen war. »Dachte schon, du warst abgehauen. Hast du jetzt Lust auf ein Bier.«

»Absolut.«

»Alles klar.« Er hob den Deckel von einer der Kühlboxen und zog zwei Bier heraus. Er öffnete eines, reichte es mir und ich nahm gleich einen tiefen Schluck. Es war mir egal, was es war. Es war kalt und nass, es schmeckte nach Rebellion und ich war durstig.

Samson grinste mich an. »Langsam, langsam, Schluckspecht.«

Ich rülpste laut und riss schnell die Hand an meinen Mund. »Ups, sorry.«

Er lachte gutgelaunt. »Das passiert, wenn man das Erste zu schnell trinkt.«

Ich lachte laut auf. »Ich trinke eigentlich gar nicht.«

»Witzig, dass du trotzdem mit Roland befreundet bist.«

»Ja, das findet er auch«, sagte ich, während wir uns ein Stück weit entfernten und uns am Rande der Gruppe auf zwei Plastikstühle setzten. Ich bemerkte, dass uns ein paar Mädchen beobachteten, und ihre Gesichter verrieten mir, dass sie nicht glücklich waren, den Drummer mit mir zu sehen. *Was ist das nur mit den Mädchen und den gutaussehenden Jungs? Konnte sich ein Mädchen nicht einmal mit einem Typen unterhalten, ohne dass alle anderen Frauen gleich ihre Krallen ausfuhren?* Nate hatte keine Ahnung, wovon er redete, wenn er mir sagte, ich solle mich wie ein normales Mädchen benehmen.

Samson lehnte sich in meine Richtung, sodass ich ihn auch über den Lärm hinweg hören konnte. »Ich kenne echt kein Mädchen, das auf alte Musik steht. Was genau magst du so?«

»Ich weiß nicht. Das meiste, schätze ich. Nicht die richtig harten Sachen. Ich mag Janis Joplin, die Eagles, Fleetwood Mac, Foreigner, so was eben.«

»Was, nicht die Backstreet Boys und NSYNC?«

Ich zog eine Grimasse. »Hast du mich das gerade ernsthaft gefragt?«

Wir lachten beide. Samson war der typische Rocker, der heiße Drummer mit Groupies und allem, aber er war viel bodenständiger, als ich gedacht hatte. Wir redeten viel über Musik und die verschiedenen Bands, in denen er gespielt hatte. Er erzählte mir, dass Delilah's Crush die erste Band war, die er selbst gegründet hatte und dass er große Hoffnungen in sie setzte. Ich war überrascht, als er mir sagte, dass er nebenbei auch zu Wirtschaftsvorlesungen an der Uni ging. Er meinte, man müsse einen Plan B haben.

»Also, du hast noch nicht viel von dir erzählt«, stellte er fest, nachdem er mit einem weiteren Bier für uns zurückkam.

»Da gibt es nicht viel zu erzählen«, erwiderte ich, griff nach dem Bier und nahm einen großen Schluck. »Ich bin im Abschlussjahr an der katholischen Schule, also nicht besonders spannend. Ich lebe bei meinem Onkel, und anders als du habe ich keine Ahnung, was ich auf dem College machen soll, auch wenn die Studienberaterin mir ununterbrochen sagt, dass ich mich bald bewerben sollte.«

Er hob spöttelnd eine Augenbraue. »Mädchen von der katholischen Schule, hä?«

»Ach was, den Gerüchten solltest du nicht glauben«, gab ich schlagfertig zurück und erntete ein Lachen seinerseits. Ich stimmte mit ein und war mir bewusst, dass ich lange nicht mehr so entspannt gewesen war und schon gar nicht mit einem Typen, der nicht Roland, Peter oder Greg war. Ich hatte schon bemerkt, dass Jungs, wenn man zu lange mit ihnen redete, sich irgendetwas einbildeten. Nun war ich zwar keine Männerexpertin, aber Samson schien ernsthaft nur daran interessiert zu sein, sich mit mir zu unterhalten. Vielleicht war er die Mädchen leid, die sich die ganze Zeit nur an ihn heranschmissen und freute sich über ein bisschen normale Konversation.

Unser Lachen zog die neugierigen Blicke der Leute um uns herum auf sich. Ich erhaschte einen Blick auf Dylan, der mir zuzwinkerte. Ich konnte nicht ausmachen, ob er sich damit auf seinen Kommentar von vorhin bezog oder ob er andeuten wollte, es würde irgendetwas zwischen mir und seinem Drummer laufen.

Ich wandte meine Aufmerksamkeit wieder Samson zu und stellte fest, dass er mich mit einem sanften, beinahe wissenden Ausdruck musterte. Sobald sich unsere Blicke trafen, setzte er wieder sein gutgelauntes Grinsen auf, aber es war zu spät. *Oh, oh*! Da war es wieder. Ich brummte innerlich. *Männer sollten nur mit Bedienungsanleitung ausgeliefert werden*. Einer, die sagte: »Nicht diesen Knopf drücken.«

Mein erster Impuls war, eine höfliche Ausrede zu erfinden, um auf nette Art zu verschwinden. Dann aber dachte ich: *Warum?* Ich mochte Samson und er schien ein toller Kerl zu sein, wir lachten viel und er hatte nichts Unpassendes versucht. Er hatte mich nicht einmal zum Trinken gedrängt, wie es viele andere Kerle getan hätten. Und es gab nichts, wovor ich Angst haben musste. Ich war hier mit Roland und Peter *und* einem Mohiri Bodyguard.

Samson musste meine widerstrebenden Gefühle bemerkt haben, denn er stand auf und sagte: »Komm, wir sollten nicht den ganzen Abend so abseits sitzen. Die Leute halten uns noch für Mauerblümchen.«

»Das geht auf keinen Fall. Ich würde mir mein Image ruinieren.«

»Verdammt richtig.« Er nahm meine Hand und zog mich hoch. Eine Sekunde lang schien sich die Welt zu drehen und auf einmal erinnerte ich mich wieder daran, warum ich für gewöhnlich nicht trank. Nur zwei Bier und ich war schon beschwipst.

Samson hielt mich fest. »Woah, du bist ja ein Leichtgewicht.«

Mein finsterer Blick sorgte nur dafür, dass er lachte. »Weißt du, was am besten dagegen hilft?«, fragte er, woraufhin ich den Kopf schüttelte. Er zog mich zu einer Gruppe Leute, die auf der anderen Seite des Vans tanzten. Ich wollte mich wehren, Tanzen war nicht so meins, aber er ließ sich nicht abwimmeln. Schon bald stellte ich fest, dass er nicht viel besser tanzte als ich, sich davon aber nicht entmutigen ließ. Also tanzte ich in der Menge mit und konnte es sogar genießen. Zunächst tanzten wir zu zwei schnellen Songs, dann folgte ein langsameres Lied. Samson trat ein wenig zurück und sah mich fragend an. Ich zuckte mit den Achseln. *Was soll's*?

Er war um einiges größer als ich und so reichte mein Kopf ihm gerade einmal bis zur Schulter. Zuerst fühlte es sich seltsam an, so eng mit ihm zu tanzen, aber dann machte er ein paar Drehungen und begann, sich albern zu bewegen. Bis der Song zu Ende war, hatte ich rote Wangen und lachte aus voller Kehle. Konnte es tatsächlich sein, dass ich mich auf einer Party amüsierte … mit einem Kerl?

Was war nur über mich gekommen?

Plötzlich jedoch machte sich ein nerviges Gefühl in meinem Kopf breit und ich wusste, dass ein Mohiri in der Nähe war. Mit zusammengepressten Lippen sah ich mich nach Chris um. Was hatte er nun wieder für ein Problem? War mit einem Jungen zu tanzen, jetzt schon ein Sicherheitsrisiko? Wenn ich ihn gefunden hatte, dann würde ich ihn wissen lassen, wie gruselig es war, die ganze Zeit beobachtet zu werden.

Mein Beschützer stand vor dem Leuchtturm, die Arme verschränkt, das Gesicht verschlossen. Als ich mich ihm zuwandte, bewegte er sich leicht und ich sah seine markanten Kieferknochen und diesen stürmischen Blick, den er offenbar exklusiv für mich reserviert hatte.

Was für ein glückliches Mädchen ich doch war.

Kapitel 9

ICH entfernte mich von Samson und lief in die entgegengesetzte Richtung.

»Alles okay bei dir?«, fragte er hinter mir.

Ich verlangsamte meine Schritte und ließ ihn zu mir aufschließen. Es war nicht seine Schuld, dass ich von zwei herrischen Dämonenkriegern gestalkt wurde. Die Absurdität dieses Gedankens hätte mich beinahe laut auflachen lassen. Stattdessen lächelte ich nur. »Alles bestens, ich bin nur ein wenig durstig.«

»Willst du noch ein Bier?«, fragte er und blieb an einer der großen Kühlboxen stehen.

»Wasser, wenn du eines hast. Oder irgendeinen Softdrink.«

Er sah in der Box nach. »Nichts hier, aber ich habe was im Van. Bin gleich wieder da.«

Ich wusste, dass Nikolas hinter mir stand. Schnell drehte ich mich zu ihm, um ihn zu konfrontieren, noch bevor er etwas sagen konnte. »Was machst du hier?«

Nikolas musterte mit grüblerischem Blick mein gerötetes Gesicht und sah dann zum Van und wieder zurück. »Ganz offensichtlich beschütze ich dich vor dir selbst. Bist du betrunken?«

Ich versteifte mich. »Nein, ich bin nicht betrunken. Und selbst wenn ich es wäre, ginge dich das nichts an.«

Er zuckte nicht einmal mit der Wimper. »Du gehst mich etwas an. Ob es dir gefällt oder nicht, du bist eine von uns und wir beschützen unsereins.«

Zorn brandete in mir auf. »Zuallererst mal: Was ich mache, geht niemanden etwas an, und ich gehöre nicht zu dir oder deinen Leuten oder zu irgendjemanden sonst. Deine rechthaberische Art mag ja bei den kleinen Kindern ganz gut ankommen, aber die Masche zieht nicht bei mir. Und wenn ich mit meinen Freunden feiern will oder trinken oder sonst irgendetwas, dann werde ich das auch tun.«

Ich hatte keinen Schimmer, warum ich eine solche Tirade von mir gab. Nikolas hatte etwas an sich, das all meine Alarmglocken schrillen ließ. Vielleicht nahm ich es ihm übel, dass er mein Leben auf den Kopf gestellt hatte. Oder er erinnerte mich daran, wie schwach ich in dieser Welt da draußen wirklich war. Möglicherweise lag es auch an mir und gar nicht so sehr an ihm.

Ich wirbelte davon, stolperte aber, und sofort schoss seine Hand wie aus dem Nichts hervor, um mich zu halten. »Du *bist* betrunken.«

Ich hatte mich getäuscht. Es war *alles* seine Schuld.

»Alles okay hier?«, fragte Samson.

Ich versuchte, ein möglichst unbeteiligtes Gesicht aufzusetzen, als ich ihn ansah. »Alles fein. Mein … Cousin hat sich Sorgen gemacht, ich könnte zu viel trinken. Er ist viel älter als ich und ein bisschen verklemmt.«

Nikolas riss die Augenbrauen hoch, und Samson schien nicht überzeugt. »Cousin, hä?«

»Entfernter Cousin, praktisch nicht verwandt.«

Klang Nikolas' Stimme etwa herausfordernd? Gott, das hatte mir gerade noch gefehlt, jetzt in einen Testosteronwettbewerb zu geraten.

Samson sah von mir zu Nikolas. »Hör mal, wenn da zwischen euch irgendwas läuft, ich …«

Mein Lachen war mehr ein Schnauben. »Im ganzen Leben nicht.« Ich sah zu Samson und ignorierte Nikolas geflissentlich. »Ich denke, ich schau mal, wo Roland steckt. Vielleicht sehen wir uns später noch.«

Ich glaubte, seit meinem fünften Lebensjahr nicht mehr so davongestürmt zu sein wie jetzt. In Nikolas' Gegenwart schien ich ständig einen Trotzanfall zu bekommen. Wie konnte eine einzelne Person nur so nervtötend sein? Andererseits konnte man in ein paar hundert Jahren ja auch ordentlich Erfahrung darin sammeln, anderen Menschen auf den Geist zu gehen.

Ich entdeckte Roland bei Dylan und ein paar weiteren Kerlen, aber ich hatte keine Lust auf ihre Gesellschaft, und so machte ich mich erneut auf zum Strand und suchte mir einen Platz nahe am Feuer. Jemand hatte eine Gitarre mitgebracht und spielte einen Rocksong, während alle anderen miteinander redeten. Ich sah ins Feuer, zufrieden damit, still zu sein und dem Gitarristen zuzuhören.

Warum musste er auch auftauchen und alles verderben? Da amüsierte ich mich einmal, hatte zum ersten Mal seit Wochen Spaß, und dann kam er daher, arrogant, selbstgefällig und überheblich und erinnerte mich daran, wie kaputt mein Leben war. Alles, was ich wollte, war die letzten

Wochen hinter mir zu lassen, und für eine kurze Zeit war mir das mit Samson auch gelungen. Wenn Nikolas und Chris mir schon folgen mussten, konnten sie das nicht ein wenig unauffälliger tun? Schließlich blieb keiner von ihnen hier oder irgendwo anders unbemerkt und mir war auch klar, welche Aufmerksamkeit ich auf mich zog, wenn die beiden bei mir waren. Ich hielt mich gerne im Hintergrund und ich hasste es, wenn ich angestarrt wurde. Wie ich all das hier hasste!

Hinter mir nahm ich Schritte wahr, aber ich musste nicht aufsehen, um zu wissen, dass es keiner meiner selbsternannten Beschützer war. Die Mädchen, die aus den Dünen herabstiegen, kreischten und trampelten, als würden sie sich einen Berg hinabrollen.

»Ich verstehe es nicht. Was ist denn mit der los?«, jammerte Jessie Clark. »Hast du gesehen, wie Samson sich praktisch auf sie geschmissen hat? Samson … der ein Mädchen doch sonst noch nicht einmal ansieht, wenn es nicht aufs College geht!«

»Ich weiß«, unterbrach sie Marie. »Ich habe versucht, mich mit dem heißen dunkelhaarigen Typen zu unterhalten, aber der hat sie wie ein Adler beobachtet. Ich dachte, er und Samson würden sich gleich um sie prügeln.«

Meine Ohren glühten und ich war erleichtert, dass niemand sehen konnte, wie mir die Röte in die Wangen kroch. Ich hatte keinen Zweifel daran, dass sie über mich sprachen.

»Ich glaube, sie schminkt sich noch nicht einmal«, erklärte Jessie, als wäre es ein kapitales Verbrechen, ohne Eyeliner das Haus zu verlassen. Dabei hatte ich Mascara und Lipgloss aufgetragen. Zählte das etwa nicht?

Faith kicherte. »Na, was erwartest du denn? Sie hängt nur mit Jungs rum. Vielleicht bekommen sie was von ihr, das wir nicht wissen.«

»Glaubst du, sie ist so eine?«, fragte Marie eifrig.

»Wer weiß das schon bei der«, erwiderte Faith. »Also, wenn du mich fragst …?«

Den Rest ihres Kommentars konnte ich nicht mehr hören, denn sie gingen an mir vorbei, ohne mich überhaupt zu bemerken. Ich ballte die Hände in meinem Schoß zu Fäusten und war froh, das Gespräch der drei Mädchen unbemerkt mitgehört zu haben.

Ich hatte keine Freude mehr an der Party und hätte mich am liebsten allein irgendwo verkrochen, bis wir nach Hause gingen. Ich stand auf und lief ein paar Meter den Strand hinab, zu einer Stelle, an der ich allein sein konnte, das Lagerfeuer aber immer noch in Sichtweite war. Es war kühler geworden und es fröstelte mich abseits der wärmenden Flammen. Ich zog meine Jacke enger um die Schultern und drückte die Knie an die Brust. So nahe am Wasser übertönten die Wellen die Stimmen und Klänge der Musik und so fühlte ich mich, als wäre ich allein hier.

Ich hob einen Stein auf und warf ihn ins Wasser. *Das ist ihre Schuld.* Ich konnte nicht einmal vorgeben, ein normaler Teenager zu sein, ohne dass einer der beiden alles verdarb.

Etwas regte sich in meinem Geist und ich musste mich mit Mühe davon abhalten, frustriert aufzuschreien. War es schon zu viel verlangt, fünf Minuten für sich zu haben?

»Bitte geh weg«, sagte ich, ohne aufzusehen. »Ich verspreche, keinen Spaß zu haben und auch nicht betrunken, wie ich bin, ins Meer zu stürzen, wenn du mich endlich allein lässt.«

Er setzte sich neben mich und ich ignorierte den warmen Arm, der meinen berührte. Die Stille streckte sich zwischen uns. Ich wollte nicht schon wieder mit ihm streiten, also schwieg ich und wartete darauf, dass er etwas sagte.

»Ich habe gehört, dass manchen Waisen der Übergang in ihr Mohirileben leicht fällt, andere dagegen kämpfen mit der Anpassung. Irgendwann aber lieben alle unsere Art zu leben.«

Ich starrte auf das schwarze Wasser. »Vielleicht weil ihr Leben zuvor einfach nicht besonders schön war. Es muss sich doch ziemlich scheiße anfühlen, ein kleines Kind zu sein, in dessen Kopf ein Dämon Chaos anrichtet. Aber ich bin nicht wie sie.«

»Nein, das bist du nicht.«

»Warum?«

Es dauerte eine Weile, bis er antwortete. »Du bist sehr stark. Ich meine nicht körperlich. Wie ich dir schon gesagt habe, hast du eine außergewöhnlich gute Kontrolle über deinen Mori, er hat fast keine Chance gegen dich.«

»Du scheinst auch keine Probleme mit deinem zu haben«, sagte ich.

Nikolas gluckste. »Ich hatte viele Jahre Zeit, mir Kontrolle anzutrainieren, und dennoch bin ich nicht so gut darin wie du.«

»Oh.« Ich dachte ein wenig darüber nach. »Aber du hast ihn im Griff, oder nicht? Du verwandelst dich nicht in Frankenstein und fällst über mich her? Ich hatte genug Verrücktheiten für ein ganzes Jahr.«

Sein Lachen war herzlich und warm und trotz meiner schlechten Laune fühlte ich, wie ein Lächeln an meinen Mundwinkeln zog. Wie gelang es ihm, mich von einer Minute zur anderen erst in den Wahnsinn zu treiben und dann zum Lachen zu bringen?

»Ich glaube nicht, dass du dir Sorgen machen musst«, sagte er gelassen.

Ich seufzte und sah zu ihm, konnte in der Dunkelheit aber sein Gesicht nicht sehen.

»Wie lange geht das noch so weiter? Ich will doch einfach nur ein normales Leben.«

»Sara …«

»Ich weiß, was du sagen wirst. Wie normal kann man schon sein, wenn man unsterblich ist und alle anderen nicht? Warum kann ich nicht wenigstens jetzt ein wenig Leichtigkeit haben, bis ich gehen muss?«

Nun war es an ihm, zu seufzen. »Das wäre möglich gewesen, bis der Vampir deine Spur aufgenommen hat. Du weißt nicht, wie sie sind. Wenn einer von ihnen etwas haben möchte, dann ist er wie ein Raubtier, das seine Beute umzingelt. Und du bist ihm entwischt.«

Ich schauderte bei dem Gedanken, wie ein Reh gejagt zu werden. »Die Werwölfe glauben nicht, dass die Vampire ihr Territorium betreten.«

»Ich hoffe, sie haben recht, und ich wünschte, ich könnte dir sagen, dass all das irgendwann endet, aber ich möchte dich nicht belügen. Ich glaube, dass du hier in Gefahr bist, und ich werde dich beschützen, solange diese Bedrohung existiert.«

Und damit stehen wir wieder am Anfang. Ich warf einen weiteren Stein ins Wasser und rappelte mich auf. »Tu mir bitte nur einen Gefallen und verhalte dich nicht so, als wäre jeder hier darauf aus, mir etwas anzutun. Es ist doch wohl möglich, dass jemand mich einfach so mag, wie ich bin.«

»*Ya znayu*«, murmelte er sanft, während er an mir vorbeiging.

Ich verlangsamte meine Schritte. »Hast du etwas gesagt?«

Er sagte: »Ganz bestimmt sogar.«

* * *

»Zu schade, dass die Party ins Wasser gefallen ist«, motzte Roland, lehnte sich zurück und streckte seine Beine, so weit er konnte. »Wo es doch gerade gut geworden ist.«

»Wenigstens hattet ihr beide ein paar Drinks«, nörgelte Peter und konzentrierte sich auf die nasse Straße vor sich.

Roland stupste mich mit seinem Ellbogen an. »Das stimmt. Sag mal, kann es sein, dass sogar du etwas getrunken hast?«

»Ich hab auch früher schon mal ein Bier getrunken. Ich bin keine Heilige oder so.«

Von beiden Seiten hörte ich es kichern und Roland lehnte sich in meine Richtung. »Wenn es nach Samson geht, bist du ein Engel. Was hast du mit dem Kerl gemacht? Er hat sich den ganzen Abend wie ein liebeskranker Irrer aufgeführt.«

Mein Gesicht wurde heiß und ich stieß Roland mit der Schulter beiseite. »Ich habe gar nichts mit ihm gemacht. Ich meine, wir haben uns über Musik und so unterhalten, das war alles.«

»Das muss ganz schön viel ›und so‹ gewesen sein«, neckte Peter.

»Warum? Er glaubt doch nicht, dass ich mich an ihn rangemacht habe, oder?« Ich mochte Samson und ich konnte mich besser mit ihm unterhalten als mit den meisten anderen Jungs, aber ich hatte nicht vorgehabt, ihn anzumachen. Ich gebe zu, dass da vielleicht ein wenig Interesse meinerseits gewesen war, aber Flirten war eines der letzten Dinge, die ich heute Nacht im Kopf gehabt hatte.

Roland gluckste. »Nein, und deswegen hast du ihm wahrscheinlich erst recht gefallen. Samson ist es gewohnt, dass die Mädels sich ihm an den Hals werfen. Er hat gesagt, er hat noch nie ein Mädchen getroffen, dass so ›echt‹ ist. Seine Worte.«

»Oh Gott«, ich bedeckte mein Gesicht mit meinen Händen.

»Hey, sieh es doch mal positiv. Wir kommen jetzt alle umsonst in ihre Konzerte.«

Ich stieß Roland hart mit dem Ellbogen in die Rippen. »Halt die Klappe!«, rief ich und musste lachen dabei.

»Und wenn er mal richtig berühmt wird, hast du schon mal deine eigenen Bodyguards«, spottete Peter und meine Laune verdüsterte sich augenblicklich beim Gedanken an meine Mohirischatten. Ich frage mich, wohin sie verschwunden waren. Chris war wie vom Erdboden verschluckt, nachdem Nikolas aufgetaucht war, und nach unserem Gespräch am Strand hatte ich auch Nikolas nur noch sporadisch gesehen. Und doch hatte ich gewusst, dass er sich irgendwo im Hintergrund aufhielt, um mir ein wenig Raum zu lassen. Hinter uns fuhr kein anderer Wagen, also hatte er hoffentlich begriffen, dass ich hier in Sicherheit war.

»Wo fahren wir eigentlich hin?«, fragte ich, als ich bemerkte, dass wir nicht auf dem Weg zu meinem Zuhause waren.

»Aaaaalsooo«, antwortete Roland langsam. »Nachdem Dylans Party so kurz war, dachten wir, wir schauen noch mal bei Dell vorbei. Es ist ja noch nicht spät und …«

Der Truck begann plötzlich heftig zu schaukeln und das Heck drohte seitwärts auf dem nassen Untergrund auszubrechen. Peter fluchte und packte das Lenkrad fester, während er die Geschwindigkeit drosselte und das Auto langsam an den Seitenstreifen lenkte.

»Was war das?«, rief ich atemlos.

»Fühlt sich an, als wäre ein Reifen geplatzt.« Roland sprang hinaus in den Regen und rannte einmal um den Wagen herum, bevor er wieder ins Innere kletterte. »Ja, der Reifen ist zerfetzt«, brummte er und deutete auf den Regen, der wie Steinschläge auf die Karosserie donnerte. »Jemand gönnt uns heute Abend wirklich keinen Spaß.«

»Hast du ein Ersatzrad?«, wollte ich wissen, woraufhin er nickte. »Vielleicht sollten wir warten, bis der Regen ein wenig nachlässt. Wenn du den Reifen so wechselst, bist du sofort pitschnass.«

Wir warteten zehn Minuten, dann öffnete Roland die Tür. »Sieht so aus, als würde es nicht mehr aufhören. Kommst du, Pete?«

Sie warfen ihre Handys aufs Armaturenbrett und sprangen aus dem Truck. Ich rutschte rüber, um Roland zu folgen, aber er hob eine Hand. »Es reicht, wenn wir nass werden.«

Ein paar Minuten später öffnete er die Beifahrertür erneut und sagte stirnrunzelnd: »Wir haben das Ersatzrad gefunden, aber kein Radkreuz.«

»Nicht dein Ernst«, sagte ich, als er vor Wasser triefend wieder hereinkletterte.

»Wir sind auf der Fell Road, keine halbe Meile von der Kreuzung entfernt«, erklärte Peter. »Ich könnte schnell nach Hause rennen und das Auto meiner Mutter holen.«

Ich sah hinaus auf die dunkle Straße, die hinter einem dicken Vorhang aus Regen verborgen war. »Es ist kalt und du wirst völlig durchnässt ankommen. Können wir nicht irgendjemanden anrufen?«

Er schüttelte den Kopf. »Dad, Onkel Brendan und Mom sind in Portland und Tante Judith arbeitet.« Er öffnete die Tür. »Mach dir keine Sorgen. Ich bin sowieso schon total nass, da macht ein bisschen mehr Regen jetzt auch keinen Unterschied mehr.«

»Sei vorsichtig«, rief ich ihm nach. Er reckte die Daumen in die Höhe und machte sich dann auf den Weg die Straße hinunter. Innerhalb kürzester Zeit hatte die Dunkelheit ihn verschluckt.

Roland griff nach vorn und stellte den Warnblinker an, für den Fall, dass jemand die Straße entlang kam. Ich lehnte mich zurück, und so saßen wir still da und hörten dem Regen zu, der auf Scheibe und Motorhaube prasselte.

Roland weckte mich aus meinem Halbschlaf. »Es ist schon eine halbe Stunde vergangen. Peter sollte längst wieder hier sein oder zumindest angerufen haben.« Er nahm sein Handy und wählte Peters Nummer, aber dessen Telefon vibrierte auf dem Armaturenbrett. Roland fluchte.

»Vielleicht wurde er aufgehalten. Gib ihm noch ein paar Minuten.« Zwei Wochen zuvor hätte ich mir noch Sorgen um Peter gemacht, aber nun wusste ich, was er war. Ich bezweifelte stark, dass es irgendetwas da draußen gab, das einem Werwolf gefährlich werden konnte.

Weitere fünf Minuten vergingen, bis Roland die Tür öffnete und Peters Namen mehrere Male laut brüllte. Wir stiegen beide aus und standen im Regen, der sich zu einem starken Nieseln abgeschwächt hatte. »Peter?«, rief ich so laut ich konnte.

»Warte! Hast du das gehört?«, sagte Roland mit gedämpfter Stimme. Er hob eine Hand. »Ich glaube, da war was.«

Ich strengte mich an, aber alles, was ich vernahm, war das Tropfen des Regens von den Bäumen. Rolands Werwolfohren waren besser als meine, also wartete ich, dass er etwas sagte.

»Da, von dort«, meinte er und zeigte auf den Weg, den Peter entlanggegangen war. »Pete?«, rief er und rannte mit mir im Schlepptau die Straße hinab. Der kalte Regen presste meine Haare glatt an meinen Kopf und durchweichte meinen Trenchcoat, aber alles, woran ich denke konnte, war, dass wir Peter finden mussten. Dann hörte ich es, nur zart, aber unmissverständlich. Peter rief von irgendwo vor uns: »Hilfe!«

»Roland, ich habe ihn gehört«, schrie ich. »Peter, wo bist du?«

»Hilfe!«, rief Peter erneut, dieses Mal näher, aus Richtung des Waldes, rechts von der Straße.

Was zur Hölle machte er dort? Ich duckte mich durchs Geäst, schon zu nass, um mir noch über die kalten Tropfen, die von den Ästen über mir platschten, Gedanken zu machen.

Unter dem Blätterdach war es beinahe schwarz vor Dunkelheit, also zog ich mein Handy aus der Tasche und leuchtete damit. Es war nicht besonders hell, aber so konnte ich wenigstens ein paar Zentimeter weit sehen.

»Peter, wo bist du?«, rief ich wieder und als er antwortete, klang es, als wäre er nicht mehr weit entfernt.

»Sara, warte!« Roland kreischte wie ein Wahnsinniger hinter mir. »Das ist nicht … Fuck!«, fluchte er, während er stolperte und ins Gebüsch fiel. »Sara, halt!«

Aber ich war schon fast dort. Ich stürzte nach vorn, brach durch das Gestrüpp der Bäume hindurch bis zu einer breiten Lichtung. Ich konzentrierte mich, aber alles, was ich ausmachen konnte, war eine dunkle Gestalt am Boden. »Peter!«, schrie ich verzweifelt und eilte auf ihn zu.

Eine starke Hand zog mich am Handgelenk und riss mich zurück. »Was zur Hölle, Roland!«, brüllte ich verärgert. »Was machst du? Peter ist verletzt.«

»Das ist nicht Pete«, flüsterte er eindringlich und zog mich den Weg zurück, den wir gekommen waren. Ich brauchte ganze fünf Sekunden, bis ich begriff, was er gesagt hatte und die Angst in seiner Stimme wahrnahm.

»Na… natürlich ist er es«, stammelte ich und versuchte, mich loszureißen. »Ich habe ihn doch gehört.«

»Ich auch«, sagte er heiser. »Aber es ist nicht …«

Hinter uns konnte ich etwas rascheln hören und sah über meine Schulter hinweg die Gestalt sich vom Boden erheben. Sie stand auf vier Beinen, riesig, schwarz und erinnerte in keiner Weise an den Teenagerjungen, den ich kannte. Ich konnte nur die Umrisse des Wesens erkennen und ein paar glühende Augen, die Augen eines Raubtieres, und dickes Fell, das seinen Körper bedeckte. Mir stockte der Atem. Nichts hatte mich auf den Horror vorbereitet, der mich durchfuhr, als die Kreatur ihren Mund öffnete. »Helft mir, bitte helft mir«, sagte er mit Peters Stimme, gefolgt von einem eisigen, hämischen Lachen, das mir die Nackenhaare sträubte.

»Was ist …?« Die Worte erstarben auf meinen Lippen, als sich das Geäst am anderen Ende der Lichtung bewegte und eine zweite Gestalt erschien. Ich stand wie erstarrt und sah mit zunehmendem Schrecken, wie das Wesen uns mehrere Sekunden lang musterte und dann sagte: »Peter, wo bist du?« Eine perfekte Imitation meiner Stimme.

Im nächsten Augenblick fand ich mich auf Rolands Schultern wieder. Wir rasten durch den Wald und ich versuchte verzweifelt, die Äste aus dem Weg zu schlagen, die mich von allen Seiten peitschten. *Was war das?*, wollte ich schreien, aber das einzige Geräusch, das ich hervorbrachte, war ein gelegentliches »Uff«, wenn ich hart auf Rolands Schulter aufschlug. *Peter, oh Gott, Peter!*

Dieses Ding da hatte seine Stimme.

Ich konnte Rolands Angst spüren, während er den Wald in langen Schritten durchquerte. Seine Furcht füllte meine Nasenflügel und bahnte sich ihren Weg durch meinen Kopf wie eine elektrische Leitung. Ein neuer, schrecklicher Gedanke packte mich. Was zur Hölle jagte einem Werwolf solche Angst ein?

Hinter uns erschallte ein schrilles Kichern, gefolgt von einem zweiten. Dann erklang von der anderen Seite ein antwortendes Lachen und von weiter entfernt ein viertes, das rasch näher kam. Vier von ihnen!

Sie umkreisten uns.

Sie jagten uns.

Wir erreichten den Waldrand und Roland warf mich förmlich von seiner Schulter. »Lauf, Sara. Lauf zum Wagen«, brüllte er mich an, während ich der unsanften Landung wegen noch vor mich hin stolperte.

»Was ist mit dir?«

»Ich werde mich verwandeln. Lauf zum Auto.«

Die Äste streiften meine Arme wie Peitschenhiebe und trieben mich an. Ich hörte Stoff reißen, einen Schlag und dann ein wildes, inbrünstiges Heulen, das mein Herz beinahe zum Stehen brachte. *Es ist nur Roland*, redete ich mir selbst Mut zu und schlidderte die nasse Straße entlang, auf die Lichter zu, die ein paar hundert Meter weiter wie ein Signalfeuer leuchteten.

Das Grollen wurde zu einem Brüllen, als zwei Körper mit Wucht zusammenprallten, sich wieder und wieder im Unterholz mit lautem Fauchen und Bellen aufeinander stürzten. *Roland!* Ich zerbrach mir den Kopf darüber, was ich tun könnte und war doch zu schwach, um etwas anderes zu unternehmen, als davonzulaufen. Sie waren weit in der Überzahl und ich hatte keine Ahnung, was das da draußen war oder wie stark die Kreaturen waren. *Bitte, halte durch*, bettelte ich inständig und wischte mir eine Strähne nassen Haares aus der Stirn, die mir die Sicht erschwerte.

Hinter mir polterte es, gefolgt von einem lauten, kratzenden Geräusch. Ich wagte einen Blick über meine Schulter und wäre beim Anblick der schwarzen Gestalt hinter mir auf der Straße beinahe gestolpert. Seine Klauen kratzten auf dem Asphalt, während er wie ein Löwe auf Beutefang direkt auf mich zusteuerte. Ich schrie, woraufhin mein Verfolger ein Lachen zum Besten gab, das so menschlich klang, dass mir das Herz zentnerschwer in die Hosentasche rutschte.

Die Lichter des Trucks blendeten mich und doch eilte ich unbeirrt auf sie zu. Der Fahrerraum war hell erleuchtet und die Tür stand offen, so wie Roland den Wagen verlassen hatte, bevor wir uns auf die Suche nach Peter gemacht hatten. Ich war jetzt so nah – weniger als sechs Meter.

Vier Meter. Das Monster knurrte wütend und beschleunigte sein Tempo.

Zwei Meter. Ich konnte das Knirschen seiner Zähne hören, während sich der Abstand zwischen uns verringerte.

Ein Meter. Ich rutschte in das Lichtbanner der Scheinwerfer, griff nach der Tür. Griff daneben.

Ich wirbelte herum und sah das Monster, das sich auf mich stürzen wollte, zum ersten Mal wirklich deutlich. Ein riesiger Kopf mit runden Ohren, ein breiter, grinsender Mund, ein dicker Hals mit Mähne, ein buckeliger Rücken und kraftvolle Beine mit klauenartigen Füßen. Es erinnerte mich an eine Hyäne, war aber so groß wie ein Büffel.

Ich streckte mich zitternd wieder nach der Tür und warf mich ins Innere des Wagens. Mein Arm verfing sich im Gurt und so verlor ich wichtige Sekunden, in denen ich mich befreien musste, bis ich die Tür zu fassen bekam. Durch die Windschutzscheibe sah ich, wie das Vieh sich nur eine Sekunde, nachdem es mir gelungen war, die Tür zu schließen, auf den Truck schmiss. Die Kreatur bellte zornig und flog an der Tür vorbei.

Ich hatte kaum Zeit, Luft zu holen, denn schon wurde der Truck gefährlich geschüttelt und etwas landete mit dem ohrenbetäubenden schrillen Kratzen von Klauen auf Metall auf der Motorhaube. Die Karosserie gab unter dem Gewicht nach und ich sah die tiefen Kratzer im Lack, dort, wo die zentimeterlangen Krallen des Monsters Halt gefunden hatten. *So hätte es mir ergehen können*, realisierte ich und kämpfte gegen die Angst an, die mich zu ersticken drohte. *Hör auf!* Ich musste bei Verstand bleiben, wenn ich hier lebend herauskommen wollte.

Das hyänenartige Ding drehte sich um und musterte mich durch die regennasse Scheibe, als wäre ich ein Insekt unter der Lupe. Es lehnte sich nach vorn, sodass sein Gesicht das Glas berührte und sein heißer Atem die Scheibe vernebelte. Seine schwarzen Augen blieben dabei fest auf mein Gesicht geheftet. Der Mund öffnete sich und ich schnappte beim Anblick der doppelten Reihe spitzer Zähne heftig nach Luft. Dieser kraftvolle Kiefer war stark genug, um Fleisch und Knochen zu durchbeißen. *Wenn das Ding hier reinkommt, bin ich tot.*

Ich sah mich verzweifelt um und dann fiel mein Blick auf die Schlüssel, die nutzlos am Zündschloss baumelten. Ein hysterisches Kichern entwich meiner Kehle, als ich daran dachte, wie viele Male ich Roland gebeten hatte, mir das Fahren beizubringen. Selbst mit einem geplatzten Reifen hätte ich es bis zu den Kuppen geschafft und Hilfe holen können.

Wähl den Notruf, sagte mein Verstand. Ich fummelte nach meinem Handy und erinnerte mich entmutigt daran, dass ich es irgendwo in den Wäldern verloren haben musste. »Verdammt, gib mir eine Pause, ich muss nachdenken.«

Dann entdeckte ich Peters Handy auf dem Armaturenbrett. Ich beugte mich vor, aber erstarrte mitten in der Bewegung, als ich sah, wie die Augen des Monsters mich verfolgten und es drohte, bei der geringsten Provokation das Glas zu durchbrechen. Von einem seiner gigantischen Fangzähne tropfte Speichel und spritzte auf die Scheibe. *Nicht bewegen, nicht bewegen*, befahl ich mir selbst.

Mein Magen drehte sich schmerzhaft. Roland und Peter waren da draußen, kämpften um ihr Leben, und ich war nur wenige Zentimeter von einem Handy entfernt, mit dem ich Hilfe rufen konnte. Sie könnten verletzt oder gar getötet werden, während ich hier wie ein Feigling herumsaß. Damit würde ich nicht leben können. Die Vorstellung, einen von ihnen zu verlieren, sorgte dafür, dass ich aus meiner Starre erwachte. Entschlossen griff ich nach dem Telefon. Das Hyänentier bemerkte meine Absicht, grinste mich erneut an und fokussierte mich mit messerscharfem Verstand. Dann schaute es auf das Dach des Trucks … und sprang.

Kapitel 10

DIE Kreatur krachte aufs Dach und mit Entsetzen sah ich zu, wie vier Klauen durch das Metall stießen und mit tödlicher Absicht das Dach wie einen Dosenöffner aufschlitzten. Mein Verstand setzte aus, weigerte sich, zu funktionieren. Alles fühlte sich so an, als geschähe es in Zeitlupe. Das Monster bewegte sich langsam, absichtlich, so als wäre es sich seines Opfers sehr sicher. In einigen wenigen Sekunden wäre es in der Lage, ins Innere des Wagens zu greifen und dann …

Beweg dich, schrie ein Teil von mir. Ich presste meinen Körper flach gegen den Sitz und suchte nach irgendetwas, das ich als Waffe verwenden konnte. Ich würde mich nicht kampflos ergeben.

Etwas drückte sich in meine rechte Seite, dort, wo ich mich gegen den Sitz lehnte. *Das Messer.*

Ich verlagerte mein Gewicht, griff in meinen Mantel und schloss die Finger um die Lederhülle. Mit einem schweren Seufzer zog ich das Messer aus der Scheide, hielt es fest und bereitete mich darauf vor, dem Monster über mir entgegenzutreten. Das polierte Silber glänzte gefährlich, und beinahe hätte ich über die Absurdität der Situation gelacht. Ich hatte Nikolas gesagt, ich sei keine Kriegerin, und nun würde ich mit einer Kriegerwaffe in der Hand sterben.

Das Metall knirschte, das Loch im Dach wurde größer. Eine monströse Pfote streckte sich durch die Öffnung und rasiermesserscharfe Klauen richteten sich direkt auf meine Brust. Wie eine Katze, die eine Maus fing.

Für den Bruchteil einer Sekunde schien mich die Angst zu lähmen. Dann aber fühlte ich, wie sich etwas in mir regte und ich Kraft schöpfte. Mit lautem Wehklagen stach ich in die Pfote. Das scharfe Messer schnitt mit ekelerregender Leichtigkeit durch Pelz und Gewebe. Mir würde übel, als heißes Blut über mein Gesicht und meine Hände spritzte. Der kupferartige Geruch in meiner Nase ließ mich würgen.

Das Hyänenvieh heulte schmerzerfüllt und sehr menschlich auf und zog seine verletzte Pfote zurück. Doch es war keine Zeit, sich darüber zu freuen, denn das Vieh streckte bereits die andere Kralle durch das Loch. Noch mehr Blut besudelte mich, während ich auf die Gliedmaßen einstach, im verzweifelten Versuch, diesen Klauen zu entkommen. Ein weiteres Mal durchschnitt ein spitzer Schrei die Luft, dann zog es die Pfote weg und ein Hauch von rauchigem Dunst blieb zurück.

Silber verbrennt sie.

Ich spürte, wie die Kraft in mir zunahm und wappnete mich für einen weiteren Angriff. Durch die Öffnung im Dach sah ich, wie das Monster sich duckte, jammerte und mich mit unverhohlenem Hass ansah, während es über seinen nächsten Schritt nachdachte. »Jetzt bist du nicht mehr so selbstsicher, was?«, schrie ich und erwiderte seinen dunklen Blick. Seine Augen verengten sich, als könnte er mich verstehen. Sofort wünschte ich mir, meinen Mund gehalten zu haben, denn nun näherte sich die Kreatur erneut.

Etwas prallte mit der Gewalt einer Abrissbirne auf die Beifahrertür. Die Wucht des Schlages warf mich in die Luft und mein Kopf schlug brutal auf dem Lenkrad auf. Es genügte nicht, um mich bewusstlos zu machen, aber ich verlor das Messer. Außerdem brachte der grobe Aufprall die Kreatur aus dem Gleichgewicht. Ich drehte mich schnell auf den Bauch und suchte verzweifelt nach dem Messer, das hinter dem Bremspedal eingeklemmt war.

»Aaargh!« Der Schrei entwich meiner Kehle, als sich ein feuriger Schmerz auf meinem Rücken ausbreitete. Die Pein war so groß, dass sie mir die Luft raubte und mich für ein paar Sekunden ohnmächtig machte.

Ich konnte nicht mehr denken, plötzlich übernahmen niedere Instinkte das Kommando und sorgten dafür, dass ich mich umdrehte und das wiedergewonnene Messer tief in die Pfote stieß, die mit meinem Blut durchtränkt war. Die Kreatur brüllte laut auf und holte erneut aus. Dieses Mal schoss unerträglicher Schmerz durch meinen linken Arm. Meine rechte Hand zitterte, während ich den Angreifer aufschlitzte und dafür sorgte, dass er von mir abließ. Mir wurde schwindelig und ich begriff, dass der Blutverlust mir die Kraft raubte. Bald würde ich nicht mehr in der Lage sein, das Messer zu schwingen, und dann wäre es vorbei.

Eine Bewegung an der Beifahrerseite zog meine Aufmerksamkeit auf die zweite hyänenartige Kreatur, die dort draußen lauerte. Lange Risse zogen sich durch das Glas am Fenster der Beifahrertür und sogar meinem von Schmerzen benebelten Verstand war klar, dass ein einziger weiterer

Schlag die Scheibe zum Bersten bringen würde. Die beiden Monster gaben siegessichere Geräusche von sich.

Eine Sekunde später kollidierte etwas Riesiges mit der Kreatur vor dem Wagen. Über mir zeigte sich kurz ein schwarzer Schatten auf dem Truck, der meinen Angreifer mit sich riss. Die Geräusche eines brutalen Kampfes erfüllten die Luft: ein Reißen, Knirschen, Heulen, schmerzerfüllte Schreie. Ich rang mit mir, ob ich aufstehen oder sitzen bleiben sollte, drückte das Messer gegen meine Brust und starrte hinaus in den Regen, wo zwei gigantisch große Werwölfe sich ein blutiges Gefecht mit den Hyänenmonstern lieferten.

Sie leben! Mein Herz schwoll an vor Hoffnung und zugleich überkam mich schreckliche Angst um meine Freunde, die dort draußen um ihr Leben kämpften. Die Werwölfe und die Monster stürzten sich aufeinander, rissen aneinander und bissen sich, kämpften mit Klauen und kraftvollen Kiefern. Wieder und wieder rollten sie sich über die Straße, bis es irgendwann unmöglich war, den einen vom anderen zu unterscheiden.

Ich hörte, wie Knochen brachen, und darauf folgte ein schreckliches, gurgelndes Geräusch. Ich wusste, ein Leben war jäh beendet worden. Vor Erleichterung kurz vor einem Zusammenbruch bemerkte ich, dass sich einer der Werwölfe von seinem Gegner löste und dem anderen im Kampf gegen die Hyänenkreatur zur Hilfe eilte. Nun stand es zwei gegen einen.

Doch plötzlich traten zwei weitere Monster ins Scheinwerferlicht des Trucks. Ich schrie auf, als sich die Schreckenswesen auf meine beiden Freunde stürzten, die sich der neuen Gefahr gar nicht bewusst gewesen waren.

Wie aus dem Nichts sah ich plötzlich helles, goldenes Haar vor dem Truck aufblitzen, eine weitere Gestalt trat zwischen den Wagen und die Kreaturen. Bewaffnet mit einem langen dünnen Schwert näherte sich Chris den Hyänen. Kurz blitzte das Metall seiner Waffe auf, dann zischte sie durch die Luft und schnitt erbarmungslos in die Schulter des nahestehenden Monsters. Sofort befreite er das Schwert wieder und richtete es auf die zweite Kreatur. Es grub sich tief in den Hals des Monsters, woraufhin eine ekelerregende Menge Blut hervorspritzte. Das Vieh brach zusammen und Chris wandte sich um, bereit auch dem zweiten den letzten Rest zu geben.

»Nein!«, schluchzte ich, als erneut zwei weitere Monster aus dem Wald nahten. »Hinter dir!«, schrie ich schwach. Der Mohiri warf seinen Körper gerade noch rechtzeitig zur Seite, um die hinterlistige Attacke abzuwehren. Er rappelte sich schnell auf und er und eine der anderen Kreaturen begannen, einander zu umkreisen.

Meine Warnung hatte die Aufmerksamkeit eines der beiden Neuankömmlinge auf sich gezogen, er drehte sich zum Truck, mit dem gleichen bösen Grinsen auf dem Gesicht wie der Rest seiner Brut. Ich bemühte mich, ruhig zu bleiben, legte meine Finger fest um das Messer und betete, dass ich genug Kraft hatte, um das Monster abzuwehren. Die Schmerzen in meinem Rücken und im linken Arm, dazu der Blutverlust hatten mich geschwächt und dennoch versuchte ich, dieselbe Stärke aufzubringen, mit der ich noch Minuten zuvor gekämpft hatte.

Es war nicht genug. Meine Augen wurden bereits schwer und die Geräusche des Kampfes drifteten mehr und mehr davon. *Sterbe ich*?, fragte ich mich betäubt, während ich hilflos zusah, wie die Kreatur näherkam.

Das Grollen kam aus dem Nichts, es vibrierte um mich herum, nur Sekunden, bevor ein einzelnes Scheinwerferlicht um die Ecke bog. Wie eine Rakete raste das Motorrad dröhnend die nasse Straße hinab, sodass das Wasser in alle Richtungen spritzte. Es donnerte direkt in die Kreatur hinein, die sich dem Truck näherte und rammte sie mit einem gruseligen Geräusch aus krachendem Metall und brechenden Knochen. Der Fahrer war nur eine Sekunde vor dem Zusammenstoß abgesprungen und mit gezogenem Schwert auf seinen Beinen gelandet. Er bewegte sich zügig auf das gestürzte Monster zu. Mit tödlicher Präzision schwang er die Waffe und enthauptete das Vieh mit einem einzigen kraftvollen Schlag. Er zog das Schwert zurück, spazierte mitten hinein in die Ansammlung um sich schlagender Monster und köpfte in Sekundenschnelle eine weitere Kreatur. Die Werwölfe eilten dazu und machten dem letzten von ihnen den Garaus.

Ich sah, wie Nikolas etwas zu den Werwölfen sagte, bevor er in Richtung der Bäume davonrannte. Ich wollte ihm zurufen, er solle zurückkommen, aber meine Stimme gehorchte mir nicht mehr und ich sackte schwer gegen den Sitz, während Tränen sich mit den Blutspritzern auf meinem Gesicht mischten.

Die deformierte Fahrertür knackte und knirschte, während jemand draußen am Türgriff zerrte. »Langsam, Mann, du machst ihr Angst«, sagte eine männliche Stimme, die mir sehr weit entfernt schien.

Eine warme Hand hob mein Kinn und mein getrübter Blick traf auf seine grauen Augen. Einen Moment lang vergaß ich den brennenden Schmerz, der sich überall in mir breitgemacht hatte und alles, was ich wahrnahm, war die hypnotisierende Wirkung dieser Augen.

Nikolas schnippte mit den Fingern vor meinem Gesicht und ich begriff, dass er mit mir sprach. Benommen hörte ich ihn sagen: »Sara, kannst du mich hören?«

»Ja«, erwiderte ich heiser, meine Kehle rau vom Schreien.

Er zog seine Hand zurück und fasste meine Hand, die noch immer das Messer umschlungen hielt. »Du bist jetzt in Sicherheit, *moy malen'kiy voin*. Lass das Messer los«, sagte er ungewohnt sanft.

Ich öffnete die Finger und überließ ihm die blutige Waffe, die mein Leben gerettet hatte. Ich wusste mit an Sicherheit grenzender Wahrscheinlichkeit, dass ich tot wäre, hätte er mir nicht das Messer gegeben.

Nikolas warf die Waffe auf den Boden des Trucks und nahm meine Hände in seine. Er sah mich an, dann das Dach und sein Kiefer wirkte wie festzementiert, als er das zerborstene Metall sah.

»Du hast sie abgewehrt? Allein?«

»N… nur einen.«

Sein harsches Glucksen hallte in dem Truck wider. »Nur einen? *Khristu!*« Er schüttelte den Kopf beim Anblick des blutbesudelten Fahrerraums. »Wir müssen raus aus diesem Ding. Kannst du aufstehen?«

Ich nickte, denn ich wollte nichts mehr, als dem Ort entfliehen, an dem ich beinahe gestorben wäre. Langsam ließ ich mich aus dem Sitz gleiten, schrie jedoch laut auf, als mir ein stechender Schmerz durch Rücken und Arm fuhr.

»Was hast du? Hat er dich verletzt?« Seine Stimme war voll von Sorge und etwas anderem, etwas Dunklem, Gewaltsamem.

Ich nickte und schloss meine Augen vor Schmerz. »S… schätze, ich bin wohl doch keine Kriegerin.«

Er ließ meine Hand los. »Bleib hier«, befahl er knapp und verschwand im Regen. Ich hörte eine Bewegung und Stimmen, die sich im Streit erhoben, aber ich konnte die Worte nicht mehr verstehen. Ein paar Minuten später tauchte Chris dort auf, wo zuvor einmal die Fahrertür gewesen war. In seiner Hand hielt er einen kleinen Metallzylinder, von dem er den Deckel abschraubte und etwas herausholte, das aussah wie grüne Knete. Er hielt das Zeug an meine Lippen und sagte: »Iss das, es hilft gegen die Schmerzen.«

»Nikolas?«, murmelte ich.

»Er ist noch immer hier. Nun nimm das, sei ein braves Mädchen.«

Ich gehorchte, erlaubte ihm, mir die Knete in den Mund zu legen. Ein bitterer, trockener Geschmack füllte jeden Winkel meines Mundes und ich versuchte sofort, die Masse auszuspucken.

»Nein, das machst du nicht«, sagte er und drückte mir den Mund mit seiner Hand zu. »Ich weiß, es schmeckt furchtbar, aber vertrau mir, du wirst mir noch dankbar sein.«

Er starrte mich finster an. Ich hatte keine Wahl, ich musste kauen und das Zeug schlucken, auch wenn ich diesen grausigen Geschmack nie wieder los werden würde. Innerhalb weniger Minuten fühlte ich mich auf wohltuende Art und Weise betäubt. Das Gefühl breitete sich in meinen pochenden Muskeln an Rücken und Arm aus. Ich seufzte leise, während der Schmerz abflaute und ich wieder in der Lage war, klar zu denken.

»Besser?«, wollte Chris wissen und ich nickte. »Gut, dann schaffen wir dich mal aus dieser Todesfalle hier raus und schauen uns deine Verletzungen an.« Er packte mich mit beiden Armen und hob mich mühelos aus der Fahrerkabine des Trucks. Auf meinen eigenen Füßen stehend fühlte ich mich wackelig und schwach, ich hängte mich an seinen Arm, bis ich sicherer wurde. Der leichte Regen kühlte meine erhitzte Haut und ich streckte ihm den Kopf entgegen, um mir die Tränen und das Blut der furchtbaren Kreatur vom Gesicht waschen zu lassen.

Chris untersuchte die Kratzer auf meinem Oberarm durch den Riss im Ärmel. »Das sieht nicht allzu schlimm aus. Ihre Klauen und Zähne sind giftgetränkt, dadurch fühlen sich die Schnitte übler an, als sie tatsächlich sind. Die Gunnapaste, die ich dir gegeben habe, verhindert eine Infektion und wird den Heilungsprozess beschleunigen.« Er ging um mich herum und griff nach der Öffnung in meinem Mantel. »Ich schaue mir mal noch deinen Rücken an.«

Ich war zu glücklich, am Leben zu sein und keine Schmerzen mehr zu haben, als dass ich mich geschämt hätte, einen fremden Mann unter meine Kleider sehen zu lassen. Ich ließ mir helfen, den dünnen Mantel von den Schultern zu streifen, sodass Chris dann vorsichtig die Wunden auf meinem Rücken inspizieren konnte. Das faulige Zeug, das er mich hatte essen lassen, musste ziemlich stark sein, denn ich fühlte keinen Schmerz.

»Diese hier sind etwas tiefer, aber nicht lebensbedrohlich«, erklärte er ein wenig lauter, so als spräche er die Worte zu jemand anderem. Ich schaute hoch und sah Nikolas starr neben seinem zerstörten Motorrad stehen. Er hatte die Arme verschränkt und beobachtete uns. Er schien mir nicht der Typ zu sein, der sich mit der Ersatzbank zufrieden gab.

Chris bemerkte, wohin ich schaute und musste den Ausdruck auf meinem Gesicht richtig interpretiert haben. »Ich habe bessere Manieren als mein Freund«, erklärte er mit einem ironischen Lächeln.

»Er sieht gereizt aus. Ist er böse auf mich?«

»Nein, er ärgert sich darüber, dass wir zu spät waren, um den Angriff auf dich zu verhindern. Er hat sich ein wenig in seine Wut reingesteigert, und nun braucht er ein paar Minuten zur Beruhigung.«

»Wut?«

»Ja, das passiert, wenn …«, er brach ab und sah wieder zu Nikolas. »Es ist eine Mori-Sache. Du wirst es bald selbst herausfinden.«

»Oh.« Mir fiel auf, wie ruhig es war. Sollten Roland und Peter nicht längst zurück sein? »Wo sind meine Freunde?«

»Sie wollen sichergehen, dass sich nicht noch ein Crocotta in der Nähe versteckt.« Er schaute sich um und stieß einen Pfiff aus. »Sechs von ihnen. Das ist ein ungewöhnlich großes Rudel. Jemand nimmt die Suche nach dir sehr ernst.«

Ich schauderte. »Die Suche nach mir?«

»Die Crocottas sind so etwas wie Spürhunde. Jemand hat sie beauftragt, wahrscheinlich mit der Anweisung, dich auszuliefern.«

»Sie … hätten mich beinahe getötet.«

Chris half mir wieder in meinen Mantel. »Vermutlich hat das Jagdfieber sie gepackt. Gut, dass sie besser im Aufspüren sind als im Töten.«

Meine Zähne klapperten unkontrolliert, als mir die Bedeutung seiner Worte klar wurde. Ich erinnerte mich, was Nikolas gesagt hatte: *Es gibt Grund zu der Annahme, dass der Vampir nach dir sucht ... es gibt mehr als nur einen Weg, jemanden aufzuspüren.*

»Ich glaube, mir wird schlecht«, stöhnte ich und rannte zur anderen Seite der Straße, wo ich mich heftig übergab. Nach etwa einer Minute streckte ich mich wackelig und wischte mir den Mund mit dem nassen Ärmel ab. Ich schlang die Arme um meine Mitte und begann, hemmungslos zu zittern. Hastig sah ich zur Seite, ich wollte nicht, dass die beiden Mohiri Zeuge dieser demütigenden Situation wurden.

Es raschelte hinter mir, dann legte mir jemand eine Lederjacke über die Schultern.

»Ich mache sie nur dreckig mit dem Blut«, protestierte ich schwach.

Starke Hände drehten mich um und Nikolas schlang die Jacke enger um mich. Sie war viel zu groß für mich, aber sie fühlte sich weich und warm an und roch beruhigend nach altem Leder, Seife und einem angenehmen würzigen Duft.

»Ein bisschen Blut macht mir nichts aus«, sagte er schroff und ließ mich los.

»Ich … danke.«

»Hast du noch immer Schmerzen?«

»Es geht mir viel besser, danke.« Nach der fauligen Medizin und jetzt mit der warmen Jacke fühlte ich mich um hundert Prozent besser als noch fünf Minuten zuvor.

Ich sah mich um und nahm das Chaos um mich herum zum ersten Mal richtig wahr. Sechs Hyänendinger – Crocottas, wie Chris sie genannt hatte – lagen tot auf der Straße. Und selbst jetzt waren die Kreaturen noch furchteinflößend. Ich hatte nie zuvor etwas wie sie gesehen oder von ihnen gehört.

Zwei Meter vom Truck entfernt lag Nikolas' Motorrad auf der Seite und sah ganz danach aus, als brächte es ihn heute Nacht nirgendwo mehr hin. Dann fiel mein Blick auf Rolands Wagen und ich zog scharf die Luft ein. Die Motorhaube hatte eine riesige Delle und war mit langen Kratzern verunstaltet, die verbeulte Tür lag auf dem Boden. Scharfkantige Metallspitzen ragten aus dem Dach, das so aussah, als hätte jemand mit einer Machete darauf eingeschlagen. Es war unglaublich, dass ich das mit ein paar lästigen kleinen Kratzern überlebt hatte.

»Nur jemand mit Kriegerblut kann so etwas überleben«, sagte Nikolas, als hätte er meine Gedanken gelesen.

»Ich bin keine Kriegerin.«

»Das sagst du immer wieder.« Er ging an mir vorbei, bevor mir eine Antwort einfiel. Ich beobachtete, wie er zu seinem Motorrad ging und es aufhob. Er startete den Motor und als ich bereits glaubte, er würde nun wegfahren, drehte er den Zündschlüssel wieder um und klappte den Ständer aus.

»Sara!«, schrie Roland, rannte auf uns zu und sah glücklicherweise besser aus, als ich mich fühlte. Er hatte Kratzer im Gesicht und einer seiner Ärmel war zerrissen und blutig, aber davon abgesehen sah er gut aus. Vor allem, wenn man bedachte, dass er gerade einen Kampf auf Leben und Tod hinter sich hatte. Ich hob die Hände, wollte ihn davon abhalten, mich zu umarmen, und sah, wie er sofort sorgenvoll dreinblickte. »Bist du verletzt?«

»Ja, aber ich werde es überleben.« Es sollte sich leicht anhören, aber ich scheiterte auf ganzer Linie.

Er fuhr sich mit der Hand durch sein nasses Haar und seufzte mitleidig. »Ich wäre beinahe durchgedreht, als ich gesehen habe, wie es dich angegriffen hat.« Er starrte auf eine der Leichen. »Ich habe viel über die Crocotta gehört, aber ich hätte nie gedacht, sie je hier in der Gegend zu sehen. Fuck! Sie waren so stark.« Er sah mich an und warf dann einen traurigen Blick auf die Überreste seines Vans. »Du warst unglaublich! Wie du dich gegen sie gewehrt hast.«

»Ohne euch Jungs hätte ich nicht viel länger durchhalten können«, erklärte ich ihm. »Wo ist eigentlich Peter? Ich werde auf keinen Fall noch einmal nach ihm suchen.«

Roland lachte. »Er sucht seine Klamotten. Es war niemand zu Hause, als er dort ankam, also hat er sich einfach ein Radkreuz geschnappt und sich auf den Rückweg gemacht. Gerade als er oben an der Straße ankam, hat er gesehen, wie sie uns angriffen.«

Ich wollte gar nicht daran denken, was passiert wäre, wenn Peter, Nikolas und Chris nicht zum richtigen Zeitpunkt erschienen wären. »Woher wusstet ihr es?«, wollte ich von Nikolas wissen.

»Einer unserer Männer hat sich gemeldet und uns erzählt, dass sie einen Crocotta in der Gegend um Portland gesehen haben«, erklärte Nikolas. »Ich wusste, dass sie dich aufspüren können, selbst wenn es den Vampiren nicht gelingt.«

»Aber woher wusstest du, wo wir sind?«

»Vor ein paar Tagen, an diesem Pizzarestaurant, habe ich einen Sender am Wagen deines Freundes angebracht«, erwiderte Chris, offensichtlich zufrieden mit sich selbst. Auf meinen ungläubigen Blick hin sagte er: »Du hast nicht wirklich geglaubt, dass ich die ganze Woche lang die Stadt auf der Suche nach dir auf den Kopf gestellt habe?«

Peter kam endlich zurück und sein Erscheinen hielt Roland vorläufig davon ab, eine wütende Bemerkung zu machen. »Ich glaube, wir haben sie alle erwischt. Wir müssen uns keine Sorgen machen, dass die Auftraggeber irgendetwas erfahren.« Er starrte auf den schrottreifen Truck. »Verdammt! Was zur Hölle ist mit dem Auto passiert?«

Nikolas kroch unter seinem Motorrad hervor. »Ihr drei zieht das Chaos an wie ein Magnet.« Er kam zu uns, griff in seine Jackentasche und zog ein Handy hervor. »Ich rufe Hilfe«, sagte er zu Chris.

Irgendetwas an seiner Stimme sagte mir, dass er damit nicht Hilfe für den Truck meinte. »Hilfe für was?«

Er kniff die Augen zusammen. »Für dich. Sieh dich um, es ist nicht sicher hier.«

Ich trat näher zu Roland. »Ich gehe nirgendwohin.«

»Sei doch vernünftig, Sara. Du musst bei den Leuten sein, die dich beschützen können.«

Roland legte seinen Arm um mich. »Wir können dich beschützen.«

»Das hab ich gesehen«, antwortete Nikolas. »Warum ist das dann schon das zweite Mal, dass sie angegriffen wird, wenn ihr sie ›beschützt‹?«

»Hör mal, ich …«

»Möchtest du damit irgendetwas andeuten?«, schoss Roland zurück.

»Sieh dich doch um.«

»Niemand konnte damit rechnen, dass plötzlich ein riesiges Rudel Crocottas auftaucht. Und du allein hättest so viele auf einmal auch nicht aufhalten können.«

»Nein, aber wenn sie bei ihren eigenen Leuten wäre, dann müsste sie sich keine Sorgen machen.«

»Ich gehöre nicht …«

»Ihre Leute? Wir sind ihre Freunde. Uns bedeutet sie viel mehr als irgendwelchen Fremden.«

»Sie werden nicht lange Fremde sein. Und sie kann dort lernen, sich selbst zu schützen.«

»Stopp«, schrie ich, und endlich gelang es mir, ihre Aufmerksamkeit auf mich zu ziehen. »Hört auf, über mich zu reden, als wäre ich nicht da. Ich verlasse New Hastings nicht. Also vergesst es besser.« Jeder Teil meines Körpers fühlte sich müde an und ich wollte mich einfach nur ausruhen. Aber ich konnte mich nirgends hinsetzen, außer in den Truck und das stand außer Frage. Ich war entschlossen, so viel Distanz wie möglich zwischen dem Wagen und mir zu wahren.

»Sara, ich denke, du solltest heute Nacht mit zu uns kommen«, schlug Roland vor.

»Aber ihr habt sie doch alle erwischt.«

»Ja, aber du bist blutverschmiert, deine Klamotten sind zerrissen. Willst du, dass Nate dich so sieht?«

Ich schaute auf meine nasse, blutige Jeans hinab. Mein Mantel war von Nikolas' Jacke verdeckt, aber ich wusste, dass er zerrissen war. Zuerst Vampire, dann mutierte Hyänen. Wenn das so weiterging, würde ich bald keine Klamotten mehr haben.

»Du hast recht«, stimmte ich zu. »Nate darf mich so nicht sehen.«

Peter ging zum Truck und holte sein Handy, das wie ein Wunder das Gerangel überlebt hatte. Er wählte eine Nummer und sagte: »Dad, du wirst nicht glauben, was gerade passiert ist.« Mit dem Handy am Ohr entfernte er sich ein Stück.

Nikolas schien nicht zufrieden, fand sich aber offenbar damit ab, dass ich nicht mit ihm kommen wollte. »Ist hier irgendjemand, der das Chaos hier beseitigen kann, bevor die Einheimischen Wind davon bekommen?«, fragte er Roland. »Wenn nicht, besorgen wir jemanden.«

»Ja, ich rufe jemanden an.« Roland holte nun auch sein Handy hervor und telefonierte. Wenige Minuten später legte er auf. »Mein Cousin Francis kommt gleich mit einer Crew vorbei, die sich darum kümmern wird. Wir nehmen Sara mit zu mir nach Hause.«

»Chris und ich kommen mit euch, damit wir sichergehen können, dass es keinen Ärger mehr gibt«, sagte Nikolas.

»Das ist nicht nötig«, lehnte Roland ab. »Sie ist in Sicherheit bei uns.«

Ich konnte sehen, wie sich Nikolas daraufhin anspannte, seine Kieferknochen traten deutlich hervor. »Verzeiht, wenn ich daran meine Zweifel habe. Wir begleiten euch.«

Ich sah zu Chris. Nikolas war auf seinem Motorrad gekommen, aber Chris zu Fuß. »Wie konntest du so schnell hier sein?«, wollte ich von ihm wissen.

»Mein Motorrad steht eine halbe Meile weiter an der Straße. Ich habe die Jagdrufe der Crocottas gehört und mich entschlossen, sie zu Fuß zu überraschen.« Er warf Nikolas einen schiefen Blick zu. »Ich hatte ja keine Ahnung, dass manche Leute auf die Idee kommen, hier mit einer Lautstärke entlang zu röhren, die selbst Tote weckt.«

Ich lehnte mich bei Roland an, um ein wenig Kraft zu sammeln und schenkte Chris ein müdes Lächeln. »Danke.«

Chris legte den Kopf zur Seite. »Und ich dachte, das Leben in der Kleinstadt wäre langweilig.«

Minuten später leuchtete Scheinwerferlicht um die nahe Kurve und ein silberner Hyundai tauchte auf, gefolgt von einem großen Ford Pick-up. Rolands älterer Cousin Francis sprang aus dem Wagen und starrte bewundernd auf die Szene, die sich ihm zeigte. Er hatte das gleiche dunkle Haar wie Roland, war aber ein wenig schmaler gebaut als sein jüngerer Cousin. Sein Gesicht verriet mir nicht, ob ihn die sechs Crocottaleichen, der schrottreife Truck oder die Anwesenheit von zwei Mohirikriegern am meisten erstaunten. »Fuck«, war alles, was er wieder und wieder hervorbrachte, während er zu dem nächsten Crocottaleichnam ging und über die bloße Größe der Kreatur staunte.

Jemand hinter ihm pfiff und ich sah zwei Männer Mitte zwanzig, die ich nicht kannte. »Leute, wart ihr das?«, fragte einer von ihnen Roland und Peter, als könnte er nicht glauben, was er sah.

»Ja, aber wir hatten Hilfe«, sagte Peter mit einem Anflug von Stolz in der Stimme. Und verdammt, er hatte es mehr als verdient, ein wenig anzugeben.

Ich beobachtete, wie Francis und die anderen beiden Nikolas und Chris mit feindseligen Blicken musterten. »Was machen die hier?«, knurrte einer der beiden verächtlich.

»Sie haben uns im Kampf gegen die Crocotta geholfen«, erwiderte Peter. Es war unverkennbar, dass er hin- und hergerissen war zwischen seiner Dankbarkeit den Mohiri gegenüber und der Abneigung gegen sie, die ihm in die Wiege gelegt wurde.

»Wenn es euch nichts ausmacht«, unterbrach Nikolas kühl. »Sara ist verletzt.«

»Du wurdest verletzt?«, fragte Francis, der mich ansah, als bemerke er mich erst jetzt. »Musst du ins Krankenhaus?«

»Kein Krankenhaus«, bestimmte ich entschlossen.

»Vielleicht solltest du dich doch untersuchen lassen«, schlug Roland vor.

»Sie wird schon wieder«, erklärte Chris. »Ich habe ihr etwas gegen die Schmerzen gegeben, das auch die Heilung beschleunigt.« Auf Rolands skeptischen Blick hin meinte er: »Vertrau mir. Es ist eine sehr wirksame Medizin. Die Mohiri verwenden sie seit Jahrzehnten bei Kampfverletzungen. Mit ihrem körpereigenen schnellen Heilungsprozess werden ihre Wunden in ein paar Tagen verheilt sein.«

»Schneller Heilungsprozess?«, wollte Francis wissen. Roland und ich antworteten gleichzeitig: »Lange Geschichte.«

»Nimm mein Auto«, sagte Francis und reichte Roland die Schlüssel. »Ich bleibe hier mit den Jungs und kümmere mich um das hier. Wir werden noch ein paar Hände mehr brauchen, um alle Leichen fortzuschaffen.«

»Komm schon!«

Roland half mir auf den Beifahrersitz. Peter setzte sich auf die Rückbank. Ich lehnte mich an die Kopfstütze und seufzte schwer, glücklich, mich endlich setzen zu können und aus dem Regen zu sein. Roland gab mir sein Handy, damit ich Nate anrufen konnte. Der Anrufbeantworter ging ran und ich hinterließ eine Nachricht, dass ich heute Nacht bei Roland bleiben und wir uns morgen sehen würden. Nate war wahrscheinlich froh, dass ich wieder mehr Zeit mit Roland und Peter verbrachte.

Die Fahrt zu Rolands Haus dauerte keine fünf Minuten. Roland ging im Haus herum und machte das Licht an, ich dagegen sank auf die Couch, darauf bedacht, meinen Rücken zu schonen. Aber was auch immer Chris mir gegeben hatte, wirkte geradezu magisch. Ich verspürte keinen Schmerz mehr. Die Augen geschlossen und Nikolas' Jacke eng um mich gezogen, schleuderte ich meine Schuhe von mir und schmiegte mich in die Kissen. Rolands altes Sofa war nie zuvor so bequem gewesen.

Ich hörte, wie sich die Haustür öffnete. In der Küche unterhielten sich Roland und Peter mit gedämpfter Stimme mit irgendeinem Dritten, aber ich war zu müde, um mich dafür zu interessieren. Jemand legte eine Decke über mich und ich murmelte ein »Dankeschön«, ohne die Augen zu öffnen.

Ich döste unruhig und wachte mitten in der Nacht in einem dunklen Zimmer auf. Ängstlich versuchte ich, mich aufzurichten, aber mein Körper war zu müde und steif, um mir zu gehorchen. Ich hörte ein leises Rascheln, sah mich um und bemerkte jemanden in der Nähe des Fensters.

»Nikolas?«

»Schlaf weiter.«

Ich lehnte mich zurück und schloss erneut die Augen, bis ich hörte, wie er seine Position veränderte. Ich hatte Angst, er könnte gehen und mich allein in der Dunkelheit lassen. »Geh nicht«, sagte ich mit dünner Stimme, zu verzweifelt, um mich darum zu scheren, wie mitleiderregend das klang.

Sein Ton wurde ganz sanft, als er antwortete: »Ich gehe nirgendwohin.«

Ein tiefes Gefühl der Erleichterung und des inneren Friedens kam über mich. Dann wurde alles wieder schwarz und ich fiel in einen erholsamen, traumlosen Schlaf.

Kapitel 11

AM nächsten Morgen weckte mich der Geruch von Kaffee und gebratenem Speck. Zuerst wusste ich nicht recht, wo ich war, dann aber brachen die Bilder der letzten Nacht mit voller Wucht über mich herein. Ich warf die Decke beiseite und stand vorsichtig auf. Mir tat alles weh, aber ich fühlte mich erstaunlich erholt – angesichts dessen, was ich erlebt hatte.

Ich warf einen Blick auf die große schwarze Lederjacke, die ich noch immer trug. Sie roch nach Nikolas; ich dachte daran, wie er mich darin eingewickelt hatte und sofort breitete sich eine wohlige Wärme in mir aus. Sein Duft weckte auch eine andere schwammige Erinnerung an ihn. War er wirklich hier im Zimmer bei mir gewesen oder hatte ich das nur geträumt?

»Oh, du bist schon auf.« Judith kam ins Wohnzimmer und taxierte mich vorsichtig. »Also, du schaust gar nicht so schlecht aus, wenn man bedenkt … Wie geht es dir?«

Ich zuckte ein wenig zusammen. »So, als wäre ich von einem Rudel gigantischer mutierter Hyänen angegriffen worden.«

Sie lachte leise. »Gut, dass du Witze darüber machen kannst. Was für ein Schrecken. Ich bin so erleichtert, dass ihr drei wohlauf seid. Obwohl ich gehört habe, dass es dich am schlimmsten erwischt hat.«

»Ja, bei meinem Glück.«

»Lass mich mal sehen.« Sie kam zu mir und griff nach Nikolas' Jacke, zog sie sanft von mir und legte sie auf die Sofalehne. Dann half sie mir aus dem zerfetzten Mantel und untersuchte meinen Arm.

»Es ist nicht zu glauben. Diese Kratzer sehen aus, als wären sie Wochen alt.« Sie richtete sich wieder auf und lächelte mich an. »Roland hat uns von deiner Mutter erzählt. Ich schätze, du hast die Fähigkeit der Mohiri, dich selbst zu heilen, geerbt.«

Ihre Bemerkung klang so gelassen – ich musste es wissen: »Du hast kein Problem damit, was … was ich bin?«

»Natürlich nicht. Nur, weil wir uns nicht mit den Mohiri zusammentun, heißt das doch nicht, dass sie schlechte Menschen sind. Ein paar junge

Hitzköpfe versteifen sich auf die alten Feindschaften, aber sie werden auch irgendwann erwachsen. Auf jeden Fall ändert deine Abstammung nichts daran, wer du bist. Genauso wie deine Gefühle für uns sich nicht verändert haben, nachdem du unser Geheimnis herausgefunden hast.«

»Nein, niemals.« Ich griff gerade nach dem Mantel, als ein Gegenstand auf dem Kaffeetisch meine Aufmerksamkeit erregte. Es war das Messer, das Nikolas mir gegeben hatte – oder eines, das genauso aussah. Ich hob es auf und fuhr mit den Fingern über die präzise gearbeitete Hülle, bevor ich das Messer herauszog und über die schmale Schneide staunte, die mir dabei geholfen hatte, mein Leben zu retten. Im Tageslicht betrachtet waren die Ereignisse der letzten Nacht geradezu unglaublich.

Judith trat ein wenig zurück, als ich das silberne Messer blitzen ließ. »Oh, tut mir leid.« Ich beeilte mich, das Messer wieder in die Scheide zu stecken. »Ich habe vergessen, dass ihr Silber nicht berühren könnt.«

Sie winkte ab. »Mach dir keine Sorgen. Es brennt, aber wir heilen schnell.«

Ich steckte die Waffe in die Tasche der Lederjacke. »Ich dachte, Silber wäre tödlich für Werwölfe.«

»Nur, wenn das Silber in unseren Körper eintritt und wir es nicht herausbekommen, daher auch die Legenden von der Silberkugel. Es vergiftet uns und wir können nicht heilen, solange es in uns ist.« Sie lächelte. »Zum Glück trifft man nicht jeden Tag auf Kugeln aus purem Silber.«

»Es gibt so vieles, was ich noch nicht weiß.«

»Ich finde, du schlägst dich schon sehr gut.« Sie zeigte auf meine Kleider. »Jetzt machen wir dich erst einmal sauber. Ich kann es nicht fassen, dass Roland dich auf der Couch hat schlafen lassen, und das auch noch in deinen nassen Klamotten.«

Ich zog eine Grimasse beim Anblick meiner knitterigen Jeans und dem Shirt. Ich wollte mir gar nicht vorstellen, wie erst mein Haar aussehen musste. Letzte Nacht war ich so müde gewesen, dass ich nicht einmal bemerkt hatte, wie nass meine Kleider waren.

»Meine Sachen sind ein bisschen groß für dich, aber es wird gehen, solange ich deine wasche. Ich habe etwas für dich aufs Bett gelegt. Bis du fertig bist, ist das Frühstück auch so weit.«

Mit einem Mal war ich unglaublich hungrig, also duschte und zog ich mich so schnell an wie möglich.

Als ich die Küche betrat, verteilte Judith gerade Rührei, Speck und Toast auf einem Teller. Ich setzte mich an den Tisch und sie stellte den Teller zusammen mit einem Glas Orangensaft vor mich. Dann verschwand sie für eine Minute und ich hörte die Waschmaschine brummen. Sie kam zurück und setzte sich mit einem Becher Kaffee mir gegenüber. Ich griff herzhaft zu und hatte schon die Hälfte des Frühstücks verdrückt, als ich ihren amüsierten Blick bemerkte.

»Ich hatte ganz vergessen, was für einen guten Appetit du hast. Als ihr Kinder noch klein wart, habe ich immer besonders viel gekocht, wenn du zum Abendessen geblieben bist. Du und Roland, ihr wart schon zwei.«

Ich lächelte sie verlegen an. »Wo ist Roland eigentlich?«

»Er und Peter sind mit Max unterwegs. Sie wollen ihm zeigen, wo ihr angegriffen wurdet. Wir waren alle schockiert, dass so etwas in unserer Gegend passiert.«

›Schockiert‹ war noch milde ausgedrückt. Werwölfe hatten ein festes Revier und es war ungewöhnlich, dass andere Raubtiere die Grenzen ihres Territoriums überschritten. Selbst die Tatsache, dass die Mohiri letzte Nacht hier waren, hatte für einige Aufregung gesorgt, obwohl Nikolas und Chris nur geholfen hatten, die Angreifer abzuwehren. Von einem Rudel Crocotta aber, das in Werwolfterritorium jagte, hatte man sicherlich noch nie etwas gehört.

»Habt ihr in Portland irgendetwas gefunden?«

Judiths Lächeln verblasste und sie sah aus, als wäge sie ab, wie viel sie mir verraten konnte.

»Wir haben keine Vampire gesehen, aber es gab Anzeichen dafür, dass sie etwa eine Woche dort waren, vielleicht auch länger.«

»Mit Anzeichen meinst du vermisste Mädchen?« Ich unterdrückte ein Schaudern. Ich war im selben Alter wie diese Mädchen, genau Elis Typ.

»Du weißt davon?«

Ich nickte. »Es ist nicht schwer, sich vorzustellen, was mit ihnen geschehen ist.«

Judith strich mit dem Finger am Rande ihres Bechers entlang. »Du verkraftest das alles erstaunlich gut.«

»Ich komme klar.« *Abgesehen von den Albträumen.* Seltsam, dass ich mich gar nicht erinnerte, letzte Nacht schlecht geträumt zu haben. Ich hatte erwartet, schreiend zu erwachen.

»Ich bin mir nicht sicher, ob alle Mädchen deines Alters so gut damit klarkämen.«

»Na ja, um ehrlich zu sein, es ist nicht so, als hätte ich von dieser Welt nichts gewusst. Mir war nur nicht klar, wie behütet ich lebe.« Ich zog eine Grimasse. »Und die meisten Mädchen haben sicher auch keine Bodyguards, die ihnen überallhin folgen.«

Sie beobachtete mich nachdenklich über ihren Becher hinweg. »Und was denkst du über deine neuen Verwandten?«

Ich überlegte, bevor ich antwortete. Was dachte ich über sie? Ich war noch immer dabei, die Neuigkeiten zu verarbeiten. Mein Leben lang hatte ich gewusst, dass dieses dunkle Ding in meinem Kopf existierte und ich es unterdrücken musste, aber die Vorstellung, einen Dämon in mir zu tragen, war immer noch abstoßend. Ich musste mir selbst immer wieder sagen, dass es nichts daran änderte, wer ich war. Keine Ahnung, warum das so hart für mich war. In Nikolas und Chris sah ich keine Dämonen, sie waren Männer für mich. Gute Männer, wenn ich ehrlich zu mir selbst war. Wäre ich nicht so genervt von der Tatsache, dass sie mich ständig verfolgten, und wäre Nikolas nicht immer so verdammt überheblich, dann könnte ich sie sogar sehr gernhaben. Es war nicht hilfreich, dass Nikolas' Befürchtungen sich letzte Nacht bewahrheitet hatten, aber wäre er nicht gewesen, um schon wieder mein Leben zu retten, dann wäre ich jetzt Matsch. War es möglich, sich über jemanden zu ärgern und ihm gleichzeitig dankbar zu sein?

»Ehrlich gesagt, habe ich keine Ahnung, was ich von ihnen halten soll. Wenn es nach Nikolas ginge, würde ich Thanksgiving bei ihnen feiern … wenn sie Thanksgiving überhaupt feiern. Sie scheinen so fixiert aufs Jagen zu sein, dass es mir vorkommt, als gäbe es nichts anderes für sie. Ich glaube nicht, dass ich so leben könnte.«

Judith nickte verständnisvoll. Die Werwölfe waren auch Jäger, aber ich hatte genug Zeit mit ihnen verbracht, um zu wissen, dass sie ansonsten ein normales Leben führten. Ihre Familien standen sich nahe, sie hatten gewöhnliche Jobs wie alle anderen auch und unterschieden sich in ihrer Art zu leben damit um Welten von den Mohirikriegern.

»Judith, warum glaubst du, sind die Vampire überhaupt erst nach Portland gekommen, wo euer Revier doch so nahe ist? Warum haben sie das riskiert?«

»Wir vermuten, dass sie nach irgendetwas oder irgendjemandem gesucht haben. Nicht nach dir«, fügte sie schnell hinzu. »Ich glaube, du hattest bloß das Pech, ihre Aufmerksamkeit zu erregen.«

Ich schob meine Eier auf dem Teller mit der Gabel hin und her. »Glaubst du … der Mord an meinem Dad könnte irgendetwas damit zu tun haben, dass meine Mutter eine Mohiri ist? Ich meine, Vampire hassen die Mohiri, oder? Vielleicht war einer von ihnen auf der Suche nach ihr und hat stattdessen meinen Dad gefunden?«

Judith riss die Hand an ihre Kehle und ihr Gesicht verriet mir, dass ich ins Schwarze getroffen hatte. »Wenn du irgendetwas weißt, dann musst du es mir sagen«, bettelte ich.

»Sara, das musst du Maxwell überlassen. Ich verstehe, dass du Antworten zum Tod deines Vaters möchtest, aber er würde nicht wollen, dass du seinetwegen Leid erfährst.«

»Ich will nur wissen, was ihr herausgefunden habt. Ich habe ein Recht darauf.«

Sie stand auf und schenkte sich einen weiteren Kaffee ein, dann setzte sie sich wieder mir gegenüber. »Wir haben uns mit einigen unserer Kontaktpersonen in Verbindung gesetzt, nachdem Roland uns von deiner Mutter berichtet hat. Die Mohiri sind zu verschwiegen, um uns irgendetwas über sie zu verraten, aber unser Netzwerk ist im ganzen Land weit verzweigt und wir haben ein paar Details herausgefunden. Nicht alles, aber es sind ja auch erst ein paar Tage vergangen. Wir wissen, dass deine Mutter viel Zeit in Kalifornien, Texas und New Mexico verbracht hat, nachdem sie dich und deinen Vater verlassen hat. Wir glauben, dass sie eine Woche vor dem Mord an deinem Vater wieder für kurze Zeit in Portland war. Wir wissen nicht, warum sie zurückgekommen ist und ob dein Vater überhaupt davon wusste.«

Judith sprach nicht aus, was wir beide dachten. Es war ein zu großer Zufall, dass Madeline zur gleichen Zeit nach Portland zurückgekehrt war, zu der die Vampire dort aufgetaucht waren und ausgerechnet ihren Mann getötet hatten. Madeline hatte sie zu uns geführt – vielleicht nicht absichtlich –, aber es war ihre Schuld, dass sie uns gefunden hatten. Erst hat sie uns im Stich gelassen und dann hat sie die Monster direkt zu unserem Haus geführt.

»Ist sie noch am Leben?«, fragte ich, die Worte mehr ausgespuckt als gesprochen.

Judith zögerte, dann sagte sie: »Ja. Wir glauben, dass sie derzeit irgendwo in Südamerika ist.«

»Mein Dad wurde ermordet, und ich hätte ebenso ums Leben kommen können, aber sie interessiert sich nicht dafür«, erklärte ich mit so viel Bitterkeit, dass ich meine eigene Stimme kaum wiedererkannte. »Wie konnte er nur jemanden wie sie lieben?«

»Sie hatte ganz bestimmt auch ihre guten Seiten. Und was deinen Vater betrifft: Viele Menschen sind blind vor Liebe.«

»Wie kann man nur so kaltherzig sein?« Ich sagte es mehr zu mir selbst. »Sind alle Mohiri so unsensibel?«

Judith stellte ihren Becher ab. »Ich weiß nicht viel über die Mohiri, also kann ich nicht für sie sprechen, aber ich würde sie nicht alle über einen Kamm scheren. Der Mann zum Beispiel, der dir seine Jacke gegeben und die ganze Nacht über dich gewacht hat, kann nicht so übel sein. Vielleicht ist er nicht so freundlich und umgänglich wie du es gewohnt bist, aber ganz sicher ist er nicht unsensibel.«

Also hatte ich es nicht nur geträumt. Aber nun, da ich es bestätigt bekam, verwirrte es mich umso mehr. Nikolas schien zwei Seelen in seiner Brust zu tragen: jene des kalten, harten Kriegers und die des sorgenden Beschützers. Es war schwer vorherzusehen, welche dieser beiden Seiten er als Nächstes zeigen würde.

»Er fühlt sich verantwortlich für mich, weil er derjenige war, der mich gefunden hat. Ich glaube nicht einmal, dass er mich mag. Schließlich passe ich nicht in sein Bild vom braven kleinen Waisenkind.«

»Ich verstehe.«

Ich stand auf und brachte mein Geschirr zum Spülbecken. »Die Mohiri haben da diese Sache mit den Waisen«, erklärte ich, während ich den Teller abspülte. »Sie finden die Kinder, ziehen sie auf und machen Krieger aus ihnen. Ich bin nicht wie die meisten Waisen, weil ich älter bin. Er kann mich nicht so leicht davon überzeugen, mich den Mohiri anzuschließen, wie es ihm mit den Kleinen gelingt, und jetzt fühlt sich

Nikolas verpflichtet, mich zu bewachen, bis er mich abgeben kann. Ich glaube, er weiß nicht so recht, was er mit mir machen soll.«

Judith kicherte leise und stand auf, um ihren Becher zu spülen. »Damit könntest du recht haben.« Sie schob mich sanft beiseite. »Ich mache hier sauber. Wirf du mal deine Kleider in den Wäschetrockner.«

Ich verbrachte den Rest des Vormittags damit, Judith bei der Hausarbeit zu helfen, obwohl sie mir keine schweren Arbeiten überlassen wollte, damit ich mich erholen konnte. Es hatte etwas Beruhigendes, sich nach einer solch verrückten Nacht mit häuslichen Aufgaben zu beschäftigen. Wäschemachen und staubsaugen erdete einen auf gewisse Weise, wenn das eigene Leben außer Kontrolle geriet.

Bis Roland zum Mittagessen auftauchte, war das Haus wie aus dem Ei gepellt und ich lernte gerade, wie man einen Hühnchen-Reis-Auflauf zubereitete. Judith versicherte mir, Nate würde ihn lieben. Es war eines von diesen Dingen, die ich von meiner eigenen Mutter hätte lernen sollen. Ich hoffte, dass Judith wusste, wie viel es mir bedeutete. Denn wie üblich fand ich nicht die richtigen Worte.

Nach dem Mittagessen lieh sich Roland das Auto seiner Mutter, um ein Versprechen mir gegenüber einzulösen. Wir fuhren hinunter zu der kleinen presbyterianischen Kirche in den Kuppen, wo er mir zwei Stunden lang Fahrunterricht gab. Judiths Auto hatte eine Gangschaltung und ich brauchte fast die gesamte Zeit nur dafür, zu lernen, wie man die Gänge einlegte und was man mit welchem der Pedale tat. Am Ende der zwei Stunden gelang es mir, einmal um den Parkplatz zu fahren, ohne den Wagen abzuwürgen.

»Kann ich nicht einfach auf einem Automatikauto lernen?«, jammerte ich, während der Wagen zum hundertsten Mal einen heftigen Satz nach vorn machte.

»Nicht, wenn du in nächster Zeit fahren lernen willst. Der Truck ist erst einmal eine Weile außer Gefecht gesetzt – eine lange Weile.«

Ich hörte sofort auf, mich zu beschweren. Er hatte zwei Jahre hart gearbeitet und jeden Cent für das alte Ding gespart, und nun war es wegen mir zerstört. Meinen Versuch einer Entschuldigung winkte er ab. Offensichtlich waren Peter und er seit gestern Nacht Helden unter den Einheimischen. Schließlich hatten nur wenige Werwölfe bisher Gelegenheit gehabt, sich gleich mit einem ganzen Rudel Crocotta anzulegen. Ich war mir nicht sicher, ob der Ruhm es wert war, seinen fahrbaren Untersatz zu verlieren, aber Roland schien so zu denken.

Um drei Uhr beschloss ich, genug Zeit bei Roland und seiner Familie verbracht zu haben. Judith stellte mir den Auflauf in einen Korb und ich rollte Nikolas' Jacke zusammen und steckte sie gemeinsam mit meinem ruinierten Mantel in eine Plastiktüte, sodass Nate sie nicht sehen konnte. Roland fuhr mich im Wagen seiner Mutter nach Hause und ich kam nicht umhin, mich zu fragen, wo Nikolas und Chris wohl heute waren. Seit letzter Nacht war ich hin- und hergerissen, was die beiden betraf. Ich fühlte mich auf jeden Fall sicherer, wenn sie in der Nähe waren, aber ich konnte mich auch nicht die ganze Zeit von ihnen verfolgen und beschatten lassen. Es gab Dinge in meinem Leben, Geheimnisse, die ich nicht teilen konnte, und es würde schwer werden, sie zu verbergen, wenn ich unter Dauerbeobachtung stand. Meine größte Hoffnung war, dass die Vampire bald aufgeben und die Mohiri wieder verschwinden würden. Alles sollte wieder werden wie früher. Judith hatte mir erzählt, dass Maxwell die Kontrollen in New Hastings heute verstärkt hatte. Die Crocotta hatten sich zu nahe an ihr Zuhause gewagt; die Werwölfe sorgten sich um ihre Familien. Mit der vermehrten Werwolfpräsenz und den Mohirikriegern war New Hastings wahrscheinlich sicherer denn je.

Nate saß am PC, als ich nach Hause kam. Ich blieb vor seiner Bürotür stehen und hielt den Korb hoch. »Judith hat mir beigebracht, wie man Auflauf macht«, platzte ich aufgeregt heraus. Ich klang wie ein Kind, das gerade das Schnürsenkelbinden gelernt hatte. »Hühnchen und Reis.«

»Wirklich?«, er warf einen erwartungsvollen Blick auf den Korb. Er sagte zwar nichts, aber ich wusste, dass er froh war. Nicht wegen Judiths Kochkünsten, sondern weil ich wieder mehr Zeit mit Roland und Peter verbrachte. Dieses Mal musste ich ihm recht geben. Trotz all der schrecklichen Dinge, die mir in den letzten Wochen zugestoßen waren, war ich so glücklich wie lange nicht mehr.

Das Abendessen lief gut. Nate nahm sich zwei große Portionen von dem Auflauf, und wir waren beide entspannt miteinander. Und doch bemerkte er, dass etwas mit mir nicht stimmte. »Geht es dir gut? Du siehst ein wenig blass aus.«

»Nur müde. Wir sind lange aufgeblieben gestern Abend, und ich habe Judith heute im Haus geholfen.«

»Kochen *und* Hausarbeit?«

»Hey, ich helfe hier auch im Haushalt mit«, protestierte ich, obwohl wir beide wussten, wie sehr ich es verabscheute. Ich würde lieber unten am Kai Fische ausnehmen, als das Badezimmer zu putzen.

Nate lächelte, als hätte ich etwas Witziges gesagt, und ich warf ihm einen finsteren Blick zu.

»Warum fragst du Judith nicht, ob du bei ihnen wohnen kannst, wenn ich nächste Woche auf der Konferenz bin?«, sagte er. »So wärst du hier nicht allein. Und stell dir vor, wie viele neue Gerichte du in fünf Tagen kochen lernen könntest!«

Bereits seit zwei Jahren besuchte Nate regelmäßig die jährliche Schriftstellerkonferenz in Boston. Damals hatte er endlich begriffen, dass ich alt genug war, um für ein paar Tage ohne ihn auszukommen. Fünf ganze Tage in Freiheit. Ich liebte Roland und Judith, aber das würde ich auf keinen Fall aufgeben.

»Machst du Witze? Ich werde jeden Tag bei Gino's bestellen und die alten Buffy-DVDs entstauben.«

Er zog eine Grimasse. »Pizza und Vampirschlachter. Was will man mehr?«

»Hey, du solltest froh sein, dass ich mich einfach nur in meinem Schlafanzug hier rumdrücken werde«, sagte ich mit einem schelmischen Grinsen.

»Obwohl ich natürlich auch den süßen Drummer anrufen könnte, den ich letzte Nacht auf der Party kennengelernt hab. Vielleicht hat er ja Lust, mit mir abzuhängen.«

Er riss bestürzt die Augen auf. »Ein Drummer?«

»Ja, aber mach dir keine Sorgen. Er geht auch aufs College, falls es mit der Band mal nicht mehr läuft.«

Der Ausdruck auf Nates Gesicht war unbezahlbar. »College? Wie alt ist der Junge?«

»Ähm, zwanzig, glaube ich.« Ich hatte keine Ahnung, wie alt Samson wirklich war, aber es machte einfach zu viel Spaß, um aufzuhören. »Also, er ist auch eher ein Mann als ein Junge, wenn man es genau nimmt.«

Nates entsetztes Gesicht war so lustig, dass ich das Lachen nicht mehr zurückhalten konnte.

»Atmen, Nate. Ich verarsche dich nur. Ich meine, ich habe wirklich einen netten Kerl kennengelernt, aber es ist nichts passiert. Aber natürlich wäre das nicht der Fall, wenn ich ein *normales* Mädchen wäre, das ausgeht, sich verabredet und so.«

Er sah mich finster an. »Wie lange wartest du schon darauf, das gegen mich zu verwenden.«

»Seeechr lange.« Mein Herz fühlte sich leicht an, als ich den restlichen Auflauf einpackte und ihn im Kühlschrank verstaute. Ich konnte mich nicht daran erinnern, wann Nate und ich uns das letzte Mal gekabbelt hatten. »Wann fährst du?«

»Nicht vor Dienstagmorgen, und ich bin am Sonntag zurück. Du hast meine Handynummer und ich pinne dir die Hoteldaten an den Kühlschrank, bevor ich gehe.« Er nippte an dem starken schwarzen Tee, den er so gerne nach dem Essen trank. »Du kannst mich jederzeit erreichen.«

»Ich komm schon klar«, versicherte ich ihm. »Ach, übrigens: Ich brauche ein neues Handy. Hab meines letzte Nacht verloren. Und nach dem ganzen Regen hat es jetzt bestimmt einen Wasserschaden.«

»Wie hast du es verloren?«

»Ach, ist mir irgendwo im Wald in den Kuppen runtergefallen«, erwiderte ich schwammig.

Er sah mich über seine Tasse hinweg an. »Will ich wissen, was du inmitten eines Sturms im Wald gemacht hast?« Er schüttelte den Kopf. »Vergiss es. Ich habe nicht gefragt. Ich kaufe dir morgen ein neues. Ich will nicht, dass du hier ohne Handy allein bist.«

Nate setzte sich wieder an sein Buch und ich machte den Abwasch, bevor ich mich an meinen Laptop begab. Judith hatte ohne große Mühen etwas über Madeline herausgefunden. Deshalb hoffte ich, selbst mehr über ihre Aufenthaltsorte zu erfahren. Doch schon bald musste ich einsehen, dass Judiths Netzwerk deutlich besser war als alles, was ich online finden konnte.

Ich suchte bereits zwei Stunden erfolglos, als ich eine E-Mail von NightWatcher bekam. Sie ploppte in dem Account auf, den ich extra für den Chat im Forum eingerichtet hatte, um meine wahre Identität zu verschleiern. Ich starrte geschlagene fünf Minuten lang auf die ungelesene Nachricht, bevor ich sie anklickte. Zum ersten Mal seit unserem missglückten Treffen im Attic hörte ich von ihm und ich fragte mich, was er wollte und warum er so lange damit gewartet hatte, mich zu kontaktieren. Eine Sekunde lang erwog ich, die Nachricht einfach zu löschen, aber meine Neugier siegte. Ich wollte wissen, warum er an jenem Abend nicht erschienen war. Mehr noch, ich wollte herausfinden, ob er wirklich etwas über den Tod meines Vaters wusste.

Tut mir leid, dass wir uns im Attic nicht sehen konnten. Ich wollte reingehen, aber dann war es mir zu gefährlich. Später habe ich gehört, dass in der Nacht jemand von einem Vampir angegriffen wurde. Portland ist im Moment nicht mehr sicher. Ich habe die Stadt noch in derselben Nacht verlassen und halte mich seither bedeckt.

Wenn du immer noch reden willst, ich will dich treffen. Nur nicht in Portland. Lass uns einen Ort aussuchen, an dem sich die Vampire nicht blicken lassen. Ich würde dich gerne bei Tag treffen, wenn das geht. Ich denke, das wäre sicherer für uns beide.

Ich lehnte mich im Stuhl zurück und starrte auf den Bildschirm. Ich hatte nicht erwartet, je wieder von NightWatcher zu hören. Diese Mail jetzt weckte in mir denselben Drang, der mich damals erst ins Attic geführt hatte. Ungeachtet dessen, was geschehen war, musste ich immer noch herausfinden, warum mein Vater ermordet worden war. Meine Vernunft appellierte an mich: Ich kannte diesen Typen nicht, und es schien eher so, als wollte er mich in eine Falle locken. Stärker jedoch war der Teil, der mir sagte, dass ich keine Antworten finden würde, wenn ich in meinem Zimmer saß und Suchbegriffe bei Google eingab.

Ich schrieb schnell eine Antwort zurück und erklärte ihm, dass ich Probleme haben könnte, wegzukommen. Ich bat ihn, mir das, was er wusste, online mitzuteilen. Die Antwort kam postwendend.

Das, was ich weiß, könnte meinen Tod bedeuten, wenn die falschen Leute davon erfahren. Ich muss dich persönlich treffen, um sicherzugehen, dass ich dir vertrauen kann. Du wirst es verstehen, wenn wir uns sehen.

Hm, kryptisch. Ich war entschlossener denn je, ihn zu treffen, aber es würde beinahe unmöglich sein, mich an meinen selbsternannten Bodyguards vorbei zu schleichen. Besonders jetzt nach der Crocottaattacke. Irgendwie aber musste ich es schaffen.

Ich will mich noch immer mit dir treffen. Muss nur erst ein paar Dinge auschecken. Ich überlege, wo wir uns treffen können. Lass mich schauen, was ich machen kann, dann melde ich mich wieder.

Ich klickte auf Senden und stieß einen langen Seufzer aus. Hatte ich das Richtige getan oder einen großen Fehler begangen? So wie es derzeit aussah, war es jedes Mal, wenn ich einen Fuß vor die Tür setzte, völlig unklar, was mich erwartete. Aber ich konnte mich auch nicht zu Hause verstecken. Ich liebte meine Freiheit. Wenn die Angst mir diese rauben würde, was für eine Art von Leben hatte ich dann noch?

Schlimme Dinge konnten geschehen, ob man das Haus verließ oder auch nicht – eine schmerzhafte Wahrheit, die ich durch den Tod meines Vaters gelernt hatte. Und ich durfte nicht nur an mich denken, da war auch noch Nate. Was, wenn die Crocotta meine Spuren bis hierher verfolgt hätten, statt mich auf der Straße zu überfallen? Nate wäre diesen Kreaturen hilflos ausgeliefert gewesen.

Remy würde wissen, wie ich für Nates Sicherheit sorgen konnte. Ich musste ihn so schnell wie möglich sehen, es war das Mindeste, was ich zu Nates Schutz tun konnte.

Mein verletzter Rücken und mein Arm schmerzten, als ich mich fürs Bett auszog. Die Kratzer heilten unglaublich schnell und Chris hatte gesagt, sie wären in ein paar Tagen vollständig verschwunden. Ich musste bis dahin zur Sicherheit lange Ärmel tragen, denn es gab keine plausible Erklärung für diese Narben.

Ich löschte das Licht und schlug die Tagesdecke zurück. Doch anstatt mich ins Bett zu legen, zog es mich ans Fenster. Ich nahm die Vorhänge zur Seite und sah hinaus auf das dunkle Wasser, fragte mich, ob Nikolas oder Chris in diesem Moment dort draußen waren und Wache hielten. Roland hatte mir erzählt, dass Nikolas sich geweigert hatte, sein Haus zu verlassen. Selbst nachdem Maxwell und die anderen zurückgekommen und einige der jüngeren Wölfe alles andere als glücklich über seine

Anwesenheit waren. Eines musste man Nikolas lassen: Er nahm diese Beschützersache verdammt ernst. Ich wünschte nur, ich wüsste, wie lange das andauern würde. Hatte er nicht irgendwelche Kriegersachen zu erledigen?

Eine leichte Bewegung im Schatten fiel mir ins Auge und ich begriff, dass dort draußen tatsächlich jemand war. Direkt neben dem Schein der nächsten Straßenlaterne. Als hätte er meine Gedanken gehört, bewegte sich der Schatten wieder und eine große Gestalt trat ins Licht. Ich konnte Nikolas' Gesicht nicht erkennen, aber ich wusste, dass er es war. Ein behagliches Gefühl breitete sich in mir aus und ich trat vom Fenster zurück.

Es ist nichts. Ich fühle mich nur besser, weil er da ist ... Nates wegen.

In der zweiten Nacht in Folge blieben die Albträume fern.

* * *

Es war schwieriger als erwartet, mich davonzuschleichen, um Remy oder jemand anderen zu treffen. Meine beiden Mohiribodyguards wechselten sich in Schichten ab. Und ich konnte schließlich nicht einfach auf mein Fahrrad springen und zu meinem Trollfreund fahren. Wenn ich ehrlich zu mir selbst war, dann war ich auch nicht besonders scharf darauf, allein in den Wald zu gehen. Doch war es höllisch frustrierend, sich rund um die Uhr von jemandem bespitzeln zu lassen.

Erst am Mittwochnachmittag ergab sich endlich eine Gelegenheit, mich davonzustehlen. Ich kam von der Schule nach Hause und fand eine Nachricht von Nate. Er schrieb, dass er auf einem seiner Umweltschützertreffen war. Ich lugte aus dem Fenster und sah, dass Chris im Dienst war. Er saß gelassen auf einer Bank, als ginge ihn die ganze Welt überhaupt nichts an. Wurde ihm nicht langweilig? Ich hatte geglaubt, das Kriegerleben wäre aufregender.

Während ich ihn beobachtete, kamen zwei Mädchen auf ihn zu, setzten sich links und rechts neben ihn und verwickelten ihn in ein Gespräch. Zum ersten Mal hätte ich Jessie und Marie küssen können. Ich hatte kein Mitleid mit Chris, er schien ganz gut in der Lage, sich gegen zwei Teenager zu behaupten, und so war dies die perfekte Gelegenheit, um mich aus dem Staub zu machen. Innerhalb weniger Minuten schob ich mein Fahrrad durch die Hintertür und verschwand zwischen den beiden Gebäuden hindurch in Richtung Market Street.

Remy stand unmittelbar abseits der Straße und wartete auf mich. Es war unheimlich, wie er stets wusste, wann ich kam. Ich hatte ihn mehr als einmal danach gefragt, aber er lächelte nur und meinte, es sei eine Trollsache.

Heute lächelte er nicht. Er wetterte ganze fünf Minuten lang über den Crocottaangriff und darüber, dass ich beinahe ums Leben gekommen wäre. Ich hätte mir denken können, dass er bereits über alles Bescheid wusste. Es war kaum möglich, etwas so Bedeutendes vor den Trollen zu verheimlichen, zumal es nahe ihres Territoriums geschehen war. »Das passieren, wenn du in Stadt gehen. Böse Dinge kommen aus Stadt«, polterte er, während wir zu den Klippen gingen.

»Ich weiß, ich weiß. Aber ich kann es jetzt nicht mehr ändern. Über meine Bodyguards bist du dann wahrscheinlich auch schon informiert, oder?«

Er nickte ernst. »Krieger sind stark. Sie dich beschützen.«

Ich erzählte ihm, dass Nikolas mich letzte Woche aufgesucht und mir eröffnet hatte, dass ich eine Mohiri war. Remy zuckte nicht einmal mit der Wimper angesichts dieser Neuigkeiten. »Wusstest du die ganze Zeit, was ich bin?«

Die Vorstellung, er könnte es all die Jahre gewusst haben, verletzte mich.

»Nein«, erwiderte er ehrlich. »Ich wissen, du nicht normaler Mensch, aber auch Trolle nicht alles wissen.«

»Du wusstest, dass ich nicht normal bin?«

Er lächelte schelmisch. »Jeder wissen das.«

»Spaßvogel«, erwiderte ich und schlug ihm auf die Schulter.

Wir saßen eine Stunde lang in der Höhle und ich berichtete ihm von Nikolas und seinem Wunsch, mich mit zu den Mohiri zu nehmen. »Ich möchte nicht weg von hier. Und ich will auch nicht ewig leben. Alle werden altern, und ich sehe dann immer noch so aus wie heute.«

»Ich leben lange.«

Ich riss die Augen weit auf. »Das stimmt!« Es gab nichts, was ich gegen meine Unsterblichkeit machen konnte, aber zum ersten Mal schien es, als erstreckten sich die vor mir liegenden Jahre nicht mehr so endlos und grau in die Länge.

»Glaubst du, dass wir in hundert Jahren noch Freunde sind, Remy?« Allein der Gedanke, dass wir beide in einem Jahrhundert noch hier sein und exakt genauso wie jetzt aussehen würden, war schwer vorstellbar.

»Wir immer Freunde sein«, erklärte er überzeugt.

Meine Freude darüber wurde gedämpft, als mir ein anderer Gedanke kam. »Ich werde für lange Zeit weggehen müssen. Wenn ich hier bleibe, werden die Leute merken, dass ich nicht älter werde. Ich kann erst wieder zurückkommen, wenn sie alle bereits gestorben sind.« Ich warf ihm ein hoffnungsvolles Lächeln zu. »Du könntest mit mir kommen, wenn du möchtest. Ich könnte ein schönes Plätzchen auf dem Land für uns finden. Vielleicht oben in den Bergen.«

Er schüttelte traurig den Kopf. »Muss bei Familie bleiben.«

»Oh«, seufzte ich schwer. Remy war für einen Troll recht abenteuerlustig, aber dennoch waren Loyalität und Familiensinn tief in ihm verankert. Er war ein treuer Freund, aber er hat sich immer zuerst für seine Angehörigen verantwortlich gefühlt. Ich verstand und respektierte das, selbst wenn die Vorstellung, ihn jahrelang nicht zu sehen, mich traurig machte.

Ich schüttelte die trüben Gedanken ab. Ich würde um meine Freunde trauern, wenn die Zeit gekommen war zu gehen. Jetzt hatte ich wichtigere Dinge zu erledigen.

»Remy, ich muss Nate beschützen. Für den Fall, dass ein Vampir oder irgendein anderes Monster herausfindet, wo wir leben. Vielleicht hilft ein Schutzkreis. Du kennst doch Sprüche, die das bewirken, oder?«

»Ich haben starken Bannspruch für Zuhause, helfen aber nicht, wenn Onkel nicht in Haus. Trollmagie nicht gut für Menschen. Aber gute Zauber du nutzen kannst.«

»Ich brauche etwas wirklich Starkes. Nate ist alles, was ich an Familie noch habe.«

Er starrte ein paar Augenblicke lang auf den Boden der Höhle, dann sagte er: »Ptellonblut. Ist bester Schutz, aber hält nur einen Mond lang. Dann du wieder neu nutzen musst.«

Ich verzog das Gesicht. »Blut! Du willst, dass ich Nate Blut gebe?«

Sein raues Gelächter hallte von den Wänden der Höhle wider. »Nicht echtes Blut. Ptellon ist besondere Blume aus Bergen in Asienland. Es haben roten Nektar wie Blut.«

»Oh, okay. Ich will bloß keine Wiederholung von diesem Baktuzeug – was übrigens ziemlich eklig war.« Ich rieb meine Arme, vom Ozean her wehte eine frische Brise. »Wie nutze ich es, und was macht es?«

»In Trinken oder Essen mischen. Es macht bösen Geruch für Dämonen und Monster, sie nicht nahe an ihn gehen.«

»Wird er selbst es auch riechen?«

»Nein, nicht Geruch für Menschen und Tiere.«

Ich schenkte ihm ein breites Grinsen. »Das ist brillant! Ich werde sehen, ob Malloy es besorgen kann. Wie viel wird es kosten?«

»Es sehr stark. Vielleicht viele Menschendollar.«

Geld bedeutete Remy nichts, wenn er also viele Dollar sagte, dann wusste ich, dass es mehr war, als ich aufbringen konnte. Ich biss mir auf die Lippe und grübelte über einen Weg nach, an das Ptellonblut zu kommen.

»Galle wert ist viele Menschendollar«, bot er an, doch ich schüttelte vehement den Kopf.

»Wir können deine Galle nicht wieder benutzen, sonst findet uns noch jemand.« Es war beängstigend genug, an die Galle zu denken, die wir hier in der Höhle versteckten. Leute waren schon für weitaus weniger getötet worden.

Remy schritt noch ein paar Mal ruhelos durch die Höhle, dann ging er zum Eingang unseres geheimen Treffpunkts. »Warte hier«, rief er, bevor er seitlich der Klippen verschwand.

»Wo sollte ich schon hingehen?«, rief ich ihm nach. Er antwortete nicht.

Ich setzte mich nahe des Ausgangs und drückte meinen Rücken gegen die glatte Wand. Der Wind heulte durch die Höhle und erinnerte mich daran, wie einsam dieser Ort ohne Remy war. Ich sah hinab auf den Ozean, der sich tosend um die spitzen Felsen warf, wie Wasser, das ein riesiges Maul voller scharfer Zähne umspülte. Ich liebte die See, die unendliche Weite, den Geruch und die Geräusche. Wenn ich nahe am Meer war, erschien es mir immer, als riefe es nach mir. Ein alter Fischer hatte mir einmal gesagt, dass Salzwasser durch seine Adern fließe und er nur in der Nähe des Ozeans glücklich sein könne. In Augenblicken wie diesem verstand ich das nur zu gut.

Remy kam nach ein paar Minuten zurück und hatte einen Sack bei sich, in dem sich kleine Stöcke befanden. Ich schaute ihn verwirrt an, dann legte er das Säckchen auf den Boden und grinste mich breit an, während er die Hand ausstreckte. Auf seiner Handfläche lagen ein Dutzend oder mehr glitzernde Diamanten und ein kleiner Rubin. Er deutete darauf. »Das kaufen dir Ptellonblut.«

Ich schaute mir den Rubin genauer an, der nicht größer als ein halbes Karat aussah. Ich war kein Edelsteinexperte, wusste aber, dass Rubine nicht besonders wertvoll waren.

»Ein Rubin? Ist er magisch oder so?«, fragte ich erwartungsvoll, darauf bedacht, seine Gefühle nicht zu verletzen.

Er schüttelte den Kopf, als hätte auch ich es besser wissen müssen. »Das nicht Rubin. Das Diamant.«

Ein roter Diamant? »Oh. Sind die teuer?« Es sah für mich wie ein Rubin aus. Aber was wusste ich schon.

»Das genug, um dir kaufen viel, viel Ptellonblut für Onkel.«

»Das kleine Ding? Ernsthaft?« Es sah nicht nach viel aus, aber wenn Remy sagte, dass es wertvoll war, dann glaubte ich ihm. »Hör mal, wenn das so viel wert ist, willst du es mir dann wirklich geben? Bekommst du keinen Ärger?«

Er zeigte seine Zähne und grinste. »Clan haben genug schönen Tand. Du nehmen alle Diamanten. Andere aufheben, wenn du sie brauchen.«

Ich wusste, dass die Trolle große Reichtümer besaßen, aber es war mir nicht in den Sinn gekommen, dass ihr Reichtum meine Vorstellungskraft um ein Weites überschreiten könnte. »Das ist ja wie Smaugs Schatz«, sagte ich und stopfte mir die Säckchen mit den Diamanten in meine Hosentaschen. Es war nicht das erste Mal, dass Remy mir wertvolle Steine als Zahlungsmittel gegeben hatte und ich war bereits daran gewöhnt.

»Smaug?«

Es dauerte ein paar Minuten, bis ich ihm die Geschichte vom Hobbit und dem Drachen mit dem Berg voller Schätze erzählt hatte. Als ich fertig war, schüttelte Remy nur abwehrend den Kopf. »Drachen sich nicht interessieren für Tand. Sie nur wollen essen.«

»Gut zu wissen«, murmelte ich und hoffte, das niemals selbst herausfinden zu müssen. Ich deutete auf den Sack am Boden. »Was ist mit den Stöcken?«

»Das ist für schützen das Haus.« Er erklärte mir, was es mit den Dingen in dem Sack auf sich hatte und wie man sie für einen Schutzzauber verwenden musste. Es dauerte eine halbe Stunde, bis ich mir die Sprüche dazu merken konnte und ich beschloss, dass es besser war, den Zauber so schnell wie möglich anzuwenden, bevor ich alles wieder vergessen hatte.

Als es Zeit war zu gehen, bestand Remy darauf, mich auf meinem Weg in die Stadt zu begleiten. Er hielt sich am Waldrand, während ich mit dem Rad fuhr und ihn hin und wieder zwischen den Bäumen herumflitzen sah. Hätte er es gewollt, so hätte er unsichtbar bleiben können, aber er wollte, dass ich ihn sah und wusste, dass er da war.

Das Motorrad tauchte hinter mir auf, als ich gerade das Verkehrszeichen mit dem innerstädtischen Tempolimit passierte. Ich drehte mich nicht um. Hinter mir, und das den ganzen Weg nach Downtown, röhrte die Ducati wie eine hungrige Raubkatze. Kurz überlegte ich, dass ich mich zu Hause angekommen im Sprint auf die Tür stürzen würde, aber offensichtlich hatte Nikolas genau das vorhergesehen. Als wir an der Wasserkante vorbeikamen, fuhr er weiter, und just in dem Augenblick, in dem ich das Haus erreichte, stand er schon an der Ecke. Die Arme vor der Brust verschränkt und mit einem Ausdruck im Gesicht, der sich mir die Nackenhaare aufstellen ließ. Seine Laune schwankte so schnell, dass es schwer war, mit ihm Schritt zu halten. Der verärgerte Mann, der jetzt auf mich wartete, hatte nichts mit der Person gemein, die mir ihren Mantel gegeben und die ganze Nacht über meinen Schlaf gewacht hatte.

»Hast du neulich gar nichts gelernt?«, platzte er heraus und ging einen Schritt auf mich zu. »Möchtest du sterben?«

Ich schluckte schwer, stieg von meinem Rad und ging auf ihn zu. »Natürlich nicht.«

Ich konnte ihm auf keinen Fall sagen, dass ich bei einem Troll, der alle Bedrohungen abwehren konnte, wohl sehr sicher war.

»Nein?«, seine Augen wurden schmal. »Sagst du mir dann, was so wichtig war, dass du dich davongeschlichen hast?«

»Nein«, antwortete ich und ignorierte seinen Befehlston.

Er biss den Kiefer fest zusammen und ich wusste, er war wütend, aber ich würde mich ihm auf keinen Fall unterwerfen. Ich musste nicht jeden meiner Schritte rechtfertigen.

»Südlich der Stadt ist meilenweit nichts anderes als Wald. Was wolltest du da draußen?«

Statt eine Antwort zu geben, fragte ich: »Wie hast du mich überhaupt gefunden? Hast du mir auch einen Peilsender ans Fahrrad geklebt?«

»Nein, aber vielleicht sollte ich das tun.«

»Nein, sollst du nicht!«, sprudelte ich hervor. Ich konnte nicht ausmachen, ob er es ernst meinte, dabei traute ich es ihm durchaus zu. »Ich bin nicht völlig wehrlos, wie du weißt, und ihr müsst nicht vierundzwanzig Stunden am Tag auf mich aufpassen. Ich habe, auch bevor ich euch kannte, sehr gut auf mich allein aufpassen können.«

Nikolas neigte den Kopf und zog einen Mundwinkel arrogant nach oben. »Ja, ich sehe, wie gut du zurechtkommst«, spottete er in diesem furchtbaren, belehrenden Ton. »Es überrascht mich, dass du so lange überlebt hast.«

Es schmerzte, dass er so wenig von mir hielt, aber ich weigerte mich, ihm das zu zeigen. Mehr als das ärgerte mich, dass mir seine Meinung überhaupt wichtig war. »Es tut mir leid, dass ich so eine Last für euch bin, aber niemand hat euch darum gebeten, hierzubleiben. Du kannst wieder nach Hause gehen und deine Kriegersachen machen, Vampire jagen oder was auch immer du so tust. Vergiss mich doch einfach.«

Ich bewegte mich an ihm vorbei, aber er machte wieder dieses Überschallgeschwindigkeitsding, und so blockierte seine breite Brust meinen Weg. Er packte meinen Lenker, als ich versuchte, mich an ihm vorbeizuschlängeln, und plötzlich fühlte es sich an, als wäre mein Rad am Boden festzementiert.

Er lehnte sich nach vorn und sprach mit tödlicher Langsamkeit in mein Ohr: »Wenn ich ein Vampir wäre, wärst du jetzt tot – oder Schlimmeres.«

Mir stockte der Atem, und ein paar Sekunden lang war ich zurück in dieser Gasse, gegen eine Mauer gepresst, unfähig, mich zu bewegen. Ich schüttelte die Erinnerung von mir, sah zu ihm auf und hasste ihn dafür, dass er mich daran erinnerte, wie schwach und hilflos ich mich bei Eli gefühlt hatte. Unsere Augen waren nur Zentimeter voneinander entfernt, der Mori in mir wand sich ungeduldig und sandte eine Welle ungekannter

Emotionen durch meinen Verstand. Ich riss meinen Blick von ihm los, wütend darüber, dass er die Macht hatte, auch nur den kleinsten Teil meiner Seele zu berühren.

»Spielt es überhaupt eine Rolle?«

»Was?«

»Damals am Kai hast du gesagt, dass du nicht jede Waise retten kannst. Was macht eine mehr schon für einen Unterschied?«

Nikolas versteifte sich, und ich begriff, dass ich gerade sein Kriegerego verletzt hatte. Ich war diese Bevormundung so leid, dieses Supermangehabe, und es fühlte sich gut an, zu wissen, dass auch er nicht unbesiegbar war.

»Würdest du bitte mein Rad loslassen?«, fragte ich, als er auf meine Frage nicht reagierte. »Nate wird bald nach Hause kommen und dann muss ich Abendessen machen.« Ich musste weg von ihm. In seiner Gegenwart fühlte ich mich wütend, sicher und ängstlich zugleich. Und ich wusste nicht, warum.

Doch statt den Lenker loszulassen, grummelte er: »*Khristu!* Verstehst du nicht, in welcher Gefahr du schwebst? Ich weiß, dass du glaubst, bei deinen Werwolffreunden in Sicherheit zu sein, aber jemand hat einiges an Mühen auf sich genommen, um dich zu finden. Wenn es dieser Vampir ist, dann wird er nicht aufgeben.«

Seine Worte ließen die Haut an meinem Hals prickeln und ich erinnerte mich an den Hunger in Elis Augen.

Nikolas sah, wie ich mit mir kämpfte. »Wenn du ehrlich zu dir selbst bist, dann wirst du zugeben müssen, dass ich recht habe.« Endlich ließ er den Lenker los, legte seine warme Hand über die meine. »Ich kann dich beschützen, wenn du mich nur lässt.«

Ich versuchte, das kleine Zittern, das mich erfasste, zu ignorieren. Wie war es möglich, jemanden so wenig zu mögen und dabei gleichzeitig ein solches Flattern im Innern zu fühlen? Seine Nähe machte es mir plötzlich schwer, klar zu denken. Ich zog meine Hand weg und stammelte: »Ich muss jetzt wirklich reingehen.«

Dieses Mal hielt er mich nicht auf. Er trat beiseite und ich schob mein Rad an ihm vorbei. Schnell eilte ich zur Hintertür und lehnte das Fahrrad gegen die Wand, während ich meine Schlüssel suchte. Ich bemerkte erst, dass er mir gefolgt war, als er sagte: »Du kannst vor mir davonlaufen, aber der Wahrheit entkommst du nicht. Die Werwölfe können dich nicht für immer beschützen, und irgendwann wirst du New Hastings verlassen müssen. Was willst du dann tun?«

Meine Hand hielt am Türknauf inne. »Wenn das passiert, dann wird es mein Problem sein, nicht deins«, erwiderte ich, ohne ihn anzusehen. Ich öffnete die Tür und drängte mich mit dem Rad hinein. »Ich will nicht, dass du mir weiter überall hin folgst.«

»Und ich will nicht, dass du dich selbst in Gefahr bringst. Scheint so, als bekäme keiner von uns das, was er will.«

Ich gab keine Antwort, sondern ließ die schwere Tür hinter mir ins Schloss fallen.

Kapitel 12

ICH zerrte den Stoffbeutel, den Remy mir gegeben hatte, aus dem Rucksack und schüttete den Inhalt auf den Boden des Lagers im Erdgeschoss unseres Hauses. Beim Anblick der zwei kleinen Bündel Asche, den Holunderbuschzweigen, der Papiertüte, der Steinschüssel und etwas, das wie ein grober Zeichenpinsel aussah, war es schwer, zu glauben, dass diese simplen Dinge jemanden wie einen Vampir abwehren sollten. Aber ich vertraute Remy und seiner Trollmagie. Wenn er sagte, das sei der beste Weg, Nate zu schützen, dann glaubte ich ihm.

Ich arrangierte die Zweige in einem Kreuzmuster innerhalb der Schüssel, so wie Remy es mir gezeigt hatte. Dann verteilte ich den Inhalt der Papiertüte darüber. *»Il vekk'it zuhh ymen«*, flüsterte ich in schlechter Imitation der gurrenden Trollsprache. Aber es schien zu genügen, denn die Zweige entzündeten sich, so wie Remy es vorausgesagt hatte. Das kleine Feuer brannte schnell und die Flammen veränderten ihre Farbe von Weiß zu Blau zu Grün, bis schließlich nur noch ein Häufchen Asche übrig blieb, das inzwischen nach einer Mischung aus verbranntem Salbei, Basilikum und verkohltem Holz roch.

Ich nahm die Schale und den Pinsel hoch und ging zur Hintertür. Dort stellte ich die Schale auf den Boden und tauchte den Pinsel in die Asche. Dann malte ich die Umrisse meiner linken Hand in die Mitte des Türblatts und sprach dabei langsam die Worte: *»Atal'al il, atal'ak.«* Frei übersetzt bedeutete das: »Beschütze mich, beschütze die Meinen.« Ich trat zurück und wartete. Nur Sekunden später senkte sich die Aschezeichnung in den Stahl und verschwand. So! Nun konnte, solange dieses Gebäude mein Zuhause war, nichts und niemand mit böser Absicht durch diese Tür gelangen. Jetzt musste ich das Ganze nur noch bei jeder Tür und jedem Fenster des Hauses wiederholen.

* * *

Die Konfrontation mit Nikolas machte mir mehr zu schaffen, als ich zugeben wollte. Ich hasste es, wie schwach und verletzlich ich mich gefühlt hatte, als er mein Fahrrad festgehalten hatte und ich konnte es nicht ausstehen, aus einem falschen Verantwortungsgefühl heraus verfolgt zu werden. Es half auch nicht gerade, dass dieser dumme Dämon in mir stets wusste, wenn Nikolas in der Nähe war und mir seine Gegenwart jedes Mal mit diesem unruhigen Zucken in meinem Verstand verriet. Wenn das die Kommunikationsweise der Moridämonen war, dann musste es ein absoluter Sinnesoverkill sein, unter Nikolas' Leuten zu leben. Wie kamen die Mohiri damit klar?

Am Ende der Woche war ich so weit, jedes Mal laut aufzuschreien, wenn ich Nikolas oder Chris sah. Sie waren einfach überall: vor der Schule, im Supermarkt, in der Bücherei, an den Anlegestellen. Sie hielten Abstand und ich gab vor, sie zu ignorieren, aber ihre stetige Anwesenheit bedeutete, dass ich nicht mehr frei war, zu kommen und zu gehen, wie es mir beliebte. Ich zermarterte mir tagelang das Hirn, um einen Weg zu finden, NightWatcher zu treffen, aber bis jetzt war es unmöglich gewesen. Die Mohiri beschützten mich bis zum Wahnsinn.

Ich fing an, mich zu Hause zu verstecken, wenn ich nicht in der Schule war, denn das war die einzige Möglichkeit, die beiden zu meiden. Oder um genauer zu sein: ein weiteres Aufeinandertreffen mit Nikolas zu umgehen. Das Problem an meinem selbst auferlegten Hausarrest war, dass ich nach ein paar Tagen verrückt wurde. Das letzte Mal, als ich mich daheim vergraben hatte, war ich mit dem Trauma der Vampirattacke beschäftigt gewesen und damit, das Wissen um meine Unsterblichkeit zu verkraften. Alles gute Gründe, sich zurückzuziehen, wie ich fand. Dieses Mal war es pure Feigheit und ich verabscheute mich selbst dafür.

Der einzige Höhepunkt der Woche war Malloys Nachricht, in der er mir mitteilte, dass er einen Typen kannte, der hauptsächlich mit exotischen Pflanzen handelte und er daran arbeitete, mir das Ptellonblut so schnell wie möglich zu beschaffen. Als ich Malloy über mein Zahlungsmittel in Kenntnis setzte, war er beinahe so begeistert wie über die Trollgalle. Ich informierte mich sofort darauf im Internet und fand heraus, dass rote Diamanten eine der seltensten Edelsteinarten der Welt waren. Ich wünschte, das vorher gewusst zu haben. Es konnte zu viel Aufmerksamkeit auf sich ziehen, und dabei versuchte ich ja gerade, mich im Hintergrund zu halten. Ich wischte meine Sorgen beiseite, ich musste Nate beschützen. Der Rest war nebensächlich. Außerdem war es unwahrscheinlich, dass jemand einen Zusammenhang zwischen der Trollgalle und den Diamanten herstellte, egal wie selten sie waren.

Als mein Handy am Samstagnachmittag klingelte, dachte ich zuerst, es wäre Roland. Er rief mich immer samstags an und war einer der wenigen, die meine Nummer hatten. Doch die Zahlenfolge auf dem Display kam mir nicht bekannt vor, also ging ich zögerlich ran. »Hallo?«

»Sara, hi, hier ist Samson Long. Wir haben uns auf der Party letzte Woche getroffen.«

»Oh, hi«, erwiderte ich und versuchte, meinen Schock zu verbergen. *Wie zur Hölle ist er an meine Nummer gekommen?*

»Ich hoffe, es ist okay, dass ich anrufe. Ich hab deine Nummer von Roland. Er meinte, das wäre in Ordnung.«

Notiere: Besten Freund töten. »Ja, alles gut.«

Samson räusperte sich. »Ich weiß, es ist ein bisschen kurzfristig, aber ich wollte dich fragen, ob du heute was mit mir machen willst.«

»Was machen?«, wiederholte ich dümmlich.

»Ja, vielleicht ins Kino gehen oder was essen … was immer du möchtest.«

»Ich … «, stammelte ich, unsicher, was ich erwidern sollte. Samson Long fragte mich, ob ich mit ihm ausgehen wollte. Mein Gesicht glühte. Zum ersten Mal in meinem Leben bat mich ein Junge um ein Date, und ich stand da wie ein Idiot und brachte kein Wort heraus.

»Oder wir trinken einen Kaffee zusammen, wenn du magst«, bot er schnell an.

»Okay«, hörte ich mich selbst sagen. Ich mochte Samson und ich hatte es genossen, mich auf der Party mit ihm zu unterhalten – bevor Nikolas aufgetaucht war und mir die Laune verdorben hatte. »Kaffee klingt gut.«

Ich konnte das Lächeln in seiner Stimme hören. »Super. Ich hol dich in einer halben Stunde ab, okay?«

»Okay«, wiederholte ich. Ich gab ihm meine Adresse und legte wie betäubt auf. Ich schüttelte mich, dann zog ich mich um und machte irgendwelche sinnlosen Versuche, meine Haare zu bändigen. In den wenigen Minuten, die übrig blieben, schrieb ich Roland eine Nachricht: ›DU bist so was von tot.‹

Ich hatte erwartet, dass Samson in dem weißen Van von der Party aufkreuzen würde, stattdessen fuhr er in einem gelben Jeep Wrangler vor, der besser zu ihm passte. Er grinste breit, als ich einstieg und erkläre, wie froh er war, dass ich Ja gesagt hatte. Ich neigte den Kopf ein wenig und blickte zu Boden, sodass er meine roten Wangen nicht bemerkte, und beschäftigte mich mit dem Gurt. Ich war immer unter Jungs gewesen, aber das war das erste Mal, dass ich allein mit einem Typen war, der nicht zu schüchtern war, mir zu zeigen, dass er mich mochte.

Als wir losfuhren, sah ich aus dem Fenster und bemerkte Chris an seinem üblichen Beobachtungsposten. Er zog ein Handy aus der Tasche und sprach mit jemandem. Kein Zweifel, dass es sich dabei um Nikolas handelte, der, wie bei einem Staffellauf, gleich den Stab von Chris übernehmen und mich verfolgen würde. Ich wandte mich ab, entschlossen, heute einfach eine gute Zeit zu haben und sie mir dieses Mal nicht von den beiden ruinieren zu lassen.

Samson meinte, er würde mit mir zu seinem Lieblingscafé fahren, und auf dem Weg dorthin redeten wir über die Party und wie schade es gewesen war, dass der Regen den Spaß beendet hatte. »Das nächste Mal feiern wir drinnen, dann laufen uns die Leute wenigstens nicht davon«, sagte er mit bedeutungsvollem Unterton.

Das Café nannte sich The Hub. Ich hatte es im Vorbeifahren schon oft gesehen, aber war noch nie dort gewesen. Es war eher ein Treffpunkt für Collegestudenten und ich fand, dass das gemütliche Ambiente, der große Kamin und die bequemen Sofas auch wirklich einladend waren. Samson kaufte uns zwei Mokka und wir schlängelten uns durch die Sofas hindurch zu zwei großen Stühlen nahe eines der Fenster. Es war offensichtlich, dass er häufig hierherkam, denn er grüßte im Vorbeigehen zahlreiche Leute. Ein paar Minuten später war mir dann auch klar, warum dieser Ort mir so anders erschien als die Läden, in die ich normalerweise ging. Wäre ich an einem meiner Lieblingsplätze mit Samson aufgetaucht, hätten alle um uns herum sofort zu flüstern begonnen und uns beobachtet. Hier dagegen sahen die Leute kurz auf und scherten sich nicht weiter um uns. An uns beiden war nichts weiter ungewöhnlich und das war ziemlich erfrischend für mich.

»Ich muss dir etwas gestehen«, verkündete er, nachdem wir es uns auf den Stühlen bequem gemacht hatten. »Ich hab mich die Woche ein wenig nach dir erkundigt.«

»Oh«, ich nippte an meinem Kaffee. Die Röte kroch mir schon wieder verdächtig in die Wangen. »Was hast du herausgefunden?«

Sein Lachen war nett, und ich bemerkte, dass er schöne, leuchtend grüne Augen hatte.

»Nicht viel. Jeder weiß, wer du bist, aber niemand scheint dich zu *kennen.* Außer Roland, und er sagte mir, ich solle dich selbst fragen. Du bist eine Frau mit vielen Geheimnissen.«

Nun war es an mir zu lachen. »Vielleicht hatten sie nichts zu erzählen, weil es *nichts* zu erzählen gibt.«

»Das glaube ich nicht. Ich denke, du bist viel mehr als das, was du den Leuten von dir zeigst.« Er nahm einen Schluck aus seinem Becher. »Du hast gesagt, dass du bei deinem Onkel lebst. Wie kommt das, wenn ich fragen darf?«

Ich hatte außer mit Roland und Peter bisher mit niemandem über meinen Dad geredet und darüber, warum ich bei Nate lebte. Es fühlte sich seltsam an, es jemandem nun anzuvertrauen. Ich gab ihm eine sehr verkürzte Version der Geschichte. »Mein Dad starb, als ich acht war. Es gab nur uns beide, und nach seinem Tod hat Nate, sein jüngerer Bruder, die Vormundschaft für mich übernommen. Nate ist Schriftsteller, also war es ein Leichtes für ihn, zu Hause zu bleiben und sich um mich zu kümmern.«

»Du und dein Vater, ihr wart euch sehr nahe, oder? Das kann man heraushören, wenn du von ihm sprichst.«

Ich nickte, wartete darauf, dass die Tränen kamen, aber zu meiner Überraschung konnte ich sie zurückhalten. »Meine Mutter hat uns verlassen, als ich gerade einmal zwei Jahre alt war und mein Dad hat mich allein großgezogen.« In meiner Erinnerung sah ich das Gesicht meines Vaters und für einen kleinen Augenblick war es, als wäre er wieder bei mir. »Er war ... ich habe nie einen witzigeren Menschen als ihn kennengelernt. Und er war klug. Er liebte Bücher und Musik und er fand an den einfachsten Dingen Freude, wie zum Beispiel daran, Pfannkuchen zu backen oder einem Gewitter zu lauschen. Er sagte immer, dass man am meisten von einer Person erfahren kann, wenn man die Dinge betrachtet, die ihr wichtig sind. Damals wusste ich nicht, was er damit meint. Jetzt verstehe ich es.«

Samson lächelte wehmütig. »Ich glaube, ich hätte deinen Vater gemocht. Ich bin mit beiden Elternteilen aufgewachsen, aber wir stehen uns nicht gerade nahe. Mein Vater besitzt ein Ingenieurbüro und arbeitet viel im Ausland. Meine Mutter ist Mathelehrerin.«

»Wow, ein Ingenieur und eine Lehrerin. Ich schätze, etwas anderes als Einsen durftest du nicht mit nach Hause bringen.«

Er spielte mit dem Plastikdeckel seines Bechers. »Das kannst du laut sagen.«

»Hast du Geschwister?«

»Einen jüngeren Bruder in der Junior High und eine ältere Schwester, die in New York lebt.«

Ich rührte gedankenverloren in meinem Kaffee. »Das muss schön sein, Geschwister zu haben. Roland ist für mich so etwas wie ein Bruder.«

»Ich habe mir schon gedacht, dass ihr beiden euch sehr nahe seid. Als ich mit ihm geredet habe, hat er mir nicht gerade missverständlich klargemacht, dass ihm dein Wohlergehen und dein Glück sehr am Herzen liegt. Ich nehme es mal als gutes Zeichen, dass er mir trotzdem deine Nummer gegeben hat.«

Ich konnte ein Grinsen nicht unterdrücken. »So ist er schon, seit wir Kinder sind. Früher habe ich ihn immer verprügelt, wenn er mich behandelt hat, als wäre ich aus Glas.« Im Nachhinein muss ich meinen Werwolffreunden damals wirklich sehr zerbrechlich vorgekommen sein.

Samsons Augen funkelten. »Ich schätze, du warst ein ganz schöner Wildfang.«

»Total. Ich bin auf jeden Baum geklettert.«

»Du sagtest, dass du zeichnest. Was genau?«

»Was immer mir so in den Kopf kommt. Es ist nur ein Hobby, nichts, was ich herumzeige.«

»Würdest du etwas für mich zeichnen?«, fragte er ernsthaft interessiert.

Ich schüttelte den Kopf. »Ich bin wirklich nicht sehr gut, und ich habe auch nichts dabei.«

Er stand bereits. »Eine Minute.« Er ging zum Tresen und kam mit einem weißen Notizblock und einem Bleistift zurück, den er auf den kleinen

Tisch neben mir legte. »Kein Druck. Zeichne einfach das, was du möchtest.«

Ich dachte eine Minute lang nach, dann nahm ich den Stift und begann zu zeichnen. Während ich arbeitete, holte Samson uns zwei weitere Mokka und wir unterhielten uns locker weiter über die Schule, Hobbys, Freunde und seine Band. Er lebte in Portland und ich wollte wissen, wie er Dylan und seine Freunde hier in New Hastings kennengelernt hatte. Er erzählte mir, dass er hier aufgewachsen war und noch immer einige Leute kannte. Ein gemeinsamer Freund von Samson und Dylan hatte eine Band gründen wollen und die beiden zusammengebracht.

Ich beendete die Zeichnung und signierte sie mit einem Schnörkel, dann drehte ich den Block um, sodass er das Bild sehen konnte.

Seine Augen wurden groß, als er die Skizze betrachtete, die ich aus der Erinnerung heraus angefertigt hatte. Sie zeigte ihn an seinem Schlagzeug im Attic. Ohne meine guten Stifte war es nicht meine beste Zeichnung geworden, aber ich glaubte, ihn ganz gut erwischt zu haben.

»Das ist unglaublich! Wie kannst du sagen, dass das nicht gut ist?«

Ich errötete vor Freude über sein Lob. »Danke. Vielleicht sollte ich die hier behalten. Eines Tages, wenn du ein berühmter Rockstar bist, verkaufe ich sie für ein Heidengeld auf Ebay.«

»Du solltest sie behalten.« Seine Augen wurden dunkler, moosgrün, seine Stimme warm. »Dann vergisst du mich nicht.«

Sein bedeutungsvoller Blick war unmissverständlich. Nervös sah ich auf meine Hände. Ich schwamm in fremden Gewässern und ich hatte keine Ahnung, was ich als Nächstes sagen oder tun sollte. Ich war Vampiren und einem Rudel Crocotta gegenübergestanden, setzte man mich aber vor einen süßen Jungen, wusste ich nicht, was ich tun sollte.

Samson lachte leicht. »Du weißt gar nicht, wie bezaubernd du gerade aussiehst.«

Ich wandte mein erhitztes Gesicht von ihm ab und sah aus dem Fenster. »Das ist jetzt nicht gerade das, was ich über mein …«

Die Worte blieben mir im Halse stecken, als ich ein allzu bekanntes Flattern in meinem Innern wahrnahm. Es war ja nicht so, dass ich daran geglaubt hatte, dass uns keiner von beiden gefolgt war, aber für eine Weile hatte ich sie aus dem Kopf bekommen und war einfach nur ein normales Mädchen gewesen, dass mit einem netten Jungen Kaffee trank.

Ich suchte die Straße mit den Augen ab. Es gab kein Anzeichen für meine Anhängsel, aber meine Sinne sagten mir, dass entweder Nikolas oder Chris hier waren. Ernsthaft, was glaubten die beiden, was mir am helllichten Tag in einem Café passieren konnte? Eine Überdosis Koffein? Verbrennungen von zu heißem Kaffee?

Gut, sie waren nirgends zu sehen, es sei denn … Ich drehte mich um und sah mich im Café um.

Das wagen sie nicht. Bitte, lass sie nicht hier reingekommen sein. Der Gedanke, Nikolas oder Chris könnten sich als Anstandswauwau zu mir und meinem Date gesellen, war mehr als nur beschämend. Chris war ja noch zu ertragen. Er war freundlich, nicht so anmaßend. Nikolas launisches Temperament und seine überhebliche Art standen da auf einem ganz anderen Blatt. Wenn es schon einer von ihnen sein musste, dann bitte Chris.

Mein Magen rebellierte, als ich ihn im hinteren Bereich des Cafés sitzen sah. Seine Augen waren so dunkel, dass sie beinahe schwarz glänzten. Finster musterte er mein Date. Sein Blick schweifte zu mir und ich sah ihn herausfordernd an, hob mein Kinn, um ihm zu zeigen, was ich von dieser Verletzung meiner Privatsphäre hielt. Der Ausdruck in seinen Augen wurde weicher und er hob eine Augenbraue.

»Das ist doch der Typ von der Party«, sagte Samson und brachte sich wieder in Erinnerung – ich hatte ihn völlig vergessen. Ich warf Nikolas einen weiteren düsteren Blick zu und sah dann zu Samson, der Nikolas mit zusammengekniffenen Augen musterte. »Verfolgt der dich?«

Ich seufzte und nahm mir vor, Nikolas bei nächster Gelegenheit gebührend dafür zu danken, dass er mein Leben schon wieder kompliziert machte. »Ich hab dir doch erzählt, dass meine Mutter uns verlassen hat, als ich noch sehr klein war. Nikolas stammt von ihrer Seite der Familie und hat mich erst neulich aufgespürt.« *Das ist die Wahrheit.* »Die Familie meiner Mutter möchte, dass ich mit ihm komme und bei ihnen lebe, sie kennenlerne. Und Nikolas hat sich selbst zu einer Art Aufpasser für mich ernannt.« *Auch die Wahrheit.*

»Aufpasser? Wie alt ist er? Zwanzig?«

Ich hob die Schultern und nahm dann meinen Kaffee. Er war bereits kalt geworden, aber ich brauchte etwas Starkes. »Versuch einfach, ihn zu ignorieren. Mache ich auch so.«

Samson sah noch einmal zu Nikolas hinüber. »Er schaut dich nicht an, als wäre er ein Verwandter. Auf mich wirkt er eifersüchtig.«

Ich spuckte und hustete, der Kaffee hatte die falsche Röhre erwischt. »Vertrau mir«, quietschte ich, als ich wieder sprechen konnte. »Du kennst Nikolas nicht. Ich bin eine Familienverpflichtung für ihn, nichts mehr.«

»Also wenn ich mir sein Gesicht anschaue, dann fällt es mir schwer, das zu glauben«, erwiderte Samson. Aber bevor ich etwas einwenden konnte, lächelte er und sagte: »Aber wenn du ihn ignorieren kannst, kann ich es auch.«

»Gut.« Samson nahm Nikolas' Anwesenheit weit besser auf als die meisten Jungs in seiner Situation es getan hätten.

Wir blieben noch eine halbe Stunde im Hub und dann fuhr Samson mich nach Hause. Als er den Jeep parkte, sagten wir beide einen Augenblick nichts und dann wurde ich nervös, fragte mich, ob er versuchen würde, mich zu küssen. War das normal nach einem Kaffee-Date? Wie sollte ich wissen, ob er mich küssen wollte? Wollte ich überhaupt, dass er es versuchte? Zum ersten Mal in meinem Leben bereute ich es, keine Freundinnen zu haben, mit denen ich über solche Dinge reden konnte.

Er sah zu mir. »Ich hatte viel Spaß heute.«

»Ich auch.«

Einen weiteren Moment lang war es still, dann lachte er laut und fuhr sich mit der Hand durch sein blondes Haar. »Sorry, ich bin normalerweise nicht so. Ich weiß nicht, warum, aber mit dir fühle ich mich wie ein Achtklässler auf seinem ersten Date.«

»Ist das gut oder schlecht?«, fragte ich und er lachte wieder.

»Schlecht für einen Kerl, der versucht, cool zu sein und ein Mädchen zu bitten, wieder mit ihm auszugehen.«

»Oh«, hauchte ich und errötete bis hinauf in die Haarspitzen. Ich sah zur Seite, hinab zum Wasser und erkannte Chris, der auf seine Lieblingsbank zuging. Das Lächeln glitt mir aus dem Gesicht, als mich eine unerfreuliche Erkenntnis traf. So sehr ich Samsons Gesellschaft genoss, ich konnte nicht mit ihm ausgehen. Ich konnte mit niemandem ausgehen. Mein Leben war ein einziges Chaos. Wie sollte ich eine Beziehung mit jemandem eingehen, wenn ich doch bereits wusste, dass ich ihn schlussendlich wieder verlassen musste? Ich war unsterblich, ich konnte mein Leben nicht mit einem Menschen verbringen. War das etwa der Grund, weshalb

Madeline abgehauen und meinen Dad verlassen hatte? Ich würde das niemandem antun können, an dem mir etwas lag, und ich hatte das Gefühl, dass Samson jemand war, an dem mir sehr viel liegen könnte.

»Ich mag dich wirklich, Samson, aber ich bin im Moment nicht bereit dafür. In meinem Leben ist gerade so viel im Umbruch, das muss ich alles erst regeln.«

»Die Familie deiner Mutter?«, fragte er, ohne mich zu drängen.

»Ja, auch.« Ich zwang mich, ihn anzusehen. »Es tut mir leid.«

Er lächelte nett, aber die Enttäuschung klang deutlich aus seinen Worten. »Also ist es eher ein ›Jetzt nicht‹ als ein ›Nie‹?«

»So in etwa.« ich hasste es, ihn anzulügen, hasste mein ganzes Leben in diesem Moment abgrundtief. Ich stieg aus dem Jeep und ging zur Fahrerseite. »Ich hatte wirklich eine schöne Zeit.«

»Ich auch«, erwiderte er. Ich wollte mich umdrehen, aber er sagte: »Warte, vergiss das nicht.« Er hielt die Skizze hoch, die ich von ihm gefertigt hatte. »Damit du mich nicht vergisst.«

Ich lächelte traurig und nahm die Zeichnung entgegen. »Das werde ich nicht.«

Nate war in der Küche und buk Muffins, als ich hereinkam. »Warst du mit Roland unterwegs?«, wollte er wissen, als ich meinen Mantel in den Schrank im Flur hängte.

»Nein, ich hatte ein Kaffee-Date.«

Mit lautem Scheppern fiel das Muffinblech auf den Fliesenboden. »Ein Date? Mit einem Jungen?« Nate starrte mich mit offenem Mund an, während ich das Blech für ihn aufhob.

»Nein, mit Pater Glenn.« Ich war mir nicht sicher, ob ich angesichts seines ungläubigen Blickes beleidigt oder amüsiert sein sollte. »Natürlich mit einem Jungen. Ich kenne ein paar, weißt du.«

»Also, war es jemand aus der Schule?« Er versuchte, gelassen zu klingen, aber seine Neugier war deutlich zu hören.

»Nein, ein Freund von Roland.« Das war alles, was ich ihm erzählen würde. Es würde ohnehin nichts daraus werden. »Ich gehe jetzt nach oben und mach Englisch. Brauchst du Hilfe hier?«

»Nein, nein. Geh nur«, erwiderte Nate abwesend und ich fragte mich, ob er tatsächlich endlich begriffen hatte, was es bedeutete, mit einem Teenager unter einem Dach zu leben.

Ich bekam eine Nachricht von Roland, während ich meine Bücher aus der Tasche holte, aber ich wollte mit niemandem reden. Ein Teil von mir genoss noch das aufregende Nachglühen meines ersten Dates, der Rest von mir trauerte ob der Tatsache, dass es gleichzeitig mein erstes und wahrscheinlich letztes Date mit Samson – oder irgendjemand anderem – gewesen war. Ich hatte zuvor nie viel über Verabredungen oder Beziehungen nachgedacht, bis die Möglichkeit, eine zu haben, mir genommen wurde. Ich war nicht der Typ Mädchen, der gedankenlos Zeit mit jemandem verbringen konnte, wenn er wusste, dass es absolut keine Chance auf mehr gab. Ich schätzte, tief in meinem Innern hatte ich immer geglaubt, eines Tages den *Einen* zu finden und mit ihm bis in alle Ewigkeit glücklich zu werden. Wobei ›bis in alle Ewigkeit‹ kürzlich eine ganz neue Bedeutung bekommen hatte.

Ich streckte mich über den Schreibtisch und griff nach meinem Zeichenblock, um die Skizze von Samson darin zu verwahren. Dann blätterte ich die Seite mit dem Bild von Nikolas auf, das ich in der Nacht unseres ersten Zusammentreffens gemalt hatte. Ich legte die beiden Zeichnungen nebeneinander und begriff, dass ich sie beide so gezeichnet hatte, wie ich sie am selben Abend gesehen hatte. Samson war relaxt und lächelte auf dem Bild, er genoss das Bad in der Menge. Nikolas dagegen war ernst, geradezu kriegerisch mit dem Schwert. Sie waren so unterschiedlich, wie zwei Männer nur sein konnten. Der eine hell und warmherzig, der andere dunkel und zornig. Der eine wollte ein Teil meines Lebens sein, der andere wollte über mein Leben bestimmen. Einer war zuvorkommend und umgänglich, der andere sorgte regelmäßig für einen dicken Knoten aus widersprüchlichen Gefühlen in meinem Innern.

Ich schlug den Zeichenblock zu und warf ihn auf den Tisch. »Argh! Warum müssen Jungs so kompliziert sein?«

Oscar rieb sich an meinem Bein und so beugte ich mich hinab und hob ihn hoch. »Dich hab ich nicht gemeint«, säuselte ich und strich über sein Fell. Er schnurrte, drückte seinen Kopf gegen mein Kinn und rollte sich dann in meinem Schoß zusammen, um sorgenlos einzuschlafen. Es war das erste Mal, dass ich neidisch auf eine Katze war.

* * *

Den Sonntagmorgen verbrachte ich mit meinen Englischhausaufgaben und versuchte, Oscar vom Dachboden, und damit von seiner zunehmenden, gefährlichen Faszination für die Kobolde, fernzuhalten. »Glaub mir, du willst dich nicht mit den kleinen Monstern anlegen«, warnte ich ihn und scheuchte ihn zum gefühlt hundertsten Mal von dem Spalt in der Dachluke fort.

Zu meinem Pech gelang es ihm, schließlich eines der Biester im Badezimmer in die Enge zu treiben. Wütendes Geplapper riss mich aus meiner Arbeit. Ich scheuchte Oscar aus dem Bad und schaute den winzigen Dämon an. Mit seinen knapp fünfzehn Zentimetern, kalkweiß und glatzköpfig, stand der kleine Unhold auf dem Spülkasten der Toilette, eine Hand in die Hüften gestemmt, die andere zu einer Faust in Richtung der Katze geballt. Ich fühlte, wie Oscar um mein Bein strich, meine Warnung, sich fernzuhalten, hatte er offenbar nicht beherzigt. Der Kobold begann auf und ab zu springen und ließ beim Anblick der Katze kleine zornige Kreischer hören. Sein Lendenschurz flatterte wild um ihn herum.

»Ach, hör schon auf«, schimpfte ich. »Das Letzte, was ich jetzt sehen will, ist dein hässlicher kleiner Dämonenunterleib.«

Der Kobold hielt sofort inne und sah hinab auf das bisschen Stoff, das ihn bedeckte. Sie gaben gerne vor, Menschen nicht zu verstehen, aber ich hatte sie die ganze Zeit schon im Verdacht, dass sie das nur spielten. »Erwischt!«, sagte ich mit einem dicken Grinsen, während ich Oscar hochhob und ihn zum Bett trug. »Du bleibst hier, wenn du nicht gebissen werden willst. Ich glaube nicht, dass sich Koboldbisse beim Tierarzt gut erklären lassen.«

Zur Mittagszeit klingelte mein Handy, ich nahm ab – allein schon zur Ablenkung. »Hey, Roland.«

»Na, endlich. Ich hab dir gestern viermal geschrieben. Ich dachte schon, du ignorierst mich absichtlich.«

Ich saß auf dem Bett, ließ mich dann zurückfallen, sodass ich an die Decke sehen konnte. »Hab ich auch.«

Er lachte nervös. »Ich nehme an, Samson hat angerufen? Bevor du etwas sagst, er ist ein toller Kerl, und ihr beiden habt euch doch letztes Wochenende so gut verstanden.«

Ich seufzte laut. »Ich mag ihn. Aber du weißt doch, ich kann mich nicht … mit jemandem einlassen. Nicht jetzt, nicht, wenn alles in meinem Leben total verrücktspielt.« Ich erwähnte die Unsterblichkeitssache nicht. Roland und ich hatten bisher nicht über die Tatsache gesprochen, dass wir nicht gemeinsam altern würden. Ich hatte bereits versucht, ihn mir mit vierzig vorzustellen, während ich noch immer wie ein Teenager aussehen würde, aber der Gedanke hatte mich so durcheinandergebracht, dass ich ihn schnell beiseitegeschoben hatte.

»Ich dachte nur, du könntest ein wenig Spaß in deinem Leben gebrauchen. Jetzt, da Greg weg ist, werden dich viel mehr Jungs fragen, ob du mit ihnen ausgehen willst.«

Warte. Was? »Wovon redest du?«

Er lachte ins Telefon und ich konnte mir bildlich vorstellen, wie er den Kopf dabei schüttelte. »Sara, Greg hat allen Jungs in der Schule klargemacht, dass er es persönlich nehmen würde, wenn jemand dir wehtut oder dir gar das Herz bricht. Sie hatten alle viel zu große Angst, um dir näherzukommen.«

»Das ist jetzt nicht dein Ernst!« Mein Gesicht brannte. Ich konnte nicht glauben, dass Greg so etwas getan haben sollte. Na ja, doch, eigentlich konnte ich das, und deshalb fühlte ich mich beschämt.

»Greg hat eine harte Schale, aber einen weichen Kern – insbesondere, was dich betrifft. Wahrscheinlich weil du die einzige neben seinen Freunden warst, die keine Angst vor ihm hatte.«

»Weil ich wusste, dass es weitaus furchterregendere Typen da draußen gibt«, brummte ich. »Gott, ich kann nicht glauben, dass er das getan hat.« Ich würde ihm eine E-Mail schreiben, das sollte er von mir selbst hören.

Rolands Ton wurde ernster. »Hör mal, ich hab eigentlich angerufen, weil Pete und ich mit dir über etwas reden wollen. Möchtest du eine Kleinigkeit mit uns essen?«

»Gibst du mir einen Tipp, worum es geht?«

»Nein.«

»Du machst es spannend, also gut, dann bis gleich.«

Sie holten mich zwanzig Minuten später mit dem Auto von Peters Mutter ab, und nach einer kurzen Diskussion machten wir uns auf den Weg zur Mall. Viele der Läden waren am Sonntag geschlossen, aber die Restaurants hatten geöffnet und die Jungs liebten die Burger und

Milchshakes aus dem Benny's. Wir holten uns unser Essen und suchten uns einen abseits gelegenen Tisch. Ich ließ sie erst ein paar Bissen nehmen, bevor ich danach fragte, über was sie reden wollten.

Sie tauschten Blicke und dann sagte Peter: »Ich habe Dad und Onkel Brendan gestern Abend belauscht – sie haben über dich und deine Eltern gesprochen.«

Meine Hand hielt auf halbem Weg zum Mund inne. »Was?«

»Dad sagte, sie hätten Madelines Spur verloren und seien nun dabei, die Puzzleteile zur Lösung des Mordes an deinem Vater zusammenzusetzen. Er meinte, Tante Judith hätte ihm gesagt, die Sache könnte etwas damit zu tun haben, dass deine Mutter Mohiri ist.« Peter holte tief Luft. »Er sagte außerdem, dass Tante Judith besorgt sei um dich. Du könntest dich zu sehr hineinsteigern und etwas Leichtsinniges tun. Was hat er damit gemeint?«

»Ich …«

Roland zog die Augenbrauen zusammen und legte seinen Burger ab. »Du hast mit meiner Mom darüber geredet, aber nicht mit uns?«

»So ist es nicht. Ich habe nur mit eurer Mom geredet, weil sie mir erzählt hat, dass sie Madelines Spur verfolgt haben – von dem Zeitpunkt an, als sie uns verlassen hat.« Ich zwirbelte an meiner Papierserviette so lange herum, bis sie entzweiriss. »Ich glaube, dass Vampire Madeline bis zu meinem Vater verfolgt haben. Ich weiß nicht, warum sie in Portland war, als er starb, oder warum sie ihn aufgesucht haben. Ich weiß nur, dass das alles irgendwie zusammenhängt.«

»Du hast also versucht, die Wahrheit selbst herauszufinden?«, sagte Roland vorwurfsvoll.

Ich nickte und mied ihre Blicke. Es würde ihnen nicht gefallen, was ich als Nächstes sagen würde und ich wollte ihre Gesichter nicht sehen. »Ich wollte schon jahrelang Nachforschungen anstellen, habe aber erst damit begonnen, als ich von den vermissten Mädchen in Portland hörte. Ein Typ, den ich online kennengelernt habe und der eine Menge über solche Sachen weiß, meinte, es seien Vampire gewesen. Er sagte, er hätte von Vampirsichtungen in Portland gehört, zu jener Zeit, als mein Vater ermordet worden war.«

»Was für ein Typ? Wer ist er?«, verlangte Roland zu wissen. »Bitte, erzähl mir jetzt nicht, dass du mit irgendeinem Spinner online gesprochen hast.«

Ich sah ihn verteidigend an. »Er ist kein Spinner und er weiß eine Menge. Ich kenne nur seinen Decknamen, und er hat nie versucht, mich zu treffen oder so. Er verfolgt Vampiraktivitäten und berichtet online davon. Die Leute da nehmen das sehr ernst.«

»Leute? Gibt es mehr als einen?«, fragte Peter.

Ich trank einen Schluck und antwortete dann. »Ja, es ist eine ganze Onlinecommunity. Und ich … ähm … letzten Monat habe ich jemand Neuen dort kennengelernt. Er sagt, er wisse etwas. Wir wollten uns eigentlich persönlich treffen, aber dann ist etwas passiert und er war zu ängstlich.«

Rolands Gesicht wurde knallrot. »Du wolltest einen Fremden allein treffen – persönlich? Bist du komplett durchgeknallt?«

»Ich war nicht allein«, sagte ich langsam. »Ihr beiden wart dabei.«

»Wa…«, begann Peter.

»Verdammte Scheiße!«, fluchte Roland, ein wenig zu laut, denn er zog die missbilligenden Blicke einiger anderer Gäste auf sich. »Im Attic? Du wolltest ihn im Attic treffen – in der gleichen Nacht, in der die Vampire dich angegriffen haben? Glaubst du nicht, dass das ein bisschen viel Zufall ist?«

Peter wurde bleich, wodurch seine Sommersprossen noch deutlicher hervortraten. »Heilige Scheiße, Sara.«

»Es war keine Falle«, widersprach ich, obwohl ich wusste, dass es sehr danach aussah. »Er hat mir später gesagt, dass er nicht aufgetaucht ist, weil er Wind von den Vampiren dort bekommen hat. Er hat sehr große Angst vor ihnen. Er möchte mich jetzt nur noch bei Tageslicht und irgendwo in der Öffentlichkeit treffen.«

Den letzten Teil hätte ich besser weggelassen. Roland fielen fast die Augen aus dem Kopf und er gab ein tiefes Brummen von sich. »Du wirst diesen Kerl nicht treffen.«

»Wenn er mir sagen kann, was mit meinem Dad passiert ist, dann werde ich ihn treffen«, erwiderte ich stur. Ich hasste es, mit meinen Freunden zu streiten, aber ich würde in dieser Angelegenheit nicht klein beigeben. Jetzt, da ich der Lösung so nahegekommen war.

»Lass meinen Vater sich darum kümmern«, bat Peter. »Bitte.«

Ich sah von Peter zu Roland. »Was würdet ihr an meiner Stelle tun? Was, wenn es um einen eurer Elternteile ginge? Ihr wollt mir doch wohl nicht erzählen, dass ihr nicht alles tun würdet, um die Wahrheit zu erfahren?«

»Doch. Aber …«

»Kein Aber, Peter. Du würdest nicht in Ruhe hier sitzen und jemand anderem die Nachforschungen überlassen, und ich kann das genauso wenig.«

Roland zerrupfte den oberen Teil seines Hamburgerbrötchens mit den Finger, ohne es zu bemerken. »Also bist du nur mit uns ins Attic gegangen, weil du jemanden treffen wolltest.«

Er fühlte sich betrogen und deshalb wollte ich am liebsten verneinen, aber ich konnte ihn nicht mehr anlügen, nicht in dieser Sache. »Ich habe ihn gebeten, mich dort zu treffen, nachdem ihr mich gefragt habt, ob ich mitkomme.«

Roland atmete hörbar aus und ich konnte spüren, dass er verletzt war. Er dachte sicher, sie wären nur ein Mittel zum Zweck gewesen. »Es tut mir leid«, sagte ich sanft.

Die Stille am Tisch hing über uns wie eine Gewitterwolke und ich merkte, wie ein kleiner Riss in das Urvertrauen, das unsere Freundschaft stets ausgemacht hatte, geriet. Sicher fragten die beiden sich nun, ob ich sie auch noch anderweitig belogen hatte.

»Ich schwöre euch, es war das einzige Mal, dass ich so etwas gemacht habe.«

»Warum hast du es uns nicht gesagt, oder uns um Hilfe gebeten?«, wollte Roland wissen. »Vertraust du uns nicht?«

»Warum habt ihr mir nicht gesagt, was ihr seid?«, konterte ich.

Er rutschte auf seinem Stuhl herum. »Das ist etwas anderes. Wir dachten, du wärst ein Mensch. Wir haben dich beschützt.«

»Ich dachte auch, dass ihr Menschen seid. Ich wollte euch in nichts hineinziehen.« Es war nicht genug, um ihre verletzten Gefühle zu besänftigen, aber es war die Wahrheit.

Wir saßen eine ganze Weile da, spielten mit unserem Essen und warteten darauf, dass irgendjemand die unangenehme Stille beendete. Ich wusste nicht, was ich sagen sollte, um die Dinge zwischen uns wieder geradezubiegen.

Dann aber wurde die Ruhe jäh von einer kleinen Gruppe Mädchen unterbrochen, die sich um einen Tisch in der Nähe scharten. Ich schielte hinüber und entdeckte Faith, Jessie und Marie zusammen mit zwei anderen Mädchen aus der Schule. Die fünf schnatterten und kicherten laut, sie machten genug Lärm, um die Blicke aller anderen Gäste auf sich zu ziehen.

Faith brauchte nicht lange, um uns zu entdecken, und das Lächeln fiel ihr beinahe zeitgleich aus dem Gesicht. Die anderen Mädchen folgten ihrem Blick und ihr Gelächter erstarb, während sie mich mit zusammengekniffenen Augen musterten. Ihre schlechte Imitation meines Gesichtsausdrucks war so komisch, dass ich beinahe losgeprustet hätte. Hätten sie im letzten Monat nur die Hälfte dessen gesehen, was ich erlebt hatte, dann würden sie sich unter ihren Betten verstecken. Manchmal fragte ich mich, ob ich das nicht selbst tun sollte. Ich erwiderte ihre Blicke, bis eine nach der anderen sich abwandte und sie miteinander zu flüstern begannen.

»Wir sollten gehen.« Der Appetit war mir längst vergangen.

Wir nahmen unsere Tabletts und trugen sie zum nächsten Wagen. Ich deutete auf die Toilette.

»Wir treffen uns am Eingang.«

»Okay«, sagte Peter. Roland nickte nur.

Die Toilette war leer. Ich wusch mir die Hände, lehnte mich dann gegen den Waschtisch und drehte dem Spiegel den Rücken zu. Ich hatte meine Freunde nie zuvor verletzt, niemals hatten sie mich mit so vielen Zweifeln angesehen. Ich schluckte schwer, in meinem Hals hatte sich ein dicker Kloß gebildet. *Was glaubst du, was passieren wird, wenn sie herausfinden, dass du sie angelogen hast?*

Ich musste das irgendwie geradebiegen. Vielleicht war es Zeit, die Karten offen auf den Tisch zu legen. Jetzt, da ich wusste, dass sie nicht menschlich waren, gab es keinen Grund, den Rest vor ihnen zu verbergen. Remy hatte mich zu Beginn unserer Freundschaft davor gewarnt, den falschen Leuten von meinen Kräften zu erzählen, aus Angst, sie könnten mich für ihre Zwecke missbrauchen. Aber meine Freunde würden mir so etwas nie antun. Ich kannte ihr Geheimnis, sie sollten meines kennen. Tatsächlich wollte ich das sogar. Ich musste nur noch darüber nachdenken, wie ich es ihnen am besten erzählen oder sagen konnte. Nicht heute, aber bald.

Ich fühlte mich ein wenig leichter, als ich die Toilette verließ. Roland und Peter warteten an der großen Glastür auf mich und ein Lächeln huschte über mein Gesicht, als ich mir vorstellte, wie sie aus der Wäsche schauen würden, wenn ich ihnen meine Heilkräfte offenbarte. Was würden sie sagen, wenn sie von Remy erfuhren oder wenn ich ihnen von der Begegnung mit Aine, dem Elementarmädchen, berichtete? Danach würden sie jedenfalls mein Vertrauen in sie nie mehr infrage stellen.

Meine positiven Gedanken wurden sprichwörtlich schockgefrostet, als sich eine eisige Flüssigkeit über meine Schulter ergoss und meinen linken Arm hinab rann. Ich starrte auf die orangenen Flecken auf meiner hellblauen Jacke und sah dann in Faiths selbstgefälliges Gesicht und den leeren Smoothiebecher in ihrer Hand.

»Oh, das tut mir so leid!«, verkündete Faith, ohne auch nur den Anschein zu erwecken, es ehrlich zu meinen. »Du bist ja direkt in mich reingerannt. Du solltest besser auf deinen Weg achten, weißt du.«

Das Monster in mir regte sich lautstark, rief geradezu nach einer schnellen Revanche. Ich biss die Zähne so fest aufeinander, dass es schmerzte. Nur schiere Willenskraft hielt mich davon ab, ihr den blasierten Ausdruck aus dem Gesicht zu schlagen. Aber die Bilder von Scotts blutigem Gesicht verfolgten mich noch immer, ich würde nicht zulassen, dass der Dämon mich erneut benutzte. So sehr ich Faith auch verabscheute, sie war ein Mensch und ich musste achtgeben, ihr nicht wehzutun.

Faith schielte auf den Kaufhauscop, der nahe am Eingang stand und uns beobachtete. Ihre Lippen zuckten erfreut, amüsiert darüber, dass er der Grund dafür zu sein schien, dass ich ruhig blieb. Hinter ihr kicherten die anderen Mädchen und genossen die Show.

Ich drückte mich an ihr vorbei und schnappte mir aus dem nächsten Behälter ein paar Servietten. Der blonde Junge hinter dem Tresen schenkte mir ein mitleidiges Lächeln und schob mir einen ganzen Stapel zu. Ich griff danach und wischte mir die schmierige Flüssigkeit vom Arm.

»Was? Keine Reaktion diesmal?« Faiths Stimme war pures Gift.

Ich wischte mir über die Jeans. »Ich hab dir nichts zu sagen, Faith.«

»Das kann ich mir vorstellen. Du bist so ein Loser.« Sie hielt ihren leeren Smoothiebecher nach oben. »Ich hol mir mal noch einen, der letzte war so süffig.«

Ich sah auf ihre Hüften. »Du solltest besser eine Weile die Finger davon lassen. Das Zeug ist voller versteckter Kalorien.«

Faiths Kinnlade fiel herab. Sie sah aus wie ein Fisch, der nach Luft schnappte. Der Junge hinter dem Tresen schnaubte belustigt, woraufhin sie ihn strafend anschaute. Sie wirbelte verärgert herum, das blonde Haar fiel ihr übers Gesicht, während sie davon stakste.

»Was zur Hölle hat die für ein Problem?«, wollte der Junge wissen.

»Ach, die. Sie ist nur angepisst wegen ihres Freundes.«

Er lehnte sich mit glänzenden Augen über den Verkaufstresen. »Bist du mit ihrem Freund durchgebrannt?«

»Ja, sicher.« Ich zerknüllte den Berg durchweichter Servietten und reichte sie ihm, damit er sie wegwerfen konnte. »Ich hab ihm die Nase gebrochen.«

Ich schaute auf meine verdreckten, nassen Klamotten und zog eine Grimasse. Daran würde ich nichts ändern können, bis ich zu Hause war. Roland und Peter hatten alles mitangesehen und nun Mühe, ihr Grinsen zu verbergen. »Kein einziges Wort will ich hören«, warnte ich sie und ging mit ihnen gemeinsam durch die Schiebetür hinaus.

Es war nicht überraschend, dass Nikolas, an sein Motorrad gelehnt, gegenüber vom Eingang des Einkaufszentrums stand. Dieses Mal war er wenigstens draußen geblieben. Auf dem Weg zum Auto gingen wir geradewegs an ihm vorbei. Er hob die Augenbrauen, als er die orangenen Flecken an mir bemerkte. Ich meinte sogar, gesehen zu haben, wie seine Mundwinkel verräterisch zuckten.

»Was? Du glaubst, Vampire sind schmutzig?«, höhnte ich im Vorbeigehen. »Dann leg dich nie mit der Abschlussballkönigin an.«

Kapitel 13

AM Dienstagmorgen fuhr Nate zu seiner Konferenz, und später an diesem Tag kontaktierte mich Malloy und teilte mir mit, dass sich sein Kontakt wegen des Ptellonblutes gemeldet hatte. Das Timing war mies, aber ich redete mir ein, dass Nate in Boston sicher war. Wenn etwas geschehen würde, dann hier. Kein besonders beruhigender Gedanke, aber besser als die Alternative. Ich konnte ihm das Blut noch unterschieben, wenn er wieder zurück war.

Akut hatte ich ohnehin erst einmal ein anderes Problem: Wie sollte ich den Deal mit Malloy hinter mich bringen, ohne dass die Mohiri uns dabei stören würden? Malloy wäre alles andere als begeistert, wenn Nikolas oder Chris ihm bei seinen Geschäften in die Quere kämen, und ich wollte mir gar nicht erst vorstellen, was Nikolas zu meinen außerplanmäßigen Aktivitäten sagen würde.

Die Mohiri waren dabei nicht mein einziges Hindernis. Seit ich Roland und Peter von NightWatcher berichtet hatte, beobachteten auch die beiden mich mit Argusaugen. Sie saßen beim Lunch in der Schule neben mir, folgten mir in die Schulbibliothek – eigentlich der letzte Ort, an dem sich Roland sehen ließ – und boten mir nach der Schule an, mich nach Hause zu fahren. Wenn sie wegen meines Geständnisses noch immer verärgert waren, so zeigten sie es nicht. Ich schätzte ihre Sorge um mich, aber gerade legten sie mir ganz schön viele Steine in den Weg. Wie zur Hölle sollte es mir gelingen, gleichzeitig zwei Werwölfe und zwei Mohirikrieger zu überlisten?

Das Jed's kam nicht infrage, ich war noch immer beunruhigt wegen des Unbekannten, der nach Trollgalle gefragt hatte. Das Risiko, jemand könnte mich mit Malloy sehen und die richtigen Schlüsse ziehen, wollte ich nicht eingehen. Die Tatsache, dass Malloy nicht widersprach, als ich das Jed's als Treffpunkt ablehnte, zeigte mir, dass ich nicht die Einzige war, die so dachte. Nach einigem Hin und Her entschieden wir uns für einen Ort und ich begann meinen Fluchtweg zu planen.

Als am Mittwoch die Glocke das Unterrichtsende verkündete, stopfte ich meinen Rucksack in mein Schließfach. Statt mich auf den Weg zum

Ausgang zu machen, wo meine Freunde auf mich warteten, schlich ich mich heimlich zum Eingang nahe des Lehrerzimmers. Niemand sah mich, während ich die Tür öffnete und am hinteren Parkplatz, den sich die Schule mit der benachbarten Kirche teilte, hinaus schlüpfte. Von der Straße aus nicht einsehbar und praktischerweise direkt neben dem Friedhof gelegen, war dieser Platz perfekt für meine Flucht. Ich sprintete über den halbleeren Parkplatz, rannte an der Kirche vorbei und sprang über den hüfthohen Eisenzaun, der den Friedhof umgab. Geduckt suchte ich mir eilig meinen Weg zwischen den Grabsteinen hindurch und trat dann am hinteren Ende aus dem kleinen Tor. Es war so einfach, dass ich beinahe laut aufgelacht hätte. Ich konnte nicht glauben, dass mir das nicht schon früher eingefallen war.

Ich wusste, es würde nicht lange dauern, bis einer meiner Wächter etwas bemerkte, also ging ich mit eiligen Schritten voran, versuchte aber, nicht zu rennen, um keine unnötige Aufmerksamkeit auf mich zu ziehen.

Ich mied das Hafengebiet, machte einen großen Bogen um mein Zuhause und nahm die etwas längere Route zu meinem Ziel. Letzte Nacht hatten Malloy und ich uns darauf verständigt, unseren Deal auf einem Boot, das einem von Malloys Bekannten gehörte, abzuschließen. Das Boot hieß Mary's Hope und lag in einem Seitenarm der Bayside Marina. Malloy hielt es für unwahrscheinlich, dass irgendjemand uns mit dem Boot in Verbindung bringen würde. Ich hatte das Gefühl, dass es einfach nur einer jener Orte war, an denen Malloy Geschäfte machte.

Als ich dem Jachthafen näher kam, war ich ziemlich zufrieden mit mir. Es war mir gelungen, meine zunehmende Anzahl Bodyguards zu überlisten, und so würde ich bald die Möglichkeit haben, Nate zu beschützen, wenn die Monster kamen. Es war das Mindeste, was ich tun konnte, nachdem ich sie erst auf unsere Spur gebracht hatte.

»Hattest wohl spontan Lust auf einen Segeltörn, was?«

Ich wirbelte zu Roland herum. »Wie …?«

Er kam auf leisen Sohlen auf mich zu gejoggt, sein Gesicht ernst. »Du hast nicht wirklich geglaubt, dass du uns entkommst, oder?« Er blieb vor mir stehen. »An deiner Miene heute Morgen hab ich schon erkannt, dass du etwas im Schilde führst.«

Ich sah hinter ihn, erwartete jede Sekunde Peter oder einen der Mohiri.

»Ich bin allein. Pete und ich haben uns getrennt, er hat sich auf die Vordertür konzentriert, ich mich auf den Hinterausgang. Der Blonde wundert sich bestimmt gerade darüber, dass du nicht mehr in der Schule bist.«

Armer Chris. Er machte eigentlich keinen so schlechten Eindruck, aber wenn das so weiterging, würde er wegen mir noch irgendeine Art von Komplex entwickeln.

»Du willst diesen Typen treffen, oder?«, warf mir Roland vor.

Eine Sekunde lang befürchtete ich, er könnte von Malloy wissen, dann aber wurde mir klar, dass er über NightWatcher sprach. »Nein, das hat nichts damit zu tun. Ich schwöre.«

Sein Blick verriet mir, dass er mir nicht glaubte. Dieser Verlust an Vertrauen traf mich hart, aber schließlich war es mein eigenes Verschulden.

»Also, was ist so wichtig, dass du dich davonschleichen musst?«

»Es ist einfach nur etwas, worum ich mich kümmern muss, und ich bin es echt leid, dass jeder meiner Schritte beobachtet wird, okay?«

»Vielleicht kann ich dir helfen«, drängte er.

Ich seufzte laut. Ich hatte zwar geplant, ihm alles zu sagen, aber nicht jetzt. »Roland, es gibt ein paar Dinge, die ich für mich behalte. Ich weiß schließlich auch nicht, was ihr Werwölfe die ganze Zeit so macht.«

Sein Mund verzog sich mürrisch. »Werwölfe können auf sich selbst aufpassen. Und keiner von uns wird von einem fanatischen Vampir gejagt.« Er verschränkte die Arme vor der Brust. »Geh und tu, was du tun musst, aber ich komme mit.«

Verdammt. Ich *musste* Malloy treffen, aber nach meiner heutigen Aktion würde es ein anderes Mal nicht leichter werden, mich davonzustehlen. Es hing zu viel von diesem Treffen heute ab, um es jetzt noch abzublasen.

»Du kannst mitkommen, aber du wirst tun müssen, was ich dir sage.« Seine Augen wurden schmal und ich sagte: »Ich werde es dir erklären, wenn du mir versprichst, zu tun, was ich sage.«

»Ich verspreche es, solange ich sicher bin, dass du nicht in Gefahr bist.«

Ich kaute auf meiner Lippe herum, während ich überlegte, wie ich ihm etwas sagen konnte, ohne zu verraten, wen ich traf. Oberste Priorität in diesem Business war, seine Kontakte niemals preiszugeben, und Malloy nahm die Einhaltung dieser Regel mehr als ernst. Er würde nie wieder mit mir Geschäfte machen, wenn er an meiner Diskretion zweifelte. Trollgalle und Diamanten bedeuteten nichts, wenn sie ihn ins Grab brachten.

»Ich werde etwas kaufen, was für Nates Sicherheit sorgt. Für den Fall, dass jemand ihm meinetwegen wehtun will.«

Roland riss die Augen auf. Es war offensichtlich, dass er etwas anderes erwartet hatte.

»Seine Sicherheit? Wie?«

»Hast du schon mal etwas von der Ptellonpflanze gehört?« Er schüttelte den Kopf, also erklärte ich ihm, woher die Pflanze kam und dass man sie zur Abwehr von Vampiren und ähnlichen Kreaturen nutzen konnte. »Ich hab außerdem einen Bannkreis um das Haus gelegt, aber das hilft nichts, wenn Nate nicht zu Hause ist. Deshalb brauche ich unbedingt den Ptellonnektar.«

Er sah mich an, als wäre mir über Nacht ein drittes Auge gewachsen. »Du hast einen Bannkreis um das ganze Haus gelegt? Allein? Woher weißt du, wie das geht? Und woher hast du die Sachen dafür?«

Das hier war weder der richtige Ort noch die richtige Zeit für Geständnisse. »Es gibt Dinge über mich, die du nicht weißt, und ich verspreche dir, dass ich dir bald alles erklären werde. Aber nicht jetzt. Alles, was ich dir verraten kann, ist, dass ich einen Freund namens Remy habe, der es mir beigebracht hat. Er weiß mehr über solche Dinge als sonst jemand. Und dann gibt es da einen Typen, der Sachen besorgen kann. Von ihm bekomme ich das Ptellon.«

»Hab ich diesen Remy schon mal gesehen?«, fragte er, während wir den Haupteingang zum Jachthafen passierten.

»Wahrscheinlich nicht. Er … ähm … er hat nichts mit Werwölfen am Hut.«

»Und was ist mit dem Typ, den wir treffen werden?«

Ich blieb stehen. »Nicht wir, nur ich. Wenn wir dort ankommen, gehe ich rein und du wartest draußen.« Roland öffnete seinen Mund und wollte protestieren, aber ich hob die Hand. »Der Kerl macht sonst keine Geschäfte mit mir. Wir werden auf einem Boot sein, das am Dock angekettet ist. Du wartest draußen. Alles wird gut.«

Er brummte. »Gefällt mir nicht.«

»Du musst mir vertrauen. Ich weiß, was ich tue.« Ich sah auf meine Armbanduhr. »In fünf Minuten ist es so weit. Also, komm.«

Wir gingen über den Parkplatz des Hafens und schritten zwischen einem Bürogebäude und dem Clubhaus hindurch auf die Hauptanlegestelle zu. Hinter dem Pier streckte sich ein Holzdock L-förmig ins Wasser hinaus, und entlang des Docks befanden sich vier schmale Hafenbecken mit sechs Anlegestellen an jeder Seite. An den meisten von ihnen waren Boote befestigt. Am Ende des Hauptdocks schaukelte die größte Jacht, die ich je gesehen hatte. Die meisten anderen Boote in der Marina waren Kajütenboote, Segler und Motorboote. Gelegentlich sah man hier im Sommer ein paar kleine Jachten. Aber nichts, was in seiner Größe an diese Jacht hier herankam.

Ich bemerkte, wie Roland das Boot mit offenem Mund anstarrte und musste lachen. »Träum weiter.«

An dem Pier war eine Menge los; die Hafenangestellten rannten mit Seilen und Planen umher. Ich blieb stehen, als einer von ihnen vorbeieilte und fragte ihn, was los sei.

»Sturm im Anmarsch«, sagte er, als sollte ich das auch wissen. Er wuchtete eine Rolle schweren Seils auf seine Schulter. »Wir müssen die Boote befestigen, sonst werden sie zu sehr hin- und hergeworfen.«

Ich sah auf den teilweise bedeckten Himmel und dann auf das ruhige Wasser der Bucht. »Wirklich?«

»Ja. Wenn ihr vorhattet, rauszufahren, dann müsst ihr das verschieben. Der Hafenmeister hat eine Unwetterwarnung herausgegeben.«

»Okay, danke«, sagte ich, als er bereits im Begriff war, weiterzueilen.

Weitere Arbeiter gingen an uns vorbei und ich sah, wie sie sich zu der riesigen Jacht aufmachten, an der ein Mann mit schwarzem Haar, gebräunter Haut und einer herrischen Erscheinung ihnen die Aufgaben zuteilte. Ich fragte mich, ob es sich dabei um den gleichen Fabrikanten handelte, den Nates Umweltschützergruppe davon abhalten wollte, hier nach Öl zu bohren. Der Gedanke sorgte dafür, dass ich den Mann etwas länger anstarrte, bevor ich mich wieder meinen eigenen Geschäften zuwandte.

»Okay, ich gehe rein.« Ich hüpfte an Deck. »Wenn er da ist, dauert es keine fünf Minuten.«

Roland nickte, und so eilte ich die beiden Stufen in die Kabine hinunter. Dort gab es einen kleinen Tisch, eine winzige Küchenzeile, ein Badezimmer und einen Schlafbereich. Getönte Fenster verbargen das Interieur vor neugierigen Blicken.

Malloy saß am Tisch und wartete auf mich.

»Sieh mal einer an, ausnahmsweise bist du sogar pünktlich«, spottete ich. Er warf mir einen bösen Blick zu. Obwohl ich in Eile war, setzte ich mich ihm gegenüber. Malloy hielt gerne gewisse Formalitäten ein, als handelte es sich hier um ein gewöhnliches Geschäft. Seine Eigenarten waren mir herzlich egal, solange er lieferte.

»Die Bezahlung zuerst, wie üblich«, sagte er und musterte mich eingehend, als wäre ich dabei, eine Zaubershow abzuziehen.

Ich griff in die Taschen meiner Jeans und suchte, bis sich meine Finger um den Diamanten schlossen. »Keine Ahnung, warum um die Dinger so ein Aufhebens gemacht wird, aber was solls.« Ich streckte meine Hand mit dem roten Edelstein darin aus. Malloy zappelte ungeduldig. Meine andere Hand hielt ich ihm entgegen. »Du bist dran.«

Er nahm den Blick nicht von dem Diamanten, während er eine kleine schwarze Phiole hervorholte und mir reichte. Sobald ich sie in Händen hielt, streckte ich meine offene Hand zu ihm aus und er nahm den roten Diamanten beinahe ehrfürchtig entgegen. Ich stopfte die wertvolle Phiole in die Vordertasche meiner Hose und beobachtete dabei, wie er den Edelstein untersuchte.

»Perfekt«, hauchte er und hielt den Stein ins Licht. »Ich hätte dir fast nicht geglaubt, dass du wirklich einen besitzt. Dann aber dachte ich mir: Wer Trollgalle besorgen kann, kommt an fast alles ran.« Er tat es mir gleich und steckte den Diamanten in die Hosentasche. Dann schenkte er mir ein zufriedenes Grinsen. »Hör mal, mir ist schon klar, dass jemand in deinem Alter nicht alleine an solche Sachen herankommt. Für wen auch immer du arbeitest, es ist verdammt brillant, ein nettes, normalaussehendes Mädchen als Dealer zu schicken. Lass deine Auftraggeber wissen, dass ich ihr Mann bin – was auch immer sie von jetzt an benötigen.«

»Solange du weiterhin pünktlich lieferst, werden sie die Geschäfte mit dir aufrechterhalten.« Wenn er glauben wollte, dass es einen Big Boss im

Hintergrund gab, dann hatte ich kein Problem damit. Im Gegenteil, mir gefiel die Vorstellung.

»Gut zu wissen. Ich bin mir sicher, wir …«

Malloy sprang ruckartig auf. Über uns ertönte ein dumpfes Geräusch, gefolgt von Fußtritten. Es rannte ganz deutlich hörbar jemand die Stufen herunter. Kurz darauf platzte Roland in die Kabine. »Wir müssen hier raus! Jemand kommt und er sieht nicht gerade gemütlich aus.«

»Wer bist du denn?«, wollte Malloy wissen, sein Blick schweifte bereits umher – auf der Suche nach weiteren Eindringlingen.

»Das ist mein … er steht für mich Schmiere«, erwiderte ich und sagte damit das Erste, was mir in den Sinn kam. »Du glaubst doch nicht, dass mein Boss mich zu solchen Treffen ganz allein schickt.«

»Hey, dich kenne ich doch?«, sagte Roland zu Malloy und die Katastrophe nahm ihren Lauf.

Ich stellte mich zwischen sie und sah Roland ins Gesicht. »Vergiss ihn. Wer kommt?«

In seinen Augen bemerkte ich zunehmende Panik. Er nahm meine Hand und zog mich zur Treppe. »Ich weiß es nicht, aber sie sehen nach schlechter Gesellschaft aus. Vielleicht ein paar seiner Freunde.«

»Nicht da lang!«, zischte Malloy uns zu. Ich drehte mich um und sah, dass er im Begriff war, über eine Leiter am Fenster nach oben auf das Boot zu klettern. Er hatte sich wohl bereits einen Fluchtweg überlegt, für den Fall, dass etwas schieflief.

Roland hob mich hoch und warf mich geradezu auf die Leiter zu. Malloy war bereits durch das Fenster entwischt, und als ich gerade auf den Bug des Bootes stolperte, war er von dort aus schon auf das nächste Boot gesprungen und verschwand aus meinem Sichtfeld. Für einen so kleinen Kerl war er verdammt schnell. Ich drehte mich zu Roland um, der gerade durch das Fenster kletterte, da hörte ich Tritte auf dem Dock. Ich lugte um das Ruderhaus und sah drei große, muskulöse Männer, die so aussahen, als beschützten sie irgendeinen ausländischen Diplomaten. Derjenige, der die anderen anführte, war weit über einen Meter achtzig groß und hatte blondes Haar, das er zu einer Igelfrisur gegelt trug. Hinter ihm folgten zwei Männer, beide mit dunklerer Haut und kurzen schwarzen Haaren. Der entschlossene Ausdruck auf ihren Gesichtern ließ mich vor Angst frösteln. In was hatte Malloy mich da hineingezogen?

»Was machst du?«, wisperte Roland heiser, sobald er draußen war. »Wir müssen auf das andere Boot, so wie er.«

Die Männer waren nur noch eine Bootslänge entfernt. »Dafür ist es zu spät. Sie würden uns sehen.« Ich schaute mich um und begriff schnell, dass es nur einen Ausweg gab. Roland würde ihn nicht mögen. »Komm!« Ich griff nach der Reling am Ende des Bootes und ließ mich zur Seite fallen. Das eiskalte Wasser schlug gegen meine Beine und mir stockte der Atem.

Roland riss die Augen auf und packte meine Hand, bevor ich die Reling loslassen konnte. »Du willst ins Wasser?«

»Ja«, flüsterte ich drängend. »Und jetzt schwing deinen Arsch hier runter, bevor sie uns finden.«

Er löste seinen Griff um mich und ich ließ mich bis zum Hals in das kalte Wasser sinken. Die Kälte raubte mir den Atem und ich schluckte Wasser, bis ich mich wieder gefangen hatte. Es war Ebbe, aber das Wasser stand dennoch so hoch, dass ich mit den Füßen strampeln musste, um nicht unterzugehen.

Roland schwang sich selbst über das Geländer. »Oh Mann, ich wusste, ich hätte mit Pete tauschen sollen«, motzte er und platschte neben mir ins Wasser. »Fuck, ist das kalt.«

»Pssst«, flüsterte ich.

Die Männer waren nun auf der Mary's Hope. Das Boot wackelte und schwankte. Für den Moment konnten sie uns versteckt unterhalb des Bugs nicht sehen, aber es würde nicht lange dauern, bis sie herausfanden, wo wir waren. Stimmen und Schritte ertönten von oben. Wenn wir uns in den nächsten dreißig Sekunden nicht bewegten, dann hatten sie uns.

»Mir nach«, formte ich lautlos und zähneklappernd mit den Lippen. Roland nickte unglücklich und ich bewegte mich schnell, aber leise auf das Dock zu. Die Pfähle waren schmierig und ich verlor ein paar Mal den Halt, bevor es mir gelang, mich zwischen sie zu schieben. Roland zögerte dieses Mal nicht und war dicht hinter mir. Ich legte den Finger auf die Lippen und zog uns weiter in die breiten Schatten der Anlegestelle.

»Sie können nicht weit sein«, sagte eine tiefe Stimme in gebrochenem Englisch mit deutschem Akzent, wie mir schien.

»Er wird nicht erfreut sein, wenn sie uns entwischen, Gerhard.« Die Stimme klang abgehakt und kalt, mit einem nahöstlichen Akzent. »Ich hab dir gesagt, du sollst dir den kleinen Mann schnappen, sobald er hier auftaucht.«

Ich hatte es gewusst – sie waren hinter Malloy her. Ich biss die Zähne aufeinander. Wenn wir hier lebend herauskamen, würde er von mir hören.

»Wir trennen uns und checken jedes einzelne Boot«, befahl der Mann aus dem Nahen Osten. »Und lass Cesar auf den Eingang aufpassen.«

»Warum lassen wir den Hexer sie nicht für uns finden?«, fragte der Deutsche namens Gerhard.

Das Lachen seines Begleiters war kälter als das Wasser, das mir bis ans Kinn schlug. »Er macht schon sein Ding. Sie sollten besser beten, dass wir sie vor ihm finden.«

Roland und ich starrten einander ängstlich an, dann sagte er tonlos. »Hexer?« Ich zuckte mit den Achseln. In was für einem Schlamassel steckte Malloy? Was auch immer es war, wir würden nicht lange genug bleiben, um es herauszufinden. Ich hatte so schon genug an der Backe, da brauchte es nicht auch noch Hexer oder ein paar Schlägertypen. Ich verkniff mir ein Lachen. »Ignorier sie.«

Ich wartete, bis ich hörte, dass die Männer sich aufmachten, die umliegenden Boote zu durchsuchen, dann deutete ich auf den langen Tunnel voller Dunkelheit, der unter dem Dock zu dem betonierten Pier führte. Roland nickte. Gemeinsam bewegten wir uns mit beängstigender Langsamkeit durch das Wasser. Immer wieder griff ich nach den Querstreben unter dem Dock, um mich daran entlangzuziehen, aber meine Finger waren zu kalt, um lange Halt zu finden. Wenn wir nicht bald aus dem Wasser kamen, würden die Männer über uns nicht mehr unser größtes Problem sein.

Roland dicht hinter mir zu wissen, war beruhigend. Es erschien mir, als dauerte es Stunden, die wenigen Meter zurückzulegen, obwohl es sich nur um Minuten handelte. Wir sprachen nicht, aber ich hatte Angst, mein laut klopfendes Herz oder meine klappernden Zähne könnten uns jeden Moment verraten. Hin und wieder hörte ich Schritte über unseren Köpfen. Dann erstarrten wir mitten in der Bewegung und erwarteten einen Schrei oder einen muskulösen Arm, der unter dem Dock nach uns griff. Erst wenn sie weitergingen, holten auch wir wieder Luft.

Als meine Füße schließlich den Boden streiften, wusste ich, dass wir endlich vorankamen. Es war schwierig, durchs Wasser zu gehen, aber um einiges einfacher, als zu versuchen, sich mit den Händen darüber zu halten. Bald darauf spürte ich Fels unter mir und sah den steinernen Abhang, der das Ende des Docks markierte. Sobald wir es erreicht hatten, begann der schwierigste Teil unseres Unterfangens, denn dann gab es nichts mehr, wo wir uns verstecken konnten und der einzige Weg zur Küste führte über das Pier oder um es herum. Wir konnten uns vielleicht gebückt genug bewegen, um nicht gesehen zu werden, insbesondere wenn die Männer noch immer mit den Booten beschäftigt waren. Das würde sich zeigen, wenn wir dort waren.

Roland legte eine Hand auf meine Schulter, als ich mich gerade anschickte, den Felsen zu erklimmen. »Warte, hörst du das?«

Ich drehte den Kopf und lauschte. Es war ein kratzendes Geräusch, gefolgt von schrillem Quietschen. »Ratten. Sie leben unter dem Pier.«

Er schauderte. »Ratten!«

»Du wohnst auf dem Land und bist stark genug, um einen Vampir in Stücke zu reißen. Wie kannst du Angst vor Ratten haben?«

Er streckte sich etwas nach oben. »Hab ich nicht gesagt. Ich hasse die kleinen Bastarde einfach nur.«

Ich verkniff mir das Lachen. »Achte nicht auf sie, sie haben mehr Angst vor dir, als du vor ihnen.«

»Ich habe keine Angst …« Die Augen ploppten fast aus seinem Kopf und er sah aus, als ränge er nach Luft. »Oh, Sara …«

Ich folgte seinem furchterfüllten Blick zu den Felsen über mir, wo plötzlich eine sich windende Masse aus Fell und Zähnen unterhalb des Piers emporströmte. Hunderte brauner und grauer Körper formten eine Art Barriere zwischen uns und dem Pier und unzählige schwarze Knopfaugen musterten uns mit unheimlicher Intelligenz.

»Himmel!«, murmelte Roland nahe an meinem Ohr. »Das ist doch nicht normal, oder?«

»Nein.«

»Vielleicht merken sie, dass der Sturm kommt. Flippen sie deswegen so aus?«

Ich schüttelte den Kopf, nahm den Blick nicht von den Ratten. Ich veränderte meine Position leicht, und sofort fletschten ein paar der Tiere ihre scharfen Zähne in meine Richtung. Ich hatte Erfahrung mit Nagetieren und in den letzten Jahren mehr als eine Ratte geheilt, aber diese Art von Benehmen hatte ich nie zuvor erlebt. Die meisten Tiere waren ruhig in meiner Gegenwart, verhielten sich nie feindselig. Was, wenn sie krank waren? Meine Kräfte waren stark genug, um ein paar zu heilen, aber nicht Hunderte von ihnen.

Ich öffnete mich und ließ ein wenig meiner Kraft aus mir heraus fließen, dirigierte sie zur nächsten Ratte. Die große braune Nase des Nagers zuckte, während das Tier die warme Energie spürte, welche die kalte Luft um seinen Körper durchdrang. Dann reagierte es, wie es bisher kein Tier zuvor getan hatte – es zog sich zurück. Ich schluckte meinen überraschten Schrei hinunter. Tiere liebten meine Heilkraft. Sie beruhigte sie, wiegte sie in Sicherheit und hatte ihnen nie zuvor Angst gemacht. Etwas stimmte nicht mit dieser Ratte.

Ein wenig Willenskraft und ich war in der Lage, einen stärkeren Strahl Energie in die sich windende Ratte zu senden. Es war eigentlich genug, um sie einschlafen zu lassen, aber ich musste hinter ihre Angst kommen und herausfinden, was nicht stimmte. Ich wollte meinen Augen nicht trauen, als ich sah, wie der braune Körper zuckte und sie versuchte, über die anderen Ratten hinweg vor mir zu flüchten. *Was zur Hölle ...?*

Das ganze Pack ruckste und warf die fliehende Ratte herum, bis sie ihren Halt verlor und hinab auf die Masse an Körpern unten auf den Felsen taumelte. Die Füße des Nagetiers rutschten zunächst auf dem schmierigen Fels weg, doch dann rannte sie direkt auf Roland und mich zu.

Roland keuchte ängstlich und ich streckte instinktiv die Hände aus, bevor die Ratte das Wasser berührte. Meine Finger schlossen sich um den langen, haarigen Körper, und erst da erinnerte ich mich daran, dass die Ratte mich nur eine Minute zuvor angefaucht hatte und wahrscheinlich jeden Moment ihre Zähne in mein Fleisch rammen würde. Ich ließ die Kraft aus meinen Händen in den Tierkörper fließen. Meine Energie war stets stärker bei direktem Kontakt, und wenn etwas mit der Ratte nicht stimmte, so würde ich es bald wissen.

»Was machst du da?«, wisperte Roland entsetzt. Seine Hand schloss sich mit aller Härte um meine Schulter.

Ich konnte nicht antworten. Meine Zunge war wie gelähmt von dem Schock des Aufeinanderprallens meiner Kraft mit der Präsenz im Kopf der Ratte. Das Tier war intelligent und stark und ich fühlte, wie ich die

Außenhaut von etwas, das sich anfühlte wie ein aggressives Hornissennest, berührte, als unser beider Energie zueinander Kontakt aufnahm. Ich hatte etwas dergleichen nie zuvor erlebt und es machte mir ebenso viel Angst, wie es mich faszinierte. Das Herz der Ratte raste und ich bemerkte, wie sie mein Eindringen in ihren Geist fürchtete. Wenn dieselbe fremdartige Präsenz sich auch der anderen Tiere bemächtigt hatte, dann war es kein Wunder, dass sie so feindselig gestimmt waren. Was konnte so etwas ausrichten, und warum?

Roland schüttelte mich von hinten. »Bist du völlig durchgeknallt? Lass das Ding fallen, bevor du dir die Tollwut oder so einfängst.«

»Sei still oder die Männer hören uns«, warnte ich ihn leise und hielt die Ratte in sicherem Griff, sodass sie mich nicht beißen konnte. »Mit den Ratten stimmt etwas nicht. Verhalte dich ruhig, damit du sie nicht verängstigst.«

»*Sie* verängstigen?«

Ich befreite mich aus seinem Griff. »Pssst.«

»Hör zu, ich weiß, du bist ein wenig seltsam mit Tieren, aber das hier sind keine Katzen oder Hunde, Sara. Das sind Ratten – riesige, verrückte Viecher, die so aussehen, als wollten sie uns auffressen. Und falls du es vergessen haben solltest, wir haben andere Probleme.«

»Eine Minute, bitte.« Roland wusste nicht, was ich wusste. Ich hatte das unheimliche, bedrohliche Bewusstsein im Kopf der Ratte gespürt und mir war klar, dass sie uns nicht vorbeilassen würden. Ich wusste auch, dass ich diese armen, gequälten Kreaturen nicht zurücklassen konnte, ohne ihnen zu helfen.

Ich ließ die Kraft in meine Hände fließen, als wollte ich eine Heilung durchführen. Meine Energie half bei Krankheit und Verletzungen, aber ich hatte keine Ahnung, wie ich sie gegen diese andere Macht einsetzen sollte. Bis auf das eine Mal, als ich Nikolas den Zutritt zu meinem Bewusstsein verwehrt hatte, hatte ich meine Kräfte nie offensiv genutzt. Es war Zeit herauszufinden, ob ich es konnte. Meine Handflächen wurden heiß und die Ratte wand sich in meiner Hand. »Ruhig, ruhig«, gurrte ich, streichelte mit dem Daumen über ihren Rücken und sandte meine Energie in ihren Körper. Im selben Augenblick, in dem ich auf die unnatürliche Gegenwart in ihrem Geist stieß, zuckte das Ding und pulsierte wie eine kalte, schleimige Made. Die Ratte begann zu quietschen und wie wild um sich zu treten. Als ich dieses faulige Ding, das sich im Geist des Tieres vergraben hatte, spürte, stieg mir die Galle hoch und meine Kräfte reagierten unwillkürlich, stießen dagegen, umkreisten es wie eine Infektion, die aus dem Körper gebrannt werden musste. Der Eindringling drückte dagegen und ich erhöhte die Temperatur weiter, bis ich spürte, wie das Ding in sich zusammenfiel, vor Schmerzen zuckte. Ich gab nicht auf, schickte einen zusätzlichen Strahl weißer, heißer Energie in die Ratte und fühlte die Explosion meiner Kräfte wie einen lauten Schrei im Innern. Das Tier hörte auf, sich gegen mich zu wehren, und so spülte die Heilkraft die letzten Reste der krankhaften Belagerung davon und ersetzte sie durch ein warmes Gefühl von Sicherheit und Wohlbefinden.

»Was zur Hölle …? Was hast du getan?«

»Ich …«, ich suchte nach den richtigen Worten, um mich zu erklären. Ich hatte ja bereits beschlossen, Roland und Peter von meiner Kraft zu berichten, aber ich dachte, ich hätte mehr Zeit, um zu überlegen, wie ich es ihnen am besten zeigen oder erzählen konnte. Das hier … ich war mir nicht sicher, was ich getan hatte. Wie sollte ich es ihm erklären?

»Schau.« Er deutete in die Ferne und ich sah hoch, bemerkte, wie die Ratten zwischen den schmalen Latten unter dem Pier verschwanden. Ich streckte die Hand aus, setzte den Nager auf einem der Felsen ab und beobachtete, wie er sich ohne einen Blick zurück beeilte, zu seinen Artgenossen zu kommen.

Nun nahm auch ich die Kletterei auf die Felsen wieder in Angriff. »Lass uns hier verschwinden«, flüsterte ich. Es gab keine Garantie dafür, dass die infizierte Meute nicht wieder umkehren würde, und wir sollten fliehen, solange es möglich war. Roland hatte unzählige Fragen, das konnte ich spüren, aber er folgte mir leise, so entschlossen, von hier wegzukommen wie ich.

Wir kletterten ohne weiteren Zwischenfall über die Felsen und kamen zum Ende des Docks – unserem einzigen Schutz. Wir lauschten und hörten, wie unsere Verfolger noch immer die Boote durchsuchten. Die ganze Begegnung mit den Ratten hatte nur wenige Minuten gedauert, auch wenn es sich viel länger angefühlt und ich schon fast erwartet hatte, dass die Männer uns finden würden. Ich erlaubte mir einen kleinen Seufzer der Erleichterung. Noch immer bewachte ein Mann den Eingang, aber es gab mehr als einen Weg aus dem Hafen heraus, wenn man sich nicht darum scherte, dreckig zu werden. Und das waren wir bereits: nass und schmutzig.

Roland folgte mir, als ich mich wieder ins Wasser gleiten ließ, mich an den Latten und Seilen an der Seite des Piers festhielt. Meinen Körper eng an den Pier gepresst, den Kopf nur so weit wie nötig über Wasser haltend, bewegte ich mich seitwärts und zog mich, so schnell ich es wagte, vorwärts. Die Sonne war bereits verschwunden, ein frischer Wind zog auf und der Wellengang verbarg die verräterischen Spuren unserer Bewegungen auf dem Wasser. *Ich schätze, der Sturm ist auf dem Weg.*

Meine Füße berührten wieder den Grund und so stapfte ich die letzten Meter zur Küste entlang. Dort ließ ich mich abgekämpft auf dem kleinen Streifen felsigen Strandes unterhalb des Clubhauses fallen. Meine Kräfte bei der Ratte einzusetzen, hatte mich weniger ausgelaugt als gedacht, und ich brauchte nur ein paar Sekunden, um wieder zu Atem zu kommen. Zumindest fror ich nicht mehr, das war einer der positiven Auswirkungen meiner Kräfte. Ich hoffte, dass es auch Roland gut ging. Werwölfe konnten extreme Temperaturen aushalten, das wusste ich, aber mir war nicht klar, ob das auch für ihre menschliche Gestalt zutraf.

Roland riskierte einen Blick um das Gebäude herum, zuckte aber schnell wieder zurück und schüttelte den Kopf. Er hielt einen Finger hoch und bedeutete mir, dass er einen Mann an der Tür des Clubhauses gesehen hatte. Der Parkplatz war weniger als sechs Meter entfernt, aber wir hatten keine Chance, ungesehen dorthin zu gelangen.

Ich bemerkte seinen sorgenvollen Blick und schenkte ihm ein – so hoffte ich zumindest – beruhigendes Lächeln, während ich die Situation abschätzte. Der einzige Weg von unserem aktuellen Standort aus führte etwa fünfzig Meter den Strand entlang, dann über den Parkplatz zu einem nahe gelegenen Fischrestaurant. Es war gut möglich, dass uns die Männer auf den Docks dabei bemerkten und ich war mir nicht sicher, ob wir genug Vorsprung haben würden, um ihnen zu entkommen, wenn sie die Verfolgung aufnahmen. Es wurde von Minute zu Minute dunkler, und so war der aufkommende Sturm unsere beste Option. Wir mussten abwarten, bis das Licht fahl genug war, um uns Sichtschutz zu bieten und darauf hoffen, dass die Männer, die den Hafen absuchten, nicht ausgerechnet hier nach uns suchten.

Ich flüsterte Roland meinen Plan zu, woraufhin er grimmig nickte und neben mir wartete.

Über den auffrischenden Wind und die schlagenden Wellen hinweg hörten wir das geschäftige Treiben im Hafen. Die Arbeiter beeilten sich, ihre Vorbereitungen für den Sturm abzuschließen. Ich konnte unsere Verfolger nicht hören, aber ich wusste, dass sie noch immer da waren. Natürlich war mir nicht klar, was für ein Problem sie mit Malloy hatten, aber bei seiner Art von Geschäften konnte es alles Mögliche sein und ich wollte mich und Roland da nicht mit hineinziehen lassen. Die Männer hatten keinen von uns beim Namen genannt, also hoffte ich, dass sie nicht wussten, wer wir waren und wie man uns finden konnte.

Eine halbe Stunde später standen wir noch immer zitternd im Wasser. Roland checkte vorsichtig den Parkplatz. Sein Mund verzog sich zu einem dünnen Strich, als er sich wieder zu mir umwandte. Diese Typen gaben nicht so leicht auf.

Wir konnten nicht riskieren, noch länger hier zu warten. Es war dunkel genug, um die Fluchtroute über den Strand zu wagen, also bedeutete ich Roland, mir zu folgen, denn ich kannte die Gegend besser als er. So suchten wir uns unseren Weg den Felsen entlang. In der fast vollständigen Dunkelheit war es schwer, voranzukommen, aber das war uns egal. Wir wollten nur endlich von hier fort. Zu unserem Glück trugen wir beide dunkle Kleidung und so waren wir in der Düsternis gut getarnt. Schon bald erreichten wir das Restaurant und huschten wie Mäuse über den Parkplatz zur Straße. Dort rannten wir los.

Als die Lichter der Uferpromenade in Sicht kamen, verlangsamten wir unsere Schritte und schnappten nach Luft. Der Wind war noch heftiger geworden und ich konnte die ersten kalten Regentropfen auf meinem Gesicht spüren. Wir waren sowieso schon von Kopf bis Fuß durchnässt, also war der Regen unser geringstes Problem. Trotzdem konnte ich es nicht erwarten, nach Hause zu kommen und meine stinkigen, nassen Klamotten loszuwerden und mich in die heiße Wanne zu legen.

»Es tut mir leid, dass ich dich da mit reingezogen habe – was auch immer das war«, sagte ich, als wir uns sicher genug fühlten, um wieder laut zu sprechen. »Ich schwöre dir, so etwas ist mir noch nie passiert.«

»Es ist nicht deine Schuld. Ich habe darauf bestanden, mitzugehen, wenn du dich erinnerst. Und ich bin froh, dass du nicht allein warst, auch wenn du das Ganze besser gemacht hast als ich.« Er war einen Moment still. »Was war das mit den Ratten? Irgendetwas hast du mit ihnen gemacht. Ist das so eine Mohirisache?«, drängte er. »Ich weiß nicht, was du getan hast, aber du hast die Ratten in die Flucht geschlagen.«

Wir hatten gerade eine grauenvolle Stunde hinter uns. Wir waren von einem Boot gesprungen, hatten uns unter einem Dock im eisigen Salzwasser versteckt und waren vor einer Gruppe Männer geflohen, die wer weiß was von uns wollten, und das Einzige, worum Rolands Gedanken kreisten, war eine Sache, über die ich nicht bereit war, zu reden.

»Ich habe etwas getan. Es gibt ein paar Dinge, die ich dir über mich erzählen muss und ich verspreche dir, ich werde es bald tun, aber nicht jetzt gleich. Kannst du noch ein paar Tage warten?«

»Warum sagst du es mir nicht einfach jetzt?«

»Ich brauche ein wenig Zeit, dann, das schwöre ich dir, werde ich dir und Peter alles erzählen. Außerdem hatten wir für heute wohl genug Aufregung, oder nicht?«

»In Ordnung«, gab er widerwillig nach. »Aber wir werden uns bald ernsthaft unterhalten. Du musst aufhören, solche Dinge, wie die Sache mit deinem Vater, für dich zu behalten. Du weißt doch, dass du mir alles sagen kannst.«

»Ja, ich weiß.«

»Und keine Alleingänge mehr. Es ist zu gefährlich.« Ich antwortete zunächst nicht, dann wurde sein Ton ernster. »Sara!«

»Ich verspreche, dass ich vorsichtiger sein werde.«

Er machte ein Geräusch, als glaubte er mir nicht. Dann überraschte er mich mit einem lauten Glucksen. »Ach, und was dein ›genug Aufregung für heute‹ betrifft, hast du wohl eins vergessen.«

Ich warf ihm einen Seitenblick zu. »Was?«

Roland grinste verschmitzt und sah in die Ferne. »Ihn.«

Kapitel 14

ICH fühlte, wie die Anwesenheit des Mohiri meinen Verstand leicht streifte, eine Sekunde, bevor ich die Straße entlang blickte und Nikolas auf uns zulaufen sah. Sein Gesichtsausdruck war düsterer als der Himmel. Ich nahm meinen ganzen Mut zusammen und bereitete mich auf eine seiner Standpauken vor, während wir uns ihm näherten. So ehrenwert seine Absichten auch sein mochten, das hier war immer noch mein Leben. Irgendwann würde er das doch mal in seinen Schädel bekommen – so hoffte ich.

Was immer Nikolas zu sagen geplant hatte, war vergessen, als er nahe genug kam, um unsere nassen Kleider und den fischigen Geruch wahrzunehmen. »Was zum Teufel ist denn dieses Mal passiert?«

»Wir …«

»Nichts«, sagte ich, bevor Roland antworten konnte.

Nikolas murmelte etwas in einer anderen Sprache, das sich wie ein Fluch anhörte. Er schüttelte den Kopf, sah Roland an und sagte: »Von hier an übernehme ich sie.«

»Das glaube ich nicht«, platzte ich heraus, schon jetzt genervt von seinem selbstgefälligen Gehabe.

Roland trat vor. »Ich bin mir nicht sicher, ob das so eine gute …«

»Sara und ich müssen reden – nur reden«, erklärte Nikolas und ließ meinen Protest bewusst außer Acht. »Und wenn man dich so anschaut, dann glaube ich, dass du mir zustimmst.«

Ich wandte mich ungläubig an meinen Freund. »Roland?«

Roland schaute mich besorgt an. »Du hörst ja nicht auf mich. Vielleicht ist es gut, wenn jemand anders …«

»Verräter«, beschuldigte ich ihn und ging an ihnen beiden vorbei. Ich konnte nicht glauben, dass mein bester Freund sich mit Nikolas verbündete – ein Werwolf schloss einen Pakt mit einem Mohiri. Wäre ich nicht so verärgert gewesen, hätte ich über die Absurdität all dessen laut gelacht.

»Sara, warte …«

Ich ignorierte Rolands Flehen. Der Regen wurde heftiger und der Wind nahm weiter Geschwindigkeit auf, als ob der Sturm sich meiner Laune anpassen wollte. Bis ich unser Haus erreicht hatte, war ich nass bis auf die Haut.

Peter war mit dem Wagen seiner Mutter gekommen und wartete auf uns. »Was ist passiert?«, rief er.

»Ich bin mir sicher, Roland wird dir alles erzählen«, keifte ich und ging auf direktem Weg zur Treppe.

Ich erwog, die Tür hinter mir abzuschließen, während ich das Licht im Flur anschaltete, aber selbst eine doppelte Verriegelung würde Nikolas in seiner aktuellen Gemütslage kaum aufhalten. Einen Moment lang hegte ich die vage Hoffnung, der Bannkreis könnte zum Hindernis werden, aber die Hoffnung zerschlug sich, als sich die Tür in dem Moment öffnete, in dem ich meine ruinierten Sneakers von den Füßen kickte. Ich ließ meinen Mantel klatschend auf den Boden fallen und ging ohne einen Blick auf Nikolas zur Treppe. »Fühl dich ganz wie zu Hause«, sagte ich mit einer Stimme, die alles andere als gastfreundlich war.

Im Obergeschoss klang das Heulen des Windes laut durch die Dachritzen und der Regen prasselte gegen die Scheiben. Ich kippte ein Fenster und pfiff nach Harper, der manchmal lieber drinnen war bei schlechtem Wetter. Doch keine Spur von der Krähe, also schloss ich das Fenster schnell wieder. Ich hörte, wie etwas raschelte und drehte mich zu Daisy um, die über die Treppenstufen hüpfte. Der Sturm schien ihr nichts auszumachen, aber sie suchte immer meine Nähe, wenn Nate nicht da war. Ich tätschelte ihr den Kopf und sie folgte mir ins Badezimmer. Ich ließ Wasser in die Wanne. Das Gespräch mit Nikolas würde warten müssen, bis ich ein schönes heißes Bad genommen hatte. Wenn er reden wollte, musste er sich eben unten die Beine in den Bauch stehen, bis ich so weit war.

Ich schälte mich aus den nassen Jeans und zog die Phiole mit dem Ptellonblut aus der Tasche, umschloss sie sorgsam in meiner Hand. Alles, was dort im Jachthafen geschehen war, war es Nates wegen wert gewesen. Vielleicht standen wir uns nicht so nah, wie ein jeder von uns es gerne gehabt hätte, aber ich würde beinahe alles tun, um ihn vor der Gefahr zu schützen, die ich in unser Leben gebracht hatte. Ich öffnete die unterste Schublade meines Badezimmerschrankes. Dort, im hintersten Winkel brachte ich das Fläschchen in Sicherheit, bis Nate zurück war. Ich musste nur jeden Monat drei Tropfen der blutroten Flüssigkeit in sein Essen oder in ein Getränk mischen, dann würde der Inhalt der Phiole ein Jahr lang reichen. Mit dem Bannkreis und dem Ptellon sollte Nate zumindest vor allem Übernatürlichen sicher. Das Ptellonblut hielt keine Menschen ab, aber um Menschen machte ich mir auch keine Sorgen.

Ein glücklicher Seufzer entfuhr mir, als ich mich in das heiße Wasser sinken ließ. Ich legte den Kopf gegen den Badewannenrand und schloss die Augen, während das dampfende Seifenwasser die Anspannung aus meinen Gliedern löste und den Fischgestank davon spülte. Mein Verstand drehte sich noch immer in wilden Kreisen um die Geschehnisse am Hafen. Die Männer, die uns verfolgt hatten, waren furchteinflößend gewesen, aber die Begegnung mit den Ratten war es, die mich noch immer erschütterte. Ich hatte nie zuvor etwas wie dieses Ding im Kopf des Nagers gespürt, und selbst die Erinnerung daran ließ mich in dem heißen Wasser schaudern. Wie war es mir gelungen, es aus dem Geist des Tieres zu vertreiben? Wie konnte ich damit auf einmal die ganze Meute an Ratten beeinflussen? Wurden meine Kräfte stärker? Nikolas hatte mir gesagt, dass die Stärke der Mohiri mit Erreichen des Erwachsenenalters zunahm. Vielleicht war es das. So vieles an meinen Kräften war noch immer ein Mysterium für mich und ich wünschte, es gäbe jemanden, der es mir erklären konnte.

Ich versuchte, mich zu entspannen und schob die verwirrenden Gedanken beiseite. Das stetige Trommeln des Regens auf dem Dach lullte mich ein und so döste ich in der Wanne, bis das Wasser langsam kälter wurde. Ich ließ das Wasser ab und stand auf, um mir die Haare unter der Brause zu waschen. Trotz der letzten Stunden und des unwillkommenen Gastes im Stockwerk unter mir, fühlte ich mich bedeutend leichter. Ich wickelte mir ein großes Handtuch um und ging in mein Schlafzimmer.

»Hey! Was machst du denn hier?«, kreischte ich Nikolas an, der auf meiner Couch saß; neben ihm hatte sich meine verräterische Katze wohlig zu einem Fellknäuel zusammengerollt. Mein Zeichenblock lag offen auf seinem Schoß und er studierte den Inhalt. Dieser Block war für mich wie ein Tagebuch. Es war verstörend intim, zu sehen, dass er in meinem Zimmer saß und meine Zeichnungen anschaute. »Raus hier, und nimm die Hände von meinen Sachen!«

Mein Ausbruch ließ ihn scheinbar kalt, mit dunklem, unergründlichem Blick sah er zu mir auf. »Du hast so lange gebraucht, dass ich dachte, du wärst wieder davongelaufen.«

Ich zog das Handtuch enger um mich und kämpfte gegen die aufsteigende Hitze in meinem Gesicht. »Wie du siehst, bin ich immer noch da. Wärst du jetzt bitte so freundlich, mein Zimmer zu verlassen, damit ich mich anziehen kann?«

Ein unverschämtes Grinsen spielte um seine Mundwinkel und mit einem Mal fühlte sich der Raum zu warm an. »Natürlich.« Er legte den Zeichenblock aufs Sofa und stand auf. »Deine Zeichnungen sind wirklich gut. Hat dir das schon mal jemand gesagt?«

»Ich zeige sie niemandem. Sie sind privat«, sagte ich spitz. Ich wollte ihn daran erinnern, dass er meine Privatsphäre verletzt hatte. Und doch fühlte ich tief im Innern einen kleinen Anflug von Freude über sein Lob – was ich ihn selbstverständlich niemals würde wissen lassen.

Er machte keine Anstalten, sich zu entschuldigen, sondern ging ohne Eile zur Treppe. »Du kommst ja dann bald runter.«

Wutschnaubend stakste ich zur Couch, um den Zeichenblock zu schließen. Abrupt musste ich beim Anblick von Nikolas' Gesicht innehalten. Da war wieder dieses vertraute, schmerzhafte Stechen der Angst, das ich jedes Mal empfand, wenn ich an jene Nacht in Portland dachte. Ich schrieb meine Gedanken nicht auf, ich zeichnete sie, und aus irgendeinem Grund war dieses eine Bild jenes, das meine Erinnerung an die Ereignisse im Attic am besten widerspiegelte. Vielleicht weil es der Moment war, in dem ich begriffen hatte, dass ich nicht alleine war. Beim Gedanken daran, dass sich jemand – Nikolas im Besonderen – diese Zeichnung angesehen hatte, fühlte ich mich gläsern und verletzbar.

Ich ließ mir Zeit beim Anziehen und hatte vorgehabt, besonders ausgiebig und langwierig meine Haare zu föhnen, um den Zeitpunkt, an dem ich Nikolas wieder in die Augen sehen musste, so lange wie möglich hinauszuzögern. Der Sturm machte mir einen Strich durch die Rechnung, denn just in dem Moment, in dem ich den Föhn in die Hand nahm, fiel der Strom aus. »Na, toll«, murmelte ich und tastete nach einer Taschenlampe. Ich nahm ein Handtuch und trocknete meine Haare, so gut es ging. Nicht in der Lage, weiter Zeit zu schinden, machte ich mich mit Daisy auf den Fersen auf den Weg nach unten.

Ich fand Nikolas in der Küche, wo er bei Kerzenlicht Sandwiches zubereitete. Er hatte die Ärmel hochgekrempelt und seine Lederjacke über einen Küchenstuhl geworfen. Dieser so gelassene, alltägliche Anblick war ein krasser Kontrast zu dem Bild des Kriegers, das ich gewohnt war. Ich blieb so ruckartig stehen, dass Daisy gegen meine Beine prallte.

»Was machst du da?«

»Abendessen. Ich wollte eigentlich was bestellen, aber in der ganzen Stadt scheint der Strom ausgefallen zu sein. Also gibt es Sandwiches.« Er schob einen Teller über den Tresen in meine Richtung. »Ich hoffe, du magst Roastbeef.«

»Ähm … danke, ja, mag ich«, murmelte ich. Was hatte er vor? Erst war er wütend, jetzt machte er Abendessen. Wenn er geplant hatte, mich zu überrumpeln, indem er plötzlich nett zu mir war, dann war ihm das gelungen. Ich hatte keine Ahnung, wie ich auf diese neue Seite an ihm reagieren sollte. Um mein Unbehagen zu verbergen, griff ich nach einer Tüte Kartoffelchips auf der Anrichte und einem Glas eingelegter Gurken aus dem Kühlschrank. Ich stellte beides auf den Tisch und stellte zwei Gläser Soda dazu.

Nikolas trug die Sandwiches zum Tisch und platzierte die Kerze in der Mitte. Ich kaute auf meiner Unterlippe herum und strich mir nervös mein feuchtes Haar hinter die Ohren, als mir plötzlich klar wurde, was für ein gemütliches Bild wir abgeben mussten. Essen bei Kerzenlicht, während draußen der Sturm tobte. Ich schielte zu Nikolas, der damit offenbar kein Problem hatte und Chips auf dem Teller verteilte, als würden wir jeden Tag gemeinsam essen. Sein Haar war noch immer nass vom Regen und seine Züge entspannt, beinahe so, als fühlte er sich pudelwohl. Er sah hoch – seine Augen schimmerten wie flüssiger Rauch in dem Kerzenlicht. Unsere Blicke trafen sich. Mein Magen machte einen kleinen Hüpfer, und auf einmal fand ich mein Sandwich sehr, sehr interessant.

Es war genauso, wie ich es gerne aß: Roastbeef, Käse und Meerrettichsoße auf einem Roggenbrötchen. Ich wollte ihn fragen, woher er das wusste, aber hielt mich dann zurück. Vielleicht war es besser, gar nicht erst zu wissen, wie viel er über mich in Erfahrung gebracht hatte.

Wir aßen eine Weile schweigend, dann stellte er jene Frage, mit der ich bereits gerechnet hatte. »Willst du mir sagen, warum du heute abgehauen bist und wieso du bei deiner Rückkehr so gerochen hast, als wärst du im Hafen geschwommen?«

Ich hörte auf, an meinen Chips zu knabbern und sagte: »Das war eine persönliche Angelegenheit, um die ich mich kümmern musste … und ich war tatsächlich schwimmen im Hafen. Zufrieden?«

»Nicht einmal annähernd.«

Wieder schwiegen wir eine Weile. Ich hob mein Sandwich, biss hinein und war entschlossen, die Geschichte nicht weiter zu vertiefen. Nikolas' Blick ruhte auf mir, doch ich gab vor, es nicht zu bemerken. Da brauchte es schon weit mehr als ein Candle-Light-Dinner, um mich zum Reden zu bringen.

Erst nach ein paar Minuten begriff ich, dass der zornige Ausdruck in seinem Gesicht ausblieb. Ich linste hoch, aber Nikolas schien lediglich sein Essen zu genießen. Wo war der Mann, der mit Blicken töten konnte?

»Willst du mich jetzt gar nicht anschreien, oder so?«

Er zuckte mit den Achseln und sah nicht einmal auf. »Wirst du mir dann sagen, was du heute gemacht hast?«

»Nein.«

»Also, warum essen wir dann nicht einfach friedlich miteinander?«

Jetzt war es an mir, ihn finster anzuschauen. Ich wusste nicht, was ich mit dieser Antwort anfangen sollte. Wollte er mich reinlegen? War das ein Trick, um mich zum Reden zu bringen? Er tauchte hier auf und machte den Anschein, mir die Hölle heiß machen zu wollen, und dann bereitete er das Abendessen zu und wollte Höflichkeiten austauschen?

Seine nächsten Worte überraschten mich noch mehr. »Du erinnerst mich an jemanden, den ich vor langer Zeit kannte. Sie war auch stur bis zum Umfallen.«

»Wenn du jetzt sagst, dass das Madeline war, werfe ich dir eine Gurke an den Kopf.« Auf gar keinen Fall konnte oder wollte ich so sein wie die Frau, die mich geboren hatte. Sie war meine biologische Mutter, aber damit endeten die Gemeinsamkeiten auch schon.

Nikolas lächelte, sein Blick schweifte in die Ferne. »Nicht Madeline, nein. Ihr Name war Elena und sie war Madelines Tante. Sie starb, bevor Madeline geboren wurde.«

»War sie deine Freundin, oder so?«, fragte ich, erstaunt über seine sanfte Stimme.

Noch vor wenigen Minuten hatte ich geglaubt, dass Nikolas ein Krieger durch und durch war, immer beschäftigt und ohne Zeit für ein Privatleben. Aber ich schätzte, es musste auch für ihn ein Leben jenseits der Vampirjagd geben. Der Dämon in meinem Innern regte sich und ein fremdes Gefühl zerrte an mir. War das Eifersucht? Ich schüttelte mich innerlich und ließ den Mori wissen, dass mich Nikolas' romantische Verwicklungen einen feuchten Kehricht interessierten.

»Nein, Elena war wie eine Schwester für mich. Sie war sehr schön, aber störrisch und ziemlich verwöhnt.«

»Willst du damit sagen, dass ich verwöhnt bin?« Typisch Mann. Ein starker Kerl ging absolut in Ordnung, aber wenn eine Frau Entschlossenheit zeigte, war sie gleich verwöhnt.

Er lachte und nahm einen Schluck aus seinem Glas, ohne zu antworten. Ich starrte ihn an und sein Grinsen wurde breiter. »Okay, vielleicht nicht verwöhnt, aber auf jeden Fall stur wie ein Esel.«

»Das sagt der Richtige.« Ich nahm mein Glas. »Was ist mit ihr passiert?«

Seine Miene verdüsterte sich. »Sie hat die Regeln missachtet, die dafür aufgestellt worden waren, sie zu beschützen, und ist allein losgezogen. Sie wurde von Vampiren getötet.«

Ich zog scharf die Luft ein. »Oh, das tut mir leid.« Das erklärte seine überfürsorgliche Art mir gegenüber. Eine Freundin war durch die Hände eines Vampirs gestorben, und nun war da ich, die von einem verfolgt wurde.

»Es ist lange her.«

»Gibt es noch irgendjemanden aus Madelines Familie?«, wechselte ich das Thema.

Es war das erste Mal, dass ich irgendein Interesse an meinen möglichen Mohiriverwandten zeigte, und Nikolas' Lächeln ließ nicht lange auf sich warten. »Sie hat noch einige lebende Verwandte, zum Beispiel ihren Erzeuger.«

»Erzeuger? Das klingt so … unpersönlich.« Ich dachte an meinen Dad, daran, wie er mich mit seinen starken Armen aufgefangen und gehalten hatte, mir abends Gutenachtgeschichten vorgelesen hatte. Ich konnte mir nicht vorstellen, ihn als meinen Erzeuger zu bezeichnen.

Nikolas legte seine Serviette auf den Teller und lehnte sich im Stuhl zurück. »Das ist nur eine Bezeichnung. Mohiri-Familien sind sich genauso nah wie menschliche, vielleicht sogar mehr, denn wir altern schließlich nicht und sterben nicht auf natürliche Weise.«

»Du und deine Eltern – ihr seht also gleich alt aus? Findest du das nicht seltsam?«

Er schüttelte den Kopf. »Wir sehen das Alter nicht auf die gleiche Weise, wie Menschen es tun. Für Menschen sind Jahre wie Meilensteine auf dem Weg durchs Leben. Wir dagegen altern physisch nicht mehr, sobald wir erwachsen sind.«

Er mochte das normal finden, aber für mich war es schwer vorstellbar, im gleichen Alter wie meine Großeltern zu sein. »Also, ist mein Groß… Madelines Vater noch am Leben. Weiß er von mir?« Ein wenig schockierte es mich, herauszufinden, dass ich einen lebenden Großvater hatte, dem ich nie begegnet war. Die Mutter meines Vaters war gestorben, als ich zehn Jahre alt gewesen war und ich hatte sie nie gut gekannt.

»Ja, und er freut sich darauf, dich kennenzulernen.« Mein Zögern musste sich direkt auf meinem Gesicht abgezeichnet haben, denn Nikolas fing meinen Blick auf und hielt ihn fest. »Er wird warten, bis du so weit bist, ihn zu treffen.«

»Ein geduldiger Mohiri, wer hätte das gedacht.« Ich stand auf und trug unsere Teller zur Spüle, um meine plötzlich so gegensätzlichen Gefühle zu verbergen. Natürlich hatte ich nicht die Absicht, in absehbarer Zeit die Mohiri aufzusuchen, aber zu wissen, dass ich einen Großvater hatte – auch wenn es Madelines Vater war –, der mich sehen wollte, weckte Emotionen in mir, die ich nicht zulassen wollte.

»Ein Mohiri hat alle Geduld der Welt, wenn er auf etwas wartet, das es wert ist«, erwiderte er, und auf einmal hatte ich das Gefühl, dass wir nicht länger über meinen Großvater redeten.

Ich ließ heißes Wasser über die Teller laufen. »Ich schätze, es ist ganz hilfreich, dass ihr unsterblich seid, was?«

»So wie du«, sagte er so nahe an meinem Ohr, dass ich beinahe den Teller hätte fallen lassen.

»Lass das!«, erwiderte ich mit erstickter Stimme, woraufhin er leise lachte. Er nahm mir den Teller ab und rieb ihn mit einem Geschirrtuch trocken. *Müssen wir so nah beieinander stehen?* Ich maulte leise vor mich hin, während ich den anderen Teller abspülte und ihm reichte. Etwas an seinem Verhalten sagte mir, dass er mich nur reizen wollte und sich dabei köstlich amüsierte. Fast schon wünschte ich mir, der alte Nikolas wäre da. Von dem wusste ich, was ich zu erwarten hatte; dieser neue Nikolas verwirrte mich viel zu sehr.

Das Küchenfenster klapperte im Wind und ich rieb mir die Arme, wünschte mir, ein Sweatshirt angezogen zu haben. Ohne Strom war auch die Heizung ausgefallen und so nahe an der Küste wurde die Luft schnell kalt. Ich griff nach der Taschenlampe, wollte nach oben gehen, um mir etwas Dickeres zum Anziehen zu holen.

»Die Temperatur wird heute Nacht beträchtlich fallen. Habt ihr im Wohnzimmer einen Kamin, der funktioniert?«

»Ja, mit Gas.«

Er ging an mir vorbei ins dunkle Wohnzimmer. »Zieh du dir etwas Warmes an, ich mache Feuer.«

Er hatte mir den Rücken zugedreht. »Und dann? Setzen wir uns ans Feuer und rösten Marshmallows?«

»Hast du etwas Besseres vor?«, erwiderte er, ohne sich umzudrehen.

Darauf hatte ich keine Antwort, also ging ich nach oben und zog eins von Dads alten Sweatshirts heraus. Es war mein Lieblingspulli, denn ich konnte mich noch daran erinnern, wie er ihn getragen hatte. Leider hatte er schon lange Zeit seinen Geruch verloren. Ich zog mir die flauschigen Mokassins an, die Judith mir letztes Weihnachten geschenkt hatte, und setzte mich auf mein Bett, dachte über die Ironie der Situation nach. Nate hatte mich hier mit der Gewissheit allein gelassen, dass ich auf keinen Fall Jungs einladen würde, und in der ersten Nacht ohne ihn hatte mir bereits ein Kerl Abendessen gemacht. Mein Onkel würde vermutlich Herzrhythmusstörungen bekommen, wenn er jetzt zur Tür hereinkäme. Ein einziger Blick auf Nikolas und er würde mir niemals glauben, dass das hier völlig unschuldig war. Ich konnte mir das Lächeln nicht verkneifen, als ich nach unten ging.

»Wo hast du die Marshmallows gefunden?«, fragte ich überrascht, als ich die offene Packung auf dem Couchtisch bemerkte. Es war ein Witz gewesen, Marshmallows zu rösten, aber jetzt erschien es mir wie die beste Idee seit Langem.

Nikolas sah von seinem Platz auf dem Boden hoch und seufzte. Daisy kam ins Zimmer und streckte sich vor meinem Sessel aus.

»Hier.« Er reichte mir einen Spieß. Ich blies auf den dunklen Marshmallow, während er einen weiteren für sich selbst ins Feuer hielt. Ein paar Minuten lang umgab uns nur das Zischen des Feuers und das Tosen des Sturms. Ich fühlte mich seltsam gelassen. Nach der knappen Flucht aus dem Jachthafen wunderte es mich, dass ich nicht beim geringsten Geräusch zusammenzuckte. Es war angenehm, sich so ruhig zu fühlen.

»Hast du das schon immer gemacht – Vampire gejagt? Werden alle Mohiri Krieger?«

Er lehnte den Rücken an die Couch, streckte seine langen Beine über den Teppich. »Die meisten, aber wir haben auch Gelehrte und Handwerker. Das Kriegerische liegt uns im Blut, es ist unsere Bestimmung. Ich wollte nie etwas anderes tun.«

Das musste ich einen Moment lang verdauen. »Wie ist es, dort aufzuwachsen? Lebt ihr in Häusern oder auf einer Art Militärstützpunkt? Geht ihr zur Schule oder trainiert ihr bereits, wenn ihr klein seid?« Seit ich von den Mohiri gehört hatte, stellte ich mir ihr Leben vor wie das eines Soldaten – mit Betten in Kasernen und täglichem Kampftraining. Es erschien mir in meiner Vorstellung alles so kalt und militant und es passte irgendwie nicht zu der Art, mit der er über Familie sprach.

Er lächelte und spießte einen weiteren Marshmallow auf. »Wir leben auf befestigtem Gelände, auf der ganzen Welt verstreut. Die größeren Anlagen sehen aus wie ein privater Campus, die kleineren mehr wie gut befestigte Wohnanlagen. Es ist nicht sicher für eine Mohirifamilie, außerhalb einer solchen Basis zu leben, denn dann sind wir anfällig für Vampirattacken. Die Familien leben zusammen und die Wohnquartiere sind groß und komfortabel. Die Kinder gehen zur Schule, bis sie sechzehn sind, das Training startet dann mit Beginn der Pubertät.« Er lehnte sich nach vorn, die Flammen spielten auf seinem schönen Gesicht. »Es ist ein gutes Leben. Wir haben ein großes Zusammengehörigkeitsgefühl untereinander und jeder, der bei uns lebt, ist glücklicher als zuvor in Gemeinschaft von Menschen.«

Ich starrte ins Feuer. Es war klar, was er mir damit sagen wollte und ich hatte keine Lust, den friedlichen Moment durch alte Streitereien zu verderben. Vielleicht waren die Mohiri nicht so kalt und unpersönlich, wie ich geglaubt hatte, aber ich konnte mir dennoch nicht vorstellen, dort glücklicher zu sein. Mein Dad wäre immer noch tot und ich hätte weder Nate noch Roland oder Peter bei mir.

In der Küche klingelte mein Telefon und zerriss die Stille. Ich sprang hoch, um ranzugehen. Es war Nate, der aus seinem Hotel in Boston anrief. Er klang besorgt. »Hey, ich habe gehört, bei uns zu Hause tobt gerade ein schwerer Nordoststurm. Ist alles in Ordnung bei dir?«

»Mir geht es super, Nate. Du weißt doch, wie sehr ich einen guten Sturm liebe.«

Seine Erleichterung war deutlich zu spüren. »Also, wenn der Strom ausfällt, ich habe ein paar Taschenlampen und eine batteriebetriebene Laterne im Schrank draußen im Flur.«

»Mach dir keine Sorgen, ich hab alles unter Kontrolle. Wie ist die Konferenz?«

Er erzählte mir ein wenig von seinem Tag und dass er nun im Hotel wäre und erreichbar, wenn ich ihn brauchte. Ich lachte und meinte, er klänge schon wie Judith, wenn sie Roland belehrte. Daraufhin sagte er schnell »Gute Nacht« und versprach, morgen wieder anzurufen und sich nach mir zu erkundigen.

Ich hatte kaum aufgelegt, da klingelte das Telefon erneut. »Was ist denn jetzt noch?« Dieses Mal war es Roland.

»Ah, du gehst ans Telefon. Das heißt, du bist nicht gefesselt und geknebelt«, spottete er, nachdem ich abgenommen hatte.

»Nein, danke der Nachfrage.«

»Ach, sei doch nicht so. Ich war ziemlich durcheinander, nach allem, was heute passiert ist, und dachte, es wäre vielleicht besser, wenn dir jemand anderes ins Gewissen redet.«

»Ich will gerade nicht drüber reden.« Ich war immer noch ein wenig verletzt wegen seines Verrats und nicht in der Stimmung, ihm heute Absolution zu erteilen.

»Mom sagt, der Strom ist überall ausgefallen. Geht es dir gut? Ich kann kommen und dich holen, wenn du möchtest.«

Ich seufzte. Es war einfach unmöglich, auf Roland böse zu sein, wenn er so süß war. »Mir geht es gut. Wir haben den Kamin angemacht und eine Menge Kerzen.«

»*Wir*? Ist er bei dir? Jetzt?«

»Ja.«

Rolands Stimme wurde schriller. »Ich dachte, er hält Wache draußen oder so. Ich bin mir nicht sicher, ob er mit dir drinnen sein sollte, wenn Nate nicht da ist.«

»Daran hättest du denken sollen, bevor du mich mit ihm alleingelassen hast.« Ich konnte mir den kleinen Seitenhieb nicht verkneifen. »Glaubst du, wir unterhalten uns bei dem Sturm draußen?«

»Ich … ähm«, stammelte er.

»Ich muss jetzt auflegen. Wir sehen uns morgen.« Ich wollte diese Unterhaltung nicht mit Nikolas in Hörweite führen.

Ich legte auf und ging zurück ins Wohnzimmer, setzte mich wieder in den Sessel am Feuer. »Sie machen sich alle Sorgen.«

»Dem Werwolf liegt viel an dir.«

Ich schaute ihn finster an. »Er ist mein bester Freund, und er hat einen Namen, wie du weißt.«

Er hob die Schultern gleichgültig. »Wir nennen die Wölfe nicht beim Vornamen, genauso wenig wie sie uns. So ist das eben.«

»Tja, also ich bin eine Mohiri und ich habe viele Werwolffreunde, also musst du dich wohl daran gewöhnen.«

Er verzog den Mund, als hätte ich etwas besonders Witziges gesagt.

»Was?«, fauchte ich.

»Das ist das erste Mal, dass du zugegeben hast, zu sein, was du bist.«

Meine Hand strich über den Stoff an der Sessellehne. »Das ändert gar nichts.« Ich hatte meine Herkunft bereits vor Wochen akzeptiert, denn sie zu leugnen, machte auch nichts ungeschehen. Das hieß jedoch nicht, dass ich glücklich darüber war.

»Es ist ein Anfang.« Er legte die Arme hinter den Kopf und schenkte mir ein so umwerfendes Lächeln, dass er damit mehr als nur eine Frau hätte verzaubern können. Der Drang, diesem selbstgefälligen Bastard ein Kissen an den Kopf zu werfen, wurde übermächtig. Aber das Herausfordernde, das sich in seinen Blick stahl, hielt mich davon ab.

»Was willst du sonst noch über die Mohiri wissen?«, fragte er, als ich stumm blieb. Ich wollte ihm nicht die Genugtuung verschaffen, mehr als nötig Interesse an seinen Leuten zu zeigen, aber es gab so viele Dinge, auf die ich neugierig war und ich hatte online absolut nichts über die Mohiri gefunden.

»Wer trägt die Verantwortung für alles? Gibt es einen Präsidenten oder einen König oder so?«

»Nicht wirklich«, sagte er lachend. »Wir haben den Rat der Sieben, der so etwas wie ein Regierungsapparat ist und die meisten wichtigen Entscheidungen trifft.« Er erklärte weiter, dass die sieben Sitze die sieben Kontinente repräsentieren und die Mitglieder sich einmal im Monat an stets wechselnden Orten trafen. Ich fragte ihn, wie man in den Rat gewählt wurde, und er sagte mir, dass wenn jemand den Rat verließ oder starb, die verbliebenen Mitglieder jemanden auswählten, der ihn ersetzte. Dies jedoch geschah nicht häufig. Das letzte neue Mitglied der Sieben war vor dreihundert Jahren ernannt worden.

»Willst du dich irgendwann dem Rat anschließen?«

Er schüttelte mit düsterer Miene entschlossen den Kopf. »Niemals. Ich habe keine Zeit für Bürokratie und nicht genug Geduld, um die endlos langen Meetings zu ertragen. Ich bin ein Krieger, und etwas anderes möchte ich nicht sein.«

Ich neigte den Kopf zur Seite. »Hast du nicht vorhin noch gesagt, dass ihr Mohiri sehr viel Geduld hättet?«

»Wenn etwas wert ist, darauf zu warten«, schränkte er ein. »Ich interessiere mich nicht besonders für Politik.«

Das überraschte mich nicht. Ich konnte mir Nikolas nicht als jemanden vorstellen, der sich gern an Regeln hielt oder sich diplomatisch verhielt, um jemandem zu gefallen. »Soviel ich weiß, macht man sich damit nicht besonders beliebt bei den Obrigen.«

Seine Augen glänzten. »Sie sind gut in ihrem Job, ich bin gut in meinem. Wir mögen verschiedene Auffassungen haben, aber wir arbeiten für das gleiche Ziel.«

»Was halten sie davon, wenn man in einer Stadt abhängt, von der niemand je zuvor etwas gehört hat und seine Zeit mit einer Waisen verschwendet, wenn es doch genug Kriegsgeschäfte zu erledigen gibt?«

Mir leuchtete einfach nicht ein, wie die Sicherheit einer Waisen wichtiger sein konnte, als der Kampf gegen das allgegenwärtige Böse dort draußen.

»Du glaubst also, dass du eine Zeitverschwendung bist?« Seine Stimme – obwohl gedämpft – hatte einen gereizten Klang, den ich nur zu gut kannte.

»Ich habe nicht gesagt, dass ich eine Zeitverschwendung bin. Aber es gibt bestimmt noch viele andere Waisen, die eine Rettung nötiger haben als ich. Und da ich meine Meinung nicht ändern und hierbleiben werde, macht es einfach keinen Sinn, dass ihr mich bewacht.«

»Hier ist eine unmittelbare Bedrohung. Schon bevor wir dich gefunden haben, hatten wir die Gegend wegen der Vampiraktivitäten unter Beobachtung. Deshalb sind wir ja erst nach Portland gekommen.« Sein Ton wurde nicht sanfter, ich wusste, mein Kommentar nagte ernsthaft an ihm. Ich machte mir nicht die Mühe, herauszufinden, warum, denn ich bezweifelte, Nikolas jemals verstehen zu können.

Das erinnerte mich an etwas, das ich mich schon länger fragte. »Woher stammst du? Du hast einen leichten Akzent, den ich nicht zuordnen kann und ich glaube, manchmal sprichst du in einer anderen Sprache?«

»Ich bin in Sankt Petersburg geboren und habe dort die ersten sechzehn Jahre meines Lebens verbracht, bis meine Familie zuerst nach England und dann nach Amerika gezogen ist.« Er hob einen Mundwinkel. »Meinen Akzent hört man eigentlich nur heraus, wenn ich mich sehr aufrege.«

Ich wollte ihm zustimmen, dass ich das bereits bei unserem ersten Zusammentreffen bemerkt hatte, aber ich wechselte lieber das Thema. »Und was ist Chris' Geschichte? Ist er dein Partner?«

»Für gewöhnlich arbeite ich allein, aber manchmal sind wir auch als Team unterwegs. Christian und ich kennen uns schon viele Jahre.«

»Christian«, wiederholte ich den Namen. »Das passt besser zu ihm als Chris.«

»Er wäre sicher froh, das zu hören«, sagte Nikolas trocken.

»Tja, ich bin immer gerne zu Diensten«, erwiderte ich genauso schroff, froh, dass wir uns wieder auf vertrautem Terrain befanden. Mit einem arroganten, sarkastischen Nikolas konnte ich umgehen.

Er schnaubte. Es war schwer, ein Lächeln zu unterdrücken. Wir beide wussten, dass ich bisher alles getan hatte, um seine Pläne zu durchkreuzen. Ich hatte noch immer nicht die Absicht, mir von ihm mein

Leben diktieren zu lassen, aber es schien, als hätten wir heute Nacht eine Art Waffenstillstand erreicht.

»Hör mal, ich weiß, ihr wärt lieber auf der Jagd nach Monstern, auch wenn ihr euch verpflichtet fühlt, hier zu sein. Und ich weiß, ich bin manchmal eine Nervensäge, aber …«

»Manchmal?«

»Was ich versuche, dir damit zu sagen«, fuhr ich fort und ignorierte seine Unterbrechung, »ist, dass, auch wenn du ziemlich bestimmend bist und manchmal ein arroganter Arsch sein kannst, ich nicht glaube, dass du nur schlecht bist.«

Er hob die Augenbrauen. »Ich schätze, das ist das zweifelhafteste Kompliment, das ich je bekommen habe. Und ich würde sagen, dass du mit Abstand die größte Nervensäge bist, die ich jemals getroffen habe.«

Ich konnte mir ein verschmitztes Grinsen nicht verkneifen. »Die größte? Wirklich?«

Er grinste zurück. »Ja, aber ich mag Herausforderungen.« Das Funkeln in seinen Augen brachte mich aus der Fassung und ich wusste, er würde nicht so leicht aufgeben. Es widerstrebte mir, unseren zerbrechlichen Frieden zu riskieren, aber meine Position ganz aufgeben, kam auch nicht infrage.

»Ich will mich nicht mehr mit dir streiten.« Die Worte waren aus meinem Mund, bevor ich überhaupt wusste, dass ich sie hatte sagen wollen. Es war nicht klar, wer von uns beiden von meinem Statement überraschter war. In diesem Moment ließ eine heftige Sturmböe die Wände krachen und das Feuer tanzte, als gäben die Elemente höchstpersönlich ihre Zustimmung.

»Ich bin froh, das zu hören.«

»Nicht, dass du denkst, ich hätte meine Meinung geändert oder so«, beeilte ich mich hinzuzufügen, bevor er statt meines kleinen Fingers gleich die ganze Hand nahm. »Ich möchte nur, dass wir uns nicht ständig gegenseitig an die Gurgel gehen.«

»Du willst, dass wir Freunde sind?« In seiner Stimme schwang eindeutig Belustigung mit.

Ich zog eine Grimasse. »Übertreib es nicht gleich. Wie wäre es, wenn wir uns darauf einigen, dass wir uns nicht einigen können und es dabei belassen?«

»Frieden, also?«

»Ja, oder ein Waffenstillstand.« Ich hatte meine Zweifel daran, dass eines von beiden lange halten würde.

Er musterte mich ein paar Sekunden lang und lehnte sich dann mit ausgestreckter Hand nach vorn. »Also, Waffenstillstand. Abgemacht.«

Zögerlich reichte ich ihm meine Hand und legte sie in seine viel größere. Sein Händedruck war warm und stark und ein kleiner Schauer lief mir über den Arm bei der Berührung. Als er keine Anstalten machte, wieder loszulassen, zog ich meine Hand hastig zurück und vergrub sie in meinem Schoß. Wenn er meine Eile, die Berührung zu beenden, bemerkt hatte, so ließ er es sich nicht anmerken.

Ich merkte, wie ich gähnen musste und fragte mich, warum ich so müde war. Dann erinnerte ich mich an den eiskalten Tauchgang im Ozean und die Kraft, die ich auf die Ratten verwendet hatte. Ich schauderte beim Gedanken an die Fäulnis, mit der die Tiere infiziert worden waren.

»Du schaust müde aus.« Nikolas stand auf und ich musste meinen Hals in den Nacken legen, um zu ihm aufsehen zu können. »Geh ins Bett. Ich finde selbst hinaus.«

Die Fenster schepperten erneut und ich stellte mir vor, wie er dort draußen im Sturm die Nacht verbringen würde. Nur, um über mich zu wachen. »Du kannst hierbleiben heute, wenn du möchtest.«

Seine Augen spiegelten die Überraschung über dieses Angebot deutlich wider und plötzlich wurde ich unsicher. Es war nicht so, dass ich ständig Jungs einlud, die Nacht hier zu verbringen. Ich hoffte, mein gerötetes Gesicht war in dem fahlen Licht nicht zu erkennen, als ich sagte: »Du bist ja sowieso schon hier und es macht keinen Sinn, bei dem Wetter da draußen zu sein, wenn es hier eine Couch gibt. Ich hole dir ein paar Decken.«

Auf dem Weg zu dem Schrank, in dem Nate die gequilteten Decken aufbewahrte, wäre ich beinahe über meine eigenen Füße gestolpert. Als ich mit einer Decke und einem Kissen zurückkam, stand Nikolas noch unverändert an derselben Stelle, sein Gesicht im Schatten verborgen. Er nahm die Sachen mit einem leisen »Danke« entgegen.

»Ähm, okay, gute Nacht.« Ich wartete nicht auf seine Antwort, sondern wandte mich schnell zur Tür. Ich hörte noch das Knarren der Couch, als er sich setzte.

»Sara?« Seine Stimme war warm und tief und mein Herzschlag beschleunigte sich ein wenig, als ich im Flur innehielt und über die Schulter schaute. »Ja?«

»Du bist immer noch die größte Nervensäge, die ich je getroffen habe.«

Ich grinste den ganzen Weg nach oben in mein Zimmer.

Kapitel 15

DEM nächsten Morgen wohnte noch die schwermütige Stille inne, die einem großen Sturm stets folgte. Ich kuschelte mich unter die Decke, während Oscar sich auf meinem Kissen streckte und Daisy zu meinen Füßen kauerte. Ich wollte einfach wieder einschlafen. Zumindest solange, bis ich mich plötzlich wieder an jedes Detail der letzten Nacht erinnerte und an den unerwarteten Hausgast, der die Nacht auf der Couch verbracht hatte. Ich kroch aus dem Bett, zog einen Kapuzenpulli über und schlüpfte in meine Mokassins, bevor ich leise nach unten tapste. Im Wohnzimmer lag die gequiltete Decke ordentlich gefaltet auf dem Sofa. Keine Spur von Nikolas. Es überraschte mich nicht, dass er bereits gegangen war. So wie ich ihn kannte, hatte er wahrscheinlich einen Kaffee getrunken und vor Sonnenaufgang noch schnell ein paar Monster erledigt.

Ich schüttete ein wenig Müsli in eine Schale und grübelte über die seltsame Wendung nach, die unsere Beziehung letzte Nacht genommen hatte. Unglaublich, dass der mysteriöse Krieger und der Mann, der gestern Abend mit mir gelacht und Marshmallows geröstet hatte, ein und dieselbe Person sein sollten. Als ich letzte Nacht nach unten gegangen war, hatte ich erwartet, wieder mit ihm in Streit zu geraten. Stattdessen hatte ich einen überaus angenehmen und irgendwie auch verwirrenden Abend mit seinem Alter Ego verbracht. Und ihm dann auch noch einen Waffenstillstand angeboten … und ihn eingeladen, über Nacht zu bleiben. Ich grummelte über meinem Löffel. Was war nur in mich gefahren?

Die Stadt hatte wieder Elektrizität und das bedeutete, dass auch die Schule geöffnet war. Ich rannte nach oben, um mich fertig zu machen und fuhr meinen Laptop hoch, wollte noch schnell die E-Mails checken. *Schon seltsam*, dachte ich, als ich wartete, dass der Loginbutton erschien. In jeder anderen Nacht hätte ich das Internet vermisst, aber gestern hatte ich nicht einmal daran gedacht.

Die E-Mail von NightWatcher traf mich unvorbereitet. Ich hatte seit der Crocottaattacke nichts mehr von ihm gehört. Seine Nachricht war kurz und knapp. Er verließ den Bundesstaat Maine zu seiner eigenen Sicherheit und wenn ich ihn noch immer treffen wollte, so hatte ich Zeit bis Samstag.

Er sagte, es täte ihm leid, aber es wurde ihm langsam zu gefährlich, hier zu bleiben. Und er war der Meinung, wir sollten uns sehen, bevor er fuhr. Ich verfluchte das schlechte Timing, denn es würde beinahe unmöglich sein, mich davonzustehlen. Dennoch schrieb ich ihm, dass ich heute Abend Bescheid geben würde.

Den ganzen Weg zur Schule grübelte ich, und erst als ich am Schulgelände angekommen war, fasste ich einen Entschluss. Die einzige Möglichkeit war, Roland und Peter ins Vertrauen zu ziehen. Sie warteten am Eingang mit fragenden Gesichtern auf mich, doch ich wimmelte sie ab und bat sie, mich später in der Bücherei zu treffen. Sie hatten mir ihre Hilfe angeboten, und nun würde ich sehen, ob sie Wort hielten.

Vor Beginn der dritten Stunde eilte ich zur Bücherei und versuchte, einen Tisch zu ergattern, der so weit wie möglich vom Eingang entfernt war. Mein Verstand drehte sich unablässig um die gestrigen Ereignisse, daher bemerkte ich den Jungen nicht, der vor mir die Reihen kreuzte und wäre beinahe mit ihm zusammengestoßen.

»Sorry«, keuchte ich und hielt mich an einem Regal fest, um nicht auf dem Hintern zu landen.

»Alles gut, mach dir keine Sorgen …«

Ich wirbelte herum und sah den Jungen an, im gleichen Moment bemerkte auch er, mit wem er da fast zusammengerumpelt wäre. Ich hatte Scott in den letzten Wochen kaum gesehen und stellte nun fest, dass sein Gesicht sich fast vollständig von unserem Kampf erholt hatte. Was nur wenig dazu beitrug, dass ich mich besser fühlte. Die Schuld ihm gegenüber nagte noch immer an mir, insbesondere jetzt, da ich wusste, was in meinem Innern lebte und wie viel schlimmer ich ihn hätte verletzen können, wenn ich mich nicht zurückgehalten hätte.

Wir starrten einander ein paar Sekunden lang an, und ich wartete auf einen seiner typischen, abwertenden Kommentare. Womit ich nicht gerechnet hatte, war dieser traurige, verwundete Ausdruck, der kurz über sein Gesicht flackerte. Er war sofort wieder verschwunden, ersetzt durch den Hochmut, den ich nur allzu gut an ihm kannte. Als wäre nichts geschehen, drängte er sich an mir vorbei und verschwand.

Ich ging weiter zu dem Tisch und legte meinen Rucksack gedankenverloren darauf, dachte über Scotts seltsame Reaktion nach. Ich glaubte nicht, dass es etwas mit unserer Schlägerei zu tun hatte, dafür verabscheute er mich auch weiterhin zu sehr. Wir hatten nichts füreinander übrig, so viel war klar. Es war viel wahrscheinlicher, dass ich ihn in einem ungünstigen Moment erwischt hatte, der gar nichts mit mir zu tun hatte.

Und doch kam ich nicht umhin, den Schmerz in seinen Augen mit jenem Gesichtsausdruck zu vergleichen, den er damals auf dem Schulhof gezeigt hatte, als ich ihn angeschrien und ihm das Ende unserer Freundschaft verkündet hatte. Voll kindlichem Ärger über die verwundete Krähe hatte ich mir keine Gedanken darüber gemacht, dass ich womöglich auch Scotts Gefühle verletzte. Während ich mein Biologiebuch aus der Tasche zog, fragte ich mich, ob Scott und ich noch Freunde wären, hätte ich ihn nicht dabei erwischt, wie er Harper wehgetan hatte. Wären wir beide noch dieselben, wenn unsere Freundschaft überlebt hätte?

Ich schüttelte den Kopf und die Gedanken von mir. Es war sinnlos, nach so vielen Jahren darüber zu grübeln und ich hatte wichtigere Dinge zu bedenken.

»Führst du jetzt schon Selbstgespräche? Kein gutes Zeichen«, Roland setzte sich neben mich und musterte mich eingehend.

Peter nahm den Stuhl mir gegenüber, lehnte sich nach vorn und flüsterte: »Roland hat mir erzählt, was passiert ist. Verrückter Scheiß!« Seine Augen glänzten vor Aufregung. »Ich kann nicht glauben, dass du Leute wie diesen Malloy kennst.«

»Ja, Gregs Onkel am Arsch«, erwiderte Roland entrüstet in Anspielung an die Lüge, die ich ihm aufgetischt hatte.

Ich holte tief Luft. »Hört mal, das tut mir leid. Wirklich. Aber solche Typen wie Malloy wollen nicht, dass zu viele Leute von ihren Geschäften wissen. Und nach gestern kannst du dir denken, warum.«

Rolands Lippen verzogen sich zu einer schmalen Linie. »Verdammt, ja.«

»Also, was ist letzte Nacht passiert?«, fragte Peter. »Wie angepisst war der Mohiri, als er herausgefunden hat, was du vorhattest?«

Ich sah ihn ungläubig an. »Spinnst du? Du glaubst ja wohl nicht, dass ich ihm das erzählt habe.« Ich hatte wenig Zweifel daran, dass der gestrige Abend völlig anders verlaufen wäre, wenn Nikolas die Wahrheit herausgefunden hätte.

Mrs Cope, die Bibliothekarin ging an uns vorüber und warf uns einen strengen Blick zu. Wir verstummten, bis sie wieder verschwunden war.

Roland war der Erste, der etwas sagte. »Hat er dich nicht gefragt, wo du warst?«

»Doch, aber ich war nicht blöd genug, es ihm zu sagen.«

»Ich wette, er war stinkwütend«, sagte Peter.

Ich schüttelte den Kopf. »Er war … seltsam. Irgendwie hat er das Thema ganz fallen lassen und mir Dinge über die Mohiri erzählt.« Wie sollte ich den Wandel in Nikolas' Verhalten erklären, wenn ich es selbst nicht verstand? »Ihr werdet es nicht glauben. Ich habe einen Großvater, der mich kennenlernen will, und er sieht kaum älter aus als ich. Ist das nicht total verrückt?«

»Wirst du ihn treffen?« Roland schaute mich sorgenvoll an. Ob er Angst hatte, ich könnte mich zu den Mohiri hingezogen fühlen, jetzt, da ich wusste, dass ich Verwandte dort hatte?

»Ich weiß es nicht. Vielleicht irgendwann«, erwiderte ich wahrheitsgemäß. »Es ist alles ein bisschen viel im Moment, aber es ändert nichts an der Tatsache, dass ich nicht bei den Mohiri leben will.«

Peter atmete hörbar aus. »Mann, und ich dachte, unser Leben wäre kompliziert. Ich verstehe nicht, dass du so ruhig bleiben kannst bei dem ganzen Mist.«

Das war das Stichwort, auf das ich gewartet hatte. Ich schürzte die Lippen und bedeutete den beiden, näher zu kommen. »Es gibt *eine* Sache, die ich unbedingt machen muss«, flüsterte ich. »Jemanden, den ich treffen muss.«

»Nein«, zischte Roland. »Es ist zu gefährlich, Sara.«

»Psst, hör mir doch erst einmal zu«, sagte ich leise. »Ich habe nur zwei Tage, um ihn zu treffen, bevor er endgültig verschwindet und ich nie wieder die Gelegenheit bekommen werden, herauszufinden, was mit meinem Dad geschehen ist. Er will mich bei Tag treffen und er meint, ich könne mir den Ort aussuchen, solange es irgendein öffentlicher Platz ist. Und er hat nicht gesagt, dass ich nicht einen Freund in der Nähe haben dürfte.«

»Aber …«

»Kein Aber, Roland. Ihr beiden habt gesagt, ich solle aufhören, Dinge vor euch geheim zu halten und euch um Hilfe bitten. Genau das tue ich.

Ich werde das mit oder ohne euch durchziehen, aber es wäre mir lieber, wenn ihr dabei wärt.«

»Du glaubst wirklich, dass du nach der letzten Aktion deine Bodyguards ein weiteres Mal abschütteln kannst?«, fragte Roland ohne jegliche Zuversicht.

»Du glaubst also wirklich, dass wir drei nicht zwei Mohiri an der Nase herumführen können – auf heimatlichem Terrain?« Ich beobachtete, wie die beiden ihre Schultern streckten und wie erwartet auf meine Stichelei ansprangen. Zwei Dinge hatte ich über meine Werwolffreunde herausgefunden: Sie ließen sich nicht gerne mit den Mohiri vergleichen und sie nahmen diese ganze ›Reviersache‹ sehr ernst.

»Was ist der Plan?«, wollte Roland mit neuem Glanz in den Augen wissen.

»Ich weiß es noch nicht genau. Ich hatte gehofft, ihr Jungs könntet mit mir zusammen etwas aushecken.«

Wir steckten die Köpfe zusammen – im wahrsten Sinne des Wortes – und begannen, mit Ideen um uns zu schmeißen. Jeder Vorschlag jedoch wurde schnell wieder verworfen, schließlich hatte ich Nikolas und Chris schon zu oft hereingelegt, um sie mit einem einfachen Trick erneut an der Nase herumführen zu können. Was wir brauchten, war etwas Gewiefteres, ein Plan mit Strategie. Das einzige Problem daran war, dass mir nichts einfallen wollte. Und meinen Freunden genauso wenig.

Unser Brainstorming wurde unterbrochen, als Dylan auf uns zukam. Ich hatte seit der Party nicht mehr mit ihm gesprochen und war nach der Sache mit Samson ein wenig unsicher ihm gegenüber. Redeten Jungs über so etwas, wie Mädchen es taten? Ich rutschte auf meinem Stuhl herum und betete, die Antwort auf meine stumme Frage wäre ein klares Nein.

Dylan schenkte mir dieses schiefe Lächeln, das sein Markenzeichen war, und sofort entspannte ich mich. Entweder hatte Samson nichts gesagt oder Dylan war durch und durch Gentleman. Er setzte sich auf die Tischkante. »Nach euch habe ich gesucht. Ich wollte euch gern persönlich zur Party des Jahres einladen.«

Roland grinste. »Oh, ja? So etwas wie die Party zum vierten Juli? Mann, ich hab zwei Tage gebraucht, um mich davon zu erholen.«

»Zwei Tage Kater? Sehr verlockend«, witzelte ich und fragte mich insgeheim, wie viel man trinken musste, um so lange zu leiden.

»Besser. Meine Familie ist ab morgen in Miami und ich habe das ganze Wochenende sturmfrei. Sie haben mir zwar verboten, im Haus zu feiern, aber das Bootshaus haben sie nicht erwähnt. Ein paar Jungs kommen am Samstag gegen Mittag, um ein wenig zu jammen und wir haben uns überlegt, das auf den ganzen Tag auszudehnen. Ihr wisst schon, am See rumsitzen, grillen und dann Party die ganze Nacht.« Er runzelte die Stirn. »Oh, und nur auf Einladung. Meine Elternfraktion enterbt mich, wenn die gesamte Schule auftaucht, wie letztes Mal.«

Ich war nie in Dylans Haus am Clear Lake gewesen, aber Roland und Peter hatten schon häufig von dem Bootshaus und den Jetskis geschwärmt. Wenn ich mir meine Freunde so ansah, dann versprach das eine dieser Partys zu werden, von denen man auch Jahre später noch berichtete. Stolz darauf, dabei gewesen zu sein.

Roland hob die Hand und schlug bei Dylan ein. »Verdammt, ja.«

Dylan sah mich an. »Du bist auch eingeladen, Sara.«

»Danke, ich … hab vielleicht schon was vor am Samstag, aber ich versuche zu kommen, wenn die andere Sache nicht zu lange dauert.« Ich musste NightWatcher treffen, aber selbst wenn mir das gelingen würde, würde ich mich noch immer unwohl in Samsons Gegenwart fühlen. Ich mochte ihn wirklich und ich hätte mich gerne mit ihm verabredet, bevor mein Leben auf den Kopf gestellt wurde. Er hatte mir mehr als deutlich gemacht, dass ich ihm gefiel. Was, wenn ich ihm nun falsche Hoffnungen machen würde, wenn ich auf der Party auftauchte?

Roland und Peter sahen aus, als hätte ich ihnen soeben eröffnet, dass die Schule künftig auch samstags geöffnet hatte. »Oh, ja«, sagte Roland missmutig. »Wir haben Sara versprochen, sie wohin zu fahren, also wird es am Nachmittag schon mal nichts. Aber wir kommen definitiv zur Party nach.«

Dylan nickte gutgelaunt. »Kein Problem. Ich hoffe, ihr könnt kommen. Ein paar der Jungs aus der Band werden nicht da sein, also brauche ich meine besten Saufkumpanen.« Er sprach zu Roland und Peter, aber seine Blicke ruhten auf mir und machten mir unmissverständlich klar, dass ein gewisser blonder Drummer nicht anwesend sein würde.

Ich lächelte ihn an. Wenn ich mir keine Gedanken wegen einer unangenehmen Begegnung mit Samson machen musste, warum dann nicht den Tag am See verbringen? Der Clear Lake war riesig. Ich stellte mir vor, wie wir mit dem Boot rausfahren und irgendwo ankern würden. An einem Ort, an dem ich mir keine Gedanken um Jungs oder die stetig wachsende Liste anderer Sorgen machen musste. Und das Beste: keine Mohiri. Nikolas und Chris hatten vielleicht besondere Fähigkeiten, aber ich war mir sicher, dass sie nicht über Wasser gehen konnten.

Mein Lächeln wurde noch breiter, als eine Idee in meinem Kopf Gestalt annahm. »Hey, Dylan, hast du auch Neoprenanzüge zum Jetskifahren?«

* * *

»Ich hab dich noch nie auf einer von Dylans Partys gesehen.«

Ich schaute zu der auffallend hübschen Brünetten, nur unweit von mir entfernt am Dock. Ihr herzförmiges Gesicht war zur Seite geneigt und ihre blauen Augen musterten mich neugierig.

Bethany Chase war hübsch, beliebt und reich, ich wusste beim besten Willen nicht, was sie an mir interessierte.

»Roland meinte, es wäre ein Riesenspaß, den ich nicht verpassen dürfte.«

Sie kam näher. »Kann ich dich etwas fragen?«

»Sicher«, erwiderte ich abwesend, spielte mit dem Reißverschluss meines geborgten Neoprenanzugs und beobachtete Roland und Peter in der Ferne, wie sie mit den Jetskis über den See rasten. Ich konnte es nicht erwarten, selbst an die Reihe zu kommen.

»Ist der blonde Typ da am Bootshaus ein Freund von dir?«

Ich musste mich nicht umdrehen, um zu wissen, von wem sie sprach. Chris war vor etwa einer Stunde hier angekommen. Wie er es zu Dylans privater Party, zu der man immerhin eine Einladung brauchte, geschafft hatte, war mir ein Rätsel. Alle anderen hier schienen sich zu kennen. Ich hatte fünf Minuten darauf verwendet, ihn zum Gehen zu überreden, aber er hatte nur gelacht und gesagt, ich solle ihn ignorieren. Ignorieren? Dabei stach er hervor wie ein Steak auf einem vegetarischen Büfett, verdammt noch mal.

»Chris ist mehr wie ein Cousin für mich.« Nach allem, was ich inzwischen wusste, konnte er tatsächlich mein Cousin sein.

Sie kicherte. »Ich dachte, er wäre dein Freund. Er schaut die ganze Zeit zu dir.«

Ich schielte über meine Schulter zu dem Mohiri und fasste einen teuflischen Plan. »Nein, Chris ist noch zu haben.« Ich sah sie bedeutungsvoll an. »Und ich bin mir sicher, dass er nicht mich, sondern dich anschaut.«

»Oh!«, Bethanys Gesicht leuchtete, als wäre die Sonne gerade hinter einer dunklen Wolke hervorgekrochen. Dann sah sie Chris mit hungrigem Blick an. *Tut mir leid, Chris*, dachte ich und verbarg mein zufriedenes Grinsen. *Im Krieg und in der Liebe ist alles erlaubt, nicht wahr?*

»Vielleicht sollte ich mal hallo zu ihm sagen.«

»Gute Idee.«

Die Jetskis hatten das Dock wieder erreicht und Peter grinste mich an. »Bereit, gegen mich zu verlieren?«

»Ha! Träum weiter, mein Lieber!« Ich hob einen Daumen in Rolands Richtung. »Ich bin dran.«

Roland grinste und schob seinen Jetski am Dock entlang und stieg ab. Als wir die Plätze tauschten, wurde sein Gesicht ernst. »Pass auf dich auf und ruf mich an, wenn es Ärger gibt«, flüsterte er.

»Wir sind schnell zurück, du wirst gar nicht merken, dass wir fort sind.« Ich setzte mich und murmelte. »Ich mache mir mehr Sorgen um dich.«

»Ich komme schon zurecht.«

»Ich weiß, deshalb bleibst ja auch du hier und nicht Peter.« Das war *ein* Grund, der andere war, dass Nikolas und Chris nach unserer letzten Eskapade eher Roland im Visier hatten als Peter. Ich war mir ziemlich sicher, dass mein Waffenstillstand mit Nikolas bald zu einem jähen Ende kommen würde. Aber ich hatte ja nicht versprochen, nie mehr auszureißen. Was das betraf, so hatte er mich sicher nur falsch verstanden.

Ich stieß mich vom Dock ab und folgte Peter ein Stück weit auf den See hinaus. Wir fuhren Seite an Seite und warteten darauf, dass Roland seinen Part erfüllte.

»Okay, Leute, auf die andere Seite und zurück«, rief Roland uns zu. »Zeig's ihm, Sara«, fügte er hinzu.

Wir schossen voran, als führen wir ein echtes Rennen. Den Gashebel bis zum Anschlag gedrückt zischten wir über den weiten See, um uns herum spritzte das Wasser und das Blau streckte sich bis zum Himmel. Ich erinnerte mich an mein eisiges Bad im Hafen und war umso dankbarer für die Sonne und die Neoprenhaut, die meinen Körper vor dem kalten Wasser schützte.

Wenn ich meinen Recherchen glauben konnte, so war der See von diesem Punkt an etwa eine Meile breit und streckte sich – wenn man der Küstenlinie folgte – vierzehn Meilen weit von Dylans Zuhause bis zur anderen Seite. Ich hoffte, die Distanz würde ausreichen, um genug Abstand zu Chris gewonnen zu haben, bevor er unser Vorhaben durchschaute. Die Mohiri waren unglaublich schnell, unmöglich, ihnen davonzulaufen. Also hatte ich mir einen anderen Plan überlegt.

Ich drosselte das Tempo, als wir uns der Küste näherten und fuhr langsam in eine kleine, schattige Bucht mit einem alten Kai.

Ich stupste den Jetski behutsam an den Anlegepunkt, befestigte ihn an einem der Pfosten und sprang mit der Gewissheit, dass Peter direkt hinter mir war, herunter. Unsere Fußtritte hallten laut auf den Brettern, als wir den kurzen Kai entlang zum Rande des Geländes rannten. Peters Rucksack stand genau dort, wo er ihn letzte Nacht versteckt hatte.

So weit, so gut, dachte ich. Dann schälten wir uns aus den Neoprenanzügen und zogen uns die Klamotten an, die Peter aus dem Rucksack zerrte.

Wir hatten diesen speziellen Ort aus mehreren Gründen gewählt. Zunächst war es ein Sommercottage und damit – wie viele der Häuser auf dieser Seite des Sees – im Herbst unbewohnt. Außerdem war es strategisch gut gelegen, da es sich direkt gegenüber von Dylans Anwesen befand. Und darüber hinaus war es nicht weit vom Zuhause eines guten alten Freundes entfernt. Er war eher ein alter Kumpel von Greg, aber auch ich kannte ihn gut genug. Seit Greg weggezogen war, hatte ich Phil nicht mehr gesehen. Greg hatte mir jedoch vor seiner Abreise gesagt, dass ich Phil, wann immer ich ihn brauchte, anrufen könnte. Wie sich herausgestellt hatte, war Phil mehr als erfreut, mir heute unter die Arme zu greifen.

»Ich fühle mich wie Ethan Hunt«, sagte Peter mit einem dümmlichen Grinsen, während wir unsere Neoprenanzüge zusammenrollten und sie gemeinsam mit dem Rucksack versteckten.

»Wie wer?«

»Na, der von ›Mission Impossible‹. Wir sind wie Spione auf verdeckter Mission.«

Ich rollte mit den Augen. »Hoffentlich nicht. Wird der nicht ständig angeschossen?«

Weniger als fünf Minuten, nachdem wir die Anlegestelle erreicht hatten, rannten wir über das Gelände und verschwanden auf der Straße. Ich fragte mich, ob Chris bereits ahnte, was wir vorhatten.

»Da lang«, sagte ich und ging die Straße hinab. Peter lief an meiner Seite.

»Bist du sicher, dass der Typ in Ordnung ist?«, fragte er skeptisch. »Er ist nicht so wie dieser Malloy, oder?«

Ich lachte. »Phil ist ein Teddybär. Ich hab dir doch gesagt, dass er ein Freund von Greg ist.«

»Ja, genau, und seine Freunde sind alle Engel«, schnaubte Peter.

Wir benötigten fünf Minuten, um Phils kleinen weißen Bungalow zu erreichen. Phil war ein paar Jahre älter als Greg und arbeitete auf einer Werft in Portland. Er lebte allein in dem Haus, das er von seiner Großmutter geerbt hatte.

Ich klingelte an der Tür, die er beinahe im gleichen Moment aufriss. »Die kleine Grey!«, dröhnte der massige Rothaarige und umarmte mich kraftvoll. Er roch nach Schweiß und Bier und seine Arme waren fast vollständig von Tätowierungen bedeckt. »Du bist erwachsen geworden.«

Ich grinste und trat zurück. »Wir haben uns nur vier Monate nicht gesehen.«

»Wirklich? Kommt mir länger vor«, sagte er und ging uns voraus ins Haus. »Ist nicht mehr dasselbe hier, seit die Jungs weg sind. Ich kann mich noch daran erinnern, als ihr jünger wart und du bis über alle Ohren in Greg verschossen warst.« Er lachte schallend. »Ha, ich wette, das nächste Mal, wenn er nach Hause kommt, wendet sich das Blatt. Wenn er sieht, was für eine Schönheit du geworden bist! Nicht, dass mich das etwa überrascht.«

Ich konnte nicht verhindern, dass mir die Röte in die Wangen kroch, als ich daran dachte, wie ich in der achten Klasse in Greg verknallt gewesen war. »Iiih, erinnere mich nicht daran.«

Phil lachte erneut. »Ich muss sagen, ich war schon überrascht, gestern von dir zu hören. Aber ich bin froh, dass du dich gemeldet hast. Ich habe

Greg versprochen, nach dir zu sehen, und um ehrlich zu sein, habe ich mich in dem Punkt bisher nicht mit Ruhm bekleckert. Also, ich soll euch irgendwohin fahren?«

»Phil, das ist mein Freund Peter. Und ja, wir müssen zur Autobahnraststätte an der Ausfahrt 75. Weißt du, wo das ist?«

Die beiden schüttelten Hände. Phil runzelte die Stirn. »Ihr zwei seid aber nicht von zu Hause abgehauen, oder?«

»Nein, wir treffen uns dort mit jemandem. Es ist ein bisschen schwer, zu erklären, aber ich verspreche dir, dass wir nicht von zu Hause weglaufen.« Ich zog mein Handy heraus und sah nach der Uhrzeit. Wenn Chris uns bereits suchte, dann würde es sicher nicht lange dauern, bevor er die Gegend genauer unter die Lupe nahm.

»Und wir müssten so schnell wie möglich los.«

»Okay, kein Problem.« Er griff nach einem Schlüsselbund auf der Küchenarbeitsplatte. »Lasst uns gehen.«

Phil fuhr einen schwarzen Pontiac Trans-Am; das gleiche Modell, dass Burt Reynolds in dem alten Film ›Ein ausgekochtes Schlitzohr‹ gefahren hat. Nur dass Phils Wagen an allen Ecken und Enden rostete und dringend eine neue Lackierung nötig hatte. Aber er lief offenbar zuverlässig, und das war alles, was für uns zählte. Wir verließen die Gegend um den See und fuhren bei der nächsten Auffahrt auf die Interstate. Nachdem das geschafft war, schickte ich Roland einen Smiley, um ihn wissen zu lassen, dass alles nach Plan lief. Als Antwort erhielt ich einen Daumen nach unten und damit war klar, dass Chris uns auf den Fersen war. Ich biss auf die Innenseite meiner Wange. Sicher wusste nun auch Nikolas Bescheid, und sie waren beide auf der Suche nach uns. Ich hoffte, genug Zeit zu haben.

»Seltsamer Ort, um einen Freund zu treffen«, sagte Phil und hielt an der Raststätte an.

Ich legte meine Hand auf den Türgriff. »Er ist auf der Durchreise und hat keine Zeit, in die Stadt zu kommen.«

»Na gut. Du kannst mich anrufen, wenn ihr fertig seid, dann hole ich euch wieder ab.«

»Das werde ich, danke.« Ich stieg aus und schob den Sitz nach vorn, damit Peter herausklettern konnte. Wir warteten, bis Phil den Parkplatz verlassen hatte und sahen einander an. Ein schneller Blick auf die Uhr verriet mir, dass ich noch zehn Minuten bis zu dem Treffen mit NightWatcher hatte. Ich sagte Peter, dass wir uns ab jetzt trennen sollten.

Peter schaute mich sorgenvoll an. »Bist du sicher, dass ich nicht mit reinkommen soll?«

»Ich habe versprochen, allein zu kommen. Es ist viel los hier, mitten am Tag, sicherer geht kaum.«

Er war nicht überzeugt, also drückte ich ihm beruhigend die Hand. »Es ist kein einziges Wölkchen am Himmel zu sehen, also werden wir hier wohl kaum jemandem mit UV-Allergie begegnen. Außerdem bist du doch gleich hier draußen. Ich werde versuchen, einen Tisch am Fenster zu bekommen, damit du mich sehen kannst.«

Er nickte widerstrebend und ich betrat das Restaurant der Raststätte. Die Kellnerin bedeutete mir freie Platzwahl, also entschied ich mich für einen Tisch nahe des rückwärtigen Fensters. Von dort aus würde Peter mich sehen können, und mir würde niemand entgehen, der den Raum betrat. Nach einigen Minuten brachte die Kellnerin die Speisekarte und ich bestellte einen Milchshake. Mein Telefon piepste kurze Zeit später und Rolands Name ploppte auf. ›Hoffe, du kommst zurück, bevor er dich findet.‹ Ich musste nicht fragen, wer damit gemeint war.

Ich nippte an dem Milchshake, als die Tür sich öffnete und jemand hereintrat, den ich hier am wenigsten erwartet hatte. Ich schüttelte meinen Kopf verärgert. Viele Einheimische kamen hierher und machten auf dem Weg nach Portland Rast, aber wie hoch waren die Chancen, ausgerechnet Scott Foley hier zu treffen? Ausgerechnet heute?

Scott bemerkte mich fast gleichzeitig. Er starrte mich überrascht an und einen Moment lang glaubte ich, er würde zu mir herüberkommen. Dann aber schien er seine Meinung zu ändern. Ich atmete erleichtert aus, als ich sah, dass er für sein Getränk bezahlte und wieder ging. Es war eine Sache, Peter da draußen zu haben, aber ich glaubte nicht, dass NightWatcher sich zeigen würde, wenn ich hier mit Scott in Streit geraten sollte. Ich hatte zu hart dafür gearbeitet, dieses Treffen möglich zu machen. Das durfte nichts und niemand mehr verderben.

Um Punkt zwei Uhr öffnete sich die Tür, und ein junger Japaner mit kurzem gegeltem Haar trat ein. Er hielt inne und sah sich um, bis sein Blick auf mir landete. Entschlossen kam er auf meinen Tisch zu.

»Du bist viel jünger, als ich dachte«, sagte er mit gedämpfter Stimme und ließ sich auf den Vinylsitz mir gegenüber sinken.

Ich machte mir nicht die Mühe, mein Erstaunen zu verheimlichen. »Woher wusstest du, dass ich es bin?«

Er lächelte und zeigte dabei eine Reihe perfekter weißer Zähne. »Abgesehen von der Tatsache, dass du offensichtlich kein Trucker bist und dein Freund draußen auf dich wartet? Lass es mich so ausdrücken: Ich habe eine gewisse Fähigkeit, Dinge über Leute herauszufinden, indem ich sie nur ansehe.«

Ich betrachtete sein Gesicht genauer und bemerkte einen zarten goldenen Ring in seiner braunen Iris. »Du bist ein Emote!«, keuchte ich. Er nickte. Emotes waren Menschen, die Auren lesen konnten – nicht so wie diese angeblichen Wahrsager, die man auf dem Rummel antraf. Nein, ihre Auffassungsgabe war so gut, dass ein erfahrener Emote sehen konnte, was man fühlte, ob man log, etwas verbarg – all das nur, indem er die Aura seines Gegenübers besah. Ein Emote konnte einen Vampir auf mehrere Meter Entfernung spüren, was wiederum erklärte, warum NightWatcher das Attic in jener Nacht nicht betreten hatte. Es erklärte außerdem, warum er darauf bestanden hatte, mich persönlich zu treffen. Er wollte mich lesen.

Ich wusste ein paar Dinge über Emotes. Sie konnten schwindeln, richtige Lügen und größere Täuschungen fielen ihnen dagegen schwer, weshalb ich mir recht sicher sein konnte, den Worten des Mannes vertrauen zu können.

»Was sagt dir meine Aura über mich?«

Seine dunkelbraunen Augen musterten mich. »Ich sehe, dass du keine bösen Absichten hast und dass du verzweifelt hoffst, dass ich dir Antworten auf deine Fragen geben kann. Ich sehe auch, dass du vor jemandem davonläufst, aber keine Angst vor ihm hast. Interessant.«

»Beeindruckend.« Ich hatte vor Jahren einmal einen anderen Emote getroffen und sie hatte nur Lügen von der Wahrheit unterscheiden können. Jemanden darüber hinaus lesen zu können, erforderte besondere Fähigkeiten. »Ich schätze, wir sollten uns erst einmal vorstellen. Ich bin Sara, du kennst mich als PixieGirl.«

»David alias NightWatcher.« Er lächelte leicht und streckte mir seine schlanke Hand entgegen. »Ich war von dem Moment an, in dem ich hörte, dass du Fragen nach Daniel Grey stellst, neugierig auf dich. Es ist lange her, dass ich den Namen zuletzt hörte. Bevor ich jedoch etwas sage, möchte ich wissen, warum ein so junges Mädchen an einem Mann interessiert ist, der bereits seit zehn Jahren tot ist.«

Ohne zu blinzeln erwiderte ich seinen Blick. »Daniel Grey war mein Vater.«

Davids Augen wurden größer, mit seinem Mund formte er ein lautloses O. »Dann bist du Madelines Tochter.«

»Ja«, antwortete ich bitter. »Kanntest du sie?«

»Mein Vater.« Er verstummte, als die Kellnerin an den Tisch kam und seine Bestellung aufnehmen wollte. Er orderte einen Kaffee. Erst als sie gegangen war, sprach er weiter. »Vor zehn Jahren hat Madeline Croix meinen Vater angerufen und ihn um Hilfe gebeten. Ich war damals vierzehn Jahre alt und ich erinnere mich, dass er nicht sehr erfreut war, von ihr zu hören. Er hatte Angst, auch wenn er versuchte, das vor mir zu verbergen. Ein paar Tage später kam Madeline in unser Haus. Sie redeten etwa eine Stunde lang und dann gab mein Vater ihr einen ledernen Beutel, den er offenbar für sie aufbewahrt hatte. Darin befand sich hauptsächlich Geld, und noch einige Papiere. Sie sagte ihm, sie müsste verschwinden.«

»Hat sie auch gesagt, warum?«

Nervös schaute er sich um und dann senkte er die Stimme so weit, dass ich mich nach vorn lehnen musste, um ihn verstehen zu können. »Madeline hat meinem Vater gesagt, dass sie die Identität eines Masters herausgefunden hatte.«

Eine Gänsehaut lief mir über die Arme und ein unangenehmes Kribbeln prickelte meine Wirbelsäule entlang. Alles, was ich über Vampirmaster wusste, hatte ich von Remy und es reichte, um Todesängste zu wecken. Master waren alt und mächtig, mit Kräften, die denen normaler Vampire weit überlegen waren. Man konnte einen Master nicht mit einem Pfahl erstechen, Enthauptung war die einzige Möglichkeit, sie zu töten. Das Beängstigendste an ihnen war jedoch nicht ihre körperliche Kraft, sondern ihre mentale Überlegenheit. Nur ein Master konnte andere Vampire befehligen und war in der Lage, kleine Armeen zu schaffen, die ihm dienten und ihn nahezu unbesiegbar machten. Daher lebten Master ebenso offen wie andere Vampire. Die Angst vor ihnen hatte vor vielen hundert Jahren die Vampirjäger dazu angetrieben, einen nach dem anderen zu töten. Die Master, die überlebt hatten, zogen sich zurück und lebten im Verborgenen. Man hörte nur äußerst selten von ihnen. Die Identität eines Masters war eines der bestgehüteten Geheimnisse überhaupt.

Die Kellnerin kehrte mit Davids Kaffee zurück. Sobald sie wieder gegangen war, sagte er: »Ich sehe, du weißt, was das bedeutet. Wenn Madeline die Identität oder den Aufenthaltsort eines Masters herausgefunden hatte, dann würde denjenigen nichts aufhalten, um sie zu finden. Insbesondere wenn man bedenkt, was sie ist.«

»Du weißt, was sie ist?«

Er nickte mit ernster Miene. »Ich hatte nichts von alledem hören sollen, aber ich hatte gewusst, dass etwas Großes vor sich ging, denn mein Vater war kein furchtsamer Mensch. Ich versteckte mich im Obergeschoss, während Madeline bei uns war. Bevor sie ging, sagte sie, sie würde Daniel aufsuchen – deinen Vater – um ihn zu warnen. Ich sah an ihrer Aura, dass Daniel keine Ahnung hatte, was sie war.«

Die Erwähnung meines Vaters schmerzte mich tief in meiner Brust. »Was ist dann passiert?«

»Nachdem Madeline gegangen war, geriet mein Vater völlig in Panik und schickte mich für eine Woche zu meinen Großeltern. Ich sah Madeline nie wieder, und zwei Tage später war dein Vater tot.«

Meine Kehle schnürte sich zu, ich schluckte schwer. »Was ist mit deinem Vater?«, fragte ich heiser. »Hast du ihn je nach dem gefragt, was du belauscht hast?«

Seine Augen wurden dunkel vor Schmerz. »Mein Vater wurde am selben Tag ermordet wie deiner.«

Schwere Stille legte sich über unseren Tisch, während wir den Schmerz und die Trauer des anderen teilten. All die Jahre hatte ich meinen Verlust allein mit mir herumgetragen, weil ich wusste, dass niemand verstehen würde, was ich durchgemacht hatte. Nun saß ich jemandem gegenüber, der genauso gelitten hatte wie ich.

»Wir hatten eine Wäscherei. Einer unserer Angestellten hat ihn gefunden und es war … ziemlich schlimm. Ich durfte ihn nicht sehen und meine Großeltern haben ihn einäschern lassen.« Er holte zitterig Luft. »Meine Mutter war bereits gestorben, als ich sehr klein war und so wuchs ich nach dem Tod meines Vaters bei den Großeltern auf. Ich habe ihnen nie von Madeline erzählt. Ich hatte Angst, *sie* könnten es herausfinden und mich ebenfalls töten.«

Endlich fand ich meine Stimme wieder. »Es tut mir so leid. Ich weiß, wie hart das für dich gewesen sein muss.«

»Das weißt du wirklich, nicht wahr?«, sagte er traurig. »Was ist mit dir? Du warst so jung damals. Wie ist es dir ergangen?«

»Mein Onkel nahm mich bei sich auf.« Nur widerstrebend wollte ich persönliche Informationen preisgeben, aber einen Emote, der so gut war wie David, anzulügen, war unmöglich.

»Ich schätze, das war schwer für dich. Meine Großeltern waren gute Menschen, aber dennoch ...«

Ich nickte. »Eine Zeit lang war ich ganz schön durcheinander, und es hat lange gedauert, bis ich mit dem Tod meines Vaters umgehen konnte. Ich glaube nicht, dass es eine Rolle gespielt hat, wo ich unterkam. Nichts hätte an den Dingen etwas geändert.«

»Das ist wahr.« David nippte an seinem Getränk und zog eine Grimasse. »Des Kaffees wegen hast du den Ort hier wohl nicht ausgewählt, was?«

»Die Milchshakes sind gut«, ich spielte mit dem Plastikdeckel. »Danke, dass du mir all das erzählt hast. Jetzt verstehe ich auch, warum du im Attic so verängstigt warst. Du hast noch mehr Grund, dich vor Vampiren zu fürchten als ich.«

»Das bezweifle ich.« Er schüttete noch ein wenig Zucker in seine Tasse und rührte gedankenverloren um. »Ich habe gehört, die Polizei hat dich ... bei der Leiche deines Vaters gefunden. Stimmt das?«

»Ich habe ihn gefunden.«

»Oh Gott«, krächzte er.

Ich sah mich um, stellte sicher, dass niemand in Hörweite war. »Ich habe immer gewusst, was meinen Vater getötet hat, aber ich habe nie verstanden, warum sie hinter ihm her waren. Ich schätze, jetzt weiß ich es.«

David nickte und starrte eine Weile aus dem Fenster, bevor er seinen Blick wieder mir zuwandte. »Bist du wie Madeline?«

»Ich bin überhaupt nicht wie sie.«

Er hob die Hände. »Nein, das habe ich nicht gemeint. Ich meine, bist du eine Mohiri? Ich habe gehört, dass mein Vater sie so nannte. Ich habe versucht, etwas über sie herauszufinden, aber sie leben sehr zurückgezogen. Alles, was ich weiß, ist, dass sie eine Art Kriegerrasse sind und sehr gefährlich.«

»Ich weiß von ihnen«, gab ich zu. »Aber ich bin keine Kriegerin, glaub mir.« Er nickte zustimmend und ich erinnerte mich daran, dass meine Aura ihm ohnehin verraten hätte, wenn ich gelogen hätte.

»Madeline hat uns verlassen, als ich zwei Jahre alt war. Ich würde sie nicht einmal erkennen, wenn sie jetzt hereinkäme.« Eine vage Erinnerung blitzte auf. Eine hübsche, blonde Frau auf einem verschlissenen Foto im Portemonnaie meines Vaters.

»Du siehst nicht aus wie sie. Ich hätte nie erraten, dass du ihre Tochter bist. Ihr Haar war so hell, dass es beinahe weiß erschien. Sie war groß und hatte blaue Augen.«

Ich murmelte: »Das sind wohl auch Qualitäten, schätze ich.«

Er hob einen Mundwinkel. »Damals hatte ich Angst, sie könnten herausfinden, dass mein Vater einen Sohn hatte und sich auf meine Spur begeben. Ich habe mich oft gefragt, was aus Daniel Greys Tochter geworden ist und gehofft, dass sie es nicht auch auf dich abgesehen hatten.«

»Was sollten Vampire schon von einem Kind wollen?« Ein Schauder lief mir über den Rücken, beim Gedanken daran, als Achtjährige jemandem wie Eli begegnen zu müssen.

»Sie sind Monster«, war seine Antwort.

Ich rieb mir die Arme, versuchte die Kälte zu vertreiben.

»Du musst dir aber trotzdem keine Sorgen machen. Niemand wird vermuten, dass du Madelines Tochter bist. Wenn sie jemals zurückkommen, so werden sie nach einem blonden Mädchen suchen und …«

Sein Blick wurde so eindringlich, dass ich mich zu fürchten begann. »Was? Was ist los?«

»Wie alt bist du? Sechzehn? Siebzehn?«

»Siebzehn, wieso?«

»Die vermissten Mädchen aus Portland, sie waren alle in deinem Alter.«

»Ich weiß, hab es in den Nachrichten gesehen.«

»Sie waren alle blond.«

Die Bedeutung seiner Worte traf mich hart – wie ein Schlag direkt ins Gesicht. »Nein, du irrst dich.« Die Vorstellung, dass vier unschuldige Mädchen meinetwegen verletzt oder gar getötet worden waren, war unerträglich. »Es gibt sicherlich hunderte blonde Mädchen im Teenageralter in Portland. Glaubst du ernsthaft, die Vampire würden auf gut Glück ein paar von ihnen herauspicken, in der Hoffnung, Madelines Tochter unter ihnen zu finden? Und warum erst jetzt, nach all den Jahren?«

»Ich weiß es nicht«, gab er zu. »Aber ich glaube nicht, dass diese vermissten Mädchen ein Zufall sind. Als ich von dem dritten Mädchen hörte, begann ich, nach Gemeinsamkeiten zwischen ihnen zu suchen.«

»Was für Gemeinsamkeiten? Und wie?«

»Eine Verbindung zwischen ihnen. Ich kenne mich im Internet bestens aus.«

Das überraschte mich nicht. »Was hast du gefunden?«

»Zunächst gar nichts. Erst als die letzten beiden Mädchen verschwanden. Ich machte ein paar Suchläufe durch die Seiten der Schulen, sozialen Medien und durch ein paar nicht öffentliche Netzwerke und dann fand ich heraus, was all diese Mädchen gemeinsam hatten. Sie waren alle adoptiert.«

»Was?«

Er nickte langsam. »Das kann kein Zufall sein: Vampire, die vier blonde, adoptierte Mädchen gleichen Alters in Portland verschwinden lassen.«

»Mein Gott.« Ich spürte, wie mir die Farbe aus dem Gesicht wich.

»Ich weiß nicht, warum du ihnen nicht aufgefallen bist. Meine Vermutung ist, dass sie Madelines Tochter dazu benutzen wollen, sie aus ihrem Versteck zu locken.«

»Das verstehe ich nicht. Vampire haben doch so viele Möglichkeiten. Meinen Onkel und mich zu finden, sollte doch eine Leichtigkeit für sie sein.«

David schüttelte den Kopf. »Ich kann jeden finden, wenn es eine behördliche Akte gibt. Dich habe ich auch nicht gefunden. Es sieht so aus, als wärst du in einer Pflegekindkartei aufgenommen worden und dann einfach verschwunden. Jemand hat sich offensichtlich große Mühe gemacht, dich zu verstecken. Ich wusste nicht einmal, dass es einen Onkel gibt, bis du ihn erwähnt hast.«

Jemand hatte mich – und Nate – versteckt? Wer immer das getan hatte, er musste sein Handwerk verstehen, um die Tatsache, dass mein Vater einen Bruder hatte, zu verbergen. Aber wer hätte das tun sollen, und warum? Die Werwölfe hatten ein großes Netzwerk, aber Maxwell hatte mir gesagt, dass sie die Vampire lediglich im Verdacht hatten, meinen Vater getötet zu haben. Sicherlich hätte er es mir nach den Ereignissen im letzten Monat erzählt, wenn er meine Spuren verwischt hatte. Und die Mohiri konnten es auch nicht gewesen sein, sie haben bis vor ein paar Wochen nichts von meiner Existenz gewusst.

»Wer immer das für dich getan hat, er ist sehr gründlich vorgegangen und verdient ein Dankeschön, denn er hat dir das Leben gerettet. Verhalte dich einfach ruhig und tu nichts, was die Aufmerksamkeit der Vampire auf dich ziehen könnte. Dann solltest du in Sicherheit sein.«

Ich schluckte lautlos. *Zu spät.*

»Nach allem, was ich gehört habe, halten sich die Vampire inzwischen auch in Portland zurück. Das beunruhigt mich. Ich bin freiberuflicher Programmierer und kann von überall aus arbeiten. Ich gehe für eine Weile fort, nach Süden zu Freunden.« Er lächelte leicht. »Deshalb habe ich zugestimmt, dich heute zu treffen. Irgendetwas sagte mir, ich müsse dich unbedingt sehen, bevor ich gehe.«

»David, du weißt gar nicht, was mir das bedeutet. Endlich habe ich etwas über den Tod meines Vaters erfahren. Ich habe noch immer viele Fragen, aber ich denke, ich verstehe es jetzt etwas besser.« Die schmerzende Leere in meinem Innern war ein Stückchen kleiner geworden, nachdem ich die einzige Person getroffen hatte, die meine leidvolle Geschichte teilte. Ich würde niemals wirklichen Frieden finden, solange der Mörder meines Vaters am Leben war und jederzeit wieder zuschlagen konnte. Aber ich hatte immer gewusst, dass ich der Wahrheit nicht näher kommen würde. Es musste nun genug sein.

David zog sein Portemonnaie hervor und legte ein paar Dollarscheine auf den Tisch. »Ich muss jetzt los. Halte dich bedeckt, Kind, so lange, bis der ganze Mist vorüber ist. Du weißt, wie du mich online erreichen kannst, wenn du mit mir reden willst.« Er fixierte mich mit einem durchdringenden Blick. »Ich weiß, wie sehr du dich nach Antworten sehnst, denn ich habe Jahre meines Lebens darauf verwendet, meine eigenen zu finden. Aber das ist es nicht wert, dein Leben zu riskieren. Sei vorsichtig, mit wem du im Internet sprichst und ganz besonders, wen du im realen Leben triffst.« Er lächelte. »Ich weiß, das ist ein seltsamer Ratschlag – ausgerechnet von mir. Aber der Nächste könnte nicht so nett sein wie ich.«

Ich blieb am Tisch sitzen und beobachtete, wie David hinausging, zu einem weißen Ford Focus lief und davonfuhr. Als ich dieses Treffen geplant hatte, war mir gar nicht klar gewesen, was ich erwarten oder erhoffen sollte. Nun, nachdem ich erfahren hatte, dass David nur wegen der Verbindung seines Vaters zu Madeline so viel Schmerz erfahren hatte, verabscheute ich meine Mutter noch mehr. Mein Dad, Davids Dad und all diese Mädchen – wie viele Menschen sollten noch ihretwegen leiden?

Eines war klar: Das hier war weit größer als ich und David oder der Mord an unseren Vätern. Wenn Madeline noch immer dort draußen war und sie die Identität eines Masters kannte, dann mussten die Mohiri davon erfahren. Mit ihren Möglichkeiten konnten sie Madeline finden und herausbekommen, was sie wusste. Wenn jemand die Macht und die Stärke hatte, gegen einen Master vorzugehen, dann Nikolas' Leute.

Ich schielte auf meine Uhr. Es war halb drei, was bedeutete, dass wir seit über einer Stunde unterwegs waren. Ich zog eine Grimasse und stand auf. Vielleicht würden meine Neuigkeiten Nikolas' Ärger ein wenig dämpfen. Nicht sehr wahrscheinlich, aber ein Mädchen durfte schließlich auch einmal hoffen.

Ich trat hinaus ins Freie und gesellte mich zu Peter, der an einer Telefonzelle stand. Er lächelte erleichtert, als ich zu ihm kam. »Wie ist es gelaufen?«, fragte er ungeduldig.

»Er wusste mehr, als ich erwartet hatte. Sein Vater und Madeline kannten sich.«

»Ernsthaft? Erzähl mir, was er gesagt hat.«

Ich rieb mir die Stirn, hinter der es schmerzhaft pochte. »Können wir später mit Roland darüber reden? Ich will schnell Phil anrufen und zurück zu Dylan fahren, bevor Nikolas uns findet.«

Er wirkte enttäuscht, drängte mich aber nicht weiter. »Okay. Du rufst Phil an und ich geh schnell rein und hol mir einen Milchshake. Bin gleich wieder da.«

Ich deutete auf die Picknickbänke, die zur Hälfte hinter dem Parkplatz verborgen waren. »Ich bin da drüben.« Von den Bänken aus hatte man einen guten Blick auf die Interstate, sodass wir Phils Auto schon früh erkennen würden. Ich setzte mich auf das harte Holz und zog mein Handy heraus.

»Ist deine Verabredung schon geflüchtet?«, juchzte eine männliche Stimme hinter mir, noch bevor ich den Anruf tätigen konnte.

Werde ich eigentlich für ein schlimmes Verbrechen in einem früheren Leben bestraft?, knurrte ich innerlich und drehte mich um, um Scott anzusehen. »Hau ab, Scott. Ich bin nicht in Stimmung.«

»Das ist ein freies Land. Wenn du nicht mit mir hier sein willst, kannst du ja gehen.«

Ich wollte antworten, beschloss dann aber, dass er es nicht wert war. Sich mit Scott zu streiten, schien so lächerlich nach all dem, was ich heute erfahren hatte. »Wie du willst«, murmelte ich und drehte ihm den Rücken zu.

Ich hörte, wie er davonstapfte und nahm mir vor, die gleiche Taktik das nächste Mal anzuwenden, wenn ich unliebsame Gesellschaft loswerden wollte. Noch dabei, mich selbst zu beglückwünschen, bemerkte ich, wie er an mir vorbei zur nächsten Picknickbank ging und sich setzte.

»Hattest du einen Platten oder so?«, wollte er wissen und nahm die Autos auf dem Parkplatz unter die Lupe.

Seine Stimme klang eher neugierig als verachtend und ich fragte mich, warum ihn das interessierte.

»Warum? Willst du mich mitnehmen?«

Es war als Scherz gedacht, daher war ich überrascht, als ich ihm damit offensichtlich den Wind aus den Segeln genommen hatte. Er sah zur Seite und dann wieder zu mir. »Ich … nein.«

»Was willst du dann?«

»Wieso denkst du, ich könnte irgendetwas wollen?«, fragte er verteidigend.

Ich winkte ab. »Ach, keine Ahnung. Du hängst hier an einer Autobahnraststätte rum, an einem Samstag und redest ausgerechnet mit mir. Hast du sonst niemanden, mit dem du dich schlagen kannst?«

Er zog wütend die Augenbrauen zusammen, aber was auch immer er sagte, blieb ungehört. Meine volle Aufmerksamkeit wurde auf einen Mann gezogen, der auf der anderen Seite des Rastplatzes neben einem schwarzen Escalade stand. Seine Züge kamen mir vertraut vor und ich strengte mich an, um sein Gesicht besser erkennen zu können. Aus der Entfernung sah ich nur, dass er schwarzes Haar hatte und einen gebräunten Teint, aber irgendetwas an ihm ließ meine Alarmglocken schrillen.

Der Mann drehte sich ein wenig und da bemerkte ich seine dicken Augenbrauen, einen eckigen Kiefer, einen ernsten Mund. Die Erkenntnis kam wie ein Blitzschlag über mich. Instinktiv duckte ich mich. Es war einer der Männer aus dem Jachthafen.

Er hat mich gar nicht gesehen, dachte ich verzweifelt, versuchte, mein rasendes Herz zu beruhigen. Ich musste gelassen bleiben und mich normal verhalten. Der Mann war allein und er wusste nicht, wer ich war. Es war nur ein Zufall, dass er hier war. Trotzdem wünschte ich mir, Peter würde sich beeilen. Ich ignorierte Scotts verblüfften Gesichtsausdruck und hob meinen Kopf weit genug, um einen weiteren Blick auf den Mann zu erhaschen. Der Atem stockte mir.

Der Mann sah mich direkt an und lächelte.

Kapitel 16

MEIN Magen krampfte. Das war schlecht. Sehr schlecht.

Ich krabbelte von der Bank weg und fühlte mich wie ein Hase, der von einem Raubtier in die Ecke getrieben wurde. Mein Herz polterte laut in meiner Brust und mein Verstand drehte sich unablässig um die Frage, welche Möglichkeiten ich nun hatte. Der Escalade stand am hinteren Ende des Parkplatzes. Der Blick auf das Restaurant war versperrt, aber ich wusste, dass es näher lag als der SUV. Selbst wenn der Mann schnell war, konnte ich es zur Raststätte und damit zu Peter schaffen und darauf hoffen, dass der Mann keinen öffentlichen Aufruhr verursachen wollte.

Er musste ebenfalls etwas bemerkt haben, denn er kam plötzlich schnellen Schrittes auf uns zu. Jegliche Hoffnung, er könnte mich nicht erkannt haben, schwand.

Scott stand auf. »Was ist denn los?«

Eine Bewegung zu meiner Rechten ließ mich innehalten. Eine dunkle Gestalt trat hervor. Sie war groß, dünn und in eine schwarze Robe gekleidet, die mit seltsamen Symbolen bedruckt war und in der Sonne wie weißes Gold schimmerte. Der Kopf war bedeckt von einer schwarzen Kapuze, die auch das Gesicht verbarg. Ich konnte spüren, wie etwas von der Gestalt ausging – eine Art Macht. Sie blieb stehen und griff nach der Kapuze, zog sie zurück. Ich riss in stummem Schrei meinen Mund auf. Der Mann – wenn es denn ein Mann war – war schwarz wie Ebenholz, trug einen kleinen dunklen Spitzbart und hatte eine Glatze. Sein Gesicht und sein Kopf waren mit merkwürdigen rot-weißen Linien bemalt, die aussahen, als wären sie in seine Haut gebrannt worden. Und doch waren es vor allem die Augen, die furchtsame Schauder über meinen Rücken jagten. Zwei weiße Kugeln leuchteten in dem dunklen Gesicht, und als er sich zu mir umdrehte, fühlte ich mich wie ein Reh, das aus dem Dunkel heraus direkt in zwei helle Scheinwerfer blickte.

»Scheiße, was ist das?«

Scotts verblüffter Ausruf riss mich aus meiner Lähmung. »Lauf!«, schrie ich und wirbelte herum, um in die einzig verbliebene Richtung zu rennen, auf die Interstate zu.

Jemand packte mich grob von hinten, ich kreischte laut. Ich trat um mich und wand mich, aber die Person hielt mich mit stählernem Griff. »Es macht keinen Sinn, sich zu wehren«, sagte er mit abgehackten Worten in einem nahöstlichen Akzent. »Du kommst mit mir.«

»Hilfe!«, brüllte ich, als er mich in Richtung des SUV drängte. Ich sah Scott am Boden liegen, sein Blick getrübt und da begriff ich, dass die Angreifer ihn offenbar geschlagen hatten. »Scott«, schrie ich ihn an. »Bitte, hilf mir!«

»Was zur Hölle …«, murmelte er, rappelte sich wackelig auf. »Jemand hat mich geschlagen.«

Der Mann zog mich rücklings mit sich, hilflos musste ich es geschehen lassen, dass er mich von den Picknickbänken wegzerrte.

»Mach doch etwas«, rief ich Scott zu.

Zunächst befürchtete ich, er würde einfach nur dort stehen bleiben und zusehen, wie ich verschleppt wurde. Doch es dauerte nicht lange, dann begriff er, was geschah und stürmte hinterher. »Hey, was machst du da? Lass sie los …«

Er blieb stolpernd stehen und sein Gesicht wurde völlig ausdruckslos. Ich sah entsetzt zu, wie er in einem tranceartigen Zustand schwankend an Ort und Stelle verharrte. Mein Blick schweifte zu dem tätowierten Mann, der Scott mit dem Anflug eines Lächelns betrachtete.

»Lasst ihn in Ruhe! Er hat damit nichts zu tun.«

»Komm mit und deinem Freund wird nichts geschehen«, bellte der Mann, der mich festhielt.

»Nein!« Ich wehrte mich und schrie Peters Namen.

Er schleifte mich unerbittlich weiter, ich stolperte und wäre beinahe gefallen. Der Mann zog mich wieder hoch und ich nutzte den Moment, um meinen Kopf ruckartig nach oben zu bewegen und ihn ihm unters Kinn zu donnern. Das Geräusch seines krachenden Kiefers nahm ich zeitgleich mit dem Schmerz in meinem Schädel wahr. Er taumelte, und sein Griff um mich lockerte sich weit genug, dass ich mich losreißen konnte. Ich drehte mich zu ihm und trat aus, traf ihn mit einiger Wucht seitlich am Knie. Aus dem Gleichgewicht geraten fiel er zu Boden und fluchte laut. Mir war jedoch klar, dass er nicht lange außer Gefecht gesetzt sein würde.

Ich hörte das Geräusch von schnellen Schritten und sah Peter, der auf uns zukam und einen Augenblick lang damit rang, die Szene vor ihm zu verstehen. »Sara!«, bellte er dann laut, warf seinen Milchshake fort und raste auf mich zu. Er erreichte mich gerade noch rechtzeitig, bevor der Angreifer sich wieder aufgerappelt hatte.

»Pass auf!«, schrie ich Peter zu.

Peter drehte sich um, da richtete sich schon eine harte Faust auf sein Gesicht. Er bewegte sich schneller, als ich es je zuvor gesehen hatte, lehnte sich zur Seite, hob seine Hand und rammte sie in die Magengegend des Mannes. Dieser parierte den Schlag und zielte auf Peters Brust, traf ihn jedoch nur an der Schulter. Peter erholte sich schnell und platzierte einen zweiten Hieb in die Eingeweide seines Gegners. Ich hatte Peter bisher nie kämpfen sehen, umso überraschter war ich von der Wucht und Geschwindigkeit seiner Schläge. Damit war auch die Frage beantwortet, ob Werwölfe auch in ihrer menschlichen Form eine gewisse Stärke besaßen. Es war klar, dass mein Freund dem wesentlich größeren, muskulöseren Mann mehr als ebenbürtig war.

Ich war so beschäftigt damit, dem Kampf zu folgen, dass ich einige Sekunden benötigte, um den leichten Druck in meinem Kopf zu registrieren. Es war wie eine zarte Berührung; Finger, die eine Frucht betasteten. Sofort bauten sich meine mentalen Barrieren auf. Das Ding in meinem Kopf reagierte überrascht. Im nächsten Moment jedoch übermannte es mich mit solcher Intensität, dass es mir den Atem raubte. Erschüttert stellte ich fest, dass ich das Ding, welches in meinem Innern surrte wie ein elektrischer Zaun, kannte. Der Eindringling, der meine inneren Mauern bröckeln ließ, war mir auf furchtbare Weise vertraut: Es war dasselbe grauenvolle Ding, das auch die Ratten im Hafen infiziert hatte. Die fremde Macht hatte nur auf mein Zögern gewartet und nutzte es, um meinen letzten Widerstand gewaltsam zu brechen.

Ich schrie und fasste mir gepeinigt an den Kopf, während das Ding in meinen Verstand drang. Es streckte seine Fühler bis weit in die hintersten Winkel meines Verstandes aus und wo immer es mich berührte, hinterließ es eine Spur aus Dreck – wie Schlieren einer schleimigen Schnecke. In meinem Unterbewusstsein bäumte sich der Mori auf und mein gesamtes Ich schüttelte sich. Es fühlte sich an, als würde mein Geist langsam und qualvoll misshandelt.

»Schlaaaaaf«, zischte eine schauerliche Stimme in meinem Kopf. *»Alles ist guuuut.«*

»Nein«, protestierte ich schwach. Ich fühlte mich betäubt von dem kühlen Nebel, der sich um mich legte, bis ich nur noch das abstoßende Etwas in meinem Kopf spürte und sonst nichts.

»Du wirst jetzt schlaaaafen.«

»Ich kann nicht …«, murmelte ich, während meine Augen schwer wurden.

Meine innere Mauer fiel in sich zusammen. Nur noch verschwommen nahm ich wahr, wie sich etwas Kaltes und Schleimiges in mir vergrub wie ein Parasit. Der Mori kreischte vor Verzweiflung. Er röchelte, er starb. Der Mori starb. Ich hatte diesen dunklen Teil meiner Seele ein Leben lang verabscheut. Ich hätte glücklich sein sollen, dass das Biest nun von mir wich. Stattdessen machte sich tiefe Traurigkeit in mir breit und Tränen der Trauer sammelten sich in meinen Augen.

Die Kälte in mir drang immer tiefer in meinen Körper, erzwang sich ihren Weg zum Zentrum meines Daseins. Und stieß gegen die letzte Gegenwehr meines Innern, jenes Tor, das den Quell meiner Kräfte sicherte. *»Lass miiiich rein«*, gebot das Fremde und legte vergeblich seine eisigen Finger gegen die Barriere. Ich tat, wie mir befohlen und spürte den Triumph, als es gegen das Tor drückte und den Kern meiner Seele berührte.

Jemand schrie laut.

Ich stand in Flammen. Nein, *ich* war das Feuer. Es rumorte in mir, glühte in mir, ich war ein wütender Vulkan, der geschmolzenes Gestein aus dem Innern der Erde spuckte. Die Lava versengte alles auf ihrem zerstörerischen Weg mit einem Feuer, das die Kälte und den Dreck niederbrannte und sich schließlich mit aller Kraft auf das hässliche Ding in meinem Verstand konzentrierte. Ich spürte Todesangst, die nicht von mir selbst ausging, und dann war der Druck in meinem Kopf plötzlich verschwunden.

Ich öffnete die Augen und sah den Hexer – denn jetzt wusste ich, was das Ding war – stolpern und auf die Knie fallen. Seine Augen glühten nicht länger weiß und sein Gesicht war zu einem dunklen Grau verblichen. »Was … bist du?«, fragte er mit erstickter Stimme, seine nun schwarzen Augen voll Entsetzen und Angst.

Statt ihm zu antworten, stand ich auf und wandte meine Aufmerksamkeit Peter zu, der noch immer mit seinem Gegner rang. Sie tauschten Schläge aus, als befänden sie sich mitten in einem Schwergewichtskampf, und ich fragte mich, wie überhaupt noch einer von ihnen auf den Beinen sein konnte. Auf der anderen Seite des Parkplatzes standen mehrere Männer bei ihren Autos und beobachteten den Kampf. Niemand schritt ein. Es machte mich unglaublich wütend, das zu sehen. Was war nur los mit diesen Leuten? Wollten sie einfach nur da stehen und zusehen, wie zwei Teenager am helllichten Tag angegriffen wurden?

Peter schien an Boden zu gewinnen, und atemlos sah ich zu, wie er den älteren Mann Schlag für Schlag immer weiter zurückdrängte. Nervös drehte ich mich zu dem Hexer hinter mir um, erwartete, dass er sich erholen und seine Magie erneut gegen mich einsetzen würde. Aber er lag noch immer auf den Knien, beide Hände auf den Boden gestützt, als wäre er kurz davor, das Bewusstsein zu verlieren. *Gut, geschieht dir recht.*

»Aaargh.«

Ich wirbelte herum – Peter schrie vor Schmerzen, krümmte sich und hielt sich den Bauch. Zwischen seinen Fingern rann das Blut hindurch. Der dunkelhaarige Mann ging erneut auf ihn los, hielt ein blutiges Messer in der Hand und auch sein boshaftes Grinsen ließ keinen Zweifel an seinen tödlichen Absichten.

Ein lautes zorniges Heulen entwich meiner Kehle. Dann warf ich mich auf den Rücken des Mannes, schlang meine Beine um seine Hüften und drückte meine Hände so brutal um seine Kehle, dass ich damit einer schmaleren Person das Genick hätte brechen können. Mein Möchtegern-Entführer ließ die Waffe fallen und krallte die Fingernägel in meine Arme, während ich mich weiter an ihn klammerte und seine Luftröhre mit einer Kraft zudrückte, über die ich selbst erstaunt war. Ich kreischte schrill. All die Angst, der Schmerz, die endlosen Angriffe des letzten Monats hatten das Fass endgültig zum Überlaufen gebracht. Jeder Funke meiner Angst und meines Zorns floss in den Würgegriff, mit dem ich den Mann, der versuchte, meinen Freund umzubringen, gepackt hielt.

Die Beine des Mannes gaben nach und wir taumelten beide zu Boden. Die Wucht des Aufpralls riss mich aus meiner mörderischen Raserei. Unter mir bewegte sich der Mann nicht mehr, aber ich spürte, wie seine Brust sich hob und senkte. Er war noch am Leben. Ich löste meinen Griff und sah mich nach Peter um. Ich schrie entsetzt auf, als ich ihn wenige Meter weiter am Boden liegen sah.

»Peter?« Ich befreite meine Arme und Beine und kroch über das Gras zu meinem Freund. Peters auch sonst schon recht blasses Gesicht war so weiß, dass seine Sommersprossen wie ausgewaschen wirkten. Ich lehnte mich über ihn und sah in seine offenen vor Schmerz glasigen Augen.

»Oh Peter!« Bauchwunden waren immer die schlimmsten und ich hatte keine Ahnung, ob diese beschleunigte Werwolfheilung auch in menschlicher Form funktionierte. Ich drückte meine Hand auf seinen Bauch, um den Blutfluss zu hemmen.

Er versuchte zu lächeln und scheiterte kläglich. »Ein Messer ist nichts im Vergleich zu einer Crocottaklaue.«

Mit der freien Hand kramte ich nach meinem Handy. »Ich ruf einen Krankenwagen. Mach dir keine Sorgen, alles wird gut.«

»Es kommen noch mehr.«

Die tiefe afrikanische Stimme ließ mich aufhorchen. Hinter Peter saß der Hexer in der Hocke und beobachtete mich.

»Was?«

»Tarek.« Er deutete auf den bewusstlosen Mann hinter mir. »Er hat Verstärkung gerufen, nachdem wir dich gefunden haben. Sie werden bald hier sein.«

Was das bedeutete, war klar. Ich konnte nicht auf die Polizei oder den Notarzt warten, Tareks Truppen würden vorher hier sein. »Warum sagst du mir das?«

Der Hexer zuckte mit den Achseln. Ich hatte keinen Grund, dieser Person zu vertrauen. Er hatte eben erst versucht, gewaltsam in meinen Kopf einzudringen, aber er hätte auch einfach den Mund halten und mich in die Falle laufen lassen können.

»Wie habt ihr uns gefunden? Seid ihr uns gefolgt?«

Er lachte kehlig. »Du bist keine einfache Beute. Ich habe deinen Geist nur sehr schwach gespürt, als wir vorbeikamen. Aber die anderen wussten, dass du hier bist.«

Ich sah zu Peter. »Wir können nicht hierbleiben. Wir müssen gehen.«

Er verzog das Gesicht. »Ich weiß.«

»Kannst du aufstehen?« Ich schob meine Hände unter Peters Schulter und half ihm, sich zu setzen. Mit vereinten Kräften gelang es uns, ihn auf die Füße zu stellen.

»Komm schon«, ich schlang einen Arm um ihn und gemeinsam gingen wir langsam auf die Raststätte zu. Ich wollte ihn drängen, schneller zu gehen, aber sein stockender Atem zeigte mir, dass er heftige Schmerzen hatte. Mit jedem Schritt schien er schwächer zu werden.

Der Rasthof erschien mir nicht mehr als der sichere Zufluchtsort, für den ich ihn zunächst gehalten hatte. Diese Männer hatten keine Skrupel gehabt, uns am helllichten Nachmittag direkt an einer viel befahrenen Interstate anzugreifen. Leute wie sie würde nichts davon abhalten, auch das Restaurant zu stürmen. Ich sah mich verzweifelt um. Wir konnten nicht bleiben und wir konnten auch Phil nicht anrufen und auf ihn warten. Wir mussten jetzt von hier weg.

In diesem Moment sah ich Scott, der wie ein Zombie auf seinen leuchtendroten Mustang zuging, der vor dem Rasthof geparkt war. Verdammt, ihn hatte ich völlig vergessen.

»Scott«, rief ich und eilte mit Peter so schnell es ging auf ihn zu. Wir schlossen zu ihm auf, als er sich leicht schwankend neben die Fahrertür stellte. Ein einziger Blick auf seine herunterhängenden Mundwinkel machte mir klar, dass er nicht in der Verfassung war, zu fahren. Peter hing schwer auf meiner Schulter und es war nur eine Frage der Zeit, bis er ohnmächtig werden würde. »Verdammt! Warum passiert ständig so eine Scheiße?«

Ich lehnte Peter an den Wagen und suchte in Scotts Taschen, bis ich den Schlüssel fand. Sanft drückte ich Scott beiseite, schloss das Auto auf und schob den Sitz nach vorn, sodass Peter sich auf die Rückbank setzen konnte. Dort streckte er sich mit einem schweren Seufzer aus und wurde dann sofort bewusstlos. Der Atem stockte mir peinvoll in der Brust und ich krabbelte zu ihm nach hinten, um seine Atmung und seinen Puls zu checken. »Es tut mir so leid, Peter«, flüsterte ich heiser. »Ich schaff uns hier raus, das verspreche ich.«

Ich trat wieder zurück, manövrierte Scott zum Beifahrersitz und schlug aus Angst die Tür fester zu, als es nötig gewesen wäre. Dann rannte ich zur Fahrerseite und stieg ein. Erst da wurde mir das Ausmaß meines Vorhabens bewusst und ich starrte verwirrt um mich. Der Mustang war so anders als Judiths Auto und ich hatte bisher nur eine einzige Fahrstunde gehabt. Wie sollte ich herausfinden, wie das hier funktionierte?

Okay, der Reihe nach. Ich griff mit der Hand nach unten, fand das Rädchen, mit dem man den Sitz einstellen konnte und zog ihn so weit nach vorn, dass ich die Pedale berühren konnte. *Rechts Gas, die Bremse in der Mitte, dieses Kupplungsding links. Kein Problem.*

Ich trat auf die Bremse. Dann griff ich nach dem Schaltknüppel und stellte ihn in den Leerlauf, drehte den Schlüssel im Zündschloss. Nichts. *Keine Panik. Denk an das, was Roland dir beigebracht hat.*

Ich verlor wichtige Sekunden, in denen ich mich zu erinnern versuchte. Die Kupplung! Ich drückte das Pedal durch und probierte es wieder mit dem Schlüssel. Der Mustang rumpelte.

Scott brummte etwas, aber ich hatte keine Zeit, auf ihn zu achten. Da hätte ich ihn ein einziges Mal in meinem Leben gebraucht und er war völlig von der Rolle. Wie passend. Ich sah mich erneut um und fragte mich, wie es wohl für Scott sein mochte, wenn jemand sein innig geliebtes Auto fuhr.

Eine Bewegung zu meiner Linken ließ mich aufsehen. Tarek bewegte sich am Boden. Ich musste ganze Arbeit geleistet haben, denn er hatte Schwierigkeiten, sich aufzurappeln. Er scannte den Parkplatz und dann fiel sein Blick auf den Mustang. Selbst aus der Entfernung konnte ich seinen Zorn spüren. Er war nicht gerade erfreut darüber, von zwei Teenagern ausgeknockt worden zu sein und seine Mimik sagte mir, dass die Vergeltung dafür nicht lange auf sich warten lassen würde.

Ich holte tief Luft und stellte den Schaltknüppel in den Rückwärtsgang. Zumindest hoffte ich, dass er das war. *Gott, bitte lass nicht zu, dass ich uns alle umbringe*, betete ich, nahm den Fuß von der Bremse und trat vorsichtig auf das Gaspedal, während ich die Kupplung losließ.

Das Auto machte einen Rucks und blieb stehen.

»Nein, nein, nein, bitte tu mir das nicht an.« Ich trat erneut auf Kupplung und Bremse, schaltete in den Leerlauf und startete den Motor. Dieses Mal ließ ich die Kupplung langsamer kommen, als ich in den Rückwärtsgang geschalten hatte und aufs Gaspedal drückte. Der Wagen schoss ruckartig mehrere Meter zurück, bevor mein rechter Fuß die Bremse fand und das Auto mit quietschenden Reifen zum Stehen brachte. Mein Herz pochte laut. *Oh Mann!* Das war so viel schwerer, als es bei den meisten Leuten aussah.

Ich umklammerte das Lenkrad, drückte behutsam aufs Gas und löste die Kupplung. Der Wagen rollte wieder rückwärts, bis ich die Bremse betätigte. Nun musste ich das Ding nur noch wenden.

Etwas klopfte auf das Heck des Wagens. Erschrocken riss ich den Kopf herum und sah Tarek, der sich über den Kofferraum lehnte. Die Adern an seinem Hals traten deutlich hervor, seine Augen brannten sich durch die Heckscheibe in meine. *Mist!* Wie war der nur so schnell hergekommen? Ich schluckte schwer und tastete verzweifelt nach dem Schaltknüppel.

Ich legte den ersten Gang ein, aber meine Füße tapsten verwirrt über die Pedale, unsicher, welches das richtige war. Ich riss das Lenkrad herum, nahm den Fuß von der Kupplung, setzte ihn auf das Gaspedal, und tatsächlich bewegte sich der Wagen holprig nach vorn. Ich hatte zu viel Angst, um mich nach Tarek umzusehen, also hielt ich den Blick stur nach vorn gerichtet.

Um ein Haar streifte ich mit dem Mustang zwei Pick-ups auf dem Parkplatz, der Escalade dagegen hatte weniger Glück. Metall knirschte an Metall, ich zuckte zwar zusammen, blieb aber nicht stehen. Ein paar Kratzer auf dem Lack des Mustangs waren jetzt wirklich mein geringstes Problem.

Ich lenkte die Reifen wieder gerade, der Wagen ruckelte vorwärts. In meinen Ohren klang lautes wütendes Schimpfen und ein Blick über die Schulter zeigte mir, wie der zornige Mann hinter uns her humpelte. *Einfach weiter fahren. Lass ihn nicht zu uns aufschließen.*

Die Ausfahrt kam näher und dann trat ich die Bremse so ruckartig, dass Scott nach vorne fiel. Gerade noch rechtzeitig streckte ich meinen Arm vor und verhinderte so, dass er auf das Armaturenbrett knallte. *Ich kann das nicht. Ich werde uns alle umbringen.*

Ich warf einen kurzen Blick nach hinten zu Peter. Er lag noch immer über den Sitz gestreckt, sich dessen, was um ihn herum geschah überhaupt nicht bewusst. Scott murmelte unverständliche Dinge und ich betete, dass der Hexer nicht auch seinen Verstand besetzt hatte. Eine weitere Verletzung, für die ich verantwortlich sein würde. Wenn das so weiterging, würde Scott froh sein können, das Abschlussjahr lebend zu überstehen.

Ich schielte in den Seitenspiegel und zog scharf die Luft ein, als ich sah, dass Tarek auf dem Weg zu seinem Escalade war. Mit zusammengebissenen Zähnen nahm ich die Ausfahrt. Das Auto schüttelte sich jedes Mal, wenn ein anderer Wagen vorbeiraste und mein Herzschlag pulsierte laut in meinen Ohren. Aber jetzt gab es kein Zurück mehr. Ich riskierte noch einen Blick in den Rückspiegel und bemerkte einen schwarzen SUV, der vom Parkplatz fuhr. Hastig trat ich aufs Gas und ließ den Wagen nach vorn schießen. Eine Lücke hatte sich zwischen den fahrenden Wagen aufgetan und so scherte ich scharf auf die nächste Spur aus, korrigierte den Mustang im letzten Moment, bevor er in die Mittelplanke krachen konnte. Ich fummelte so lange an den Pedalen und dem Schaltknüppel herum, bis das Auto sich nicht mehr so anhörte, als würde es gleich auseinanderbrechen. Mein Herz raste so schnell und laut, als würde es durch meine Rippen hindurch explodieren. Ich schluckte und fühlte mich plötzlich sehr durstig. Ich hielt das Lenkrad fest und versuchte, mich zu konzentrieren. Wir konnten nicht auf dem Highway bleiben. Es gelang mir nur mit Mühe, den Mustang auf Spur zu halten und ich hatte keine Chance, meinen Verfolgern davonzufahren. Unsere einzige Hoffnung war die nächste Ausfahrt. Vielleicht würden wir sie in der Stadt abhängen können.

Die nächste Ausfahrt war vier Meilen entfernt, und es waren die längsten vier Meilen meines Lebens. Jede Sekunde erwartete ich, dass der Escalade zu uns aufschloss und uns von der Straße drängte. Ich sah so oft in den Spiegel, wie ich mir zutraute, die Augen von der Straße zu nehmen – aber keine Spur von dem SUV. Dennoch war mir klar, dass er irgendwo hinter uns sein musste. Ich war nicht dumm genug, zu glauben, dass ein Mann wie Tarek so leicht aufgab.

Ich nahm die Ausfahrt ein wenig zu schnell und wäre dabei fast auf meinen Vordermann aufgefahren. Das trug nicht gerade dazu bei, mir Selbstvertrauen zu geben. Die Straße, auf die ich nun fuhr, sah alles andere als vertraut aus. Nervös seufzte ich. Ich hatte keine Ahnung, wo wir waren, und ich hatte hinterm Steuer eines Wagens nichts verloren. Abgesehen davon blubberte Scott neben mir wie ein Idiot, ich wusste nicht, wo meine Angreifer waren und Peter hinter mir verblutete vermutlich gerade.

Denk nicht darüber nach!

Ich fuhr – sobald ich konnte – von der Straße ab, nahm ein paar Abzweigungen, bis ich mich hoffnungslos verirrt hatte. Ein paar Mal bildete ich mir ein, einen schwarzen SUV auf einer der Parallelstraßen gesehen zu haben, also fuhr ich einfach weiter – in panischer Angst davor, auch nur eine Minute stehen zu bleiben. Mein Handy klingelte mehrere Male, aber meine Hände umklammerten das Lenkrad so fest, dass ich unmöglich rangehen konnte. Wahrscheinlich war es Roland, der sich fragte, wo wir blieben.

Die Furcht, nie wieder nach Hause zu finden, lähmte mich. Doch dann sah ich ein großes Gebäude vor uns, das ich wiedererkannte. Mein Puls beschleunigte sich. Ich war nie so glücklich gewesen, das Einkaufszentrum zu sehen. Wenn ich dieser Straße folgte, würde ich die High School in zehn Minuten erreicht haben.

Ich konnte nicht nach Hause. Die Wahrscheinlichkeit, dass die Männer wussten, wo ich wohnte, war zu groß. Sie konnten den Bannkreis vielleicht nicht überwinden, aber ich konnte das Risiko nicht eingehen. Nicht mit Peter und Scott, die beide völlig handlungsunfähig waren.

»Danke dir, Gott!«, seufzte ich, als ich schließlich den Turm der St. Patricks Kirche sah. Ich bog auf den Parkplatz der Kirche auf und fuhr bis zum hinteren Bereich. Meine Hände zitterten heftig, als ich den Wagen zum Stehen brachte. Ich drehte mich zu Peter um, fürchtete mich vor dem, was ich sehen würde. »Peter?«

»Hmmm«, murmelte er, ohne sich zu bewegen.

»Wie geht es dir?«, fragte ich ängstlich.

»Besser, als ich erwartet hatte. Du fährst richtig scheiße.«

Ich lachte und weinte gleichzeitig. Dann ließ ich mich in den Sitz zurückfallen und zog das Handy heraus. Die Kräfte drohten, mich zu verlassen, als ich Rolands Stimme hörte. »Roland … wir brauchen deine Hilfe.«

»Was ist passiert? Wo seid ihr?« Seine Stimme klang schrill, aufgeregt, verzweifelt.

»Wir stehen hinter St. Patricks. Beeil dich bitte. Peter ist verletzt.«

Es war einen Moment still zwischen uns. »Bleibt, wo ihr seid. Ich bin auf dem Weg.«

Ich lehnte den Kopf nach hinten auf die Stütze, aber mein Körper war zu steif, um sich zu entspannen. Scott drehte mir sein Gesicht zu und versuchte, mich zu fokussieren. »Warum hasst du mich?« Seine Stimme war dünn, verletzlich wie die eines kleinen Jungen. Einen Moment lang war ich zu geschockt für eine Antwort. Dann wurde mir erst bewusst, dass sein Verstand vermutlich so vernebelt war, dass er offenbar keine Ahnung hatte, mit wem er sprach. »Ich wünschte, du würdest mich nicht hassen«, murmelte er traurig.

»Ich hasse dich nicht, Scott.« Das war die Wahrheit. Ich mochte ihn nicht, aber hasste ihn auch nicht.

»Das ist gut.« Sein Kopf rollte zur Seite und er deutete auf den leeren Parkplatz. »Was für ein lustiges Kamel«, sagte er, bevor er die Augen wieder schloss. *Definitiv total benebelt.* Ich biss mir auf die Lippe. Auch wenn Scott und ich nicht besonders gut klarkamen, so wolle ich dennoch nicht, dass es ihm schlecht ging.

Noch immer war mir Scotts seltsames Verhalten ein Rätsel. Warum war er überhaupt erst zu der Raststätte gekommen? Es war mir fast so vorgekommen, als hätte er an dem Restaurant auf mich gewartet. Aber das konnte unmöglich sein. Der letzte Mensch, der freiwillig Zeit mit mir verbringen wollte, war Scott Foley.

Ein paar Minuten später sah ich Judiths Auto. Vor Erleichterung sackte ich in mir zusammen. »Da ist Roland«, sagte ich zu Peter, der daraufhin kurz zur Bestätigung die Hand hob und sie dann wieder sinken ließ.

Roland kam auf uns zu gerannt und wollte die Fahrertür öffnen. Ich entriegelte sie und er riss sie hastig auf. Mit offenem Mund starrte er auf Scott, bevor er begriff, dass ich am Steuer saß und Peter auf der Rücksitzbank lag. »Was zur Hölle ist passiert?«

Ich lachte zittrig. »Das ist eine lange Geschichte. Kannst du dir bitte erst mal Peter anschauen? Er hat Messerstiche abbekommen.«

Roland half mir aus dem Wagen, denn meine Arme und Beine fühlten sich an wie gekochte Nudeln. Dann schob er den Sitz nach vorn und lehnte sich nach hinten zu Peter. Er zog sich wieder zurück, nickte mir beruhigend zu und sprach so leise, dass Scott ihn nicht hören konnte: »Er ist in Ordnung. Wir heilen in menschlicher Gestalt etwas langsamer. Sobald wir irgendwo sind, wo uns niemand sieht, kann er sich verwandeln und dann ist er in ein paar Minuten wieder hergestellt.«

»Oh, Gott sei Dank.« Ich setzte mich wieder auf den Fahrersitz, drückte meine Stirn gegen das Lenkrad. Wenigstens würde ich nicht für den Tod einer meiner besten Freunde verantwortlich sein.

»Wir haben mitbekommen, dass die Polizei vor etwa einer Stunde wegen Unruhen auf dem Highway gerufen wurde. Sie haben gesagt, ein verrücktes Mädchen wäre an einer Raststätte einem Typen an die Gurgel gegangen, in einem roten Mustang geflüchtet, hätte dabei ein paar Autos gerammt und wäre dann von einem schwarzen SUV verfolgt worden. Ich brauche dich wohl nicht zu fragen, ob du davon was mitbekommen hast?«

»Es war nur ein Auto, nicht mehrere, und der Mann hat es verdient, gewürgt zu werden. Er hat auf Peter eingestochen.«

Bevor er darauf antworten konnte, röhrte ein Motorrad um die Ecke.

»Du hast ihn gerufen«, sagte ich vorwurfsvoll.

»Das musste ich gar nicht. Er klebt mir am Hintern, seit ihr von Dylans Grundstück verschwunden seid. Wahrscheinlich hat er einen von seinen verdammten GPS-Trackern an meinem Auto installiert.«

Das Motorrad blieb ein paar Meter von uns entfernt stehen. Nikolas sprang ab und schritt geradewegs auf den Mustang zu. Er packte mich fest am Arm und zerrte mich unbarmherzig aus dem Wagen. »Bist du lebensmüde?«, schrie er.

»Hey!«, protestierte ich, schloss meinen Mund aber schnell wieder. Wutschnaubend sah er mich an. Er zog mich näher, bis ich die Hitze seines Körpers spüren konnte. *Okay, scheiße, hatte er jetzt einen dieser Wutanfälle, die Chris erwähnt hatte?*

Ich wehrte mich vergeblich. »Lass mich los.«

»Vergiss es. Du kommst mit mir. Es ist ja wohl offensichtlich, dass man nicht darauf vertrauen kann, dass du auf dich selbst aufpasst.«

»Warte eine Minute«, widersprach Roland und ging um den Wagen herum.

Nikolas sah aus, als würde er die Zähne fletschen wollen. »Ich tue, was auch immer nötig ist, um sie zu beschützen. Auch vor sich selbst.«

Mein eigener Zorn kochte über. »Einen Teufel wirst du tun. Ich gehöre dir nicht.«

Erstaunlicherweise war es Peter, der sich jetzt einmischte, um Schiedsrichter zu spielen. »Hey, das hilft gerade niemandem. Bevor ihr euch gegenseitig an die Gurgel geht, lasst uns doch erst einmal erzählen, was passiert ist.«

Nikolas nickte steif und ließ meinen Arm los, trat aber keinen Schritt zurück. Ich ignorierte, wie er sich vor mir aufbaute und erzählte Roland, dass wir David plangemäß getroffen hatten und ich bereits dabei war, Phil anzurufen, als der Mann namens Tarek aufgetaucht war. Ich hörte, wie Nikolas neben mir scharf die Luft einzog, aber weigerte mich, ihn anzusehen. Als ich zu dem Teil mit dem Hexer kam, bemerkte ich, wie Roland eins und eins zusammenzählte und die gleichen Gedanken hegte wie ich. Warum waren die Männer aus dem Jachthafen hinter uns her? Ich war so in Panik gewesen dort an der Raststätte, dass ich nicht auf die Idee gekommen war, den Hexer danach zu fragen.

Nikolas schritt ein: »Bist du dir sicher, was ihn betrifft? Wie er aussah?«

»Ich glaube nicht, dass ich dieses Gesicht jemals vergessen werde, nicht nach dem, was er getan hat«, sagte ich und konnte das Zittern in meiner Stimme nicht verbergen. Allein der Gedanke daran, wie er meinen Verstand berührt hatte, war unsagbar schmerzhaft.

»Was hat er getan?« Nikolas Stimme nahm einen gefährlichen Unterton an, einen, den ich nie zuvor an ihm gehört hatte. Ich brach ab, fürchtete mich, ihm davon zu berichten.

»Sara, hat er dir wehgetan?«

»Nein, nicht wirklich. Er hat versucht, irgendetwas mit meinem Kopf anzustellen. Es hat sich angefühlt, als ob … etwas Grauenvolles in meinen Verstand kriecht und die Kontrolle übernimmt. Ich konnte mich nicht bewegen, nichts sagen.« Ich schauderte bei der Erinnerung daran. »Es war so schrecklich. Als ob ich nie wieder sauber sein würde.«

Roland wurde bleich. »Fuck! Wie konntest du dich dagegen wehren?«

»Ich weiß es nicht. In einem Moment war da diese gruselige Stimme in meinem Kopf, die mir befohlen hat zu schlafen, und das Nächste, an das ich mich erinnere, ist das Schreien des tätowierten Kerls.« Ich schlang meine Arme um mich und starrte an ihnen vorbei auf den mächtigen Schatten der benachbarten High School. Zum ersten Mal seit der Attacke des Hexers erlaubte ich mir, über das Erlebte nachzudenken. Mein Verstand rührte an dem stillen Teil in mir, der den Dämon beherbergte. Wie eine Zunge, die in einer Lücke über dem Zahnfleisch nach einem verlorenen Zahn suchte. »Ich glaube … ich glaube, mein Mori ist tot. Es hat sich so angefühlt, als würde er sterben.« Ich sprach die Worte mit heiserer Stimme, voll von unerklärlicher Traurigkeit. Böse oder nicht, er hatte mein ganzes Leben lang in mir gelebt und nun fühlte es sich an, als wäre ein Teil von mir ausgelöscht worden.

Eine warme Hand berührte meinen Rücken und sandte einen kleinen Funken Hitze durch meine Haut. »Er ist verletzt, aber noch am Leben«, sagte Nikolas mit sanfterer Stimme.

»Woher weißt du das?«, fragte ich, ohne ihn anzusehen.

»Vertrau mir. Ich wüsste es, wenn er nicht mehr da wäre.« Diese raue Zärtlichkeit in seinem Ton ließ meinen Atem stocken. Ich fragte mich, ob sein Dämon Schmerz empfand, wenn ein anderer Mori starb.

»Welche Art von Hexer könnte einem Dämon derart schaden?«, wollte Roland erstaunt wissen.

»Ein Hale-Hexer.« Nikolas spuckte die Worte aus, als wären sie pures Gift. »Ein Hexer aus der afrikanischen Wüste. Sie ziehen ihre Kraft aus der spirituellen Welt.«

»Wie ein Schamane oder ein Medizinmann?«, fragte ich. Ich hatte gedacht, solchen Menschen lag daran, andere zu heilen oder ihnen zu helfen.

»Hale-Hexer beschäftigen sich nur mit dunkler Magie, und ihre Kräfte sind stärker als die von Schamanen. Ein Hale-Hexer kann jemanden mit nur einem einzigen Gedanken zum Krüppel machen, und ihre zwanghafte Anziehungskraft ist stärker als die eines Vampirs und beinahe unwiderstehlich.« Nikolas hielt inne und sah hoch, begegnete meinem Blick. »Nicht einmal die Mohiri sind immun gegen ihre Macht. Ich habe schon beobachtet, wie Krieger von einer einzigen Begegnung mit einem Hale-Hexer in den Wahnsinn getrieben wurden.«

Ich hatte keine Antwort auf die Frage in seinen Augen.

»Hale-Hexer verabscheuen Dämonen und sie arbeiten nicht mit Vampiren zusammen«, erklärte Nikolas uns. »Und sie halten sich üblicherweise nahe ihres Stammesterritoriums in der Wüste auf. Es müsste schon etwas Schwerwiegendes geschehen, damit sie den ganzen Weg bis nach Amerika auf sich nehmen.« Er hielt mich mit seinen Blicken fest. »Du hast uns nicht die ganze Wahrheit gesagt. Wer ist noch hinter dir her?«

»Niemand«, sagte ich und sah den Zweifel in beiden Gesichtern. »Ich schwöre es. Ich habe keine Ahnung, warum sie mich angegriffen haben.«

Ich war ehrlich zu ihnen, soweit ich wusste, waren sie hinter Malloy her. Nicht hinter mir.

»Was ist dann passiert?«, wollte Roland wissen.

Ich berichtete ihnen, wie Peter gegen Tarek gekämpft hatte und dass der Mann ein Messer gezogen und auf ihn eingestochen hatte. »Ich wäre beinahe durchgedreht, als ich gesehen habe, wie er Peter verletzt hat. Ich bin auf ihn losgegangen und habe ihm die Kehle zugedrückt, bis er zu Boden ging. Dann sind wir abgehauen.«

Roland deutete auf Scott, der noch immer stumm im Wagen saß. »Wie passt er in die Geschichte?«

»Er war auch am Rasthof, als diese Typen aufgetaucht sind. Der Hexer ist auf ihn losgegangen, als er versucht hat, Tarek aufzuhalten.«

Nikolas' Ärger war noch immer deutlich zu spüren, als er weitersprach: »Was hast du dir überhaupt dabei gedacht, in der momentanen Lage abzuhauen, um einen Fremden zu treffen?«

»Ich musste gehen«, erwiderte ich zu meiner Verteidigung. »Du hast keine Ahnung, wie lange ich darauf gewartet habe, endlich Antworten zum Tod meines Vaters zu erhalten. Ich versuche seit Wochen, David zu treffen.«

»Woher weißt du, dass er die Männer nicht erst zu dir geführt hat?«, verlangte er zu wissen.

Ich rief mir den Schmerz in Davids Augen in Erinnerung und wusste, dass seine Geschichte der Wahrheit entsprach. Seine Absichten waren ehrlich gewesen. »Er ist ein Emote, und ich glaube, dass er mir die Wahrheit gesagt hat. Er wusste Dinge … Dinge über Madeline.« Ich spürte, wie Nikolas sich neben mir versteifte. »Vor zehn Jahren hat Madeline seinen Vater aufgesucht und ihm gesagt, dass sie in Schwierigkeiten stecke. Sie waren Freunde oder so, und Davids Vater hat ihr eine Menge Geld gegeben, damit sie das Land verlassen konnte. Sie sagte ihm, Vampire seien hinter ihr her und sie müsse ihn warnen, bevor sie gehe …« Meine Stimme brach ab und ich benötigte einen Moment, bevor ich weiter sprechen konnte. »Sie musste meinen Dad warnen. Ein paar Tage später war er tot.«

»Gott, Sara.«

»David wollte mich treffen, weil auch er jemanden verloren hat. Die Vampire haben seinen Vater am selben Tag ermordet wie meinen. David fürchtete, sie würden ihn seines Wissens wegen auch töten wollen. Er hatte sich im Obergeschoss versteckt, als Madeline bei seinem Vater gewesen war und etwas gehört, was nicht für seine Ohren bestimmt gewesen ist. Er denkt, dass sein Vater deshalb getötet worden ist.«

»Hat er dir mehr darüber gesagt?«, fragte Nikolas angespannt.

»Madeline hat Davids Vater gesagt, dass sie die Identität eines Masters herausgefunden hätte.«

Bevor ich auch nur blinzeln konnte, stand ich neben der Ducati und Nikolas drückte mir einen Helm auf den Kopf. »Halt«, sprudelte ich hervor. »Was machst du da?«

»Ich bringe dich von hier weg«, knirschte Nikolas. »Vor einem Master kann ich dich nicht allein beschützen. Der einzige Ort, an dem du jetzt noch sicher sein wirst, ist die Mohiri-Festung.«

»Das ist doch alles schon zehn Jahre her. Ich werde nicht von einem Master verfolgt.«

Er lachte bellend und griff noch fester um meinen Arm. »Für dich sind zehn Jahre eine lange Zeit, für einen Vampir, der Hunderte von Jahren alt ist, sind sie nichts. Und was ist mit dem Hexer und dem Mann, der dich entführen wollte? Klar ist, dass jemand nach dir sucht und wir dich aus der Stadt schaffen müssen.«

Ich drückte mich gegen ihn, aber er war wie eine Statue aus Marmor. »Ich gehe nirgendwohin mit dir.«

»Das war keine Bitte.«

»Ach, nein? Was dann? Willst du mich dazu zwingen?«, schrie ich, hilflos vor Angst. »Dann bist du nicht besser als sie.«

»Sara, vielleicht hat er recht«, schritt Roland ein. »Ich will nicht, dass du gehst, aber ich will auch nicht, dass du verletzt wirst.« Er wandte sich an Nikolas: »Vielleicht sollten wir zuerst mit Onkel Max sprechen und uns seine Meinung anhören.«

Ich schoss beiden eisige Blicke zu. »So ist das also. Jeder hat jetzt das Recht, über mein Leben zu bestimmen, nur ich nicht?«

Nikolas packte mich an beiden Schultern und zwang mich, ihn anzusehen. »Wenn du hierbleibst, wirst du, oder jemand, der dir nahesteht, verletzt oder gar getötet werden«, sagte er gnadenlos. »Jemand versucht mit allen Mitteln, an dich heranzukommen und offensichtlich ist es ihnen egal, ob dabei die Leichen deiner Freunde den Weg pflastern.« Ich dachte an Peters Stichwunde und zuckte zusammen. »Das nächste Mal könnte es noch schlimmer kommen. Sie könnten deinen Onkel verfolgen. Ist es das, was du willst?«

»Natürlich nicht!« Ich würde nicht zulassen, dass jemand Nate wehtat. Wenn ich New Hastings verlassen musste, um die Leute, die mich verfolgten, von seiner Spur abzulenken, dann würde ich es tun. Aber zu meinen eigenen Bedingungen. Sofort nahm ein Plan in meinem Kopf Gestalt an. Remy würde mich irgendwo auf Trollterritorium verstecken, wo niemand, nicht einmal Vampire nach mir suchen würden. Ich musste nur noch einen Weg zu ihm finden.

Nate würde morgen zurückkehren. Ich musste mit ihm reden, versuchen, ihm die Dinge zu erklären, bevor ich einfach verschwand. Er würde es nicht verstehen und mit dem, was ich ihm berichten würde, hadern, aber er verdiente die Wahrheit. Nach allem, was er für mich getan hatte, war es das Mindeste, was ich ihm schuldete. Ich bedauerte, dass wir einander nie so nahe gewesen waren, wie mein Dad es sich gewünscht hätte, aber ich hatte immer geglaubt, noch genug Zeit dafür zu haben.

»Rede mit Maxwell, so viel du willst«, sagte ich schließlich. »Aber ich gehe nirgendwohin, bis Nate morgen zurückkommt. Und wenn du mich dazu zwingst, dann renne ich bei der nächsten Gelegenheit davon.«

»Gut. Dann bleibst du so lange bei Chris und mir«, stellte Nikolas fest.

»Das glaube ich nicht.« In einem Mohirihaus, oder wo auch immer sie mich hinbringen wollten, hätte ich keine Gelegenheit, Remy zu kontaktieren. »Ich gehe nach Hause und es steht dir frei, mir zu folgen, wenn du das möchtest.«

Nikolas schüttelte den Kopf. »Dort ist es nicht sicher.«

Nun war es an mir zu lachen. »Vertrau mir. Nicht einmal der Teufel höchstpersönlich könnte einen Fuß in das Gebäude setzen.«

»Ähm, Leute, können wir uns jetzt mal einigen, wohin wir gehen?«, rief Peter aus dem Inneren des Wagens. »Ich verblute hier.«

Nikolas hob eine Augenbraue in meine Richtung, zog sein Handy heraus und rief Chris an, um ihm zu sagen, dass wir uns bei meinem Haus treffen würden. Ich wandte mich zu Judiths Auto um und betrachtete dann den Mustang. »Was machen wir mit Scott? So können wir ihn nicht hier lassen.«

»Mach dir um ihn keine Sorgen«, sagte Nikolas dicht hinter mir. »Sobald wir dich in Sicherheit gebracht haben, kümmern wir uns um deinen Freund.«

»Diese Leute suchen nach einem roten Mustang. Wir können das Risiko nicht eingehen, dass sie Scott hier finden, bevor du zurückkommst. Außerdem glaube ich, dass er einen Arzt braucht.«

Nikolas ging zu dem Mustang, betrachtete Scott und schaute ihm in die Augen, um seine Vitalzeichen zu checken. Er zog etwas von dem ekelhaften grünen Zeug hervor, das Chris mir nach der Crocottaattacke gegeben hatte und zwang Scott, davon zu essen.

»Ich denke, in ein paar Stunden geht es ihm wieder gut«, erklärte er. »Wenn er einen dauerhaften Schaden davongetragen hätte, dann wäre er jetzt nicht ansprechbar. Ich habe ihm etwas gegeben, um die Heilung zu beschleunigen. Morgen wird er sich an nichts mehr erinnern und einfach glauben, dass er einen schrecklichen Kater hat.«

Und sein Auto selbst demoliert hat. Mit schlechtem Gewissen sah ich auf den verbeulten rechten Kotflügel und den zertrümmerten Scheinwerfer.

»Wie soll er nach Hause kommen?« Ich musste sichergehen, dass es Scott gut ging, bevor ich verschwand. Ich würde nach diesem ganzen Durcheinander hier keine Opfer zurücklassen.

Nikolas rief Chris erneut an, dann streckte er uns das Handy entgegen. »Chris ist auf dem Weg hierher. Wenn einer von euch ihm sagt, wo euer Freund wohnt, dann fährt er ihn nach Hause.«

Roland nahm das Handy und gab Chris die gewünschten Anweisungen. Ich lief zum Honda und wartete auf ihn, ohne einen weiteren Blick auf Nikolas zu werfen.

Ich musste mich nicht umdrehen, um zu wissen, dass Nikolas auf dem kurzen Weg zu meinem Zuhause direkt hinter uns blieb.

Roland parkte auf Nates Platz und wir halfen Peter die Treppe hinauf in die Wohnung. Ich wies Nikolas' Angebot zu helfen ab, und so folgte er uns mit steinerner Miene in mein Zimmer hinauf. Dort würde Peter genug Platz und Privatsphäre haben, um sich zu verwandeln und zu heilen. Ich wollte bei ihm bleiben, doch Roland erinnerte mich daran, dass Peter sich ausziehen musste, um sich zu verwandeln. Daraufhin beeilte ich mich, aus dem Zimmer zu kommen.

Unten ging Nikolas in der Wohnung umher und prüfte Fenster und Türen. Als ob jede Minute ein Vampir hier einbrechen könnte.

»Ich hab dir doch gesagt, dieser Ort hier ist sicher. Ich habe selbst einen Bannkreis gelegt.« Ich nahm mir Orangensaft aus dem Kühlschrank.

»Hast du Durst?«

Nikolas blieb an Nates Bürotür stehen. »Du hast einen Bannkreis gelegt?«

»Schau nicht so schockiert.« Ich schüttete Orangensaft in ein großes Glas und nahm einen tiefen Schluck. »Ich hab dir schon einmal gesagt, dass ich nicht völlig hilflos bin. Und ich bin den Typen auch entkommen, oder nicht?«

Roland kam in die Küche und ich reichte ihm den Orangensaft. »Wenn ich du wäre, würde ich ihr glauben«, sagte er zu Nikolas. »Sara weiß über viele Dinge Bescheid, und wenn sie sagt, dass es hier sicher ist, dann …«

»Argh«, schrie Roland eine Sekunde später, der Saftkarton landete auf dem Küchenboden und die Flüssigkeit spritzte um meine Beine herum. Er sprang vor mich und drückte mich schützend gegen den Kühlschrank. Ich hörte, wie Nikolas etwas schrie, und ein angstvoller Klumpen bildete sich in meinem Hals.

»Sara, bleib zurück«, schrie Roland, während ich versuchte, ihn wegzudrücken, um zu sehen, was vor sich ging. War es jemandem gelungen, den Bannkreis zu durchbrechen? Nein, das war unmöglich.

»Sorg dafür, dass sie hier bleibt«, bellte Nikolas. »Ich kümmere mich darum. Verdammt, ich wusste, es ist nicht sicher hier.«

»Du kümmerst dich um was?«, schrie ich in Angst um meine Freunde. Entschlossen schubste ich Roland von mir, um mich der neuen Bedrohung entgegenzustellen.

Es stand draußen, im Flur, die Zähne bedrohlich gefletscht und sah zwischen Nikolas und Roland hin und her, bereit, bei der kleinsten Provokation anzugreifen. Es war das furchterregendste Fauchen, das ich je gehört hatte.

Nikolas fasste in seine Jacke und zog ein langes glänzendes Schwert hervor.

»Nein«, schrie ich und rannte los, um mich vor die Kreatur zu werfen, die jeden in diesem Raum in Stücke reißen konnte.

Kapitel 17

»SARA, bist du verrückt? Weißt du, was das ist?« Roland schrie und rannte auf mich zu.

»Er ist mein Freund!«, kreischte ich. Ich hob die Hände, um Roland und Nikolas wissen zu lassen, dass es mir gut ging. »Er heißt Remy.«

Roland kam schlingernd zum Stehen und starrte mich in stummem Erstaunen an. Sein Blick wanderte skeptisch von mir zu Remy und wieder zurück. So, als könnte er seinen eigenen Augen nicht trauen. »*Das* ist Remy?«

»Ja, und jetzt tretet zurück, alle beide.« Ich drehte mich zu Remy um und nahm seine Hand in meine. »Geht es dir gut?« Es musste etwas wirklich Schreckliches geschehen sein, dass er hierhergekommen war und sich fremden Leuten zeigte. Ich hatte ihn nie so durcheinander gesehen.

»Ob es *ihm* gut geht?«, fragte Roland ungläubig. »Ich hätte fast einen Herzinfarkt bekommen, und sie macht sich Sorgen um einen Troll? Um einen verdammten Troll.«

»Halt die Klappe, Roland«, sagte ich harscher, als ich je zuvor mit ihm gesprochen hatte. »Remy, was ist los? Bitte, rede mit mir.«

Endlich schaute Remy mich an und ich sah etwas, das ich nie erwartet hatte, je in den Augen eines Trolles zu sehen: Angst.

»Minka weg. Creah und Sinah auch.«

»Weg? Was meinst du mit *weg*?«

Er drückte meine Hand so fest, dass es wehtat. »Menschen sie mitgenommen«, sagte er und machte damit meine schlimmste Befürchtung wahr. Von dem Tag an, an dem wir die Trollgalle zum ersten Mal als Zahlungsmittel eingesetzt hatten, hatte ich befürchtet, dass jemand das begehrte Gut zu meinen Freunden würde zurückverfolgen können. Die Vorstellung, die süße kleine Minka könnte sich in den Händen der falschen Leute befinden, ließ mir das Blut in den Adern gefrieren.

»Wir finden sie«, versprach ich inbrünstig. »Wir holen sie zurück.«

Nikolas erhob zum ersten Mal die Stimme. »Hat dein Onkel Alkohol hier?«

Ich warf ihm einen verblüfften Blick zu. »Wie soll uns das helfen?«

»Wird es nicht, aber ich brauche einen Drink.«

»Ich helf dir suchen«, fügte Roland schwach hinzu.

»Ihr seid ja eine große Hilfe«, sagte ich kopfschüttelnd. »Remys kleine Cousine ist in großer Gefahr und wir müssen sie finden.«

Nikolas lehnte sich gegen die Wand und sah zum ersten Mal, seit ich ihn kannte, verloren aus. »Wir haben schon genug Probleme, auch ohne, dass wir nach vermissten Trollen suchen müssen. Hast du deine eigenen, nicht ganz unerheblichen Sorgen vergessen?«

»Aber das ist alles meine Schuld«, erklärte ich. »Ich muss ihnen helfen.«

»Es unsere Schuld ist«, korrigierte Remy mich. »Sara mich gewarnt, dass gefährlich ist. Ich ihr nicht glauben. Wir brauchen Medizin für Boggie.«

»Wovon redet er da?«, wollte Roland wissen.

Ich nahm all meinen Mut zusammen. »Remy hat diesen Boggiefreund, der krank geworden ist und sie brauchten eine spezielle Medizin, die man hier nicht bekommt. Es gibt sie nur in Afrika, es ist sehr schwer, sie zu finden und sie ist ziemlich teuer. Ich habe jemanden aufgespürt, der sie uns besorgen konnte, aber die Zeit war knapp. Also gab mir Remy etwas zum Tausch … etwas, das ebenfalls nur schwer zu finden ist.«

Nikolas streckte sich und riss die Augen ungläubig auf. »Bitte sag, dass du Witze machst.«

Ich schüttelte langsam den Kopf. Nikolas ließ eine laute Tirade an russischen Schimpfwörtern los, die ich zwar nicht verstand, deren Klang allein jedoch meine Ohren zum Glühen brachte.

»Was? Was habe ich hier verpasst?«, wollte Roland wissen und sah zwischen uns beiden hin und her.

»Iisus Khristos!«, Nikolas rannte im Flur wie ein Irrer auf und ab. »Du hast Trollgalle benutzt, um Medizin zu kaufen? Was zur Hölle hast du dir dabei gedacht?«

Roland warf mir einen entsetzten Blick zu. »Das hast du nicht gemacht, Sara, oder?«

»Ich war vorsichtig«, protestierte ich. »Ich habe das Geschäft mit einem Typen gemacht, mit dem ich schon vorher zu tun hatte. Und er war immer besonders auf der Hut. Er sagte, er hätte einen Mittelsmann, der in

Übersee einkaufte und es gäbe keinen Weg, das zurückzuverfolgen. Er ist äußerst umsichtig bei seinen Geschäften. Aber ein paar Wochen später habe ich herausgefunden, dass jemand auf einem Forum nach Trollgalle sucht und da habe ich mir dann doch Sorgen gemacht.« Ich rieb mir unglücklich die Augen. »Ich hätte nie gedacht, dass sie uns finden würden. Geschweige denn, mutig genug wären, etwas dergleichen zu tun.«

»Das war nicht mutig, das war unglaublich dumm«, sagte Nikolas. Er sah Remy an. »Wie viel Zeit haben wir.«

»Die Ältesten sich jetzt treffen. Ich kommen zu Sara und sehen, ob wir Kleine vorher finden.«

»Vor was?«, wollte Roland wissen. Da dämmerte mir, worüber Nikolas und Remy sprachen. Ich rang nach Luft, als mir das Ausmaß der Situation bewusst wurde.

»Ein Aufstand«, flüsterte ich. »Die Ältesten planen einen Aufstand.«

»Das hört sich nicht gut an«, sagte Roland schwach.

Nikolas' Lachen war humorlos. »Es gibt einen Grund, warum niemand – nicht einmal Vampire – sich mit Trollen anlegen. Wenn du es dir mit einem Troll verdirbst, dann hast du den ganzen Klan an der Backe, wenn du einen ihrer Jungen verletzt, stirbst du. Und wenn ein junger Troll vermisst wird, dann steht die ganze Familie auf und sucht ihn oder diejenigen, die ihn entführt haben. Trolle sind noch bessere Fährtenleser als Crocottas, und wenn einer in Rage gerät, dann tötet er jeden, der in Kontakt mit den vermissten Kindern getreten ist. Während eines Aufstands unterscheiden Trolle nicht zwischen schuldig und unschuldig.«

Roland wurde blass.

Das Klingeln an der Tür ließ Roland und mich zusammenzucken. Nikolas öffnete und bat Chris herein, dessen gutgelauntes Grinsen nicht einmal beim Anblick unserer missmutigen Mienen Risse bekam. Dann sah er Remy. Und ich glaubte nicht, jemals zuvor so große Augen gesehen zu haben. Roland drückte Chris ein Glas mit Nates Whiskey in die Hand, während Nikolas ihn rasch über die aktuelle Lage in Kenntnis setzte.

In der Küche wurde es langsam zu voll, also gingen wir hinüber ins Wohnzimmer. Ich setzte mich auf den Sessel am Kamin und Remy nahm die Ottomane neben mir. Roland und Chris nahmen auf entgegengesetzten Seiten des Sofas Platz. Nur Nikolas blieb am Fenster stehen und sah aus, als würde er dort Wache halten.

»Deine kleine Waise steckt voller Überraschungen«, spöttelte Chris an Nikolas gewandt. »Da kommt keine Langeweile auf.«

»Ich bin niemands kleine Waise«, empörte ich mich.

Chris ignorierte mich. »Also, was ist der Plan?«

Für mich gab es, was das betraf, keine Frage. »Wir müssen sie finden.« Keiner erwiderte etwas, also fügte ich hinzu: »Sie sind Babys. Gott weiß, was diese Leute mit ihnen machen werden.«

Roland deutete auf Remy. »Kann er sie aufspüren?«

Remy schüttelte unglücklich den Kopf. »Nur Älteste können. Wenn ich nahe bin, dann finde ich.«

Ich zog mein Handy hervor. »Ich rufe Malloy an. Wenn jemand etwas darüber gehört hat, dann er.«

»Wer ist Malloy?«, fragte Nikolas misstrauisch.

»Käufer«, antwortete Roland, während ich die Nummer wählte. Nikolas sah ihn fragend an und Roland zog eine Grimasse, ohne Zweifel in Erinnerung an seine letzte Begegnung mit Malloy. »Frag besser nicht.«

Malloy nahm sofort ab und ich erzählte ohne Umschweife von den vermissten Trollen. »Wenn du irgendetwas gehört hast, dann sag es mir jetzt. Wenn wir sie nicht finden, werden ihre Eltern nach ihnen suchen und das willst du wirklich nicht. Denk daran, was du von mir gekauft hast.«

»Du musst total durchgeknallt sein, dich mit Trollen einzulassen«, murmelte er verängstigt. »Hab ich dir das nicht immer gesagt?« Nach einer kurzen Pause fügte er hinzu: »Gib mir eine halbe Stunde. Wenn da was dran ist, finde ich es heraus.«

Ich legte auf. »Er checkt das.«

Ich bemerkte, wie Nikolas ebenfalls sein Handy herauszog und mit gedämpfter Stimme zu jemandem sprach. Dann legte er auf und sah Chris an. »Ich habe Eriks Team gerufen. Hier müssen mächtige Männer am Werk sein, wenn sie den Zorn der Trolle riskieren. Ich schätze, wir wissen jetzt auch, wer den Hexer geschickt hat. Derjenige muss eine Menge Einfluss haben, um dazu in der Lage zu sein.«

Seine Worte sickerten in mein Bewusstsein und auf einmal fügten sich all die Teile zu einem großen Ganzen, wie ein Puzzle, das eben noch unlösbar zu sein schien. Jemand Mächtiges, fähig dazu, einen Hexer aus einem afrikanischen Wüstenstamm hierher zu bringen. Der Mann auf der

Jacht. Tarek mit seinem nahöstlichen Akzent. Malloys reicher Käufer aus Übersee.

Oh Gott, was habe ich getan?

Die schwere Last meiner Verantwortung drohte mich zu ersticken. Ich war in den letzten Wochen so sehr mit meinem ganz eigenen Lebensdrama beschäftigt gewesen, dass ich die neue Bedrohung gar nicht wahrgenommen hatte. Erst jetzt, da es zu spät war, erkannte ich die Zusammenhänge. Ich hatte geglaubt, Remy mit dem Baktu zu helfen, dabei hatte ich seine Familie in Gefahr gebracht. Wenn die Trolle einen Aufstand veranstalteten, würden viele Menschen sterben, und das ging einzig und allein auf mein Konto.

»Das ist alles meine Schuld. Es tut mir so leid, Remy.«

Er legte seine schlanke Hand über meine auf der Sessellehne. »Es auch meine Schuld.«

Ich lehnte mich zu ihm und umarmte ihn schnell. »Ich verspreche dir, wir holen sie zurück.«

Als wir uns wieder voneinander lösten, waren drei Augenpaare mit offener Neugier auf uns gerichtet. Da erst wurde mir klar, wie seltsam das aussehen musste – ein Teenager mit einem Trollfreund. Aber ich war nicht in der Stimmung, etwas zu erklären. Es würde genug Zeit dafür geben, wenn wir erst Remys kleine Cousinen in Sicherheit gebracht hatten.

»Halluziniere ich oder ist das da ein Troll?« Peter stand im Türrahmen und ihm kullerten fast die Augen aus dem Kopf. Wenn man von seinem zerzausten Haar und dem blutigen T-Shirt absah, so deutete nichts mehr darauf hin, dass er erst vor einer Stunde niedergestochen worden war.

Roland erzählte ihm die Kurzversion der Geschichte. Peter lauschte mit offenem Mund, den Blick stets auf mich und Remy gerichtet. Als Roland fertig war, setzte sich Peter auf den Boden, lehnte sich gegen den Türbogen und starrte stumm vor sich hin.

Malloy rief mich zehn Minuten später zurück. »Also, das hast du nicht von mir, verstanden?«, sagte er unmittelbar, nachdem ich abgenommen hatte. »Ich habe nichts über diese Trolle herausgefunden, aber offensichtlich werden morgen früh ein paar sehr seltene Güter mit einem privaten Jet aus Portland ausgeflogen. Ungewohnt viel Sicherheitspersonal. Es heißt, es handele sich um lebende Ware.«

Mein Puls beschleunigte sich. »Das ist es. Das muss es sein. Weißt du, wo die Ware jetzt ist?«

Die anderen sahen mich erwartungsvoll an, nachdem ich aufgelegt hatte. Ich gab weiter, was Malloy mir erzählt hatte und sprang dann hoch. »Kommt schon, wir müssen los, bevor es zu spät ist.«

»Chris und ich werden gehen«, sagte Nikolas. »Ich denke, wir kommen mit deren Sicherheitspersonal schon klar.«

»Ich komme mit. Ich habe diesen Albtraum heraufbeschworen, ich werde helfen, ihn zu beenden.«

Nikolas verschränkte die Arme. »Vergiss es.«

Ich imitierte seine Geste. »Hör du auf, mir zu sagen, was ich zu tun und zu lassen habe. Ich komme mit, ob es dir gefällt oder nicht.« Die Trolle waren meine Freunde und damit auch meine Verantwortung. Wie konnte er es wagen, mich davon abhalten zu wollen, ihnen zu helfen?

Ein Muskel in seiner Wange zuckte bedrohlich, als er einen Schritt auf mich zuging. »Zur Hölle. Ich werde deinen kleinen Hintern auf dem Sessel festbinden, wenn es sein muss.«

»Du kannst mich mal an meinem kleinen …«

»Keine Diskussion. Sie bleibt hier«, bestimmte Nikolas unnachgiebig.

Es war Zeit, eine andere Taktik anzuwenden. »Na gut, Mr-ich-weiß-alles-besser-als-andere, was wirst du machen, wenn du sie findest? Ich glaube nicht, dass sie dir in der Kriegerschule beigebracht haben, wie man mit einem Haufen verängstigter Trollkinder umgeht?«

»Dein Trollfreund wird uns begleiten.«

»Und wer bleibt hier bei mir, während ihr auf Rettungsmission seid?«

»Die Werwölfe sollten ein paar Stunden auf dich aufpassen können«, erwiderte er, als ob damit alles geregelt wäre.

»Wirklich? Und was passiert, wenn der Hexer uns hier findet? Wäre ich nicht sicherer mit ein paar Kriegern, zwei Werwölfen *und* einem Troll?«

»Sara mitkommen. Ich auf sie aufpassen«, schwor Remy feierlich und ich sah, wie Roland beim Anblick der entschlossenen Miene meines tapferen Freundes zusammenzuckte. Niemand in diesem Raum würde anzweifeln, dass er der Beste für den Job war.

Nikolas schaute mich ein paar Sekunden lang finster an. »Du bleibst an seiner Seite. Die ganze Zeit.« Sein Ton ließ keine Widerrede zu, und dieses Mal fügte ich mich ohne Gegenwehr.

Ich nahm meinen Mantel von der Garderobe im Flur und fühlte mit den Fingern nach dem beruhigenden Mohirimesser in der Innentasche. Ich hoffte wirklich, die Waffe heute Nacht nicht benutzen zu müssen, aber das Glück hatte mich in letzter Zeit schon so oft im Stich gelassen.

Peter beanspruchte den Beifahrersitz und so blieb mir nichts übrig, als schmollend die Rücksitzbank mit Nikolas zu teilen. Remy weigerte sich, auch nur in die Nähe eines Autos zu kommen und meinte, er würde uns zu Fuß folgen.

Ich sah mich nach Chris um. Nikolas sagte: »Chris wird uns folgen.«

In angespannter Stille fuhren wir in Richtung Interstate. Ich sah aus dem Fenster, entschlossen, Nikolas den gesamten Weg bis Portland zu ignorieren. So viel zu dem kleinen Finger, den ich ihm in der Sturmnacht gereicht hatte. Wir hatten uns beide dabei die Hand verbrannt.

Peter hielt zehn Minuten lang durch, dann drehte er sich zu mir um und warf mir einen dieser Glaubst-du-nicht-du-hast-uns-etwas-zu-sagen-Blicke zu.

»Was?«

Er schüttelte den Kopf. »Ernsthaft? Das ist alles, was du darüber zu sagen hast? Da war ein Troll in deinem Wohnzimmer!«

Ich spürte Nikolas' Augen auf mir ruhen und bemerkte auch Rolands kurze Blicke im Rückspiegel. »Ich habe Remy vor langer Zeit kennengelernt, nachdem ich zu Nate gezogen bin. Noch bevor ich euch beide getroffen habe. Ich bin damals gern runter zum alten Sägewerk gegangen, und eines Tages hat er mich dort bemerkt und beschlossen, sich mir zu zeigen. Er war nur ein Jahr älter als ich und ziemlich abenteuerlustig für einen Troll.« Ich erzählte ihnen nicht, dass Remy mich dabei beobachtet hatte, wie ich ein Eichhörnchen mit einem gebrochenen Bein heilte und er deswegen so neugierig gewesen war, dass er mich über Wochen bespitzelt hatte. Dann erst hatte er sich entschieden, sich mir zu zeigen.

»Hattest du Angst?«, wollte Roland wissen. »Ich hätte mir in die Hosen gemacht, wenn mir in deinem Alter ein Troll im Wald begegnet wäre.«

Peter kicherte. »Du würdest dir immer noch in die Hosen machen.«

Die Erinnerung an diesen Tag entlockte mir ein Lächeln. »Zunächst hatte ich schon Angst, ja. Selbst damals sah Remy ziemlich grimmig aus. Aber er sprach gebrochen Englisch und so konnten wir uns unterhalten. Schnell habe ich gemerkt, dass er genauso nervös war wie ich. Es war eine ziemlich schwierige Zeit für mich. Ich hatte gerade meinen Dad verloren und war an einen fremden Ort gezogen. Und ich war einsam. Remy war mein erster Freund hier.« Meine Brust zog sich zusammen. Es war das erste Mal, dass ich mit jemandem über die dunklen ersten Tage in New Hastings sprach.

»Aber Trolle mögen niemanden. Schon gar nicht Menschen«, widersprach Peter. »Sie töten alle, die in die Nähe ihrer Jungen kommen. Hattest du keine Angst vor den erwachsenen Trollen?«

Ich lachte. »Ich wusste es zuerst ja nicht besser, und Remy hat mir nichts darüber gesagt. Ich hatte viel Spaß mit ihm. Ich brachte ihm unsere Sprache bei und er erzählte mir alles über die wirkliche Welt. Von ihm habe ich erfahren, dass es Vampire gibt und dass sie wahrscheinlich für den Tod meines Vater verantwortlich waren. Als er mich dann mit zu seiner Familie nahm, war mir gar nicht klar, dass ich Angst hätte haben sollen. Sie waren nicht glücklich über meine Anwesenheit, aber sie haben mich auch nicht bedroht. Vielleicht lag es daran, dass ich auch noch ein Kind war oder vielleicht wussten sie die ganze Zeit, dass ich nicht menschlich bin. Ich weiß es nicht. Auf jeden Fall sehe ich sie auch nicht sehr häufig. Die meiste Zeit sind Remy und ich allein.«

»Okay, du bist ganz offiziell das unerschrockenste Mädchen, das ich kenne«, erklärte Peter. »Und wir haben uns Sorgen gemacht, was du von uns denkst, wenn du herausfindest, wer wir sind.«

Danach löcherten mich Roland und Peter so lange mit Fragen, bis ich irgendwann die Hände hob und mich weigerte, zu antworten. Nikolas blieb während des ganzen Gespräches stumm, aber ich spürte, wie er mich unverwandt ansah. Es kostete mich einige Mühe, nicht zu ihm zu schauen und seine Gedanken zu erraten. Er fragte sich vermutlich gerade selbst, in was er da hineingeraten war.

Seit der Nacht im Attic war ich nicht mehr in Portland gewesen und ich hatte geglaubt, dass ich ein Problem damit haben würde, aber ich machte mir zu große Sorgen um Remys Cousinen, als dass ich etwas anderes empfinden konnte. Ich ballte meine Hände in meinem Schoß zu Fäusten, während Roland umher fuhr und nach der Adresse suchte, die Malloy mir genannt hatte. Als wir das umzäunte Gelände schließlich erreichten, hatte ich meine Fingernägel so fest in meine Handflächen gerammt, dass sich tiefe Spuren zeigten. Wir umkreisten das Gebäude einmal, um einen besseren Überblick zu bekommen, dann stellten wir den Wagen in einer Seitenstraße ab.

Sobald wir ausgestiegen waren, kam Remy zu mir gerannt und rief. »Die Kleinen nahe sind!«

»Ich dachte, du könntest sie nicht aufspüren«, sagte Roland.

»Nicht, wenn weit weg sind«, erklärte Remy. Er berührte seine Brust. »Fühle sie hier.«

Ein Funken Hoffnung regte sich in meinem Innern. »Malloy hatte recht.«

Chris schloss sich uns ein paar Minuten später an, nachdem er das Gelände genauer unter die Lupe genommen hatte. Er beschrieb Nikolas, was er gesehen hatte. »Das Gebiet ist schwer bewacht, aber nichts, womit wir nicht umgehen könnten. Etwa ein Dutzend bewaffneter Männer draußen, vermutlich mehr im Haus.«

Nikolas drehte sich um und sagte mit Blick auf mich. »Chris und ich gehen rein und neutralisieren ihre Wachen. Sobald es sicher ist und wir die jungen Trolle ausfindig gemacht haben, kommen wir wieder zu euch.«

»Wir sollen hierbleiben?«, fragte Roland und machte eine Handbewegung in Richtung der leeren Umgebung. Seine Mimik verriet mir, dass er auf ein wenig Action gehofft hatte. Doch jetzt, da wir wussten, dass Minka und die anderen in der Nähe waren, war ich glücklich darüber, dass Nikolas und Chris sich um die Angelegenheit kümmern würden. Ich würde es vor Nikolas nie zugeben, aber ich stand noch immer ein wenig unter Schock wegen des Angriffs an der Raststätte, und der Gedanke, schon wieder gefährlichen Männern entgegenzutreten, ängstigte mich dann doch. Und Werwölfe hin oder her, ich wollte nicht, dass meinen Freunden etwas geschah. Ich hatte bereits gesehen, wie Nikolas Vampire und Crocottas bekämpft hatte, also war ich zuversichtlich, dass er auch ein paar bewaffnete Sicherheitsleute überwältigen konnte.

»Ihr könnt euch verwandeln, und solange die Männer keine Silbermunition geladen haben, seid ihr sicher. Aber was ist mit Sara?«, sagte Nikolas zu Roland. »Willst du sie in Gefahr bringen?«

Roland wollte etwas sagen, schüttelte dann aber den Kopf. »Nein.«

Zufrieden erklärte Nikolas: »Es gibt verschiedene Sicherheitsvorkehrungen. Wer auch immer das hier in die Wege geleitet hat, wird kein Risiko eingehen, seine wertvolle Ware zu verlieren. Und er rechnet mit Ärger. Wenn ihr also Schüsse oder andere Unruhen hören solltet, dann bleibt außer Sichtweite und haltet die Köpfe unten. Wir können das händeln. Ist das allen klar?«

»Ja«, antwortete ich stellvertretend für uns alle. Nikolas nickte und Chris begann, sich mit den Waffen aus einer Tasche auf seinem Motorrad einzudecken. Als sie bereit waren, sah Nikolas genauso aus wie der Krieger, der damals aus dem Schatten der Gasse hervorgetreten war.

Das Ziehen in meiner Magengegend ließ ein wenig nach, denn ich wusste: Wenn jemand in der Lage war, die Situation zu meistern, dann er. Ich vertraute ihm. Diese Erkenntnis überraschte mich. Es war nicht leicht für mich, jemandem zu vertrauen. Dann aber dachte ich an all die Dinge, die er getan und so mein Vertrauen gewonnen hatte, auch wenn ich ihn bei jeder Gelegenheit bekämpfte. Und wie er sich immer wieder in gefährliche Situationen begab – nur meinetwegen.

»Seid vorsichtig«, sagte ich zu beiden, sah aber Nikolas dabei an. Er lächelte zuversichtlich, als wäre er auf dem Weg zu einem Rugbyspiel, statt in den Kampf zu ziehen.

»Pass auf, Sara, man könnte ja fast meinen, dir läge etwas an uns«, feixte Chris im Gehen.

Nun konnten wir vier nichts weiter tun, als auf Nikolas' und Chris' Rückkehr zu warten. Roland und Peter gingen unruhig umher, hielten inne, um nach Geräuschen zu lauschen, die auf einen Kampf hindeuteten. Ich setzte mich mit Remy auf einen Stapel Sperrholz und drückte seine Hand.

»Was passiert, wenn wir Minka und die anderen zurückhaben? Werden die Ältesten dann noch immer wütend sein?«

Remy ließ den Kopf hängen. »Ich ihnen von Galle erzählt und sie sehr wütend geworden. Ich glauben, sie sagen, wir beide nicht länger Freunde.«

»Nein!« Remy war einer meiner engsten Freunde. Er würde noch da sein, wenn alle anderen bereits alt geworden oder gestorben waren. Ich konnte ihn nicht verlieren. Auf keinen Fall.

»Vielleicht nicht für immer, aber für lange Zeit«, sagte er traurig. »Älteste nicht schnell vergessen.«

Ich schluckte meine Tränen hinunter. Ich hatte so viele Fehler gemacht, aber ich hatte nie erwartet, unsere Freundschaft damit zu zerstören. Was würde noch alles geschehen, wenn dies vorüber war?

»Wo sind sie?«, grübelte Roland nach zehn Minuten. »Hätten wir nicht längst etwas hören müssen?«

»Ich weiß nicht.« Peter klang unsicher. »Wir geben ihnen noch ein paar Minuten und …«

Remy schoss hoch und hätte mich dabei fast umgeworfen. Seine Augen glänzten hell, die Pupillen waren in der Dunkelheit geweitet. »Kleine haben Angst! Etwas Schlimmes passiert.«

Roland und Peter kamen zu uns herüber gerannt. »Was ist los?«, wollte Peter wissen.

»Remy meint, es sei etwas Schlimmes mit seinen Cousinen geschehen.« Ich weigerte mich, darüber nachzudenken, was das sein könnte.

»Wir müssen reingehen.«

Peter rieb sich seinen Nacken. »Was ist mit den Mohiri? Sollten wir nicht auf sie warten?«

»Dafür ist jetzt keine Zeit. Die Trolle brauchen uns.« Ich musste mich anstrengen, ihre Gesichter im Dunkeln erkennen zu können. »Remy und ich gehen.«

»Okay, warte eine Minute«, sagte Roland. »Es ist besser, wenn wir uns erst verwandeln.«

Er und Peter verschwanden hinter einer Mauer und kehrten als zwei dunkle riesige Gestalten zurück. Ich hatte vergessen, wie wild sie in ihrer Wolfsform aussahen und mir stockte der Atem, als sie sich neben mich stellten. Auf ihre Hinterfüße gestellt ragten sie über mir auf, sodass ich mir sehr klein und unbedeutend neben ihren mächtigen Körpern vorkam.

»Erdrückt mich nicht«, spottete ich und schob sie ein wenig beiseite.

Wir verließen unseren Parkplatz und bewegten uns vorsichtig durch die ruhige Gegend, bis der umzäunte Eingangsbereich des Geländes in

Sichtweite war. Ich studierte das abgeriegelte, drei Meter hohe Tor und fragte mich, wie um Himmels willen wir dort hineinkommen sollten.

Roland zupfte mich am Ärmel und führte mich von dem Tor weg zu dem Waldstück, das das Gelände umgab. Ich zog mein Messer heraus und folgte ihm, mit Remy dicht an meiner Seite und Peter als Nachhut. Die Bäume und das Gras waren nass vom Regen, aber ich konzentrierte mich viel zu sehr darauf, keine Geräusche zu machen, als dass mir die Nässe, die in meine Jeans und Schuhe kroch, etwas ausgemacht hätte.

Auf halbem Weg um das Gebäude herum fanden wir ein kleines Gartentor, das leicht geöffnet war und ich wusste, dies musste der Weg sein, über den auch Nikolas und Chris hineingelangt waren. Dass ich mit dieser Annahme richtig lag, wurde offensichtlich, als wir hineinschlüpften und zwei bewusstlose Männer am Boden liegen sahen. Zumindest nahm ich an, dass sie bewusstlos waren, ich würde es nicht überprüfen. Ich wollte nicht, dass jemand grundlos getötet wurde, aber ich hatte auch kein Mitleid mit Menschen, die Kinder entführten oder ihnen wehtaten.

Wir kauerten hinter einer Gartenhütte und versuchten, uns einen Überblick zu verschaffen. Die Rasenfläche war riesig und übersät mit großen Bäumen und gepflegten Blumenbeeten. Zwischen uns und dem hellbeleuchteten Haus konnten wir niemanden entdecken, also rannten wir vorsichtig in Richtung des Gebäudes und suchten dabei immer wieder Schutz hinter den Bäumen. Das Adrenalin raste durch meinen Körper und mein Herz klopfte so laut, dass ich befürchtete, man könnte es aus mehreren Metern Entfernung hören.

Plötzlich blieb Remy abrupt stehen und ließ ein so lautes Fauchen hören, dass sich mir die Nackenhaare aufstellten. Vor uns gab Roland einen ähnlichen Laut von sich. Remy drückte mich gegen einen Baum, hob den Finger an die Lippen und baute sich schützend vor mir auf. Meine Werwolffreunde dagegen verschwanden in der Dunkelheit. Die eben noch so stille Nacht wurde mit einem Mal von den Geräuschen gewaltsamer Kämpfe erfüllt, lautes Fauchen hallte durch die Luft. Ich drückte meine Handflächen fest gegen die raue Rinde des Baumes und stellte mir die furchtbarsten Szenarien vor.

Remy neigte seinen Kopf ruckartig nach links und knurrte kehlig. Bevor ich etwas sagen konnte, verschwand er in einer verzerrten Bewegung und ließ mich zitternd allein am Baum stehen. Irgendwo aus der Dunkelheit hörte ich es zischen und fauchen, die Geräusche der andauernden Kämpfe zerrten an meinem Innern.

»Bumm, bumm, bumm macht das Herz des kleinen Häschens«, gurrte eine kalte, unmenschliche Stimme.

Ich schrie mit erstickter Stimme, als der Vampir vor mir auftauchte. Er war groß, mit einer Haut schwarz wie Ebenholz und kurzen, spitzen Dreadlocks. Seine weißen Eckzähne schienen zu glänzen, während er mich anlächelte. »Hallo, kleines Häschen.«

Bevor ich etwas unternehmen konnte, deutete ein Windhauch die Ankunft eines zweiten Vampirs an. Er hatte toupiertes blondes Haar und sein Blick war hungrig.

Vampire? Hier? In Zusammenarbeit mit Menschen? Unmöglich.

Ich zog das Messer hervor und drückte mich enger an den Baum. »Bleibt zurück.«

Das sanfte Lachen des dunkelhäutigen Vampirs war wie eisiges Wasser auf meiner Haut. »So ein großes Messer für so ein kleines Mädchen.«

»Haism hat uns gar nicht verraten, dass es Snacks geben wird«, sagte sein Begleiter und kam näher.

Der andere trat ebenfalls einen Schritt vor. »Denk dran, ich habe sie zuerst …«

Dann schwirrte es grau vor meinen Augen und ein schreckliches, gurgelndes Geräusch ertönte. Als Nächstes spritzte etwas Warmes über mein Gesicht und in meine Augen. Etwas schlug gegen meine Beine und der dunkle Vampir stürzte zu Boden. Im Schockzustand starrte ich auf die Leiche und dann auf den abgetrennten Kopf nur wenige Zentimeter neben meinen Beinen. Mir wurde übel. Dann schaute ich zu dem blonden Vampir, dessen eigener Schock sich zuerst in Angst und dann in Wut verwandelte. In meinem Innern flüsterte eine Stimme, die ich für tot gehalten hatte: *Beweg dich.* Die Angst schien alles bis auf die Instinkte meines Mori zu blockieren und ich spürte, wie mein Körper sich in schwindelerregender Geschwindigkeit seitwärts bewegte. Ein Lufthauch wirbelte um mich, während der Vampir dorthin eilte, wo ich noch Sekunden zuvor selbst gestanden hatte.

Schwing das Messer, sagte der Dämon in mir ruhig. Ich hob das Messer genau in dem Moment, in dem der Vampir erneut auf mich zukam. Wir beide schnappten erstaunt nach Luft, als die Waffe in seine Brust sank. Ich verpasste das Herz, aber das Silber brannte und er kreischte vor Schmerz laut auf, während sich um das Loch in seiner Brust Rauch bildete. Er streckte seine Klauenhand nach mir aus und ich zog das Messer verzweifelt wieder heraus und zielte erneut.

Doch plötzlich stürzte er und sein grinsendes Maul sackte herab. Zwei schmale graue Hände packten seine Kehle. Mein Blick fand Remys', der mir mit grimmiger Entschlossenheit zunickte. Ich schnellte nach vorn, griff das Messer mit beiden Händen und rammte es in den ungeschützten Bereich über dem Herzen des Vampirs.

Ich vernahm keinen Todesschrei, sah keine Flammen aufsteigen. Der Vampir keuchte nur, schüttelte sich und sackte in sich zusammen. Ich starrte auf das Messer in meiner Hand, bedeckt von dem Blut des ersten von mir getöteten Vampirs und fühlte eine Welle tiefster Genugtuung. Ein Gefühl inneren Jubels, das ich nie zuvor empfunden hatte. Der Mori seufzte zufrieden.

»Komm«, Remy drängte mich, seine Hand zu nehmen und zog mich fort von den beiden toten Vampiren.

»Was ist mit Roland und Peter?«, flüsterte ich heiser, versuchte, sie irgendwo hinter mir zu entdecken.

»Wölfe stark sind. Kleine brauchen uns.«

Ich ließ ihn mich zu dem Haus führen und wischte dabei mit dem Ärmel das Vampirblut aus meinem Gesicht. Meine Freunde waren Vampirjäger, trainiert darauf, sie zu töten. Ich musste darauf vertrauen, dass sie auf sich selbst aufpassten. Und bei Remy war ich so sicher, wie es in dieser Situation nur möglich war. Noch immer konnte ich nicht glauben, dass Menschen und Vampire zusammenarbeiteten. Was konnten die Menschen ihnen versprochen haben als Gegenleistung für ihre Hilfe? Warum riskierten sie einen Krieg mit den Trollen?

Remy sagte kein Wort und so folgte ich ihm mit neuer Ehrfurcht. All die Jahre, in denen ich ihn bereits kannte, hatte ich ihn als einen ruhigen, gutmütigen Freund erlebt, der sein Wissen nutzte, um anderen zu helfen. Ich hatte zwar gewusst, dass Trolle erbitterte Kämpfer waren, aber mir Remy nicht so vorstellen können. Er war so alt wie ich und er hatte diesen Vampir ohne mit der Wimper zu zucken erledigt. Ich schauderte beim Gedanken daran, was ein erwachsener Troll alles anrichten konnte. Es war umso entscheidender, dass wir die Kleinen fanden und sie zum Klan zurückbrachten, bevor die Ältesten nach ihnen zu suchen begannen.

Wir blieben am Pool des Hauses stehen. Ab hier gab es keine Möglichkeit mehr, sich zu tarnen. Das Pooldeck war in helles Licht getaucht und ich sah, dass die Glastür im hinteren Bereich des Hauses offenstand. Ich fragte mich, ob Nikolas und Chris diesen Weg genommen hatten. Oder waren sie noch immer draußen auf dem Gelände und kämpften gegen Vampire? *Oder vielleicht haben sie es nicht geschafft.* Ich schüttelte diese grauenvolle Vorstellung sofort von mir. Ich weigerte mich schlicht, zu glauben, dass die Vampire gegen zwei Krieger, insbesondere gegen Nikolas, eine Chance hatten.

Niemand hielt uns davon ab, um den Pool herum zu rennen und ich wusste auch, warum, als ich zwei weitere Männer bewusstlos am Boden liegen sah. Durch die Glastür hindurch bemerkte ich mehrere Gestalten, die sich als tote Vampire herausstellten. Verdammt, das ganze Gelände war mit Blutsaugern übersät! Ich schauderte, glücklich wie nie, Remy bei mir zu haben. Aus der Brust eines der toten Vampire stand ein Messer heraus und ich lächelte erleichtert, als ich den Griff der Waffe wiedererkannte. Das war Nikolas' Visitenkarte, ganz klar. Zumindest wusste ich jetzt, dass er es bis hierhin geschafft hatte.

Wir gingen durch die Tür und gelangten in einen gigantischen Eingangsbereich mit Marmorfliesen und den höchsten Decken, die ich je gesehen hatte. Eine lange Reihe glänzender Kronleuchter hing in den Flur hinab und eine elegante Treppe wand sich hinauf in den ersten Stock, wo ein riesiges Fenster den Blick auf das weite Gelände freigab. Hinter dem Treppenaufgang lag ein Flur mit mehreren Türen.

»Wohin?«, fragte ich Remy und verließ mich auf seine untrüglichen Instinkte.

»Da.« Er deutete den Flur hinab. »Hier entlang.«

Das Haus war still wie ein Grab. Wir bewegten uns zügig den Gang entlang, und dabei war es die absolute Stille, die mir am meisten Angst einflößte. So schwer bewacht, wie dieser Ort war, musste es doch Geräusche geben, Zeichen für Leben, für Bewohner. Wo waren alle? Wo waren Nikolas und Chris?

Wir erreichten die erste Tür, stießen sie auf und fanden eine leere Bibliothek vor. Hinter der nächsten Tür verbarg sich ein Hobbyraum mit einem riesigen Billardtisch. *Aller guten Dinge sind drei*, dachte ich und öffnete knarzend die dritte Tür. Eine kalte Brise strich über mein Gesicht. Der Keller.

»Hier runter«, flüsterte Remy hinter mir. Das genügte mir als Bestätigung und so stieg ich die Stufen hinab, dicht gefolgt von Remy. Unten angekommen fanden wir uns in einem rechteckigen Raum mit steinernen Wänden und Torbögen zu jeder der beiden Seiten wieder. Ich lauschte nach den Wachen, aber auch hier umgab uns nur Stille. *Das ist zu einfach*, dachte ich nervös. Wenn Remys Cousinen hier unten waren, dann müsste es in diesem Keller nur so vor Sicherheitspersonal wimmeln.

Ich drehte mich zu der Türöffnung zu meiner Rechten, hielt jedoch inne, als ich klickende Geräusche aus der anderen Richtung wahrnahm. Ich warf Remy einen ängstlichen Blick zu, als das Klicken lauter und schneller wurde und sich mit seltsamen, schnaubenden Lauten mischte. Mein erster Gedanke war, dass es ein Crocotta war und der Schrecken dieser Gestalten ließ mich selbst bei der bloßen Erinnerung an sie erstarren vor Furcht.

Remy zog mich näher an sich heran, als zwei massive schwarze Körper fauchend den Raum betraten. Mein Trollfreund fletschte die Zähne und knurrte so laut, dass die Biester stehen blieben. Ich hatte nie zuvor solche Hunde gesehen. Sie waren muskulös und stämmig und ich hätte sie vielleicht für Rottweiler gehalten, wenn ihre einschüchternden roten Augen nicht Teil eines Körpers in Pferdegröße gewesen wären. Ihre Schnauzen waren länger und breiter als die eines normalen Hundes und ich konnte die langen Zähne des Ober- und Unterkiefers gut erkennen, die über die Lefzen hinaus hervorstanden. Ihr Fell war stumpf und schwarz, und trotz ihrer Monstrosität hatten sie etwas Erhabenes an sich. Möglicherweise hätte ich sie noch ein wenig länger bewundert, wenn sie mich nicht so angesehen hätten, als stünde ich auf ihrem Speiseplan.

»Was ist das?«, flüsterte ich Remy zu, während die Hunde unschlüssig vor und zurück tappten, um einen Weg vorbei an der furchteinflößenden Kreatur, die Remy wohl für sie war, zu finden.

»Fellbiester«, erwiderte er ruhig, nahm die Augen nicht von den Hunden. Einer der Viecher neigte seinen Kopf auf schaurige Weise, als könnte er Remys Worte verstehen.

»Was?«, krächzte ich. »Du meinst Höllenhunde?« Vampire und jetzt Höllenhunde? Mit was zum Teufel hatten wir es hier zu tun?

Ich sah auf das blutige Messer in meinen Händen und fragte mich, ob Silber auch bei Höllenhunden wirkte. Ich holte tief Luft. Nie zuvor in meinem Leben hatte ich einem Tier Leid zugefügt, aber dieses Paar Höllenhunde sah so aus, als wollte es uns in Stücke reißen. Sie standen zwischen uns und den Trollen und ich würde sie bekämpfen, wenn ich es musste.

»Nein«, sagte Remy sanft, legte seine Hand über meine und hielt das Messer fest, als hätte er meine Gedanken gelesen. »Rede mit ihnen.«

»Bist du verrückt?«, zischte ich ihm zu. »Das sind Höllenhunde, Remy. Du weißt schon – Biester aus der Hölle.«

Ein leichtes Zucken war seine einzige Antwort.

Großartig. Ich befand mich im Untergeschoss eines Hauses, das von Vampiren und Gott weiß was allem noch besetzt war. Ich hatte keine Ahnung, ob es meinen Freunden gut ging, und nun stand ich vor zwei Gestalten direkt aus der Hölle. Und alles, was Remy dazu zu sagen hatte, war ›Rede mit ihnen‹? »Okay, aber wenn sie uns auffressen, gib nicht mir die Schuld.« Langsam ließ ich mich auf den Boden sinken, setzte mich mit dem Rücken an der Wand in den Schneidersitz und legte das Messer neben mir ab. Die Hunde beobachteten mich aufmerksam, aber keiner von ihnen machte Anstalten, auf mich loszugehen. Ich war mir ziemlich sicher, dass das mehr mit ihrer Unsicherheit Remy gegenüber zu tun hatte, als mit mir. »Ich schätze, ihr wundert euch, was ich da mache, oder?«, sagte ich so ruhig wie möglich, ohne einem von ihnen dabei direkt in die Augen zu sehen. Worte bedeuten Tieren nichts, es sind die Stimme und die Bewegungen, auf die sie reagieren. Ich hoffte wirklich, dass das auch auf Höllenhunde zutraf.

Der Hund, der am nächsten bei mir stand, neigte seinen Kopf und ließ ein lautes Knurren hören.

»Okay, also ihr seid ein bisschen angepisst, weil wir in euer Revier eingedrungen sind. Aber ist das ganze Geknurre und Geschäume wirklich notwendig?«

Beide Hunde fletschten ihr imposantes Gebiss. Das lief genauso gut, wie erwartet.

Ich konzentrierte mich, lenkte meine inneren Kräfte und ließ einen warmen Hauch durch mich hindurch fließen. Ich öffnete meine geistigen Schranken und sandte einen Strahl positiver Energie in den Raum

Einer der Hunde hörte auf zu knurren und schnupperte stattdessen vorsichtig, trat dann einen Schritt zurück und stellte die Nackenhaare auf. Ich setzte mehr von meiner Kraft frei. Der zweite Hund heulte leise, dann knurrte er erneut.

»Ich habe nie zuvor einen Höllenhund getroffen«, fuhr ich leise fort und gab in kleinen Wellen Energie ab. »Ich muss sagen, euer furchteinflößendes Image habt ihr zu Recht, aber ich glaube nicht, dass ihr so schlecht seid, wie alle sagen. Und wenn ihr mir eine Chance gebt, dann werdet ihr sehen, dass ich eigentlich ganz nett bin.«

Und gar nicht gut schmecke.

Das Knurren verhallte, als sich erst der eine, dann der andere Hund auf den Boden legte, heulte und mich schließlich nur noch misstrauisch musterte.

»Ich hab mir immer einen Hund gewünscht. Einen großen, wie einen Deutschen Schäferhund oder eine Dogge. Dass es so riesige Kerle wie euch gibt, hätte ich aber nicht gedacht.« Ich versuchte, mir vorzustellen, dass einer dieser Biester bei uns in der Wohnung lebte und musste leise lachen. »Ich würde gern Nates Gesicht sehen, wenn ich einen von euch mit nach Hause bringen würde.«

Einer der beiden bewegte sich wenige Zentimeter weit nach vorn. Ich sah auf meinen Schoß und gab vor, sie zu ignorieren. Ich fokussierte mich ganz auf meine Kraft und füllte meine Stimme mit Energie. »Ich wünschte, ihr würdet verstehen, dass wir nur unsere kleinen Freunde finden und sie mit nach Hause nehmen wollen. Ich weiß, dass ihr nur das tut, was man euch befohlen hat, aber jetzt müsst ihr niemandem mehr wehtun.«

Die Krallen kratzten auf dem Steinboden, als sich einer der Hunde weiter bewegte. Ich hielt den Atem an. Und schließlich legte sich ein schwerer, schwarzer Kopf in meinen Schoß. Mit zusammengebissenen Zähnen hob ich zögerlich eine Hand und berührte die massige Stirn der Kreatur. Das Fell war dick, aber weicher, als es aussah und ich fuhr mit den Fingern hindurch, staunte über die Dichte der Haare. »Was für ein schöner Kerl du bist«, sagte ich und meine Furcht wich der Bewunderung. »Es ist alles in Ordnung«, gurrte ich. »Ich weiß genau, wie du dich fühlst. Ich habe auch Probleme damit, anderen Leuten zu vertrauen.«

Der zweite Hund kroch nach vorn, so weit, bis seine Nase auf meinem Knöchel lag. Ich streichelte weiter den riesigen Kopf in meinem Schoß und dirigierte meine beruhigenden Kräfte in Richtung seines Bruders.

»Interessanter Anblick«, sagte eine Stimme mit schwerem Akzent, die ich gehofft hatte, nie wieder zu hören. »Bezähmerin von Trollen und Biestern des Teufels. Du hast viele Talente, junge Lady. Erstaunlich. Kein Wunder, dass so viele sich darum bemühen, dich zu besitzen.«

Der Hale-Hexer stand im Türrahmen zu jenem Zimmer, zu dem wir eilen wollten, bevor die Hunde aufgetaucht waren. Das Weiß seiner Pupillen stand im krassen Gegensatz zu seiner dunklen Haut und die rot-weißen Tätowierungen schienen in dem spärlich beleuchteten Keller zu immer neuen Formationen zu verschwimmen. Er hatte sich offenbar gut von unserer letzten Begegnung erholt, aber er weckte in mir nicht die gleichen Ängste wie beim letzten Mal.

»Bist du noch so neugierig wie vor ein paar Stunden?«, forderte ich ihn heraus und sah sofort in seinen Augen, dass er sich an den Schmerz unseres Showdowns noch gut erinnern konnte. Als Reaktion auf die Veränderung in meiner Stimme hob sich der Kopf in meinem Schoß und schnell streichelte ich ihn beruhigend. Remy stand stumm neben mir.

Die Lippen des Hexers verzogen sich zu einem kleinen Lächeln. »Neugierig, ja. Töricht, nein. Ich habe erkannt, dass du viel mehr bist, als das, was man mir zu verstehen geben wollte.«

»Nette Worte, aber verzeih bitte, dass ich dir nicht glaube«, höhnte ich. Plötzlich war ich mehr als dankbar für die beiden riesenhaften Hunde zwischen ihm und mir.

Er trat hinaus und die Hunde zu meinen Füßen knurrten laut. »Siehst du? Wie dumm ich wäre, jemanden zu provozieren, der des Teufels Biester befehligt.«

»Ich befehle niemandem etwas.« Ich fuhr mit der Hand durch das dicke Fell am Nacken des Hundes und er brummte zufrieden. »Sie haben niemals Freundlichkeit erfahren. Ich zeige ihnen nur, wie sich das anfühlt.« Da erst realisierte ich, dass ich in dem Moment, in dem der Hexer aufgetaucht war, aufgehört hatte, meine Kräfte anzuwenden. Die Höllenhunde standen unter keinem anderen Einfluss mehr, sie gehorchten sich selbst.

Der Hexer starrte mich mit unverhohlener Faszination an. »Mitgefühl und Freundlichkeit sind – richtig angewandt – eine Macht für sich. Sieh dir diese Biester an – fortan werden sie keinem anderen Herrn mehr dienen. Yusri al-Hawwash wird nicht glücklich darüber sein, zusätzlich zu seiner Ware auch solch treue Diener zu verlieren.«

Remy fauchte drohend, als er hörte, dass seine Verwandten als Ware bezeichnet wurden. Ich tätschelte beruhigend sein Bein und Remy legte eine Hand auf meine Schulter.

Die Berührungen blieben nicht unbemerkt von dem Hexer. »Und dem Troll hast du wohl auch Freundlichkeit gezeigt, um ihn für dich zu gewinnen?«

»Nein. Seine Freundlichkeit hat *mich* gewonnen.«

Gedämpfte Schläge und entfernte Rufe ließen uns alle zur Decke blicken. Es waren die ersten Anzeichen anderer Leute, seit Remy und ich das Haus betreten hatten und erinnerten mich nun daran, dass wir keine Zeit vergeuden durften. Schließlich wussten wir nicht, ob die Mohiri oder meine Werwolffreunde dort oben kämpften oder was jeden Moment die Treppe herunterkommen konnte.

Sanft schob ich den Kopf des Hundes von meinem Schoß herunter und rappelte mich mit dem Messer in der Hand auf. Die Hunde blieben am Boden liegen und sahen mich erwartungsvoll an.

»Wir wissen, dass die Trollkinder hier unten sind und wir werden sie jetzt holen«, sagte ich.

Der Hexer hob seine tätowierten Hände. »Ich werde euch nicht aufhalten. Ich kam hierher, um eine Schuld zu bezahlen und das habe ich getan. Meine Aufgabe ist erledigt.«

»Ich habe gehört, dass du und deinesgleichen niemals mit Vampiren zusammenarbeitet, dass ihr Dämonen hasst. Warum hast du ihnen geholfen?«

Er schaute finster. »Ich arbeite nicht mit Dämonen. Ich musste eine Schuld begleichen. Aber, wie ich bereits sagte, ich habe meine Schuldigkeit getan.«

»Also wirst du nichts gegen uns unternehmen?«

»Wärst du allein, so würde ich es versuchen«, antwortete er ehrlich. »Du bist ein Mysterium für mich. Deine Kräfte reichen tief und sind bisher so ungenutzt. Und doch hast du kein Verlangen danach, sie zu erkunden. Ich wüsste gern, zu was du fähig bist, aber ich werde wohl noch warten müssen.«

Wie zum Beweis trat er beiseite und winkte uns zu dem Zimmer hinter ihm. Ich nahm Remys Hand und dann gingen wir an der Wand entlang zu der Tür. Die Hunde beobachteten uns. Ich streckte eine Hand aus und sagte: »Bleibt.« Ich hatte keine Ahnung, ob sie das Kommando verstehen konnten, aber sie bewegten sich tatsächlich nicht.

An der Tür angekommen sagte ich: »Du hast gesagt, die anderen wollen mich besitzen. Was hast du damit gemeint?«

Er lachte und das Echo hallte geisterhaft von den Kellerwänden wider. »Das kann ich dir nicht sagen. Ich bin noch immer durch ein Schweigegelübde gebunden. Aber ich werde dir etwas sagen, dass sie nicht wissen, etwas, dass mir meine Weitsicht verrät. Diejenigen, die dich jagen, werden diejenigen sein, die dir die Kraft dazu geben, das zu werden, was sie selbst am meisten fürchten.«

Ich schüttelte den Kopf als Antwort auf seine kryptischen Worte. »Das verstehe ich nicht.«

»Dann habe ich meinen Eid nicht gebrochen.«

»Nun, vielleicht kannst du mir eine andere Frage beantworten.« Er hob die Augenbrauen und ich stellte ihm jene Frage, die bereits seit Tagen an mir nagte. »Du hast diese Ratten am Jachthafen auf uns gehetzt, also wusstest du, wo wir waren. Warum hast du deinen Freunden nicht gesagt, dass wir uns unter dem Dock verstecken?«

Sein Lächeln enthüllte blitzweiße Zähne. »Als du mich aus dem Geist des Nagers vertrieben hast, hast du mein Interesse geweckt. Nie zuvor war es jemandem gelungen, mich zu überlisten und ich wollte herausfinden, ob du tatsächlich ein ebenbürtiger Gegner bist. Es wäre … respektlos gewesen, dich nach diesem Beweis deiner Kräfte einer brutalen Meute zu überlassen.«

Seine Antwort überraschte mich, aber es war jetzt weder die Zeit noch der Ort, um darüber nachzudenken. Meine Trollfreunde brauchten mich jetzt.

Remy ging durch den Torbogen und ich folgte ihm, prallte auf seinen Rücken, als er unerwartet stehen blieb. Ich sah mich um und keuchte laut.

Wir standen in einem Weinkeller, dessen Wände von leeren Holzregalen bedeckt waren. Nur ein fahles Licht beleuchtete den Raum. In der Mitte des Zimmers, auf einer erhöhten Glasplattform stand ein etwa einen Meter auf einen Meter zwanzig großer Glaskäfig. Die gläsernen Gitter schienen sich in den Strahlen roten Lichts zu kräuseln, die das Material wie elektrische Schläge durchzogen. Die Haare an meinen Armen standen zu Berge, als ob die Luft in dem Kellerraum elektrisch geladen wäre und ich die Energie des Käfigs von meinem Standpunkt aus bereits spüren konnte.

Im Innern des Käfigs kauerten sich drei winzige Körper aneinander, so weit wie möglich von den Gitterstäben entfernt. Ihr ängstliches Wimmern zerrte an meinem Herzen.

»Minka?«, rief ich und die kleinen Trolle hoben ihre Köpfe in unsere Richtung. Einer von ihnen bewegte sich zu schnell und kreischte gepeinigt, als rote Funken durch den Käfig sprühten.

Ich wurde schrecklich wütend. Was für ein Monster musste man sein, um das Kindern anzutun? Ich eilte nach vorn, bis das Stromfeld mich vom Weitergehen abhielt. »Wir sind hier«, rief ich und trat ein wenig zurück. »Wir holen euch da raus.«

Ich wandte mich zu Remy um, der den Käfig voller Angst betrachtete. »Remy, komm schon. Wir müssen sie da rausholen.«

»Yusri al-Hawwash hat keine Kosten gespart, um sein Vorhaben in die Tat umzusetzen«, sagte der Hale-Hexer. Ich wirbelte zu ihm herum. »Einem Troll Grenzen zu setzen, ist schwierig, und der Scheich wusste, er würde einen Weg finden müssen, um ihre Kräfte zu kontrollieren.« Er zeigte mit der Hand in Richtung des Käfigs. »Dämonenfeuer. Eine ganze Legion Trolle könnte sich hier versammeln und keiner von ihnen könnte den Käfig berühren. Nur ein Dämon ist dazu in der Lage.«

Da wurde mir klar, warum das Haus so ruhig und der Keller bis auf die Hunde und den Hexer unbewacht gewesen waren. Die Leute, die hinter dieser Sache steckten, wussten, dass sie nicht mehr Sicherheit brauchten. Es erklärte außerdem, warum sie mit den Vampiren gemeinsame Sache machten. Durch ihre dämonische Seite war es Vampiren ohne Weiteres möglich, den Käfig zu bewegen, wenn es Zeit für den Transport war. Es war wahrhaftig brillant. Krank, aber brillant.

Aus irgendeinem Winkel des Hauses über uns hörten wir Schüsse und dann ein markerschütterndes Schreien. Das Herz rutschte mir in die Hosentasche. Meine Freunde kämpften um ihr Leben, ich musste etwas tun, und zwar schnell. Ich suchte in dem Raum nach irgendetwas, das wir nutzen konnten, auch wenn mein Verstand mir sagte, dass es sinnlos war. Ich benötigte einen Dämon. Verzweifelt lachte ich laut. Wo waren all die Vampire, wenn man sie mal brauchte?

»Sara.« Remy klang trostlos. »Hilf ihnen … bitte.«

»Ich weiß nicht, wie«, rief ich. Ich war dem Käfig nicht näher als einen halben Meter gekommen, bevor das Dämonenfeuer mich zurückgedrängt hatte. Ich war genauso hilflos wie Remy.

Remys gepeinigter Blick bohrte sich in meinen und dann legte er eine Hand auf meine Brust. »Dämon ist hier drin.«

Ich schüttelte den Kopf und wich zurück. »Nein, das kann ich nicht. Ich weiß ja nicht einmal, wie.«

Mein ganzes Leben lang hatte ich um die Kontrolle über meine dunkle Seite gerungen. Noch bevor ich gewusst hatte, was ich war, war mir klar gewesen, dass etwas Dunkles, Hässliches in mir wohnte und weggesperrt werden musste. Der Gedanke, es jetzt loszulassen, war beängstigend. Was, wenn ich dem Dämon nicht wieder Einhalt würde gebieten können? Was, wenn er die Kontrolle übernahm und ich verrückt wurde wie die anderen Waisen, von denen Nikolas mir erzählt hatte? Was, wenn ich einem meiner Freunde wehtat?

»Sara«, schrie eine dünne, wehklagende Stimme aus dem Käfig.

Tränen rannen mir über die Wange. Die Trolle waren meinetwegen in Gefahr. Wenn ich sie jetzt nicht rettete, würde ich damit leben müssen, sie auf dem Gewissen zu haben. »Ich komme, Minka.«

Ich hörte Lärm auf der Treppe und ein Knurren und Grummeln aus dem anderen Raum und wusste, dass uns die Zeit davonlief. Gott allein wusste, was hinter dieser Tür auf uns lauerte.

Komm schon, sagte ich dem Mori, der in den Schatten meines Verstandes ausharrte. *Ich brauche dich.* Ich wusste nicht, wie ich es zustande bringen sollte, ihn zu wecken, also ließ ich einfach all meine inneren Mauern in sich zusammenfallen. Gleichzeitig schloss ich die Quelle meiner Kräfte im Zentrum meiner Seele. Der Dämon hatte Angst vor meinen Fähigkeiten und er würde sich nicht zeigen, wenn ich ihm keinen sicheren Weg nach draußen bot.

Der Dämon ruckste und streckte sich, er lechzte zögerlich nach Freiheit, als könnte er nicht glauben, dass ich die Barrieren eingerissen hatte. Wie eine Motte wand er sich aus seinem Kokon, pulsierte, breitete die Flügel voll ungläubiger Freude weit aus. Mein Körper schüttelte sich gewaltsam, als dieses fremde Bewusstsein sich meiner bemächtigte und sich so schnell in mir ausbreitete, dass mein Kopf drohte, vor innerem Druck zu explodieren.

Ich schrie laut auf, fiel auf die Knie und verbarg meinen Kopf in den Händen. »Stopp!«, brüllte ich, als der Dämon sich in mir, durch mich bewegte, jeden Winkel meines Daseins füllte und sich unter meine Haut brannte. Ich versuchte, ihn zurückzudrängen, aber es war zu spät. Ich war nicht länger in der Lage, zu sagen, wo ich endete und der Mori begann. Er war stark, so viel stärker, als es mir bewusst gewesen war. Er saugte mich auf und ich musste es hilflos zulassen.

Meine Beine bewegten sich, wie außerhalb meines eigenen Körpers sah ich zu, wie ich auf den Käfig zuging. Betäubt wartete ich auf den nächsten Sturm glühender Hitze. Aber er kam nicht, und da wusste ich, dass der Dämon die Herrschaft übernommen hatte. Ich sah zu, wie Hände, die wie meine aussahen, die Glasgitter packten und sie fortrissen, als wären sie Zahnstocher. Durch einen dunklen Nebel hindurch beobachtete ich, wie der kleinste der Trolle seine Arme um den Dämon schlang, der wie ich aussah. Fühlte, wie er sie ungeduldig auf dem Steinboden absetzte und sich abwandte, als die anderen beiden Trolle aus ihrem Gefängnis sprangen.

»Sara?«

Die Stimme war so weit entfernt. Der Dämon wirbelte herum und sah einem Mann ins Gesicht, der den Türrahmen ausfüllte. Meine schrumpfende Existenz staunte über die kraftvolle, ursprüngliche Verbindung, die sich zwischen den beiden streckte wie ein elastisches Band, das man zu weit gedehnt hatte. Das Band zog sich zusammen und zog den Mann und den Dämon näher aneinander.

»Was ist mit ihr passiert?«, wollte der Mann von dem Troll wissen und ging auf ihn zu. Der Troll antwortete, aber ich konnte seine Worte nicht hören. Dann blieb der Mann vor uns stehen und nahm das Gesicht des Dämons mit zärtlichem Druck fest in seine Hände. »Sieh mich an«, befahl er. Der Dämon seufzte ob der Berührung und wir sahen beide in das aufgewühlte Gesicht des Mannes. Ich spürte, wie etwas an meinem schwindenden Bewusstsein zerrte, aber es stellte sich kein Erkennen ein.

»Sara, du musst jetzt zu uns zurückkommen. Deine Freunde brauchen dich. Roland braucht dich.«

Diese Namen bedeuteten uns nichts. Der Dämon blinzelte und stemmte die Arme in die Hüften. Ich warf einen letzten Blick auf die fordernden grünen Augen und driftete dann ab in die endlosen Windungen des dämonischen Geistes. Ich nahm den Schlag gegen die Wange des Dämons zwar wahr, aber ich spürte ihn nicht. Sein Kopf fiel zurück, der Mann schüttelte ihn.

»Verdammt noch mal. Das machst du nicht, hörst du?« Die Worte waren leise, aber der wütende Unterton darin war vage vertraut. Ich fühlte, wie der Dämon sich gewaltsam wehrte, die Arme losreißen und sich von dem stählernen Griff des Mannes befreien wollte. Ich hörte die Frustration in der Stimme, die nun unablässig in sein Ohr sprach. Die Sätze erreichten mich wie ein Echo in einem weiten, leeren Raum und es gab kein Ausweichen, ich konnte ihnen nicht entfliehen.

»Du hattest recht, Sara, du bist nicht schwach. In Wahrheit bist du eine der stärksten, starrköpfigsten Persönlichkeiten, die ich je getroffen habe. Du bekämpfst Monster, freundest dich mit Trollen und Biestern an und du hast furchtbaren Dingen ins Auge geblickt und bist nicht daran zerbrochen. Du marschierst kopfüber in die schlimmsten Gefahren, um diejenigen zu beschützen, die du liebst. Du bist loyal, stur und naiv, und auch wenn du es nicht wahrhaben willst, du bist eine Kriegerin.«

Der Dämon hörte auf, sich zu bewegen und ich kam der Stimme etwas näher. Ein Name lag mir auf der Zunge und ich wusste, er gehörte zu der Stimme in unserem Ohr. Nikolas.

»Wenige Mohiri hätten das geschafft, was du heute Nacht getan hast, du hast dich selbst aufgegeben, um die Trolle zu retten«, sagte Nikolas mit ruhiger Überzeugung. »Du hast getan, was du tun musstest, und jetzt musst du zu uns zurückkommen. Zu Roland.«

Der Name beschwor ein Bild eines lächelnden Gesichts mit blauen Augen herauf. »Roland?« Ich war mir nicht sicher, ob ich es war, die sprach, oder der Dämon.

»Genau. Dein Freund Roland. Er braucht dich jetzt.«

Erinnerungen brachen über mich herein. Erinnerungen an mein Leben, meine Freunde, Nate … alles kam zurück. Roland brauchte mich? Ich kämpfte gegen den Dämon an, aber er war zu stark. Der Mori lehnte sich zurück, genoss seine neue Freiheit und das Gefühl, einen starken, jungen Körper zu besitzen. Verzweiflung machte sich in mir breit. Ich griff nach der Kraft, suchte nach der Macht, die ich in mir verriegelt hatte, um den Dämon zu befreien. Der Mori wusste, was ich vorhatte und wehrte sich, versuchte, mich an den Platz zu drängen, an dem ich ihn all die Jahre festgehalten hatte. Aber ich gewann an Kraft, genug, um das Tor zu öffnen. Der Mori mochte stark sein, aber er war der Welle an Energie nicht gewachsen, die sich jetzt an die Oberfläche drängte, ihn beiseiteschob und ihn zwang, wieder in einen Status verdrießlicher Wachsamkeit zu verfallen. *Nicht fair*, wimmerte er, als die Schranken sich schlossen.

Und auf einmal füllten so viele Geräusche auf einmal meine Ohren. Leute redeten, schrien, andere weinten. Es gelang mir, den Blick zu fokussieren, und schließlich sah ich in Nikolas' besorgtes Gesicht. Einen Moment lang war ich orientierungslos, dann kam alles langsam wieder zurück. Ich erinnerte mich an Nikolas' Worte und die Welt hämmerte sich mit voller Wucht in mein Bewusstsein.

»Was ist mit Roland geschehen?«

Kapitel 18

»WO ist er?«, rief ich und raste durch das Hauptfoyer des Hauses, stieg über die Leichen der Männer und Vampire, ohne einen Blick für sie übrig zu haben. Ich stürmte durch die Eingangstür und direkt in die Arme von zwei unbekannten Männern, die auf der Treppe Wache hielten und deren Kriegergewand sie als Mohiri auswies. Sie starrten mich neugierig an und derjenige von ihnen, der indisch aussah, sagte: »Wer?«

»Mein Freund Roland. Nikolas sagte mir, er sei angeschossen worden.«

»Oh, der Werwolf«, erwiderte sein koreanischer Begleiter unbeeindruckt. »Der hat eine Ladung Silber in die Brust abbekommen. Sein Rudel hat ihn schon vor einer Weile mitgenommen. Sah nicht gut aus.«

Seine Worte, so gleichgültig gesprochen, waren wie Messerstiche direkt in mein Herz. »Nein!« Ich schob mich an ihnen vorbei, hastete die Treppen hinunter zur Einfahrt. Mein Atem kam stoßweise und es fühlte sich an, als quetsche jemand meine Brust in eine Schraubzwinge. Ich durfte Roland nicht verlieren. Ich wandte mich noch einmal dem Haus zu, als Nikolas durch die Tür schritt.

»Ich muss zu ihm. Bitte. Er braucht mich.«

Er trat die Stufen herab; sein Mitgefühl stand ihm ins Gesicht geschrieben. »Roland ist bei seinen Leuten. Wenn ihm jemand helfen kann, dann sie.« Er stellte sich vor mich. »Die Männer hatten Silbermunition geladen, wahrscheinlich, um sich selbst vor den Vampiren zu schützen, mit denen sie zusammengearbeitet haben.«

Ich schüttelte den Kopf und trat beiseite. »Nein, du verstehst nicht. Ich kann ihm helfen.«

Nikolas legte seine Hand auf meine Schulter. »Die Kugel hat seine Brust getroffen, Sara. Das Rudel wird für ihn tun, was es kann, aber diese Art von Verletzung ist bei Werwölfen fast immer tödlich. Es tut mir leid.«

»Nein, das werde ich nicht zulassen!« Ich riss mich von ihm los, wischte die Tränen weg, die mir unkontrolliert die Wangen hinabrannen. Dann hob ich meinen Blick. Ich würde ihn anflehen, wenn es sein musste. Ich würde alles tun, um zu Roland zu gelangen. »Ich weiß, ich habe dir nichts als Ärger gemacht und es gibt keinen Grund, das für mich zu tun, aber ich habe niemand anderen. Bitte, hilf mir, Nikolas.«

Nikolas drehte sich weg und ich schloss die Augen. Mein Herz brach.

»Erik, ich brauche dein Motorrad.«

Überrascht riss ich die Augen auf und sah, wie der Koreaner, der eben noch so gefühllos Roland für tot erklärt hatte, Nikolas einen Schlüsselbund zuwarf. Nikolas fing ihn und führte mich zu zwei schwarzen Motorrädern. Er reichte mir einen Helm, ich kletterte hinter ihm auf das Bike und dann fuhren wir los. Am Tor drosselte er die Geschwindigkeit – ein Gewirr aus toten Körpern lag auf dem Kopfsteinpflaster der Zufahrt. So viel Tod. Ich schloss die Augen und presste meinen Helm gegen Nikolas' Rücken, um nichts mehr sehen zu müssen. Ich würde nicht zulassen, dass mein bester Freund ein weiteres Opfer dieses Blutbades werden würde. *Bitte, Gott ... lass uns rechtzeitig dort ankommen.*

Ich schlang meine Arme um Nikolas und klammerte mich an ihn, während mich furchtbare Visionen eines sterbenden Roland heimsuchten. Als wir an den Kuppen ankamen, war das Helmvisier nass von meinen Tränen.

Brendans Farm war schon immer der Mittelpunkt des Familienlebens gewesen, also wusste ich, wo wir Roland finden würden. Das Haus war beleuchtet und die Einfahrt überfüllt mit Fahrzeugen. Was, wenn wir zu spät waren?

Nikolas lenkte das Motorrad am Rand der Zufahrt entlang und fuhr mich direkt zum Haupteingang, wo sich Dutzende Leute auf den Treppenstufen versammelt hatten. Rolands Cousin Francis befand sich ebenfalls dort, in Gesellschaft der beiden Männer, die nach der Crocottaattacke erschienen waren. Ich sprang vom Bike, warf den Helm beiseite und stürmte auf sie zu.

»Hast du noch nicht genug?«, brüllte Francis verärgert und stellte sich mir in den Weg. »Du bist hier nicht willkommen.«

Ich hatte nichts zu meiner Verteidigung zu sagen, er hatte recht. Es war meine Schuld. Aber Roland war mein bester Freund und ich sollte verdammt sein, wenn ich mich jetzt von irgendjemandem zurückhalten ließ.

»Ich muss ihn sehen.« Ich versuchte, mich an ihm vorbei zu drängen, aber der andere Mann hielt mich mit einer Hand zurück. Ich wehrte mich gegen seinen Griff. »Lass mich los!«

»Nimm deine Pfoten von ihr«, sagte eine Stimme so kalt und bestimmt, dass die Luft um uns herum um einige Grad kälter zu werden schien. Nikolas trat hinter mich und die Hand des Mannes fiel von meinem Arm. Dennoch machte er keine Anstalten, mich durchzulassen. Die Anspannung in dem Vorgarten war greifbar. Werwölfe gegen Mohirikrieger.

Dann öffnete sich die Tür und Brendan kam heraus, in der Hand eine Tabakpfeife. »Was ist hier los?«, brummte er und alle verstummten.

»Brendan.« Ich nutzte die willkommene Ablenkung, um zwischen Francis und dem anderen Mann hindurch zu schlüpfen. »Bitte, ich muss zu Roland.«

Er legte seine riesige Hand sanft auf meine Schulter und schüttelte den Kopf. »Ich weiß, wie wichtig er dir ist, aber du kannst da jetzt nicht rein. Es ist nicht sicher.«

»Nicht sicher?«

»Die Silberkugel steckt zu tief in seinem Körper, nahe des Herzens, und wir können sie nicht entfernen. Er ist halb wahnsinnig vor Schmerz und er erkennt niemanden mehr. Er würde dich in Stücke reißen.«

In diesem Augenblick zerriss ein grauenvolles Jaulen die Nacht und ich schnappte nach Luft, als ich den Schmerz darin vernahm.

»Er kann nicht heilen«, erklärte Brendan missmutig. Er hustete, seine Augen glänzten. »Er hat bestenfalls noch ein paar Stunden.«

»Nein!« Ich zwängte mich an ihm vorbei, und er versuchte nicht, mich aufzuhalten. »Roland wird nicht sterben.«

Das Haus war voll mit Leuten, die meisten erkannte ich, weil ich viel Zeit mit Roland und Peter in den Kuppen verbracht hatte. Manche sahen mich verwirrt an, als ich mich an ihnen vorbeidrängte, andere warfen mir offen feindselige Blicke zu. Ich ignorierte sie alle und zwängte mich durch die Menge, bis ich Judith aus einem Zimmer am Ende des Gangs heraustreten sah. Sie hielt sich tapfer aufrecht, aber ihr Gesicht war von Trauer gezeichnet.

In der Erwartung, dass sie mich aus dem Haus werfen würde, ging ich zu ihr. Genau das hätte ich verdient gehabt. Aber ich war bereit, ihre

Zurückweisung zu ertragen, wenn ich nur die geringste Chance haben würde, Roland zu helfen.

»Sara, du solltest nicht hier sein«, sagte sie mit erstickter Stimme. »Roland würde nicht wollen, dass du ihn so siehst.«

»Ich muss zu ihm, Judith, ich kann ihm helfen.«

»Ach, Liebes.« Sie zog mich in eine feste Umarmung und ich ließ es zu, weil ich spürte, dass sie es brauchte. »Ich weiß, es ist schwer zu akzeptieren, aber wir können nichts mehr für ihn tun.«

»Aber ich kann es, ich kann es wirklich. Lass es mich versuchen«, flehte ich.

»Dies ist kein Ort für dich, Sara«, sagte Maxwell hinter mir und in die Traurigkeit seiner Stimme mischte sich leiser Vorwurf. »Du kannst hier nichts tun, außer dir selbst Leid zufügen. Du solltest gehen.«

Ich wirbelte zu ihm herum. »Nein, verdammt!« Meine Worte übertönten den Lärm um uns herum und die Leute fingen an, sich zu mir umzudrehen. Es war das erste Mal, dass ich Maxwell gegenüber die Stimme erhob, aber gerade war es mir auch herzlich egal, ob er der verdammte Alpha eines Werwolfrudels war. »Ich gehe nirgendwohin, bis ich Roland gesehen habe!«

Ich nahm Judiths Hand und sah ihr fest in die geröteten Augen, beschwor sie, mir zu glauben. »Wir können ihn nicht aufgeben, ohne alles getan zu haben, was in unserer Macht steht. Und ich kann ihm helfen.«

»Sara …«

Aus dem Innern des Zimmers ließ der Werwolf einen langen gepeinigten Schrei hören. Ich legte meine Hand auf die Tür und fühlte die qualvollen Schwingungen des Schmerzes auf der anderen Seite. »Bitte«, bettelte ich Judith an.

Judith sah zu Maxwell und nickte dann. Ich griff nach dem Türknauf.

»Was ist hier los?«, wollte jemand hinter uns wissen. »Was hat sie vor?«

Ich öffnete die Tür. »Ich tue, was immer nötig sein sollte.«

Dann ging ich hinein und schrie erstickt auf, als ich die Kreatur sah, die sich mit schäumendem Mund auf dem Boden wand und wild um sich trat. Dicke Ketten, die an in den Boden verankerten Ringen befestigt waren, fesselten die Handgelenke und Knöchel des Werwolfs. Ich schauderte beim Gedanken daran, dass der Raum für ebensolche Zwecke errichtet worden war. Das Fell des Wolfes lag an manchen Stellen glatt auf seiner Haut und war noch immer blutgetränkt. Überall war Blut, auf dem Boden, den Wänden, der Matratze. Unmöglich wollte sich das Bild dieser wilden Kreatur mit dem meines besten Freundes vereinen lassen.

»Roland?«, sagte ich vorsichtig. Der Wolf fauchte und zerrte an den Ketten. Plötzlich packte mich jemand und zog mich blitzschnell aus dem Zimmer. Nikolas.

Ich hob meine Hand. »Alles in Ordnung. Ich habe gerade zwei Höllenhunde gezähmt, wenn du dich erinnerst?«

Die Menge hinter uns flüsterte. Nikolas ließ mich widerstrebend los und ich betrat das Zimmer erneut. Ich setzte mich auf den Boden, so wie ich es in dem Keller getan hatte und öffnete mich selbst, um die warme Energie in den Raum fließen zu lassen. Ich musste mich zwingen, mich zu entspannen, und sprach in dem gleichen besänftigenden Ton zu Roland wie ich das bei den Höllenhunden getan hatte. Hatte ich bei den Hunden noch an meinen Fähigkeiten gezweifelt, so wusste ich jetzt, wozu ich in der Lage war. Ein wahnsinnig gewordener Werwolf konnte sich nicht so sehr von einem Paar monströser Höllenhunde unterscheiden.

»Roland, weißt du, wer ich bin?«

Der Werwolf fletschte seine imposanten Fangzähne und antwortete mit einem tiefen, drohenden Knurren.

»Ich verstehe. Also, so wird das nichts. Ich weiß, du hast starke Schmerzen, und wir müssen uns auch bald darum kümmern, aber erst müssen wir miteinander reden. Oder besser gesagt, ich rede und du hörst zu. Wie klingt das?«

Wieder knurrte er laut.

»Ich weiß, ich habe gesagt, dass Remy mein erster Freund hier war, aber du warst immer mein bester Freund. Die schönsten Zeiten meines Lebens habe ich mit dir und Peter verbracht. Erinnerst du dich noch an unsere Pyjamapartys und wie Brendan uns einmal im Heuschober hat übernachten lassen? Wir haben uns Schauergeschichten erzählt, bis wir alle zu verängstigt waren, um zu schlafen. Und am Ende sind wir wieder ins Haus geschlichen. Oder das eine Mal, als wir Brendans Whiskey stibitzt haben und wir alle betrunken waren. Ich würde das Zeug nie wieder anrühren.«

Ich redete über eine halbe Stunde lang mit ihm, rekapitulierte die glücklichsten Erinnerungen, die ich an uns beide hatte und erinnerte ihn an die Dinge, die wir noch nicht getan hatten, an unsere Pläne für die Zukunft. Meine Kraft füllte den kleinen Raum aus, und langsam hörte der Wolf auf, auf dem Boden zu scharren und schaute mich stattdessen mit gequältem Blick an. Ich verstummte und bemerkte, wie ruhig es in dem Zimmer geworden war. Erst nach einigen Sekunden begriff ich, dass das ganze Haus in Stille verfallen war, alle lauschten meinen Worten.

»Roland?«

Der Wolf heulte kurz und traurig, seine gelben Augen ruhten unablässig auf mir.

»Du warst ziemlich schockiert wegen Remy, oder? Aber er ist nicht mein einziges Geheimnis. Weißt du noch, am Jachthafen, als ich dir sagte, dass es Dinge gäbe, die ich dir über mich würde erzählen müssen? Willst du, dass ich es dir verrate – was ich tun kann?«

Er blinzelte und gab einen leisen, wimmernden Laut von sich.

Ich sank auf die Knie und kroch langsam, Zentimeter für Zentimeter auf ihn zu. Bis Nikolas meinen Arm festhielt. »Was machst du da? Das ist ein verwundeter Werwolf. Er wird dich in Stücke reißen.«

»Nein, das wird er nicht«, sagte ich, ohne den Blick von Roland abzuwenden. »Du sagst doch immer, dass ich dir vertrauen soll. Nun ist es an dir, mir zu vertrauen.«

Einen Augenblick lang hielt er mich noch fest, dann ließ er mich los. Ich krabbelte weiter auf Roland zu, stoppte am Rand der Matratze und sandte stärkere Schwingungen in seine Richtung. »Ich weiß, du leidest große Qualen, aber ich werde dafür sorgen, dass die Schmerzen verschwinden. Du weißt, dass ich dir niemals wehtun würde, nicht wahr?«

Der Werwolf musterte mich skeptisch, als ich die Hand nach ihm ausstreckte. Es fühlte sich an, als hielte das gesamte Haus den Atem an, während meine Finger seine haarige Pfote berührten. Sobald ich den Kontakt hergestellt hatte, ließ ich die Energie aus meinen Handflächen in ihn fließen. Es ging langsamer, als ich es gewohnt war, aber keiner meiner bisherigen Patienten war ein zweihundert Kilo schwerer Werwolf gewesen.

»Gut machst du das«, sagte ich, als die gelben Augen einen weicheren Glanz annahmen. »Du hast mir ganz schöne Sorgen gemacht.«

Der Wolf öffnete seinen massiven Kiefer und gab einen unmenschlichen Ton von sich, als wollte er mit mir sprechen. Dann sackte er auf der Matratze zusammen und seufzte zitterig. Es war herzzerreißend, meinen Freund so leiden zu sehen.

»Pssst«, flüsterte ich und legte meine Hand auf seine Brust, sodass meine Kräfte sich ihren Weg zu seinen Verletzungen bahnen konnten. Es dauerte nicht lange, um die Quelle der Schmerzen zu finden – die Silberkugel hatte in einen der Muskel um sein Herz eingeschlagen. Ich musste sie entfernen, wenn er überleben sollte. Nie zuvor hatte ich meine Kräfte darauf verwendet, einen Fremdkörper zu beseitigen. Doch es konnte sich nicht allzu sehr davon unterscheiden, eine Infektion aus einem Körper zu zwingen. Ich hoffte es zumindest, denn davon hing jetzt Rolands Leben ab.

Ich legte beide Hände über sein Herz und zwang meine Heilkräfte, sich ganz auf das Stück Silber zu fokussieren, versuchte, es schrumpfen zu lassen, wie bei einer Infektion. Ich fühlte, wie es sich bewegte, es ließ sich aber nicht aus dem Muskel entfernen.

Der Wolf sah mich mit vertrauensvollem Blick an und ich schenkte ihm ein beruhigendes Lächeln. »Ich glaube, hierfür brauchen wir ein bisschen mehr Kontakt.«

Ich beugte mich hinab auf die Matratze – draußen auf dem Flur hörte ich die Leute scharf die Luft einziehen – und dann schlang ich meine Arme um den riesigen, haarigen Körper. Er wehrte sich nicht, als ich ihn zu mir zog und einen Energiestrahl direkt in ihn dirigierte, in das Zentrum der Silberkugel, die ihn umzubringen drohte. Ich hielt ihn fest, während sich die Hitze, die aus meiner Brust kam, dort ausbreitete, wo ich ihn berührte und meine Hände langsam wie Eisen in einem Schmiedefeuer zu glühen begannen. Der Werwolf zuckte heftig, als das Feuer sich um die Silberkugel schloss, sie langsam schmolz und schließlich mit lodernden Flammen endgültig zerstörte. Das heilende Feuer wich weit genug zurück, um das verletzte Gewebe zu reparieren und das tödliche Fieber zu senken, das sich im Körper des Werwolfes ausgebreitet hatte. Endlich, als ich keine Wunde und auch keine Krankheit mehr spüren konnte, schloss ich meine Kraft wieder in meinem Innern ein.

Ich löste die Arme von ihm und sackte gegen den Wolf – ausgelaugter, als ich es je zuvor nach einer Heilung gewesen war. »Jetzt kennst du mein Geheimnis«, murmelte ich glücklich.

Nach einigen Minuten fühlte ich, wie der Körper neben mir schrumpfte und sein Fell verlor. Von irgendwoher hörte ich laute Rufe, und Brendans donnernde Stimme dröhnte: »Heilige Maria, Mutter Gottes.«

Arme hoben mich hoch und drückten mich gegen eine warme Brust. »Ich glaube, sie ist erschöpft«, sagte Nikolas mit einer Mischung aus Sorge und Ehrfurcht. »Lasst uns hoffen, dass sie nur ein wenig Schlaf braucht.«

Und so schlief ich.

* * *

Ein Sonnenstrahl auf meinem Gesicht weckte mich. Ich hob eine Hand, um die Augen zu bedecken und starrte auf vage vertraute Spitzenvorhänge und gestreifte Tapeten. Dann drehte ich mich um und sah durchs Zimmer. Mein Blick fiel auf den Umriss einer Gestalt auf einem Stuhl in der Ecke.

»Wie geht es dir?«

Ich rieb mir die Augen und fühlte mich wie bei dem einzigen Mal, als ich einen Kater gehabt hatte. »Besser. Wo bin ich?«

»Auf der Farm. Du warst nicht in der Verfassung, heute Nacht noch woanders hinzugehen.«

Die Farm? Die letzte Nacht mit all ihren Schrecken sickerte in mein Bewusstsein. »Roland!«

»Es geht ihm gut. Er ist unten.« Der Stuhl knarzte und eine Sekunde später saß Nikolas bereits neben meinem Bett und schirmte mich gegen das Sonnenlicht ab. Seine Miene war schwer zu interpretieren. Ich konnte nicht voraussehen, ob er meine Hand nehmen oder mich anschreien würde.

»Ist das normal, nach dem, was du getan hast?«, fragte er leise. »Ohnmächtig zu werden?«

»Nach einer Heilung? Normalerweise knockt es mich nicht so aus, aber ich habe auch noch nie einen Werwolf geheilt.« Ich unterdrückte ein

Gähnen. »Für gewöhnlich reicht es, wenn ich mich eine Stunde lang ausruhe.«

»Machst du das häufig?«

Ich schenkte ihm ein müdes Lächeln. »So oft, dass ich nicht mehr weiß, wie oft. Ich mache das, seit ich sechs Jahre alt bin.«

Einen Moment lang wirkte er nachdenklich. »Damals am Kai hast du mich gefragt, ob wir Mohiri noch andere Wunderkräfte haben. Du wolltest wissen, ob wir heilen können.«

»Ja.«

Er fuhr sich mit der Hand durch die Haare und ich bemerkte, dass er dieselben Kleider trug wie am Tag zuvor. »Ich weiß nicht, ob irgendein Mohiri das tun kann, was du heute Nacht geleistet hast. Hast du das auch mit den Monstern im Keller gemacht?«

Ich nickte. »Ich habe meine Kräfte schon zuvor benutzt, um Tiere zu beruhigen, aber ich hatte keine Ahnung, dass es auch bei Höllenhunden funktioniert.« Ein wenig ehrfürchtig gedachte ich der zwei Hunde. »Was ist mit ihnen geschehen? Du hast sie doch nicht …?«

»Sie haben versucht, uns zu folgen, also haben Chris und Erik sie eingefangen. Wir werden sie zu einem unserer Lager bringen und dann sehen, was wir mit ihnen machen.« Er lächelte zum ersten Mal, seit ich erwacht war. »Wir konnten schließlich nicht einfach ein paar Höllenhunde in Portland Amok laufen lassen.«

»Was für ein Lager? Ich will nicht, dass ihnen Leid zugefügt wird.« Ich wollte mir nicht vorstellen, was diese armen Tiere in ihrem Leben schon hatten ertragen müssen.

»Niemand wird ihnen etwas tun.« Nikolas schüttelte den Kopf und lachte kurz. »Sie gehören jetzt dir. Wenn sich ein Fellbiest erst einmal auf seinen neuen Herrn geprägt hat, dann ist es unglaublich loyal. Sie werden nur auf dich hören.«

»Das hat der Hexer auch gesagt.« Er zuckte mit einer Augenbraue und ich erklärte ihm, dass der Hale-Hexer im Keller gewesen war, mich aber nicht hatte aufhalten wollen.

Er rieb mit der Hand über seinen Kiefer; er hatte eine Rasur dringend nötig. Ich spürte ein seltsames Verlangen danach, meine Hand auszustrecken und sein Gesicht zu berühren und konnte mich gerade noch rechtzeitig zurückhalten. Diese Heilung musste mir wirklich besonders zugesetzt haben.

»In diesem Keller ist letzte Nacht vieles geschehen. Willst du darüber reden?«

»Nein.« Ich wandte mein Gesicht ab, sodass er den Schrecken und den Abscheu in meinen Augen nicht sehen konnte. Ich hatte zugelassen, dass dieses *Ding* meinen Körper übernahm. Mein ganzes Leben lang hatte ich den Dämon in die hintersten Winkel meiner Seele verbannt, ungeahnt dessen, was er war, ungeahnt seiner wahren Stärke – bis letzte Nacht. Ich unterdrückte ein Schaudern bei der Erinnerung daran, wie schnell der Dämon gewachsen war, sich unter meine Haut gegraben und meinen Verstand besetzt hatte, sodass ich beinahe vergessen hatte, wer ich war. Nun saß er wieder hinter den Mauern meines Geistes, aber mir würde auf ewig bewusst sein, wie nahe er dran gewesen war, mich an seiner statt einzusperren. Niemals wieder durfte ich das zulassen.

»Jeder Mohiri kämpft an irgendeinem Punkt seines Lebens gegen seinen Mori. Die meisten, wenn sie jünger und weniger geübt darin sind, ihre dämonischen Impulse zurückzuhalten. Du hast eine solch gute Kontrolle über deinen Mori gehabt, dass es sehr beängstigend gewesen sein muss, deine Mauern für ihn einzureißen. Lass nicht zu, dass die Angst dich vergessen macht, warum du es getan hast. Du hast diese Trolle gerettet.«

Ich presste meine Lippen fest aufeinander und kämpfte gegen die Tränen, die hinter meinen Lidern lauerten. Nachdem mich Nikolas von dem Dämon befreit hatte, hatte mein erster Blick Remy gegolten, der mit seinen Cousinen in einer Ecke gekauert hatte. Die Dankbarkeit in seinen Augen und die glücklichen Rufe der Kleinen sollten all die Mühe wert gewesen sein. Ich war glücklich darüber, dass Minka und die anderen nun wieder zu Hause und in Sicherheit waren. Wir hatten einen blutigen Trollaufstand verhindert. Und dennoch, mich selbst um ein Haar an den Dämon zu verlieren, hatte etwas in mir verändert. Ich würde immer wieder mein Leben geben, um diejenigen, die ich liebte, zu schützen, aber ich glaubte nicht, dass ich meinen Verstand jemals wieder so würde öffnen können – für niemanden.

»Du bist stärker als der Dämon«, sagte Nikolas, als könnte er in meinen Kopf sehen und meine Ängste darin erkennen. »Ich wusste das bereits, als ich dich das erste Mal sah. Als ich dann jedoch hörte, wie du den Hale-

Hexer bekämpft hast und dich letzte Nacht mit dem Werwolf beobachten konnte, da wurde mir klar, dass du über Kräfte verfügst, die ich nicht verstehe. Du hast heute Nacht mehr als ein Leben gerettet. Für die Leute hier bist du eine Heldin.«

Ich rutschte unruhig hin und her und starrte an die Decke, erinnerte mich daran, wie Roland ausgesehen hatte, als ich dieses Zimmer betrat. »Tolle Heldin«, krächzte ich. »Roland hätte gar nicht geheilt werden müssen, wenn ich ihn nicht erst in diese Situation gebracht hätte.«

»Was letzte Nacht geschehen ist, ist nicht deine Schuld, Sara. Wir haben herausgefunden, wer hinter all dem steckt. Sein Name ist Yusri al-Hawwash und er ist ein milliardenschwerer Ölscheich, der vor zwei Jahren erfahren hat, dass er an Alzheimer leidet. Seither sucht er überall nach Heilung, und er war den Trollen schon lange, bevor du die Trollgalle verkauft hast, auf der Spur. Er ist ein verzweifelter Mann mit uneingeschränkten Möglichkeiten.«

»Aber er hätte vielleicht anderswo gesucht, wenn ich vorsichtiger gewesen wäre.«

»Deshalb bist du trotzdem nicht für seine Taten verantwortlich.« Er rückte näher. »Sieh mich an.«

Ich drehte meinen Kopf und begegnete seinem unnachgiebigen Blick. »Ja, du hast Fehler gemacht, aber du bist nicht schuld an der Gier und den bösen Taten anderer. Deine Schuld liegt darin, dir selbst zu viel aufzubürden. Du musst lernen, anderen zu vertrauen, und aufhören, die Welt im Alleingang retten zu wollen.«

Ich seufzte schwer. »Vor einem Monat noch war mein Leben deutlich unkomplizierter. Vielleicht beruhigt sich jetzt alles wieder.«

Nun war es an Nikolas zu seufzen. »Ich wünschte, das wäre wahr, aber nach allem, was ich letzte Nacht gesehen habe, glaube ich, dass du in noch größerer Gefahr bist, als wir ursprünglich dachten.«

Ich setzte mich, mit dem Rücken gegen die Kissen gelehnt, auf. »Was meinst du damit? Wir haben doch überhaupt keine Vampire mehr gesehen, außer denen, die für den Scheich gearbeitet haben – was ich übrigens immer noch nicht kapiere. Und der Hexer wollte mich doch nur wegen der Trolle.«

»Denk nach, Sara. Die jungen Trolle sind zur gleichen Zeit entführt worden, zu der du an der Raststätte angegriffen wurdest, was bedeutet, der

Scheich hat dich nicht gebraucht, um die Trolle zu finden. Also, warum waren sie hinter dir her, wenn sie schon hatten, was sie wollten?«

Erst als er weitersprach, traf mich die Bedeutung seiner Worte wie ein Blitzschlag.

»Du willst wissen, warum Vampire es riskieren, den Menschen bei der Entführung von Trollen zu helfen? Was, wenn die Vampire selbst etwas wollten und einen Pakt mit dem Scheich geschlossen haben? Eine Art Tausch? Dich für die Trolle?«

»Nein, die beiden Vampire vor dem Haus wollten mich töten, nicht fangen.« Ich begriff erst, dass ich ihm damit verraten hatte, in welch großer Gefahr ich war, als Nikolas' Nasenflügel sich blähten. »Remy und ich haben uns um sie gekümmert«, fügte ich eilig hinzu.

»Du hast einen Vampir getötet?« Er klang ungläubig.

»Mit Remys Hilfe. Er ist beängstigend gut.«

Nikolas sah so aus, als wollte er etwas sagen, änderte dann aber offenbar seine Meinung. »Selbst wenn du mit den Vampiren recht hast, du übersiehst eine Sache. Du hast unglaubliche Fähigkeiten. Wenn sich das herumspricht, dann wird der Scheich nach dir suchen, und er wird nicht der Einzige sein.«

»Ich könnte ihm nicht helfen, ich kann Menschen nicht heilen«, sagte ich und erntete einen zweifelnden Blick. »Mein Onkel sitzt im Rollstuhl. Wenn ich Menschen heilen könnte, meinst du dann nicht, dass er der Erste wäre, bei dem ich es versucht hätte?«

»Aber das weiß niemand außer dir«, stellte er fest. »Letzte Nacht war nur ein Vorgeschmack dessen, was passieren kann. Sie werden kommen, und Menschen werden verletzt werden. Und vergiss nicht, wir müssen uns auch immer noch Gedanken um den Master machen. Er könnte dich aufspüren, schon allein, um dich gegen Madeline zu benutzen.«

Mein Magen zog sich zusammen. »Halt dich nicht zurück. Noch bin ich nicht gelähmt vor Angst.«

»Du musst von diesen Dingen wissen, Sara.«

»Du versuchst, mir Angst zu machen, damit ich mit dir komme«, beschuldigte ich ihn.

Sein Blick hielt meinem stand. »Ja, das mache ich. Aber deswegen ist es nicht weniger wahr.«

Mir wurde schwer ums Herz, denn er hatte recht. Es ging nicht länger um meine Freiheit oder darum, was ich wollte. Wenn ich in New Hastings blieb, würde ich alle, die mir lieb waren, in ernsthafte Gefahr bringen. Den Nächsten würde ich womöglich nicht heilen können. Was, wenn jemand hinter Nate her war? Ich würde mir nie verzeihen, wenn ihm etwas geschähe. Ich wollte nicht mit den Mohiri gehen, aber es sah ganz danach aus, als wäre das meine einzige Option.

Ich schaute weg, damit er nicht sah, dass sich schon wieder Tränen in meinen Augen sammelten. »Ich … ich muss es Nate sagen, ihm alles erklären. Es wird hart für ihn sein, aber er wird es verstehen.« Ich hatte keine Ahnung, wie ich Nate auch nur ansatzweise klarmachen sollte, was geschehen war. Aber ich konnte auch nicht einfach verschwinden.

»Wir müssen in Portland einige Dinge erledigen und das wird ein paar Tage dauern. Das sollte genug Zeit sein, um alles mit deinem Onkel zu klären. Ich weiß, wie schwer das für dich ist, aber du tust das Richtige.«

Er stand auf und trug den Stuhl wieder zurück in die Ecke, dann öffnete er die Tür. »Ich schwöre dir, ich werde für deine Sicherheit sorgen.«

Leise schloss er die Tür hinter sich und ich schlüpfte unter die Decke und vergrub mein Gesicht. Ein Teil von mir wollte die ganze Misere beweinen, ein anderer wollte wütend aufschreien. Wie unfair all das war. Ich wollte nicht alles und jeden, den ich kannte, aufgeben und mich in den Untergrund begeben. Ich wollte mein Leben zurück.

Ich schlug die Decke zurück, stand auf und suchte nach meinen Sneakers. Ich schlüpfte hinein, fuhr mir mit den Fingern durch mein zerzaustes Haar und fragte mich, ob ich mein Haarband letzte Nacht verloren hatte. Dann drehte ich mein Haar zu einem losen Knoten und öffnete die Tür. Ich musste Roland sehen, bevor ich irgendetwas anderes unternehmen konnte.

Im Obergeschoss klopfte ich an drei Türen, aber Roland war hinter keiner von ihnen. Stimmen klangen herauf und ich glaubte, sein Lachen darunter erkannt zu haben. Wenn es ihm gut genug ging, dass er aufstehen konnte, war das ein gutes Zeichen. Ich streckte die Schultern durch und lief die Treppe hinab.

Das Haus hatte sich zusehends geleert. Im Wohnzimmer fand ich Brendan, Judith, Roland, Peter und Francis. Offenbar hatten sie auf mich gewartet. Als ich eintrat, hörten alle auf zu reden und jeder sah mich an.

Francis' finsterer Blick sagte mir, dass er mir nicht vergeben hatte, egal was ich später für Roland getan hatte. Der Ausdruck auf den Gesichtern der anderen war schwerer zu interpretieren und so blieb ich nervös im Türrahmen stehen – unsicher, was ich ihnen sagen sollte.

»Guten Morgen, Sara. Wie geht es dir?«, wollte Judith wissen.

»Gut … danke.«

Sie sprang auf und umarmte mich herzlich. »Danke«, flüsterte sie mit belegter Stimme in mein Ohr. Sie schniefte, ließ mich los und eilte in die Küche. Da stand ich nun und fühlte mich noch unsicherer.

Roland klopfte auf den Platz neben sich. »Geht es dir gut?«

»Ich schätze, das sollte ich besser dich fragen.« Ich studierte sein Gesicht, um selbst feststellen zu können, ob alles in Ordnung war. Er sah ein wenig blasser aus als sonst, aber nicht krank.

Sein Lächeln wirkte müde, doch seine blauen Augen zwinkerten mir zu. »Das war also das Geheimnis, das du uns noch verraten wolltest? Du magst es gerne spektakulär, was?«

Brendan räusperte sich. »Was du letzte Nacht getan hast, war … unglaublich. Wir haben nie zuvor jemanden mit deinen Fähigkeiten gesehen, also sind wir – wie du dir vorstellen kannst – ziemlich neugierig. Kannst du es uns genauer erklären? Seit wann hast du diese Gabe?«

»Ich war gerade einmal sechs Jahre alt, als ich herausfand, dass ich Tiere heilen kann.« Ich erzählte ihnen, wie ich mit den Tieren begonnen und später herausgefunden hatte, dass ich auch andere nichtmenschliche Wesen heilen konnte. Ich versuchte zu erklären, was ich spürte, wenn ich meine Kräfte nutzte, aber es war ebenso schwierig für mich, wie für sie, mir zu vermitteln, wie sich die Verwandlung in einen Werwolf anfühlte.

Ich beschrieb, wie müde es mich machte zu heilen und wie sehr dies von dem Ausmaß der Heilung abhing. Sie hatten viele Fragen und ich bemühte mich, alle zu beantworten.

»Hast du schon viele Heilungen durchgeführt?«, wollte Brendan wissen.

»Mehr als ich zählen kann.«

Roland setzte sich aufrecht und starrte mich mit einem ganz neuen Verständnis in den Augen an. »Dieses eine Mal, als das Bein von Onkel Brendans Stute verletzt war und alle dachten, sie müsse zum Abdecker … Niemand wollte dem Tierarzt glauben, als er meinte, das Bein wäre wieder gesund. Das warst du, nicht wahr?«

Ich nickte. Dieser Tag vor drei Jahren war unvergesslich. Wir waren auf die Farm gekommen und alles war in Aufruhr, weil eines der Pferde lahmte. Ich war direkt zum Stall gerannt und hatte gewartet, bis alle weg waren. Dann hatte ich die Fraktur geheilt. Roland hatte mich schlafend an der Stalltür gefunden und mich die ganze Nacht deswegen aufgezogen.

»Wenn ich jetzt so darüber nachdenke, dann gab es noch mehrere solcher Vorfälle«, sagte Brendan mehr zu sich selbst als zu uns. »Mein alter Labrador, der damals im Wald angeschossen wurde, und die kranken Kätzchen, die von ihrer Mutter verlassen worden waren. Ich habe nie verstanden, warum diese Tiere überlebt haben. Im Nachhinein wird mir klar, dass jedes Mal auch du hier warst.«

»Wie konntest du das die ganze Zeit vor uns geheim halten?«, wollte Roland wissen. »Wie kommt es, dass niemand herausgefunden hat, was du kannst.«

Ich hob die Schultern. »Ich hab mich eben angestrengt, es zu verbergen. Ihr wisst gar nicht, wie schwer das war. Erinnert ihr euch noch daran, wie ich ehrenamtlich für das Tierheim gearbeitet habe und ihr Jungs nicht verstehen konntet, dass ich nach ein paar Wochen hingeschmissen habe, obwohl es mir so gut gefallen hat? Jedes Mal, wenn sie einen kranken Hund oder eine Katze gebracht haben, habe ich sie geheilt. Ich konnte einfach nicht anders. Als die Leute dann aber anfingen, sich darüber zu wundern, dass alle Tiere sich plötzlich erholten, musste ich gehen, um mein Geheimnis zu schützen. Es macht mir noch immer zu schaffen. Wenn ich daran denke, wie vielen Tieren ich hätte helfen können.«

Peter hatte kein Wort gesprochen, seit ich nach unten gekommen war und ich sah ihm an, dass er noch immer sehr mitgenommen war. Er schaute mich so ehrfürchtig an, dass mir unwohl wurde. »Also, das größte Tier, das du bislang geheilt hast, war ein Pferd?«

»Ja, aber das war nichts im Vergleich zu einem Werwolf.«

Er grinste. »Scheint so, als wäre es ganz gut, dich bei einem Kampf in der Nähe zu wissen. Wir hatten Glück, dass du letzte Nacht bei uns warst.«

»Glück?« Francis schnaubte verärgert. »Hätte sie sich nicht mit den Trollen abgegeben und euch in diesen Schlamassel reingezogen, dann wäre Roland doch gar nicht erst verletzt worden.«

»Francis ...«, fing Brendan an.

»Ich bin Teil dieses Rudels und ich sage, was ich zu sagen habe.« Francis sah so aus, als würde er jeden Moment aus dem Sessel aufspringen. Wir standen schon immer miteinander auf Kriegsfuß, und nun hatte er einen weiteren Grund, mich zu hassen. Das Schlimme war nur, dass er recht hatte. Roland und Peter waren gestern nur meinetwegen verletzt worden. Was, wenn Peter sich nicht hätte selbst heilen können? Was, wenn ich nicht mehr rechtzeitig gekommen und Roland gestorben wäre?

»Letzte Nacht hat bewiesen, was ich bereits seit Jahren predige: Wir müssen unter unsereins bleiben und uns ausschließlich um unsere Angelegenheiten kümmern. Vor allem jetzt, da die Crocotta auf unser Land kommen, was bisher noch nie vorgekommen ist. Neuerdings hängen auch noch die Mohiri hier ab, als wäre es ihr Zuhause und wir werden in einen Kampf gegen Vampire, gottverdammte Hexenmeistern und Trolle, die so aussehen, als würden sie uns lieber das Herz rausreißen als uns in die Augen zu schauen, hineingezogen. Und das alles nur wegen ihr.« Er deutete auf mich, doch ich begegnete seinem vorwurfsvollen Blick mit ruhiger Miene. »Du hattest immer eine Schwäche für sie, weil sie ein armes kleines Waisenmädchen ist. Aber sie ist nicht mehr klein und sie ist noch nicht einmal ein Mensch. Sie ist eine von ihnen, in Gottes Namen, und sie sollte bei ihnen leben. Seit wann sind die Mohiri hier willkommen?«

»Francis, das reicht!«, schnitt Judith ihm vom Türrahmen aus scharf das Wort ab.

»Er hat recht«, sagte ich laut, sodass alle mich anstarrten. »Alles, was er gesagt hat, ist die Wahrheit – außer das mit den Trollen. Remy ist mir immer schon ein treuer Freund gewesen. Ich hätte das mit der Galle besser wissen müssen und ich hätte Nein sagen sollen, als er sie mir als Zahlungsmittel vorgeschlagen hat.« Ich holte tief Luft. »Ich verstehe, dass du mich hasst, aber all das ist nicht Remys Schuld.«

Roland legte seine Hand über meine, nachdem ich meine leidenschaftliche Rede beendet hatte. »Sara, niemand hasst dich. Mach dir keine Gedanken um Francis. Du weißt, wie er ist.«

Francis warf ihm finstere Blicke zu. »War ja klar, dass du für sie in die Bresche springst, Roland. Du warst ja von Anfang an in sie verschossen.«

Was? Ich wandte mich zu Roland, dem die Röte in die Wangen schoss. »Damals vielleicht, als wir jünger waren … aber schon lange nicht mehr.« Er sah mich von der Seite an. »Ach, komm schon. Alle Jungs waren in dich vernarrt, als du zu uns auf die Schule gekommen bist. Peter doch auch.«

Der Ausdruck auf Peters Gesicht verriet mir, dass er Roland am liebsten am Kragen gepackt hätte für diesen Kommentar. »Ja, aber nach einer Weile haben wir beschlossen, dass wir uns nicht um dich streiten wollen.«

Ich rang um Fassung. Judith hustete und verschwand wieder in der Küche. Ich war mir sicher, nebenan gedämpftes Gelächter zu hören. Noch tiefer als zuvor sank ich in das Polster der Couch, wünschte mir, es würde mich mit Haut und Haaren verschlingen.

»Siehst du, das ist genau das, was ich meine. Ihr Jungs seid, was sie betrifft, völlig voreingenommen. Ich sage ja nicht, dass Sara eine schlechte Person ist. Aber sie ist auch nicht gut für das Rudel.« Francis lehnte sich in seinem Sessel vor. »Und ich bin nicht der Einzige, der so denkt.«

»Es steht dir nicht zu, so etwas zu sagen«, erwiderte Brendan mit fester Stimme. Ein leises Knurren schwang in seinen Worten mit. »Max und ich haben das letzte Nacht diskutiert und wir werden entscheiden, was gut für das Rudel ist. Wir, und nicht du oder sonst jemand.«

»Gut«, sagte Francis mürrisch. Er stand auf und stürmte zur Tür. »Aber wenn Maxwell und du einer Meinung seid, warum ist er dann nicht hier?« Er warf die Tür hinter sich krachend ins Schloss.

Einen grausamen endlosen Moment lang sagte niemand etwas. Zweifel regten sich in mir. War das die Wahrheit? Teilte Maxwell Francis' Zurückweisung? Maxwell konnte zuweilen wirklich unnachgiebig sein – ganz im Gegensatz zu seiner Schwester und seinem Bruder. Bei seiner schroffen Art kam man sich manchmal wie ein kleines Kind vor, das darauf wartete, ausgeschimpft zu werden. Ich verstand ihn ein bisschen besser, seit ich wusste, dass er der Leitwolf des Rudels war, aber dennoch sorgte ich mich nicht weniger um seine Meinung über mich. Wenn er verärgert war, wie Francis angedeutet hatte, würde er Roland und Peter dann befehlen, sich von mir fernzuhalten? Als Alpha musste seine Order befolgt werden, egal was meine Freunde wollten. Beim Gedanken daran, nach allem, was wir durchgemacht hatten, einen von ihnen zu verlieren, krampfte sich mein Herz schmerzhaft zusammen. Mein Dad war nicht mehr da, ich hatte Remy verloren und in ein paar Tagen würde ich Nate, meine Freunde und alles, was mir vertraut war, verlassen müssen. Ich wusste nicht, wie ich einen weiteren Verlust verkraften sollte.

Brendan stieß einen langen, tiefen Seufzer aus und meine Angst wurde beim Anblick seines fest zusammengebissenen Kiefers noch größer. Brendan war der Herzliche, der Friedensstifter, und deshalb sollte er wohl derjenige sein, der mir mitteilte, dass ich nicht länger willkommen war. Ich wappnete mich, Abschied nehmen zu müssen von den Leuten, die wie eine Familie für mich gewesen waren.

»Max und ich sind nicht erfreut darüber, wie sich die Dinge in letzter Zeit entwickelt haben. Insbesondere euer leichtsinniges Verhalten ist inakzeptabel. Letzte Nacht hättet ihr niemals losziehen dürfen, ohne das Rudel zu informieren. Wegen eurer Dummheit hätten wir beinahe einen von uns verloren – das ist unentschuldbar.« Neben mir versteifte sich Roland zusehends und ließ bei Brendans Worten den Kopf hängen. »Ihr beide seid jetzt junge Männer und solltet inzwischen wissen, dass ihr nicht auf eigene Faust einen Kampf führen könnt. Offensichtlich hat euer Training in dieser Hinsicht versagt. Das werden wir sehr bald nachholen, das verspreche ich euch.«

Er wandte seine Aufmerksamkeit wieder mir zu und ich sank in mir zusammen. Die Missbilligung in seinen Augen war nicht zu übersehen. »Wir haben deinetwegen einige Zugeständnisse gemacht – deiner Vergangenheit wegen und wegen der Vorkommnisse in letzter Zeit. Was du durchmachen musst, ist viel für jemanden in deinem Alter. Dennoch hätten wir nie erwartet, dass du ein solch schlechtes Urteilsvermögen an den Tag legen und so leichtfertig mit deiner eigenen Sicherheit umgehen würdest.«

»Es tut mir leid«, war alles, was ich hervorbrachte. Der Kloß in meinem Hals war zu dick, um noch mehr zu sagen.

»Trotz all deiner Fehler bist du ein gutes Mädchen, Sara, und niemand zweifelt an deiner Loyalität und deinem Mut. Was du letzte Nacht geleistet hast, war ein Wunder. Du hast einen der unseren gerettet, und das Rudel vergisst so etwas nicht. Also, was schließen wir daraus?«

»Ich … weiß nicht.«

Brendans Miene blieb wie versteinert. »Max denkt, ihr drei müsst getrennt werden, weil ihr euch gegenseitig zu schlechtem Benehmen ermutigt.«

»Was?«, schrie Peter, und Roland rief: »Nein!« Ich sagte nichts, denn ich war nicht überrascht. Der Schmerz in meiner Brust breitete sich aus und alles in mir wurde kalt.

Brendan hob die Hand. »Wir haben darüber gesprochen und entschieden, dass eure Freundschaft zu beenden, grausam wäre, *aber* es wird ein paar neue Regeln geben müssen. Zunächst: In den nächsten drei Monaten werdet ihr euch außerhalb der Schule nicht sehen. In jeder freien Minute werdet ihr Jungs ein Extratraining absolvieren, und glaubt mir, ihr werdet zu müde sein, um Unfug zu treiben. Solche Abenteuer wie letzte Nacht sind ab sofort tabu. Wenn ihr drei euch noch einmal so etwas leistet, dann ist es vorbei. Verstanden?«

Ich konnte nur nicken. Ich war so erleichtert, dass Maxwell mir nicht befohlen hatte, mich vom Rudel fernzuhalten. Roland zappelte hin und her, als wollte er widersprechen, aber ich drückte seine Hand, um ihn zu stoppen. Ich hatte Brendan nie zuvor so streng gesehen, was eine Menge darüber aussagte, wie ernst es ihm war, und ich wollte seine Geduld nicht überstrapazieren.

Brendan war noch nicht fertig. »Eines noch, Sara. Du musst deinem Onkel erzählen, was in deinem Leben geschieht. Wir werden dich nicht dazu zwingen, aber es ist ihm gegenüber nicht fair. Du rennst herum und gefährdest dein und womöglich auch sein Leben und lässt ihn absolut im Dunkeln, was die Wahrheit betrifft. Das verdient er nicht. Du warst viel zu lange auf dich allein gestellt. Ich möchte nicht sagen, dass Nate seine elterlichen Pflichten vernachlässigt, aber er ist nicht gut genug informiert, um dich entsprechend zu leiten und dir die Grenzen zu setzen, die du benötigst.«

»Ich werde es ihm heute sagen, wenn er nach Hause kommt.«

»Gut.« Brendan schlug mit den Händen auf seine Knie und erhob sich. »Ihr drei müsst euch unser Vertrauen erst wieder verdienen. Fangt jetzt damit an. Maxwell wird gleich kommen und sich euch Jungs vornehmen. Ich kann euch versprechen, das wird nicht angenehm. Die Mohiri warten draußen, um Sara nach Hause zu fahren.«

Roland drückte meine Hand fester. »Jetzt schon? Kann sie nicht noch ein wenig länger bleiben?«

»Nein, ich muss los«, sagte ich. Mir graute vor meiner bevorstehenden Aufgabe. »Ich sollte zu Hause sein, bevor Nate kommt.«

Peter machte einen kläglichen Versuch, zu lächeln. »Es sind nur drei Monate, richtig?«

Seine Worte trafen mich hart. Ich würde ihm sagen müssen, dass ich fortgehen würde, und erst jetzt wurde mir bewusst, wie schwer der Abschied werden würde. Selbst wenn wir in Kontakt blieben, es würde nicht mehr dasselbe sein. Es schmerzte, dass wir unser letztes High-School-Jahr nicht gemeinsam absolvieren, nicht zusammen zur Abschlussfeier gehen und uns nach Colleges umsehen würden.

»Ich … ich habe eine Entscheidung getroffen«, sagte ich, unfähig einen von ihnen anzusehen. »Ich werde eine Weile bei den Mohiri bleiben.«

»Was?«, rief Roland ungläubig.

»Nikolas glaubt nicht, dass die Sache mit den Vampiren ausgestanden ist und ich … ich befürchte, er hat recht.« Ich erzählte ihnen von dem Scheich und Nikolas' Theorie, dass sie mit den Menschen zusammenarbeiteten, um an mich heranzukommen. Und dass der Scheich selbst nach mir suchen könnte, wenn er von meinen Heilkräften erfuhr. »Niemand ist in Sicherheit, solange ich hier bin.«

»Wir können gut auf uns selbst aufpassen«, argumentierte Peter.

»Ihr vielleicht, aber was ist mit Nate? Er wäre chancenlos, wenn sie es auf ihn abgesehen haben sollten, um mich zu bekommen. Nikolas meint, ich wäre sicher bei den Mohiri, insbesondere jetzt, da es auch noch um den Master geht.« Ich sah die beiden an und flehte mit meinen Blicken um Verständnis. »Ich will nicht gehen, aber ich schätze, es gibt keinen anderen Weg, Nate zu schützen.«

»Was ist mit den Trollen?«, fragte Roland hoffnungsvoll. »Sie sind deine Freunde, oder? Würden sie dir nicht helfen, wenn du sie darum bittest?«

Ich schüttelte den Kopf. »Remy sagt, die Ältesten wissen, dass wir die Galle verkauft haben und sie werden ihm verbieten, mich zu sehen. Wenn wir Glück haben, gilt das nicht für immer, aber ich denke nicht, dass ich auf ihre Hilfe zählen kann.« Den Verlust von Remys Freundschaft würde ich erst noch verkraften müssen. Ich drängte den Gedanken beiseite, denn er drohte, mich zu zerbrechen.

»Verdammt! Selbst Trolle bekommen Hausarrest«, sagte Peter und pfiff anerkennend.

Ein paar Minuten lang schwiegen wir uns an, bis Peter sagte: »Du wirst Nate also alles sagen und dann gehen. Ich glaube nicht, dass er das besonders gut aufnehmen wird.«

Ich brummte. »Er wird es so oder so nicht gut aufnehmen. Und ihr kennt ihn – er wird mir nicht glauben. Nicht ohne einen Beweis.«

»Ich könnte mitkommen und mich vor ihm verwandeln«, bot Peter an, aber ich lachte humorlos.

»Ja, und ihm einen Herzinfarkt verpassen. Ich glaube, einen Werwolf aus direkter Nähe zu sehen, wäre zu viel für ihn – auch wenn du es wärst.«

»Hm, da hast du wahrscheinlich recht.«

»Ich überlege mir etwas. Vielleicht kann ich ihm einen Kobold zeigen. Unser Haus wimmelt schließlich von ihnen.«

»Ich würde ihm nicht unbedingt von einer Dämonenbelagerung erzählen«, warf Roland trocken ein. »Nicht, um ihm dann zu sagen, dass du gehst.«

Das würde schwieriger werden, als gedacht. Es gab sicher keinen einfachen Weg, Nate meine Neuigkeiten zu unterbreiten, aber ich musste ihm etwas zeigen, sonst würde er mir nicht glauben. »Ich brauche einen Beweis, ohne ihn nicht zu Tode zu ängstigen.«

»Okay, also keine direkte Gegenüberstellung«, dachte Roland laut. »Vielleicht ein Foto … oder ein Video.«

»Du meinst ein Video von einem Kobold?« Wenn man nicht nahe genug an sie herankam, um ihre scharfen Zähne zu erkennen, wirkten sie recht harmlos. »Wie soll er erkennen, dass es kein Fake ist? Es muss etwas sein, dass er nicht leugnen kann.«

Peters Miene hellte sich auf. »Ich hab eine Idee. Gib mir dein Handy.«

Kapitel 19

»BITTE, sag doch etwas.«

Nate starrte geistesabwesend auf seine Hände, die er vor sich auf dem Küchentisch verschränkt hielt. So ging das schon seit fünf Minuten.

Mein Herz zog sich schmerzhaft zusammen. Den ganzen Tag hatte ich mich darauf vorbereitet, mit ihm zu sprechen und seine Reaktion ängstlich erwartet. Meine schlimmsten Befürchtungen hatten sich bewahrheitet. Er sah mich nicht einmal an.

Dann hob er den Blick und sah mit besorgten Augen zu mir. »Was möchtest du von mir hören? Als du meintest, du müsstest mit mir reden, habe ich mir Sorgen wegen der Schule gemacht. Dachte, du bist vielleicht rausgeflogen oder so. Stattdessen erzählst du mir diese irre Geschichte. Würde ich dich nicht besser kennen, würde ich dich fragen, ob du etwas genommen hast.«

»Ich weiß, es ist viel auf einmal.«

Er lachte erstickt. »Etwas.«

Ich wollte meine Hände über den Tisch strecken und seine Hand greifen, aber ich fürchtete zu sehr, er könnte mich zurückweisen. Die Angst schnürte mir die Kehle zu. Nate war alles, was ich an Familie noch hatte, ich würde es nicht verschmerzen, wenn er sich jetzt von mir zurückzöge.

Da es für das, was ich ihm zu sagen hatte, keinen einfachen Weg gab, war ich direkt zum Punkt gekommen und hatte mich durch eine Geschichte gewurstelt, die von Minute zu Minute fantastischer anmutete. Wie sagte man jemandem, den man liebte, dass nichts auf dieser Welt so war, wie es schien? Dass wir umgeben waren von einer Parallelwelt, in der Magie, fremde Völker, Kreaturen aller Art existierten, die es doch eigentlich gar nicht geben sollte?

Nate hatte mir schweigsam zugehört, während ich ihm erklärte, dass ich von jeher vermutet hatte, der Tod meines Vaters wäre nicht so gewesen, wie die Behörden es dargestellt hatten. Seine Augen wurden groß, als ich davon sprach, wie ich als kleines Mädchen herausgefunden hatte, dass ich Tiere heilen konnte. Als ich schließlich davon berichtete, wie ich Remy getroffen und festgestellt hatte, dass all die mystischen Kreaturen, von denen man in Legenden und Märchen hörte, echt waren, nahm sein Gesicht einen ungläubigen Ausdruck an.

Und danach kam erst noch der schwierigste Part. Mit so wenig Details wie möglich schilderte ich ihm das Zusammentreffen mit Eli, Nikolas und den Werwölfen und was im letzten Monat geschehen war. Seine Miene, die fest zusammengepressten Lippen zogen an meinem Herzen. Doch ich musste ihm erzählen, was ich über Madeline und den Mord an meinem Dad herausgefunden hatte. Das war der Punkt, an dem ich innegehalten hatte, weil er noch immer nichts sagte.

Nate atmete hörbar aus. »Ich würde das alles ja für einen Riesenscherz halten … aber du würdest niemals Geschichten über deinen Vater erfinden.«

»Nein, das würde ich nicht.«

»Ich … ich weiß nicht, was ich glauben soll. Du musst verstehen, dass all das für jeden nur schwer nachvollziehbar wäre.«

Ich nickte, dankbar dafür, dass er seine Stimme wiedergefunden hatte. Das war wenigstens etwas.

Er lehnte sich schwerfällig zurück, sodass sein Rollstuhl knarrte. »Du hast mir noch nicht alles gesagt«, stellte er fest und studierte mein Gesicht.

Ich schluckte. »Ich wollte dir nicht gleich zu viel auf einmal zumuten.«

»Du wolltest sehen, wie ich reagiere?«

»Ja.«

Er rieb sich über die Augen und fixierte mich dann mit der Miene eines Menschen, der darauf wartete, eine schlechte Nachricht überbracht zu bekommen. »Sag es mir.«

Ich erzählte ihm von David und allem, was an der Raststätte passiert war. Er brummte kurz, als ich von unserer knappen Flucht berichtete, aber ich sprach weiter. Zu groß war die Angst, dass ich nicht mehr würde weiterreden können, wenn ich einmal aufgehört hatte. Ich sprach von Remy und den vermissten Trollen, dem Trip nach Portland und wie wir nur knapp entkommen waren. Die schlimmsten Dinge streifte ich nur am Rande, denn ich dachte, er könnte mit den schmutzigen Details nicht umgehen – insbesondere was meine Rolle bei der Befreiung der Trolle anging. Es war genug verlangt, das, was er bereits wusste, zu akzeptieren. Ich endete mit Rolands Verletzung und wie ich sie geheilt hatte.

Eine ganze Weile blieb er stumm. Ich fürchtete schon, zu viel gesagt und ihn in einen Schock versetzt zu haben. Schließlich fuhr er sich mit der Hand durch sein ohnehin bereits zerzaustes Haar. »Jesus! Ich … oh mein Gott.«

»Geht es dir gut?«

»Ich weiß es nicht. Ich weiß einfach nicht, was ich davon halten soll. Ich brauche etwas Zeit, um das zu verdauen.«

Ich stieß einen lauten Seufzer aus. Zwar hatte ich nicht erwartet, dass er alles einfach hinnehmen würde, aber ich hatte gehofft … ich wusste nicht wirklich, was ich mir erhofft hatte. Es machte mich fertig, zu sehen, wie sehr ich ihn verletzte. Wäre ich die ganze Zeit schon ehrlich zu ihm gewesen, würde er mich jetzt nicht ansehen wie eine Fremde.

»Ich hab was für dich.« Ich schob mein Handy über den Tisch. »Peter dachte, es könnte dir helfen.«

Er starrte auf das Handy, griff aber nicht danach. Ich stand auf und verließ die Küche, rannte beinahe hoch in mein Zimmer. Am Treppenabsatz blieb ich stehen und lauschte, während Nate das Video abspielte, das Peter für ihn gemacht hatte. Ich setzte mich auf mein Bett und wartete darauf, dass er mich zu sich rief, damit wir reden konnten.

Als es schließlich dunkel wurde, kletterte ich in mein Bett und schaute mit leerem Blick an die Decke – bis ich die Augen nicht mehr offenhalten konnte. Ich machte mir nicht einmal die Mühe, mich auszuziehen.

* * *

Am nächsten Morgen stand ich nicht auf, um zur Schule zu gehen. Und Nate weckte mich auch nicht. Es war bereits zehn Uhr, als ich mich endlich aufraffte und nach unten schleppte – mit dicken Augenrändern und dem Gefühl, Blei im Herzen zu tragen. In all den Jahren, die ich nun schon bei Nate lebte, hatten wir uns einige Male gestritten, aber wir waren niemals zu Bett gegangen, ohne uns zu versöhnen. Sein Schweigen zeigte mir, wie sehr ich ihn verletzt hatte – nicht der Dinge wegen, die ich ihm gestanden hatte, sondern weil ich ihn jahrelang belogen hatte. In der ganzen Zeit hatte ich das Wissen um den gewaltsamen Tod meines Vaters mit mir herumgetragen und nur darüber nachgedacht, wie wichtig es für mich war, die Wahrheit herauszufinden, um mit dem Verlust abschließen zu können. Nicht ein einziges Mal hatte ich Nates Trauer bedacht oder die Tatsache, dass auch er es verdient hatte, zu wissen, was mit seinem Bruder geschehen war. Ich musste die Dinge wieder geraderücken. Auf keinen Fall konnte ich gehen, ohne mit Nate alles ins Reine gebracht zu haben.

Ich ging in die Küche, aber mein Magen war so zugeschnürt, dass an Essen nicht zu denken war. Enttäuscht bemerkte ich beim Blick aus dem Fenster, dass Nates Wagen weg war. Ich hatte gehofft, heute Morgen mit ihm reden zu können, aber es sah so aus, als bräuchte er mehr Zeit, um die Neuigkeiten zu verdauen.

Um mir die Zeit bis zu seiner Rückkehr zu vertreiben, putzte ich die Wohnung von oben bis unten. Um elf Uhr rief die Schule an und ich ließ den Anrufbeantworter anspringen. Beim Auswischen des Kühlschranks hielt ich plötzlich inne, als mir klar wurde, dass ich tatsächlich die Schule abbrechen würde – in meinem Abschlussjahr. Ich sollte jetzt an Collegebewerbungen, den Abschlussball und all die normalen Dinge des Lebens denken. Doch in meinem Leben würde niemals mehr etwas normal sein.

Ein wenig später klingelte mein Handy. Es war Nikolas, der mir mitteilte, dass er und Chris noch immer in Portland waren und mit ein paar anderen Mohiri das Chaos vom Samstag beseitigten und sich um die Vampire kümmern wollten, die entkommen waren. Die Werwölfe, so sagte er, hätten angeboten, ihre Patrouillen in der Stadt heute aufzustocken und mich und Nate zu bewachen, bis Nikolas zurück wäre. Er sagte, er käme am Abend nach New Hastings, sodass wir morgen früh abreisen konnten. Ich hörte zu und sagte »Ja« und »Nein«, wann immer es von mir verlangt wurde. Ich hielt es für klüger, ihm erst morgen zu erklären, dass ich die Stadt nicht verlassen würde, bevor ich mit Nate alles geklärt hatte.

Um zwei Uhr trieb mich meine innere Unruhe aus dem Haus. Ich setzte mich auf die Treppe und lauschte den vertrauten Geräuschen des Wassers, während ich auf Nates Rückkehr wartete. Bald schon trieb mich jedoch der kalte, feuchte Nebel, der von der Küste herüberwaberte, zurück ins Warme. Ich sah vom Wohnzimmerfenster hinaus auf den grauen Dunst und fühlte mich einsamer denn je. Alles, was ich wollte, war, dass Nate nach Hause kam und ich ihn um Verzeihung bitten konnte. Ich wünschte, er würde mir sagen, dass ich unsere Beziehung nicht zerstört hatte und wir immer noch eine Familie waren.

Eine halbe Stunde später hielt ich es nicht mehr aus. Doch dann hörte ich ein Geräusch an der Haustür und raste hinaus, um Nate zu begrüßen. Auf halbem Weg zur Tür stoppte ich abrupt, meine Socken rutschten auf dem Holzboden und mir wurde klar, dass ich weder sein Auto noch seinen Rollstuhl auf der Rampe gehört hatte.

Es rüttelte jemand am Türknauf und mein Herz reagierte sofort mit heftigen Schlägen. Hatte ich die Tür abgeschlossen? Die Antwort darauf war ein leises Klicken. Die Tür knarzte, öffnete sich einen Zentimeter weit und ich stand wie erstarrt und wartete darauf, was von der anderen Seite auf mich zukommen würde.

Ich zuckte zusammen, als ein gedämpftes Knirschen zu hören war, und es dauerte ein paar Sekunden, bis ich in meiner Panik begriff, dass das Geräusch von der Tür selbst kam und nicht von demjenigen, der davor stand. Das Geräusch wurde deutlicher, steigerte sich in Höhe und Lautstärke, bis ich meine Hände auf die Ohren pressen musste, weil ich den schrillen Ton nicht länger ertragen konnte. Der Rahmen um die Tür herum glühte rot und sandte heiße Blitze in den Raum wie berstendes Holz in einem Kamin. In der Mitte des Türblatts erschien eine aschige Hand.

Ein Kreischen und der ekelerregende Gestank von verbranntem Fleisch erfüllte die Luft, während sich irgendjemand oder irgendetwas gewaltsam gegen die Tür stemmte. Sekunden später krachte sie ins Schloss und ich hörte draußen jemanden die Treppe hinab poltern.

Aus meiner Lähmung erwacht, eilte ich zur Tür und schob den Sicherheitsriegel vor, dann rannte ich zum Küchenfenster. Doch der dichte Nebel verbarg alles – mehr als einen Meter weit konnte ich nicht sehen. Ich zitterte von Kopf bis Fuß und griff mit tauben Fingern nach der Arbeitsplatte. Da draußen war etwas, etwas, das mir Böses wollte, und wenn ich nicht den Bannkreis der Trolle gelegt hätte, wäre es jetzt hier drinnen. Der Schauder, der mir über den Rücken lief, sagte mir, dass es noch nicht aufgegeben hatte. Es wartete im Nebel, bereit, einen weiteren Versuch zu starten.

Ich musste nicht lange darauf warten. Eine Minute später hörte ich ein schrilles Heulen von unten, gefolgt von einem unmenschlichen Schmerzensschrei. Ich hätte beinahe einen Stuhl umgeworfen, während ich aus der Küche flüchtete wie ein verängstigtes Häschen. Was immer da draußen war, es war entschlossen, reinzukommen. Der Trollzauber war sehr stark, er würde mich schützen, solange ich in der Wohnung blieb, aber diese Gewissheit trug nicht dazu bei, die angstvollen Knoten in meinem Innern zu lösen.

Du bist in Sicherheit. Keine Panik. Nikolas würde in ein paar Stunden hier sein. Nichts konnte mir oder Nate etwas anhaben, wenn er erst da war.

Nate! Was wenn er zurückkam, während diese Person oder dieses Ding da draußen war? Er würde keine Chance haben.

Ich lief im Wohnzimmer umher und suchte mein Handy. Mit zitterigen Händen fand ich den Kontakt, den Nikolas gestern für mich abgespeichert hatte und hörte das Klingeln am anderen Ende der Leitung.

Er wusste schon, dass etwas nicht stimmte, bevor ich ein Wort gesagt hatte. »Sara, was ist los?«

»Da ist jemand, vor der Tür«, keuchte ich. »Es versucht, reinzukommen. Der Bannkreis hält, aber Nate ist nicht hier. Wenn er nach Hause kommt und …«

Meine Stimme brach ab und ich hörte, wie Nikolas jemandem harsche Worte zurief. »Wir kommen. Bleib, wo du bist und leg nicht auf. Ich werde am Telefon bleiben, bis wir da sind. Hörst du?«

»Vielleicht sollte ich Maxwell anrufen«, sagte ich, denn ich dachte, dass man von den Kuppen aus schneller hier wäre als von Portland.

»Nein, bleib am Handy, bei mir«, befahl Nikolas. »Chris ruft sie gerade an.«

Ich nahm ein gedämpftes Geräusch wahr, als er den Motor startete. Nikolas' Stimme hallte ein wenig und so begriff ich, dass er einen Ohrstöpsel unter dem Helm zum Telefonieren benutzte. »Ich bin auf dem Weg.«

»Okay«, sagte ich heiser und sank an der Wand zu Boden, die am weitesten vom Wohnzimmerfenster entfernt war. Ich zog die Knie heran und legte meine Stirn darauf, während ich still betete. *Bitte, bitte, lass ihn hier sein, bevor Nate da ist.*

Das Telefon in der Küche klingelte und ließ mich aufspringen. »Was war das?«, wollte Nikolas wissen.

»Das Festnetztelefon. Vielleicht ist es Nate«, sagte ich hoffnungsvoll und rappelte mich auf. Ich eilte in die Küche und griff mit der freien Hand nach dem tragbaren Apparat. *Bitte lass es ihn sein.*

»Sara Grey?«, fragte eine männliche Stimme mit starkem Akzent.

»Ja.«

»Ich habe deinen Onkel.«

Meine Beine verweigerten mir ihren Dienst, ich lehnte mich schwerfällig gegen den Schrank. Das Handy fiel mir aus der Hand und schlug auf der Arbeitsplatte auf. Ich konnte Nikolas Rufen hören, aber all mein Denken und Tun war auf das Telefon in meiner Hand gerichtet.

»Ich biete dir einen Tausch an – ihn gegen dich«, fuhr der Mann geschäftsmäßig fort. »Wenn er dir etwas wert ist, wirst du darauf eingehen. Ich habe keine Skrupel, sein Leben zu beenden, wenn ich nicht bekomme, was ich will.«

»Ich werde es tun«, schrie ich und packte das Telefon so fest, dass meine Handknöchel weiß schimmerten. »Woher weiß ich, dass Sie ihn gehen lassen werden?«

Er lachte kalt. »Das weißt du nicht, aber er wird sterben, wenn du nicht kommst. Ich gebe dir zehn Minuten. Dann ist sein Leben verspielt.«

»Nein, ich komme.«

»Braves Mädchen. Geh jetzt nach draußen. Jemand wartet dort und bringt dich zu mir.«

Das Klicken am anderen Ende war wie die Tür zu einer Gefängniszelle, die sich hinter mir schloss. Ich saß in der Falle. Wenn ich nicht ging, würde Nate sterben. Wenn ich versuchte, Zeit zu gewinnen, bis Nikolas hier wäre, würde Nate sterben. Wenn ich ging, könnte Nate trotzdem sterben.

Nein, das wird nicht geschehen, schwor ich mir und legte das Telefon weg. Ich würde nicht zulassen, dass ihm etwas zustieß, eher würde ich an seiner statt sterben.

»Verdammt, Sara, antworte mir«, schrie ein wütender Nikolas.

Meine Hand war seltsam ruhig, als ich das Handy wieder an mein Ohr hob. »Es tut mir leid, Nikolas, ich muss gehen«, erklärte ich ihm geradeheraus, davon ausgehend, dass er genug von dem Gespräch mitbekommen hatte, um zu wissen, was ich vorhatte.

»Verlass die Wohnung nicht«, sagte er in einem Ton, dem die meisten Menschen gehorcht hätten. »Ich werde in einer halben Stunde bei dir sein. Was immer es ist, wir werden uns darum kümmern.«

»Dann wird es zu spät sein.« Ich rannte bereits nach oben, um mich umzuziehen. »Sie haben Nate und sie werden ihn töten, wenn ich nicht in zehn Minuten da bin. Ich habe viele Fehler gemacht, aber ich werde nicht zulassen, dass Nate meinetwegen stirbt.«

»Sara, denk doch nach. Sie werden deinen Onkel nicht gehen lassen, nur weil sie dich haben. Wenn du das tust, wirst du sterben.«

»Er wird sterben, wenn ich nicht gehe. Ich werde mich nicht hier verstecken und nichts tun, während sie ihn umbringen. Damit könnte ich nicht leben.« Ich nahm meinen Mantel und das Messer und ging zurück in die Küche. »Du hattest recht. Ich bringe Menschen, die ich liebe, in Gefahr. Das muss aufhören.«

Er wollte etwas sagen, aber ich legte auf. Dann schlüpfte ich in meinen Mantel und steckte das Messer in die Innentasche. Mein Handy klingelte wieder, ohne drauf zu schauen, wusste ich, dass es Nikolas war. Ich stellte es aus und steckte es in die Hosentasche, bevor ich nach draußen ging und die Tür hinter mir schloss.

Ich war mir nicht sicher, was ich erwartet hatte, als ich nach draußen ging, aber es war gespenstisch ruhig. Kein Zeichen von jemandem, der versuchte, den Bannkreis zu durchbrechen, nur ein paar dunkle Tropfen auf dem Podest vor der Tür, die wie Blut aussahen. Ich wandte mich ab und schüttelte mich.

Der Nebel war noch immer dicht, aber er begann, sich zu lichten, erlaubte mir, einen schwarzen Escalade mit verbeulter Stoßstange vor unserem Haus zu erkennen. Am unteren Ende der Treppe holte ich tief Luft, versuchte, mein rasendes Herz zu beruhigen und ging langsam auf den SUV zu. Als ich näher kam, öffnete sich die Tür und der muskulöse Blonde vom Jachthafen stieg aus. Er sagte kein Wort, während er die hintere Tür für mich öffnete. Ich bemerkte blutige Bandagen an seinen Händen und konnte ein schadenfrohes Grinsen nicht zurückhalten. *Ist das dein Blut auf meiner Türschwelle? Ich hoffe, es tut höllisch weh.*

Ich schlüpfte ins kühle Innere des Wagens und er kehrte zum Beifahrersitz zurück. Ich fühlte mich beobachtet und sah im Rückspiegel ein paar wütende dunkle Augen. Der Fahrer wandte seinen Kopf zu mir und ich zog scharf die Luft ein, als ich in ihm den Mann erkannte, der mich gestern an der Raststätte angegriffen hatte. In Tareks Gesicht zeigten sich die Spuren seines Kampfes gegen Peter und seine Augen sagten mir, dass ihm nach Vergeltung dürstete. Statt mit mir zu sprechen, murmelte er seinem Begleiter etwas auf Arabisch zu und sie lachten beide. Ich schlang meine Arme eng um mich und starrte blind aus dem Fenster. Ein Teil von mir wollte noch ein letztes Mal zurückschauen, das Bild eines Ortes einsaugen, den ich für eine sehr lange Zeit mein Zuhause genannt hatte, aber der Teil, der nicht akzeptieren wollte, dass es wirklich das letzte Mal sein würde, war stärker. Ich war bereit, mein Leben für Nate zu geben, aber das bedeutete nicht, dass ich schon aufgegeben hatte. Ich hatte in den letzten Wochen zu viel überlebt, um mich kampflos zu ergeben.

In weniger als fünf Minuten hatten wir unser Ziel erreicht und ich war überrascht, dass wir außerhalb eines leeren, dreistöckigen Hauses stehen blieben, das mit seinem ›zu vermieten‹-Schild nur zwei Straßen von meinem Zuhause entfernt war. Der Fahrer parkte den Wagen auf einer belebten Straße und der blonde Mann wandte sich zu mir, bevor er die Tür öffnete.

»Keine Szene machen, wenn dir Leben von Onkel lieb ist«, sagte er in gebrochenem Englisch.

Ich nickte und wir stiegen aus. Der Blonde führte mich in das Haus, in dem es so dunkel war, dass ich mich anstrengen musste, überhaupt etwas zu sehen. Bevor meine Augen sich an die Dunkelheit gewöhnen konnten, nahm er mich am Arm. »Haism wartet auf dich«, sagte er und zog mich in Richtung eines beleuchteten Flurs im hinteren Teil des Gebäudes.

»Nate!«, schrie ich, als ich ihn in seinem Rollstuhl neben einem riesigen metallenen Schreibtisch sah. Ich riss mich von dem Blonden los und kniete mich vor Nate. »Geht es dir gut? Haben sie dir wehgetan?«

»Es geht mir gut.« Er hielt mich ein wenig auf Abstand und sah mich sorgenvoll an. »Sara, was ist los? Woher kennst du Mr Bakr?«, fragte er mit gedämpfter Stimme.

»Mr Bakr?«

»Haism Bakr«, sagte eine vertraute Stimme mit hartem, nahöstlichem Akzent. Ich erhob mich und sah dem Mann mit der Adlernase ins Gesicht, den ich bereits auf der pompösen Jacht im Hafen gesehen hatte. Er saß hinter dem Schreibtisch und hatte die Hände vor sich verschränkt. Er blickte finster drein, seine dunklen Augen glitten wie ein scharfes Rasiermesser über mein Gesicht. »Mein Arbeitgeber ist sehr enttäuscht von dir, Miss Grey.«

»Du arbeitest für diesen Scheich.« Ich konnte den Abscheu in meiner Stimme nicht verbergen.

Er schaute noch grimmiger. »Du hast ihm etwas abgenommen, dass er sich mit sehr viel Mühe erkauft hat«, knurrte er.

Meine Nackenhaare stellten sich auf. »Dieses *Etwas* waren kleine Kinder.«

»Diese Kreaturen sind keine Kinder«, spuckte Haism. »Der Scheich ist ein mächtiger und wichtiger Mann. Was sind diese Leben verglichen mit seinem?«

»Würde mir bitte jemand sagen, worum es hier geht?«, rief Nate. Er wandte sich zu Haism. »Was hat meine Nichte mit Ihnen und Ihrem Arbeitgeber zu tun, und warum halten Sie uns hier fest?«

»Erinnerst du dich, was ich dir über den Mann, der die Trolle entführt hat, gesagt habe? Haism arbeitet für ihn.« Ich verzog verächtlich den Mund. »Diese ganze Ölbohrgeschichte ist nur ein Vorwand, um hier herumschnüffeln zu können, nicht wahr?«

Haism zuckte mit den Achseln. »Es hat unsere Anwesenheit hier plausibler gemacht. Ich tue für meinen Boss alles, was nötig ist.«

Ich biss mir auf die Lippe, um nicht laut damit herauszuplatzen, was ich von seinem Boss hielt. Es würde Nate nicht helfen, wenn ich diesen Mann erzürnte. »Ich bin gekommen, so wie du es wolltest, und jetzt lass meinen Onkel gehen.«

Nate lehnte sich in seinem Stuhl nach vorn. »Worüber redet ihr?«

Haisms Lächeln erreichte seine Augen nicht. »Glaubst du wirklich, du bist in der Position, mit mir zu verhandeln, kleines Mädchen? Du hast mir nichts als Kopfzerbrechen bereitet, und wegen dir muss ich mit leeren Händen zu meinem Boss zurück.« Er stand auf und kam auf mich zu. »In meinem Land werden Frauen geschlagen, wenn sie sich in die Geschäfte der Männer einmischen.«

Nate zog scharf die Luft ein und griff dann nach meiner Hand. Die Berührung gab mir Kraft und so erwiderte ich: »In meinem Land hat ein Mann, der sein Wort nicht hält, keine Ehre.«

Haism schaute finster, aber kam mir nicht weiter näher. »Ich diene meinem Boss. Das ist eine ehrenvolle Aufgabe, also rede nicht …«

Ein Handy klingelte und er zog es aus der Vordertasche seiner Hosen. Beim Blick auf das Display huschte ein angstvoller Ausdruck über sein Gesicht. Er sah mich an und drückte das Handy ans Ohr. »Es ist erledigt.«

Der Anrufer sagte etwas, woraufhin Haism erwiderte: »Nicht so schnell. Mein Boss hat einen Vertrag mit dir, aber ich bin nicht dumm genug, dir zu vertrauen. Ich werde dir sagen, wo du sie abholen kannst, wenn ich und meine Leute in Sicherheit sind.«

Mein Herz wurde schwer. *Sie?* Er meinte mich damit. Ich dachte, er würde mich zu seinem Arbeitgeber bringen, weil er herausgefunden hatte, dass ich Heilerin war. Stattdessen würde er mich jemand anderem übergeben.

Haism ließ ein lautes Lachen hören. »Du hast so lange gewartet, Vampir, ein paar Stunden werden keine Rolle spielen. Ich werde dich anrufen und dir sagen, wo du sie findest.«

Er legte auf und klopfte mit dem Handy an sein Kinn. »Für jemanden in deinem Alter ziehst du ganz schön viel Aufmerksamkeit auf dich. Von sehr mächtigen … Leuten. Ich weiß nicht, was du angestellt hast, damit es so weit kommen konnte, aber was getan ist, ist getan.«

Sein Spott prallte an mir ab, denn die Angst hatte mich nun fest im Griff. Schwarze Punkte flirrten vor meinen Augen und ich drückte Nates Hand so fest, dass er vor Schmerz grunzte. Nach allem, was ich durchgemacht hatte, nach all den Fluchten und der Bewachung rund um die Uhr würde ich nun doch in Elis Fängen landen.

Nate zog mich näher an sich heran. »Was seid ihr nur für Menschen?«, sagte er angstvoll. »Sie ist doch noch ein Kind.«

Einen Moment lang sah Haism so aus, als wollte er antworten, dann drehte er sich weg. Er sagte etwas auf Arabisch zu den beiden Männern, die die Tür bewachten, woraufhin sie nickten und außerhalb des Raumes Position bezogen. Dann ging er ohne einen Blick zurück aus dem Zimmer.

Er wird ihnen auch Nate überlassen. Die Erkenntnis ließ mich auf die Knie sinken. *Nein, das werde ich nicht zulassen.*

Die Idee entsprang purer Verzweiflung, und ich klammerte mich daran wie an eine Rettungsleine. »Ich möchte einen anderen Tausch vorschlagen«, rief ich Haism hinterher.

»Du hast nichts von Wert für mich«, erwiderte er abwertend, ohne sich umzusehen.

»Was ist mit dem Leben des Scheichs?«

Haism hielt im Gehen inne und wirbelte herum, sah mich mit zusammengekniffenen Augen an. »Was hast du gesagt?«

»Du hast richtig gehört. Wie viel ist dir das Leben deines geliebten Scheichs wert?«

Er starrte mich an und ich sagte: »Ich weiß, dass er Alzheimer hat. Es muss furchtbar sein für so einen mächtigen Mann, zu wissen, dass er langsam das Gedächtnis und den Verstand verliert, bevor er stirbt.«

Er kam zurück zu mir, blieb nur wenige Zentimeter vor mir stehen, das Gesicht vor Wut verzerrt. »Sprich nicht von ihm!«

Ich lachte eisig. »Oder was? Bringst du mich dann um? Stell dich hinten an. Aber das wird deinen Boss nicht retten.«

Er studierte mein Gesicht, versuchte offenbar herauszufinden, ob ich log oder ihn hereinlegen wollte. Ich erwiderte seinen Blick selbstbewusst und er blinzelte zuerst. »Was hast du?« Die Hoffnung in seiner Stimme war hörbar, und ich verbarg meinen inneren Triumph.

»Keine Trolle, falls es das ist, was du denkst«, sagte ich. »Aber ich habe etwas, das fast genauso gut ist.«

Er starrte mich verständnislos an, dann begriff er endlich. »Du hast Trollgalle.«

»Drei ganze Unzen. Genug, um deinen bösen Boss für viele, viele Jahre am Leben zu erhalten.«

Der Hunger in seinen Augen war unmissverständlich. Er hatte Lunte gerochen – sah sich in der Lage, sich vor seinem geliebten Scheich zu beweisen. »Wo ist es?«, zischte er.

»Nicht so schnell«, höhnte ich, entschlossen, die Sache richtig zu machen. »Zuerst machen wir einen Deal.«

»Sprich«, sagte er viel zu leichtfertig. Als würde ich ihm ein zweites Mal trauen.

»Zuerst lässt du Nate gehen. Einer deiner Schläger bringt ihn nach Hause, und sobald er sicher im Haus ist, wird er mich anrufen.« Auf keinen Fall würden Haisms Männer den Bannkreis durchbrechen können, ihre verbrannten Hände waren Beweis genug. Der einzige Weg, für Nates Sicherheit zu garantieren, war, ihn ins Innere unseres Hauses zu schaffen.

Nate zog mich näher an sich heran, seine Augen weiteten sich besorgt. »Sara, ich werde dich hier nicht mit diesen Leuten alleine lassen.«

Ich drückte seine Hand. »Alles wird gut. Sobald ich dich in Sicherheit weiß, werde ich sie zu der Trollgalle führen und sie werden mich gehen lassen. Die Galle ist alles, was sie wollen.« Es war vermutlich die letzte Lüge, die ich ihm auftischen würde, also zählte sie genau genommen nicht.

»Woher soll ich wissen, dass du das auch tust, wenn ich deinen Onkel sicher nach Hause gebracht habe?«, fragte Haism.

»Das weißt du nicht«, erwiderte ich und sein Mund zog sich erbittert zusammen, als er seine eigenen Worte wiedererkannte. »Aber kannst du es dir leisten, mir nicht zu glauben?«

Er sah mich grollend an, seine Augen ein Meer aus schwarzem Hass. Haism war ein Mann, der es gewohnt war, zu bekommen, was er wollte, und er wollte, was ich hatte. Aber er war auch ein stolzer Mann und ich konnte spüren, wie sehr es an ihm nagte, nicht die Oberhand zu haben. Dennoch dauerte es nicht lange, bis das Verlangen, seinem Boss zu gefallen, seinen Stolz überwand. »Wir haben einen Deal.« Er rief den Blonden zu sich. »Gerhard, du wirst ihn nach Hause bringen. Sobald das erledigt ist, werde ich dir sagen, wo wir uns treffen. Tarek, du kommst mit mir.« Er schaute erneut zu mir. »Wenn du glaubst, dich hier herumdrücken zu können, bis deine Freunde dich finden, dann hast du dich getäuscht. Wir machen eine kleine Spritztour, bis dein Onkel sich meldet. Dann wirst du uns zu der Galle bringen.«

Nate klammerte sich an meine Hand. »Nein, ich werde das nicht zulassen, Sara.«

Ich kniete mich vor seinen Rollstuhl und nahm seine beiden Hände in meine. »Ich weiß, was ich tue, und es wird alles gut werden.« Ich machte mir keine Illusionen darüber, dass Haism mich freiwillig würde gehen lassen, wenn ich ihm die Galle erst überlassen hatte, aber es war der einzige Weg. Ich hatte eine bessere Chance, Haism zu entwischen, wenn ich mich nicht noch zusätzlich um Nate sorgen musste.

Jemand tippte mir auf die Schulter und ich sah in Gerhards ernstes Gesicht. Ich stand auf, umarmte Nate schnell, da schob der blonde Mann schon den Rollstuhl hinaus. Ich folgte ihnen, hinter uns Haism und Tarek. Nate sagte nichts, bis wir den Ausgang erreichten. Dann versuchte er erneut, mir mein Vorhaben auszureden. Nichts, was ich ihm sagte, überzeugte ihn, und er wirkte ausgezehrt, seine Miene ängstlich, als Gerhard ihn in den Escalade hob. Meine Brust zog sich schmerzhaft zusammen beim Gedanken daran, dass dies womöglich das letzte Mal sein würde, dass wir uns sahen. Ich wollte zu ihm rennen, ihn ein letztes Mal umarmen, doch Haism hielt meinen Arm fest und so blieb mir nichts, als Nate beruhigend zuzulächeln.

Haism gab Nate seine Nummer und führte mich zu einer weißen Cadillaclimousine und befahl mir, auf der Rücksitzbank Platz zu nehmen. Er setzte sich neben mich und Tarek hinters Lenkrad. Er sagte ein paar arabische Worte zu Tarek, der daraufhin den Wagen startete und offensichtlich ziellos umherfuhr. Haism versuchte nicht, mit mir zu reden, worüber ich froh war.

Ich dachte an Nate und die Phiole mit Ptellonblut, die noch immer in meinem Zimmer versteckt war. Wenn ich ihm nur gestern Abend etwas davon gegeben hätte, dann wäre all das nicht geschehen. *Es hätte nicht geholfen,* sagte ich mir selbst. Ptellon wirkte nicht bei Bedrohungen, die von Menschen ausgingen. Ich hatte geglaubt, Nate vor Monstern beschützen zu müssen und vergessen, dass es die auch in menschlicher Gestalt gab.

Es fühlte sich an, wie eine Ewigkeit, bis Haisms Handy endlich klingelte. Ich hielt den Atem an, als er abhob und es mir schließlich reichte. Ich sah unsere Festnetznummer und atmete erleichtert aus.

»Nate?«

»Es geht mir gut. Ich bin zu Hause und der Mann ist weg.«

»Gut.« Meine Kehle schnürte sich vor Erleichterung zusammen und ich konnte kaum eine Silbe von mir geben.

Nates Stimme klang zittrig. »Sara, er hat versucht, hineinzukommen, aber er konnte nicht. Warum?«

Ich warf Haism einen Blick zu. Ich hatte vermutet, Gerhard hätte Befehl bekommen, sich um Nate zu kümmern, wenn ich ihn in Sicherheit glaubte. Für jemanden wie Haism war es nicht genug, zu bekommen, was er wollte. Er brauchte die Kontrolle über alles. Dieses Mal war es ihm nicht gelungen.

»Das erkläre ich dir, wenn ich nach Hause komme«, erwiderte ich, stolz darauf, dass es mir gelang, die Tränen zurückzuhalten.

Ich legte auf und warf Haism das Handy zu. *Nicht weinen.* Ich würde nicht zulassen, dass dieser Mann mich zusammenbrechen sah.

»Mein Teil der Abmachung ist erledigt«, sagte Haism. Seine Augen glitzerten erwartungsvoll. »Jetzt bist du an der Reihe.«

Ich nickte und gab Tarek Anweisungen. Er wendete den Wagen und fuhr in Richtung Süden. Mit dem Rad war man in zwanzig Minuten dort. Mit dem Auto dauerte es keine fünf. Wir bogen an der schmalen, dreckigen Straße, die zu der verlassenen Miene führte, ab, und im Fahren streiften die Äste der umliegenden Bäume über den Lack des Wagens. Bald erreichten wir die Stelle, an der ich für gewöhnlich mein Fahrrad versteckte und ich bedeutete ihnen anzuhalten.

»Ab hier müssen wir zu Fuß gehen.«

Haism sah sich misstrauisch um und fixierte mich dann mit einem unbarmherzigen Blick. »Wir sind hier mitten im Nirgendwo. Ich bete um deinetwillen, dass du nicht versuchst, mich hereinzulegen.«

»Glaubst du, ich verstecke Trollgalle im Haus? Oder vielleicht in meinem Schulschließfach?«

Darauf antwortete er nicht. Wir blieben auf der Rücksitzbank sitzen, bis Tarek ausstieg und zu meiner Seite lief. Sie wollten ganz offensichtlich nicht riskieren, dass ich einen Fluchtversuch unternahm.

»Kontrolliere sie«, sagte Haism harsch und ich stöhnte ängstlich, als Tarek mich aus dem Wagen zog und mich von oben bis unten abtastete. Mit trockenem Mund musste ich zulassen, dass seine Hände über meinem Mantel das Messer berührten. Er riss ihn auf und zog das silberne Messer heraus, um es Haism zu zeigen.

Die Faust kam ohne Vorwarnung aus dem Nichts. Vor meinen Augen tanzten Sternchen und ein heftiger Schmerz biss sich in meine linke Gesichtshälfte. In meinen Ohren surrte es, ich stolperte rückwärts und wäre gefallen, hätte Tarek mich nicht aufgefangen. Über meine Lippen tropfte Blut aus meiner Nase, das ich mit meinem Ärmel wegwischte.

»*Sharmoota*!«, schrie Haism und spuckte dabei, dass sein Speichel mir übers Gesicht spritzte. »Glaubst du, du kannst mich verarschen?« Er wollte erneut ausholen und ich zuckte zusammen, wartete auf den nächsten Schlag. Stattdessen holte er einen Kabelbinder aus seiner Tasche.

Er verdrehte mir schmerzhaft die Arme und fesselte sie auf meinem Rücken. Als er das erledigt hatte, beugte er sich hinab, zog mir die Sneakers aus und warf sie in den Wald.

»So, und jetzt versuch mal, davonzulaufen«, jubilierte er. Er nahm das Messer von Tarek und warf es den Sneakers hinterher. Dann bellte er dem schwarzhaarigen Mann Befehle zu. Tarek nickte und nahm seinen Beobachterposten nahe des Wagens ein.

Haism packte mich am Arm und drückte mich so unsanft vorwärts, dass ich stolperte und beinahe wieder gefallen wäre. Er riss mich hoch und schubste mich erneut voran. »Welchen Weg? Und versuch nicht irgendwelche Tricks. Ich habe kein Problem damit, dir das Genick zu brechen und dich als Futter für die Wildtiere hier liegen zu lassen.«

Ich nickte in die Richtung, die wir einschlagen mussten. »Hier entlang.«

Mit auf den Rücken gefesselten Armen über unebenes Gelände zu gehen, war schwierig. Es ohne Schuhe tun zu müssen, eine Qual. In weniger als fünf Minuten waren meine Socken blutgetränkt, meine Füße aufgerissen von den Steinen und scharfen Kanten. Die linke Seite meines Gesichts fühlte sich taub an und mein Auge war geschwollen und zur Hälfte geschlossen, was es schwierig machte, zu sehen, wohin ich trat. Haism zerrte mich unerbittlich vorwärts, sobald ich langsamer wurde, und ich musste die Lippen fest zusammenpressen, um die Tränen zurückzuhalten. Diese Genugtuung würde ich ihm nicht bereiten.

»Ich bin neugierig«, sagte er, während er wartete, dass ich über einen umgestürzten Baum stieg. »Diese Trolle sind wilde Kreaturen, sogar Vampire fürchten sie. Du musst für die Vampire sehr wertvoll sein, dass sie das Risiko auf sich genommen haben, die kleinen Trolle zu fangen.«

»Ist das eine Frage oder eine Feststellung?«

Er sah mich finster an. »Wie kommt es, dass ein menschliches Mädchen sich mit solchen Biestern anfreundet? Wie bist du an die Galle gekommen und dabei am Leben geblieben?«

»Das würdest du nie verstehen.« Tatsächlich gab es nur wenige, die meine Freundschaft mit Remy verstanden. Ich würde es ganz sicher nicht jener Person erklären, die Kinder quälte und bereit war, mich an die Vampire auszuliefern.

»Vielleicht sagst du mir dann, warum dieser Vampir dich so begehrt. Er ist wild entschlossen, dich zu besitzen.«

Es genügte, Eli auch nur zu erwähnen – ich stolperte und mir wurde übel. »Er hat versucht, mich zu töten und ich bin ihm entkommen. Ich schätze, das gefällt ihm nicht.«

Haism lachte bellend. »All der Aufwand für eine Mahlzeit? Das glaube ich nicht. Er hat zu hart gearbeitet, um dich zu bekommen, um es so schnell enden zu lassen.«

Mein Magen drehte sich um. Wie konnte er nur so gleichgültig über meinen Tod sprechen? Er musste wissen, was Eli mit mir vorhatte. Die Angst drohte, mich zu ersticken. Ich biss mir auf die Innenseite meiner Wange, bis ich Blut schmeckte. Der scharfe Schmerz durchdrang den Nebel meiner Panik und so konnte ich ein wenig klarer denken.

Von Anfang an hatte ich gewusst, dass Haism nie die Absicht gehegt hatte, mich freizulassen, nachdem ich ihm gegeben hatte, was er wollte. Sein Scheich hatte einen Deal mit Eli, und Haism würde mich ausliefern, wie versprochen. Sein Ton sagte mir, dass ihm der Gedanke an meine bevorstehenden Qualen sogar Freude bereitete. Obwohl ich einen Dämon in mir trug, war ich menschlicher als das Monster neben mir.

Der Wald war düster und still bis auf den Gesang der Vögel, der hin und wieder durch das Dickicht drang. Wie ein Gefangener auf dem Weg zu seiner Hinrichtung schritt ich voran und es war schwer, mich daran zu erinnern, dass ich an diesem Ort so viele schöne Stunden verbracht hatte. Nun würde Remy nie mehr mit mir schimpfen; die kleine Minka würde sich nicht hinter einem Gebüsch verstecken und mich kichernd hinterrücks überfallen. Es war möglich, dass die Trolle mich beobachteten, aber niemand würde zu meiner Rettung kommen. Dass ich die Kleinen letzte Nacht gerettet hatte, spielte keine Rolle mehr; für die Ältesten hatte ich damit nur mein Unrecht wiedergutgemacht. Ich mochte einen Aufstand verhindert haben, aber deshalb hatte ich noch lange nicht ihre Vergebung verdient. Ich war nun wirklich auf mich allein gestellt. Niemand würde mich dieses Mal retten.

Es war Zeit, mir selbst zu helfen. Ich rekapitulierte meine Situation. Ohne Schuhe, unbewaffnet und gefesselt gab es keine Möglichkeit, Haism davonzulaufen. Aber wir waren auf dem Weg zu den Klippen und ich kannte sie besser, als jeder andere. Und Haism würde meine Fesseln lösen müssen, damit ich die Galle für ihn holen konnte. Es musste einen Weg geben, ihm in den Klippen zu entkommen, denn auf keinen Fall würde ich mich Eli ausliefern lassen. Ich schluckte hart und traf eine Entscheidung. Wenn ich meinem Kidnapper entkam, würde es einen anderen Weg geben, und ein einziger Moment der Unachtsamkeit war alles, was ich brauchte. Ein Augenblick, wenige Sekunden der Angst und dann wäre es vorüber. Ich würde zu meinen eigenen Bedingungen sterben, bevor Eli mich in die Hände bekam.

Sobald ich meine Entscheidung getroffen hatte, kam eine seltsame Ruhe über mich. Gefolgt von Traurigkeit über die Dinge, die ich nie gesehen hatte und nie tun würde, Bedauern über all die unvollendeten Dinge, die ich zurücklassen würde. Mein größtes Bedauern galt Nate und der gemeinsamen Zeit, die wir verloren hatten. Das, was ich ihm angetan hatte, hatte er nicht verdient, und wenn ich nicht zurückkäme, so würde er dies für den Rest seines Lebens mit sich tragen. Mein einziger Trost war, dass ich wenigstens in der Lage gewesen war, ihn zu retten. Ich hatte so viele Fehler gemacht und Menschen, die mir sehr am Herzen lagen, waren wegen mir verletzt worden. Die Trolle und Rolands Leben gerettet zu haben, mochte meine Schuld getilgt haben, aber ich war es gewesen, die sie erst in Gefahr gebracht hatte. Auch Scott. Er war ein Idiot, aber ich hatte trotzdem nicht gewollt, dass ihm wehgetan wurde. So war er ein weiteres Opfer, das auf mein Konto ging.

Es klingelte. Haism zog sein Handy hervor und beeilte sich, den Anruf anzunehmen. Er sprach auf Arabisch und etwas in seinem unterwürfigen Ton und seiner Gestik sagte mir, dass der Scheich am Apparat war. Haism schien ihm etwas erklären zu wollen, seine Stimme nahm einen entschuldigenden, fast schon flehenden Ton an. Es war überdeutlich, dass der Scheich nicht glücklich war. Ich konnte hören, wie er Haism anschrie, und beobachtete, wie das Gesicht meines Entführers fahl wurde, während sein Boss ihn mit Worten schlug.

Haism warf einen kurzen Blick auf mich, als ihm klar wurde, dass ich Zeuge seiner Abreibung wurde. Sein Mund verzog sich und er schubste mich grob zu Boden. Ich schrie auf, als ich in einem Erdhaufen landete, die Arme noch immer schmerzvoll nach hinten gedreht. Mit einiger Mühe krabbelte ich nach hinten, bis ich mich halb aufrecht gegen einen Baum lehnen konnte. Die raue Rinde schnitt in meine Hände und ein tiefhängender Ast verfing sich in meinen Haaren. Tränen schossen mir in die Augen. Ich war ein einziges Bündel aus Kratzern, Schnitten,

Blutergüssen – und ich war meinem Foltermeister noch nicht einmal übergeben worden.

»Bleib!«, kommandierte Haism scharf, als spräche er mit einem Hund. Sein kalter Blick schweifte über mich, bevor er ein kleines Stück zurücktrat und wieder mit flehentlicher Stimme mit dem Mann am anderen Ende der Telefonleitung sprach.

Um mich von meinem Unwohlsein abzulenken, dachte ich über Nate, Remy, Roland und Peter nach und versuchte, mich an die glücklichen Zeiten mit ihnen zu erinnern. Es überraschte mich selbst, dass ich auch an Nikolas dachte, auf eine Art, die überhaupt keinen Sinn ergab. Im letzten Monat war er beinahe überall dort gewesen, wo auch ich war. Er war zur Stelle gewesen, um mich zu retten, hatte mich verfolgt, mich beschützt, mich zurechtgewiesen. Ich rief mir sein neckendes Lachen in Erinnerung, in jener Nacht bei mir zu Hause, und den Ausdruck in seinen Augen, wenn er wütend auf mich war. Wir beide waren wie zwei Magnete, die sich ständig abstießen, und so sehr er mich auch nervte, ich hatte mich an ihn gewöhnt. Fast schon hörte ich ihn im Geiste sagen: »Ich habe es dir doch gesagt.« Ich mochte mir nicht vorstellen, wie wütend er jetzt war, weil ich – schon wieder – nicht auf ihn gehört hatte. War er jetzt bei mir zu Hause und versuchte herauszufinden, wo ich war? Er nahm diese Beschützersache sehr ernst. Wie lange würde er suchen, bevor er einsah, dass ich dieses Mal verloren war?

Die Vorstellung, Nikolas könnte mich aufgeben und mit seinem Leben weitermachen wie bisher, versetzte mir einen Stich. Mein Mori regte sich und seufzte traurig. *Ich weiß*, beruhigte ich den Dämon. *Dir gefällt er irgendwie.*

In meinen Kummer versunken bemerkte ich die sanfte Bewegung an meiner Hand fast nicht. Doch dann hielt ich den Atem an, denn ich war mir sicher, dass da eine Sekunde lang etwas Warmes meine Haut berührt hatte. Eine Maus vielleicht. Tiere hatten keine Angst vor mir, es war nicht unüblich, dass eines meine Nähe suchte.

Eine weitere Berührung folgte, aber dieses Mal war sie nicht warm. Dieses Mal streichelte etwas Kaltes meinen Handrücken. Ich zog scharf die Luft ein, als ich einen Schnitt hörte.

Der Kabelbinder um meine Hände löste sich.

Ich wagte nicht, mich zu bewegen, schielte zu Haism, um zu sehen, ob er etwas bemerkt hatte. Aber er sprach noch immer aufgewühlt in sein Handy und sah kaum zu mir. Langsam drehte ich meinen Kopf und sah über meine Schulter.

Was immer ich erwartet hatte, es war auf jeden Fall kein Paar eulenartiger Augen in einem kleinen, braunen Gesicht – teilweise verdeckt von einer Masse ungekämmten gelben Haars. Ich fiel beinahe hinten über beim Anblick der säuerlichen kleinen Kreatur, die ich vor Wochen geheilt hatte. »Nog?«, flüsterte ich.

Der Gobel sprach nicht, beugte sich nach unten und drückte mir etwas in die Hand. Ich erkannte die Form eines Messers – meines Messers. Mein Herz wurde warm – ich war nicht alleine hier draußen. Noch einmal sah ich hoch zu dem Wicht, der mich ernst anschaute, und wollte ihm etwas sagen, ihm danken.

Ich blinzelte und er verschwand.

Das Messer aber war noch da und ich schlang meine Finger besitzergreifend um den Griff, der in meine Hand passte, als wäre er dafür gemacht worden. Gemacht für eine Kriegerin.

Ich hob den Blick zu Haism, der mir den Rücken zugedreht hatte und inbrünstig mit gedämpfter Stimme sprach, als ob ich sonst ein Wort davon verstanden hätte. Er war abgelenkt, gestikulierte mit seiner freien Hand und ging auf und ab.

Das war womöglich meine letzte Chance. Ich dehnte meine schmerzenden Arme und rappelte mich lautlos auf.

Dann rannte ich los.

Kapitel 20

ICH kam nicht weit. Schon bald hörte ich laute Rufe hinter mir, gefolgt von dem Geräusch knarzender Äste und raschelnden Laubs. Haism verfolgte mich. Ich drehte mich nicht um, um zu sehen, wo er war oder ob der Abstand zwischen uns geringer geworden war. Ich rannte so schnell, wie mein gepeinigter Körper und meine blutigen Füße es zuließen. Haism war stark und flink, und selbst mit dem Messer war ich – wenn er mich erst einmal eingeholt hatte – kein ernstzunehmender Gegner für ihn.

Er mochte zwar einen körperlichen Vorteil haben, aber ich kannte diese Wälder besser als jeder andere. Wir waren nicht mehr weit von den Klippen entfernt und wenn ich sie erreicht hatte, konnte ich hinunter zu meiner Höhle klettern. Es würde Mut und Geschicklichkeit fordern, den Steilhang der Klippen hinabzusteigen und ich zweifelte daran, dass es Haism oder seinen Männern ohne Seil gelingen würde. Ich hatte noch immer mein Handy bei mir, denn Tarek hatte mich nach dem gefundenen Messer nicht mehr weiter abgesucht, also konnte ich Nikolas anrufen und mich in der Höhle verstecken, bis er kam. Ich hatte einen Plan, nun musste ich ihn nur noch umsetzen.

Der Wasserlauf kam in Sicht und ich balancierte über einen Baumstamm, den ich stets als Brücke benutzte. Sekunden später hörte ich, wie mein Verfolger in den Bach fiel, es platschte laut und er fluchte. Ich dagegen lief weiter.

Kurz bevor der Wald sich lichtete und sich vor mir ein Spalt in den Bäumen auftat, roch ich bereits die salzige Luft. Ich war so nahe. Noch einmal beschleunigte ich mein Tempo und Haism fiel weiter zurück. Plötzlich lagen die Bäume hinter mir, und ich humpelte über eine Wiese, auf der das Gras hochgewachsen war. Das Donnern der Wellen sagte mir, wie nahe ich nun war, und ich steckte das Messer in meinen Mantel, um mit freien Händen um mein Leben klettern zu können.

Meine Füße berührten den blanken Fels und ich steuerte nach links auf den einzigen Pinienbaum oberhalb der Höhle zu. Über den Wind und das Brausen der Brandung hinweg hörte ich Haism unverständliche Laute rufen, aber er war jetzt zu weit entfernt, als dass es eine Bedeutung gehabt hätte. Ich erreichte den Baum und lugte hinab auf das Gestein. Das Naturschauspiel des Ozeans verfehlte hier nie seine Wirkung, aber sonst hatte ich immer Remy bei mir gehabt, der mich sicher nach unten trug. Ich freute mich nicht auf die Kletterei, aber ich hätte lieber hundert Klippen erklommen, als mich meinem Schicksal zu ergeben.

Es galt, keine Zeit zu verschwenden, also fasste ich Mut. Haism kam näher, ich musste es jetzt tun. Mit einem letzten tiefen Atemzug wollte ich zu klettern beginnen.

»Hallo, kleine Blume.«

»Nein!«

Die dunkelblauen Augen aus meinen Albträumen sahen mich glänzend an. Die vollen Lippen waren zu einem freudigen Grinsen verzogen und ließen meinen Mut wie ein Kartenhaus in sich zusammenfallen. Als ich diesen Mund das letzte Mal gesehen hatte, waren die Fangzähne deutlich hervorgetreten und das Monster hatte mir fauchend geschworen, es würde mich haben.

Nein, nein, nein, nein, schrie mein Verstand. Unwillkürlich trat ich einen Schritt zurück und verlor den Halt.

Elis Hand schoss hervor, während ich noch am Abgrund taumelte. Er zog mich an sich und fuhr mir mit seinen Fingern über das Gesicht. Ich schüttelte mich und er lachte, als wären wir zwei frisch vereinte Liebende. »Mach dir keine Sorgen, dieses Mal werde ich dich nicht fallen lassen. Ich habe zu lange darauf gewartet, dich in den Armen zu halten, um dich jetzt loszulassen.« Seine Finger ruhten an meiner geschwollenen Wange. »*Darüber* bin ich ganz und gar nicht glücklich. Ich werde mich mit Haism über die Bedingungen unseres Vertrages unterhalten müssen.«

»Eli«, sagte eine männliche Stimme. Ich sah an ihm vorbei, und beim Anblick des Dutzend anderer Vampire, die sich in der Nähe versammelt hatten, gefror mir das Blut in den Adern. Derjenige, der gesprochen hatte, war ein dunkelhäutiger Vampir, der seinem Alter nach als einer meiner Klassenkameraden hätte durchgehen können. Er neigte seinen Kopf in Richtung des Mannes, der wie erstarrt am Waldesrand stand.

Selbst von hier aus konnte ich sehen, wie die Szene, die sich Haism offenbarte, ihn zu Tode erschreckte. Am Telefon war er Eli gegenüber recht überheblich gewesen, wohl weil er geglaubt hatte, dem Vampir nicht von Angesicht zu Angesicht gegenübertreten zu müssen. Nun, da er sich gleich mehreren von ihnen stellen musste, allein und nur mit einem Handy bewaffnet, schien auch er zu realisieren, dass heute nicht nur mein Leben auf dem Spiel stand. Ich hätte Mitleid für ihn empfinden sollen und vielleicht auch können, hätte er nicht Nate bedroht und geplant, uns beide an Eli auszuliefern.

»Haism, nun lernen wir einander endlich kennen«, rief Eli und drehte uns beide um, sodass wir meinen Ex-Kidnapper ansehen konnten. Elis Arme hielten meine Taille mit stählernem Griff und drückten mich an ihn. Ekel, Angst und ein Dutzend anderer Gefühle auf einmal regten sich in meinem Innern und ich musste all meine Kraft aufwenden, um nicht laut zu schreien oder das Bewusstsein zu verlieren.

»Ja … Planänderung, wie ich sehe«, stammelte Haism. »Aber du hast, weswegen du gekommen bist, wie versprochen.« Ich sah, wie er einen Schritt zurücktrat. Glaubte er wirklich, fliehen zu können?

Eli strich mir die Haare aus dem Gesicht. »Nicht ganz wie versprochen. Sie ist beschädigt. Ich will mir gar nicht vorstellen, was ihr hätte zustoßen können, wenn ich euch nicht gefolgt wäre.«

Haism fiel die Kinnlade herab. Er ging einen weiteren Schritt in Richtung Wald.

»Ich habe eine Vereinbarung mit deinem Boss getroffen. Ich liefere die Trolle, ihr das Mädchen – ganz und unversehrt. Ich glaube, damit ist unser Vertrag nichtig.« Ein sadistisches Grinsen überzog Elis zuckersüße Stimme. »Juan, Rose, bitte beendet unseren Deal mit Mr Bakr.«

»Neeeeein!« Es gelang Haism, dieses eine Wort zu äußern, bevor der dunkelhäutige Vampir und eine blonde Frau an seiner Seite auftauchten. Ich wandte den Blick ab, aber die Schreie waren nicht zu überhören. Unaufhörlich schienen sie in den Wäldern widerzuhallen, bevor ein fürchterliches Gurgeln, das meine Beine weich machte und meinen Magen drehte, ihnen ein Ende setzte.

Eli neigte den Kopf, bis sein Mund mein Ohr berührte. »Beruhige dich, meine Süße. Du gehörst zu mir und niemand sonst wird dich anfassen.«

Das Versprechen in diesen leisen Worten ließ mein Blut gefrieren. Nicht mehr lange und ich würde mir wünschen, mit Haism gestorben zu sein. Es gab nur noch einen einzigen Ausweg für mich. Ich würde so oder so sterben. Ich musste sicherstellen, dass es zu meinen Bedingungen geschah, denn die Alternative war undenkbar.

»Warum?«, fragte ich heiser. »Warum ich?«

Eli seufzte. »Du weißt nicht einmal, wie bezaubernd du bist, was? Diese Mischung aus Feuer und Unschuld, das habe ich gleich in unserer ersten Nacht bemerkt, und ich wusste, ich muss dich haben. Stell dir meine Freude vor, als ich herausfand, was du bist und dass ich ausgerechnet deinetwegen erst nach Portland gekommen war.«

Ich dachte an Davids Theorie über die vermissten Mädchen. Ich schluckte meine Angst hinunter und sagte: »Du hast diese Mädchen in Portland entführt, weil du nach mir gesucht hast. Warum hast du sie ausgewählt?«

»Sie wurden ausgewählt, weil sie das richtige Alter und gewisse Gemeinsamkeiten hatten. Es hat aber nicht lange gedauert, bis ich herausgefunden habe, dass sie nicht die eine sind, nach der ich suchte.«

Etwas in mir schrumpfte zusammen und starb. Diese Mädchen waren wegen mir getötet worden und ihre Familien würden nie erfahren, was mit ihnen geschehen war. »Alles nur, um Madeline Croix zu fangen?«

Eli lachte leise, seine Brust drückte sich gegen meinen Rücken. »Ach, Madeline. Was für eine Schönheit sie war. Beinahe hätte ich sie gehabt, aber sie ist mir all die Jahre entwischt. Mein Master war nicht glücklich darüber.« Seine Arme drückten mich leicht. »Aber du bist die größere Errungenschaft, glaube ich.«

»Wirst … wirst du mich jetzt zu deinem Master bringen?« Ich wusste nicht, welche Vorstellung mir mehr Angst einjagte – Eli oder seinem Master ausgeliefert zu sein.

»Eli, wir sollten gehen«, sagte einer der anderen Vampire. »In dieser Stadt wimmelt es von Wölfen und Jägern. Und der Himmel klart gleich auf.«

»Wir gehen, wenn ich so weit bin«, bellte Eli. Er wirbelte herum, um mich anzusehen, und ich drückte die Hände gegen seine Brust, um Abstand zwischen uns zu schaffen. »Du bist mein. Mein Master hat mir dich versprochen.«

Ich starrte auf seine Brust, um den Hunger in seinen Augen nicht sehen zu müssen und drängte nach weiteren Antworten. »Warum ist Madeline für deinen Master so wichtig? Ich kenne meine Mutter nicht einmal. Wenn du glaubst, sie mit meiner Hilfe zu finden, dann liegst du falsch.«

»Das *Warum* geht nur meinen Master und Madeline etwas an. Bei unserer Suche nach Madeline haben sich ein paar Dinge über ihr Leben herausgestellt, die für meinen Master von großem Interesse sind.«

»Das verstehe ich nicht. Was ist so besonders an ihr, außer dass sie eine Mohiri ist und ihr einander hasst?«

Er lachte. »Du hast recht. Sie ist nichts Besonderes, ihre Tochter dagegen schon. Ist dir klar, dass wir erst seit ein paar Monaten wissen, dass Madeline eine Tochter hat? Diese Kleinigkeit haben sie und dein verschiedener Vater vor uns verborgen. Als wir es schließlich herausfanden, warst du nirgends zu finden. Es war, als hättest du dich in Luft aufgelöst.«

Ich spürte, wie mir die Farbe aus dem Gesicht wich. »Mein Vater?«

Er hob mein Kinn, zwang mich, zu ihm aufzusehen. »Oh ja, ich war gut bekannt mit Daniel Grey – nun, so gut bekannt, wie man mit jemandem am letzten Tag seines Lebens sein kann.«

Die Welt um mich verschwand. Ich konnte den Wind nicht mehr spüren, den Ozean nicht mehr hören, die Vampire um mich herum nicht mehr sehen. Es gab nur noch Eli und mich.

»Du … du hast ihn getötet.«

Seine grausamen, schönen Augen leuchteten, während er mein Gesicht aus der Nähe betrachtete. »Ich bin Madeline gefolgt, und die Spur führte zu ihm. Er sagte, er wüsste nicht, wo sie ist. Natürlich musste ich sichergehen, dass er die Wahrheit sagte.« Er seufzte, als riefe er sich eine besonders glückliche Erinnerung ins Gedächtnis. »Ich glaube, es war die Wahrheit.«

Ich konnte nicht mehr atmen, das Bild vom misshandelten Körper meines Vaters flimmerte vor meinen Augen. Seit zehn Jahren trug ich diese grausame Erinnerung mit mir herum und versuchte, zu akzeptieren, dass ich seinen Mörder nie finden würde. Und nun stand er vor mir. All die Albträume, die Trauer, die Einsamkeit, die ich erlitten hatte, waren von dem Monster verursacht worden, das mich jetzt so unverschämt angrinste.

»Er hat es auch tatsächlich länger ausgehalten als die meisten …«

In meiner Brust loderte das Feuer auf. Mein Körper erzitterte, als elektrische Spannung durch mich kribbelte und wie Hitzewellen über

Asphalt auf meiner Haut waberte. Die Luft war wie aufgeladen, alles an mir prickelte und die Haare an meinem Nacken stellten sich auf.

Eli riss die Augen auf und ließ die Hände von meinen Schultern fallen, als hätte ich ihm einen elektrischen Schlag versetzt. Ich spürte, wie die anderen sich näherten und einen Halbkreis um uns herum bildeten.

Die seltsame Elektrizität in meinen Venen funkte wie ein entzündetes Feuerzeug. Ich versuchte, danach zu greifen, aber es war bereits wieder verschwunden, bevor ich mir überlegen konnte, wie ich Eli damit zerstören konnte. Hilflose Wut überkam mich.

Eli lachte, nachdem er sich von dem kurzen Schrecken erholt hatte. »Nette kleine Vorstellung, aber nicht genug, um mir wehzutun. Du hast keine Ahnung, was das ist, oder? Was du bist?«

»Spielt es eine Rolle?«, fragte ich, froh darüber, dass die Wut einen Teil meiner Angst verschluckt hatte.

»Für mich nicht«, erwiderte er und lächelte. »Ich glaube, wir haben lange genug hier herumgelungert. Später werden wir Zeit genug haben, uns besser kennenzulernen.«

Mein Herz polterte schmerzhaft, als seine Worte in mein Bewusstsein sickerten. Das war es. Wenn er mich von hier wegbrachte, dann war ich dem Tod geweiht – oder würde ihn mir schon bald herbeisehnen. Der Rand der Klippe war nur etwa einen halben Meter entfernt – ein Sprung und alles wäre vorüber. Das war jetzt der einzige Ausweg. Wenn es wirklich einen Gott gab, dann war dies nicht das Ende und ich würde bald bei meinem Dad sein. Wenn es keinen Gott gab – dann würde ich es nicht erfahren. Aber selbst das Nichts war besser als das Schicksal, das mich bei Eli erwartete.

Eli beobachtete mich und griff plötzlich nach meinen Handgelenken. Seine Augen funkelten gefährlich dabei. »Du wirst wohl nicht daran denken, mich meiner Zeit mit dir zu berauben, oder Süße?«

Mein Herz wurde schwer. »Nein, ich wollte nur …«

Etwas streifte meinen Verstand.

Ein Vampir schnappte nach Luft, ein anderer ließ einen kleinen Aufschrei ertönen, Elis Augen weiteten sich – vor Angst.

Ich hielt den Atem an. Ich wirbelte herum, und da stand er, wie ein Racheengel zwischen uns und dem Wald. Seine Lederjacke fehlte, dafür trug er einen Kriegerharnisch. Die Hände hatte er fest um die Hefte von zwei langen schmalen Schwertern geschlossen.

Unsere Blicke trafen sich und der Ausdruck in seinen Augen ließ mir den Atem stocken. Ich hatte Nikolas einige Male verärgert gesehen, aber das war nichts im Vergleich zu der ungezügelten Wut, die er jetzt ausstrahlte. Ich kannte Nikolas, den Mann, aber nun stand ein Dämonenkrieger vor mir und der Mori in ihm war außer Rand und Band.

»Es ist nur einer«, brummte Eli, nachdem der erste Schock sich gelegt hatte. »Risa, Heath, Lorne – kümmert euch darum.«

»Nein!«, schrie ich, aber die drei Vampire hatten Nikolas erreicht, bevor die Worte meine Lippen verlassen konnten. Mein Magen zog sich zusammen und ein saurer Geschmack füllte meinen Mund, während ich dabei zusah, wie die Vampire ihr Opfer umzingelten, als wären sie Löwen auf Gazellenjagd. *Er ist ein Krieger. Das ist das, was er macht.* Ich versuchte, in diesem Gedanken Trost zu finden, aber es stand drei gegen einen. Nikolas war so schnell wie sie, aber wie sollte er sie alle auf einmal bekämpfen? Er war immer so stark, so unverletzlich gewesen, dass die Vorstellung, er könnte jetzt unterliegen, undenkbar war.

Er darf nicht sterben. Ich hatte zu große Angst um ihn, um überhaupt darüber nachzudenken, warum die Vorstellung, ihn zu verlieren, mir jegliche Wärme aus dem Körper saugte.

Der Rothaarige, der vor Nikolas stand, schwankte auf ihn zu. Nikolas hob sein Schwert, aber der Vampir wirbelte in letzter Sekunde herum. Die Bewegung lenkte Nikolas ab, und so schrie ich erstickt auf, als der blonde Mann zu seiner Linken mit blitzartiger Geschwindigkeit zuschlug und mit einer klauenartigen Hand nach Nikolas' Kehle griff.

Ein schreckliches Kreischen durchschnitt die Luft. Um sie herum wurde es grau und dann zog sich der blonde Vampir ruckartig zurück, starrte auf den Stumpf, wo kurz zuvor noch seine Hand gewesen war. Wieder blitzte Metall. Der Vampir starrte Nikolas eine endlose Sekunde lang mit offenem Mund an, bevor sein Kopf vom Rumpf kippte und ein paar Meter weit vom Rest seines Körpers wegrollte.

Die Frau hinter Nikolas heulte wütend auf und warf sich auf ihn, ihre langen schwarzen Haare flatterten wild um ihren Kopf. Zur gleichen Zeit griff der andere Mann von vorne an, zielte auf Nikolas' Brust. Mit einer Geschwindigkeit, die mit bloßem Auge kaum wahrnehmbar war, warf sich

Nikolas in die Luft und sprang mit einer Drehung über die Frau hinweg, sodass er knapp hinter ihr landete. Sie kreischte zornig und wäre beinahe rückwärts mit ihrem Gefährten zusammengestoßen. Doch sie war nicht schnell genug, um seinen Krallen zu entgehen. Lange, blutige Kratzer verunstalteten ihr hübsches, blasses Gesicht. Sie bremste sich in ihrer Bewegung und wandte sich wieder dem Kampf zu.

Von seinem Zusammenprall mit der Frau aus dem Gleichgewicht gebracht, war der Rothaarige nun nicht mehr in der Lage, seine eigene Attacke rechtzeitig zu unterbrechen. Das Geräusch von Stahl, der gegen Muskel und Knochen prallte, war abstoßend, auch wenn mich der Anblick des Messers durch die Brust des Vampirs innerlich jubeln ließ. Nikolas wich ein Stück zurück und holte erneut aus. Der Vampir fiel zu Boden, seine Eingeweide quollen aus dem Körper heraus und verteilten sich auf dem Gras.

Auch wenn sich bei diesem Schauspiel roher Gewalt mein Magen umdrehen wollte, konnte ich den Blick nicht von Nikolas abwenden, der mit der Anmut eines Tänzers kämpfte, seine flinken Bewegungen so kontrolliert und scheinbar mühelos. Die wilde Schönheit in seinem Gesicht, als er das Messer aus dem Vampir am Boden zog und sich der Frau zuwandte, raubte mir den Atem. Halbdämon oder nicht, in diesem Moment war er das Prächtigste, was ich je gesehen hatte.

Die Frau tobte in ihrer Wut und Trauer um den Mann, der offenbar ihr Partner gewesen war und stürzte blindlings auf Nikolas zu. In Sekundenschnelle hob Nikolas beide Messer und zerfetzte ihren Torso mit gekreuzten Klingen. Sie stolperte und das nutzte er, um ihr das Schwert direkt ins Herz zu rammen. In einer einzigen Bewegung drehte er sich um und holte aus, um den rothaarigen Mann am Boden zu enthaupten. Er richtete sich auf und sah erneut zu mir und Eli, als wäre er kaum außer Atem und nicht umgeben von blutigen Körperteilen.

Stille breitete sich aus. Selbst der Wind schien in Erwartung dessen, was nun kommen würde, die Luft anzuhalten. Elis selbstbewusstes Grinsen schwand und die Angst in seiner Stimme war deutlich zu hören, als er sprach. »Ihr alle!«, befahl er scharf. »Macht ihn fertig.«

Keiner der verbliebenen Vampire schien erpicht darauf, seinem Befehl zu folgen, aber sie alle wandten sich zu Nikolas um, bereit, sich gemeinsam auf ihn zu stürzen.

Eli trat näher an mich heran. »Feigling!«, schrie ich ihn an. Schließlich war er der Einzige, der sich vornehm zurückhielt, während die anderen die Drecksarbeit für ihn erledigten.

Ein paar Sekunden später nahm ich eine Bewegung in den Bäumen wahr. Ich beobachtete mit offenem Mund, wie Chris gefolgt von zwei, vier, nein … fünf Werwölfen auf die Lichtung trat. Trotz allem, was mit Roland geschehen war – das Rudel kam! Mein Herz schwoll vor Erleichterung so sehr an, dass es schmerzte.

Einer der Vampire trat ein Stück zurück.

»Lasst sie gehen und wir lassen euch leben … für heute.« Nikolas' gebieterischer Ton durchdrang die kurze Entfernung zwischen uns und wärmte meine gefrorenen Glieder. Er war hier, er hatte mich gebeten, ihm zu vertrauen und geschworen, mich zu beschützen. Er war meinetwegen gekommen. Ganz egal, was jetzt auch geschehen mochte, ich wusste, mein Vertrauen war nicht enttäuscht worden und ich spürte, dass trotz meiner misslichen Lage ein Funken Glück in mir entzündet wurde.

Eli zog mich wieder an seine Brust, seine Krallen an meiner Kehle machten die Erinnerungen an die Nacht in der Gasse lebendig. Die Galle stieg mir auf und drohte mich zu ersticken.

»Ich denke nicht.« Er ging einen Schritt auf die Klippe zu, zog mich mit sich. »Wir beide wissen, dass ich ihr die Kehle herausreißen und springen könnte, bevor du bei uns bist.«

Nikolas' Miene veränderte sich nicht. »Doch dann würde mich nichts mehr daran hindern, dich zu jagen, und dieses Mal gebe ich nicht auf.«

Elis Stimme klang verräterisch ruhig, strafte das Zittern in seinem Innern, das ich gut spüren konnte, Lügen. »Ich glaube, die kleine süße Sara ist wichtig für dich, und du wirst doch nichts tun, um ihr Leben in Gefahr zu bringen.«

Nikolas' Augen leuchteten wütend.

»Hast du dazu nichts zu sagen?« Durch Nikolas' Schweigen ermutigt, ließ Eli ein hässliches Lachen verlauten und berührte mit der freien Hand meine Wange. Seine Klauen kratzten leicht über meine Haut. »Wirst du immer noch nichts zu sagen haben, wenn ich sie schmecke?«

Und nun war die Wut, die direkt unter Nikolas' scheinbar ruhiger Oberfläche brodelte, nicht mehr zu leugnen. Ich erinnerte mich daran, wie ich mich fühlte, als der Dämon von meinem Körper Besitz ergriffen hatte, an die übermächtige Präsenz und das Gewaltpotenzial, das durch meine Adern pochte, und nun wusste ich, dass Nikolas kurz davor war, seinen Dämon zu befreien.

Eli bemerkte das ebenfalls. »Bleib zurück, Mohiri«, befahl er mit einem Hauch von Verzweiflung in der Stimme. »Du *könntest* mich vielleicht töten, aber vorher töte ich sie.«

»Lass sie gehen, und du kommst hier womöglich lebend raus. Ist sie es wert, dein Leben zu geben – all deine Leben?«

»Tu es, Eli!«, flüsterte der dunkelhäutige Vampir eindringlich, wobei er den Blick nicht von Nikolas abwandte. »Gib ihm die Schlampe.« Die anderen Vampire murmelten zustimmend.

»Sie ist mein und ich werde sie nicht aufgeben«, zischte Eli zurück. »Ihr habt den Master gehört. ›Töte sie oder nimm sie, aber das Mädchen darf nicht entkommen.‹«

Seine Worte wirkten, als hätte man einen Eimer kalten Wassers über meinen Kopf geleert. Was auch immer Nikolas tat, Eli würde mich nicht am Leben lassen. Ich biss die Zähne schmerzhaft zusammen. Wenigstens würde es jetzt schnell gehen und ich mit der Gewissheit sterben, dass meine Freunde mir zur Hilfe gekommen waren.

»Nun töte mich schon.« Meine Worte erschreckten die Vampire. Ich war stolz, wie ruhig ich klang, obwohl in mir ein Sturm von Gefühlen tobte. »Alles, was ich je gewollt hatte, war, herauszufinden, wer meinen Vater getötet hat, und das habe ich nun. Zu wissen, dass meine Freunde dich – euch alle – nach meinem Tod in Stücke reißen werden, genügt mir.« Mit jedem Wort wurde meine Stimme fester, angetrieben von dem Wissen, dass Nikolas und die Werwölfe genau das tun würden.

Eine Welle der Panik kam über die Vampire um uns herum. Mein Leben war das Einzige, was zwischen ihnen und dem sicheren Tod stand und meine Bereitschaft zu sterben verringerte ihre Überlebenschancen drastisch. Einige von ihnen sahen so aus, als wollten sie fliehen. Sie waren nicht dumm. Die Mohiri und die Wölfe wollten mich, und meine Freunde würden demjenigen, der mich gefangen hielt, überallhin folgen.

»Bleibt standhaft!«, knurrte Eli. »Wagt es nicht, die Befehle des Masters zu missachten.«

Offensichtlich war der Zorn des Masters etwas, das die Vampire mehr fürchteten, als die Aussicht auf einen sicheren Tod, denn sie nahmen nun wieder ihre Verteidigungsposten um Eli und mich ein. Mit den Klippen im Rücken und einer Reihe Vampire zwischen uns und dem Feind, erfuhr auch sein Selbstbewusstsein wieder Auftrieb.

»Nette Rede«, säuselte er in mein Ohr. »Aber wie du siehst, bin ich nicht bereit, jetzt schon einen von uns sterben zu lassen.« Seine Lippen berührten mein Ohrläppchen und ich unterdrückte ein Schaudern. »Ich habe Pläne für uns, süße Sara. Bevor die Nacht vorüber ist, werde ich deinen Körper und deine Seele besitzen.«

»Ich werde sterben, bevor das geschieht.«

Seine Stimme hob sich, während er sich an meiner Angst und seinen eigenen Erwartungen labte. »Kämpfe so viel du willst, es macht dich nur noch unwiderstehlicher.«

Ich versuchte, die Bilder, die diese Worte hervorriefen, zu unterdrücken. »Du bist ein Monster.«

Eli kicherte. »Ich hatte viele, viele Frauen und alle haben mich darum angebettelt … na ja, zumindest bis ich sie zum Schreien gebracht habe. Dein Dad hat am Ende auch geschrien, und so wird es nun auch dir ergehen.«

Meine Brust krampfte schmerzhaft. »Ich werde dich umbringen!«, stieß ich erstickt hervor, wehrte mich gegen seinen Griff und brachte ihn damit erneut zum Lachen.

Ich grummelte, als sich etwas Spitzes in meine Hüfte bohrte. *Das Messer*. Der absurde Wunsch, laut zu lachen, kam über mich, als ich mich daran erinnerte, wie ich mich ursprünglich geweigert hatte, die Waffe von Nikolas anzunehmen. Nun hatte sie mir bereits mehrere Male das Leben gerettet. Allen Widrigkeiten zum Trotz schien dieses Messer immer seinen Weg zu mir zurückzufinden, als ob es mich daran erinnern wollte, meine Herkunft nicht zu leugnen.

Vorsichtig tastete ich mit der rechten Hand nach meiner Tasche und berührte den Griff. Zur gleichen Zeit suchten meine Augen Nikolas. Aus seinem standhaften Blick zog ich Kraft. Egal, wie dies hier auch enden mochte, ich würde diesen Ort nicht mit Eli verlassen. Es war offensichtlich, dass einer von uns beiden heute hier sterben würde, und wenn ich es sein musste, dann würde ich als die Kriegerin gehen, für die Nikolas mich hielt. Das schuldete ich ihm.

»Vater und Tochter, und eines Tages werde ich auch die Mutter haben«, prahlte Eli, der Entschlossenheit in meinen Augen gar nicht gewahr. Er zog mich wieder an sich, und wäre nicht bereits neuer Mut in mir aufgekeimt, so wäre ich unter dem teuflischen Versprechen in seinen dunklen Augen eingeknickt. »Vielleicht behalte ich dich auch, bis ich Madeline gefunden habe. Ich hatte noch nie eine Tochter und ihre Mutter gleichzeitig.«

»Du kranker Bastard!« Meine Finger schlossen sich fester um das Heft des Messers und langsam zog ich es heraus. »Ich werde es genießen, dir beim Sterben zuzusehen, Eli.« Mein Leben lang hatte ich darum gekämpft, andere zu retten, heute würde ich mit Freude das Gegenteil tun, selbst wenn es meinen eigenen Tod bedeutete.

Er lächelte, ohne dass dieses Lächeln seine Augen berührte. »Du bist mutig, das zu sagen, aber bald wirst du um deinen Tod betteln. Ich werde dich benutzen, von dir trinken. Wieder und wieder, bis ich satt bin. Und wenn nichts mehr von dir übrig ist, dann schicke ich dich zu deinem geliebten Vater.«

Ein ganzes Leben voll Trauer, Einsamkeit und Angst nährte die Wucht, mit der ich das Messer in Elis Brust rammte, hoch angesetzt, zwischen seine Rippen, direkt in sein dämonisches Herz. Mein Blick hielt seinen fest, als sich seine Augen ungläubig weiteten und seine Hände nach dem Griff packten, der aus seinem Körper hervorstand. Ich sah teilnahmslos zu, wie ihm zu dämmern begann, was mit ihm geschah, wie seine dunklen, seelenlosen Augen den letzten Menschen anschauten, dem er Leid zufügen konnte. In mir jubilierte der Mori, aber ich konnte in diesem Moment nur an meinen Dad denken. Seinen Mörder zu töten, linderte nicht den Schmerz, ihn verloren zu haben. Seinen Mörder zu töten, machte mir keine Freude, auch wenn es sich richtig anfühlte, dass ich diejenige war, die ihm das Leben nahm.

Ich hatte meinen Vater nicht retten können, aber ich konnte ihn rächen.

Eli sackte zu Boden, und die Hölle brach los.

Nikolas rannte auf uns zu, gefolgt von Chris, und sofort stürzten sich sechs Vampire auf sie. Schwerter und Körper flogen durch die Luft, so schnell, dass ich dem Kampf gar nicht folgen konnte. Hinter ihnen rasten die Wölfe in unsere Richtung auf die Klippe zu. Um mich herum heulten die verbliebenen drei Vampire, als sie die nahende Bedrohung erkannten und wandten sich um, um in den Ozean zu springen.

Ich brauchte einen Augenblick, bis ich begriff, dass ich frei war. Ich rannte auf die Wölfe zu, doch wurde beinahe umgehend von den Füßen gerissen und über eine Schulter geworfen wie ein Sack Kartoffeln. »Für den Master«, knurrte der Vampir, der mich gepackt hatte.

Ich schrie und wollte mich freikämpfen, verhindern, dass ich zurück zur Klippe getragen wurde. Hinter mir brüllten die Wölfe, und über all die Geräusche hinweg hörte ich Nikolas meinen Namen rufen.

Ich stürzte mit meinem Kidnapper zu Boden, in ein Gewirr aus Armen und Beinen und rollte mich schnell zur Seite, sah einen mit Silber ummantelten Pfeil aus der Brust des Vampires hervorstehen, bevor dieser über den Rand der Klippe purzelte. Ich rappelte mich auf und bemerkte Chris, der einen weiteren Pfeil in seinem Bogen spannte.

»Lauf, Sara, lauf!«, schrie Nikolas, während er sein Schwert durch einen der Vampire rammte, gegen die er kämpfte. Mehr Ermutigung brauchte ich nicht und sprintete voran.

Zunächst spürte ich gar nichts, nur eine dumpfe Kälte in meiner Brust. Doch als pochender Schmerz hinzukam, sah ich verwirrt nach unten und bemerkte einen roten Fleck über meinem Shirt, der sich weiter ausbreitete. Und noch während mein benebelter Verstand realisierte, dass das Heft eines Messers aus meiner Brust hervorstach, schoss siedend heißer Schmerz durch meinen Körper.

»Nein!«, hörte ich jemanden über das Dröhnen in meinen Ohren hinweg brüllen. Ich versuchte, mich auf die Stimme zuzubewegen, aber meine Beine wollten mir nicht gehorchen und ich fiel nach hinten. Ich schlug mit den Händen um mich, während meine Füße versuchten, Halt zu finden, aber unter mir war nichts als Leere. Ich stürzte über den Rand der Klippe.

Ich sterbe. Der Gedanke schoss mir durch den Kopf, als ich mit dem kleinen Baum kollidierte, der widerspenstig am Abhang der Klippe seine Äste streckte. Ich fasste nach den dünnen Zweigen und spürte die spitzen Nadeln daran kaum, während ich mich mit letzter Kraft festklammerte.

Ich baumelte über der tobenden Gischt des Ozeans und konnte die Schreie des Kampfes über mir nur gedämpft wahrnehmen. Der Versuch, nach jemandem zu rufen, misslang. Sobald ich meinen Mund öffnete, kam nur warmes, schäumendes Blut, das mein Kinn hinabrann und in die See tropfte.

Seltsam, ich hatte immer geglaubt, Angst zu haben, wenn der Tod kam, um mich zu holen. Mit diesem Frieden, der sich langsam in meinem Körper ausbreitete, hatte ich nicht gerechnet. Es lag auch Traurigkeit darin, Nates wegen, der nun allein sein würde. Rolands wegen, dessen verschmitztes Grinsen ich nie mehr sehen würde. Und Nikolas wegen, dessen schönes Gesicht mit den traurigen statt stürmisch grauen Augen vor meiner Sicht verschwamm. Er hatte so angestrengt versucht, mich zu retten, und ich wusste, er würde sich die Schuld für meinen Tod geben. Ich wünschte, ihm sagen zu können, dass es nicht seine Schuld war. Mehr als alles andere, wünschte ich, ich könnte ihm sagen, dass er in all dem Chaos der letzten Wochen ein wichtiger Teil meines Lebens geworden war.

Ich löste die Finger, öffnete meine Hände.

Das letzte Mal, als ich gefallen war, hatte Nikolas mich in seinen Armen aufgefangen, auch wenn ich keine Erinnerung daran hatte. Dieses Mal war es der Ozean, der mich mit kalten Händen empfing. Ich seufzte, als der Schmerz verschwand, die Welt um mich herum dunkel wurde und die Wellen über meinem Kopf zusammenbrachen.

Kapitel 21

»SCHAU, Daddy! Ich falle gar nicht mehr hin.«

»Das ist toll, Liebes!« Daddy schaute zu, wie ich einen weiten Kreis um ihn fuhr. Auf wackeligen Beinen skatete ich zu ihm und er fing mich gerade noch rechtzeitig auf. »Hui, langsam, Eisprinzessin.«

»Mir ist kalt. Können wir jetzt heiße Schokolade trinken?«, fragte ich hoffnungsvoll. Er grinste zu mir herunter.

»Natürlich! Hast du deine Schokolade etwa schon einmal nicht bekommen?«

Wir setzten uns auf eine Bank und Daddy pustete in den heißen Becher. »Hier, Liebes.« Ich nahm einen großen Schluck und lächelte ihn an. »Pass auf, du verbrennst dir sonst die Zunge.«

Aber ich verbrannte mich nicht an der Schokolade und leerte den Becher in einem Zug. Dann streckte ich ihm das leere Gefäß hin. »Kann ich noch mehr haben?«

»Mehr? Willst du nicht mehr Eislaufen?«

Ich schüttelte den Kopf, schauderte trotz des warmen Mantels und der Handschuhe. »Bitte, Daddy, mir ist so kalt.«

»Wie geht es ihr?«

»Sie ist am Leben und sie ist eine Kämpferin. Das ist alles, was ich sagen kann.«

»Sie sieht so menschlich aus, so verletzlich.«

»Ja, aber sie ist stärker, als sie aussieht.« Eine kalte Berührung an der Stirn. »Ruh dich aus und erhol dich gut, Kleine.«

»Mir geht es nicht so gut.«

Daddys Hand fühlte sich kalt an auf meiner Stirn. »Hm, du bist ein bisschen warm. Wo tut es weh?«

Ich hustete. »Mein Hals tut weh, und hier tut es auch weh«, krächzte ich und berührte meine Brust.

Er wickelte die Decke um mich und ging aus dem Zimmer. Mit einem Glas Wasser und ein paar Tabletten kam er wenig später zurück. Ich nahm brav die Pillen und trank gierig von dem Wasser. »Mehr«, keuchte ich. Ich war durstig, so durstig.

»Warum weigert sich ihr Körper zu heilen?«

»Es ist das Dämonenblut, es vergiftet sie.«

»Aber der Dämon ist ein Teil von ihr. Wie kann er ihr schaden?«

»Nein, es ist das Dämonenblut auf der Waffe. Ihr Körper muss sich entscheiden, es anzunehmen oder es abzustoßen.«

»Was macht es mit ihr, wenn es sie nicht tötet?«

»Das weiß ich nicht. Sie ist nicht wie die anderen, die wir geheilt haben.«

»Können wir ihr irgendwie helfen?«

Ein Seufzen. »Es liegt jetzt an ihr.«

»Bin ich tot?«

»Was ist das für eine komische Frage, Liebes?« Kleine Fältchen zeigten sich um die warmen, grünen Augen meines Dads, wenn er lächelte. Er klopfte auf das Sofa neben sich und ich kuschelte mich glücklich in seine Armbeuge. »Ich kann es nicht glauben. Mein kleines Mädchen ist erwachsen.«

Ich runzelte die Augenbrauen. »Ich verstehe nicht. Wo warst du die ganze Zeit?«

Er seufzte und drückte sanft meine Schultern. »Ich war nie weg. Ich war bei dir, jeden Tag.«

»Aber ich konnte dich nicht finden. Ich war allein und ich hatte Angst und du warst weg.«

»Du warst niemals allein, Sara. Du hattest Nate und deine Freunde. Du hast sie immer noch.«

Tränen brannten in meinen Augen. »Ich habe alles falsch gemacht, Daddy. Ich habe sie angelogen, und ich habe Nate wehgetan und meine Freunde verletzt. Sie hassen mich jetzt ganz bestimmt. Egal, was ich tue – ich verletze andere damit. Selbst Nikolas. Er hat versucht, mir zu helfen, und ich habe ihn enttäuscht. Kein Wunder, dass ich gestorben bin.«

»Niemand hasst dich, Liebes, und du bist nicht tot.«

Ich schüttelte den Kopf. »Du bist gestorben, und wenn ich mit dir reden kann, muss auch ich tot sein.«

Er küsste meinen Haarschopf. »Mein süßes Mädchen, du kannst, wann immer du möchtest, mit mir sprechen.«

Ich schloss die Augen und legte meinen Kopf an seine Schulter. »Ich vermisse dich, Dad.«

Ein leises klirrendes Geräusch wie von einem gläsernen Windspiel zog mich aus dem warmen Kokon der Dunkelheit um mich herum. Meine Augen fühlten sich schwer an, als hätte ich lange Zeit geschlafen, und als ich sie öffnete, dauerte es einen Moment, bis ich klar sehen konnte. Als ich endlich meine Umgebung wieder wahrnahm, wusste ich, dass ich noch immer träumen musste.

Ich lag inmitten eines riesigen Himmelbetts, auf einer Matratze aus weichsten Daunen, bedeckt von weißen Laken aus hauchzartem Leinen. Die Wände des Zimmers waren vollständig mit süß duftenden, blühenden Weinreben bedeckt und die gewölbte Decke bestand aus buntem Glas, das den Nachthimmel imitierte. Ich konnte kein Fenster und keine Tür erkennen und als ich mich nach vorn beugte, um auf den Boden zu schauen, bemerkte ich, dass er aussah wie harte Erde. Auf einem Tischchen mit Glasplatte neben dem Bett flackerte der fahle Schein einer kleinen Öllampe.

Ich sank zurück auf die weichen Kissen. *Ich bin so was von nicht mehr in Kansas.*

Die Weinreben teilten sich und ein hübsches rothaariges Mädchen erschien. Sie trug ein blassgrünes Unterkleid mit einem feinen silbrigen Überzug und ihr zartes Gesicht hatte beinahe engelsgleiche Züge. Auf den ersten Blick schätzte ich sie auf etwa zehn Jahre, aber als sie näherkam, bemerkte ich, dass sie in meinem Alter sein musste, vielleicht sogar ein wenig älter.

»Willkommen zurück, kleine Schwester«, sagte sie mit sanfter, melodischer Stimme, die mir vage vertraut schien.

»Wo bin ich?« Meine Kehle war trocken, meine Stimme klang rau.

Sie bewegte ihre Hand und aus dem Nichts heraus zog sie ein Glas hervor, das mit Wasser gefüllt zu sein schien. Sie drückte mir das Glas in die Hände und sagte: »Trink.«

Ich hob es an meine Lippen, zu verwirrt, um zu hinterfragen, was es war oder wie sie das Glas hatte hervorzaubern können. Bereits der erste Schluck verriet mir, dass es das klarste, erfrischendste Wasser war, das ich je getrunken hatte. Beim zweiten Schluck explodierten die unterschiedlichen Aromen geradezu auf meiner Zunge. Es schmeckte nach Gras und Blumen, Regen und Sonnenschein – eine Wiese nach einem Frühlingsregen. Ich trank das Glas leer und sah dann gedankenverloren hinein, wünschte mir mehr davon. Wie von magischer Hand füllte sich das Glas erneut und ich trank hastig, bevor mein Durst gestillt war.

»Bin ich krank?«

Sie lächelte liebenswert und ihre smaragdgrünen Augen funkelten. »Du warst sehr krank. Ich bin froh, zu sehen, dass du dich erholst.«

Ich musterte ihr Gesicht. Ich hatte sie nie zuvor gesehen, das wusste ich. Warum fühlte ich mich dann, als kannten wir uns bereits? »Kennen wir uns?«

Ihr Lachen war luftig, melodisch, und etwas daran weckte eine Erinnerung. »Wir haben uns einmal getroffen, aber ich beobachte dich seit Jahren.«

»Wer bist du?«

Die Luft um sie herum begann zu schimmern und eine kleine Brise rührte an den Blättern, die die Wände bedeckten. Das Mädchen vor meinen Augen verschwand und verwandelte sich in eine kleine Spirale aus Luft. »Ich habe dir gesagt, wir würden uns wiedersehen«, sagte sie flüsternd, mit einer Stimme, die ich unter Tausenden wiedererkennen würde.

Ich riss die Hand zum Mund. »Aine?«

Wieder bewegte sich ein Lufthauch und das Mädchen stand erneut vor mir. »Es ist schön, dich wiederzusehen, Sara.«

»Ich verstehe das nicht. Warum bist du hier, und warum hast du mich beobachtet?«

Sie legte ihre schmale kleine Hand über meine auf der Matratze. »Wir beobachten unsereins immer.«

Unsereins? Ich schüttelte den Kopf und wusste auf einmal genau, wie sich Alice im Wunderland gefühlt haben musste. »Ich bin keine Sylph. Ich bin eine Mohiri.«

»Das stimmt. Du bist kein Luftelementar und du hast die Dämonenseite deiner Mutter geerbt.« Aine hüpfte flink nach oben und setzte sich mit überkreuzten Beinen neben mich. »Aber du hast auch etwas von deinem Vater. Ich weiß, du wolltest immer wissen, woher du deine Heilkräfte hast. Sie kommen von deiner Ururururgroßmutter.«

»Willst du damit sagen, dass mein Vater kein Mensch war?« Das konnte ich einfach nicht glauben. Nate war sehr menschlich und mein Vater war es auch gewesen.

»Oh, doch, er war ein Mensch. Die Fähigkeiten deiner Vorfahren vererben sich nur auf die weibliche Linie der Familie.« Aines Augen tanzten. »Wusstest du, dass du ihr erster weiblicher Nachkomme bist? Wie du dir vorstellen kannst, waren wir über deine Geburt sehr erfreut.«

Es kostete mich einige Mühe, ihr zu folgen. »Was sagst du da?«

»Vergib mir. In meinem Eifer habe ich dich verwirrt. Lass es mich erklären.« Sie nahm meine Hand in ihre kleinen Hände und ich spürte, wie eine friedvolle Ruhe über mich kam. Als Antwort darauf reagierten auch meine Kräfte und ein leises Seufzen entschlüpfte mir, als ich spürte, dass die Energie, die von Aine ausging, meiner sehr ähnelte. Es war, als hätte ich einen Teil von mir wiedergefunden, von dem ich gar nicht gewusst hatte, das er mir fehlte.

»Deine Ururururgroßmutter hieß Sahine und sie war ein Wasserelementar, eine meiner liebsten Schwestern. Eines Tages verliebte sich Sahine in einen Menschen und sie beschloss, dieses Leben gegen ein sterbliches zu tauschen. Manchmal geschieht so etwas.« Aine lächelte wissend. »Wir waren traurig darüber, dass sie uns verlassen wollte, aber sie führte ein glückliches Leben. Ich freute mich für sie.«

Ich rieb meine Augen und fasste an meine Stirn, um zu überprüfen, ob ich Fieber hatte. Aber mein Gesicht war so kühl wie meine Hände. *Vielleicht stehe ich unter Drogen*. Wie sollte es sich sonst erklären lassen, was ich gerade hörte?

»Also bin ich so etwas wie eine Meerjungfrau? Wenn du mir jetzt noch sagst, dass mir ein Fischschwanz wächst, dann flippe ich aus.« Ich bewegte meine Füße unter der Decke, um sicherzugehen, dass sie noch immer da waren.

Aine ließ ihr klingendes Lachen hören. »Lass das mal nicht unsere Cousinen hören! Du bist eine Wassernymphe.«

»Wassernymphe?« Ich versuchte, mich daran zu erinnern, was ich über Wassernymphen wusste. Wasserelementare waren immer weiblich, mit hübschen Singstimmen. Sicherlich hatten sie nicht alle ihre Talente an mich weitervererbt. Alle Elementare hatten Heilkräfte, was meine hinreichend erklärte. Wassernymphen wurden angeblich ohne Seelen geboren, und einen Menschen zu heiraten war ein Weg, um eine Seele zu erwerben. Einen Moment lang fürchtete ich mich. Ich war schon Halbdämon. Bedeutete das, dass ich keine Seele hatte?

Aine runzelte die Stirn. »Ich dachte, du würdest dich freuen. Aber du siehst besorgt aus.«

»Habe … habe ich eine Seele?«

»Nur jene, die im Wasser geboren wurden, sind vollständige Wassernymphen und haben keine Seele. Du wurdest nicht im Wasser geboren, also bist du keine vollständige Wassernymphe.«

Ich hatte also eine Seele – das war ja schon mal etwas. Aber was machte das aus mir? Gott, vor einem Monat noch war ich ein normaler Mensch gewesen – zumindest hatte ich das gedacht. Nun war ich … ja, was nun, zu einem Drittel Mensch?

Meine Stirn pochte. Das war zu viel – zu viel, um es verarbeiten zu können. In einem Moment fiel ich von einer Klippe, im nächsten befand ich mich in einem seltsamen Raum mit einer Sylph, die mir mitteilte, dass ich so etwas wie ein Elementar war. Sollte das jemandes Vorstellung von einem Leben danach entsprechen, dann war das reichlich schräg.

Aine ließ sich vom Bett gleiten. »Es tut mir leid. Du bist noch geschwächt, und ich rege dich auf.«

Sie berührte meine Stirn mit ihrer kühlen Handfläche. »Schlaf noch ein wenig. Ich werde hier sein, wenn du aufwachst.«

Sofort wollten meine Augen zufallen, aber ich kämpfte dagegen an. »Warte, ich habe noch Fragen, und du hast mir immer noch nicht gesagt, wo ich bin.«

»Du bist in Seelie. Deine Verletzungen waren sehr schwer, und dies war der einzige Ort, an dem wir dich heilen konnten.«

Seelie, dachte ich, bevor der Schlaf mich übermannte.

Als ich wieder aufwachte, fühlte ich mich gut erholt und erstaunlich gelassen angesichts dessen, was Aine mir erzählt hatte. Wie versprochen erschien sie, sobald ich die Augen geöffnet hatte. Sie brachte mir ein hellgelbes Kleid, ähnlich dem grünen, das sie trug, und ich staunte über den Stoff, als ich es über den Kopf zog. Barfuß folgte ich ihr durch einen Torbogen hinter den Weinreben zu einem Innenhof mit Blick auf einen glasklaren See. Wir setzten uns an einen kleinen Glastisch, der mit Speisen und Getränken gedeckt war. Mein Magen grummelte und so griff ich nach einer Pastete und fragte mich, wie lange es her war, dass ich zuletzt etwas gegessen hatte. Die Hand schon am Teller erinnerte ich mich wieder daran, wo ich war. Regel Nummer eins in Faerie, der magischen Welt der Elementare: Nichts essen oder trinken.

»Du bist nicht sterblich, kleine Schwester. Das Essen ist sicher für dich.«

Das war alles, was ich hören musste. Mein Appetit war schon immer gut gewesen, aber ich hatte nie zuvor so gutes Essen geschmeckt: Pasteten, die auf der Zunge schmolzen, Früchte, so süß, dass ich den Saft von meinen Fingern leckte, und kalte, schäumende Milch mit Minzgeschmack. Es war ein wahres Vergnügen und ich probierte alles – zweimal – bevor ich mich endlich gesättigt in den Stuhl zurückfallen ließ.

Danach nahm Aine mich mit auf einen Spaziergang um den See. Alles hier stand in vollem Saft, wirkte unglaublich lebendig, vom satten grünen Gras bis zum Blau des Himmels, das so intensiv war, dass mir die Augen davon wehtaten. Die Luft war frisch und süßer als alles, was ich je zuvor gerochen hatte, und bunte Vögel sangen von den Bäumen herab für uns. Ein paar Mal bemerkte ich winzige Gesichtlein, die aus dem Gebüsch hervorlugten und hörte etwas, das wie unterdrücktes Gekicher anmutete. Als ich Aine danach fragte, lächelte sie nur und meinte, die Elfen wären neugierig auf ihre neue Cousine, aber zu schüchtern, um aus ihren Verstecken zu kommen. Ich schüttelte verwundert den Kopf. Je mehr ich von diesem Ort sah, desto unwirklicher erschien er mir und desto schwerer war es, zu glauben, dass ein Teil von mir zu dieser Welt gehörte. Ich war mir immer noch nicht ganz sicher, nicht vielleicht doch zu träumen.

Wir erreichten das andere Ende des Sees und ich schaute zurück, erwartete, ein Gebäude zu sehen, aber alles, was ich erkennen konnte, war der kleine Hinterhof inmitten der Bäume. Ich brauchte Aine nicht, um zu wissen, dass hier Faeriemagie am Werk war.

Wir gingen zurück und liefen durch hängende Weinreben hindurch in einen sonnigen Raum mit bequemen Sofas und einem niedrigen Tisch, auf dem eine Karaffe mit Saft und zwei Gläser standen. Aine schenkte mir ein Glas ein und ich nahm einen Schluck, genoss eine Art von Süße, die es in der menschlichen Welt nicht gab. Mit einem zufriedenen Seufzen lehnte ich mich in den Kissen zurück. Dieser Ort strahlte etwas Besonderes aus, ein Gefühl tiefster Ruhe senkte sich in jede Pore meines Körpers und befreite mich von allen Sorgen und Ängsten. Zum ersten Mal, seit meine Welt vor zehn Jahren in ihren Grundfesten erschüttert worden war, fühlte ich mich frei von Angst und Einsamkeit und verspürte nur ein intensives Gefühl von Zugehörigkeit.

Ich war mir nicht sicher, wie lange wir da saßen und redeten. Aine erzählte mir, wie ein paar Selkies mich aus dem Ozean gerettet und Aine gerufen hatten, als sie mich als eine ihrer Cousinen erkannten. Ich berichtete, mich vage an Stimmen zu erinnern, während ich bewusstlos gewesen war und sie meinte, die Faeries hätten sich um mich gekümmert, weil nur ihre Magie mich hatte retten können. Ich war mit demselben Messer erstochen worden, mit dem ich Eli getötet hatte. Für eine Mohiri ist Vampirblut nur Blut, aber für eine Fae kann Dämonenblut tödlich sein. Aine sagte mir, dass die Faeries glaubten, es wäre meine Dämonenseite gewesen, die mir schließlich erlaubt hatte, Elis Blut schadlos in meinen Körper eindringen zu lassen.

Ich stellte ihr viele Fragen und sie beantwortete alle. Sie erzählte mir von den Wassernymphen und wie selten es war, einen weiblichen Nachfahren aus einer Verbindung zwischen Wassernymphen und Menschen zu finden. Und ich war erleichtert, zu erfahren, dass ich nun nicht plötzlich das Bedürfnis haben würde, mich im nächsten Teich häuslich niederzulassen.

»War es meine Wassernymphenkraft, die mich all die Jahre den Mori kontrollieren ließ, ohne das je gelernt zu haben?«

»Ja. Dämonen fürchten die Magie der Erde, nicht nur, weil sie stark ist, sondern auch, weil sie reiner ist als alles andere. Aus diesem Grund hassen uns die Dämonen seit Anbeginn der Zeit. Aber du bist womöglich die Erste deiner Art, Halb-Fae, Halb-Dämon, und deine Kräfte sind anders. Es ist beinahe unmöglich, dass es dich überhaupt gibt, aber hier bist du. Du bist noch so jung, die Zeit wird uns zeigen, was das für dich bedeutet. Selbst für uns bist du so etwas wie eine Kuriosität.«

»Warum haben du und die Faerie mir geholfen? Hattet ihr keine Angst vor meinem Dämonenblut?«

Aine lächelte und ihre roten Locken hüpften, als sie ihren Kopf schüttelte. »Dein Faeblut ist stärker als dein Dämonenblut, denn sonst wärst du nicht in der Lage gewesen, den Dämon in dir zurückzuhalten. Du bist mehr eine von uns als von ihnen.«

Ich wollte nicht über meine Dämonenseite reden, also bat ich sie, mir mehr über die Wassernymphen zu erzählen, und sie freute sich darüber. Sie erklärte mir, dass alle Elementare bestimmte Eigenschaften gemeinsam hatten und einige, die von ihrem jeweiligen Element abhingen. Elementare lebten ewig, außer sie beschlossen, ihre Unsterblichkeit aufzugeben. Sie hatten die Gabe zu heilen und konnten sich der Magie der Erde selbst bedienen. Sie waren die einzigen Wesen, die Dämonen wirklich fürchteten. Wassernymphen konnten außerdem das Wasser beeinflussen und hatten die Macht, Stürme aufkommen zu lassen oder sie nach ihrem Willen zu steuern. Da ich nur zum Teil Wassernymphe war, wusste niemand so recht, welche elementaren Fähigkeiten ich geerbt hatte, bis sie sich zeigten. Wenn sie es überhaupt taten. Sie sagte, meine Heilkraft wäre ein Indiz dafür, dass es weitere Fähigkeiten geben könnte und sie würde mir helfen, sie beherrschen zu lernen, wenn die Zeit kam.

Zusätzlich zu ihren Elementarkräften und den Engelsstimmen besaßen Wassernymphen – nur die vollständigen, nicht Mischlinge wie ich – überirdische Schönheit, die einen dramatischen Effekt auf Menschen hatte. Frauen würden sich davon bedroht fühlen und Wassernymphen auf Anhieb nicht mögen, wohingegen Männer vor Verlangen nach ihnen wahnsinnig würden. Diese intensiven Emotionen beeinflussten Männer in zweierlei Hinsicht: Sie verliebten sich entweder Hals über Kopf oder sie entwickelten dunklere Instinkte, die in Gewalt ausarteten.

Aine bemerkte mein Unbehagen und versicherte mir, dass nur reinrassige Wassernymphen Männer derart beeinflussen konnten und dass meine Mischlingsherkunft den Effekt deutlich abschwächte. Das trug nur wenig dazu bei, dass ich mich besser fühlte. Es erklärte aber auch, warum ich keine Freundinnen hatte. Außerdem fing ich sofort an, im Geiste jede

Beziehung zu Männern zu analysieren, die ich je gehabt hatte und was ich dabei herausfand, stimmte mich nicht besonders glücklich. Beide, Roland und Peter, hatten zugegeben, einmal in mich verliebt gewesen zu sein, und sie hatten mich wissen lassen, dass alle Jungs auf der Schule ein Auge auf mich geworfen hatten. Scott war einer dieser Jungs gewesen und seine Gefühle zu mir hatten sich definitiv ins Negative gekehrt, als ich seine Freundschaft zurückgewiesen hatte. Dann war da Greg, der aus irgendeinem Grund heraus mit mir Freundschaft geschlossen hatte und der, wenn es nach Roland ging, alle anderen Jungs in der Schule bedroht und sie damit effektiv von mir ferngehalten hatte. Und ich konnte auch Francis nicht außer Acht lassen, der mich meiner bloßen Existenz wegen hasste. War es tatsächlich mein Wassernymphenerbe, dass ihn mir gegenüber so feindselig stimmte?

Und natürlich Eli, der so besessen von mir gewesen war, dass er nach einem einzigen kurzen Gespräch den Tod riskiert hatte, um mich zu besitzen. Ich schauderte, obwohl ich wusste, dass er tot war und mich nie wieder würde bedrohen können. Ich fragte Aine, ob Wassernymphen auch einen Einfluss auf Vampire hatten und sie bejahte es.

»Vampire waren einst menschlich, sie sind genauso anfällig für den Zauber der Wassernymphen, auch wenn sie keine Liebe empfinden können. Dafür jedoch eine dunkle Sehnsucht danach, jemanden zu besitzen und ihm Schmerz zuzufügen. Dieses Verlangen können sie mit einer Wassernymphe nicht befriedigen.«

Toll, und was bedeutete das? »Kann ein Vampir spüren, ob man zum Teil Wassernymphe ist? Eli sagte etwas in der Richtung, dass ich keine Ahnung habe, wer ich sei.«

»Wenn er deine Haut oder dein Blut geschmeckt hat – ja. Ein Vampir würde sich einer reinrassigen Elementar nicht nähern, aber du bist sehr jung und schwach im Vergleich zu uns.« Ihr Lächeln schwand. »Auch wenn sie uns fürchten, unser Blut ist wie eine Droge für die meisten Dämonen und hat eine betörende Anziehungskraft.«

»Was?« Ich war so geschockt, dass ich beinahe hastig aufgesprungen wäre. »Mein Blut ist so etwas wie ein Aphrodisiakum für Dämonen?« Konnte es noch schlimmer werden?

»So kann man es sagen«, erwiderte sie unverblümt.

»Was ist mit anderen Halbdämonen wie den Mohiri? Bitte, sag mir nicht, dass ich mich auch gegen sie erwehren muss?« Ich dachte an Nikolas und seine etwas übertriebenen Beschützerinstinkte. Ich hasste die Vorstellung, dass er all das nur wegen meiner Faerie-DNA getan hatte.

»Nein, die Mohiri wurden als die perfekten Krieger geschaffen. Sie sind immun gegen die meisten Formen von Verführung und Schwäche.«

»Gut«, keuchte ich und ließ mich wieder nach hinten fallen.

Der Gedanke an Nikolas erinnerte mich daran, wie ich mich gefühlt hatte, als er die Vampire bekämpft und meine Freilassung gefordert hatte. Ich rief mir seine Wut ins Gedächtnis und hörte ihn meinen Namen rufen, als ich gefallen war. Nach all dem würde er mich wahrscheinlich für alle Ewigkeit in meinem Zimmer einsperren, und ich wäre nicht überrascht, wenn Nate ihm dabei helfen würde. Meine Lippen verzogen sich zu einem schwachen Grinsen. Sie konnten es ja versuchen.

Oh, Gott, Nate, er hat keine Ahnung, wo ich bin! Ich konnte nicht glauben, dass ich den ganzen Tag damit verbracht hatte, hier herumzuhängen und keinen Gedanken daran verschwendet hatte, was mein Onkel gerade durchmachte.

Ich sprang auf. »Aine, ich muss nach Hause.«

»Dies ist dein Zuhause, wenn du möchtest«, erwiderte sie. »Gefällt es dir hier nicht?«

»Ich liebe es. Aber mein wahres Zuhause ist bei meinem Onkel in der Welt der Menschen. Er ist allein und er braucht mich.«

Ihr glückliches Lächeln wurde schwächer. »Aber es ist so viel Böses in dieser Welt. Warum willst du dorthin zurückkehren?«

»Die Welt ist nicht böse, auch wenn schlimme Dinge geschehen. Ich habe dort Freunde und meine Familie, und ich kann mir nicht vorstellen, sie zu verlassen. Außerdem kann ich dort den Tieren und den Wesen der anderen Welt helfen. Niemand hier braucht meine Hilfe.«

Sie musterte mich, als versuchte sie zu verstehen, warum ich die Welt da draußen diesem perfekten Ort vorzog. Ihr Lächeln war traurig, als sie schließlich nickte. »Dass du dir wünschst, diesen Ort zu verlassen, zeigt, dass du noch nicht hierher gehörst! Niemand, der Faerie zugehörig ist, würde je eine andere Welt sein Heim nennen.« Sie stand auf und reichte mir ihre Hand. »Komm, ich bringe dich zurück zu deinem menschlichen Zuhause.«

Ich umarmte sie glücklich, dann nahm ich ihre Hand. Wenige Sekunden später begann die Luft um uns herum zu schimmern, es wurde warm und der Raum verschwand langsam. Einen Augenblick lang war es erschreckend dunkel, ich konnte nichts fühlen, nichts hören, nichts sehen und es erschien mir, als befände ich mich in einem leeren Raum zwischen den Welten. Aber bevor sich Panik breitmachen konnte, kehrte das Licht zurück und ich fand mich vor meiner Haustür wieder und sah hinab auf Nates Auto.

Aine ließ meine Hand los und umarmte mich sanft. »Auf Wiedersehen, kleine Schwester. Es macht mich glücklich, dich kennengelernt zu haben. Du hast immer ein Zuhause bei uns, wenn du dich entschließen solltest, zurückzukehren.«

Tränen schossen mir in die Augen, als ich ihre Umarmung erwiderte. Ich war noch nie so glücklich gewesen, vor unserer Tür zu stehen, aber ich hatte gerade eine neue Familie kennengelernt und es fühlte sich an, als verlöre ich mit dem Abschied von Aine einen Teil von mir.

»Ich freue mich auch, dich kennengelernt zu haben. Danke für alles, was du für mich getan hast.«

Sie zog sich zurück und ihre Miene wurde ernst. »Sara, vergiss nicht, was ich dir über Dämonen und unsereins gesagt habe. Ich befürchte, es gibt viele, die nicht glücklich sein werden, wenn sie von deiner Existenz erfahren. Ich habe all die Jahre getan, was ich konnte, um für deine Sicherheit zu sorgen, dich vor jenen versteckt, die dich gesucht haben. Geh mit deiner Mohirifamilie, denn allein wirst du nicht sicher sein. Ich werde dich finden und dich besuchen, ganz egal, wohin du gehst.«

Ihre Worte erinnerten mich an das, was David gesagt hatte. Jemand hatte alle Dokumente verschwinden lassen und die Spuren zu mir und Nate verwischt, es unmöglich gemacht, dass mich jemand findet. Die ganze Zeit war Aine dort draußen gewesen und hatte mich beschützt, ohne dass ich auch nur den Hauch einer Ahnung gehabt hatte.

»Pass auf dich auf, kleine Schwester.«

»Das werde ich. Danke, Aine, für alles.«

Aines einzige Antwort darauf war ein kleines Lächeln, bevor sie eilig aus meinen Augen verschwand. Da stand ich nun, allein, barfuß und schauderte in dem dünnen Kleid, das für warme, sonnige Tage in Faerie perfekt geeignet war. Hier war es noch kälter, als ich gedacht hatte, aber trotz meines Unbehagens nahm ich mir Zeit, mich an dem Ort umzuschauen, den ich geglaubt hatte, nie wiederzusehen. Ich war zu Hause.

Kapitel 22

ICH tupfte mir die Augen trocken und griff nach dem Türknauf, kaum in der Lage, meine Aufregung zu zügeln. Ich konnte es nicht erwarten, Nate wiederzusehen. Zwischen meinem Geständnis, seiner Entführung und meinem Verschwinden lagen Tage, die ziemlich furchtbar für ihn gewesen sein mussten. Wie durch ein Wunder hatte ich eine zweite Chance bekommen und ich würde sie nutzen, um die Dinge mit ihm ins Reine zu bringen. Und jetzt war die Zeit, damit anzufangen.

Ich versuchte, die Tür zu öffnen, aber sie war natürlich verschlossen, und meine Schlüssel lagen vermutlich auf dem Grund des Ozeans. *So viel zu einem guten Start.* Mit einem schiefen Lächeln drückte ich die Klingel.

Eine Minute später erreichte Nate die Tür. Ich hörte, wie er den Riegel beiseiteschob, und in meinem Innern flatterte es nervös, als sich die Tür schließlich öffnete.

»Du bist früh dran, ich hatte dich nicht vor …«

Nate riss den Mund auf und drückte die Hand an seine Brust, während er mich anstarrte, als wäre ich eine Erscheinung. Erst da wurde mir klar, dass ich womöglich auch wie ein Geist aussah – barfuß und in diesem dünnen Kleidchen.

»Sara?«, flüsterte er heiser.

Die Worte, die ich geplant hatte, zu sagen, bekam ich nicht heraus und so warf ich mich einfach auf ihn und schleuderte ihn dabei fast aus seinem Rollstuhl. Sein Körper war steif und ich war mir nicht sicher, ob das daran lag, dass er schockiert darüber war, mich zu sehen oder weil ich ihn tatsächlich umarmte. Dann aber schlang er seine Arme um mich und hielt mich so fest, dass ich Angst um meine Rippen bekam.

Nach der längsten Umarmung meines Lebens schob er mich ein kleines Stück von sich, sodass er mich ansehen konnte, und ich bemerkte, wie verhärmt sein Gesicht wirkte. Seine Augen schimmerten ungläubig. »Gott … du bist es wirklich!«

Ich nickte und schenkte ihm ein tränenreiches Lächeln.

Seine Hände fielen in seinen Schoß. »Ich … ich kann es nicht glauben.«

»Nate, es tut mir so leid«, platzte ich heraus, bevor er weitersprechen konnte. »Die Lügen und die Geheimnisse, und was mit dir meinetwegen geschehen ist.« Ich kniete mich vor ihn auf den Boden und suchte in seinem Gesicht nach Anzeichen dafür, dass er mir vergeben würde. »Ich weiß, ich habe es versaut, aber ich verspreche dir, ab heute wird es keine Geheimnisse mehr geben. Und ich habe dir so viel zu erzählen.«

»Sara, wo zur Hölle warst du?«, verlangte er zu wissen, und der gequälte Ton in seiner Stimme verriet mir, durch welche Hölle ich ihn geschickt hatte.

Gott, wie sollte ich ihm sagen, wo genau ich gewesen war? Ich versuchte es behutsam. »Ich wurde verletzt, und dann hat mich jemand mit zu sich genommen und mich gesund gepflegt. Ich weiß, du warst vermutlich krank vor Sorge in den letzten paar Tagen, und ich hätte dich wissen lassen müssen, wo ich bin, aber ich war ziemlich außer Gefecht gesetzt.«

»Die letzten paar Tage?«, wiederholte Nate ungläubig. »Du warst ganze drei Wochen lang verschwunden.«

»Was?«, sagte ich dümmlich.

»Wir dachten, du wärst tot. Sie haben den Ozean tagelang abgesucht und konnten deine … dich nicht finden.« Seine Stimme brach ab und ich sah den Schmerz und die Trauer, die er durchlitten hatte. »Wir … wir haben letzte Woche eine Trauerfeier für dich abgehalten.«

Es war gut, dass ich ohnehin schon am Boden kniete, denn meine Beine wären definitiv nicht in der Lage gewesen, mir in diesem Moment zuverlässige Dienste zu leisten. Drei Wochen – wie war das möglich? War ich die ganze Zeit über bewusstlos gewesen oder verging die Zeit in Faerie tatsächlich anders?

Und die ganze Zeit hatte Nate geglaubt, ich wäre tot.

»Oh Gott, Nate. Ich wusste nicht … ich schwöre.« Meine Blicke flehten ihn an, mir zu glauben. »Ich habe alles furchtbar durcheinandergebracht, aber ich würde dich nie absichtlich so verletzen.«

Er schloss die Augen und atmete zitterig aus. »Ich habe Angst, die Augen zu öffnen und dann bist du wieder verschwunden.«

Ich nahm seine Hände in meine. »Ich bin hier, Nate.«

Als er seine Augen wieder öffnete, glitzerten Tränen darin. »Ich brauche einen Drink. Und dann wirst du mir alles erzählen.«

Ich stand auf, um die Tür zu schließen und folgte ihm in die Küche. Es war seltsam, wie alles hier so vertraut war und zugleich doch so anders. Die Küche sah noch genauso aus wie beim letzten Mal, als ich hier gestanden hatte. Ich schielte zum Telefon und erinnerte mich daran, wie ich Haism angefleht hatte, Nate nichts anzutun. So viel war geschehen seit diesem Telefonat, aber es war nicht unser Heim, das sich verändert hatte – ich war es. Nachdem ich die Wohnung an diesem Tag verlassen hatte, war ich eine andere geworden. Dieses Mädchen war ihr Leben lang von der Vergangenheit verfolgt worden, war nicht in der Lage gewesen, darüber hinwegzukommen und hatte jeden von sich geschoben, aus Angst, wieder verlassen zu werden. Das Mädchen aber, das jetzt zurückgekehrt war, war nicht länger an den Schmerz der Vergangenheit gefesselt. Sie war unsicher, was ihre Zukunft betraf, aber sie war auch mutiger, stärker und sie würde nie wieder etwas zwischen sich und ihre Lieben kommen lassen.

Nate öffnete eine der unteren Schubladen und nahm eine Flasche Johnnie Walker heraus. Er legte sie in seinen Schoß, nahm zwei Gläser aus dem Regal auf dem Tresen und rollte zum Tisch.

»Setz dich«, befahl er und goss Scotch in beide Gläser.

Ich nahm den Stuhl ihm gegenüber und er schob mir eines der Gläser zu. »Du gibst mir einen Drink?«

Er zuckte mit den Achseln und nahm einen großen Schluck aus seinem Glas, füllte es dann wieder auf. Ich hatte ihn nie mehr als einen Drink nehmen sehen.

Da ich selbst so gut wie nie trank, hob ich mein Glas nur vorsichtig und nippte ein wenig. Der Alkohol brannte auf meiner Zunge und versengte meine Kehle. Ich röchelte ein wenig. Nur um etwas Mut zu sammeln, nahm ich einen weiteren Schluck und stellte das Glas dann wieder zurück auf den Tisch. »Wie viel weißt du über die Dinge, die an jenem Tag geschehen sind?«

Auch Nate setzte sein Glas ab. Seine trostlose Miene verriet, dass er sich erinnerte. »Ich weiß, dass dieser Mann, Haism, dich mit zu den Klippen genommen hat, dich dort den Vampiren übergeben wollte und sie ihn getötet haben. Dann sind deine Mohirifreunde und die Werwölfe aufgetaucht und es gab einen Kampf. Sie haben mir erzählt, du hättest einen Vampir getötet und einer der anderen Vampire hat dich mit einem

Messer verletzt und du bist über die Klippen ins Meer gestürzt. Nikolas ist dir hinterhergesprungen, konnte dich aber nirgends finden.«

Es war surreal, Nate so gelassen über Vampire, Werwölfe und Mohiri reden zu hören. Das letzte Mal, als ich ihn gesehen hatte, stand er noch immer völlig unter Schock. Es sah so aus, als wäre ich nicht die Einzige, die sich verändert hatte.

»Du hast Nikolas kennengelernt?«

»Er ist ein paar Minuten, nachdem dieser Mann mich nach Hause gebracht hat, hier aufgetaucht. Ich habe ihm gesagt, was ich wusste, und er verschwand wieder, um dich zu suchen. Seit du … seit du verschwunden bist, war er einige Male hier. Er war sicher, dass du noch am Leben bist und weigerte sich zur Trauerfeier zu kommen. Ich fragte ihn, wie er zu der Annahme kam, dass du nicht gestorben bist, aber er wollte es nicht verraten. Eines ist klar: Er gibt nicht so schnell auf.« Nate warf mir einen fragenden Blick zu. »Wart ihr beiden …?«

Ich verschluckte mich beinahe an meinem Scotch. »Nein, so ist er einfach. Er ist ziemlich starrsinnig.«

Nate wirkte nicht überzeugt, bedrängte mich aber nicht weiter. »Also, was ist passiert? Wo warst du?«

Ich erzählte ihm alles, von dem Moment an, in dem wir uns an der Straße vor dem leeren Gebäude getrennt hatten. Ich hatte vorgehabt, ihm die schlimmsten Einzelheiten zu ersparen, aber dann sprudelte doch alles aus mir heraus. Als wäre ein Damm in mir gebrochen und der Strom an Worten ließ sich nicht mehr aufhalten. Als ich zu dem Teil mit meinem Dad kam, schluchzte ich erstickt, zwang mich aber, weiter zu sprechen. In Nates Augen spiegelte sich mein eigener Schrecken, als er hörte, wie Eli den Mord an meinem Vater gestanden und beabsichtigt hatte, mir das gleiche Schicksal zuteilwerden zu lassen.

»Ich habe ihn getötet.« Die Schärfe meiner Stimme schien Nate zu erschrecken. Er sagte nichts, streckte jedoch seine Hand langsam über den Tisch zu meiner aus. Ich fuhr fort, ihm davon zu berichten, wie ich ins Wasser gefallen und von meinem Dad geträumt hatte, wie ich dann in dem Raum mit Aine aufgewacht war. Seinem Gesicht war der Schock darüber, was Aine war und wo ich tatsächlich gewesen bin, deutlich anzusehen. Dann erzählte ich ihm, was Aine mir über mich selbst, über die Seite von Dads und Nates Familie berichtet und was ich von meinen

Wassernymphenvorfahren geerbt hatte. Aine hatte mir zwar geraten, vorsichtig zu sein, mir aber nicht verboten, jemandem zu gestehen, was ich war. Doch selbst wenn sie es getan hätte, hätte ich es vor Nate nicht geheim gehalten. Die Zeit der Geheimnisse war vorüber.

Nate hatte bereits sein drittes Glas Scotch intus, als ich zu dem Punkt kam, an dem Aine mich nach Hause gebracht hatte. Ich schwenkte die Flüssigkeit in meinem eigenen Glas, während ich darauf wartete, dass er etwas sagte.

Er holte tief Luft. »Ich weiß wirklich nicht, was ich darauf antworten soll.«

»Aber du glaubst mir?«

»Ja.«

Ich rutschte erleichtert ein Stück auf dem Stuhl herunter. »Du nimmst das alles weitaus besser auf, als beim letzten Mal.«

Er stellte sein leeres Glas ab. »Nun ja, seither ist viel geschehen und ich hatte Zeit, um mit diesen Dingen klarzukommen.« Er beäugte das Glas vor mir. »Trinkst du das noch?«

Ich schob ihm das Glas zu. »Möchtest du dich betrinken?«

Er lächelte schief. »Nein, aber das hier ist ein besonderer Anlass. Meine Nichte kommt schließlich nicht jeden Tag von den Toten zurück.«

»Wahrscheinlich nicht.« So viele Gefühle spiegelten sich in seinen Gesichtszügen. Erleichterung, Freude, Ehrfurcht, und langsam bekamen auch seine blassen Wangen wieder Farbe.

»Das wird für alle ein ziemlicher Schock sein«, grübelte er laut. »Du warst so lange weg, und wir können den anderen schlecht erzählen, dass du die letzten drei Wochen in Faerieland verbracht hast.«

»Wir können es nicht allen sagen. Ich meine, wir müssen ehrlich zu Roland, Peter und dem Rest des Rudels sein. Und den Mohiri gegenüber. Obwohl ich keine Ahnung habe, wie ich sie erreichen kann. Ich habe mein Handy verloren. Aber allen anderen können wir nichts sagen. Elis Master sucht noch immer nach Madelines Tochter, und wenn er herausfindet, dass ich am Leben bin, wird er uns jagen. Ich bin mir sicher, dass sich die Mohiri um ihn kümmern, und wenn ihn jemand aufspüren kann, dann sie. Aber bis es so weit ist, müssen wir Stillschweigen bewahren.«

Nate runzelte unglücklich die Stirn, nickte aber. Wir beide wollten keinen weiteren Angriff heraufbeschwören. Ich hasste es, ihn in diese Lage zu bringen, aber ich hatte keine andere Wahl.

Nervös starrte ich auf das Telefon. »Ich muss Roland und Peter wissen lassen, dass ich zurück bin, aber ich habe keine Ahnung, wie ich es sagen soll.«

»Möchtest du, dass ich sie anrufe?« Ich nickte und er rollte zum Tresen, nahm das Telefon. »Ich bin im Wohnzimmer. Das wird kein einfacher Anruf.«

Ich blieb alleine in der Küche sitzen, lauschte dem Murmeln aus dem Raum nebenan und versuchte, mir Rolands Reaktion vorzustellen, sein Gesicht. Ich würde völlig ausflippen, wenn jemand, den ich für tot gehalten hatte, aus dem Nichts wieder auftauchte. Selbst für Wesen aus einer anderen Welt war eine Rückkehr von den Toten eine große Sache.

Ich legte meinen Kopf in die Armbeuge und fragte mich, was zur Hölle ich nun tun sollte. Ich hatte mehr als einen Monat Unterricht verpasst – dabei war das nun auch völlig zweitranging. Schließlich konnte ich nicht zur Schule gehen und gleichzeitig so tun, als wäre ich gestorben. Ein Teenager, der von einer Klippe gestürzt und mutmaßlich ertrunken war, konnte nicht nach ein paar Wochen einfach wieder erscheinen. Das würde zu viel Medienaufmerksamkeit auf sich ziehen. Ich konnte mich aber auch nicht ewig in der Wohnung verbarrikadieren, ohne verrückt zu werden. Es gab also nicht wirklich viele Optionen. Ich konnte New Hastings verlassen und mir irgendwo ein nettes, kleines Plätzchen suchen, an dem man nicht nach mir schauen würde. Aber ein alleinlebender Teenager würde Fragen aufwerfen. Oder ich versuchte, die Mohiri zu kontaktieren. Bevor ich verschwunden war, hatte ich zugestimmt, eine Weile bei ihnen zu leben. Ich fragte mich, wo Nikolas jetzt war. *Wahrscheinlich rettet er eine andere unglückliche Waise*, dachte ich mit einem traurigen Lächeln. Bei all dem Ärger, den ich ihm bereitet hatte, war es auch gut möglich, dass er seinen Job an den Nagel gehängt hatte. Was würde er sagen, wenn er hörte, dass ich zurück war? Würde er zu mir kommen oder mir jemand anderen schicken, der sich dieses Mal um mich kümmern musste?

Ich hob den Kopf, als ich dachte, Nate an der Küchentür gehört zu haben. »Wie haben sie es aufgenommen?«

Erstarrt fiel mein Blick auf den Mann. Sein dunkler Blick bohrte sich in meinen.

»Nikolas«, keuchte ich, überrumpelt von seinem plötzlichen Erscheinen. Woher wusste er es?

Der Atem stockte mir, als ich sah, wie ihn eine Welle von Emotionen überkam, die meinen so ähnlich waren. Verzweiflung, Ärger, Freude und etwas Tieferes, das mir ans Herz ging und zu schnell wieder verschwunden war, als dass ich es hätte benennen können. Seine Haltung war steif, er füllte den ganzen Türrahmen aus und sah aus, als könnte er sich nicht entscheiden, ob er mich anschreien oder umarmen sollte. Es erschütterte mich ein wenig, wie glücklich ich darüber war, ihn zu sehen. Seit ich in Faerie erwacht war, hatte ich mich gefühlt, als schwebte ich zwischen zwei Welten. Ihn zu sehen, war, als hätte ich einen Anker geworfen und mich selbst an Land gezogen.

»Wo warst du?«, fragte er harsch, und in diesen drei Worten schwang seine Frustration, seine Erleichterung und eine starke Brise Verärgerung mit.

»Sieh mich nicht so an.« Ich schlang meine Arme um mich und dachte, dass sich wenigstens manche Dinge nicht geändert hatten. »Ich habe mich ja nicht selbst erstochen und bin dann freiwillig über die Klippe gesprungen.«

Mein Ausbruch sorgte dafür, dass sich seine Augen weiteten und sich zu meinem Erschrecken mit Tränen füllten. Bevor ich mich bewegen konnte, stand er schon vor mir und ich schniefte, als er sich niederkniete und mein Kinn hob, sodass ich gezwungen war, ihn anzusehen. Die Sanftmut und das Bedauern in seinem Blick waren mein Untergang. Ich weinte nun wirklich und konnte noch nicht einmal protestieren, als er mich an seine Brust zog und mich festhielt, während mein ganzer Körper bebte und meine Tränen sein Shirt benetzten. Ich wollte ihm sagen, dass er loslassen konnte, dass es mir gut ging, aber etwas in mir weigerte sich, dem warmen Trost seiner Arme zu entsagen. Selbst dann noch, als die Tränen längst versiegt waren.

»*Pozhaluysta, prosti menya.* Ich habe versprochen, dich zu beschützen, und ich habe versagt«, sagte er mit belegter Stimme, die Lippen an meinem Haar. »Es tut mir leid.«

»Nein.« Ich entzog mich ihm. »Wenn du nicht genau im richtigen Moment gekommen wärst, dann hätte Eli …«

Er zuckte zusammen. »Denk nicht mehr daran.« Er sah mich an, als könnte er nicht glauben, dass ich da war. »Wir haben die ganze Gegend abgesucht, nachdem du verschwunden warst. Wo warst du?«

»Seelie.«

»Komm schon.«

»Scheint, als hätte ich Freunde dort.« Ich erwiderte seinen erstaunten Blick mit einem tränennassen Lächeln. »Es ist kompliziert.«

Nikolas fuhr sich mit der Hand durch sein dunkles Haar. »Warum überrascht mich das nicht?« Er zog den Stuhl hinter sich heran und setzte sich vor mich, nahe genug, dass sich unsere Knie fast berührten. Ein warmes Gefühl flutete meinen Bauch, aber ich versuchte, es zu ignorieren. Meine Gefühlswelt war völlig durcheinander, das Letzte, was ich wollte, war noch mehr Verwirrung zuzulassen.

Er kreuzte die Arme und sah mich erwartungsvoll an. »Gut, dann erklär es mir. Ich würde sterben, um zu erfahren, wie ein Mori in einer Welt aufgenommen werden kann, in die sich kein Dämon trauen würde.«

»Also, es begann eigentlich alles an dem Tag, an dem ich eine Sylph traf … nein, genauer genommen hat es mit meiner Ururururgroßmutter angefangen.«

Er zuckte nervös mit der Augenbraue und ich warf ihm einen finsteren Blick zu. »Ich hab doch gesagt, es ist kompliziert.«

Sein Seufzen war kaum hörbar. »Es tut mir leid. Sprich bitte weiter.«

Diese Entschuldigung kam so unerwartet, war so völlig unpassend für den Nikolas, den ich kannte, dass ich beinahe vergessen hätte, worüber wir sprachen und einen Moment benötigte, um mich zu sammeln. Ich erzählte ihm alles, was ich auch bereits Nate über Aine und meine Wassernymphenvorfahren berichtet hatte. Eines musste man ihm lassen: Seine Mimik verriet nichts über seine Gedanken. Ich endete damit zu wiederholen, dass Aine mich zur Vorsicht gemahnt hatte, weil es wohl einige Wesen gab, die über meine einzigartige Herkunft nicht begeistert sein würden.

»Davon hast du mir aber nichts gesagt«, moserte Nate, der mitten in meiner Geschichte dazugekommen war. »Bedeutet das, du bist noch immer in Gefahr?«

»Nein«, erklärte Nikolas entschieden. »Dieses Mal werden wir für ihre Sicherheit sorgen.«

Nate entspannte sich zusehends. »Sie ist also sicher hier?«

Nikolas sah Nate ernst an. »Ich habe Sie nie belogen, und ich werde damit auch jetzt nicht anfangen. Bis wir Elis Master aufgespürt haben, ist Sara nirgends sicher. Außer bei den Mohiri.« Nate wollte etwas sagen, aber Nikolas kam ihm zuvor. »Ich weiß, Sie wissen nicht viel über uns, aber Sara hat Familie bei den Mohiri und sie würden ihr niemals wehtun. Und auch Sie sind bei uns willkommen.«

»Wirklich?«, fragte ich. Wenn Nate mit mir kommen könnte, war die Vorstellung, bei den Mohiri zu leben, gar nicht mehr so schlecht.

Nate schüttelte den Kopf. »Danke, das ist sehr großzügig, aber ich kann hier nicht einfach verschwinden. Mein neues Buch kommt bald heraus und ich muss meine Lesetour planen. Ehrlich gesagt glaube ich auch nicht, dass es angenehm für mich wäre, bei Leuten zu leben, die alle wie Zwanzigjährige aussehen.«

Mein Herz schmerzte. »Aber du könntest hier auch in Gefahr sein, wenn die Vampire zurückkommen.«

»Jeder – die Vampire eingeschlossen – hält dich für tot«, betonte Nate. »Wenn sie zurückkommen wollten, hätten sie es längst getan.«

»Damit hat er recht«, sagte Nikolas. »Solange wir dich von hier fortschaffen, bevor jemand die Wahrheit herausfindet, sollte Nate in Sicherheit sein.«

Ich sah Nate an. »Aber ich bin gerade erst wieder zurückgekommen. Ich will nicht ohne dich gehen.«

Nate schenkte mir ein beruhigendes Lächeln. »Ich will auch nicht, dass du gehst, aber es würde sich besser anfühlen, wenn ich dich in Sicherheit wüsste. Und wir können ja auch telefonieren, wann immer du willst. Ich würde auch zu Weihnachten kommen, wenn die Mohiri das feiern.«

»Machen wir. Thanksgiving auch«, bestätigte Nikolas. Er schüttelte den Kopf über meinen erstaunten Blick. »Wir sind nicht so anders, wie du denkst.«

Ich starrte auf meine verkrampften Hände, aber sie hielten keine Antworten für mich bereit. Nach allem, was wir durchgestanden hatten, wollte ich Nate nicht verlassen, aber wenn ich hierblieb, dann riskierte ich erneut, sein Leben in Gefahr zu bringen. Er war schon einmal entführt und beinahe getötet worden – von jemandem, der versucht hatte, an mich heranzukommen. Meine Entscheidung hing von seiner Sicherheit ebenso ab wie von meiner, und das Gewicht dieser Verantwortung lastete schwer auf meinen Schultern. Ich hatte bekommen, was ich wollte: die Wahrheit über den Mord an meinem Vater und den Tod seines Mörders. Doch wenn ich zurückblickte auf all die furchtbaren Dinge, die direkt oder indirekt mit meinem selbstsüchtigen Kreuzzug zusammenhingen, kribbelte meine Haut vor Selbsthass. Ich schob meinen Stuhl zurück und stand auf – mied den Blick der beiden Männer. Keiner von ihnen sagte etwas, als ich zum Spülbecken ging und hinaus auf die Bucht sah. Ich liebte diesen Ausblick so sehr, wie ich unsere Wohnung liebte. Ich hatte immer gewusst, dass ich eines Tages von hier weggehen würde – aufs College –, aber das schien mir jetzt unendlich weit entfernt. Meine Brust schmerzte beim Gedanken daran, all das zurückzulassen und es womöglich nie wiederzusehen. Und doch würde ich alles tun, um zu verhindern, dass Nate meinetwegen noch einmal durch die Hölle gehen musste.

Meine Finger krallten sich fest um die Arbeitsplatte und dann traf ich die einzig richtige Entscheidung.

* * *

»Ich kann nicht glauben, dass du wirklich gehst.«

Ich stellte meine Tasche neben die Koffer und Kisten, die den Flur blockierten.

Mit einem erzwungenen Lächeln drehte ich mich zu Roland, der kaum von meiner Seite gewichen war, seit Peter und er am gestrigen Abend die Wohnung gestürmt hatten – keine fünfzehn Minuten nach Nates Anruf. Noch immer taten mir die Rippen weh von all den Umarmungen, aber das war nichts verglichen mit dem Schmerz in meinem Herzen.

Wir hatten die erste Stunde unserer Wiedervereinigung damit verbracht, gemeinsam auf der Couch zu sitzen, während ich die Geschichte jenen Tages an der Klippe und meine unglaubliche Reise nach dem Sturz noch einmal wiederholte. Dann hörte ich zu, wie sich für die anderen die Ereignisse des Tages dargestellt hatten. Sobald Maxwell nach dem Anruf von Nikolas aufgelegt hatte, hatte er dafür gesorgt, dass das gesamte Rudel meinem Geruch folgte. Es war dann ausgerechnet Francis gewesen, der meine Spur gewittert und nahe des Wagens Tareks Leiche gefunden hatte – oder besser gesagt das, was die Vampire von ihm übriggelassen hatten. Francis, Maxwell, Brendan, Roland und Peter waren der Spur dann bis zu den Klippen gefolgt und dort auf Nikolas getroffen, der sich dem Vampirclan stellte. Als ich gestürzt war, hatten Chris und die Werwölfe die restlichen Vampire erledigt und sichergestellt, dass niemand entkommen war. Währenddessen war Nikolas mir hinterher gesprungen. Als ich das gehört hatte, sah ich zu Nikolas, der vor mir gestanden und zum Küchenfenster hinausgesehen hatte, als würde er draußen eine Gefahr wittern. Als hätte er meine Blicke gespürt, hatte er sich umgedreht und wir sahen uns kurz in die Augen, bevor er sich wieder zum Fenster wandte.

Die Stimmung war recht trübsinnig geworden, als Nate, Roland und Peter mir von der Trauerfeier berichteten und von den Menschen erzählten, die sich zahlreich in der kleinen Kirche neben der Schule versammelt hatten. Das ganze Rudel war dort gewesen, die meisten Leute aus der Schule, und es war wirklich surreal und gruselig, davon zu hören, wie einige meiner Klassenkameraden, die ich nicht einmal richtig kannte, um die ich mich aber besser hätte bemühen sollen, Trauerreden auf mich gehalten haben. Roland berichtete, dass Greg aus Philadelphia angereist war und dass er meinen so toughen Freund nie zuvor so niedergeschlagen gesehen hatte.

Nikolas hatte nur einen Blick auf mein Gesicht geworfen und mir gesagt, dass es viel zu gefährlich war, irgendjemandem zu beichten, dass ich am Leben war. Ich sagte ihm, dass ich nicht zulassen würde, dass Greg mich für tot hielt und basta. Am Ende hatten wir einen Kompromiss geschlossen: Ich würde Greg erst dann kontaktieren, wenn ich sicher in der Mohiri-Festung angekommen war.

Das war dann der Wendepunkt des Gesprächs gewesen, denn Rolands und Peters Freude über meine Auferstehung von den Toten war getrübt, als ich ihnen gestand, wohin ich gehen würde. Nicht genau wohin, natürlich, da ich ja noch immer nicht wusste, wo die Mohiri lebten, aber ich sagte, dass ich eine Weile bei Nikolas' Leuten bleiben würde. Eine ganze Stunde lang hatten meine Freunde versucht, es mir auszureden, bestanden darauf, dass die Werwölfe mich und Nate beschützen würden. Aber die Erinnerung an Roland, der beinahe gestorben war und an die

Furcht in Nates Gesicht, als Haism uns in seiner Gewalt gehabt hatte, machte mir zu große Angst, als dass ich ein Risiko eingegangen wäre.

»Ich möchte gehen«, log ich. »Nikolas sagt, sie werden mich trainieren und mir zeigen, wie ich mich selbst verteidigen kann.« Das war wenigstens etwas, auf das ich mich freuen konnte. Es würde schön sein, sich nicht auf andere verlassen zu müssen, wenn es um die eigene Sicherheit ging.

»Aber wie lange wirst du weg sein? Und wie sollen wir wissen, ob es dir gut geht?«, fragte Peter.

Ich lachte, als ich hoch zu meinem Zimmer ging und meinen Laptop und den Rucksack holte. »Leute, ich ziehe nicht in die Antarktis.« Zumindest hoffte ich das. »Es gibt Telefon und Computer. Wir können so oft miteinander reden, dass ihr euch noch wünschen werdet, mal nichts von mir zu hören.«

»Das ist aber nicht das Gleiche«, protestierte Roland und folgte mir. »Wir wollten alle gemeinsam zum Abschlussball gehen, falls du dich erinnerst.«

»Ich weiß.«

Ich sah mich in meinem Zimmer um. Die Wände waren jetzt kahl und es fiel mir plötzlich schwer, zu schlucken. Sobald ich die Entscheidung getroffen hatte, zu gehen, hatte ich schnell zu packen begonnen. Vor allem, um zu verhindern, dass ich meine Meinung wieder änderte. Roland und Peter hatten darauf bestanden, über Nacht zu bleiben und so haben wir zu dritt mein Zimmer ausgeräumt. Nun befanden sich all meine Habseligkeiten in Kisten oder Koffern oder waren zu Stapeln getürmt, die noch darauf warteten, verpackt und mir nachgesendet zu werden.

Ohne die vielen Bücher darauf sah meine alte Couch vereinsamt aus. Nun lagen Oscar und Daisy darauf und beobachteten mich mit traurigen Blicken, als wüssten sie, dass ich im Begriff war zu gehen. Es tat weh, sie zurückzulassen, aber ich hatte keine Ahnung, wo es mich hin verschlagen würde. Sie ihrer Heimat zu berauben, wäre nicht fair gewesen. Ich wusste, dass Daisy sich mit Nate wohlfühlte, aber Oscar würde mich vermissen. Vielleicht war es möglich, ihn in meine neue Heimat nachzuholen.

Ich war mehrere Male aufs Dach hinauf gegangen, um nach Harper zu rufen – aber keine Spur von der Krähe. Ich hasste es, ohne Abschied von ihm zu gehen. Er würde nicht verstehen, was geschehen war und warum ich ihn verlassen hatte. Ich hatte die ganze Nacht das Fenster offen stehen lassen, in der Hoffnung, er würde auftauchen. Es konnte Tage dauern, bis er sich hier blicken ließ, also war mein Wunsch, zu warten, bis er da war, leider nicht zu erfüllen. Ich war so lange weg gewesen, vielleicht hatte er mich aufgegeben und würde nie mehr zurückkehren.

Selbst die Kobolde waren still und auf eine seltsame Art abwesend, und ich vermisste ihr Rüffeln und Schnüffeln, die Geräusche hinter der Dachschräge. Kaum zu glauben, dass mir diese fiesen kleinen Monster jetzt schon fehlten.

Es gab einen weiteren großen Teil meines Lebens, von dem ich mich nicht verabschieden konnte und jedes Mal, wenn ich daran dachte, schmerzte mein Herz. Ich wusste, Remy war es verboten worden, mich zu sehen, aber zu gehen, ohne ihn ein letztes Mal zu sehen, brannte mir ein Loch ins Herz. Ich wollte zu den Klippen gehen, in der Hoffnung, dass er dort auftauchen würde oder mir eine Nachricht in der Höhle hinterlassen hatte, aber Nikolas hielt das für viel zu gefährlich und alle anderen stimmten ihm zu. Allein bei der Erwähnung meines Vorhabens wurde Roland bleich. Offenbar war ich, die an diesem Ort fast gestorben wäre, die Einzige, der es nichts ausmachte, dorthin zurückzukehren.

»Es ist Zeit.«

Wir drei wandten uns zu Nikolas um, der am Treppenabsatz stand. Er hatte darauf bestanden, auch hier zu bleiben, und so war unsere sonst so geräumige Wohnung letzte Nacht recht überfüllt gewesen. Roland und Peter waren nicht glücklich darüber, aber Nikolas hatte uns die meiste Zeit allein gelassen und uns unsere letzte gemeinsame Nacht nicht verdorben. Ich hatte ihn auch heute kaum gesehen, er war fast den ganzen Tag mit seinem Handy draußen gewesen und hatte offenbar unsere Fahrt organisiert. Ich hatte ihn nicht so früh zurückerwartet. Mein Herz raste. *Ich kann das nicht!*

Nikolas schien meine Panik bemerkt zu haben. »Ich trage deine Sachen raus. Nimm dir so viel Zeit, wie du brauchst.«

Ich nickte steif. Sobald er gegangen war, wandte ich mich an Roland und er drückte mich wieder in einer dieser erstickenden Umarmungen an sich, versuchte offenbar, all die Jahre, in denen ich mich geweigert hatte, mich umarmen zu lassen, wettzumachen. Ich rang noch immer nach Luft, als Peter mich an sich presste. Keiner von uns sagte etwas, wir hatten zu viel Angst davor, weinen zu müssen. *Dies ist kein Abschied für immer,* erinnerte ich mich und löste mich von ihnen.

Es gab noch eine Sache zu tun, und ich fürchtete sie mehr als alles andere. Ich setzte ein mutiges Gesicht auf und ging nach unten in Nates Büro, wo er hinter seinem Schreibtisch saß und so tat, als arbeitete er. Seine Tastatur klapperte nicht und strafte ihn Lügen, und als er aufschaute, sah ich, dass seine Augen ein wenig rot waren. Wir hatten am Morgen ein paar Stunden miteinander verbracht und ich hatte geglaubt, es wäre genug, um nun auf Wiedersehen sagen zu können. Sein Anblick zeigte mir, dass es für uns niemals genug sein würde.

»Ich muss bald los.«

Er seufzte. »Ich weiß.« Er rollte um den Schreibtisch herum, und bevor er seinen Stuhl vor mir stoppen konnte, schlang ich schon meine Arme um seinen Hals. »Ich hab dich lieb, Nate.«

»Ich dich auch.« Er hielt mich, während ich weinte und bis ich mich genug zusammengerissen hatte, um mich von ihm zu lösen. Dann nahm er meine Hände in seine. »Nichts, was wir jetzt sagen würden, macht es einem von uns leichter. Ich möchte nur, dass du weißt, wie stolz ich auf dich bin und wie stolz dein Vater wäre, wenn er hier sein könnte. Du hast Dinge durchgemacht, die einen gestandenen Mann zu Fall gebracht hätten und ich weiß, wo immer du auch hingehst, du wirst es schaffen. Wenn ich das nicht glauben würde, würde ich dich nicht gehen lassen.«

Ich räusperte mich. »Und du wirst diesen Ptellonnektar nehmen, wie ich es dir gesagt habe, drei Tropfen jeden Monat.« Nate hatte nicht besonders gut darauf reagiert, als ich von der dunkelroten Flüssigkeit in der Phiole als *Ptellonblut* gesprochen hatte, und es hatte mich einiges an Überredungskunst gekostet, ihn davon zu überzeugen, dass es sich bloß um Nektar handelte.

»Ich werde es nicht vergessen.«

»Ich ruf dich an, sobald ich da bin. Und du versprichst mir, dass du zu Weihnachten kommst.«

»Nichts wird mich davon abhalten.«

»Ich verlasse mich darauf.« Ich weigerte mich, auf Wiedersehen zu sagen, stattdessen flüsterte ich: »Bis bald.«

Roland und Peter begleiteten mich zu dem schwarzen SUV, der neben Nates Wagen geparkt war. Hinter dem SUV stand ein weißer Van, der mit meinen Sachen beladen war. Zwei Mohiri, die ich aus Portland kannte, standen neben dem Wagen und sprachen mit Nikolas. Chris lehnte an der Fahrertür des SUV.

Ich drehte mich zu meinen Freunden um und umarmte sie ein letztes Mal, als ich plötzlich ein lautes Krähen und das Geräusch von Vogelschwingen über mir hörte. »Was zum Teufel …?«, murmelte Chris und die vier Mohiri waren sofort in Alarmbereitschaft, als ein riesiger schwarzer Vogel auf mich zustürzte. In Nikolas' Hand blitzte das Silber und ich wusste, er hielt die Waffe bereit, um der neuerlichen Bedrohung entgegenzutreten.

»Stopp!«, befahl ich laut und streckte meinen Arm aus, sodass Harper mühelos darauf landen konnte. Er beugte seinen Kopf zu mir herab, als wartete er auf eine Erklärung. Ich hob ihn nahe an meine Brust und streichelte seinen Kopf.

»Ähm, Sara?«, rief Roland aus sicherem Abstand herüber. »Warum kuschelst du mit einer Krähe? Bist du jetzt auch noch so eine Art Vogelflüsterer, oder was?«

Es tat gut, zu lächeln. »Erinnerst du dich an die Krähe, die ich vor Scott und seinen Freunden gerettet habe? In der dritten Klasse? Das ist er.« Ich hielt ihn ein Stück weit von mir.

»Harper, das sind meine Freunde.«

Die Krähe blinzelte und musterte Roland und Peter mit ihren schlauen, schwarzen Augen, sodass die Jungs unwohl zusammenzuckten. »Er sieht so aus, als wollte er uns die Augen auskratzen«, murmelte Peter und ging einen weiteren Schritt zurück.

»Macht euch nicht lächerlich. Er ist neugierig, weil ich ihm noch nie zuvor jemanden vorgestellt habe.«

Jemand räusperte sich hinter mir und ich drehte mich zu Nikolas und Chris um, die mich mit kühler Wertschätzung musterten. Wenn Harpers Auftauchen sie überrascht hatte, dann verbargen sie es verdammt gut.

»Was hast du vor mit dem Ding?«, fragte Chris in einem Ton, der klarmachte, wie wenig er davon angetan war, das Auto mit einer Krähe zu teilen.

»Harper ist nur gekommen, um sich zu verabschieden.« Die Worte kaum gesprochen, spürte ich schon den Kloß in meinem Hals.

»Entschuldigt mich kurz«, gelang es mir, zu sagen, dann ging ich ein paar Meter weit und sagte meinem alten Freund auf Wiedersehen.

»Ich muss eine Weile von hier weg«, erklärte ich, während er mich unverwandt ansah. »Pass gut auf dich auf und flieg nicht so weit in die Wälder. Und achte auf die Autos. Ich weiß, du und deine Freunde spielt gerne Straßenjäger, aber sei nicht zu leichtsinnig, ja?«

Er ruckste ruhelos und dann strich ich ihm über den Nacken, wissend, dass dies das letzte Mal sein würde, dass ich ihn sah. Meine Zukunft stand in den Sternen, und es gab viele Gefahren für einen wilden Vogel, selbst für einen, der so schlau war wie Harper. Er war noch nie einer gewesen, der gerne lange irgendwo verweilte, und so streckte Harper auch diesmal die Flügel, bereit zum Abflug. »Ich werde dich vermissen«, sagte ich, bevor er meine Hand verließ und mich noch zweimal umrundete. Ich beobachtete ihn so lange, bis er außer Sichtweite war und ging dann entschlossen zurück zu den Autos.

Ihre Blicke missachtend, drückte ich Roland und Peter noch einmal und versprach ihnen, mich so bald wie möglich zu melden. Dann stieg ich auf die Rücksitzbank des SUV. Die Fenster waren getönt und ich fühlte mich dahinter wie unsichtbar für den Rest der Welt und einsamer, als ich es jemals gewesen war. Ich schauderte und zog meinen kurzen Mantel enger um meine Schultern.

Die Vordertüren öffneten sich, Nikolas und Chris stiegen ein. »Okay, das war ziemlich denkwürdig«, erklärte Nikolas und startete den Wagen. Er zwinkerte, als er meinen Blick im Innenspiegel erhaschte. »Alles klar?«

»So gut es geht, ja.«

Nikolas drehte sich zu mir um. »Bist du in Ordnung?«

War ich das? Ich fuhr zu einem unbekannten Ort, um dort mit Fremden zu leben. Meine Zukunft lag im Ungewissen, ein Vampirmaster wollte meinen Tod, und ich musste alles, was ich kannte und liebte hinter mir lassen. Aber die Art, wie Nikolas mich ansah, erinnerte mich an die Nacht in der Gasse, als er mir still geschworen hatte, dass ich nicht alleine war.

Zwischen uns war etwas, das ich nicht benennen konnte, aber ich hatte es gespürt – in jenem Moment, in dem ich dem Tod ins Auge gesehen hatte, und gestern, als er mir in der Küche gegenüber gestanden war. Es war mehr als nur ein Waffenstillstand. Es war, als wären wir durch all die gemeinsamen Erlebnisse miteinander verbunden. Was immer es war, was immer auf mich wartete, ich wusste, ich konnte ihm vertrauen. Konnte darauf bauen, dass er bei mir sein würde, wie er es in den letzten Wochen gewesen war. Vielleicht wurden wir sogar Freunde. Es waren seltsamere Dinge geschehen als das.

Ich schenkte ihm ein kleines Lächeln. »Nein, aber es wird alles in Ordnung sein. Irgendwann.«

~ ENDE TEIL 1 ~

Mehr zu „Dark Creatures 2 – Das Bündnis“:

Sara hat alles hinter sich gelassen, um die Menschen, die sie liebt, zu schützen. Nun kämpft sie um ihren Platz in der Welt der Mohiri. Obwohl sie alles dafür gibt, ihre Kräfte zu beherrschen und das Geheimnis ihrer Herkunft zu wahren, wird schnell klar, dass sie keine gewöhnliche Kriegerin ist. Und im Untergrund lauert stets der bedrohliche Schatten des Masters, der alles dafür geben würde, sie zu finden.

So beginnt für Sara eine Reise zu sich selbst, auf der sie ihre wahren Stärken finden und einen verborgenen Teil von sich erwecken muss. Einen Teil, von dem sie gar nicht wusste, dass er zu ihr gehört. Sie erfährt das Glück echter Freundschaft, Freude und Leid der ersten Liebe, aber auch einen harten Verlust, der sie so tief trifft, dass nur ein schicksalhaftes Bündnis sie vor dem Zerbrechen bewahren kann. Und am Ende ist ausgerechnet der eine Ort, den sie für ihre Zuflucht gehalten hat, nicht sicher…

Eine kleine Bitte zum Schluss …

Wir hoffen, Ihnen hat dieses Buch gefallen …

Der schnellste Weg, andere Leser da draußen an Ihren Erfahrungen mit diesem Buch teilhaben zu lassen, ist eine Rezension im Online-Buch-Shop. Ihr Feedback hilft nicht nur anderen Lesern, Neues zu entdecken, sondern auch dem Autor, zu verstehen, was aus Lesersicht in diesem Buch gut und weniger gut ist. So kann sich der Autor weiterentwickeln und Ihnen sowie anderen Lesern in Zukunft noch schönere Geschichten präsentieren. Außerdem sind Ihre Erfahrungen, Erkenntnisse und Eindrücke als ehrliches Leser-Feedback eine enorme Wertschätzung vieler liebevoller Arbeitsstunden, die in dieses Buch geflossen sind.

Danke also schon im Voraus, wenn Sie sich zwei bis drei Minuten Zeit nehmen und eine kleine Bewertung zum Buch z.B. auf Amazon veröffentlichen.

FEUER
WERKE
VERLAG

SAMTROT

Printed in Poland
by Amazon Fulfillment
Poland Sp. z o.o., Wrocław

51544285R00240